महाभारती

द्रौपदी के महान चरित्र पर केन्द्रित उपन्यास

महाभारती

चित्रा चतुर्वेदी 'कार्त्तिका'

भारतीय ज्ञानपीठ

लोकोदय ग्रन्थमाला : ग्रन्थांक 452

ग्रन्थमाला सम्पादक

रवीन्द्र कालिया

सह-सम्पादक

गुलाबचन्द्र जैन

ISBN 978-93-263-5073-0

प्रकाशक :
भारतीय ज्ञानपीठ
18, इन्स्टीट्यूशनल एरिया, लोदी रोड
नयी दिल्ली-110003

मुद्रक : चार दिशाएँ प्रिंटर्स, नोएडा

आवरण : तूलिकी
आवरण-सज्जा : ज्ञानपीठ कला प्रभाग

पाँचवाँ संस्करण : 2012
मूल्य : 140 रुपये

MAHABHARATI
(Hindi Novel)
by Chitra Chaturvedi 'Kartika'

Published by
Bharatiya Jnanpith
18, Institutional Area, Lodi Road
New Delhi-110 003
e-mail : jnanpith@satyam.net.in, sales@jnanpith.net
website : www.jnanpith.net

Fifth Edition : 2012
Price : Rs. 140

समर्पण

महिमामयी माँ
(श्रीमती मालतीदेवी चतुर्वेदी, जो स्नेहियों के
आदर व प्रेम के कारण सदा सबकी
'जीजी' बनी रहीं)
की उस ओज भरी
स्मृति को—
झंझाओं में खड़े रहने का साहस
आज भी
दे रही हैं जो!

अपनी बात

'लघु मति मोरि, चरित अवगाहा।'

'महाभारती' के प्रयाण पर अग्रसर होते समय गोस्वामी तुलसीदास की उपर्युक्त पंक्ति पथ का पाथेय बनी रही। मर्यादा-पुरुषोत्तम श्रीराम के अथाह चरित्र हेतु ये शब्द कहे गये थे, किन्तु द्रौपदी का चरित्र भी बड़ा रहस्यमय एवं वर्णनातीत प्रतीत हुआ है। किसी भी साधारण बुद्धि-विवेक वाले दुर्बल व्यक्ति को ऐसा ही लगेगा। त्रेतायुग के मर्यादा पुरुषोत्तम श्रीराम तथा द्वापर के लीला पुरुषोत्तम श्रीकृष्ण पर तो सन्त ही अपनी लेखनी उठाएँ तो आकार दे सकते हैं। किन्तु द्वापर की इस अद्भुत लीला-नारी को ही आकार देने का सामर्थ्य जुटा पाना कितना कठिन रहा है मेरे लिए !

लगभग अठारह-उन्नीस वर्ष पूर्व इन्दौर में आकाशवाणी हेतु एक गम्भीर नाटक लिखने की चर्चा हुई थी। तब द्रौपदी पर एक रेडियो-नाटक लिखना प्रारम्भ किया था। परन्तु पांचाली के वेगवान् तथा विकट प्रवाहयुक्त व्यक्तित्व को आकाशवाणी की समयावधि की लक्ष्मण-रेखा में बाँध पाना दुरूह ही नहीं, असम्भव हो गया। फलतः नाटक वर्षों तक अधूरा पड़ा रहा, अछूता पड़ा रहा। जबलपुर आकर मन में वह सुप्त विचार पुनः अभिव्यक्ति के लिए कुनमुना उठा।

अतः छोड़ दिया कल्पना के सुनहरे अश्वों को मुक्त ! और वे उड़ चले ! वे उड़ चले हजारों वर्षों के दीर्घ अन्तराल में पड़ने वाले भाँति-भाँति के वन, पर्वत, सरिता-सरोवरों को लाँघते हुए, सुदूर इतिहास के अन्तरिक्ष में ! लेखनी की वल्गा कल्पना को नियन्त्रित व निर्देशित करती रही। महाभारत के पृष्ठ पर पृष्ठ पलटे गये। अन्य साहित्यिक ग्रन्थों के कुंजों में विश्राम पाते, जल आचमन करते हुए, वे अश्व हौले-हौले उतर आये महाभारत काल की उस घाटी में जहाँ अन्ततः मिली द्रुपदनन्दिनी !

यहाँ साक्षात्कार एक ऐसी विलक्षण नारी से हुआ जिसकी दूसरी उपमा नहीं हो सकती, जो अद्वितीय है। वह एक महाशक्तिमती, तेजस्विनी, दुर्गास्वरूपा द्रौपदी थी जिसने हर प्रकार के अत्याचार, अन्याय और अपमान सहे, किन्तु जो न झुकी, न टूटी। द्रुपदसुता में वह तेज था कि वह कापुरुषों में भी वीरता फूँक दे। पाण्डवों में पुरुषत्व यदि बना रहा, तो श्रीकृष्ण के परामर्श और द्रौपदी की प्रेरणा से ही वह न टूटी!

बाकी बहुत कुछ टूट गया, बहुत कुछ छिन्न-भिन्न हो गया। समाज, राज्य, व्यवस्था, प्राचीन कुल आदि सब महाभारत युद्ध की प्रबल झंझा में उखड़कर टूट गये। किन्तु न टूटा तो द्रौपदी का मनोबल। आन और स्वाभिमान हेतु अपने पाँचों पुत्रों को आहुति चढ़ा देने पर भी वह हुंकारती ही रही। स्वाभिमान से जीने का सन्देश श्रीकृष्ण ने महाभारत में दिया और सन्देशवाहिका बनी द्रुपदनन्दिनी।

भारतीय इतिहास में एक-से-एक तेजस्विनी नारियाँ हुई हैं किन्तु द्रौपदी वह जगमगाता तेजपुंज है जिसके सामने अन्य सभी की प्रभा फीकी पड़ जाती है। द्रुपदनन्दिनी की तुलना में जनकनन्दिनी सीता की भी पीड़ा कम प्रतीत होती है। द्रौपदी अपने पाँचों पतियों के समकक्ष या अधिक है और ऊपर है, किन्तु नीचे या कम कदापि नहीं। वासुदेव ही समझे उसमें निहित दुर्लभ गुणों को। अतः समूचा नारी-कुल छोड़ द्रौपदी को ही उन्होंने अपनी मित्र या सखी का विशिष्ट पद देकर उसे अपने समकक्ष बना लिया।

विभिन्न संकटों, अन्याय एवं अत्याचारों के मध्य द्रुपदसुता की एक और त्रासदी, और शायद सबसे अनोखी त्रासदी, उसका पाँच पतियों की पत्नी होना था। हृदय से उसने अर्जुन को वरा तथा जीवनपर्यन्त वह मन से अर्जुन को ही चाहती रही। किन्तु पाँच पतियों का पंचग्रास ऐसा कण्ठ में अटका कि न उसे निगल सकी, न उगल सकी। यही उसकी मूल व्यथा है।

इसके लिए जब-तब उसे अपशब्द सुनने पड़े और लांछन सहने पड़े। विचित्र मर्यादाओं का पालन करना पड़ा। विचित्र नियम उसी के लिए बनाये गये। अद्भुत दाम्पत्य का निर्वाह उसे ही करना पड़ा। स्वयंवर में उसके द्वारा अर्जुन-वरण को जैसे राहु ग्रस गया। पूरे भारत में द्रौपदी की यह पीड़ा हौले-हौले झलकती चली है। मन में जैसे द्रौपदी दो नारियों को पालती रही सदा। एक अर्जुन में अनुरक्त, एक अन्य चारों पतियों की सेविका। इस त्रासदी से माधव भी उसे बचा न पाये। उन्हीं की तो रचना थी सब! अर्जुन के प्रति उसके अनन्य प्रेम के कारण ही युधिष्ठिर ने जीवन के अन्तिम क्षणों में, उस पर धनंजय के प्रति विशेष पक्षपात करने का आक्षेप सार्वजनिक रूप से लगाते हुए ताड़ना भी दे डाली।

पुस्तक में द्रौपदी को 'महाभारती' कहा गया है। 'भारती' भारतवर्ष की कोई भी पुत्री हो सकती है, कोई भी महिला हो सकती है। भारती शब्द सरस्वती हेतु भी प्रयुक्त किया जाता है। भारती वह है जो विद्या और बुद्धि की धनी हो, पण्डिता हो तथा कुशाग्रबुद्धि हो। द्रौपदी भी इसलिए 'भारती' पुकारी गयी है। इसके अतिरिक्त वह भरतवंशीय पाँच भारतों की भार्या भी थी, अतः वह 'भारती' हुई।

किन्तु पांचाली मात्र 'भारती' ही नहीं रह गयी। अद्भुत चरित्र है उसका जिसमें लपलपाती ज्वाला भी है और आर्द्र अश्रुमाला भी, जिसमें प्रतिशोध की कठोरता है और करुणा की अजस्र निर्झरनी भी। एक ओर उसमें सांसारिक वस्तुएँ व सुख पाने का प्रबल

आग्रह है, तो दूसरी ओर भगवत् चरणों में सर्वस्व समर्पण की भावना भी। अर्जुनरूपी संसार की वह प्रेमिका है और कृष्णरूपी वैराग्य की भक्त। भोग व योग की सन्धि पर खड़ी है द्रौपदी ! समर में नन्हे पुत्रों की आहुति चढ़ा देनेवाली वह वीर क्षत्राणी माता है, और दूसरी ओर वह परम भागवत है। वह पाँच की पत्नी है, किन्तु पंचकन्या में उसका नाम अग्रणी है। वह महासती है।

द्रौपदी देवी, माँ, पत्नी, प्रेमिका, सखी, रानी, दासी, आराधिका, भक्त—सभी कुछ है। ऐसे विलक्षण व्यक्तित्व को अभिव्यक्ति दे पाना स्वाभाविक रूप से जटिल है। बड़े-बड़े महारथियों ने षड्यन्त्रों व कुचक्रों द्वारा हर सम्भव प्रयास किया द्रुपदनन्दिनी को झुकाने का; किन्तु वह अकेली ही खड़ी-खड़ी अन्याय के विरुद्ध अन्त तक गुहारती रही। वह झुकी नहीं, इसलिए वह 'महाभारती' हुई।

'महाभारती' पुस्तक एक प्रकार से महाभारत का संक्षिप्त रूप भी प्रतीत होती है, क्योंकि महाभारत की लगभग सभी महत्त्वपूर्ण घटनाओं एवं प्रमुख पात्रों का इसमें दर्शन होता है। पुस्तक को दो खण्डों में विभाजित किया गया है : 1. पार्थ-प्रिया तथा 2. कृष्ण-क्रिया। प्रथम खण्ड में एक अल्पवयस कोमलमना बालवधू के उद्वेलन अधिक हैं। द्वितीय खण्ड में द्रौपदी एक धीर-गम्भीर महिला तथा श्रीकृष्ण की सखी के रूप में उभरी है। अध्यायों का संयोजन महाभारत के आधार पर पर्वों में किया गया है। ये पर्व, यथा—महाराज्ञी पर्व, करुणा पर्व, क्षमा पर्व, ज्वाला पर्व आदि, पांचाली के व्यक्तित्व तथा जीवन के विभिन्न पक्षों को उद्भासित करते हैं।

कथा का मूल आधार महाभारत ही है। अन्य साहित्यिक ग्रन्थों का प्रभाव होना भी असम्भव नहीं। प्रमुख घटनाएँ महाभारत से ली गयी हैं, किन्तु कुछ शुद्ध कल्पना पर आधारित हैं। सन्देह का लाभ भी भरपूर उठाया गया है। विभिन्न पात्रों के चरित्र-चित्रण के बीज भी महाभारत से ही बीने-बटोरे गये हैं। उनका विकास अवश्य अपने ढंग से किया है। महाभारत तो रत्नाकर-सिन्धु है जिसमें असंख्य रत्न भरे पड़े हैं। एक बार कोई डूब जाये इसमें तो फिर उबरने का मन नहीं होता। रत्नों का प्रलोभन बढ़ता जाता है। ऐसी ही कुछ मनोदृशा है। रत्नों की खोज जारी है। आगे शायद अन्य रत्नों को खोजकर माला में गूँथ सकूँ। अभी तो 'महाभारती' में श्रीकृष्ण का जो व्यक्तित्व उभरा है, उससे उन पर पृथक् और स्वतन्त्र लेखन की प्रेरणा मिली है।

पुस्तक के विधिवत् सृजन का प्रारम्भ 1978 में हुआ था। लगभग साढ़े चार वर्ष के कठोर परिश्रम के पश्चात् भी द्रुपदनन्दिनी की भव्य प्रतिमा को सही गढ़ पायी हूँ या नहीं, कह नहीं सकती। साढ़े चार वर्षों में महाभारती का बीज बोया गया, सिंचित हुआ, अंकुरित तथा पल्लवित हुआ और फिर लगभग साढ़े तीन वर्ष तक प्रकाशित होने की त्रासदायी प्रतीक्षा!

'हजारों साल नर्गिस अपनी बेनूरी पर रोती है,
बड़ी मुद्दत में होता है चमन में दीदावर पैदा।'

ऐसा ही कुछ 'महाभारती' के साथ भी हुआ।

अब कहीं जाकर 'महाभारती' सुपुष्पित हो पा रही है। पुष्प में सौरभ है या नहीं, यह तो साहित्य-रसिक ही बता पाएँगे। द्रौपदी के विचित्र व्यक्तित्व को कहाँ तक लेखनी सही आकार दे पायी और कहाँ तक कल्पना की तूलिका ने सही रंग भरे हैं उसमें, यह भी पाठक ही बताएँगे।

यह कहानी न्याय पाने हेतु एकाकिनी भटकती हुई गुहार की कहानी है। आज भी न्याय हेतु वह गुहार रह-रहकर कानों में गूँज रही है। नारी की पीड़ा शाश्वत है। नारी की व्यथा अनन्त है। आज भी कितनी ही निर्दोष कन्याएँ उत्पीड़न सह रही हैं अथवा न सह पाने की स्थिति में आत्मघात कर रही हैं!

द्रुपदनन्दिनी भी टूट सकती थी, झंझाओं में दबकर कुचली जा सकती थी। महाभारत व रामायणकाल में भी कितनी ही कन्याओं ने अपनी इच्छाओं का गला घोंट दिया। कितनी ही कन्याओं ने धर्म के नाम पर अपमान व कष्ट का हलाहल पान कर लिया। क्या हुआ था अम्बिका और अम्बालिका के साथ? किस विवशता में आत्मघात किया था अम्बा ने ? क्या बीती थी ययाति की पुत्री माधवी पर? अनजाने में अन्धत्व को ब्याह दी जानेवाली गान्धारी ने क्यों सदा के लिए अपनी आँखें बन्द कर ली थीं? और क्यों भूमि में समा गयीं जनकनन्दिनी अपमान से तिलमिलाकर? द्रौपदी भी इसी प्रकार निराश हो टूट सकती थी।

किन्तु अद्भुत था द्रुपदसुता का आत्मबल ! जितना उस पर अत्याचार हुआ, उतनी ही वह भभक-भभककर ज्वाला बनती गयी। जितनी बार उसे कुचला गया, उतनी ही बार वह क्रुद्ध सर्पिणी-सी फुफकार-फुफकार उठी। वह याज्ञसेनी थी। यज्ञकुण्ड से जन्म हुआ था उसका। अन्याय के प्रतिकार हेतु सहस्रों जिह्वाओंवाली अक्षत ज्वाला-सी वह अन्त तक लपलपाती रही।

नीलकण्ठ महादेव ने हलाहल पान किया, किन्तु उसे सावधानी से कण्ठ में ही रख लिया था। कण्ठ विष के प्रभाव से नीला हो गया और वे स्वयं नीलकण्ठ। किन्तु आजीवन अन्याय, अपमान तथा पीड़ा का हलाहल पी-पीकर ही द्रुपदनन्दिनी का वर्ण जैसे कृष्णवर्ण हो गया था। वह कृष्णा हो चली, किन्तु झुकी नहीं! श्रीकृष्ण की शक्ति के कारण वह अडिग खड़ी रही। हर आपत्ति व उत्पीड़न से श्रीकृष्ण उसे बचाते रहे। यदि यह कहा गया कि श्रीकृष्ण ही एकमात्र पुरुष थे, तो असत्य क्या और आश्चर्य क्या?

द्रुपदसुता वह उत्पीड़ित नारी है जिसे मनुष्य नहीं, वस्तु समझा गया। पण्य समझा गया उसे व विद्वान पुरुषों तथा धर्मात्माओं से भरी हुई सभा में उसे दाँव पर लगाया गया।

मैं उन सभी सुहृदों के प्रति कृतज्ञ हूँ जिन्होंने परोक्ष अथवा अपरोक्ष रूप से 'महाभारती' हेतु उत्साहवर्धन किया है। विशेष रूप से मैं आभारी हूँ श्री एच. अंगिरस

(विवेकानन्द केन्द्र, कन्याकुमारी), डॉ. वी.पी. जोहरापुरकर (प्राध्यापक, संस्कृत), अपने अग्रज श्री भरतचन्द्र चतुर्वेदी (आई. ए. एस., भोपाल), तथा अपनी मित्र श्रीमती मालती तिवारी (सुपुत्री, स्व. डॉ. हजारीप्रसाद द्विवेदी) के प्रति, जिन्होंने पाण्डुलिपि को आद्योपान्त पढ़, मूल्यवान् सुझाव देकर 'महाभारती' को सुगठित तथा परिमार्जित करने का सुयोग प्रदान किया। पद्मभूषण आदरणीय डॉ. उमाशंकर जोशी एवं श्री लक्ष्मीचन्द्र जी जैन के प्रति मैं हार्दिक कृतज्ञता अनुभव करती हूँ जिन्होंने 'महाभारती' की कथा एवं प्रकाशन में प्रारम्भ से ही गहरी रुचि ली।

गणेश-पूजन तो प्रारम्भ में ही कर देना चाहिए था ताकि विघ्न न पड़ें। विघ्न तो अब पड़ ही चुके हैं, इसलिए विघ्नहर गणेश का पूजन अन्त में कर रही हूँ। भारतीय ज्ञानपीठ को हार्दिक धन्यवाद!

अन्त में पाठकों से दो शब्द और। पता नहीं इस कथा के माध्यम से द्रुपदसुता आपके कितने निकट पहुँच सकी है या आपने कितने निकट पाया है। वह अपनी मर्म-कथा सुनाकर आपको द्रवित कर सकी अथवा नहीं। मेरी लेखनी की दुर्बलता व अभिव्यक्ति के दोषों के होते हुए भी, यदि आपमें संवेदनाएँ हैं तो आपका मन उद्वेलित अवश्य हुआ होगा। यही उद्देश्य है 'महाभारती' का। यही आशा व आकांक्षा भी। पुरुष द्वारा पण्य बनायी गयी एक तेजोमय नारी की व्यथा-कथा समर्पित है—हिन्दी के संवेदनशील मानसों को!

—चित्रा चतुर्वेदी 'कार्त्तिका'

अनुक्रम

खण्ड एक : पार्थ-प्रिया

युवराज्ञी पर्व 17
वधू पर्व 31
प्रिया पर्व 59
विरह पर्व 83
महाराज्ञी पर्व 89
मानिनी पर्व 97

खण्ड दो : कृष्ण-क्रिया

कपट पर्व 111
करुणा पर्व 119
कष्ट पर्व 145
पीड़ा पर्व 168
ज्वाला पर्व 185
गीता पर्व 220
आहुति पर्व 230
क्षमा पर्व 247
धैर्य पर्व 258
महासखी पर्व 275
सान्ध्य पर्व 284

खण्ड : एक

पार्थ-प्रिया

1. युवराज्ञी पर्व

चारों वर्णों के कौतुक प्रेमीजन एकत्रित हो गये थे और उस एकत्रित जनसमूह ने महासागर जैसा रूप धारण कर लिया था। धनुर्विद्या के प्रकाण्ड ज्ञाता आचार्य द्रोण का भव्य व्यक्तित्व अनोखी छटा बिखेर रहा था। श्वेत वस्त्र, श्वेत यज्ञोपवीत, श्वेत श्मश्रु, श्वेत केश, श्वेत चन्दन से अनुलेपित प्रशस्त ललाट और विशाल वक्ष पर झूलती श्वेत पुष्पों की विराट माला।

दूसरी ओर से भरतवंश के वीर राजपुत्रों का आगमन हो रहा था। तूणीर बाँधे, धनुष, गदा एवं शक्ति धारण किये वे गन्धर्व-सम सुन्दर कुमारगण सिंह की गति से प्रवेश कर रहे थे। रक्त चन्दन से सबके भाल प्रदीप्त थे। रक्त-पुष्प मालाएँ कण्ठ में झूल रही थीं। जिस प्रकार तपे-तपाये स्वर्ण के आभूषणों से वे मण्डित थे वैसी ही तपी-तपायी सुगठित उनकी देहयष्टि थी।

सभामण्डप के केन्द्र में एक ऊँचे मंच पर राजवंश के सदस्यगण बैठे थे और वहीं बैठी थीं कुलवधुएँ—महाराज्ञी गान्धारी, भोजपुत्री देवी कुन्ती तथा कई अन्य देवांगनाओं-सी सुन्दर परिचित-अपरिचित राजकन्याएँ।

शिल्पियों द्वारा रचित उस अभूतपूर्व सुसज्जित रंगमण्डप में आज कुरु-राजपुत्रों द्वारा शस्त्रकौशल का प्रदर्शन एवं लक्ष्यवेध की अन्तिम परीक्षा थी। आचार्यवर ने एक ऊँचे से वृक्ष पर श्येन पक्षी रख दिया था, जिसका शिरोच्छेदन करना था। प्रत्येक कुरुकुमार आता, और आचार्य एक ही प्रश्न पूछते—

"वत्स! तुम क्या देख पा रहे हो?"

सभी राजपुत्र सम्पूर्ण दृश्य का विशद वर्णन करते और आचार्य निराशा से सिर हिला देते। जिसका ध्यान इतनी वस्तुओं पर बिखरा है वह क्या और कैसे एक पर ध्यान केन्द्रित कर पाएगा! लक्ष्यवेध के लिए तो एकाग्रता चाहिए—राजपुत्रों में इसका अभाव था। सव्यसाची अर्जुन के आते ही आचार्य के निराश मुखमण्डल पर आशा और उत्साह की आभा खेल गयी। अपने भाल से निराशा के स्वेदकण पोंछते हुए उन्होंने अपना प्रश्न दुहराया, "बोलो पुत्र, क्या देख पा रहे हो तुम? यह राज-समुदाय, गुरुजन, पितामह, वृक्ष, पक्षी... ?"

"क्षमा करें गुरुवर!...मैं तो वह वृक्ष-शाख भी नहीं देख पा रहा जिस पर श्येन पक्षी रखा है। मुझे इस समय केवल श्येन पक्षी मात्र ही दृष्टिगोचर हो रहा है जिसका शिरोच्छेदन करने की आपने आज्ञा दी है।" अर्जुन ने लक्ष्य साधे ही उत्तर दिया। गुरु प्रसन्न हो उठे। आदेश मिलते ही अर्जुन ने क्षुर-वाण छोड़ा और पलक झपकते श्येन-मस्तक उड़कर विलुप्त हो गया। मुग्ध प्रजा साधु-साधु कह उठी। गुरु ने गद्गद होकर अपने प्रिय शिष्य को कण्ठ से लगा लिया।

वह स्तम्भित थी। अवाक् थी। पांचाल नरेश दुपद की अल्पवयस्क किशोरी राजकन्या द्रौपदी अपने कुछ सम्बन्धियों के साथ इस दृश्य का आनन्द ले रही थी। उस अपरिचित राजपुत्र अर्जुन के जयघोष से वह रोमांचित हो आयी और उसका नन्हा हृदय अकारण ही आन्दोलित हो उठा।

उसके बाद कितनी ही स्पर्धाएँ हुईं। रथ-संचालन, लक्ष्यवेध, खड्ग और कृपाण के प्रयोग! गदा-युद्ध में पारंगत भीमसेन और दुर्योधन वीरोचित उत्तेजना में एक-दूसरे के प्राणों के ग्राहक बन गये। बड़ी चेष्टा से गुरु-पुत्र अश्वत्थामा ने दोनों को एक-दूसरे से विलग किया। किन्तु धनंजय की कोई समानता नहीं कर पाया। अकेले अर्जुन ही आग्नेयास्त्र छोड़कर अग्नि प्रज्वलित कर सके। उन्होंने वारुणास्त्र छोड़कर जलधारा उत्पन्न की और वायवास्त्र छोड़कर वेगवती वायु प्रवाहित कर जनता का मन मोह लिया। प्रजा हर बार उत्साह से उठ खड़ी होती और कुन्तीपुत्र अर्जुन की जय-जयकार के तुमुल नाद से आकाश गुँजा देती। प्रत्येक जयघोष द्रुपदनन्दिनी के हृदय में तुमुल ज्वार उठा देता। उसकी विकल दृष्टि रह-रहकर धनंजय पर ही टिक जाती।

"ऐसा न सोचो अर्जुन, कि पृथ्वी पर तुम ही एक पराक्रमी वीर बचे हो! जो शस्त्र-संचालन और युद्ध-कौशल तुमने यहाँ प्रदर्शित किया है, मेरे बायें हाथ का खिलवाड़ है। यदि गुरुवर आज्ञा दें तो मैं अपनी योग्यता सिद्ध करूँ!" राधानन्दन कर्ण वृषभ की भाँति रंगशाला के मध्य अड़ा था। उसके चुनौतीभरे स्वर से सभा में उत्तेजना फैल गयी। किन्तु पृथापुत्र अर्जुन अविचलित थे। मुस्कराकर बोले, "बिना निमन्त्रित हुए भी सभा में आनेवाले राधापुत्र! तुम्हारा आचरण सर्वथा निन्दनीय है। अतः ऐसे निन्दनीय व्यक्ति जिस लोक के योग्य हैं, मैं उसी लोक में तुम्हें अभी पलभर में पहुँचाता हूँ...!"

"वाह रे वीर अर्जुन! आक्षेप करना सदा दुर्बलों और कायरों की नीति रही है। यदि तुम सचमुच ही पराक्रमी हो तो आओ, वाणों के माध्यम से चर्चा करें!"

उत्तेजना बढ़ चली। यह देख शरद्वान्-पुत्र कृपाचार्य ने हस्तक्षेप किया, "कर्ण! कुन्तीदेवी के पुत्र अर्जुन कुरुवंश के अमूल्य पुत्ररत्न हैं। महाबाहो! ये अपने समकक्ष ही किसी राजवंशीय व्यक्ति से द्वन्द्व-युद्ध कर सकते हैं, स्वयं से हीन कुल में उत्पन्न व्यक्ति से नहीं। अतः पहले तुम अपने माता-पिता एवं कुल का परिचय दो और समाज को बताओ कि तुमने किस राजवंश को अलंकृत किया है...तुम किस राजपरिवार के

कुलभूषण हो!''

कर्ण का मुख आरक्त हो उठा। निस्सन्देह वह वीरपुरुष था, किन्तु राजपुरुष...कदापि नहीं!

''अरे सूत-पुत्र! तू तो पाण्डुनन्दन अर्जुन के हाथों से मरने के योग्य भी नहीं! तेरे हाथ में तो धनुष शोभा ही नहीं देता। सारथी! प्रतोद धारण कर हाथ में—प्रतोद!'' वीरवर भीम दहाड़ उठे।

कर्ण के अनन्य सखा दुर्योधन से यह सहा न गया। आगे बढ़ वह गरज उठा—

''शान्त रहो वृकोदर! क्या कोई सरिताओं का उद्‌गम जान सकता है? क्या कोई शूरवीरों की उत्पत्ति जान सकता है? भीमसेन, नदियों और पराक्रमी व्यक्तियों की उत्पत्ति का कारण कोई नहीं जानता, न कोई पूछता है। पराक्रमी व्यक्ति का कुल-परिचय नहीं पूछा जाता। उसका शौर्य एवं पराक्रम ही उसका श्रेष्ठ परिचय है। यदि हीन जाति में भी जन्म पाकर व्यक्ति पराक्रमी हो तो उसके पराक्रम को विश्व में सदा सम्मान दिया जाता है। अतः उचित यही है कि अर्जुन कर्ण की चुनौती वीरों की भाँति स्वीकार करें। यही क्षात्र-धर्म है।''

अचानक महिला-वर्ग में हलचल मच उठी। महारानी कुन्ती अचेत हो गयी थीं। केवल महात्मा विदुर जानते थे उनके मूर्च्छित होने का कारण, यह कि अपने दोनों पुत्रों कर्ण एवं अर्जुन को परस्पर युद्धोद्यत देखकर पृथा विचलित हो गयी है। पितामह उद्विग्न हो उठे—कहीं कुछ अघटनीय न घटित हो जाये। वे खड़े हुए और दूरदर्शितापूर्वक अस्ताचलगामी सूर्य की ओर इंगित कर उन्होंने समारोह समाप्त होने की घोषणा कर दी। आरोप-प्रत्यारोप, आक्षेप, चुनौती और उत्तेजना के वातावरण में सभा विसर्जित हो गयी।

अजेय अर्जुन महिला-समाज की ओर आये—माता के चरण-स्पर्श करने और उनकी अनायास अस्वस्थता के विषय में पूछने। चरण-स्पर्श करते हुए उन्हें अनुभव हुआ कि कहीं से दो शुभ्र तारक उनके श्रीमुख को अपलक निहार रहे हैं। वे सहसा संकुचित हुए और मुड़कर देखा—एक अल्पवयस अनिन्द्य सुन्दरी चित्रलिखित-सी खड़ी थी। वह मुग्ध थी। अर्जुन के युद्धकौशल से अचम्भित और विमोहित! अर्जुन की सुगठित देहयष्टि, वृषभ-स्कन्ध और सिंह-सम चाल पर वह किशोरी ठगी-सी रह गयी थी। अर्जुन एकाएक अपनी दृष्टि उसपर से हटा नहीं पाये। जब हटा ली तो पुनः क्षणभर में उनकी दृष्टि उन्हीं नील शुक्र-तारकों में उलझकर रह गयी। कितनी निर्मल-नील ज्योति थी—उन दो अबोध शुक्र-तारकों में। कौन है यह नयनतारा? बेसुध द्रुपदसुता सहसा संयत हो गयी और लजाकर उसने दृष्टि चुरा ली। तब ऐसा कुछ हुआ था, जो कभी नहीं हुआ था। कपोलों पर कितनी गुलाबी साँझें एकसाथ झूम उठीं! और अब, अर्जुन ठगे-से खड़े थे।

भीड़ में से चलते-चलते उन्होंने एक भरपूर दृष्टि पुनः उस अपरिचित बाला पर

डाली। किन्तु तब उसकी दृष्टि किसी और दिशा में व्यस्त थी। मुख का भाव बदल चुका था। लाज के स्थान पर तेज था, कठोरता थी। भँवें कमान-सी तनी हुई थीं। नयनों में वितृष्णा थी। अर्जुन ने उसकी दृष्टि का पीछा किया तो उनकी दृष्टि पहुँची धार्तराष्ट्र दुर्योधन पर। दुर्योधन कर्ण के कण्ठ में बाँह डाले द्रुपदसुता की ओर इंगित कर हँसते हुए कुछ कह रहा था, जो शायद उचित न था। उस अपरिचित बाला के लिए अकारण ही अर्जुन का रक्त खौल उठा, बाहु फड़क उठीं। अर्जुन और दुर्योधन की दृष्टि परस्पर मिली। अर्जुन के नेत्रों में तिरस्कार था, दुर्योधन के नेत्रों में ढीठता।

अन्तिम बार अर्जुन और द्रुपदसुता में दृष्टि विनिमय हुआ, और द्वादश वर्षीया किशोरी एकाएक युवती हो गयी। नयनों में गहन अनुनय था, प्रेम था, लज्जा थी। आन्दोलित हृदय पर आँचल थामे वह चली जा रही थी—जैसे आँचल में अर्जुन की उस दृष्टि को भी समेटती, सँभालती ले जा रही हो। नीची दृष्टि किये, काँपते चरणों से सखियों के साथ वह चली गयी और अर्जुन खोये-से खड़े रह गये। अपनी उस दिन की उपलब्धि, विजयश्री, प्रशंसा, प्रशस्ति, आशीर्वाद, सफलता—सब कुछ भूल चुके थे वे। केवल स्मरण थे—तो दो शुभ्र नील-तारक। कौन थी वह नयनतारा? कौन थी वह शुक्रबाला?...

कर्ण और दुर्योधन, पाण्डुपुत्र अर्जुन और द्रुपदपुत्री के परस्पर मुग्ध दृष्टि-विनिमय को देख ढीठता से हँसते हुए बाहर चल दिये।

उस दिन के बाद से द्रुपद-सुता वैसी न रही जैसी वह पहले थी। उसकी बाल-सुलभ चंचलता मन्थरता में बदल गयी। अल्हड़पन का स्थान अलसभाव ने ले लिया। एक अनोखी स्वप्निलता में डूबती-उतराती वह वातायन से मेघमालाएँ निहारती प्रतीक्षा करती। दूर क्षितिज के पार स्वप्नलोक से आएगा उसका राजकुमार—श्वेत अश्वों पर आरूढ़ हो! सौम्य, शान्त, धीर, गम्भीर, श्वेत-वाहन धनंजय! दिन-दिन उसकी काया क्षीण हो रही थी। सखियाँ चिन्तित हुईं। भाई धृष्टद्युम्न चिन्तित हुआ। महाराज द्रुपद चिन्तित हुए। अपनी प्रिय सखी धीरा के समक्ष धीरे-धीरे पांचाली ने अपनी सारी मनोव्यथा उँड़ेल दी कि कौन उसके स्वप्नों में आता है और उसकी नींद चुरा ले जाता है।

"महाराजकुमारी द्रौपदी विवाह योग्य हो चुकी है, किसी सुयोग्य वर के हाथ में उसे सौंप दूँ तो निश्चिन्त हो जाऊँगा।...काश, पाण्डुनन्दन महावीर अर्जुन को अपने जामाता के रूप में पा सकता!...अर्जुन पराक्रमी हैं, उच्च कुल के हैं और यदुकुल-नन्दिनी महारानी कुन्ती के पुत्र हैं। अपनी सर्वगुणसम्पन्न सुलक्षणा पुत्री कृष्णा के लिए कोई अन्य ऐसा योग्य वर मुझे नहीं सूझ रहा...।" महाराज द्रुपद अपने पुरोहित, पुत्र एवं प्रमुख मन्त्रियों से कह रहे थे।

पांचाली ने सुना तो जैसे उसके तन-मन-प्राण में पंख लग गये। वह दौड़ी

नहीं—उड़ चली। हँसते-थिरकते हुए आकर उसने अपने शुक-सारिकाओं के स्वर्ण-पिंजरों को वेग से हिला डाला, और वे समवेत स्वरों में पुकार मचाने लगे, "महाराजकुमारी प्रसन्न हैं...आज महाराजकुमारी प्रसन्न हैं...सखी धीरा! ओ सखी सुमना! देखो तो! आज राजदुलारी प्रसन्न हैं...!"

हँसती खिलखिलाती सखियों की भीड़ लग गयी। राजकन्या की मुँहलगी, सिरचढ़ी सारिका प्रियंवदा ने तब बड़े गम्भीर स्वर में पूछ डाला, "महापराक्रमी राजकुमार अर्जुन आ गये क्या?"

महाराजकुमारी लज्जा से आरक्त हो उठी, "वाचाल! शठ! चुप रह।" किन्तु...सारिका ने भेद तो खोल ही दिया था और सखियों की खिलखिलाती हँसी के बीच अब वह कर भी क्या सकती थी।

लेकिन महाराज द्रुपद की पूरी बात उसने सुनी कहाँ थी? उनके मन में संशय था। क्या द्रोणाचार्य अपने प्रिय शिष्य अर्जुन को अपने शत्रु द्रुपद का जामाता बनने देंगे? अर्जुन पर गुरुवर द्रोण का प्रबल प्रभाव था, और द्रोणाचार्य महाराज द्रुपद से कुपित थे।

उस दिन अचानक नगर में हलचल मच गयी। चारों ओर कोलाहल और भगदड़ थी। कुरुपुत्रों ने दुर्योधन के सेनापतित्व में पांचाल देश पर आक्रमण कर दिया था। यह सर्वथा अघोषित आक्रमण था जिसकी पूर्वसूचना अथवा चेतावनी नहीं दी गयी थी। आक्रमण किसी भी दृष्टि से वीरोचित नहीं था। अनायास पांचाल देश में घुसकर कुरुपुत्र व उनके सेनानी लूटखसोट करने लगे थे। निर्दोष नागरिक मारे जा रहे थे और प्रजा त्राहि-त्राहि करती चारों दिशाओं में भाग रही थी। पांचालनरेश ने पुत्रों सहित अपनी चतुरंगिणी ले कौरवों पर कसकर प्रहार किया। घमासान युद्ध हुआ। दुर्योधन आदि तो वीरों का सामना करने नहीं आये थे, वे तो मात्र लूट-मार मचा रहे थे। महाराज द्रुपद, धृष्टद्युम्न एवं शिखण्डी के तीक्ष्ण वाण-प्रहार के समक्ष कुरु-सेना टिक नहीं पायी।

आचार्य द्रोण के समक्ष पराजित कौरवकुमार अपनी असफलता पर सिर लटकाये खड़े थे। आचार्य विक्षुब्ध थे। उनके आचार्यत्व एवं द्रुपद के राजत्व का यह संघर्ष था और उनका आचार्यत्व पराजित हुआ था। द्रोणाचार्य भुला नहीं पाते थे कि नितान्त दीनहीन दरिद्र अवस्था में जब वे अपने सहपाठी एवं बाल-सखा पांचालनरेश द्रुपद के राजसमाज में आजीविका की आशा में पहुँचे थे तो किस दम्भ और अहंकार के साथ महाराज द्रुपद ने उन्हें पहचानना तक अस्वीकार कर दिया था। वह अपमान आचार्य द्रोण के उर में शूल की भाँति चुभ रहा था। कालान्तर में वे जब कुरु-राजपुत्रों के गुरु हुए तब से उनके मन में यह तीव्र अभिलाषा थी कि एक बार द्रुपद के राजमद को वे अवश्य चूर-चूर करेंगे। और जब उनके कुरुवंशी शिष्य धनुर्विद्या में दक्ष हो गये तो यही अभिलाषा उन्होंने शिष्यों से प्रकट की कि वे पांचालनरेश को बन्दी बनाकर उनके समक्ष

ले आएँ। पराजित धृतराष्ट्र-पुत्रों की अकर्मण्यता व शिथिलता देख गुरु का ब्राह्मण-अहं जाग्रत् हो गया था। ये क्षत्रिय हैं! ये राजपुत्र हैं जो युद्ध करके पांचालनरेश को बन्दी न बना सके! जो गुरु-दक्षिणा देने में असमर्थ रहे...और एक एकलव्य था जिसने उनके कहते ही दाहिने हाथ का अंगुष्ठ तक विनम्रता से काटकर गुरु के चरणों में रख दिया था!...उनके आचार्यत्व का यह अपमान! उनकी दी हुई शिक्षा-दीक्षा भी इन कुरु-पुत्रों को वीर नहीं बना सकी!

"गुरुवर! क्षमा करें। एक अवसर हम लोगों को भी दें! आज्ञा दें गुरुवर कि इस बार हम लोग पांचाल-राज्य पर आक्रमण करके वहाँ के राजन्य को बन्दी बनाकर आपके चरणों में डाल दें।" अर्जुन, भीम, युधिष्ठिर, नकुल और सहदेव हाथ जोड़े विनम्र स्वर में प्रार्थना कर रहे थे।

आचार्य ने अर्जुन को देखा तो उनका जैसे आधा विषाद समाप्त हो गया। हृदय में आशा का संचार हुआ। "जाओ वत्स! स्यात् यह कार्य तुम्हारे द्वारा ही सम्पन्न होना निर्दिष्ट हो।"

इधर धृतराष्ट्र-पुत्रों को हराकर पांचालनरेश प्रसन्न थे। राज्य में हर्ष मनाया जा रहा था कि तभी नगरभर में विद्युत्-तरंग-सा यह समाचार फैल गया कि अब पाण्डु-नन्दन अर्जुन के सेनापतित्व में पुनः कुरु-सेनाएँ आक्रमण हेतु आ रही हैं। अर्जुन का नाम सुनते ही पूरा राज्य सन्त्रस्त हो उठा—वह तो विकट योद्धा है!...

वसन्तोद्यान में झूला झूलती पांचालकुमारी के नूपुर युक्त चरण एकाएक भूमि पर टिक गये। झूला रुक गया। उर-स्पन्दन तीव्र हो गया। दु:ख, भय, अपमान, लज्जा! कैसी मिश्रित-सी अद्‌भुत अनुभूति! दु:ख भी नहीं, भय भी नहीं, अपमान भी नहीं, लज्जा भी नहीं—कैसी अद्‌भुत अनुभूति! अर्जुन कहीं जीत गये तो...पांचाल राज्य...द्रुपदनरेश...राजपरिवार! ओह!...और अर्जुन कहीं वीरगति पा गये तो...तो...ओह! नहीं! आगे नहीं सोचा जाता।...और अनिश्चितता बढ़ते ही झूला फिर आरम्भ हो गया...गति बढ़ गयी...और द्रुत... और तीव्र... और तीव्र...।

अर्जुन सैन्य-संचालन करते हुए नगर में आ गये थे। उनकी सिंह-गर्जना सुनाई दे रही थी, "कुरु-सैनिको! आप युद्ध करने आये हैं, निर्दोष नागरिकों को आतंकित करने नहीं! सामान्य प्रजाजन से हमारी शत्रुता नहीं। हर नागरिक हमारे सम्मान का पात्र है। नागरिकों को कोई कुरु-सैनिक नहीं सताये। हे पांचाल राज्य के नर-नारी! आबाल-वृद्ध, नर-नारी! आप लोग भयभीत न हों। हमारा कोई सैनिक मर्यादा के परे नहीं जाएगा। आपको किसी प्रकार आतंकित नहीं किया जाएगा। निर्भय हों! निर्भय हों! हमारा युद्ध महाराज द्रुपद व उनकी सेना से है। नागरिक निर्भय हों! निर्भय हों! निर्भय हों!..."

पांचाल-नागरिकों ने सुना तो अभिभूत हो पाण्डव-वीर अर्जुन का जयघोष कर उठे। महाराज द्रुपद ने सुना तो मुग्ध हो गये। वे आज अर्जुन को निकट से देख रहे थे—

अर्जुन ने कब से उनके हृदय में जामाता का रूप धारण कर लिया था! वे पुलकित थे। नहीं! अर्जुन का बाल बाँका भी न होने दूँगा—इस दृढ़ निश्चय के साथ वे आगे बढ़े।

कुछ समय पश्चात् ही राजमहल में रुदन और भय के विभिन्न स्वर गूँज रहे थे। नगर में त्राहि-त्राहि मच गयी थी। पाण्डुपुत्र अर्जुन ने महाराज द्रुपद को बन्दी बना लिया था। आचार्य द्रोण के समक्ष वे पांचालनरेश को उस बन्दी अवस्था में ही प्रस्तुत करने हेतु ले जा रहे थे। प्रजाजन विकल हो यह दृश्य देख रहे थे।

द्रोणाचार्य ने जब देखा कि उनका दम्भी सहपाठी उनके शिष्य के हाथों अन्ततः बन्दी हुआ तो दग्ध हृदय को हिमशीतलता मिली। देखा, अन्ततः ब्राह्मणत्व के समक्ष क्षत्रियत्व कैसा पराजित हुआ! कहाँ गया वह दम्भपूर्ण राजत्व?...

पांचालनरेश ने द्रोणाचार्य को देखा। निकट खड़े तरुण वीर अर्जुन को देखा, और उन्हें दिन-प्रतिदिन कृष्णपक्ष की क्षीण होती ज्योत्स्ना-सी अपनी पुत्री याज्ञसेनी स्मरण हो आयी। बड़े चातुर्य से उन्होंने ब्राह्मण-देवता द्रोणाचार्य को प्रसन्न किया और फिर उनके अभिन्न मित्र हो गये। फिर पाण्डुपुत्रों का व उनके गुरु का अभूतपूर्व स्वागत हुआ। पांचाली ने दीर्घ श्वास लिया। संघर्ष समाप्त हुआ। संकट टला और वह पुनः स्वप्नों के इन्द्रधनुषी झूले में झूलने लगी।

बिना अधिक समय गँवाये पांचालनरेश ने अपनी एकमात्र दुलारी पुत्री के स्वयंवर की घोषणा कर दी। पांचाली की मनःस्थिति स्नेहशील पिता से छिपी न थी। अपनी एकमात्र पुत्री के भविष्य, सुखी जीवन के लिए वे कितने आतुर थे! महाराजकुमारी की अन्तरंग सखियों को बुला-बुलाकर वे उसके विषय में सब जान चुके थे। और इसीलिए उन्होंने कठोर लक्ष्यवेध प्रतियोगिता को अपनी ओजस्विनी पुत्री के स्वयंवर का आधार बनाया।

हँसती व उल्लसित प्रतीक्षारत युवराज्ञी याज्ञसेनी का सुख विधाता से अधिक न देखा गया। अकस्मात् पुनः ध्वंस आया और मदोन्मत्त गजेन्द्र द्वारा निर्ममता से रौंदी गयी पद्मलता की भाँति वह अपनी रत्नजटित शय्या पर मूर्च्छित हो ढह गयी। तडित् वेग से यह समाचार फैला था कि वीरवर अर्जुन सहित चारों पाण्डुनन्दन एवं माता कुन्ती लाक्षागृह में जलकर भस्म हो गये। महाराज द्रुपद स्तम्भित रह गये। यह क्या हुआ भगवान्! स्वयंवर की तिथि निश्चित हो चुकी थी। सुदूर राज्यों के राजपुरुषों को निमन्त्रण जा चुके थे और यह वज्रपात! स्वयंवर की तैयारियाँ हो रही थीं। नगर में उल्लास था और उस हास-परिहास के बीच पांचालकुमारी तपस्विनी पार्वती बनी बैठी थी। अपर्णा-सी आहार त्यागे, निद्रा त्यागे वह कृष्णपक्ष की चन्द्रप्रभा-सी दिन-दिन निस्तेज एवं क्षीण हो रही थी। सब लोग कहते—पाण्डुपुत्र काल कवलित हो गये। वह सिहर उठती। विचलित होती। सखी धीरा के कन्धों पर सिर रखकर चुपचाप अश्रु बहाती रहती। दिन-रात प्रार्थना करती। उसकी आशालता मुरझा गयी थी, फिर भी न

जाने क्यों, निर्मूल नहीं हुई थी! आशा पूर्णत: टूटी नहीं थी। वह रातभर अश्रुपूरित नयनों से विधाता से अर्जुन के जीवनदान की भिक्षा माँगती। अर्जुन को उसने मानसिक रूप से तभी वरण कर लिया था जिस पल दोनों के नयन उलझे थे और जो फिर सुलझे नहीं। जिस मानस में एक मूर्ति की, एक आराध्य की मंगल-स्थापना हो चुकी थी, प्राण-प्रतिष्ठा हो चुकी थी, उसमें अब दूसरी कैसे सम्भव होगी? उसकी स्थिति कहीं काशीराज की राजपुत्री अम्बा जैसी ही तो नहीं, जो शाल्व में अनुरक्त थी और अन्त में जिसने आत्महत्या की! उसे विश्वास न होता कि उसके स्वप्नों की तोरणमाला इस प्रकार पूर्ण होने से पूर्व ही खण्डित हो जाएगी।

पौष मास का शुक्लपक्ष, एकादशी और रोहिणी नक्षत्र। इस पुण्य वेला में पांचाल राज्य जगमगा उठा था। समूचे आर्यावर्त के सर्वाधिक प्रभावशाली राजा पांचालनरेश महाराज द्रुपद की अपूर्व सुन्दरी विधि, नीति, धर्म, दर्शन एवं तर्कशास्त्र में निपुण एकमात्र पुत्री का स्वयंवर था। युवराज्ञी के रूपगुण की ख्याति कस्तूरी सुगन्ध-सी सुदूर देशों तक फैली हुई थी। अत: स्वयंवर में अभिलाषी नृपों की भीड़ थी। कितने राजन्य स्वप्न सँजोकर आये थे कि ऐसी अमूल्य कन्या रत्नमाला उन्हीं के कण्ठ में पड़ेगी।

महाराज द्रुपद ऊपर से धीर गम्भीर थे एवं आमन्त्रित राजन्यों के प्रति अपने कर्तव्यों को बड़ी निष्ठा एवं तत्परता से पूर्ण कर रहे थे किन्तु उनका हृदय उद्विग्न था, विचलित था। जिस क्षण सूचना मिली थी कि पाँचों पाण्डव-वीर अपनी वीरप्रसू माँ के साथ दुर्योधन की कुटिल योजना की ज्वालाओं में भस्म हो गये, उसी क्षण उनकी समस्त आशाएँ तिरोहित हो गयी थीं। अर्जुन काल-कवलित हो गये। अब कौन? कौन अब भूतल पर उनकी सुयोग्य पुत्री का वर होने योग्य बचा? इस दुरूह लक्ष्य को केवल शार्ङ्गविद्या के धनी पार्थ ही वेध सकते थे। किन्तु प्रभु! अब क्या होगा?

वह विशाल रत्न-मण्डप कठोर परिश्रम से चतुर विश्वकर्माओं ने निर्मित किया था। असंख्य मणियाँ झिलमिला रही थीं। तोरण-मालाओं, झालरों, कंगूरों और वन्दनवारों की शोभा अद्भुत थी। विशाल मणिस्तम्भ! विराट द्वार! सुदीर्घ दीपाधार धूप, अगरु, चन्दन और पुष्प-मालाओं से परिपूर्ण था स्वयंवर-मण्डप। स्थान-स्थान पर मंगलघट रखे थे। स्थान-स्थान पर चौक पूरे गये थे। सौभाग्यवती नारियों के वस्त्राभूषणों से अलंकृत समूह मंगलगान को उत्सुक खड़े थे।

न जाने कहाँ-कहाँ के राजा-महाराजा अपने देश की विविध वेश-भूषा, झिलमिलाते किरीटों से सुसज्जित बैठे, अपने भाग्योदय की प्रतीक्षा में रत थे। कौशेय-वस्त्र, चीनांशुक, मणि-मालाएँ, कण्ठहार, विभिन्न प्रकार के अस्त्र-शस्त्र भी उनके मुख के भावों को छिपाने में असमर्थ थे।

मण्डप के मध्य एक जलकुण्ड था, जिसके ऊपर छत से लगा एक यन्त्र चक्रवत्

तीव्र गति से घूम रहा था। उसी यन्त्र में एक मीन सिर के बल लटकी हुई यन्त्र के साथ-साथ घूम रही थी। पांचाल महाराजकुमारी द्रौपदी से विवाह करने को उत्सुक राजन्यों को नीचे जलकुण्ड में मत्स्य का प्रतिबिम्ब देखकर ऊपर लक्ष्य साधकर उसका नेत्र वेधना था।

पांचालनरेश के सिंहासन की बायीं ओर एक उठे हुए मंच से जैसे केसर-प्रभा बिखर रही थी। साक्षात् लक्ष्मी-सम रूपवती उनकी पुत्री, यज्ञकुण्ड से उत्पन्न तेजस्विनी राजकुमारी याज्ञसेनी प्रदीप्त दीपशिखा-सी सखियों के मध्य खड़ी थी। अपूर्व शृंगार था उसका! शृंगार यदि न भी होता तो भी उसका सौन्दर्य पूर्ण चन्द्र-सा ही रहता। किन्तु निकट खड़ी सखियों को दिख रही थी—उस अनूठे शृंगार के पीछे झलकती हुई उसकी गहन मनोव्यथा। कोमल मुखकमल कुम्हलाया हुआ था। कई निशाओं के जागरण से और सतत अश्रुपात से नयन-पाँखुरी फूल उठी थी। अभी भी उन पर व्यथा के शिशिर कण बीच-बीच में झिलमिला जाते। सूने सजल नेत्रों की व्याकुल दृष्टि छिपे-छिपे उस सभागार में किसी को ढूँढ़ती, और फिर निराश होकर हताश हो, शिथिल-सी लौट आती। उसके मन का मीत क्या जीवित था जो वहाँ आता? और तब एक दीर्घ नि:श्वास कराहता हुआ-सा निकल पड़ता।

आमन्त्रित राजन्य जब उस रूपराशि को लालायित दृष्टि से निहारते तो उनका मुखमण्डल प्रदीप्त हो उठता। दूसरी बार उस कठोर लक्ष्यवेध की ओर देखते तो भाल पर स्वेद कण छलछला उठते।

एक के बाद एक भूपति उठते। उनके स्वागत में करतल ध्वनि होती, उनका उत्साह बढ़ाया जाता, किन्तु उनके छोड़े बाण विभिन्न दिशाओं में जाते, और अट्टहास से रंगमण्डप गूँज उठता। राजा अपने स्थान पर भाल से स्वेद कण पोंछते हुए निराश हो बैठ जाते। जरासन्ध, शिशुपाल, शल्य, चित्रसेन, कुण्डक, दुर्योधन, आदि समस्त महारथी असफल हो चुके थे। 'दुर्भाग्य! दुर्भाग्य!' प्रत्येक बार ही जनसमूह के मुख से नि:सृत होने लगा और अन्त में एक नैराश्यपूर्ण सामूहिक नि:श्वास!

पांचाली ने नेत्र मूँद लिये थे। एकाग्रचित्त से वह देवी-देवता स्मरण कर रही थी। हे रुद्र! हे वसु! हे इन्द्र! मैंने कभी किसी पुरुष की कामना की है, तो वे गाण्डीवधारी आर्य अर्जुन ही हैं।...और मेरी कठोर साधना के साथ ऐसा क्रूर उपहास! अपनी दाहिनी बाँह से उसने सखी के कन्धे का सहारा लिया और व्याकुल स्वर में बोली, "धीरा! सखि! इस विशाल राजसमुदाय में वास्तव में कहीं सव्यसाची नहीं दिख रहे क्या!"

धीरा भयभीत हो उठी। पलभर महाराजकुमारी को निहारा और काँपते स्वर से बोली, "किन्तु देवी! वे तो लाक्षागृह की अग्निज्वालाओं में..."

"नहीं! वे जीवित हैं। मेरा मन कहता है, वे जीवित हैं। तू उन्हें देख—ढूँढ़, नहीं तो मेरा अवगुण्ठन तनिक ऊँचा कर दे। मैं स्वयं ढूँढूँगी। समय के साथ-साथ मेरी आकुलता बढ़ती जा रही है।...पता नहीं भाग्य में क्या है...?"

ये समस्त नरेश, राजपुत्र पंक्तिबद्ध बैठे कैसी लोलुप दृष्टि से देख रहे हैं!...अ:ह वही घृणित दुर्योधन, दु:शासन, वायुवेग...विरोचन...शकुनि...शल्य! कितने राजा...लेकिन कहाँ है मेरे मन का राजा! हे देवेन्द्र, कहाँ है वह श्वेतवाहन जो श्वेत अश्वों वाले मायाजाली रथ पर बैठ प्रतिनिशा मेरे स्वप्नमहल में आकर मुझे व्याकुल कर जाता है!...

"वह व्यक्ति...कौन?...कौन है वह?...आर्य...अर्जुन...! अहो धीरा, वह देख...वह कौन है...वहाँ सम्माननीय ब्राह्मण-मण्डली में?"...

"कहाँ देवी...वह तो कोई ब्राह्मण युवक है। तभी तो ब्राह्मणों में बैठा है...वही न, जिसके दीर्घ श्मश्रु हैं, जिसका सम्पूर्ण प्रशान्त ललाट शुभ्र चन्दन से अनुलेपित है...और जिसका सुदीर्घ तिलक नासिका के मध्य से प्रारम्भ हुआ है और समूची देह पर भस्म लगी हुई है...?"

पांचाली आशान्वित हो उठी, "हाँ, धीरा, वही...वे ही तो हैं आर्य अर्जुन...! वे ही विशाल गम्भीर निश्छल नेत्र! प्रशान्त ललाट सुडौल तीक्ष्ण नासिका, वृषभ-स्कन्ध! कितने सौम्य, शान्त, धीर-गम्भीर दृष्टि से वे इधर देख रहे हैं... हाँ, धीरा! वे ही आर्य धनंजय हैं। धीरा...पार्थ जीवित हैं...पार्थ जीवित हैं।"

धीरा सखी की उद्विग्नता से विचलित हो उठी।

"देवी! किन्तु आर्य अर्जुन तो राजपुत्र हैं! फिर निर्धन ब्राह्मणों के साथ वे क्यों बैठेंगे?"

किन्तु पांचाली भी लक्ष्य-वेध में निपुण थी। उसकी तीक्ष्ण दृष्टि उस अचूक बाण की-सी थी जिसने भरे समाज में छद्मवेश में बैठे अर्जुन को पकड़ लिया था।

"क्या पता धीरा, वे किस स्थिति में हों...! लाक्षागृह से किसी भाँति जीवित निकलने पर स्यात् वे अपने कुरु-बन्धुओं से बचने के लिए छद्मवेश में हों!

"हे देवेन्द्र! हे पूषा! मेरी बात सत्य हो।

"अहो...उनके वाम स्कन्ध पर कैसा चिह्न है? यह धनुष धारण करने से ही तो नहीं बना! यह धनुष-चिह्न है! भगवन्! तूने मुझे पुनर्जीवन दे दिया। मेरा हृदय काँपा जा रहा है।...धीरा, मेरा हाथ थाम!"

धीरा ने हर्षोन्मादित राजपुत्री का थरथराता हाथ थाम लिया। उसके भी मन से कुहासा छँट रहा था; किन्तु शंका की बदलियाँ अभी मँडरा रही थीं।

"परन्तु महाराज-पुत्री! आर्य अर्जुन स्पर्धा में भाग क्यों नहीं ले रहे? वे तो निश्चल बैठे हैं! वे क्यों नहीं लक्ष्य-वेध को उद्यत हो रहे?"

"यही तो दुविधा है, धीरा! आजीवन कुमारी भले रह जाऊँ किन्तु समर्पण करूँगी तो उन्हीं बलिष्ठ बाहुओं को जो विशाल धनुष को धारण करती हैं—यह मेरा दृढ़ निश्चय है।" द्रौपदी की वाणी दृढ़ थी किन्तु हाथ-पाँव थर-थर काँप रहे थे।

"क्या कोई वीर नहीं इस विशाल धरा पर, जो मेरी पुत्री युवराज्ञी कृष्णा याज्ञसेनी को ग्रहण करे? क्या राजकन्या अविवाहित ही रहेगी? क्या इन समस्त वीर क्षत्रिय

राजपुत्रों की शिक्षा-दीक्षा व्यर्थ गयी?...क्या राजन्यों के गुरुजनों ने लक्ष्य-वेध का पर्याप्त अभ्यास नहीं कराया... ?" महाराज द्रुपद का निराशा में डूबा प्रकम्पित स्वर आगे कुछ कहने में विफल हो गया।

"महाराज द्रुपद! इन शब्दों से कृपया इस महती राजन्य-कुल-सभा का तिरस्कार न करें! मेरे परम सखा कर्ण को अवसर दें। कर्ण! उठो—लक्ष्य वेध कर निराश पांचालनरेश की अनिन्द्य सुन्दरी कन्या को अपनाओ। इस भूतल पर तुम ही ऐसा दुरूह लक्ष्यवेध कर सकते हो! तुम ही पांचाल राजकन्या के योग्य हो! उठो!..."

दुर्योधन का स्वर प्रांगण में गूँज उठा। सभा में 'स्वागत है', 'स्वागत है' का नाद हुआ। करतल ध्वनि हुई और कर्ण लक्ष्यवेध करने हेतु उठने लगा।

राजकन्या द्रौपदी पर जैसे बिजली गिरी। पूर्वाग्रह एवं घृणा का सघन मेघ उसके चारु मुख पर छा गया। वही सूतपुत्र जिसने क्रीडांगन में आर्य अर्जुन को द्वन्द्व-युद्ध के लिए ललकारा था! यह वही कर्ण है जिसने महात्मा परशुराम से धनुर्विद्या पायी है और जो पाण्डुनन्दन अर्जुन के समकक्ष ही शस्त्रविद्या एवं लक्ष्यवेध में पारंगत है!...यह तो अवश्य लक्ष्यवेध कर लेगा। यह क्या होने जा रहा है? और आर्य अर्जुन को क्या हुआ जो चुप साधे बैठे हैं, सब अनर्थ देख रहे हैं किन्तु उठ नहीं रहे! कैसा विचित्र धीरज है उनका!

अचानक सभामण्डप में एक सुदृढ़ किन्तु मधुसिक्त नारीस्वर विद्युत्-सा कौंध गया—

"पूज्य विप्रवर! राजन्यो एवं सभासदो!" कोलाहल शान्त हो चला। "स्वयंवर की यह लक्ष्यवेध प्रतियोगिता केवल राजपुत्रों के ही लिए है अतः शास्त्रों के अनुसार सूतनन्दन कर्ण इसमें भाग लेने के पात्र नहीं।"

सभा में पलभर को सन्नाटा छा गया। कोई विश्वास न कर पाया कि पांचाल-युवराज्ञी स्वयं ही बोल रही है। दूसरे ही क्षण तुमुल कोलाहल फट पड़ा—

"उचित है, उचित है, युवराज्ञी की आपत्ति सर्वथा शास्त्रोचित है।"

अब दुर्योधन की बारी थी। वह दर्प से तड़प उठा। क्रोध से मुखमण्डल खिंचकर विकृत हो उठा, "यह दुःसाहस! यह कोमलकान्त राजकन्या न मेरे हाथ आयी और अब कर्ण के हाथ आते-आते छटपटाती मीन की भाँति फिसली जा रही है! यह नहीं होगा।"

दुर्योधन वक्ष तानकर अपनी बलिष्ठ भुजाओं को फैलाकर खड़ा हो गया—

"ब्राह्मणो, राजन्यो एवं अन्य उपस्थित जन! कर्ण किसी भी क्षत्रिय राजा से कम नहीं क्योंकि मैं पूर्व में ही उनको अंग देश का राजा नियुक्त कर चुका हूँ। अतः वे इस प्रतियोगिता में भाग लेने के सर्वथा सुयोग्य पात्र हैं। उठो कर्ण! शीघ्रता करो! लक्ष्य वेधो! राज्यकन्या तुम्हारी प्रतीक्षा में धवल पुष्पों की वरमाल्य लिये खड़ी है...उसे अनुगृहीत करो!"

द्रौपदी समझ गयी—स्थिति विषम है। पुनः उसने एक बार ईश्वर को स्मरण किया और पुनः एक बार उसकी मधुर वाणी ने सभा को तारझंकृत कर दिया—

"परन्तु पूज्य ब्राह्मणगण! विद्वज्जन एवं राजन्यगण! एक सूतपुत्र राजसिंहासन पाकर भी सूतपुत्र ही कहलाएगा। मैं सूतपुत्र को नहीं वरूँगी। मात्र सिंहासन पाने से ही क्या किसी में राजोचित एवं क्षत्रियोचित संस्कारों का जन्म हो सकता है? क्या वंश, परिवार, माता-पिता एवं उत्तराधिकार से राजा का निर्माण नहीं होता? क्या प्राचीन वंश-परम्परा और उच्च कुलों का कोई महत्त्व नहीं? मैं अत्यन्त विनम्रतापूर्वक पितामहों, ऋषि-मुनियों एवं विद्वज्जनों से पूछती हूँ कि एक सूतपुत्र को क्या एक पुरातन उच्च वंश के क्षत्रिय राजपुत्र के समकक्ष रखा जा सकता है? क्या यह न्यायसंगत होगा? क्या यह धर्मोचित होगा? क्या उच्च कुल की कन्या का निम्न कुल के तरुण को वरना शास्त्र-सम्मत है?"

समाज विस्मित था। चकित था। पलभर बाद जैसे सम्मोहन टूटा। मोह भंग हुआ। कोलाहल सहस्रधारा में मुखरित हो चला—

'सूतपुत्र सूतपुत्र ही रहेगा', 'राजकन्या की आपत्ति उचित है', 'राजकन्या शास्त्र-पारंगत है', 'बुद्धिमती है', 'धन्य है राजपुत्री!'

दुर्योधन तिलमिला गया। आघात खाये नागराज-सा क्षुब्ध हो फूत्कार करता दीर्घ श्वासें ले उठा। इस सारे बिगड़ते खेल की मूल ही राजपुत्री है। यह कर्ण का नहीं, मेरा अपमान कर रही है। उसकी दहाड़ गूँज उठी—

"भरी सभा में मेरा अपमान करनेवाली शठ राजकन्ये! जानती है, तू अपने पिता के ही उद्धार में बाधक बन रही है? द्रुपदराज! तुम्हारी यह वाचाल कन्या अब अविवाहित ही रहेगी, क्योंकि अंगराज कर्ण के समान धनुर्विद्या में पारंगत कोई इस भूतल पर जीवित नहीं।"

क्षुब्ध कर्ण अपमान का घूँट पीकर रह गया था, "मित्र! यह कन्या बड़ी वाचाल है। भरी राजसभा में इसने मुझे बार-बार सूतपुत्र कहकर अपमानित किया है। अब पत्नी यह चाहे जिसकी बने किन्तु अपने इस अपमान का प्रतिशोध मैं अवश्य लूँगा—और भरी राजसभा में ही लूँगा।"

दुर्योधन ताव खाकर चुनौती दे रहा था—

"देख लूँगा कौन वीर ऐसा बचा है जो लक्ष्यवेध कर इस वाचाल और उद्दण्ड युवराज्ञी का उद्धार करे और उद्धार करे इसके पिता राजा द्रुपद का भी—जिन पर अविवाहित कन्या का भार जीवनपर्यन्त बना रहेगा!"

पांचाल राजकुमार धृष्टद्युम्न सबको शान्त कर रहा था—

"शान्त! शान्त! पूज्य विद्वज्जन अपना निर्णय दे चुके हैं कि राधापुत्र कर्ण इस स्पर्धा में प्रतियोगी नहीं हो सकते। अब क्या कोई और है जो प्रयास करने का इच्छुक हो!"

"अहो...धीरा, आर्य अर्जुन उठ रहे हैं! अन्ततः वे सद्बुद्धि से प्रेरित हुए...हे इन्द्र! अब कोई विघ्न न पड़ जाये...!"

ब्राह्मण-मण्डली में से शालवृक्ष-सा एक सुदीर्घ ब्राह्मण तरुण उठ खड़ा हुआ—

"क्या मुझे एक अवसर दिया जाएगा?"

"अवश्य! अवश्य! स्वागत है, स्वागत है।" निराश सभागार में आशा का संचार हुआ और उत्साह की लहर दौड़ चली।

किन्तु तभी तड़पकर दुर्योधन उठ खड़ा हुआ—

"रुको विप्रवर! एक क्षण रुको! उपस्थित विद्वज्जन! मैं पूछना चाहता हूँ कि जब राज-समाज में अंगराज को स्थान नहीं मिला तो एक निर्धन विप्रवर कैसे राजसमाज के लिए आयोजित प्रतियोगिता में भाग लेने के अधिकारी हुए? मेरी दृष्टि से ब्राह्मण इस क्षत्रियोचित प्रतिस्पर्धा में भाग लेने योग्य नहीं!"

पुनः कोलाहल होने लगा।

तभी फिर जैसे दामिनी थिरकती सबके शीश पर से निकल गयी हो, उसी कोमल नारी-स्वर की झंकार पूरे सभाभवन में फैल गयी, "क्यों नहीं राजन्? इतिहास और पुराण इस तथ्य के साक्षी हैं कि कितने ही राजाओं ने स्वेच्छा से अपनी कन्याएँ ब्राह्मण ऋषियों को समर्पित की हैं। ब्राह्मण पूज्य हैं, वे श्रेष्ठ वर्ण हैं, वे गुरु हैं। ब्राह्मण गुरुओं ने ही तो यहाँ उपस्थित कितने क्षत्रिय राजपुत्रों को धनुर्विद्या एवं लक्ष्यवेध की शिक्षा दी है। विद्वज्जन! कन्या उच्च वर्ण में विवाहित की जा सकती है किन्तु निम्न में नहीं। अनुलोम विधि शास्त्रसम्मत है, प्रतिलोम नहीं।"

युवराज्ञी का सुन्दर मुख तमतमा उठा था। फिर वही सन्नाटा...और फिर मोह-भंग और पुनः तुमुलनाद—

'राजकन्या धन्य है', 'विप्रवर की जय'...'उठो विप्रवर लक्ष्य साधो...लक्ष्य वेधो...!'

कर्ण के मुख पर विषाद की गाढ़ी परत जम गयी थी; किन्तु वह निश्चिन्त हो दुर्योधन से कह रहा था—

"मित्र दुर्योधन! क्यों विचलित होते हैं...यह तो दीनहीन दरिद्र ब्राह्मण है! लक्ष्य वेधने में केवल मैं और अर्जुन समर्थ रहे हैं। अर्जुन की तो अब तक भस्म भी वायुमण्डल उड़ा ले गया होगा। आप विवाद में न पड़ें। यह बेचारा ब्राह्मण क्या जाने, लक्ष्यवेध क्या वस्तु है!...हाँ, इतना अवश्य सुनिश्चित है कि यह वाचाल, ढीठ राजकन्या अब आजीवन कुमारी रहेगी। इसकी वाक्-तीक्ष्णता का यही पुरस्कार इसे मिलनेवाला है!"

द्रौपदी का हृदय उत्तेजना और आवेश में हिचकोले खा रहा था; किन्तु ऊपर से वह धीरज और तेज की मूर्ति बनी हुई थी। घोर झंझा से जूझनेवाली प्रदीप-शिखा की भाँति मन प्रकम्पित था और वह उसे धीरज बँधाये जा रही थी कि अब तो भाग्य का निर्णय होने ही वाला है। अब तो राजपुत्र अर्जुन धनुष के पास पहुँच ही रहे हैं।...

'किन्तु...भगवन्! आज कहीं अघटित न घट जाये! कहीं आर्य अर्जुन का अचूक लक्ष्य आज ही न चूक जाये! हे पूषा! हे देवेन्द्र!' और भय से उसने नेत्र मूँद लिये।

''विचलित न हों राजपुत्री...सब शुभ होगा...'' धीरा द्रौपदी के व्याकुल मन को धीर बँधा रही थी।

''जय हो! जय हो!...साधुवाद! साधुवाद!...धन्य हो! धन्य हो!...विप्रवर की जय!'' जैसे एकाएक सहस्रों मेघ एक साथ फट पड़े हों! मृदंग, नगाड़े-ढोल और दुन्दुभी बजने लगे।

महिलाएँ उच्च समवेत स्वर में मंगल गीत गा उठीं। राजकन्या नेत्र खोलकर भी कुछ नहीं देख पा रही—जैसे अचेत हुई जा रही है। पूरा तन थर-थर काँप रहा है। सुन्दर अर्धचन्द्राकार भाल पर स्वेद कण मोतियों की झालर सदृश सज गये हैं।

धीरा भयभीत हो चली। चारों ओर उत्पात के लक्षण दिख रहे थे। दुर्योधन, कर्ण व अन्य राजन्य परस्पर इंगित कर रहे हैं। वे क्रोध से जले जा रहे हैं। फिर कुछ अनिष्ट न हो! वह राजकन्या को सँभालती हुई बोली—

''महाराजकुमारी देवी, शीघ्रता करें! वरमाला सँभालें! महाराजकुमार अर्जुन तुम्हारी प्रतीक्षा में खड़े हैं, विलम्ब न करें...अन्य राजा अनिष्ट करने के लिए षड्यन्त्र कर रहे हैं। शीघ्रता करें!''

तब तक पांचाल-राजकुमार धृष्टद्युम्न लम्बे-लम्बे डग भरता अपनी प्रिय अनुजा के पास आ खड़ा हुआ, ''कृष्णे! भगिनी! शीघ्रता कर! उस ब्राह्मण युवक को कृतार्थ कर! शीघ्र वरमाल्य उसके कण्ठ में डाल दे! निराश राजाओं की मनोवृत्ति ठीक नहीं दिखती। हम लोग उनसे निपटते रहेंगे...तुम लोगों को शीघ्रता से राजमहल के पीछे के द्वार से सुरक्षित बाहर पहुँचा दिया जाएगा।''

किन्तु पांचाली के तो जैसे पाँव ही जड़ हो गये। वाणी जड़ हो गयी। इतना हर्ष! अकेले सह सकूँगी?... कहीं यह स्वप्न तो नहीं...हाथ काँप रहे हैं, वरमाल्य काँप रही है...किसे सँभालूँ...कैसे सँभालूँ... ?

उस भयंकर कोलाहल में भी अर्जुन स्थिर और गम्भीर होकर खड़े थे, मौन प्रतीक्षा में। और अन्ततः उस बेसुध-सी राजकन्या के हाथों वह थर-थर काँपती सुवासित शरत्फूलों की पुष्ट वरमाल्य अर्जुन के कण्ठ में झूल गयी और पलभर को वे दो नील शुक्रतारक-से नयन फिर वहीं उलझ गये। असंख्य शंखों के मंगल घोष से वातावरण गूँज गया।

दुर्योधन चुनौती देने ही वाला था ब्राह्मण युवक को कि कर्ण ने उसे पीछे खींच लिया और स्वयं विप्ररूपी अर्जुन को ललकारने लगा। अर्जुन मुस्कराये। उनका प्रथम प्रहार ही घातक था—कर्ण विचलित हो गया। कर्ण सहसा विश्वास नहीं कर पाया—ब्राह्मण!...इतना शस्त्र-पारंगत! दूसरी बार भी वही हुआ। कर्ण आश्चर्यचकित था तरुण ब्राह्मण की शस्त्र-विद्या पर। मुग्ध हो उसने शस्त्र छोड़, हाथ जोड़ लिये—

"ब्राह्मण कुमार! तुम क्या साक्षात् महात्मा परशुराम हो...अथवा उनकी कृपा के पात्र हो!...विप्रवर! तुम्हारी शस्त्रविद्या अजेय है!"

और वह पीछे हट गया। किन्तु संघर्ष नहीं रुका था। इतने विराट राज-समुदाय की शस्त्र-निपुणता और लक्ष्यवेध की योग्यता का उपहास कर, उन्हें अँगूठा दिखाता-सा एक दरिद्र दीन-हीन ब्राह्मण उस राजकन्या-रत्न को लिये जा रहा है! क्षत्रिय-रक्त अपमान से खौल रहा था। धृष्टद्युम्न आदि सामने आ गये थे। अर्जुन तथा द्रौपदी को छिपाकर पीछे के द्वार से राजमहल के बाहर सुरक्षित पहुँचा दिया गया।

2. वधू पर्व

धूल-धूसरित, कण्टकमय पगडण्डी! चारों ओर झाड़-झंखाड़ लगे हैं। ऊँची-नीची धरती पर पांचाल राज्य की महाराजकुमारी द्रौपदी के अनभ्यस्त चरण ठिठकते-सकुचाते पड़ रहे हैं। बहुमूल्य वस्त्राभूषणों से ढकी-मँढ़ी उसकी कोमल कमनीय देहयष्टि दबी जा रही है। हृदय में उमड़ते हर्ष-ज्वार से पग डगमगा रहे हैं। कभी वस्त्राभूषण समेटती तो कभी अपने उल्लसित उमंगित नन्हे-से हृदय को सँभालती! कष्टमय मार्ग पर कण्टकों से बचती-बचाती हुई भी उस देवांगना-सी बालवधू का श्रीमुख प्रसन्नता और लाज से रक्तपाटल-सा खिला पड़ रहा है। आगे-आगे सिंह की चाल से चल रहे हैं उसके गौरव-पुरुष पाण्डुनन्दन अर्जुन—एक दरिद्र ब्राह्मण के रूप में।

अर्जुन को पतिरूप में पाने की पुण्य इच्छा पूर्ण हुई थी। वह धन्य हो गयी थी। मार्ग का कष्ट उसे कष्ट नहीं लग रहा था। यह तो मात्र समयभर का कष्ट है...उसके पश्चात् केवल सुख। वह अबोध बालवधू क्या जानती कि आजीवन उसका पथ ऐसा ही धूल-धूसरित, कण्टकमय, कष्टपूर्ण, विडम्बनाओं से परिपूर्ण और उत्थान-पतनवाला रहेगा—जिस पर उसे पग-पग पर विभीषिकाओं, भय, चुनौतियों, अपमान और लांछनों का सामना करना पड़ेगा। वह तो आगे-आगे चलनेवाले पुरुषसिंह के युगल पदचिह्नों का अनुसरण कर रही थी। क्या जानती थी कि शीघ्र ही उसे पाँच युगल चरणों का अनुसरण करना होगा! पाण्डुनन्दन अर्जुन को जीवन का कल्पवृक्ष समझकर उसकी शीतल सघन स्वप्नछाया में चली जा रही थी—निश्चिन्त। बिना जाने कि शीघ्र ही दुरूह हिम-सम कठिनाइयों के मार्ग पर उसे चढ़ना होगा। अभी तो वह मगन थी—अपने

भाग्य पर स्वयं विमोहित। सृष्टि की सर्वाधिक सौभाग्यशाली नारी! कितनी सौभाग्य-गर्विता थी वह उस क्षण!

अर्जुन मनमन्थन करते मौन चले जा रहे थे। मन-ही-मन संकुचित थे युवराज्ञी के कष्टों को देखकर। सोच रहे थे—सीता-सी इस सुकुमार महाराज-कुमारी को क्या सुख दे पाऊँगा? यह अबोध बाला पांचाल महाराज याज्ञसेन का विराट राजमहल, वैभव, सुख, सुविधा, सुरक्षा सब त्यागकर एक अपरिचित दरिद्र ब्राह्मण के पीछे न जाने क्या सोचती चली आ रही है? धीरे-धीरे उन्होंने अपनी गति भी उस गजगामिनी के अनुरूप ही मन्थर कर दी। स्नेह और संकोचपूर्ण स्वर में पूछा, ''मार्ग अत्यन्त कष्टपूर्ण है और अभी बहुत चलना है। तुमको कितना कष्ट हो रहा है न देवी! युवराज्ञी, एक निर्धन ब्राह्मण को पति के रूप में पाकर तुम क्या सोच रही होगी? क्या अनुभव कर रही हो?''

द्रौपदी के कानों में अमृत-वर्षा हो रही थी। वह सिंह-पुरुष उससे बात कर रहा है! समूची पृथ्वी पर जिसके पराक्रम की दुन्दुभी बजती है, वह स्वयं उससे कितनी मधु-सिक्त विनयपूर्ण वाणी से अमृत घोल रहा है!

''मैं क्या अनुभव कर रही हूँ, बताऊँ आर्यपुत्र?...गर्व! कभी न चूर होनेवाला गर्व!''

अर्जुन चौंक पड़े।

''गर्व! यह तो तुम्हारी महानता हुई राजपुत्री! मुझ जैसे निरीह ब्राह्मण से विवाह करने पर तुम्हें गर्व हो रहा है? तुम अद्भुत नारी हो! असाधारण हो! आज राजसभा में तुम्हारे अकाट्य एवं साहसपूर्ण तर्कों को सुनकर पूरी सभा विस्मित हो गयी थी। मैं अचम्भे में पड़ गया था। तभी तो मैं लक्ष्यवेध करने को प्रोत्साहित भी हुआ...किन्तु देवी! यह भी सोचा तुमने कि अंगराज कर्ण जैसे वीर योद्धा को त्यागकर तुमने पाया भी...तो किसको?''

द्रौपदी का संकोच धीरे-धीरे हट रहा था। उसकी स्वाभाविक वाक्पटुता लौट रही थी। चंचलता से मुस्कराती हुई बोली, ''विश्वविख्यात महापराक्रमी योद्धा भरतश्रेष्ठ पाण्डुनन्दन अर्जुन को!''

''देवी!...तुम...तुम...मुझे पहचान गयीं?'' अर्जुन दुबारा चौंक उठे।

द्रौपदी गम्भीर हो गयी, ''जिसके नाम की माला रात-रात भर जपी है, जिसके स्मरण में मेरे वर्ष कट गये, उसे भी न पहचानूँगी, आर्यपुत्र?''

''अर्थात् राजकुमारी...तुम भी मुझ पर अनुरक्त थीं!...आश्चर्य! मैं तो सोचता था कि मैं ही तुम्हारे अद्वितीय सौन्दर्य का पिपासु और तुम्हारी विद्याबुद्धि और गुणों का उपासक हूँ।''

''सच कह रहे हैं आर्य?'' द्रौपदी ने विभोर हो पूछा।

''हाँ, पांचाली! अपने गाण्डीव की शपथ लेकर कहता हूँ, मैं बहुत भाग्यशाली हूँ।''

''किन्तु मेरे समान भाग्यशाली नहीं!'' द्रौपदी ने स्मितहास के साथ कटाक्ष किया और दोनों नव वर-वधू हँस पड़े।

नदी-तट पर एक विशाल वटवृक्ष देख धनंजय ने अपनी क्लान्त वधू से उसकी सघन छाँह तले विश्राम करने को कहा। वट-पत्रों के दोने में उसके लिए जल लेकर आये तो देखा, राजपुत्री अपने अलक्त-रंजित सुकुमार नूपुरयुक्त चरण से शूल निकाल रही है। राजकन्या ने अर्जुन को देखा तो तत्काल चरण नीचे कर लिया और वही शिशु-सुलभ पूर्णचन्द्र की-सी हँसी हँस दी। बड़ी कृतज्ञतापूर्वक चिरपिपासिनी ने दोना लिया और शीतल जल से पिपासा बुझाने लगी और अर्जुन वट की झूलती एक जटा को पकड़े खड़े उसकी रूपसुधा से अपने अन्तर की तृष्णा बुझाने लगे। उसके अर्ध-चन्द्राकार भाल के मध्य लगी कुंकुम की बिन्दी के चारों ओर श्वेत स्वेद कणों की झालर बन आयी थी। उनके चारों ओर घुँघराले गहन नील कुन्तलों की नन्ही-नन्ही लटें बार-बार अठखेलियाँ कर जाती थीं। अकेली! निरीह! असहाय महाराज-पुत्री। जो सदा दासियों, सेविकाओं, परिचारिकाओं और सखियों से घिरी रहती थी, वह स्वयं निज चरण से त्रासदायी शूल निकालने में क्यों न असमर्थ होती! अर्जुन का हृदय करुणा-विगलित हो उठा। हाथ बढ़ाकर नील गहन कुन्तलों की नटखट लट को हौले से हटा दिया तो राजकुमारी छुई-मुई हो गयी, पार्थ की उस नेह भीगी दृष्टि से निहाल हो गयी। अर्जुन ने मुस्कराते हुए अपनी आजानु बाहु का अवलम्बन बना दिया...राजकन्या खड़ी हुई...यात्रा फिर प्रारम्भ हुई।

फिर वही कण्टकमय, झाड़-झंखाड़ोंभरी जीवन-यात्रा! कितनी मगन-मगन अभी वह चली आ रही थी! वह नहीं जानती थी कि इस महायात्रा का अन्त सुदूर हिमालय के कठोर शीतपूर्ण पाषाणी मर्म पर होगा।

एक स्थल पर पुनः यात्रा रुकी। रेशमी वस्त्र नूपुर में फँसकर उलझ गया था। वह झुकी-झुकी सुलझाती रही, सुलझाती रही किन्तु वह सुलझा नहीं। अर्जुन आगे बढ़कर झुके—सुलझाने को।

वह चौंककर पीछे हट गयी, ''नहीं, आर्यपुत्र, आप नहीं! आप नहीं आर्यपुत्र!''

''क्यों?'' अर्जुन ने विस्मित हो पूछा।

''नहीं, नहीं! इतने वीर पराक्रमी विजेता पाण्डुनन्दन के योग्य क्या और कोई कार्य शेष नहीं रहा?''

विश्वविख्यात अजेय सव्यसाची उसके चरणनूपुर से वस्त्र सुलझाने झुका है—देखकर उसे रोमांच हो आया, गर्व हो आया। काश कि पृथ्वी की राजकन्याएँ उसके इस सौभाग्यपूर्ण क्षण को देख पातीं! किन्तु उसने बड़े आग्रह से अर्जुन के हाथ को अपने मुक्ता-वलययुक्त कोमल करों से पकड़कर हौले से, किन्तु दृढ़तापूर्वक हटा दिया।

''ईश्वर न करे, आर्यपुत्र कभी किसी के समक्ष झुकें। कभी आपको झुकने न

दूँगी! किसी के समक्ष झुकने न दूँगी!"

अर्जुन समझे। आकण्ठ गद्‌गद हो उठे।

सामने कुम्भकार का गृह दिखने लगा जिसमें आजकल पाण्डव निवास कर रहे थे। अर्जुन ने इंगित कर कहा, "मेरी परम स्नेहशीला माँ प्रतीक्षा करती होंगी।"

"आर्या की चरणरज पाकर अपने को धन्य मानूँगी। कब से उनकी ख्याति सुन रखी है, आज उनका आशीर्वाद पाऊँगी।"

"वे कितनी आश्चर्यचकित होंगी! सभी चकित होंगे! चारों भ्राता भी। मेरे दोनों अग्रज तुम पर स्नेह बरसा देंगे। दोनों अनुजों की तुम परम आदरणीया भ्रातृजाया बनकर रहोगी। तुम हमारे परिवार की केन्द्रबिन्दु बन जाओगी—सबके सम्मान और स्नेह की पात्र!"

द्वार खटखटाया।

"माँ, द्वार खोल...मैं हूँ अर्जुन।...आज की भिक्षा देखेगी तो गद्‌गद हो उठेगी—ऐसी अनोखी भिक्षा लाया हूँ।"

"वास्तव में कोई अनोखी वस्तु लाया है रे पार्थ?...बहुत बहुमूल्य है क्या?...थोड़ा विलम्ब होगा। मैं स्नान करके खोलती हूँ...तू तब तक भिक्षा को नियमित पाँच भागों में बराबर बाँट ले..." कुन्ती अन्दर से कह रही थीं।

वज्रपात! आज की भिक्षा भी पाँच बराबर भागों में! माँ क्या जाने मेरी आज की उपलब्धि क्या है! यह कैसी विडम्बना!...

राजकन्या आम्रवृक्ष से टिकी हुई सुस्ता रही थी। उसका वार्तालाप पर ध्यान न था।

"क्यों, चुप क्यों हो गया पार्थ?...आज भिक्षा बहुमूल्य मिली है इसलिए भ्राताओं के प्रति दुराग्रह आ गया क्या मन में?...तू तो सदा न्याय की बात करता है रे!" माता की परिहासमिश्रित वाणी सुनाई दी।

अर्जुन तिलमिला गये।

"नहीं अम्ब! यह बात नहीं..."

"तो बाँट ले पाँच भागों में...मुझे अभी विलम्ब है।"

अचानक ही पराक्रमी अर्जुन पर जैसे विचित्र-सी दुर्बलता उतर आयी। पाँवों में कम्पन हो उठा। वज्र-सा कसा-तना शरीर शिथिल हो गया।...उन्होंने भित्ति का अवलम्ब लिया...और शीश उसी पर टिका दिया।

"क्या हुआ आर्यपुत्र? यह सहसा आपको क्या हो गया? मुख पर विषाद क्यों? माता स्वस्थ तो हैं?" राजकुमारी द्रौपदी का ध्यान अब अपने वीरवर पर गया। सुकुमार बालवधू पति का निस्तेज मुखमण्डल देख व्याकुल हो उठी। अपना कोमल हाथ अर्जुन

के आन्दोलित मर्मस्थल पर रखने ही वाली थी कि अर्जुन ने बीच में बरज दिया...और वह अबोध बाला मर्माहत हो खड़ी रह गयी।

अर्जुन साहस संचय करते हुए धीरे-धीरे क्षीण स्वर में बड़े कष्ट से बोले—

"अम्ब! भाइयों के प्रति मेरे मन में कभी किसी स्थिति में दुराग्रह नहीं आया है। ऐसा आक्षेप तूने मुझ पर क्यों लगाया? तेरी आज्ञा तो मैंने सदैव शिरोधार्य की है...आज भी करूँगा अम्ब...! आज की मेरी उपलब्धि पर पाँचों भ्राताओं का समान अधिकार होगा!"

वज्रपात!

"यह क्या कह रहे हैं आर्यपुत्र?"...

राजकन्या ने सुना और तीनों लोक द्रुत गति से जैसे घूम गये। अन्धकार! निपट अन्धकार!...राजकन्या लड़खड़ाती स्वयं को सँभालने का प्रयास करती हुई भी पृथ्वी पर धम् से बैठ गयी।

अर्जुन का हृदय विदीर्ण था। वे विचलित थे किन्तु अपनी पीड़ित नववधू के समक्ष उन्होंने स्वयं को किसी प्रकार संयत किया। शुष्क कण्ठ से जैसे-तैसे बोल सके, "कैसा धर्मसंकट! यह क्या हो गया!...ईश्वर, मुझे बल दे!...पांचाली...देवी क्षमा करो...मैंने आज तक कभी माता की आज्ञा का उल्लंघन नहीं किया है। उन्हीं का यह आदेश मिला है कि...अहो देवेन्द्र!...मुझे बल दे..."

राजपुत्री का मुख पतझर के नष्टप्राय पीतवर्ण पत्र की भाँति थर-थर काँप रहा था। दोनों नयनों में अथाह वेदना उमड़ पड़ी थी। कण्ठ अवरुद्ध था।

"माता का आज्ञापालन? किन्तु आर्यपुत्र!...आर्या क्या यह जानती हैं कि आप की आज की उपलब्धि पत्नी है...? आर्यपुत्र...आप सोच नहीं पा रहे कि आपने क्या कह दिया...और जो कहा है, उसका अर्थ क्या है!...यह कैसा अधर्म धर्मराजानुज! यह कैसा अनर्थ!...कैसा महापाप...चरम अन्याय!...पाँच पतियों की सामान्य पत्नी...? कभी हुआ है ऐसा? कभी सुना है ऐसा?" वह कँपकँपाते स्वर में जैसे-तैसे बोल पायी।

"ईश्वर साक्षी है, जो मैंने कभी किसी अन्य पुरुष की कल्पना भी की हो।...हृदय में सदा आपको ही सँजोये रही...मन-मन्दिर में आप ही की प्राण-प्रतिष्ठा की थी।...भगवती पार्वती की भाँति आपको पाने की अहोरात्रि तपस्या की...और जब आज मेरी साधना पूर्ण हुई...तो...हे पूषा!...मेरे पराक्रमी धर्मप्रिय वर ने प्रसन्न होकर अपनी वधू को...अपनी वधू को...वरदान स्वरूप पाँच वर दे डाले!...अहो! यह क्या हो गया पलभर में!...यह क्या कर डाला!...मुझे कुछ नहीं दिख रहा...कुछ नहीं सूझ रहा! कैसा अन्धकार...घोर तिमिर...!" और असहाय, एकाकिनी मर्माहत पांचाली रो पड़ी।

पांचाली का एक-एक शब्द अर्जुन के मर्म पर वज्र-प्रहार कर रहा था। घोर विषाद में डूबे पार्थ दाहिना हाथ अपने उद्वेलित हृदय पर रखे हुए थे।

"देवी! पांचाली!...मैं अपराधी हूँ तुम्हारे प्रति। मेरे कारण ऐसा हुआ। किन्तु...क्या तुम मुझसे माता की आज्ञापालन न करने को कहतीं? माता द्वारा उपालम्भ...आक्षेप...मेरी सहनशक्ति के परे है। याज्ञसेनी! मैं तो स्वयं आत्मग्लानि में डूबा जा रहा हूँ। संयत हो!...तुम्हारा सहयोग चाहिए मुझे। बल चाहिए!...तभी तो इस धर्मसंकट से उबर पाऊँगा...! अपराध-भावना, आत्मग्लानि और पश्चात्ताप की अग्नि में तो आजीवन जलता रहूँगा। किन्तु क्या करूँ...? जो कुछ हुआ है, उस चुनौती का सामना साथ-साथ न कर सकेंगे क्या?"

"किन्तु यह कैसा आज्ञापालन आर्यपुत्र? स्वयंवर की कठोर परीक्षा में आपको विजयश्री मिली है।...मैंने विजयमाल आपके कण्ठ में डाली है...अपना सर्वस्व आपके चरणों में न्यौछावर किया है...इसी पवित्र प्रेम का यह पुरस्कार मिला मुझे! इतना बड़ा अत्याचार!...इतने सहज भाव से! ऐसी सरलतापूर्वक! और मेरा पतिव्रत का आदर्श! सतीत्व की मेरी उच्च परिकल्पना...नैतिक मर्यादाएँ...सब ध्वस्त कर डालीं आपने! खण्ड-खण्ड कर डालीं!...कोई मुझे साध्वी कहेगा क्या?...मुझे कुलटा की श्रेणी में डाल दिया...यह क्या कर डाला?...यह क्या कर डाला नाथ?...आपकी बुद्धि को...यह क्या हो गया?" आहत नववधू व्याकुल हो छटपटाती-सी स्तम्भ से लिपटकर रो रही थी।

अर्जुन हाथों से मस्तक थामे थे। अन्तर्द्वन्द्व की तप्त ज्वालाएँ उनके तन-मन को झुलसाये दे रही थीं। कैसा दारुण कष्ट! कैसी घोर यन्त्रणा! अपनी ही वेदना उन्हें जलाये जा रही थी...और सौभाग्य शृंगार से सुशोभित उस बाल-सुकुमारी की वेदना सही नहीं जा रही थी। उसकी कही एक-एक बात शब्दश: सत्य थी। वह जलहीन मीन की भाँति भूमि पर तड़प रही थी, छटपटा रही थी... और अर्जुन निरुपाय-से अन्तर्द्वन्द्व और धर्मसंकट के धागों में उलझे खड़े थे।

किसी प्रकार आर्द्र स्वर में धीमे-धीमे बोले, "देवी! मेरे चारों भ्राता भी विख्यात योद्धा हैं। परम पुरुष हैं। माँ ने परिहास में ही मुझ पर आरोप लगा दिया कि मैं बहुमूल्य भिक्षा से भाइयों को वंचित रखना चाहता हूँ, नहीं तो क्यों नहीं उसके भी पाँच भाग करता! किन्तु देवी...ऐसी आज्ञा देकर माता ने मुझे एक और पाप से बचा लिया, एक और धर्मसंकट से उबार दिया। मेरे ज्येष्ठ भ्राता धर्मराज युधिष्ठिर अभी अविवाहित हैं। उनसे पूर्व मेरा विवाह होना धर्म-विरुद्ध था, शास्त्र-विरुद्ध था। आर्य भीम ने इसी आधार पर देवी हिडिम्बा से विवाह करना अस्वीकार कर दिया था। उत्तम हुआ कि मैं परिवेत्ता नहीं बना...पहले अग्रज का विवाह होना उचित है।...देवी!...संयत हो...व्यावहारिक बनो...!"

"आह! आह! किन्तु धर्मराज अब तक अविवाहित क्यों हैं और उनके अविवाहित रहने की उत्तरदायी मैं कैसे आर्यपुत्र? पाँच पतियों की एक पत्नी! हतभागा द्रौपदी, तू जन्म लेते ही मर क्यों न गयी? विधाता मेरे साथ ऐसा क्रूर खेल खेलेंगे, यह क्या मैं

जानती थी!...ऐसा कभी इतिहास में नहीं हुआ...ऐसा कहीं विश्व में नहीं हुआ...अ:हह! मैं क्या मुख दिखाऊँगी अपने प्रतापी पिता धर्मधुरन्धर पांचालनरेश को?...अपने धर्मरत भ्राता धृष्टद्युम्न को?...अपना कालिमायुक्त मुख कहाँ दिखाऊँगी! कैसे दिखाऊँगी! लोक क्या कहेगा...भद्रजन मेरी ओर इंगित करके बताएँगे...आह! असम्भव! अघटनीय! अनहोनी! मुझे अपने आपसे घृणा हो रही है, आर्यपुत्र! मैं किसी पुरुष का स्पर्श तक नहीं कर सकती...मेरे ऊपर बलपर्वूक यह अधर्म थोपते आपको तनिक भी लज्जा अनुभव नहीं हो रही? पश्चात्ताप तक नहीं हो रहा? आत्मग्लानि नहीं हो रही?''

सरिता के शीतल जल पर प्रखर सूर्य-बिम्ब के समान उसकी आर्द्रवाणी में भी प्रखर ओज झलक रहा था। उसके तेजयुक्त अकाट्य तर्क लौट आये थे।

अर्जुन शिथिल स्वर में समझा रहे थे, ''इतना विचलित होना तुम्हें शोभा नहीं देता, राजपुत्री। तुम लोक से भयभीत होगी? माता की आज्ञा का पालन किस सीमा तक हो सकता है—इससे अनूठा दृष्टान्त कहीं मिलेगा क्या? याज्ञसेनी...तुम तो साधारण नारी नहीं! स्वयंवर-सभा में तुमने शास्त्रों की व्याख्या करके सबको निरुत्तर कर दिया था! तुम्हारे साहसपूर्ण तर्कों से ही तो मुझे भी साहस मिला था। तुम यदि शिथिल पड़तीं तो क्या मैं लक्ष्यवेध करने उठता? तुम अजेय सव्यसाची अर्जुन की पत्नी हो। तुम तो मुझे कहीं झुकने नहीं दोगी, किसी के भी समक्ष—किसी भी स्थिति में—यह तुमने कहा है। किन्तु जब तुम स्वयं नहीं टूटोगी—नहीं झुकोगी, तभी तो मैं भी खड़ा रह पाऊँगा।... याज्ञसेनी...अकस्मात् यह माता की आज्ञा का वज्रपात मुझ पर भी तो हुआ है...हम दोनों पर हुआ है।...अपना अवलम्ब दो मुझे...कभी-कभी धर्म की रक्षा हेतु अपवाद भी होते हैं! देवी...''

यज्ञकुण्ड से प्रज्वलित अग्निशिखा-सी याज्ञसेनी खड़ी हो गयी। ओज, तेज और प्रखरता से प्रदीप्त हो उठी—

''इतना अधिक विचलित होना मुझे शोभा नहीं देता—आप यह बात कह कैसे पा रहे हैं आर्य? इतना बड़ा अन्याय किसी के साथ करना...वह भी एक नारी के साथ...वह आपको शोभा देता है? एक निरीह, असहाय, निर्दोष अबला को सत्पथ से भ्रष्ट कर उसपर अन्याय थोपना आप-जैसे वीर पुरुष को शोभा देता है? कहाँ गया आपका क्षात्रधर्म? आपकी वीरोचित मान्यताएँ?...पराकाष्ठा...अन्याय की...अधर्म की! पाप की पराकाष्ठा...''

अर्जुन को जैसे काठ मार गया—वे निश्चल खड़े रह गये। और याज्ञसेनी क्रुद्ध सर्पिणी-सी फुफकार रही थी—

''मेरे स्थान पर कोई दूसरी नारी होती तो इसी समय प्राण त्याग देती। पता नहीं, भगवान ने मुझे इतनी अधिक सहनशक्ति क्यों दी है! प्राण नहीं निकल रहे। पाँच पति की सामान्य पत्नी...कितना तुच्छ...कुत्सित विचार है...और आपकी जिह्वा नहीं लड़खड़ायी? स्त्री स्वभाव से एकनिष्ठ होती है आर्यपुत्र! पुरुष हैं आप। आपके

सम्बन्ध कितनी स्त्रियों से रहे होंगे...भविष्य में भी रहेंगे...किन्तु एक साध्वी स्त्री के मानस को आप समझ सकते हैं? लोक मेरी ही मानसिक वृत्ति को दोषी एवं उत्तरदायी ठहराएगा इस स्थिति के लिए। हे प्रभु...मेरे प्राण क्यों नहीं हर लेते! लोक के...समाज के उपहास की पात्र बनकर जीने से अच्छा हो, प्राणान्त हो जाए...किन्तु निर्लज्ज प्राण भी कण्ठ पर आकर ही रुक गये हैं...कैसी अग्निपरीक्षा ली है भगवन्...!"

उसने दोनों हाथों से सिर थाम लिया। कुछ पल सन्नाटा रहा। अर्जुन में साहस शेष नहीं था बोलने का। पांचाली में शक्ति शेष नहीं थी बोलने की। दोनों सुनयनों से अविरल अश्रुधारा प्रवाहित हो रही थी। मोतियों की अनन्त लड़ियाँ अनन्तमाल्य-सी चुपचाप झरती चली आ रही थीं।

"सहूँगी...लेकिन...सब...सहूँगी।"

अर्जुन चौंक पड़े। पांचाली के फफकते रुदन-भरे अस्फुट-अस्पष्ट शब्द सुनाई दिये। अर्जुन के विस्फारित नेत्र उस पर टिक गये। यह क्या सुनाई दिया था उन्हें?

"हाँ, आर्यपुत्र! सहूँगी। मैं तो पत्नी मात्र ही हूँ, जिसका अपना कुछ नहीं होता...पति की आज्ञा का पालन ही जिसके लिए सर्वोच्च धर्म बताया गया है। आप माता की आज्ञा-पालन करने के उत्साह में पत्नी पर घोरतम अत्याचार कर गये! क़िन्तु मैं पति की आज्ञा-पालन करने में किसी और पर अत्याचार नहीं करूँगी। किसी को कष्ट न दूँगी—आपको भी नहीं। किसी से अन्याय नहीं करूँगी...मैं स्वयं पर ही अत्याचार करूँगी। अपनी इच्छाओं, महत्त्वाकांक्षाओं का दमन कर दूँगी ताकि आर्य अर्जुन का माता के प्रति कर्तव्यपालन अक्षुण्ण बना रहे। मेरा यही उद्देश्य रहेगा। यही चेष्टा रहेगी कि आर्यपुत्र का धर्म बना रहे। धर्म तो पुरुष का ही होता है। आपके धर्म को बनाये रखूँगी। मेरा धर्म क्या है...पतित और भ्रष्ट का धर्म कैसा! आप माँ के प्रति कर्तव्य निभा सकें—यही मेरी कामना है। पत्नी के प्रति कर्तव्य कैसा! मेरी यही महान उपलब्धि रहेगी...मैं इसी से सन्तुष्ट रह लूँगी।...जिसकी प्राण-प्रतिष्ठा मनमन्दिर में की थी, उस आराध्य के सुख के लिए बड़े से बड़ा त्याग क्यों न कर सकूँगी? अपनी इच्छाओं का होम आपके लिए निश्चित रूप से कर सकूँगी नाथ! मुझे शक्ति दे भगवान्, मेरी अपनी कोई इच्छा न रहे। कोई सुख की कामना न रहे। अपना सुख-दुख मैं आर्यपुत्र की कर्तव्य-गंगा में पुष्पपाँखुरी-सा प्रवाहित कर सकूँ।...अन्तर् में बैठी साध्वी नारी का दमन कर सकूँ...ईश्वर, मुझे बल दे!"

अनन्त अश्रुमालाएँ धारण किये वह देवबाला भूमि पर बैठी थी। उसका एक-एक शब्द अर्जुन के धैर्य को खण्ड-खण्ड किये दे रहा था। हाथ से स्वयं अपने आहत मर्मस्थल को सहलाते वे धीरज की मूर्ति बने खड़े थे। उस भग्नहृदय मुरझायी वनमाला की ओर दृष्टिपात करने का भी साहस न था उनमें। अन्तर में ज्वार उठ रहा था किन्तु कर्तव्य-शिला पर अविचलित खड़े होने का स्वाँग भर रहे थे।

उनका भीगा स्वर द्रौपदी के अन्तस्तल को झंकृत कर गया, "पांचाली! तुम्हारे

दु:ख का कारण मैं ही हूँ। क्या करूँ? मैं भी सान्त्वना अथवा शान्ति नहीं दे पा रहा। कुछ नहीं हो सकता अब; किन्तु...मैं तुमसे कुछ कम आहत नहीं, देवी!...तुम इस भ्रान्ति में न रहना।...तुम्हें स्वयंवर में से जीत लाना मेरे जीवन का एक बड़ा उद्देश्य रहा। मेरे हृदय की सामग्री तो तुम कब से बन बैठी थीं। कितने उल्लास और हर्ष से तुम्हें मैं साथ ला रहा था! सोचा था, तुम्हें प्रेम से नहला दूँगा। राजपाट, वैभव, धन मेरे पास कुछ नहीं है किन्तु तुम्हारे लिए प्रेम से छलकता एक विशाल हृदय मेरे पास है। यहीं पर मैं सम्पन्न हूँ। अपनी इस एकमात्र सम्पत्ति, निधि या कोष को तुम पर पूर्णत: उँडेल देना चाहता था। सोचता आ रहा था कि कभी कोई तुम्हें कष्ट न दूँगा...कभी किसी अनुताप का कारण नहीं बनूँगा...कभी कोई कठोर-कटु शब्द से तुम्हें पीड़ित न करूँगा। किन्तु दैव-इच्छा सर्वोपरि !...

''गृह-द्वार पर आते ही इतना कठोर निर्णय मुझे लेना पड़ा। इस निर्मम निर्णय से तुम्हारा कोमल हृदय मुझे ही विदीर्ण करना पड़ा...यह कैसा काल संयोग!...

''मेरा हृदय विदीर्ण है, पांचाली! यह मत सोचो कि तुम दु:खी हो और मैं सुखी! जिसके मानसमहल पर युवराज्ञी पांचाली स्वप्न-मंजरी-सी छायी रहती थी...उसके कष्ट का अनुमान लगाने का प्रयास तो करो! मैं अपनी ही पीड़ा को झेल नहीं पा रहा...उस पर से तुम्हारा दारुण क्लेश मुझे तोड़े डाल रहा है। दोनों के दु:ख का भार मैं झेलूँगा। आजीवन झेलूँगा। द्विगुणित रूप में पाषाण-हृदय है मेरा। किन्तु पांचाली, मेरे विषय में भ्रम मत पालना! मेरे पाषाण हृदय में भी नेह का मानसरोवर है जिसमें पुष्पित पद्मिनी तुम ही हो! तुम ही मेरे राजमहल की राजरानी हो...पांचाली! अब संयत हो लो। बहुत समय हो गया...माँ द्वार खोलने ही वाली होंगी अब। किन्तु एक और कटु सत्य कह दूँ...क्षमाप्रार्थी हूँ...देवी! ...किन्तु...तुम पाँच भाइयों की पत्नी हो...अहो...कैसे कठोर वचन मुझे अपने मुख से निकालने पड़ रहे हैं!...राजपुत्री! तुम्हारी...प्रथम सौभाग्य-निशा...मेरे अग्रज धर्मराज युधिष्ठिर के साथ होगी!''

और पांचालकुमारी ने स्तम्भ से अपना शीश ठोक लिया।

केश फैलाये सद्य:स्नात पाण्डुपत्नी कुन्ती ने द्वार खोला तो अर्जुन पर दृष्टि पड़ी उनकी। दृष्टि से ही पूछ लिया, भिक्षा कहाँ? साथ ही सर्वाधिक प्रिय वत्स के मुख पर छायी पीड़ा को भी तत्क्षण भाँप लिया।

अर्जुन ने दृष्टि नीची करके महाराजकुमारी की ओर इंगित किया, ''पाँचों भ्राताओं की सामान्य उपलब्धि!''

अश्रुधारा पोंछती हुई स्तम्भ के सहारे से खड़ी होने का प्रयास कर रही थी वह। स्वर्णाभूषणों से आच्छादित, सौभाग्यचिह्नों से अंकित स्वर्णवधू! माता कुन्ती पर आकाश फट पड़ा। शीश पीट लिया उन्होंने।

"यह क्या कर डाला पार्थ! ऐसा अघटित कभी हुआ है? मुझे क्या ज्ञात कि तू भिक्षा में पत्नी लाया है! पत्नी एक की होती है, पाँच की नहीं। यह कैसा अधर्म!...यह कैसा पाप कर्म कर डाला मैंने!...आह! ऐसी अनुचित आज्ञा देते समय जिह्वा क्यों न टूटकर गिर गयी मेरी! दे देवेन्द्र! हे पूषा!..."

माता कुन्ती पश्चात्ताप एवं ग्लानि से विकल हो उठीं। तभी दुःखविह्वला सुकुमार राजबाला ने उनके चरण स्पर्श किये। उनका मन हाहाकार कर उठा उस चौदह वर्षीया बालिका-सी वधू के लिए। खींचकर उस चम्पक-कलिका-सी स्वर्णकन्या को हृदय से लगा लिया...और दोनों फूटकर रो पड़ीं।

अर्जुन संयम धारे दूसरी दिशा में अपलक निहार रहे थे। सोच रहे थे कि लीलामय की लीला कितनी अद्‌भुत है! जिन पाण्डुपत्नी पृथा से कभी कुछ अनुचित नहीं हुआ, कुछ अधर्म नहीं हुआ, वे ही इस अनहोनी घटना की निमित्त बनीं!

सन्ध्या समय दीप-आलोकित प्रकोष्ठ में पाँचों पाण्डुपुत्र सहित माता कुन्ती एवं महर्षि वेदव्यास बैठे थे। माता के हृदय में ज्वारभाटा चल रहा था। बाहर आँधी चल रही थी। अपने पराक्रमी पुत्र के साथ अनजाने में कैसा अभूतपूर्व अन्याय कर गयीं! अपनी सुकुमार सोन-वधू को कैसा दारुण क्लेश दे गयीं...जीवन भर जिसका बोझ उस निष्पाप बालिका को झेलना पड़ेगा। माता कुन्ती ने विचलित कण्ठ से उस दिन की पूरी घटना सुनायी और अधर्म से उबरने का मार्ग पूछा।

धर्मराज युधिष्ठिर की दृष्टि बार-बार पांचाली पर ठहरती थी और उस दृष्टि से पांचाली सिहर जाती थी। वह सोच रही थी—किसी भी राजा ने अब तक अपनी पुत्री पाण्डव युवराज, ज्येष्ठ पाण्डुपुत्र को क्यों नहीं देनी चाही? उसे वे मात्र युधिष्ठिर लगे, धर्मराज नहीं। वीर भी नहीं। पराक्रमी भी नहीं। ठीक ही है, कोई भी राजकन्या अथवा नारी स्वयमेव उनकी ओर क्यों आकर्षित होती?

उसने दबी दृष्टि बृहत्काय भीम पर डाली। शक्ति का बृहत् भण्डार थे वे। किन्तु वे निरी शारीरिक शक्ति के ही मूर्तिमान रूप लगे, बुद्धि के नहीं। नकुल, सहदेव जुड़वाँ भाई से बैठे थे—आज्ञाकारी छोटे बालकों की भाँति, जिनका अपना व्यक्तित्व नहीं, स्वतन्त्र अस्तित्व नहीं था। उसकी दृष्टि गयी अर्जुन पर। अर्जुन नतनयन थे—चिन्तामग्न, अन्तर्मुखी बने अपनी ही पीड़ा के गहन सागर में डूबते-उतराते। राजपुत्री के नेत्र छलछला उठे।

माता कुन्ती पूछ रही थीं, "इस अधर्म से कैसे मुक्ति पायी जाये?"

धर्मराज युधिष्ठिर कुछ सोचते रहे, फिर बोले, "इसमें कुछ अधर्म अथवा अनुचित नहीं है अम्ब, कि पाँच भाइयों की एक सामान्य पत्नी हो। इतिहास में ऐसा हो चुका है। पुराण गाथाओं में दृष्टान्त मिलते हैं हालाँकि वे कम हैं। पूर्वकाल में जटिला

नामक गौतम गोत्र की स्त्री ने सात ऋषियों से विवाह किया था। कण्डु-मुनिजा वार्क्षी का विवाह दस प्रचेता बन्धुओं से हुआ था। कभी-कभी धर्म की रक्षा हेतु अपवाद होते हैं। माता की आज्ञा का पालन सर्वश्रेष्ठ आदर्श है, श्रेष्ठ धर्म है। मातृ-आज्ञा के पालन से किसी प्रकार का पाप नहीं लगेगा किसी को। मेरी दृष्टि से इसमें कोई अधर्म नहीं है; बल्कि माँ की आज्ञा का पालन न करने से धनंजय घोर पाप के भागी हुए होते..''

अर्जुन सिहर उठे। आँधी बढ़ चली।

सब मौन थे। सबके विचार आमन्त्रित किये गये थे। किसी के विचार थे ही नहीं। जिसके थे, वह स्वयं विचित्र ऊहापोह में पड़ा वेदना के घूँट विषपान की भाँति निगल रहा था। व्यथित राजपुत्री ने उत्सुकता से, धड़कते हृदय से सब भाइयों की ओर देखा। कोई तो आपत्ति प्रकट कर दे! कोई तो अधर्म कहे इसे! किसी में तो सद्बुद्धि आ जाये! किसी में तो धर्मशिखा प्रज्वलित हो! कितने आशाभरे नयनों से उसने एक-एक करके सबको देखा! उसकी इस आशान्वित दृष्टि को महर्षि वेदव्यास ने पकड़ लिया और वे कुछ और ही समझ बैठे।

राजपुत्री स्वयं पाँचों पाण्डवों में अनुरक्त है, उन्हें लगा। उन्होंने पाँचों भाइयों की ओर देखा। युधिष्ठिर के मुख पर अर्जुन के प्रति ईर्ष्या का भाव था। नकुल-सहदेव के मुख पर लालसा छलक रही थी। भीम अपनी बाहुओं पर अनजाने में हाथ मारकर अपनी शक्ति से राजकन्या को आकर्षित करने का प्रयास कर रहे थे। वेदव्यास ने दीर्घ श्वास लिया। कहीं यह राजपुत्री गृहयुद्ध की मूल न हो जाये! ईर्ष्या का कारण न बन जाये! यह नहीं होना चाहिए।

उन्होंने पुनः राजकन्या की ओर देखा। पांचाली न जाने किस आशा से पाँचों की ओर निहार रही थी, उन्हें उसमें पुनः लालसा दिखी, और निर्णय दे दिया, ''ठीक है! द्रुपदसुता याज्ञसेनी पाँचों पाण्डव-बन्धुओं की सामान्य पत्नी रहेगी।''

आँधी का अन्तर्मन चीत्कार कर उठा। प्रबल वायुवेग से द्वार के कपाट खुल गये—धाड़...धाड़! कपाट स्वयं बन्द हुए। दीपशिखा काँप उठी।

सबने दीर्घ निःश्वास लिया। एक बोझ हटा सबके मन से जैसे। अर्जुन और द्रौपदी की कातर दृष्टि क्षणभर को मिली। राजकन्या रुदन के प्रबल वेग को रोकने का असफल प्रयास कर रही थी—अधरों को दाँतों तले कसकर दबा लिया था। अत्यन्त स्वाभाविक रूप से अर्जुन ही सर्वप्रथम उस बैठक से उठे एवं शिथिल गति से धीरे-धीरे बाहर चले—धूल और आँधी का सामना करने। पांचाली भरे-भरे नयन लिये उन्हें देखती रह गयी।

किन्तु भीषण झंझावात के प्रबल आघात से ही क्या अर्जुन तुरन्त लौट पड़े? द्वार-कपाट धाड़...धाड़...अपने आप खुल रहा और बन्द हो रहा था। प्रकोष्ठ में धूल भर गयी थी।

दीपशिखा उद्विग्न-सी थरथरा रही थी।

उस प्रकम्पित आलोक में सबने अपनी धूलभरी आँखें मलते हुए देखा कि अर्जुन एकाकी नहीं लौटे थे। द्वार के निकट उनके साथ तरुण वृषभों-से विशाल स्कन्धवाले, राजसी वेशभूषा में दो नवागत युवक भी थे—एक अत्यन्त गौरवर्ण, दूसरा किंचित् श्यामवर्ण।

स्वयं को द्वारकावासी यदुवंशी वसुदेव के पुत्र बलराम एवं कृष्ण बताते हुए दोनों ने अपना परिचय दिया। पांचाल-देश की स्वयंवर-सभा में दीर्घकाय ब्राह्मण पुरुष द्वारा लक्ष्यवेध कर उसे द्रुपदनन्दिनी को प्राप्त करते देख वे दोनों समझ गये कि अवश्य छद्मवेश में अर्जुन ने ही विजयश्री प्राप्त की है। वे प्रसन्नता से भर उठे यह सोच कि पितृष्वसा कुन्ती एवं उनके पाँचों मेधावी पुत्र जतुगृह की अग्नि से बच गये और सकुशल हैं और वे उनका कुशलक्षेम जानने हेतु ढूँढ़ते हुए वहाँ आ गये थे।

यदुनन्दिनी कुन्ती की प्रसन्नता का पार न था उन दोनों तरुणों का सत्कार करते। वातावरण में विषाद का स्थान कौतूहल व जिज्ञासा ने ले लिया था। पाँचों पाण्डव तथा दोनों यादव परस्पर एक-दूसरे को समझने का प्रयास कर रहे थे। पाण्डवों की विषम स्थिति, उसका सम्भावित निदान, दुर्योधन आदि का उनके प्रति व्यवहार आदि विषय चर्चित हुए। अन्त में पाण्डव-कुल की नवीनतम समस्या एवं उस पर लिये गये निर्णय पर वे सब परस्पर चर्चालीन हुए।

...तो यही है वासुदेव श्रीकृष्ण जिसके विषय में इतनी दन्तकथाएँ एवं किंवदन्तियाँ प्रचलित हैं! यही वह यादव-शिरोमणि है क्या? राजकन्या पांचाली मद्धिम आलोकवाले उस प्रकोष्ठ में स्वयं को ऐसे स्थान पर समेटे बैठी थी जहाँ दीपालोक न्यूनतम था। किन्तु उन दोनों नवागन्तुकों की दृष्टि से स्वयं को छिपा न पायी। कैसे छिपती? स्यात् दीपक की लौ से अधिक प्रकाश तो वह स्वयं उद्भासित कर रही थी।

तो ये ही हैं वे वीरद्वय जिन्होंने बात की बात में शौरसेन राज्य के आततायी शासक कंस का वध अपनी किशोरावस्था में ही कर डाला था! यही है वह कृष्ण जिसने मात्र सात वर्ष की आयु में कालिया नाग को पराजित कर उस पर नृत्य किया था! जिसने मगध-सम्राट् जरासन्ध के जामाता और स्वयं के मातुल कंस का वध कर सम्राट् का अपरिमित रोष अर्जित किया है और जो मात्र अठारह सहस्र यदुवंशियों के बल पर उस महापराक्रमी जरासन्ध की विराट सेनाओं के दाँत एक-दो बार नहीं, सत्रह बार खट्टे कर चुका है! अपनी संगठनशक्ति और दूरदर्शिता का अपूर्व परिचय देकर जो समस्त यदुवंशियों को सुदूर पश्चिमी समुद्रतट पर सकुशल निकाल ले गया! जिसने बात की बात में वहाँ विलक्षण द्वारावतीपुरी और दुरूहतम दुर्ग खड़ा कर दिया! यह वही कृष्ण है जिसके चरणों में विदर्भकुमारी रुक्मिणी अपना सर्वस्व न्यौछावर कर चुकी थी! कितनी तरुण वयस और कैसा निर्भीक व्यक्तित्व कि महाप्रौढ़ दिग्विजयी जरासन्ध से लोहा लेता है! कैसा मनोहारी व्यक्तित्व कि वृन्दावन की विपिन बालाएँ इसकी मधुर

वंशी की तान से बावली होकर अहोरात्र महारास में नृत्यरत रहती थीं! और यही है वह वेणुवादक गोपाल जो अनिन्द्य रूपमती वृषभानुजा के प्रति पूर्ण समर्पित था!

राजुत्री द्रुपदसुता विस्मय, कौतूहल और आश्चर्य से भर उठी थीं इस अनूठे आकर्षक व्यक्तित्व को निकट से देख। हँस-हँसकर उल्लास बिखेरते हुए उस मनमोहन की उड़ती-सी दृष्टि राजकन्या पर क्या पड़ी कि राजपुत्री के हृदय में न जाने कैसी विचित्र हृदय-तरंगें उद्वेलित हो उठीं!

अहो कैसी यह दृष्टि...जो उसके अन्तस्तल की हर परत को खोलती ही चली गयी...अन्दर तक पैठती ही चली गयी! उस एक निमेष मात्र के दृष्टिपात ने चीरकर रख दिया उसका मर्मस्थल। एक ही दृष्टि तो पड़ी थी उसके सूजे हुए सुलोचनों पर, और पलक झपकते अन्तर्यामी सब भाँप गये!

हाँ, ऐसा कहते हैं लोग कि वह मन की बात जान लेता है, उससे कुछ छिप नहीं सकता। कहते हैं, वह चमत्कारिक प्रतिभाओं से युक्त एक सिद्धपुरुष है। कहते हैं, वह भविष्य बता सकता है तथा अपने एवं दूसरों के समस्त पूर्वजन्मों का लेखा प्रस्तुत कर सकता है। कहते हैं, विलक्षण अन्तर्दृष्टि है कृष्ण की!

तभी यदुनन्दन की सुकोमल दीर्घ पलकोंवाली मुस्कराती हुई दृष्टि जैसे उसके अश्रुसिंचित मुखमण्डल को सहला गयी। अचानक जैसे हृदय-ताप धुल गया। विषाद-शिला के भार से दबे अन्तस्तल में यह कहाँ कौन-सा नूतन आनन्द-स्रोत फूट पड़ा! निराशा के सागर में डूबते हृदय को कैसा यह आश्रय-दीप मिल गया! वेदना के पंक में जैसे सुगन्धित आशा-पद्म खिल उठा।

...क्या यह छोटा है? क्या यह बड़ा है? यह छोटा है या बड़ा? इसके लिए मन में ममता और आदर एक साथ क्यों उमड़ रहे हैं? यह कौन है मेरा? कितनी स्नेहमयी दृष्टि! कितनी आत्मीयता से पूरित! उस नववधू के लिए उसके श्वसुर-कुल में सभी अपरिचित थे। धनंजय अपेक्षाकृत अधिक परिचित थे, उनके साथ वह यात्रा के कुछ घण्टे बिता चुकी थी—बस । ये दोनों अभ्यागत भी अपरिचित। किन्तु इनमें से यह नितान्त अपरिचित श्रीकृष्ण कैसा मन को खींचे ले रहा है! कितना परिचित, कैसा आत्मीय! जैसे युगों से, जन्म-जन्मान्तरों से उसे जानता रहा हो, जन्म-जन्मान्तरों से उसपर कृपालु रहा हो! कितनी सहानुभूति, करुणा और ममता थी उस वृष्णिवीर की निश्छल दृष्टि में! वह दृष्टि उसे बार-बार आश्वस्त-सी कर जाती, उसे सान्त्वना दे जाती, साहस बढ़ा जाती, स्नेह बरसा जाती। विचित्र है यह अनुभव...!

अहो मधुसूदन!...तो जो कुछ तुम्हारे लिए सुनती आयी...वह सब वास्तव में सच ही है क्या? दुःखीमना राजकन्या का हृदय सुस्थिर हो चला था।

धनंजय बैठे थे श्रीकृष्ण के निकट ही, मानसिक अनुताप में गहरे डूबे। पूरी वार्ता में वे ही सबसे कम बोले। किन्तु इस नवपरिचित बन्धु के प्रति वे प्रबल आकर्षण का अनुभव पूरे समय करते रहे। तो भी उनका व्यवहार अत्यन्त औपचारिक एवं संयत

ही बना रहा। संकोच, शिष्टाचार एवं दूरी उन दोनों के मध्य बनी रही या धनंजय बनाये रहे।

द्रौपदी के विवाह सम्बन्धी अद्‌भुत निर्णय को सुनकर श्रीकृष्ण मौन बैठे रहे, नीची दृष्टि किये। अब तो निर्णय हो ही चुका था। वे एक शब्द भी न बोले। एक बार द्रौपदी एवं अर्जुन को दृष्टिभर देखा ही केवल।

नतनयन, नतशिर, अनुताप में डूबे अर्जुन की पीठ पर अपना बलशाली नेह-पूरित हाथ अनायास क्या रख दिया कृष्ण ने कि निढाल अर्जुन एकाएक सीधे हो गये। एक विलक्षण सम्मोहन से अभिभूत-से रह गये। न जाने क्यों उनका मन हुआ कि श्रीकृष्ण का वह हाथ उनकी पीठ पर बना रहे वैसा ही—आजीवन! उनका स्पर्श जैसे अर्जुन से रह-रहकर कह रहा था—धीरज! साहस! टूटना नहीं! झुकना नहीं!

प्रकोष्ठ का बोझिल वातावरण द्रुतगति से बदलता जा रहा था। विषाद के घने मेघ छँट चले थे। हृदयों का बोझ वाष्प बना उड़ा जा रहा था। अब वे पाण्डव एवं यादव हँस रहे थे—पक्षीदल-सम चहक रहे थे। परस्पर परिहास चल रहे थे, उल्लास बिखर रहा था।

बात करते-करते हँसते हुए वृष्णिनन्दन श्रीकृष्ण ने अर्जुन का हाथ अपने हाथ में लिया। उँगलियाँ भिंचीं और अर्जुन के हाथ को कसकर दबा दिया उन्होंने।

अहो, कैसा अपूर्व सुख! मित्रता! बन्धुत्व! अवलम्ब! धनंजय के हृदय का अन्तर्द्वन्द्व एवं व्यथा-भार जैसे झटके से खिसक गया और दो अश्रुबिन्दुओं के रूप में धूल में मिल गया। उनकी इच्छा हुई, उस शक्तिशाली समवय किन्तु गुरुतर बन्धु के स्कन्ध पर अपना शीश पलभर टेक देने को।

वह देख रही थी—अर्जुन अनजाने में ही श्रीकृष्ण की ओर कितना झुके हुए थे! उसने देखी दोनों की परस्पर गुँथी उँगलियाँ, दोनों का प्रेमभाव और वह रोमांचित हो आयी।

अन्ततः दोनों यदुनन्दन उठ खड़े हुए चलने के लिए। आँधी थम चली थी किन्तु वायु अभी भी प्रबल थी। कुम्भकार के गृह के उस प्रकोष्ठ की भूमि भी समतल न थी। सँभालते हुए वे द्वार की ओर बढ़े। बलराम ने हाथ बढ़ा द्वार खोलकर हाथ हटाया ही था कि श्रीकृष्ण ने चौखट पर हाथ रखा और प्रबल वायुवेग से कपाट तत्क्षण बन्द हो गये। श्रीकृष्ण की कनिष्ठिका से रक्त प्रवाहित हो चला।

उस मद्धिम दीपालोक में कोई देख पाया, कोई नहीं देख पाया। कोई समझा, कोई न समझा। जिन्होंने देखा, वे आतंकित हो उठे। पाण्डुपत्नी विकल हो उठीं—चलते समय यह अपशकुन तो नहीं! युधिष्ठिर और अर्जुन केवल 'अहो!' कहकर रह गये। गण्यमान्य एवं महत्त्वपूर्ण सम्बन्धी, वह भी अतिथि—उसकी कनिष्ठिका से रक्त प्रवाहित था! किसी को न सूझा, क्या करें।

और तब संकोच से दबी-सिमटी वह नववधू अचानक लोकलाज छोड़ उस

अँधेरे प्रकोष्ठ को विद्युल्लता-सी चीरती हुई आ खड़ी हुई वासुदेव के निकट। स्वर्णजाल आच्छादित अपने रक्तपाटल दुकूल का आँचल उसने पलक झपकते चीर डाला। यह क्या! वैवाहिक मांगलिक वस्त्र...कुन्ती व्याकुल हो उठीं। जब तक कोई समझता, तब तक उसने दत्तचित्त हो तत्परता से वह बहुमूल्य चीर वासुदेव की कनिष्ठिका में बाँध दिया। रक्त बहना बन्द हो गया।

सब अभिभूत हो उठे।

"धन्य है तू वत्से! कुल की लाज रख ली तूने! हम तो किंकर्तव्यविमूढ़-से रह गये थे, किन्तु तूने अतिथि का कष्ट हरण किया। उच्च कुल की कन्या का यही लक्षण है। तूने पाण्डव-कुल को आते ही उपकृत कर दिया, कृष्णे।" पृथा गद्गद हो उठीं अपनी पुत्रवधू की कर्तव्यनिष्ठा एवं कुशलता पर।

"कृष्णा जो ठहरी यह! कृष्ण के आघात को कृष्णा न समझे तो कौन समझेगा? और कृष्णा की पीड़ा कृष्ण न समझे तो कौन समझेगा?" वासुदेव मुस्कराकर कह उठे।

"क्यों राजकन्ये, बोलती नहीं! और पांचालनरेश की राजसभा में तो तूने बड़ों-बड़ों को चुप करके एक ओर बिठा दिया था, स्वयंवरवेला में...!"

वह लज्जा से लाल हो छुई-मुई-सी हो गयी। वासुदेव हँस पड़े।

"तुझे ज्ञात है याज्ञसेनी, कि स्वयं पीड़ित होते हुए भी दूसरे की पीड़ा के लिए अपनी पीड़ा कौन भुला सकता है? अपनी पीड़ा भुलाकर दूसरे की पीड़ा से जो पीड़ित हो उठे, वह कौन होता है?...मित्र!...केवल मित्र! सखा!...आज से तू मेरी सखी हुई कृष्णे! बोल, स्वीकार है तुझे?" श्रीकृष्ण ने स्मित हास्य के साथ अपना चीर-बँधा हाथ राजकन्या के शीश पर रखते हुए स्नेह से पूछा।

कृष्ण का नेहभरा स्पर्श शीश पर पाते ही उसे लगा, वह कितनी नन्ही-सी बालिका है जो कृष्ण के विराट व्यक्तित्व के समक्ष खड़ी है!

"मैं कृतार्थ हुई...आप मेरे अग्रज हैं...।"

और शब्द अटक गये कण्ठ में।...ये कैसे अश्रु भरे आ रहे हैं नयनों में उसके अकारण ही! हर्ष से! रोमांच से! कृतज्ञता से! विह्वलता से!

"अब यह जो इतना मांगलिक वैवाहिक वस्त्र तूने मेरे उपचार हेतु चीर डाला...उसके लिए तो मैं मूल्यवान से मूल्यवान कौशेय और चीनांशुकों का ढेर भी लगा दूँ तो भी उऋण न हो पाऊँगा, कृष्णे! तूने यह उपकार कर मुझे सदा-सदा के लिए बाँध लिया। नवविवाहिता के शुभ आवरण का जो महत्त्व होना था तेरे लिए, तूने मेरे छोटे-से आघात के लिए उसे त्याग दिया! मेरी कनिष्ठिका पर बँधा यह चीर अमूल्य है। अक्षयचीर भी दे डालूँ तुझे तो वह भी तेरी भावना के समक्ष छोटा पड़ जाएगा! बस, यही कह सकता हूँ...तू मेरी सखी है...सदा तेरे कष्टों का ध्यान रखूँगा। जब कभी संकट आ पड़े, निस्संकोच हो मुझे स्मरण करना। कहीं भी रहूँ, तेरी पुकार सुनकर अवश्य

आऊँगा...मुझ पर विश्वास रखना...'' कहते-कहते श्रीकृष्ण का कण्ठस्वर भावुक हो उठा।

पृथा भावातिरेक में थीं। पाण्डवों के शीश गर्व से तने हुए थे। वेदव्यास के नयनों में स्नेह आर्द्र हो छलक आया था।

यदुनन्दनों ने महर्षि वेदव्यास, पितृष्वसा एवं युधिष्ठिर के चरणस्पर्श किये।

श्रीकृष्ण ने भीम के भी चरण छुए। नकुल और सहदेव ने दोनों वृष्णिवीरों की चरणरज ली। भीम और अर्जुन ने बलराम के चरण छुए।

और फिर अर्जुन खड़े रह गये खोये-से—असमंजस और ऊहापोह में। क्या करूँ इस श्रीकृष्ण का? यह जो समवय होते हुए भी गरिमामण्डित है अत्यन्त! क्या करूँ औपचारिकता को...शिष्टाचार को?...

''तिलांजलि दे डालो सखे!'' और वासुदेव का परिचित अट्टहास गूँज उठा। जब तक धनंजय कुछ समझते, श्रीकृष्ण के बलिष्ठ दाहिने हाथ ने उनके कन्धों एवं पीठ को आवृत कर झकझोर दिया। अर्जुन के नेत्र में कुछ तैर आया—कुछ तरल सजल। लगा, उन्हें न केवल बन्धु, सखा और मित्र मिला है बल्कि एक ही बार में उन्हें सहायक, आश्रय, अवलम्ब, पथप्रदर्शक और अग्रज सब मिल गया है। अर्जुन की आज की दो-दो उपलब्धियाँ थीं—दोनों महान्! द्रुपदसुता-सी पत्नी और वासुदेव-से परम मित्र!

अर्जुन उमड़ पड़े। नील सागर-से उमड़े वे—नील सागर में तिरोहित हो जाने को! दूसरे क्षण दोनों नवसखा प्रगाढ़ आलिंगन में आबद्ध थे। कौन क्या है, स्पष्ट न होता था। कौन अर्जुन, कौन श्रीकृष्ण...कोई भेद न था। दोनों एक थे। दोनों कृष्ण थे।

स्वयंवर के पश्चात् जब अर्जुन एक निर्धन ब्राह्मण के रूप में पांचाल महाराजकुमारी को लेकर राजमहल से चले थे तभी महाराज द्रुपद ने छद्मवेश में अपने गुप्तचरों को उनके पीछे-पीछे भेजा था ताकि यह पता चल सके कि ब्राह्मण युवक कहाँ का है और कौन है। जब उन्हें ज्ञात हुआ कि उनकी हार्दिक अभिलाषा पूर्ण हुई है और अजेय वीर पाण्डुनन्दन अर्जुन उनकी एकमात्र पुत्री को वधू रूप में ले गये हैं तो हर्ष का पारावार न रहा। तत्काल उन्होंने अपने राजपुरोहित को भेजा, पाण्डुनन्दनों को विनयपूर्वक आमन्त्रित करने।

पांचालकुमारी अपने पितृकुल जाने की अनिच्छुक थी। उसमें साहस न था, शक्ति न थी। किन्तु माता कुन्ती एवं पाण्डुनन्दन सहित उसे जाना पड़ा। एक दृष्टि में महाराज द्रुपद ने अपनी अत्यन्त स्नेहशीला पुत्री का कुम्हलाया मुखमण्डल देख लिया। वे दुःखी हो गये—पाण्डवकुल में जाकर और अपनी इच्छा का श्रेष्ठ वर पाकर भी युवराज्ञी क्यों दुःखी है, वे समझ न पाये। उसकी मुखश्री, उसका तेज, उसकी शोभा जैसे अल्प समय में ही कपूर की भाँति उड़ गयी थी। पिता के स्नेहस्पर्श के उत्तर में चुपचाप

अश्रु बहाती रह गयी। पिता से दृष्टि नहीं मिलायी उसने। धृष्टद्युम्न से बचती रही। अपनी अनन्य सखियों से दूर रही। माता आदि महिलाओं से विलग-विलग रही और अपने प्रकोष्ठ में जाकर फूट-फूटकर रो पड़ी। धीरा, सुमना आदि समस्त सखियाँ व्याकुल थीं—यह कैसा विचित्र दुख आ पड़ा राजपुत्री पर जो वह किसी से कहना नहीं चाह रही!

विवाह-संस्कार की तैयारियाँ पूर्ण होने पर महाराज द्रुपद ने युधिष्ठिर से कहा—

"धर्मराज! अपने अनुज वीरवर अर्जुन को अनुमति दें कि वे अग्नि को साक्षी कर विधिवत् मेरी कन्या का पाणिग्रहण करें।"

कुछ पल मौन छाया रहा। फिर युधिष्ठिर ने बड़े स्पष्ट शब्दों में कहा, "विवाह तो मेरा भी होगा!"

"तो आप ही मेरी सुयोग्य कन्या को ग्रहण कीजिए," पांचालनरेश विनम्रता से बोले।

"नहीं राजन्! एक विचित्र स्थिति में माता की आज्ञा हमें मिली है कि राजकुमारी याज्ञसेनी हम पाँचों भाइयों की सामान्य पत्नी होगी। हम माँ की आज्ञा से बाध्य हैं। उसे पूर्ण करने को कृतसंकल्प हैं।"

महाधर्मात्मा महाराज द्रुपद अवाक् थे। धृष्टद्युम्न स्तब्ध था। महाराज्ञियों ने अपने नेत्र मूँद लिये। यह कैसी अनहोनी! पुरुष के तो कई पत्नियाँ हो सकती हैं किन्तु...स्त्री के कई पति...कभी नहीं सुना। यह कैसी धर्मविरुद्ध बात धर्मराज कह रहे हैं! यह कैसी धर्मविरोधी घटना महाप्रतापी एवं धर्मात्मा महाराज स्वर्गीय पाण्डु के कुल में घट रही है! परम ज्ञानी एवं धर्ममर्मज्ञ युधिष्ठिर की कैसी विपरीत बुद्धि हुई है! ऋषिवर वेदव्यास ने मध्यस्थता की। द्रुपद-कुल को समझाया कि माता की आज्ञा सर्वोपरि है अतः इसमें कोई दोष नहीं।

कौतुक में पड़े चातुर्वर्ण्यों ने विस्मय से लगातार पाँच दिन राजपुत्री द्रौपदी का विवाह संस्कार देखा पाँच पतियों से। पूरे राजसमाज एवं प्रजा के मध्य पूर्ण वैदिक विधि से एक कन्या का पाँच बार पाँच पतियों को दान किया गया।

समाचार तडित् गति से विभिन्न राज्यों, नगरों एवं जनपदों में फैल गया। हस्तिनापुर में इसकी तीक्ष्ण प्रतिक्रिया हुई। पहले तो आघात लगा कि अनिन्द्य सुन्दरी द्रुपदकन्या को जीतनेवाला ब्राह्मण युवक और कोई नहीं, अर्जुन था। यह भी गहन आघात था कि अर्जुन अपनी माता तथा भाइयों सहित लाक्षागृह से भूमिगत सुरंग से जीवित बच निकले थे।

किन्तु यज्ञसेन-पुत्री याज्ञसेनी का पाँचों पाण्डवों से विवाह एक अत्यन्त रोचक चर्चा का विषय बन गया। सब आश्चर्यचकित थे। यह कैसा विलक्षण विवाह! तो द्रौपदी कौन से पातिव्रत-धर्म का पालन करेगी? पातिव्रत धर्म में तो स्त्री का एकनिष्ठ

होना परम आवश्यक है। इस सिद्धान्त का तो उल्लंघन हो गया! कुरु-कुल की स्त्रियाँ परस्पर हास-परिहास करती लोट-पोट हो जातीं। पाण्डवभार्या पांचाली के लिए कुलटा शब्द का प्रयोग करतीं। पुरुषवर्ग चुटकियाँ लेता—पाण्डव भी क्या पुरुष हुए! पाँचों में केवल एक पत्नी! एक से अधिक स्त्री ही उन्हें कहीं उपलब्ध न हुई! जो अग्रज की पत्नी और भ्रातृजाया—जैसे उच्च पद पर हो, वही अनुज की पत्नी! पाण्डुकुल में नीति और अनीति में भेद न रहा! सदाचार और कदाचार में विभेद कैसे हो सकेगा! पाण्डुकुल में धर्म-अधर्म, उचित-अनुचित का अन्तर ही मिट गया! वे सब के सब पातकी हैं। निश्चित रूप से द्रुपदसुता तो नरकगामिनी होगी। कुरु-पुरुष इस कचोट को न भुला पाते कि पाण्डव लाक्षागृह का अग्निदाह विफल कर जीवित रह गये और परम विदुषी एवं सुन्दरी पांचाली को बल के आधार पर विजय कर ले गये।

ये चर्चाएँ पांचालीकुमारी तक पहुँचतीं। वह तो हृदय को कठोर बनाये बैठी थी कि यही भाग्य है तो अविचलित भाव से ही सहना है। किन्तु रह-रहकर विक्षुब्ध हो उठती। लज्जा एवं ग्लानि के कारण उसकी वाक्पटुता प्रायः लुप्त हो चुकी थी। वह मूक बनी रहती, गुमसुम। कभी सखा श्रीकृष्ण उसका भ्रम निवारण करेंगे क्या? अन्तर्दाह उसे खाये जाता था अन्दर ही अन्दर। वह श्रीकृष्ण से कुछ कह सकेगी क्या? किन्तु स्वयं को साधे रखती। कर्तव्यपरायणा थी अतः यन्त्रवत् कर्तव्यपालन करती रहती। सभी पति उससे प्रसन्न थे, उसमें अनुरक्त थे।

''देवी, पितृकुल का राजपाट वैभव छोड़कर कितना कष्ट मिला है तुमको इस गृह में आकर!''

''नहीं, कष्ट कुछ नहीं आर्यपुत्र, मेरा परम सौभाग्य है यह तो।''

''किन्तु भारती! तुम कितनी मितभाषी हो! मैंने सुना, स्वयंवरसभा में राधानन्दन कर्ण ने तुम्हें वाचाल कहा था! मैं तो तुम्हारी वाणी सुनने को लालायित रह जाता हूँ।''

विकल हो पांचाली ने दूसरी ओर धीरे से शीश घुमा लिया। उसका मन तो अर्जुन-अर्जुन पुकारता कस्तूरीमृग-सा भटकता फिर रहा था। युधिष्ठिर की बातों में वह कितने समय तक रुचि लेती!

कैसा विचित्र नाद!...क्या है यह? पांचाली की निद्रा भंग हो गयी। समझी। प्रगाढ़ निद्रामग्न महाबली वृकोदर की नाक की ध्वनि थी। कैसा भयंकर नाद है! वह अर्धरात्रि में ही जाग गयी और सन्ध्योपासना में लग गयी। एक बार परिहास में भीम ने पूछ लिया, ''किसकी स्मृति ने देवी की निद्रा हर ली?''

पांचाली पर घड़ों पानी पड़ गया। उसने विनयपूर्वक प्रतिवाद किया और उठ गयी भगवत्भजन को।

"देवी...अरे! फिर सो गयीं!" नकुल विस्मय से कह रहे थे।

"क्षमा करें आर्य!...क्या कह रहे थे आप?"

"क्या कहूँ? मेरी बात पूरी कभी नहीं हो पाती और तुम पुनः सो जाती हो...।"

"क्षमा आर्यपुत्र! क्लान्त हो जाती हूँ..."

"अवश्य हो जाती होगी। देखो, कब हमारे दिन पलटें और कब भाग्य का सूर्य हम पर मुस्कराए!" दीर्घ निःश्वास ले नकुल कह उठे।

"क्या हुआ भारती!...क्या हुआ...चौंक क्यों पड़ीं सोते में?..." सहदेव आतुर स्वर में पूछ रहे थे।

"कुछ नहीं आर्य...कुछ नहीं।" वह भयभीत हो उठी।

"कुछ स्वप्न देखा था क्या?"

"स्वप्न? हाँ...स्वप्न ही तो था!"

"क्या देखा? कोई दुःस्वप्न?"

"नहीं आर्य! स्वप्न तो मनोहारी था किन्तु मध्य में ही खण्डित हो जाने से चौंक पड़ी..." पांचाली हृदय के आवेग को रोककर कह उठी।

"स्वस्थ तो हो तुम?"

"स्वस्थ हूँ...पूर्णतः स्वस्थ। आप भी विश्राम करें आर्य!"

और वह प्रतीक्षाद्वीप-सी जलती रहती अहोरात्र, अर्जुन के लिए। भोर से ही वह उस रात्रिवेला की पुण्य प्रतीक्षा में तन्मय रहती। भोर से ही उर-स्पन्दन बढ़ जाता। उस दिन वह स्फूर्ति, प्रेम और करुणा की सजीव मूर्ति बन जाती। दिनभर के हारे-थके क्लान्त अर्जुन की सेवा करके उसे असीम सुखानुभूति होती। किन्तु उसकी सेवा, उसके सुखद-स्निग्ध स्पर्श से क्लान्त अर्जुन शीघ्र ही निद्रामग्न हो जाते। पांचाली बैठी रहती। इतने दिन तो वह बँधी-बँधी रहती, अन्तर में घुमड़ती हुई बदली-सी। पार्थ को निकट पा तटबन्धों को तोड़ती हुई प्रबल वेगवती उत्ताल तरंगिणी बन जाती। उनके सिरहाने बैठी रहती...प्रतीक्षा करती। जागती रहती...कब जागेंगे?

"क्यों पांचाली, सोयी नहीं! तुम्हें निद्रा नहीं?"

पांचाली एक दीर्घ श्वास ले धीरे-धीरे कह उठती, "बाल्यावस्था जाते-जाते ही

तो आपने निद्रा हर ली थी—तब से निद्रा कहाँ? आपके साथ रहने का एक-एक पल मेरे लिए कितना मूल्यवान है! उस एक-एक पल को मैं गंगाजल की पवित्र बिन्दुओं-सा पूरा-पूरा आचमन कर जाना चाहती हूँ। आत्मसात् कर लेना चाहती हूँ।''

''किन्तु तुम्हारी अदम्य शक्ति और सहनशीलता देखकर मुझे आश्चर्य होता है। दिनभर कठोर परिश्रम और रात्रि को निद्रा नहीं! विधाता कितना क्रूर है! कितनी कोमल सुकुमार उँगलियाँ हैं तुम्हारी जो पुष्प-वेणी गूँथने में भी कुम्हला जाएँ! और इन्हीं दक्ष हाथों से राजकन्या गृहकार्य करती है!'' अर्जुन ने उसके कोमल हाथों को अपने हाथों में ले लिया।

''ऐसा न कहें आर्यपुत्र! दरिद्रता महत्त्वपूर्ण नहीं। दरिद्रता तो क्या, मैं सब कुछ सह सकती हूँ आर्य! आपको प्रसन्न रखने के लिए सब कर सकती हूँ...लेकिन...किन्तु...''

''क्यों...क्या विडम्बना है भद्रे?'' अर्जुन चिन्तित हो उठे।

''आर्यपुत्र! आपका वियोग ही तो बस सहा नहीं जाता...मुझसे सहा नहीं जाता...मुझे क्षमा करें आर्य!''

पांचाली रो पड़ी। लोकचर्चा, जगनिन्दा से वह विकट रूप से आक्रान्त हो चुकी थी।

''धीरज! पांचाली...धीरज!'' अर्जुन सान्त्वना देते।

''मैं अपना दायित्व निभाने में असमर्थ हूँ आर्य...पाँच पतियों की सेवा...!''

''शान्त...शान्त पांचाली, शान्त। पास के कक्ष में माता हैं। आर्य युधिष्ठिर सो रहे हैं। सुन लेंगे तो सोचेंगे कि द्रौपदी अर्जुन पर विशेष रूप से अनुरक्त है।''

पांचाली का रुदनमिश्रित आर्द्र स्वर बड़वाग्नि-सा भभक उठा—

''तो इसमें मिथ्या क्या नाथ! सत्य को छिपाने को क्यों बाध्य करते हैं? नहीं आर्य...नहीं। मुझसे नहीं सँभलता। मेरा अन्तर्द्वन्द्व सतत अग्नि-सा मेरा मर्म दाह किये डाल रहा है। मेरा भी हृदय आप ही की भाँति पाषाण होता तो सह जाती। किन्तु मेरा मन साथ नहीं देता...अन्तरात्मा साथ नहीं देती।...मेरे अन्तर में तो पाँच नारी नहीं। एक ही नारी है। और वह अन्तर की नारी साथ नहीं देती।...अन्दर बैठी नारी को कैसे नष्ट कर दूँ भगवन्? कहाँ जाऊँ...क्या करूँ?''

''धीरज...धीरज भारती!''

''कभी सोचा था कि विश्व में पतिसेवा का अपना अनोखा दृष्टान्त प्रस्तुत करके अवश्य गोलोक पाऊँगी। ऐसा दृष्टान्त जिसकी चर्चा...जिसकी ख्याति युग-युगों तक जम्बूद्वीप में छायी रहे; किन्तु...'' घुटते हुए स्वर में बोले जा रही थी विकलमना, ''किन्तु...किन्तु...आह री मेरी आकांक्षाएँ...मेरे आदर्श!''

''शान्त देवी...शान्त!'' अर्जुन की उँगलियाँ द्रौपदी के गहन नील कुन्तलों में घूम रही थीं।

''जब पाँचों भाई भोजन हेतु बैठते हैं तो कैसे किसी एक से विशेष आग्रह करूँ?

फिर सम्पूर्ण भोजन का आधा भाग तो आर्य भीमसेन को ही दे देना पड़ता है...मैं तो आपकी ओर केवल निहारती रह सकती हूँ, मूक गौ के समान...। उस दिन माता ने मेरी वह अवस्था ताड़ ली और टोका कि मैं आर्य भीम के पात्र में दुग्ध ही देना भूल गयी!''

अर्जुन उसके कपोलों पर बहते एक-एक अश्रु को हौले से ऐसे पोंछ रहे थे जैसे द्रौपदी के आघात ही पोंछ डालेंगे। किन्तु पुनः उसके स्थान पर द्विगुणित अश्रु छलक आते।

''एक साधारण सामान्य पत्नी कितनी भाग्यवती होती है! और एक मैं हूँ!...मेरे कर्त्तव्य...मेरे कार्य...मेरी सेवा...मेरी निष्ठा...सब पाँच भागों में बँटे हुए हैं...ईश्वर कितना क्रूर है...कितना निर्मम है!...मुझे तो आराधना के लिए...पूजन के लिए मात्र दो चरण चाहिए थे...पाँच युगल चरणों की सेवा...कैसा कठोर व्रत! अपने आराध्य को, देवता को, अपने प्रेम और अर्चना का केवल पाँचवाँ अंश ही चढ़ा पाती हूँ...हतभागा द्रौपदी!''

अर्जुन मौन रह गये कुछ क्षण। जैसे-तैसे धीरे-धीरे उसे समझाने लगे, ''पांचाली! सामंजस्य ही जीवन है। परिस्थितियों से तो सामंजस्य करना ही पड़ता है। इस प्रकार साहस छोड़ देने से सामंजस्य न हो सकेगा।''

''अहो, ये दार्शनिक उपदेश!...आप क्या समझेंगे...अन्तर में जो सतत ज्वारभाटा चलता रहता है।...जब अन्य किसी आर्यपुत्र के साथ होती हूँ तो कितना स्वयं से छल करती हूँ...!''

''किन्तु पांचाली! यह उचित नहीं। किसी को आभास हो गया तो...?'' अर्जुन का धर्मभीरु मन उद्वेलित हो उठा।

''लेकिन सत्य से क्या भय? मैंने तो आर्य अर्जुन को ही पतिरूप में चाहा था।...उन्होंने ही स्वयंवर में लक्ष्यवेध किया था...मैंने वरमाल्य उन्हीं के कण्ठ में डाल उन्हें वरा था...। मेरे मन का स्वामी, प्रभु...सब तो सव्यसाची ही हैं...! किन्तु मुझे कितना स्वाँग रचना पड़ता है...!'' और वह फूट पड़ी।

अर्जुन द्रवित थे। द्रौपदी का स्वर ऊँचा होता जा रहा था। उन्हें भय था, कहीं रुदन-स्वर बाहर तक न पहुँच जाये। किन्तु द्रौपदी का हृदय उमड़ा पड़ रहा था। दबी हुई पीड़ा छलछलाती हुई सहस्र धाराओं में आक्रोश बन वेगपूर्वक जैसे निकल पड़ना चाहती थी। प्लावन रोके नहीं रुक रहा था...। सारे तटबन्ध, सारे प्रतिबन्ध, सारी मर्यादाएँ, सारे बन्धन शिथिल पड़े जा रहे थे। बाँध टूटा जा रहा था। उसकी व्यथा का कोई अन्त नहीं था।

''आखेट से लौटने पर आर्यपुत्र का क्लान्त मुख देख इच्छा हुई तुरन्त शीतल जल से चरण प्रक्षालन करूँ, विजन डुलाऊँ; किन्तु कैसी विवश थी मैं...आर्य सहदेव की सेवा में रत थी उस समय...यह क्या कर डाला आपने आर्यपुत्र?''

''कह लो देवी...जितना जी चाहे, जो जी चाहे कह डालो...शायद इसी से तुम्हारे

उद्वेलित मन को कुछ शान्ति मिले!"

"शान्ति?...शान्ति तो मेरी सदा के लिए चली गयी। मेरे मन में तो ज्वालामुखी धधक रहा है। कब उसका विस्फोट हो जाये, कौन जानता है? आर्या कुन्ती तक को तो पश्चात्ताप होता है कि कितनी अधर्मपूर्ण आज्ञा उन्होंने दे डाली।... स्मरण नहीं, कैसे मेरे माता-पिता, सखियाँ सब हतप्रभ रह गये थे।

"और वे आपके कुरु-बन्धु...वे मेरा उपहास करते हैं...कहते हैं—यह कोई साध्वी हुई!...यह पतिव्रत-धर्म के...कौन...से नियमों का पालन करती है...इसके लिए क्या...नवीन नियमों की रचना की गयी है...क्या कुछ विशेष शास्त्र-नियम बनाये गये हैं?...सब स्त्रियाँ मुझ पर उँगली उठा...मुझे...मुझे कुलटा..." और रुदन के प्रबल वेग के सामने हारकर वह पुनः रो पड़ी।

जो कुछ कह रही थी सत्य ही तो था। अर्जुन पश्चात्ताप, ग्लानि और विवशता से हताश थे।

"बस करो याज्ञसेनी...जनचर्चा पर मत जाओ। स्वयं महामुनि वेदव्यास ने दृष्टान्त देकर इस विवाह को औचित्य प्रदान किया है। कोई भी परम्परा टूटती है तो आलोचना होती है किन्तु कुरुवंशी बन्धु यह नहीं देख पाते कि माता के आज्ञापालन में हम कितने आगे बढ़े हुए हैं। और वे अपने वृद्ध चक्षुहीन पिता व माता की आज्ञा की तृण भर भी चिन्ता करते हैं क्या? उन अधर्मियों की आलोचना से तुम विचलित हो; किन्तु हमारी कर्त्तव्यनिष्ठा की कोई उपमा मिलेगी कहीं?"

"परम्परा अच्छे कार्य के लिए टूटे तो सर्वप्रथम मैं तोड़ूँगी...किन्तु आर्यों की दृष्टि से यह तो एक सर्वथा निन्दनीय, अनैतिक एवं घृणित कार्य हुआ है। आदिम युग के दृष्टान्त देकर धर्मराज ने इस विवाह को उचित ठहरा दिया! उन्हें इसमें कुछ भी अनुचित न लगा, क्योंकि आप लोगों का बालपन पार्वत्य-प्रदेश में व्यतीत हुआ जहाँ यह आदिम नियम आज भी प्रचलित है और स्वाभाविक है। आर्यपुत्र! आप मेरे स्थान पर होते तो शायद समझते...ईश्वर न करे, आप कभी नारी-जन्म पाएँ....और नारी जीवन की यातना सहें।"

"यदि शापग्रस्त हुआ तो पांचाली, आगामी जन्म क्या, इसी जन्म में नारी-रूप धारण कर सकता हूँ।" अर्जुन अस्फुट स्वर में कह उठे।

"मेरे हृदय में जैसे सहस्रों प्रचण्ड ज्वालामुखी धधकते रहते हैं...मन होता है मुक्त कण्ठ से अस्वीकार कर दूँ...मुक्त कण्ठ से विद्रोह कर दूँ।"

"क्या कर दूँ—विद्रोह? यह कैसा शब्द! विद्रोह...मेरे विरुद्ध भी?" वे स्मित परिहास से पांचाली के दाह को हल्का करना चाह रहे थे।

"हाँ! आपके विरुद्ध भी। आप ही ने तो मुझे ऐसी विषम, जघन्य स्थिति में डाला है।...माता के आज्ञापालन के लिए इतने तत्पर रहे कि पत्नी को ही विक्रय कर डाला...!"

"पांचाली!!...बस!" अर्जुन दोनों हाथों से कान बन्द करके सिर हिला रहे थे। "अब बस करो देवी! अब और कुछ मत कहो...मैं ही उत्तरदायी हूँ तुम्हारे क्लेशों के लिए...यह तो मैं कब से स्वीकार कर चुका हूँ!...किन्तु क्या आजीवन मैं और तुम—दोनों इस कष्ट-ज्वाला में सुलगते रहेंगे? मैं इस आरोप से मुक्त तो नहीं हो सकता किन्तु क्या प्रतिदिन सतत आक्षेप सुनना पड़ेगा?... पांचाली! क्या किया जा सकता है?...यह क्रूरता-निर्ममता और अपराध तो मुझसे हो ही गया है, किन्तु क्या आजीवन इस दास को क्षमा न कर सकोगी?" अर्जुन विगलित दीन स्वर में लगभग गिड़गिड़ा उठे थे।

"दास!!!" ...पांचाली चौंक गयी। पानी-पानी हो गयी।

"यह क्या कह रहे हैं आर्यपुत्र!...मैं कितनी बहक गयी थी...क्या-क्या प्रलाप कर गयी...मुझे क्षमा करें नाथ...अब कभी कभी...कुछ नहीं कहूँगी।...अपने दुःख आर्यपुत्र पर लादने का मेरा कोई उद्देश्य नहीं था। जो कुछ मेरे भाग्य में है, मैं ही सहूँगी। अन्तर में दो नारियों की रचना करूँगी। अब से मन में दो नारियाँ पालूँगी। आपको कष्ट देकर तो मेरा क्लेश द्विगुणित हो उठता है...यही तो मेरी दुर्बलता है...जानते नहीं...मेरी सबसे बड़ी दुर्बलता भी तो आप ही हैं आर्यपुत्र!...क्षमा करें आर्य...क्षमा..."

"पांचाली! रानी...विचलित न हो! समय धीरे-धीरे सब ठीक कर देगा। मैं हर कष्ट में—हर दुःख में तुम्हारे पास हूँ...तुम्हारे साथ हूँ। मैंने तुम्हें बताया था कि मैंने विवाहपूर्व भी स्वप्नसुन्दरी याज्ञसेनी के स्वप्न पाले हैं!...और जब विधिवश मेरे चारों भ्राताओं का भी अधिकार तुम पर हुआ तो तुमने सोचा भी नहीं...मेरे हृदय पर क्या बीती!...मेरा हृदय किस प्रकार विदीर्ण हुआ—यह तुमने ध्यान नहीं दिया?...मैं अकेला तुम्हारा प्रेमपात्र नहीं रहा—यह कल्पना ही कितनी कष्टक र रही है मेरे लिए! पांचाली...मैं भी तो मनुष्य हूँ...मनुष्योचित दुर्बलताओं से परे मैं नहीं। मैं भी उनसे ग्रस्त हूँ। और इसीलिए मेरे मन में अपने भ्राताओं के प्रति ईर्ष्या उमड़ पड़ी। बिना प्रयास किये उनको मेरी उपलब्धि प्राप्त हो गयी। मुझे लगा कि अपने प्रयास से उपलब्ध अपनी बहुमूल्य निधि जैसे मैंने सदा के लिए गँवा दी हो।...पांचाली!...मेरे मन में यह भय एक विराट सघन मेघ-रूप में छा गया कि आगे भविष्य में तुम्हारे स्नेह का पात्र मेरा कोई अन्य योग्य भ्राता हो सकता है।...आज मेरे मन पर से उस मेघ का भार हट गया है...घुटन हट गयी है...मुझे शान्ति मिली यह जानकर कि मैं इतना भाग्यशाली हूँ कि मेरा स्थान तुम्हारे मन में अक्षुण्ण है और मेरा कोई प्रतिद्वन्द्वी नहीं हो सकता। पांचाली! मैं तुम्हारी वेदना बहुत अच्छी तरह समझता हूँ। हम दोनों ही पीड़ित हैं...दोनों पर ही विधि का प्रकोप हुआ है... तो दोनों साथ ही झेलेंगे भी। याज्ञसेनी...! मैं पुरुष हूँ—क्षत्रिय हूँ...अपने मनोभावों को प्रदर्शित कैसे कर सकता था? मैं भी तो अपनी इच्छाओं-आकांक्षाओं का दमन कर रहा हूँ। विधि को यही स्वीकार है।...तुम्हारे उद्‌गार मेरा पथप्रदर्शन करेंगे, मुझे बल प्रदान करेंगे—सम्बल देंगे। कण्टकों में भी पुष्प खिलते हैं। जो प्रारब्ध में है,

उसमें कुछ श्रेष्ठ तत्त्व भी हमें अवश्य मिलेंगे...'' और उस कुम्हलायी मल्लिका को अर्जुन ने हृदय से लगा लिया।

''मेरा जीवन-प्रदीप उतना ही जलेगा जितना आर्यपुत्र इसमें तैल डाल सकेंगे। मैं तो बाती हूँ...जलना मेरा धर्म है...पूरी ही जलूँगी। किन्तु आपके स्नेह-तैल से वंचित हुई तो सूखी कपास-सी तुरन्त फरफर-फरफर भस्म हो जाऊँगी। और आपके स्नेह से भीगी रही तो कार्तिक सन्ध्या को तुलसीचौरे पर प्रदीप्त दीपशिखा-सी स्निग्ध आलोक बिखेरते धीमे-धीमे अपनी गाथा समाप्त करूँगी...''

और वह शिथिल वनमाला-सी झूल गयी उनके कण्ठ में।

''इतने वैभव में पालित द्रुपदकन्या हमारी दुर्भाग्यपूर्ण दरिद्रता से क्षुब्ध तो नहीं रहती पुत्र? उसका व्यवहार तो सन्तोषजनक है न?'' माता कुन्ती अपने ज्येष्ठ पुत्र से पूछ रही थी।

युधिष्ठिर थोड़े संकुचित हुए। उनका प्रतिदिवसीय चींटियों के लिए शर्कराचूर्ण व आटा डालने का कार्यक्रम अनायास रुक गया। कुछ पल मौन रहकर बोले, ''दरद्रिता के कष्टों के लिए तो वह कुछ नहीं कहती; किन्तु...''

''किन्तु क्या पुत्र? बोलो, रुक क्यों गये? क्या बात है?''

''कुछ नहीं अम्ब! मैं बहुधा सोचता हूँ, तुम अपने पाँचों पुत्रों के साथ समान व्यवहार कैसे कर पाती हो...तुम्हारे मन में तो किसी एक पुत्र के प्रति विशेष ममता नहीं है—यही माँ की महानता है।'' युधिष्ठिर उत्तर को घुमा रहे थे।

कुन्ती को समझ में आ गया, युधिष्ठिर किस दिशा में जा रहे हैं। बोलीं, ''नहीं वत्स! मेरे पाँचों पुत्र मुझे समान रूप से प्रिय हैं। और माद्रीपुत्र नकुल-सहदेव भी उतने ही जितने तुम तीनों...किन्तु बात तुमने बदल दी। मैं तो पुत्रवधू पांचाली के व्यवहार के लिए पूछ रही थी!''

''उसका व्यवहार उत्तम है अम्ब! शिष्ट है, विनम्र है; किन्तु...समान नहीं।'' वे त्वरित गति से बोल गये और द्रुत गति से चींटियों को शर्करा डालने लगे। कुन्ती का मन काँप गया। एक अपराध-भावना मन में विद्युत्-सी कौंध गयी। इसी का उन्हें भय था। इसी की उन्हें आशंका थी।

''नहीं पुत्र! तुम्हें भ्रम हुआ होगा। वह तो अपने सद्व्यवहार से सबको प्रसन्न रखने का सतत प्रयास करती है...''

''नहीं अम्ब! कई बार स्पष्टत: मैंने अनुभव किया कि देवी पांचाली तुम्हारे एक पराक्रमी पुत्र के प्रति विशेष कृपालु है।'' युधिष्ठिर हिचकते-हिचकते कह ही बैठे।

''वह कौन पुत्र है?...महाबली भीमसेन तो नहीं?'' पाण्डुपत्नी कुन्ती जानती हुई भी अनजान बनकर पूछ रही थीं।

"नहीं!"

"स्नेहशील नकुल तो नहीं?"

"नहीं माँ!"

"तो परम सुन्दर सहदेव?"

"नहीं!"

"तो फिर धर्मराज युधिष्ठिर ही तो नहीं?" माता ने परिहास करते हुए पूछा।

एक दीर्घ निःश्वास युधिष्ठिर ने लिया, "कदापि नहीं अम्ब!"

तो...? पृथा जिस बात के लिए आशंकित थीं वही बात उनके समक्ष सुरसा-सा विकराल मुख फाड़े शनैः-शनैः चली आ रही थी।

"तो पुत्र! तुम्हारा तात्पर्य है कि राजपुत्री पांचाली परमवीर धनंजय के प्रति विशेष अनुरक्त है?"

"हाँ!" युधिष्ठिर के स्वर में एक तिक्त दृढ़ता आ गयी थी। "सर्वथा यही तात्पर्य है मेरा। यह सही है कि अर्जुन की यशोगाथा दिग्दिगन्त में व्याप्त है। यह सही है कि स्वयंवर में दुरूह लक्ष्य को वेधकर अर्जुन सफल हुए थे। यह भी सही है कि द्रुपदसुता ने वरमाल्य अर्जुन के ही कण्ठ में डाली थी...किन्तु यदि पाँच पति हैं तो नारीधर्म और पतिव्रत-धर्म की उचित नीति यही है कि द्रुपदसुता पाँचों पतियों के प्रति समान रूप से अनुरक्त हो और पक्षपात अथवा भेदभाव का मन से पूर्णतः मूलोच्छेदन कर दे।"

युधिष्ठिर की साँस फूल उठी थी। वे स्वभाव के विपरीत उत्तेजित हो उठे थे।

आरक्त मुख के भाव छिपाने हेतु वे अपने नन्हे श्वान-शावक पर हाथ फेरने लगे।

कितना स्वाभाविक है पांचाली का अर्जुन के प्रति प्रेम!—माता सोच रही थीं। एक पति को ही प्रसन्न करना कठिन होता है, वह बेचारी तो पाँच पतियों की सेवा में निशदिन लगी रहती है। अर्जुन की पत्नी बनकर आयी ही थी। उसी का तो उसने वरण किया था।...वह तो मात्र मेरी भूल से सारी स्थिति विषम हो गयी, नहीं तो प्रसन्नता से अर्जुन की जीवन-सहचरी बनकर सुख से रही होती। वे कुछ समय शान्त बैठी रहीं, फिर अन्यमनस्क-सी उठकर चली गयीं।

"पांचाली! कल्याणी...तूने भोजन बना लिया क्या?"

"हाँ, अम्ब!"

"देख, पूरे भोजन का आधा भाग तू महाबली भीमसेन के समक्ष रखना और शेष आधे भाग को अन्य सबमें वितरित करना...तू तो सदा ही विस्मृत कर जाती है...!"

भयातुर पांचाली ने एक बार उनकी ओर देखा।

"आज से नहीं भूलूँगी अम्ब!"

"तू बड़ी सुशीला और बुद्धिमती है। तभी अपने पाँचों पतियों को समान रूप से

प्रसन्न रख पाती है। ईश्वर करे, जैसे वे पाँचों समान रूप से तुझमें अनुरक्त हैं, तू भी उनकी सेवा में समान भाव से रत रहे और अखण्ड सौभाग्यवती रहे।''

समान रूप से अनुरक्त पाँचों पति? हाँ, निस्सन्देह वे अनुरक्त थे उसमें। किन्तु वह कैसे अनुरक्त हो पाँचों में समान रूप से? काश, उसका मन पाँच खण्डों में विभाजित हो सकता होता!

माता कुन्ती का बार-बार 'समान' पर बल देना ही उसे समझाने को पर्याप्त था। एक दीर्घ निःश्वास लेकर वह चली गयीं।

भीमसेन का पराक्रम उसे प्रभावित किये हुए था। उनका क्षात्र स्वभाव उसके स्वयं के स्वभाव से मिलता था। किन्तु वे विद्या-बुद्धि के धनी न थे जितनी वह स्वयं। शारीरिक एवं मानसिक बल का उनमें सन्तुलन नहीं था। निरी शक्ति थी उनके पास—शारीरिक शक्ति। कोमलता, सुकुमारता, सूक्ष्मता, कलात्मकता एवं सुरुचि आदि का उन्हें लेशमात्र ज्ञान न था। वे परिष्कृत अथवा सुसंस्कृत न थे। वे महाबली थे। वह उनके वीरोचित गुणों का सम्मान करती थी, किन्तु इससे अधिक कुछ नहीं।

नकुल एवं सहदेव का अपना कोई व्यक्तित्व न था। स्वतन्त्र अस्तित्व न था। उनमें बौद्धिक परिपक्वता का भी अभाव था और वे पराक्रमी भी न थे। पांचाली की प्रदीप्त बौद्धिकता के समक्ष वे बालबुद्धि प्रतीत होते। वे दोनों स्वयं पांचाली के प्रखर व्यक्तित्व से दबे, सहमे और आक्रान्त-से लगते। और वह उन सुन्दर बालक-सम सुकुमार पतियों को मात्र करुण दृष्टि से देखती रह जाती।

अर्जुन उसके तन-मन के स्वामी थे। वे ही उसके चित्तचोर थे। अर्जुन स्वयं पांचाली पर मुग्ध थे। पांचाली के विलक्षण गुणों के अनुगायक थे। वे भावुक थे। संवेदनशील थे। कोमलता, सुकुमारता एवं कलात्मकता के पारखी थे एवं सुरुचिसम्पन्न, सुसंस्कृत तथा परिष्कृत व्यक्तित्व के धनी थे। वीर वे थे ही। पांचाली की रुचियों, अरुचियों का सदा ध्यान रखते। अपनी सारी समस्याओं, प्रश्नों और शंकाओं को समेटे रहते और जैसे ही एकान्त मिलता, पांचाली से चर्चा करते, मन्त्रणा करते। पांचाली बुद्धिमत्ता से परामर्श देती और स्वयं गर्वित होती कि धनंजय उसे कितना महत्त्व देते हैं। अर्जुन पांचाली के कष्ट एवं व्यथा भलीभाँति समझते। उसके अन्तर्द्वन्द्व को समझते। उसकी सहनशक्ति का सम्मान करते, उसकी समझदारी का आदर करते। उसके प्रति उनका विशेष मृदुल स्वभाव था। सुकुमार प्रिया का दुःखी हृदय अन्य किसी प्रकार की ठेस न पाए—यह उनका प्रयास रहता। वे जानते थे कि द्रुपदनन्दिनी पांचाली उन्हें कितना चाहती है और यह कि अपनी इस दुर्बलता से वह स्वयं आतंकित और त्रस्त रहती है। आलोचना और निन्दा की प्रखर धूप से पांचाली को बचाते हुए वे उस पर सघन वटवृक्ष की भाँति अपनी आजानु-बाहुओं की शीतल छाया किये रहते। आक्षेपों-आरोपों के ताप से बचाने को सदैव नीलमेघ-से उस पर छाये रहते। उसे स्वयं में आत्मसात् किये, उनकी दुर्बलताओं और त्रुटियों पर आवरण डाले रहते और पांचाली

का मन उन ही में रमा रहता।

किन्तु धर्मराज युधिष्ठिर का व्यक्तित्व उसे प्रभावित न कर पाता। दुर्बल व्यक्तित्व। निर्णयशक्ति का नितान्त अभाव। महाबली महाराज पाण्डु के युवराज को किसी राजा ने अब तक अपनी पुत्री नहीं समर्पित की—इसी बात पर उसे सदा अचम्भा रहा। और फिर क्षत्रिय कुलभूषण होते हुए युधिष्ठिर अपने शौर्य से किसी रमणी का हृदय स्वयं भी नहीं आकृष्ट कर पाये! उसे कई बार लगता, युधिष्ठिर ने जानबूझकर पाँचों भ्राताओं का उससे विवाह उचित बताया, क्योंकि वे स्वयं अविवाहित थे और उनके विवाह की कोई सम्भावना न दिखती थी। इसीलिए अनुज के शौर्य से प्राप्त रमणी को उन्होंने धर्म की दुहाई देकर अपने लिए उपलब्ध कर लिया—पांचाली कभी यह बात विस्मृत न कर पाती। सेवा और करुणा उसकी चारित्रिक विशेषताएँ थीं। धर्मराज की निरीहता एवं अबोधपन पर उसमें केवल करुणा ही उमड़ती। सेवा वह भरपूर करती। किन्तु फिर भी युधिष्ठिर को यह स्पष्ट हो चुका था कि पांचाली के हृदय में उनका स्थान तीसरे क्रम पर ही रहेगा, और यह बात उन्हें सदा उद्वेलित करती रहती।

पृथा वहाँ से उठकर चली गयीं अपने मँझले पुत्र अर्जुन को ढूँढ़ने, जो अश्वत्थ की छाँह में शीतलपाटी पर विश्राम कर रहे थे। माँ को आते देख वे उठने लगे। माता ने आग्रहपूर्वक उठने से मना किया और पास बैठकर स्नेह-गद्गद हो उनके सुडौल-बलिष्ठ तन पर हाथ फेरने लगीं। अर्जुन मुदित-मन हो उठे।

''पार्थ! वत्स! मेरी सुन्दर पुत्रवधू कृष्णा के व्यवहार से सन्तुष्ट तो है न?'' माता ने स्नेहसिक्त स्वर में पूछा।

सहसा श्वास साध गये अर्जुन। उन्हें पहले से ही अनुभव हो रहा था कि अन्दर-अन्दर कुछ हलचल अवश्य है। द्रौपदी की भावना से तो वे अवगत थे ही। माँ की तीक्ष्ण दृष्टि से कोई भी बात छिपी कैसे रह सकती थी? वे सोचने लगे।

''क्यों वत्स! उत्तर नहीं देता! पांचाली का व्यवहार तो सन्तोषजनक है न?''

''हाँ, माँ! इसमें सन्देह का प्रश्न ही कहाँ उठता है? वह हमारे गृह में लक्ष्मी के रूप में आयी है। उससे असन्तोष क्या हो सकता है? किन्तु अम्ब! तुमने यह प्रश्न पूछा क्यों? क्या तुम्हें कुछ शंका हुई?''

''मुझे नहीं पुत्र! मेरे लिए तो वह वास्तव में लक्ष्मी है जो हमारे दुर्दिन में साथ आयी है।'' वे कुछ पल रुकीं। पुत्र के हृदय पर स्नेह से हाथ रखा और भेदभरी दृष्टि पुत्र पर डालीं, ''पुत्र! शंका मुझे तो नहीं...युधिष्ठिर को है।''

अर्जुन का हृदय-स्पन्दन तीव्र हो गया। यही तो आशंका थी। माता समझ गयीं उनका कष्ट। धीरे-धीरे वात्सल्यमयी हो दूसरे हाथ से वे उसके केश सहलाने लगीं।

''क्यों अम्ब! धर्मराज युधिष्ठिर के असन्तुष्ट होने का कारण तो नहीं है कुछ...क्या वे असन्तुष्ट हैं?''

''हाँ!!'' पृथा चुप हो गयीं और अर्जुन विचारमग्न ।

''युधिष्ठिर का अनुमान है कि द्रुपदसुता...तुममें...अर्जुन में अधिक अनुरक्त है!''

दोनों के बीच भारी-सा सन्नाटा खिंच गया।

"वत्स अर्जुन! मुझे जीवनभर पश्चात्ताप रहेगा कि इस कोमलमना के प्रति मैंने अज्ञानवश इतना बड़ा अन्याय कर दिया। इस सुकुमारी बालिका का दोष भी क्या है? यह कितना स्वाभाविक है किसी भी स्त्री के लिए! कहीं कोई साध्वी, एकनिष्ठ स्त्री पाँच पुरुषों में अनुरक्त हो सकती है?" अपार सहानुभूति से पृथा की आँखें भर आयीं। कण्ठ अवरुद्ध हो गया।

पांचाली के प्रति माँ की हार्दिक सहानुभूति देख अर्जुन विस्मित होकर रह गये। साथ ही आह्लादित भी हुए। माँ का हृदय कितना विशाल है! कितना उदार है!...

"अम्ब!...मैंने याज्ञसेनी को समझाने का प्रयास तो किया था..."

"समझाने की नहीं वत्स! यह समझने की बात है।"

अर्जुन ने आश्चर्य से माँ को देखा।

"हाँ, पुत्र! वह तो अल्पवयस है, भोली है, अबोध और निर्दोष है। वह तो महाराज द्रुपद का राजपाट, वैभव सब त्यागकर तेरे पदचिह्नों का अनुसरण करते-करते चली आयी है—तेरे पराक्रम से अभिभूत और सम्मोहित-सी। तो वह क्यों न तेरे प्रति अधिक झुकी हो? इसमें आश्चर्य क्या है? किन्तु समस्या तो बाद में आयी। और अब उसका निदान चाहिए। नयी परिस्थिति को वह धीरे-धीरे ही साध पाएगी...

"इस समस्या को एक ही प्रकार से सुलझाया जा सकता है। मैं सदा उसकी त्रुटियों पर आवरण डालूँगी...और वही पार्थ! तुझे भी करना है। उसे स्नेह दे पार्थ!...उसका ध्यान सदैव रख। उसका मन मत तोड़ना कभी, नहीं तो आन्तरिक मनोभाव बाहर आ जाएँगे उसके। यदि तू उसे सन्तुष्ट कर सका तो वह प्रसन्न रहेगी और अपने कर्त्तव्यों का समुचित रूप से पालन कर सकेगी। यदि तूने स्नेह में तनिक भी अभाव कर दिया...तो वह तिल-तिल जलती रहेगी। और तब स्यात् उसका स्वभाव शुष्क, तिक्त एवं उग्र हो उठे! तू ही उसे साध सकता है। प्रेम से, नेह से उसे आप्लावित कर दे! उसके दोष व त्रुटियों को बाहर न आने दे! पार्थ...उसकी विचित्र स्थिति और दारुण कष्ट देखकर मुझे अथाह वेदना होती है। यदि वह पाँचों पतियों की समान भाव से सेवा न कर सकी तो गृहकलह अवश्यम्भावी है और उसका उत्तरदायित्व मुझ पर होगा। जब-जब उस पर आरोप लगेगा, मैं अपराधिनी सिद्ध होऊँगी। यह सारा मेरा किया हुआ है—हालाँकि ईश्वर जानता है, मुझे स्वप्न में भी भान न था कि क्या का क्या हो जाएगा...

"बस! यही मैं कहना चाहती थी, पार्थ! तो तेरे प्रति उसके मन में अगाध प्रेम है। उसे प्रेम से ही जीत। उसका ध्यान रख। तू उसे लाया है, उसे प्रसन्न रखना प्रमुख रूप से तेरा दायित्व है। मेरे कारण वह इस विषम स्थिति में पड़ी। मैं भी साधूँगी। दोनों ही मिलकर साधेंगे। कालान्तर में स्यात् सब सामान्य हो जाये।"

पृथा अश्रु पोंछने लगीं अपने।

"जैसा कह रही हैं वैसा ही होगा, अम्ब।" माँ के अश्रु से विचलित अर्जुन ने विश्वास दिलाया।

3. प्रिया पर्व

महाराज धृतराष्ट्र अन्ततः तैयार हो गये कि खाण्डवप्रस्थ पाण्डवों को दे दिया जाये, और युधिष्ठिर वहाँ राजा बनकर राज्य-संचालन करें। खाण्डवप्रस्थ में आकर पुनः राजपाट, वैभव, परिचारक-परिचारिकाओं, सखियों के बीच स्वयं को पा द्रुपदसुता अत्यन्त प्रसन्न थी। अपनी प्रिय सखियों को एवं शुक-सारिकाओं को उसने पांचाल प्रदेश से बुलवा लिया था। धीरा, सुमना सखियाँ और मुँहचढ़ी प्रियंवदा और मृणालिनी सारिकाएँ आ गयी थीं। अत्यन्त सहज व स्वाभाविक रूप में द्रुपदनन्दिनी पांचाली अब राजरानी सुशोभित हो रही थी। दान-दक्षिणा, परिवार एवं राजपाट सँभालना एवं शासन-प्रबन्ध पर महत्त्वपूर्ण परामर्श देना...जीवन अब अत्यन्त व्यस्त हो चला। साथ ही उसकी कुशाग्र बुद्धि की छाप पूरे राज्य-शासन पर अल्प समय में ही पड़ गयी।

उस दिन मय दानव रचित अपने अद्‌भुत राजमहल में वह पुष्करिणी के तट पर अशोकवृक्ष तले स्फटिक-चतुष्पदी पर बैठी पद्ममाला गूँथ रही थी। पद्म-पत्रों पर पड़े विशाल तुषारबिन्दु हीरक-से झिलमिला रहे थे और समूची पुष्करिणी मुक्तकों से जड़ी प्रतीत हो रही थी। स्वच्छ नील जल में दूर तक धवल स्फटिक-सोपान दिख रहे थे। प्रसन्नवदना पांचाली माल्य गूँथती-गूँथती, गुनगुनाती हुई उस निर्मल जल में अपने अलक्त-रंजित चरण हिलाती जा रही थी। माला गूँथने में जो पुष्प नीचे गिर जाते, कलहंस लपककर चंचु से उठा लेते और उन्हें ले सरोवर में क्रीड़ा करने लगते। अन्य हंस उस पुष्पधारी हंस का पीछा करते पुष्करिणी में तीव्र गति से इधर से उधर विहार करते और तैरते हुए अपनी स्वामिनी को लुभा रहे थे।

कब पास आकर धनंजय बैठ गये, पांचाली को भान ही न हुआ। स्नान करके आये थे। सुडौल, स्वस्थ, सुगठित तन पर जलबिन्दु वैसे ही झिलमिला रहे थे जैसे पद्म-पत्रों पर शिशिर कण। पांचाली ने वह भीगा, शीतल सुगठित तन देखा तो माला गूँथना भूल गयी। दूसरे ही क्षण माला छोड़ उसने अपना पुष्प-सुगन्धित वेणी-गुम्फित शीश उनके सद्यःस्नात स्कन्ध पर टिका दिया।

"क्यों! पुष्पहार पूरा हो गया क्या?" स्मित हास के साथ धनंजय ने पूछा।

"स्वयंवर में आपके कण्ठ में पहना तो दी थी वरमाला! अब पुष्पहार पूरा हो या न हो—क्या अन्तर पड़ता है आर्यपुत्र को?" वह चंचलता से मुस्कराकर बोली।

"उसी स्वयंवर-वेला की स्मृति सद्यः रखने के लिए तो प्रतिदिन तुम्हारे हाथ से पुष्पमाला पहनना चाहता हूँ ताकि स्वयंवर का नितनूतन फल मिलता रहे और तुम नितनूतन वधू बनी रहो!" पार्थ मुस्कराते हुए स्निग्ध दृष्टि से उसे निहार रहे थे।

पांचाली ने प्रत्युत्तर में अपनी रत्न-वलययुक्त स्वर्णनाग-सी बाहु उनके कण्ठ में डाल दीं, "तो ये रही आपकी वरमाला!"

"अरे! यह वरमाला कहाँ...यह तो वधूमाला है!" अर्जुन उसके चिबुक को उठाकर हँसते हुए बोले, "स्वर्णमाला कहूँ कि रत्नमाला कहूँ—क्या कहूँ तुम्हें?"

"मुझे?...तुलसीमाला। देखा नहीं, वासुदेव अपने कण्ठ पर कितने प्रेम से तुलसीमाला सदैव धारण किये रहते हैं! ढेरों रत्नमालाओं, स्वर्णमालाओं और वैजयन्तीमाला के बीच भी तुलसीमाल्य को वे वृन्दा के उत्कृष्ट प्रेम का प्रतीक मानते हैं। मैं आपकी तुलसीमाला नहीं हो सकती?"

"हो सकती क्या, कृष्णे! तुम तो हो ही मेरी तुलसीमाला।"

पांचाली ने पुनः माला गूँथना प्रारम्भ कर दिया। कोमल उँगलियाँ त्वरित गति से फूलों को एक-दूसरे के साथ आबद्ध किये जा रही थीं। अचानक एक मिलिन्द-दल घोर गुंजन करता हुआ उस रसयुक्त मकरन्द-माल्य पर टूट पड़ा।

भयातुर हो काँपती उँगलियों से उसने माला अर्जुन की ओर बढ़ायी, "अरे-अरे...ये भ्रमर...इतने सारे...इन्हें हटाएँ आर्यपुत्र!...शीघ्र...ये दुष्ट हैं! घातक हैं...बचाएँ...आर्यपुत्र!"

किन्तु फाल्गुन निश्चल बैठे कौतुक से मन्द-मन्द मुस्करा रहे थे।

"अरे परम वीर! हँस क्या रहे हैं बैठे-बैठे? इतने बड़े-बड़े राक्षसों और वन-पशुओं का वध करते हैं...ये भ्रमर भी नहीं हटाये जा रहे आपसे?" वह भय से उतावली हो बोली।

"क्या करूँ...मार डालूँ इन्हें?"

"हाँ-हाँ। शीघ्रता करें आर्य! अरे-अरे...कितने दुष्ट हैं ये!"

"लेकिन पांचाली! भ्रमर तो मैं भी हूँ और रसमुग्ध भी!...और इसीलिए अपनी पद्ममाला पर मँडराता भी रहता हूँ!...तो क्या मैं भी दुष्ट हूँ?...तो देवी! अपने प्रियतम अर्जुन से कहो कि वह मुझ निर्दोष भ्रमर को भी मार डाले।"

"धत्!" कृत्रिम क्रोध से भ्रू-संचालन कर धनंजय को चुप करने हेतु उसने उनके अधरों पर ही वह माला रख दी। अर्जुन के भय से ही स्यात् वे अलिवृन्द गुंजन करते हुए भाग चले।

"आप भ्रमर हैं या नहीं, नहीं ज्ञात; किन्तु दुष्ट तो निश्चित रूप से हैं।" वंकिम दृष्टि से कटाक्ष कर बोली, "और आप तो जो कुछ हैं, महान रूप में ही हैं—महापुरुष! महावीर! महादुष्ट!" और खिलखिला पड़ी वेग से।

अर्जुन ने भेदभरी दृष्टि से उसे जो गहरा-गहरा देखा तो उसके कपोलों पर कई-कई गुलाबी सन्ध्याएँ झूम पड़ीं।

"पांचाली! तुम स्वर्णचम्पा-सी लगती हो, लेकिन जब लजा जाती हो तो रक्त-जपा-सी अरुण हो उठती हो—यह क्या बात है?"

तभी अलिवृन्द गुंजन करते लौट आये और माला के चारों ओर गुनगुन-गुनगुन मँडराने लगे। माला पूरी हो चुकी थी। भय के मारे स्वयं को भ्रमरवृन्द से बचाने पांचाली

ने वह माला धनंजय के कण्ठ में डाल दी। और वे नील-श्याम सलोने मिलिन्दगण मँडराने लगे उन्हीं के चारों ओर—धनंजय के स्कन्धों पर, पीठ पर, वक्ष पर, बाहुओं पर, शीश पर। चारों ओर भ्रमर ही भ्रमर और बीच में बैठे अर्जुन भी भ्रमर-संगीत का आनन्द लेते हुए उनके स्वर में स्वर मिलाकर गुनगुन-गुनगुन कर उठे।

"अहो! आर्यपुत्र...यह कैसा परिहास!...आपको तनिक भी भय नहीं लग रहा? आपके चारों ओर भ्रमर...कितने...कितने सारे...इन्हें हटाएँ फाल्गुन!"

"क्यों हटाऊँ अबोध नन्हे जीवों को? ये तो मेरे छोटे-मोटे सैनिकगण हैं! मेरे नन्हे शूरवीर रक्षक!"

"आपके रक्षक! ये आपकी रक्षा करेंगे? किससे?" चपलता से उसने पूछा।

"क्यों, तुमसे! अब निकट आकर बन के दिखाओ तनिक, कैसी तुम मेरी तुलसीमाला हो—और फिर आनन्द लो!" वे हँस रहे थे।

वह रूपमाधुरी लजा गयी। श्रावणी सन्ध्या-सी उस रूपमंजरी का प्रति पल रूप बदल रहा था, प्रति पल रंग बदल रहा था और पुष्पहार कण्ठ डाले रसमुग्ध मिलिन्द बने फाल्गुन चातक-से उस रूपसुधा का पान कर रहे थे।

तभी प्रतिहारी ने समाचार दिया कि द्वारकापुरी से वासुदेव श्रीकृष्ण एवं देवी सत्यभामा पधारे हैं। राजमहल में जयघोष हो रहा था। अर्जुन व पांचाली शीघ्रता से स्वागत हेतु चल दिये।

एक उच्च पर्यंक पर देवी सत्यभामा अपनी रूपराशि की दिव्य प्रभा बिखेरती-सी बैठी थीं। दूसरे पर्यंक पर निकट ही महारानी द्रौपदी अपने रत्नाभूषणों से सौन्दर्यप्रभा छिटका रही थी। प्रकोष्ठ में पुष्पमालाओं, धूपचन्दन एवं अगरु की सुगन्ध व्याप्त थी। महारानी द्रौपदी के हाथ में एक सुन्दर सुकुमार विजन था जिसके नन्हे-नन्हे रजत-नूपुर हिलते ही छुन्छुन् कर उठते। और देवी सत्यभामा हाथ में लिये चन्दन-पल्लव को रह-रहकर सूँघती और निहाल होतीं। दोनों देवियाँ एक-दूसरे से कुशलक्षेम पूछ रही थीं और बीच-बीच में स्वर्णपिंजरों में टँगे हुए दक्ष एवं वाचाल शुक-सारिकाओं की रस-वार्ता का भी आनन्द लेतीं।

"महारानी द्रौपदी! मुझे बड़ा आश्चर्य होता है कि तुम अपने पाँचों पतियों को कैसे वश में रख पाती हो! कैसे सबको प्रसन्न कर पाती हो देवी?" सत्यभामा ने आश्चर्य से पूछा।

महारानी द्रौपदी ने कनखियों से उनकी ओर देखा यह जानने को कि कहीं उनकी बात में व्यंग्य का पुट तो नहीं है। यह पांचालकुमारी की स्वाभाविक प्रतिक्रिया थी। उसे हर समय लगता कि लोग कहीं उस पर कटाक्ष तो नहीं कर रहे हैं! इस विषय को छूते ही उसके मर्मस्थल में वेदना का संचार हो उठता। किन्तु देवी सत्यभामा गम्भीर थीं और

निष्कपट भाव से प्रश्न कर रही थीं।

पाण्डव-महारानी अपने ऊपर कठोर संयम रखकर बोलीं, ''देवी! वे तो पाँचों देवतुल्य हैं ही। उनमें से किसी के भी स्वभाव में कोई विकृति नहीं। वे स्वभावत: ही सदा प्रसन्न रहते हैं। हाँ, मैं उनकी सेवा में अवश्य निशदिन एक कर देती हूँ। मैं बहुत भोर उठकर भगवत् उपासना करके गृह-प्रबन्ध में लग जाती हूँ और रात्रि में दास-दासी, सेवक-परिचारक आदि सबके पश्चात् सोती हूँ। पूरे समय ध्यान रखती हूँ कि पाण्डुनन्दनों को किसी प्रकार का अभाव न रहे...कोई कष्ट न हो...। किन्तु देवी...यह बड़ा ही दुरूह कार्य है...तुम भाग्यवती हो! एक पति की पूजा, अपने आराध्य के युगल-चरणों की उपासना करना कितना...कितना सरल...कितना सहज है और कितना स्वाभाविक है! ...तुम संसार की सभी भाग्यवन्ती नारियों की भाँति ही भाग्यवती हो।''...

और रोकते-रोकते भी उसका दीर्घ नि:श्वास निकल ही गया।

देवी सत्यभामा गहन चिन्ता में मग्न थीं। उनके सुन्दर मुख-मण्डल पर पीड़ा की रेखाएँ थीं। उन्होंने भी एक दीर्घ नि:श्वास लिया।

''महारानी, भाग्यवती तुम हो! तुम नहीं जानतीं कि एक पति को भी वश में रखने के लिए मुझे कैसे-कैसे प्रयास करने पड़ते हैं, किन-किन उपायों का अवलम्ब लेना पड़ता है। मैं तो अपने एक पति को ही नहीं सँभाल पाती। सदा आशंकित रहती हूँ। भयभीत रहती हूँ कि कब देवी रुक्मिणी उन्हें रिझा लें तो कब देवी जाम्बवती उन्हें वश में कर लें। मुझे सतत सतर्कता रखनी पड़ती है। सबकी ईर्ष्या का पात्र बनना पड़ता है। हम सब पत्नियों में भयंकर स्पर्धा चलती है...महारानी! इसीलिए कहती हूँ—तुम वास्तव में भाग्यवती हो! तुम महान हो जो पाँचों पाण्डव तुमसे प्रसन्न रह लेते हैं और वे अन्यत्र कहीं आश्रय नहीं खोजते।''

द्रौपदी गहरे विचार में निमग्न अपने विजन के रुनझुन नूपुरों पर उँगलियाँ फेर रही थी।

''नहीं देवी सत्यभामे! नारी वही अधिक प्रसन्न है जिसका एक आराध्य है और जिसकी उपासना के लिए वह पूर्ण रूप से स्वतन्त्र है। मैं तो अनेक मर्यादाओं से घिरी हुई हूँ, दबी हूँ। प्रयास अवश्य करती हूँ कि कर्तव्यपालन में कोई दोष न रह जाये, क्योंकि नारी-धर्म में पातिव्रत धर्म ही तो सब कुछ है। किन्तु ईश्वर जाने, मैं सबके प्रति न्याय कर पाती हूँ अथवा नहीं! यदि सब समान रूप से सन्तुष्ट न हुए तो अवश्य ही मुझे नरक की गति मिलेगी। तुम वास्तव में भाग्यवती हो देवी!''

पुन: एक दीर्घ नि:श्वास के साथ पांचाली चुप हो गयी। देवी सत्यभामा ने अपने रत्नजटित कर्णफूल के ऊपर से चन्दन-पल्लव निकालकर सूँघा—

''किन्तु याज्ञसेनी! तुम कितनी सौभाग्यशालिनी हो कि तुम्हारे कोई भी पति तुमसे विरक्त नहीं होते! तुम कितनी भाग्यशालिनी हो कि दूसरी नारी की ओर उनका ध्यान तक नहीं जाता! नहीं तो ऐसे परम मेधावी और ऐसे उच्च राजवंश के कुलदीपक

हैं ये पाण्डुनन्दन! इन्हें दूसरी पत्नियाँ लाने में क्या संकोच और क्या विलम्ब हो सकता है! आर्य धनंजय को ही ले लो—वे कितने पराक्रमी...कितने वीर हैं! उनकी यशो-गाथाएँ सुदूर जनपदों तक प्रचलित हैं। मैं जानती हूँ, कितने सुदूर प्रान्तों की राजपुत्रियाँ वीर धनंजय का नाम सुनकर ही रोमांचित हो उठती हैं, आह्लादित हो उठती हैं!''

अबोधमना पांचाली अवाक् थी।

''कितनी राजकन्याएँ नहीं चाहतीं कि आर्य अर्जुन उन्हें पत्नी-रूप में स्वीकार करें! कितनी कुमारियों ने उनका स्वप्न-वरण किया है!...किन्तु फिर भी धन्य हो तुम! और धन्य हैं पार्थ...जिनका ध्यान तुमसे तनिक भी विमुख नहीं हो पाता।...अन्य पति भी कैसे तुममें अनुरक्त हैं! इसीलिए तो कहती हूँ द्रुपदकुमारी, तुम भाग्यवती हो। इससे अधिक किसी नारी को चाहिए क्या कि पति उसके वश में रहे? यही तो सौभाग्य का पुनीत लक्षण है!''

द्रुपदनन्दिनी श्वास रोके सुन रही थी। हाँ! इस पक्ष पर पांचाली का ध्यान कभी नहीं गया था। उसे मन-ही-मन गर्व हो उठा। किन्तु भविष्य के लिए चिन्ता भी। यह ठीक है कि आज वे सब उसके प्रति अनुरक्त हैं, किन्तु कल क्या हो, कौन जाने! पुरुषों का क्या विश्वास! अन्य किसी पति के लिए उसे चिन्ता भी न थी। कोई पति अन्य भार्या लाए तो उसे ईर्ष्या भी न होगी, किन्तु यदि अर्जुन पर से उसका एकाधिकार उठ गया...यदि अर्जुन किसी स्त्री पर मोहित हो गये...कैसी भयंकर कष्ट-कल्पना! लेकिन स्वयं कृष्णवल्लभा सत्यभामा ही बता रही हैं कि कितनी राजपुत्रियाँ अर्जुन पर आसक्त हैं! उनकी वीरता की चर्चा कितने रस से सुनती हैं और विभोर हो जाती हैं!

द्रौपदी के मन में एक नया आन्दोलन जन्म ले चुका था। एक नयी दुश्चिन्ता ने मन में घर कर लिया था। सावधानी, आशंका और सन्देह उसके मन में धीरे-धीरे गहरे पैठते जा रहे थे।

''परन्तु महारानी! पाँचों पतियों को केवल तुमने सेवा से वशीभूत किया है, इस पर मुझे सहसा विश्वास नहीं होता। कहीं तुम मन्त्र-तन्त्र अथवा अभिचार का भी तो प्रयोग नहीं करतीं?''

द्रौपदी चौंक पड़ी। मन्त्र-तन्त्र! अभिचार!...

''नहीं देवी! मेरा इन बातों पर विश्वास नहीं। मैं कर्म पर विश्वास करती हूँ। लगन से सेवा करती हूँ। इन क्षुद्र, निम्न क्रियाओं पर मेरा तनिक भी विश्वास नहीं।''

''जब तुम कह रही हो तो विश्वास करना ही पड़ेगा। लेकिन मैं तो स्वयं अत्यन्त विचलित हो जाती हूँ कभी-कभी। मैंने सोचा, यदि तुमको कोई मन्त्र-तन्त्र ज्ञात हो...तो मैं भी उनका प्रयोग करूँ! मेरे पति के समान तो कोई रसिक छलिया नहीं। समझ में नहीं आता, अपने अद्‌भुत पतिदेव को कैसे मन्त्र-वश करूँ! मैं तो कहाँ-कहाँ ढुँढ़वाती रहती औषधि-मन्त्रादि! अत्यन्त व्याकुल हो उठती हूँ कभी-कभी तो!...क्योंकि द्वारकाधीश में नारी-परिग्रह का बड़ा विकट मोह है।''

पांचाली द्वारकाधीश श्रीकृष्ण की प्रिया के मुख से ऐसी बातें सुनकर आश्चर्यचकित थी।

''किन्तु सत्यभामे! यह सर्वथा अनुचित है कि तुम इन निम्न वृत्तियों का अवलम्ब लो। केशव छलिया नहीं हैं, वे प्रेम के उपासक हैं। उनका मन प्रेम से जीतो। वे सदा के लिए तुम्हारे रहेंगे। उनके लिए ऐसे क्षुद्र-तुच्छ उपाय कदापि प्रयुक्त न करना। यह घृणित विचार है—इसे छोड़ दो, मेरे कहने से छोड़ दो।'' पांचाली का स्वर दृढ़ था।

सत्यभामा ग्लानि से दब गयीं। उन्हें अपनी भूल अनुभव हुई। पांचाली के तेज एवं कर्मनिष्ठ व्यक्तित्व की प्रशंसा उन्होंने सदैव मधुसूदन से सुनी थी। आज वे उसकी स्पष्ट वक्तृता, दृढ़ता तथा कर्त्तव्यनिष्ठा से अभिभूत हो उठीं।

''पार्थ जब आखेट से क्लान्त हो लौटे थे धीरा, तो जैसे मेरे हृदय की पाँखुरी-पाँखुरी बिखर पड़ी पीड़ा से। किन्तु मैं उनके चरण-प्रक्षालन कैसे करती? उस समय आर्य सहदेव की सेवा में जो रत थी...आर्य अर्जुन की ओर तो दृष्टि भर देखना भी तब उचित न था...कितना दमन करूँ भावनाओं का?''

सत्याभामा चौंक पड़ीं। द्रौपदी चौंक पड़ीं। कौन? कौन उसकी अन्तर्वेदना को इस प्रकार खोले दे रहा है?...वही सिर चढ़ी, मुँहलगी सारिका प्रियंवदा ही तो नहीं? हाँ, यह वही है जिसने द्रौपदी के अर्जुन सम्बन्धित कितने ही कथोपकथन कण्ठस्थ कर लिये हैं। पांचाली रक्तपाटल-सी लाल हो उठी।

''चुप वाचाल! शठ! दूर हो यहाँ से...'' द्रौपदी ने दासी से उस सारिका का पिंजर तत्काल वहाँ से हटवा दिया। और अब सत्यभामा पांचाली को भेदभरी दृष्टि से देख रही थीं।

वसुदेवनन्दन श्रीकृष्ण जब से द्वारकापुरी से इन्द्रप्रस्थ पधारे हैं तब से ही उनका सम्पूर्ण समय सघन राजनीतिक चर्चा में व्यतीत होता। आज वे दण्डनीति एवं राजधर्म चर्चा से विरत हो एकान्त-लाभ करने उस मनोहारी उद्यान में आ गये। लता-गुल्मों, मंजरी-कुंजों व माधवी-विटपों से सुशोभित उस उपवन में कहीं कोई एकाकी कोकिल पंचम स्वर में कुहुक रही थी तो कहीं पिकमण्डली सामूहिक मन्त्रोच्चारण कर रही थी। कारण्डव, चक्रवाक, शुक, सारिकाएँ आदि किन्नरों के समान सामगान कर रहे थे। आकाश में सघन मसृण-मेदुर मेघमालाएँ छायी थीं। मयूर हर्षोन्मत्त थे—सहस्रनयन फैलाये नृत्यमग्न। केकाध्वनि से समूचा वनप्रान्त गुंजरित था। मेघाच्छादित नील-श्याम नभ पर पाण्डुनन्दनों के उच्च राजमहलों के शुभ्र शिखर कभी नील सागर में तैरते राजमराल से प्रतीत होते, तो कभी उन्हें देखने से श्वेत शतदलों का भ्रम होता। नभ के एक छोर से दूसरे छोर तक फैली एक सुदीर्घ एक व्यवस्थित बलाकापंक्ति सुन्दर धवल कण्ठहार बनाती-सी मन्थर-मन्थर उड़ी जा रही थी। उन नील श्यामल मेघों को ही

श्रीकृष्ण समझ स्यात् उनके कण्ठ में वह शुभ्र शंखहार डाल देने को व्याकुल और विह्वल थी।

एक ओर मयूरों की उन्मत्त केकाध्वनि, दूसरी ओर मेघ-गन्धर्वों का मृदंगवादन। और फिर नन्ही रसबूँदों की मल्हार। वसुदेवनन्दन खो-से गये। उनके श्रीचरण स्वयमेव ही ले गये उन्हें वहाँ, जहाँ नील जलधारिणी पुष्करिणी-तट पर विशाल कदम्ब अपनी सुपुष्ट भुजाओं को फैलाये खड़ा था। उसकी सुदृढ़ शाखाओं में एक फूल-हिंडोला झूलता हुआ जैसे मधुसूदन की ही प्रतीक्षा में था। खोये से द्वारकाधीश उस पर बैठ गये। सामने पड़े थे कुछ कदम्ब-पुष्प। केसर कुंकुम के सुवासित कन्दुक-से...जिन पर असंख्य श्वेत मुक्तक जड़े थे। उन्होंने एक कदम्ब-कुसुम उठाया और निहारते हुए सोचने लगे—सत्य ही तो वर्षा की रिमझिम से जड़ी वसुधा का स्वरूप ऐसा ही है। स्वर्णकन्दुक पर जड़े जलबिन्दु! उस सुवासित केसर-कन्दुक को सूँघते स्मरण करने लगे—किसने तुलना की थी यह? कदम्ब-गन्ध उर में व्याकुलता भर उन्हें सहसा आन्दोलित कर उठी। घनघोर घटा! उन्मत्त मेघ! उद्भ्रान्त चपल दामिनी! केकारव! हंसध्वनि! बकपंक्ति और फिर कदम्ब-तले बिखरे ये केसर-कन्दुक!

न जाने कहाँ सुदूर बालपन की मधुर-मधुर सोंधी-सी स्मृति जागकर अन्तर में हूक उठी! मन अकुला उठा। सब कुछ श्याम था। समूची सृष्टि ही कृष्णमयी हो रही थी। किन्तु कृष्ण स्वयं राधामय हुए जा रहे थे। राधा ने ही तो कदम्ब-सुमन की तुलना एक बार वर्षाबिन्दुओं से जड़ी वसुन्धरा से की थी। कृष्ण-उर में दूर कहीं रस-यमुना कलकल-कलकल कर उठी। वहीं यमुना-कूल कदम्ब-तले लुढ़के पड़े इधर-उधर माटी के सुन्दर घट। और वहीं बैठी है मृगलोचनी भोली राधा। विस्मृत-सी, जलभरे नयनों से उसका पथ जोहती। सौन्दर्यमयी राधिका! लावण्यमयी राधिका! स्नेहमयी राधिका! माधुर्यमयी राधिका! उन विशाल, भोले, निश्छल सुनयनों से समर्पण की भावना जैसे छलकी पड़ रही थी, ज्वार बनी उमड़ी पड़ रही थी। माधव व्यथित हो उठे। कितने वर्ष हुए वृन्दावन छोड़े! राधा को बिना देखे! और धीरे-धीरे न जाने कब—न जाने कैसे—कटिबन्ध से स्वर्णवंशी जैसे स्वयमेव निकलकर उनके हाथ में आ गयी और बिम्बारुण अधर-पल्लवों पर लग गयी।

वंशी का मादक स्वर। स्वरों की गहराई और राधा-प्रेम की माधुरी में पूर्ण तल्लीन लीलामय वंशी बजा रहे थे—खोये-से। बेसुध और तन्मय! और समूचा इन्द्रप्रस्थ हो चला था—बेसुध और तन्मय! और राजमहल, राजपरिवार, दास-दासी, सेवक, परिचारक, पशु-पक्षी—जो जहाँ था, वहीं रह गया। वेणुलहरी चढ़ रही थी—उड़ी जा रही थी—दूर-दूर तक लहराती हुई। दूर-दूर तक रसवर्षा हो रही थी। दूर-दूर तक रससरिता बह रही थी। कितनों के नयन सजल हो चले! कितने नयनों से प्रेमाश्रु प्रवाहित हो चले!

वातायनों से दास-दासी, परिजन, भक्तगण सम्मोहित-से देख रहे थे इस

नयनाभिराम दृश्य को। घनाच्छादित नभ। पुष्करिणी–तट। कदम्ब–तले फूल–हिंडोले पर विराजित राधाधिराज गोविन्द। पीत दुकूल फरफराता उड़ रहा था। विशाल वक्ष पर श्वेत चन्दन का अनुलेप एवं हृदयस्थल के मध्य रक्त–चन्दन से अंकित भृगु–चरण। कण्ठ में बहुमूल्य मुक्ताहार, तुलसीमाल्य एवं चरणों तक झूलती सुपुष्ट वैजयन्तीमाल्य। वृषभ–स्कन्ध पर फैले गहन श्याम मेघच्छटा–से घुँघराले कोमल कुन्तल। चन्दन चर्चित, अंगद–भूषित एवं चूड़ा–मुद्रिका आदि से युक्त सुडौल गजशुण्ड–सी आजानु–बाहुएँ। हीरक–कुण्डलों की डोलती प्रदीप्ति से दामिनी का भ्रम हुआ जाता था। बहुमूल्य रत्नजटित किरीट में गुँथे घनीभूत मयूरपंख निरन्तर हो रहे थे हिलमिल–झिलमिल, हिलमिल–झिलमिल। अर्धमुकुलित नलिनाक्ष! लीन! आत्मलीन! अन्तर्मुखी! अन्तर्लीन नयनों से अपलक निहार रहे थे—अपने मानसमन्दिर में खड़ी अप्रतिम सौन्दर्य की अधिष्ठात्री राधा! वही जो श्रीकृष्ण का प्रतिपूरित अन्तर्घट शीश धारण किये सँभालती थी, किन्तु जो छलक–छलक जाता और राधिका की रक्तपाटल चूनर पूरी–पूरी भीग जाती। कैसा रसमय आनन्द था! भगवान् विभोर थे। भक्त विभोर थे। सबके हृदय सावन–भादों हुए जा रहे थे।

पांचाली कृष्णा ने राजप्रासाद में मधुर वेणुनाद सुना। रस–बाँसुरी ने जैसे उसकी हृदयतन्त्री के किसी दुःखते तार को छू दिया हो! वेदनाकुल हो वह मन्त्रमुग्ध–सी खिंची चली आयी, जैसे स्वप्न में चली आ रही हो! वह जानती थी श्रीकृष्ण जब वियोग–व्याकुल होते हैं तो स्वयं को पूर्णतः डुबो देते हैं वंशी की स्वरलहरी में और भिगो देते हैं पूरी सृष्टि को एक अद्‌भुत मधुर वेदना–रस में। सींच देते हैं समूची सृष्टि को उसी वेदनामय प्रेमरस से।

जिस प्रकार बंसी जल में डाल उसके द्वारा मीन खींच ली जाती है, लीलामय वंशी से खींच लेते हैं सबके अन्तर्मन की व्यथा को और स्थापित कर देते हैं उसे अपने अन्तर्घट में। स्वयं पीड़ित होते हैं किन्तु सबको पीड़ामुक्त कर देते हैं। सबका अन्तर् भारहीन हो जाता है एवं लीलामय के उर में पीड़ा संचित हो घनीभूत होती जाती है। विश्व की समस्त वेदना अपने विशाल हृदय में धारे वे सदा हँसते हैं, सदा मुस्कराते हैं, झूम–झूमकर वंशी बजाते हैं। प्रफुल्लित रहते हैं, सबको प्रसन्न करते हैं।

उनके अन्तर्घट की घनीभूत पीड़ा को साधती है योगेश्वरी साधिका कृष्णप्रिया राधिका। श्रीकृष्ण के अन्तर्घट की छलकती व्यथा राधा अपने हृदय में भर लेती है। राधा का मर्म छलकता है, नयनों से अश्रुधार बहती है, किन्तु वासुदेव का अन्तर्घट यथावत् रहता है। यही तो रहस्य है गोविन्द के धीरज का! उनकी पीड़ा को, व्यथा को उनकी भक्तिमयी आराधिका राधिका सहर्ष अपने उर में धारण करती जाती है। स्वयं विषपान करती है, वेदनाभीगी रहती है किन्तु राधा–वल्लभ को कष्ट नहीं होने देती। कैसा अद्‌भुत तादात्म्य! कैसा विलक्षण समर्पण!

कदम्ब वृक्ष से सटी खड़ी द्रुपदनन्दिनी खोयी–सी सोच रही थी—वृन्दावन–

वासिनी, कुंजगलियों और मधुवन में रमती राधा का कैसा उत्कृष्ट त्यागपूर्ण प्रेम है!

वंशी की मधुर तरंगिणी में विश्व आत्मविस्मृत हो चुका था। धीरे-धीरे कब मौन छा गया—किसी को भान नहीं। धीरे-धीरे सब जागे। समझे—वंशी मौन हो गयी है। किन्तु स्वयं वासुदेव वंशी के मौन से अनभिज्ञ थे। याज्ञसेनी उस व्यथापूरित स्वर को झेल नहीं पा रही थी। उसकी स्वयं की वेदना उससे द्विगुणित हो उठी थी, असह्य हो उठी थी, बोझिल बनी जा रही थी। उसने हाथ बढ़ा गोविन्द के अधर-पल्लवों से हौले से वंशी हटा ली। खोये हुए तन्मय-प्राण राधारमण कुछ न समझ पाये। कितने समय तक बिना वंशी के भी उसी रस में डूबे रहे! भीगे रहे!...लीन रहे!...धीरे-धीरे ही स्वप्नभंग हुआ। स्वप्निल पद्मलोचन मुकुलित हुए। चकित-से वे निहारते रह गये।

"राधा?"

वे खोज रहे थे—मृगलोचनी, शिशु-सी सरल, अबोध ग्राम्या, निश्छल गोपी, समर्पिता वृषभानुजा के युगल लोचनों को! खोज रहे थे—कुन्दन कान्ति में गढ़े ताम्बूलाकार श्रीमुख पर दो विशाल कजरारे भोले से लोचन! सुडौल शुकनासिका में श्वेत एवं रक्त मुक्तक झुलाती नथ! खोज रहे थे—पद्मपाँखुरी से कोमल स्निग्ध अरुण अधर! उभरी हुई नन्ही-सी चिबुक पर अंकित 'श्री'! वे खोज रहे थे—कंचन कर्णों में झूलता कदम्ब शृंगार! कण्ठ में झूलती कुन्दकली वनमाला! सघन घुँघराली स्वर्णमेघ-सी सुकोमल अलकें! मेघ-कुन्तलों के मध्य पूर्णचन्द्र-सा कंचनमुख कहाँ है! गोरोचन-अलंकृत गोरी सुडौल स्वर्ण-मृणाल-सी बाहुएँ तथा पुष्पवलयधारी वे गोरे मणिबन्ध कहाँ हैं? कहाँ है वह शिरीष पुष्पों की केशसज्जा? कर्णिका हार की कटिमेखला और वह उड़ती फरफराती रक्तचूनर कहाँ है?

"राधा ऽऽऽऽ...कहाँ हो?" व्याकुल-प्राण केशव पुकार उठे।

"नहीं, तुम राधिका नहीं! ...तुम...तुम ललिता!...नहीं विशाखा!"...

"नहीं...मधुसूदन!...मैं पांचाली हूँ—कृष्णा!"

पलक झपकते ही उनकी चेतना लौट आयी। हाँ, यह पुण्यधाम वृन्दावन नहीं, बरसाना नहीं, यह नन्दग्राम नहीं, यह इन्द्रप्रस्थ है—पाण्डवों की राजधानी। समक्ष खड़ी है—नख से शिख तक स्वर्णमण्डित, रेशमी वस्त्रों में आवृत तेजस्विनी पाण्डव-महाराज्ञी।

"अद्‌भुत! तुम अद्‌भुत हो कृष्णे!" मधुसूदन अपने चिरपरिचित स्मितहास्य से सहसा कह उठे।

"आप अद्‌भुत हैं माधव!"

"हा...हा...हा...हा..." माधव का अट्टहास गूँज उठा।

उन्मुक्त, निश्छल, निर्बाध अट्टहास। वे हँस रहे थे। उनका किरीट हिल रहा था। दामिनी चमक रही थी। वे हँस रहे थे। मेघ-मृदंग बज रहे थे। द्रुमदल करतलरत थे। द्रौपदी निष्प्रभ थी। कैसी अकारण हँसी!...

"यही! यही बात!...पांचाली! मुझे तुम्हारी यही बात बहुत भली लगती है...तुम्हारी

यही निडरता, यह निर्भीकता, स्पष्टवादिता ...यही साहस। बताओ, मेरे हाथ से इस समय वंशी हटाकर मुझे और कौन मौन कर सकता था!...किसमें साहस था इतना? केवल तुममें। और मेरे प्रत्युत्तर में मेरे ही मुख पर मुझे ही 'अद्‌भुत' ठहरा सकती हो—केवल तुम ही!...कैसे सहज भाव से कह डाला तुरन्त—'आप अद्‌भुत हैं माधव!' हा...हा...हा...हा...! जैसा अनुभव हुआ, बिना छल-कपट के तुमने तत्काल कह डाला! बिना डरे! बिना भयभीत हुए! बिना संकोच के! तुम साहसी हो, याज्ञसेनी। निर्भीक!'' मधुसूदन प्रसन्न थे।

''किन्तु अभी तो आप कह रहे थे कि मैं अद्‌भुत हूँ!''

''हाँ कृष्णे!...तुम अद्‌भुत हो। मैंने ऐसी नारी नहीं देखी दूसरी।''

''कैसी नारी?''

''तुम जैसी।...मेरी वंशी-ध्वनि सुन स्त्रीमात्र झूम जाती है, व्याकुल हो जाती है, बेसुध हो जाती है, खो जाती है। और एक तुम हो कि मेरी वेणु के जादूभरे स्वर से अप्रभावित! अछूती! यही नहीं, वेणु ही मौन कर दी मेरी! प्रभावहीन हो गयी आज मेरी वंशी! तुम्हें वंशीवादन प्रिय नहीं! कैसा आश्चर्य! कैसी विचित्र बात!...मेरी वंशी पर तुम मोहित नहीं!...तभी तो तुम अद्‌भुत हो!'' फूल-हिंडोले पर रसराज श्रीकृष्ण हौले-हौले झूलते हुए बोल रहे थे।

''पांचाली! तुम अद्‌भुत हो इसलिए कि तुम मेरी वंशी पर मुग्ध नहीं हो! मैं जिस कुशलता और बुद्धिमत्ता से दण्डनीति संचालन करता हूँ—तुम उसकी भक्त हो।...है न! तुम मेरी शक्ति पर मुग्ध हो!'' वे अभी भी हँसते जा रहे थे।

पांचाली एकटक उन्हें निहार रही थी।

''जिन विषयों से, वस्तुओं से...जिन गुणों से नारियाँ आकर्षित होती हैं, तुम उनसे नहीं होतीं और तुम...तुम टंकारप्रिय हो!''

वे पुनः हँस पड़े।

''अन्य नारियों को कोमल ध्वनियाँ प्रिय हैं, सज्जा प्रिय है, आभूषण प्रिय हैं, अलंकार प्रिय हैं—तो कृष्णा मेरी को...हुंकार प्रिय है—पराक्रमी पुरुष की हुंकार! नहीं तो टंकार प्रिय है...वह भी ऐसी-वैसी नहीं...गाण्डीव की टंकार। हा...हा...हा हा...''

वासुदेव अपनी सखी के मन की चोरी पकड़कर आह्लादित हो पुनः अट्टहास कर उठे।

पांचाली लज्जित-सी इधर-उधर देख रही थी। अन्तर्यामी से क्या छिपाना! ठीक कह रहे थे वे। गाण्डीव की टंकार से उसका तन-मन झंकृत हो उठता था, रोमांचित हो उठता था। अर्जुन के प्रति उसका विशेष अनुराग है—वासुदेव क्यों न जानेंगे!

''और कृष्णे! और बताऊँ, तुम क्यों अद्‌भुत हो? सब स्त्रियाँ अपना सम्पूर्ण समय रसचर्चा में व्यतीत करती हैं। प्रेमचर्चा और शृंगारसज्जा में व्यतीत करती हैं। तुम अनोखी हो। उच्च कूटनीतिक, राजनीतिक चर्चा करती हो। दण्डनीति, विधि एवं

आचारशास्त्र की तुम पण्डिता हो, शास्त्रार्थ में सम्मिलित होती हो। पाण्डवों के राज-संचालन का आधा भार तो लगभग तुम ही पर है। पाण्डव बन्धु तुम्हारे अमूल्य परामर्श के विपरीत कोई कार्य नहीं करते।...तुम्हारे भीतर विलक्षण प्रतिभा है। अनूठे, अद्वितीय गुणों का समागम है...तभी मेरा मन हो आया तुम्हें अपनी सखी समझने का...सखी बनाने का।''

''मैं धन्य हूँ माधव!'' द्रौपदी नतनयन थी।

''हाँ कृष्णे! जिन नारियों से मेरी मित्रता है, वह अधिकतर प्रेम अथवा श्रद्धा पर ही आधारित है, भावात्मक धरातल पर आधारित है। किन्तु तुमसे मेरी मैत्री, मुझे लगता है, वैचारिक अधिक है। तार्किक, बौद्धिक एवं सैद्धान्तिक धरातल पर है, भावनात्मक नहीं। तुम भावनाओं में बहनेवाली नहीं हो, तुम हृदय से अधिक प्रेरित न होकर बुद्धि से प्रेरित हो। तुम्हें तर्क से ही सब कुछ समझाया जा सकता है।''

गोविन्द धाराप्रवाह बोल रहे थे। पांचाली मुग्ध हुई सुन रही थी। सखी कृष्णा के समक्ष अपने हृदय की कितनी ग्रन्थियों को खोले दे रहे थे...पांचाली विमोहित थी अपने भाग्य पर।

''पांचाली!...मैंने राधा में प्रेम की उत्कट उच्चता पायी, त्याग की अतल गहराई पायी। राधिका केवल आराधिका है। वह आराधना है, प्रेम है, भक्ति है। दूसरी ओर सत्यभामा में नारीसुलभ समस्त संस्कार हैं। स्त्रियोचित लक्षण विद्यमान हैं। मेरी भार्या है। अत्यन्त रूपगर्विता है। मुझपर एकाधिकार बनाये रखने को सतत प्रयासरत रहती है। मेरी अन्य पत्नियों के प्रति उसके मन में स्वाभाविक ईर्ष्या है, प्रतिद्वन्द्विता है, प्रतिस्पर्धा है। छल-कपट से भी वह प्रेरित होती है। मुझ पर भी अभिचार तन्त्र-मन्त्र, माया आदि का प्रयोग करती है ताकि मैं उसी के वश में रहूँ।'' वे मुस्कराते हुए बड़ी मधुरता से सत्यभामा-चरित्र का आनन्द ले रहे थे।

''और सत्यभामा में संग्रह की प्रवृत्ति भी विकट है। इतनी अधिक कि देवराज इन्द्र का भी कल्पवृक्ष माँग सकती है अपने अहं की तुष्टि के लिए। और साहस है किसी में जो उस अभिमानिनी की बात को पूरा न करे? भोजन तक पाना मेरे लिए दुर्लभ हो जाएगा। जाकर रुष्ट हो पड़ जाएगी सात प्रकोष्ठों के भीतर अपने प्रिय कोपभवन में। उसका प्रकोप! अयोध्या महारानी कैकेयी भी नहीं जीत सकती थीं मान-अभिमान की स्पर्धा में उससे।...कौन भला उसका मान भंग कर सकता है? कौन मनुहार कर सकता है?...मैं तो बस हाथ जोड़े खड़ा रहता हूँ भवानी के। जो आज्ञा दो—शिरोधार्य!'' और पुनः द्वारकाधीश का उन्मत्त निश्छल अट्टहास वाटिका में गुंजरित हो उठा।

पांचाली यह जानती थी। तभी तो सत्यभामा उससे मन्त्र-तन्त्र पूछ रही थीं पति को वश में करने के लिए!

''कृष्णे! सत्यभामा का इसमें कोई दोष नहीं। अधिकांश स्त्रियाँ इसी कोटि में आती हैं। किन्तु राधिका मेरी...अनोखी है, अद्वितीय है, प्रेम, श्रद्धा एवं त्याग की मूर्ति

है। राधा केवल देना जानती है। दान की उसकी क्षमता अटूट है, अपार है। प्रतिदान की अपेक्षा तक नहीं करती। बताओ...मैंने ब्रज कब छोड़ दिया! मैं रम गया हूँ राजनीति में, सुखों में, महलों में और अपनी पत्नियों की विशाल चतुरंगिणी में!" स्मित हास्य उनके मुखमण्डल पर डोल गया।

तुरन्त ही राधा-स्मृति से वे गम्भीर हो गये, "मैं कह रहा था, मैं तो अत्यन्त निर्मोही हूँ! ब्रजभूमि को—अपने वृन्दावन को—अपनी राधा को कितने वर्ष पूर्व छोड़ आया! लेकिन राधा ने मुझे नहीं छोड़ा। वह त्यागमयी आज भी मेरे ही नाम से बैठी है—मेरी स्मृति में भीगी, मेरे नेह में डूबी। उसे कुछ नहीं चाहिए। मैं अपने निर्दिष्ट कार्य छोड़कर वृन्दावन जाऊँ—वह यह भी नहीं चाहती। कृष्णे! वह इतनी प्रेमरस में डूबी है, इतनी गहरी डूबी है कि अब मेरी उपस्थिति-अनुपस्थिति से उसे अन्तर ही नहीं पड़ता...उसे भान ही नहीं होता!...यह क्या लौकिक प्रेम है ? सांसारिक प्रेम है ?...नहीं पांचाली! राधा ने इसी निश्छल भक्ति से मुझे पूर्णतः बाँध लिया है, मुझे क्रय कर लिया है जैसे।" राधावल्लभ के विशाल कंजदल नयनों में प्रेमाश्रु तैर आये थे। वे भाव-विह्वल हो कुछ क्षण वैसे ही बैठे रहे, फिर धीरे-धीरे नेहपूरित दृष्टि द्रौपदी के मुख पर टिकाकर वे मुस्करा पड़े।

"एक नारी तू है! तेरी जैसी और कोई नहीं। विद्या, दण्डनीति, विधिनीति एवं धर्म की प्रकाण्ड पण्डिता! कुशाग्रबुद्धि! साक्षात् इड़ा है तू, इड़ा! तू धरातल पर तर्क करती है तर्कबाले! तेरे पाँचों देवताओं में से कोई उस ऊँचाई को नहीं पा सकता। बौद्धिक एवं वैचारिक दृष्टि से तू उनसे बहुत ऊपर है कृष्णे! यह बात मुझे बड़ी रुचिकर लगी कि तू कितनी भिन्न है अन्य स्त्रियों से।

"और तू वीर है, साहसी है, सहनशील है! अन्य नारियों की भाँति भीरु नहीं! उचित को उचित और अनुचित को अनुचित कहनेवाली स्पष्टवादिनी है! निडर और निर्भीक! अर्जुन धन्य हैं। पाण्डव धन्य हैं तुझे पाकर। तू ही उनकी मूल प्रेरणाशक्ति रहेगी, बल रहेगी। तू ही उन्हें सदा उचित निर्णय, उचित कार्य के लिए प्रेरणा भी देगी। मैं तो तुझसे चर्चा करके सुखी होता हूँ। राजनीति की जटिल उलझनों का तू कई बार ऐसा समाधान निकालकर रख देती है कि मैं अभिभूत होकर रह जाता हूँ तेरी बुद्धि पर!"

"बस करें वासुदेव! अब और नहीं, बस करें। मैं धन्य हूँ कि स्वयं राधाधिराज मुझ पर ऐसे कृपालु हैं; किन्तु...किन्तु जनार्दन!...मैं भी तो कई बार आपकी बुद्धि पर, बिना कुछ समझ पाये बस अभिभूत होकर रह जाती हूँ!"

मधुसूदन की स्मित मुस्कान सहसा वेगवान् हास्य में परिणत हो गयी। पांचाली दो क्षण चुप रह गयी।

"मैं पूछ रही थी माधव! आप मुझ पर इतने प्रसन्न हैं, इसीलिए आप भी मेरे प्रति हुए अन्याय में भागी हुए।"

"अन्याय!...तेरे प्रति?...कैसा अन्याय कृष्णे?"

"तभी तो मैंने कहा कि आप अद्‌भुत हैं। आपका हर कार्य अद्‌भुत होता है जिसे मेरी जैसी सामान्य बुद्धिवाला व्यक्ति समझ ही नहीं सकता।...किन्तु उसकी विलक्षणता पर अभिभूत अवश्य हो उठता है। मेरे प्रति क्या अन्याय हुआ, यह भी आपको ज्ञात नहीं? बुद्धि और विद्या एक ओर हैं गोविन्द!...किन्तु...अन्ततः तो मैं नारी हूँ। स्त्रियोचित समस्त दुर्बलताएँ, कोमलताएँ और कठोरताएँ सभी मेरे अन्तर में विद्यमान हैं। मेरे प्रति अन्याय हुआ—यही आप न समझे? क्योंकि आपने भी तो उस अन्यायपूर्ण कार्य को उचित ठहरा दिया जिसे वेद-उपनिषद, पुराण अब तक अनुचित कहते आये?...आप विलक्षण हैं, अद्‌भुत हैं। पूरे इतिहास, धर्मशास्त्र और आचारशास्त्र को आपने झुठला दिया? वह भी कैसे सहज, सरल भाव से अत्यन्त स्वाभाविकता के साथ! धन्य हैं माधव! आप जैसा तो इस धरा पर न कोई अवतरित हुआ, न कोई होगा।"

"हा...हा...हा...हा...तुम्हारी इस प्रखरता...और वाक्‌पटुता का ही तो मैं भक्त हूँ कृष्णे! तुम ऐसे कह रही हो, जैसे मैं बड़ा धूर्त हूँ—कुटिल हूँ...किन्तु...जिसे तुम अन्याय कह रही हो, वह एक राजनीतिक अनिवार्यता थी। और राजनीति अथवा राजधर्म तो सभी शास्त्रों का शिरोमणि है, यह तो तुम जानती ही हो। नीति बाद में है। धर्म बाद में है। परिवार भी बाद में। सर्वप्रथम राजधर्म है।...और पांचाली! यह अत्यन्त दूरदर्शिता के साथ, भली भाँति सोच-समझकर किया गया है। अन्याय जिनके प्रति हो चुका है, उन्हें न्याय दिलाने के लिए तुम्हारा विलक्षण विवाह आवश्यक था।...

"पांचाली! कृष्णे! कौरव सौ भाई हैं। उनके वृद्ध पिता हस्तिनापुर के महाराज हैं। उनकी वृद्धा माँ भी हैं। वे सब एक हैं। एकता के सूत्र में आबद्ध। वह एकता का सूत्र है—राजसिंहासन—राजसत्ता—राजमुकुट। अन्यायपूर्वक उपलब्ध इस राज्य की रक्षा हेतु, उसे अपने लिए बनाये रखने को वे सदा एक रहेंगे, एक होकर भयंकर से भयंकर शत्रु का सामना कर लेंगे। किन्तु दूसरी ओर?...पाण्डवों के पास क्या है?...यह खाण्डवप्रस्थ!...स्वेच्छा से कौरवों का दिया हुआ? वे लोग कपटी हैं—धूर्त हैं...उनपर अधिक विश्वास नहीं किया जा सकता और कौरव छल-प्रपंच से कभी भी पाण्डवों को खाण्डवप्रस्थ से वंचित कर सकते हैं। पाण्डव अति सज्जन हैं, धर्मात्मा हैं। पाण्डव छिन्न-भिन्न हो जाएँगे। उनको एक करनेवाला कोई तत्त्व नहीं।"

"क्यों मधुसूदन?...जिस प्रकार महाराज धृतराष्ट्र एवं माता गान्धारी कौरवों के लिए एकतासूत्र हैं, माता कुन्ती पाण्डवों के लिए हैं। और ये पाण्डव बन्धु वास्तव में एक-दूसरे के प्रति अगाध प्रेम रखते हैं। यह परस्पर प्रेम ही उनकी एकता का सूत्र है।"

"भ्रातृत्व अथवा बन्धुप्रेम कई बार स्थायी नहीं हो पाता कृष्णे! धर्मराज युधिष्ठिर, भीमसेन एवं सव्यसाची—तीनों पितृष्वसा आर्या कुन्ती के पुत्र हैं। नकुल एवं सहदेव देवी माद्री के सुपुत्र हैं। तुम जानती हो, राजनीति में छल-कपट का कितना महत्त्व रहता है। साम, दान, भेद, दण्ड—चारों उपायों का अवलम्बन राजन्यगण लेते हैं।...यदि

कौरव चाहें पाण्डवों में भेद डालना तो उनके लिए क्या कठिन है?...कुन्ती-पुत्रों एवं माद्री-पुत्रों को पृथक् करना अधिक कठिन न होगा उनके लिए। माद्री-पुत्रों को प्रलोभन देकर, उच्च पद एवं राजसत्ता आदि देकर कुन्ती-पुत्रों से उन्हें विमुख किया जा सकता है। यह क्या बहुत दुरूह है?...राजनीति की गति बड़ी जटिल और रहस्यमयी होती है—जहाँ बड़े-बड़े ज्ञानी भी बिना समझे फँस जाते हैं।...विशेष रूप से कृष्णे! दुर्दिन में स्वार्थवश सहोदर भी अपना नहीं हो पाता!...

"जब मुझे ज्ञात हुआ कि संयोगवश अथवा अज्ञानवश पितृष्वसा ने एक विचित्र आज्ञा पाण्डवों को दे डाली है तो मुझे अनुभव हुआ, अवश्य ही देवी सरस्वती उस क्षण उनकी जिह्वा पर होंगी। जो होगा, उचित ही होगा।"

"किन्तु मैं तो समझी नहीं माधव! इन बातों से मेरा क्या सम्बन्ध?"

"सम्बन्ध तुम्हारा?...अरे तुम ही तो पाण्डवों की एकता की सूत्र हो!...पाँचों को एकसाथ बाँधे रखनेवाली श्रृंखला!...ऊपर से उन्हें दिखे कि कितनी मृदुल श्रृंखला में बँधे हैं वे—और वास्तव में मुझे ज्ञात है कि पाँचों कैसी लौह-श्रृंखला में जकड़ गये हैं! हा...हा...हा...हा...हा हा! वे पाण्डव बन्धु तुम्हारे लिए प्राणोत्सर्ग भी कर सकते हैं। उन्हें प्रेरणादायिनी स्रोत की, शक्ति की एवं एकता की आवश्यकता है...तुम उन्हें एक रखो कृष्णे!"

"वही नहीं कर सकूँगी वासुदेव!"

"करोगी...अवश्य करोगी! यदि दैव की कोई विराट इच्छा इसी प्रकार तुम्हें निमित्त बनाकर सम्पादित होती हो, तो तुम करोगी। भविष्य में स्थिति देखोगी तब स्यात् समझ पाओ।"

"आप तो स्वयं भविष्यद्रष्टा हैं केशव! अपनी योगशक्ति से देख पा रहे हैं तो अभी ही क्यों नहीं बता देते कुछ?"

"देख पा रहा हूँ कृष्णे! तभी तो कह रहा हूँ। पाण्डव सज्जन हैं, धर्मोन्मुख हैं—यह गुण उनके लिए भविष्य में दुर्बलता बन सकता है। विशेष रूप से धर्मराज युधिष्ठिर अत्यन्त सरल संकोची एवं धर्मभीरु हैं। पाण्डवों को एक शक्तिशाली आधार चाहिए, सम्बल चाहिए। एक सशक्त मेरुदण्ड चाहिए। नहीं तो ये अपनी उदारता एवं उच्च मानवीय गुणों के कारण विषम चक्र में फँस जाएँगे। वह शक्ति तुम ही हो पांचाली!"

"मुझे तो समझ में नहीं आता, यह महान् भविष्यद्रष्टा और प्रकाण्ड दण्डनीतिज्ञ क्या-क्या कह रहा है!...परन्तु यह बताएँ माधव, कि किसी कार्य के लिए हेतु बनाकर पाँच पतियों की सामान्य भार्या तो मुझे बना दिया गया किन्तु मेरा धर्मसंकट कोई समझा?...मैं कैसे सबसे समान व्यवहार कर सकती हूँ?...अपने अन्तर की नारी कैसे मार दूँ?"

"हाँ! मैं इस तथ्य से भलीभाँति अवगत हूँ कि गाण्डीव की टंकार करनेवाले धनंजय पर तू मन-प्राण से न्यौछावर है!..."

पांचाली लाज से भर उठी। आर्त्त होकर पूछने लगी, "तो माधव! सब जानते हैं आप, फिर ऐसी अग्निपरीक्षा क्यों ली मेरी?"

"अरे! तू भूल गयी...मेरी तो कितनी पत्नियाँ हैं...!"

"और आप क्या उन सबको समान रूप से प्रेम करते हैं?"

"हा...हा...हा...हा..." वही चिरपरिचित उन्मुक्त हास्य घनघोर घटा-सा छा गया।

"किन्तु कृष्णे!...मेरी वे एक सौ आठ रानियाँ—सभी मुझसे सन्तुष्ट हैं।"

"मैं तो आपके मन की बात पूछ रही हूँ...आपको क्या सब समान रूप से प्रिय हैं? आप समान रूप से सबको स्नेह करते हैं? नहीं करते। कर नहीं सकते। सच कहिए वासुदेव! आप अन्य की तुलना में देवी रुक्मिणी को, सत्यभामा को, जाम्बवती को, लक्ष्मणा को और मित्रविन्दा को अधिक नहीं चाहते?...और वह...वह वृन्दावन की परम सौभाग्यशालिनी गौरी तो विवाहित पत्नी न होते हुए भी आपकी सर्वस्व है।"

"सच कहती हो याज्ञसेनी!"

"किन्तु गोविन्द! इतनी बड़ी संख्या में पत्नियाँ!...मुझे तो इसका कोई औचित्य नहीं दिखता।"

"हाँ याज्ञसेनी! तेरे समक्ष तो हर बात का स्पष्टीकरण देना ही होगा। अपने हर कार्य का औचित्य तर्क से सिद्ध करना ही पड़ेगा मुझे! तेरी आलोचना से कोई बच सकता है क्या?...कृष्णे! नरकासुर ने सौ राजकन्याओं को अपने महल में बन्दी बना रखा था। ये राजपुत्रियाँ उच्च कुलों की थीं। अत्यन्त अल्पवयस थीं। सुनीता थीं—सुशीला थीं। उनमें कई अविवाहिताएँ थीं, कई विवाहिताएँ थीं जब भौमासुर उन्हें अपहृत कर लाया था। उनमें से कुछ अबोध बालाओं के साथ भौमासुर ने बलपूर्वक विवाह भी किया था। नरकासुर के वध करने के बाद इतनी बड़ी संख्या में उन अरक्षित, असहाय एवं व्याकुल रमणियों को देख मैं चौंक गया। मुझे अचम्भा हुआ, पश्चात्ताप भी। किन्तु उस दुष्ट का वध तो करना ही था। मैं विचलित हो उठा यह सोचकर कि इन निरपराध, निर्दोष एवं निष्पाप राजकन्याओं का भविष्य अब क्या होगा। कौन उनका भरण-पोषण करेगा? उन सुकुमार नववयस सुकन्याओं के अरक्षित एवं वैधव्यपूर्ण जीवन की विभीषिका की कल्पना करके आतंकित हो उठा। उनका दायित्व सँभालने, उनका भरण-पोषण करने कोई वीर आगे न बढ़ा। उनके पितृकुलों ने उन्हें अस्वीकार कर दिया। उनके पतियों ने उन्हें अस्वीकार कर दिया। और वे निष्पाप थीं।...पांचाली! वे तो उस राक्षस की बलपूर्वक बनायी गयी बन्दिनी थीं...वे गौ-सी सीधी-सरल एवं दु:खविह्वल थीं। मैंने सोचा, मैं ही उनके ऐसे दुर्भाग्य का हेतु हूँ तो लोकनिन्दा की उपेक्षा कर, आगे बढ़कर मुझे ही उनका उद्धार करना चाहिए। मैंने उन्हें अपनाया, आश्रय दिया। पत्नीपद दिया। सम्मान दिया। सौभाग्य दिया। तुम कहो, अनुचित किया क्या?"

पांचाली अश्रुविगलित हो उठी। कैसा विशाल हृदय है इस महापुरुष का!

संवेदनशील! धन्य हो दयानिधे! कैसा चमत्कारपूर्ण पौरुष कि वास्तव में लोकनिन्दा का भय त्याग उन अल्पवयस बन्दिनियों एवं विधवाओं को संरक्षण ही नहीं, उन्हें सम्मान एवं सौभाग्य से विभूषित कर दिया! वे भौमासुर की पत्नी हैं अथवा उसकी बन्दिनी रही हैं इसलिए श्रीकृष्ण की पत्नी नहीं हो सकतीं, ऐसा कोई विचार ही नहीं मन में! और...श्रीराम ने लोकनिन्दा के कारण स्वयं भी दारुण वेदना का विषपान किया और रावण की बन्दिनी रही महासती भगवती सीता का इसी आधार पर परित्याग कर दिया था! धन्य हो महामना! महाप्राण!

किन्तु पुनः उसके अन्तर् में अपना त्रासदायी शूल चुभ उठा—

"इस महान् परोपकारी कार्य की कौन निन्दा कर सकता है माधव! परन्तु केशव! मैं तो पुरुष नहीं! मेरे अन्दर तो नारी-हृदय है। पुरुष के तो कई पत्नियाँ प्रायः होती हैं।...अपवाद केवल रघुकुल-तिलक, दशरथनन्दन श्रीराम ही थे जिन्होंने भगवती सीता का परित्याग करके भी कठोर एक-पत्नीव्रत का आजीवन पालन किया।"

"श्रीराम से मेरी तुलना न करो पांचाली!...वे पुरुषोत्तम थे—मर्यादा पुरुषोत्तम। वह युग त्रेतायुग, एक श्रेष्ठतर युग था जिसका महात्मा राम प्रतिनिधित्व करते थे। अब हम एक सोपान नीचे आ गये हैं। आदर्शों एवं मूल्यों में ह्रास हुआ है। मनुष्य एवं लोक का नैतिक पतन हुआ है। हम लोग द्वापरयुग में हैं।"

"अर्थात्...कलियुग के द्वार पर?"

"यही समझ लो लगभग।"

"तो जनार्दन! कहीं मुझे कलियुग की ही तो प्रतिनिधि नारी का रूप नहीं दिया गया?...जो कुछ नैतिक दृष्टि से सत्युग में उचित न माना गया, त्रेता में उचित न माना गया...उसे मेरे लिए उचित ठहराया गया?"

"नहीं कृष्णे! ऐसा नहीं।" वे स्नेहसिक्त वाणी से बोले।

"पाँचों पाण्डवों में प्रेरणा फूँकने के लिए तुम्हारी आवश्यकता थी।...तुम अपनी ज्योति से उन पाँचों के हृदय आलोकित कर सकोगी, समय आने पर उनमें शक्ति एवं शौर्य संचार कर सकोगी।"

"यह तर्क मुझे नहीं समझ में आया...वे तो वीर हैं ही! आर्य भीम महाबली हैं। आर्य सव्यसाची पराक्रमी हैं। फिर कैसा भय?..."

"पाण्डव वे ही दो नहीं, तीन और भी हैं जो स्यात् इतने वीर नहीं।"

पांचाली हँस पड़ी खुलकर।

"इतने... !...या नितान्त शौर्यशून्य! मेरा कहना उचित नहीं...किन्तु मधुसूदन...जिन्हें आपने धर्मराज के विरुद से मण्डित कर रखा है, वे तो कदापि वीर नहीं...।"

"वे धर्मराज हैं। उनके लिए वीर होना आवश्यक नहीं।"

"उनका केवल धीर होना पर्याप्त है?"

''हाँ, वे धैर्यवान् हैं, सहनशील हैं। सज्जन, सरल और धर्मोन्मुख हैं। वे आवेश एवं क्रोध से दूर, महान् शान्तिप्रिय व्यक्ति हैं। उनका दृष्टिकोण परम उदार एवं शुद्ध मानवतावादी है। उनके समान क्षमाशील एवं करुणामय कोई दूसरा नहीं विश्व में। वे शान्तिदूत हैं, इसलिए असाधारण हैं।''

''किन्तु...फिर उनमें क्षत्रिय लक्षण क्या रहा?...एक जिज्ञासा है गोविन्द! क्या इसीलिए आपने उन्हें धर्मराज की उपाधि से अलंकृत कर रखा है? बहुत समय से अन्तस्तल में बड़े यत्नों से यह शंका अब तक छिपा रखी थी, आज मधुसूदन के समक्ष भावोद्रेक में निकल ही पड़ी।''

''जिज्ञासा! जिज्ञासा! जिज्ञासा! तेरी जिज्ञासाओं का अन्त नहीं, भवानी! तेरा नाम जिज्ञासा ही होना था।'' वे हँसते हुए प्रशंसा के भाव से बोले।

वे समझ गये थे कि पांचाली की तीक्ष्ण बुद्धि एवं आलोचनात्मक दृष्टि से उनकी कोई चाल छिपी नहीं रह सकती। प्रत्येक बात का स्पष्टीकरण! प्रत्येक बात का औचित्य! प्रत्येक बात को वह नीर-क्षीर की कसौटी पर कसती है! तर्क और प्रमाण से ही सन्तुष्ट हो सकती है! वे मुग्ध थे।

''एक सीमा तक यह भी एक कूटनीतिक अनिवार्यता है। तुमसे कुछ भी छिपाना व्यर्थ है...। पाण्डवों के पास धन नहीं, सत्ता नहीं, राज्य नहीं, मान्यता नहीं। अभी जो कुछ है, उस पर अधिक विश्वास करके अवलम्बित नहीं रहा जा सकता है।...और केवल गदा एवं गाण्डीव से उद्देश्यपूर्ति नहीं हो पाती...।''

''इसलिए आर्यपुत्र युधिष्ठिर की समस्त दुर्बलताओं पर धर्मराजरूपी आवरण डाल दिया आपने?''

''किन्तु वे दुर्बल कहाँ याज्ञसेनी? उन्हें साधारण मनुष्य न गिनना। तुम अर्जुन एवं भीम की तुलना में कह रही हो?''

''वे दुर्बल हैं। किसी से तुलना करके नहीं कह रही किन्तु क्षत्रियोचित गुणों का उनमें अभाव निश्चित रूप से है।''

''कैसे?''

''कैसे! वे अपने प्रति, अपने परिवार के प्रति बालपन से होते आ रहे अन्यायों से विचलित नहीं होते। वे स्वयं को किसी भी स्थिति में अपमानित नहीं पाते। वे द्यूत-विलासी हैं। और तो और, ईश्वर मुझे क्षमा करे...किन्तु मुझे सदा ही इस बात से आश्चर्य होता रहा है कि महायशस्वी स्वर्गीय महाराज पाण्डु के ज्येष्ठ पुत्ररत्न एवं युवराज को किसी भी राजन्य ने अपनी पुत्री सौंपने की इच्छा नहीं की!...कोई राजकन्या स्वयं भी उनकी ओर आकृष्ट नहीं हो पायी! न ही वे अपने शौर्य एवं पराक्रम से ही अपने लिए किसी नारी-रत्न को खोज पाये!''

''क्यों, तुम तो हो उनका नारी-रत्न!'' जानबूझकर नटखटपन से मुस्कराते हुए श्रीकृष्ण ने छेड़ा।

"मैं!...उनका नारीरत्न!!...मुझे तो आर्य अर्जुन जीतकर लाये थे स्वयंवर से। और मैंने उनको ही वरा था। गोविन्द...अन्तर्यामी से क्या छिपा है! मेरे मन में तो अर्जुन ही हैं। किन्तु मुझे दुःख इसी बात का है कि उनके चरणों में मैं अपनी पूजा का केवल पाँचवाँ अंश ही समर्पित कर पाती हूँ, शत-प्रतिशत नहीं। कैसी विडम्बना! कैसा दुर्भाग्य है मेरा!...मेरे अन्तर की नारी मरती नहीं गोविन्द...क्या करूँ?"

"किन्तु कृष्णे! तुम्हें सभी पतियों का स्नेह प्राप्त है।"

"यही तो और भी दुर्भाग्यपूर्ण है।...मैं तो समान रूप से न्याय नहीं कर पाती सबसे! माधव ने ही फँसाया है मुझे इस धर्मसंकट में!...पातिव्रत धर्म में इस प्रकार व्यतिक्रम होने से नरक जाऊँगी तो माधव-माधव ही रटती जाऊँगी।"

"और वे ही उबारेंगे भी।" माधव स्मित हास्य के साथ बोले।

पांचाली दो पल मन्त्रमुग्ध-सी उन्हें देखती रही, फिर सहसा बोल उठी—

"जनार्दन! आप सदा प्रसन्नवदन रहते हैं, उल्लास बिखेरते हैं, क्रन्दनरत दुःखी हृदय को भी हास्यपूरित कर सकते हैं...किन्तु कई बार कितने गम्भीर, खिन्न मन और उदास से एकान्त में बैठे रहते हैं, सुदीर्घ अवधि तक!...अचल! पुरातन हिमराज की भाँति!...क्या चिन्तन करते हैं?"

"तूने चर लगा रखे हैं मेरे पीछे, लगता है तब।"

"नहीं, चर नहीं। वासुदेव! कभी-कभी अट्टहास करते हुए अचानक मध्य में ही आप गुरुगम्भीर हो उठते हैं और विषाद तथा पीड़ा के भाव आपके मुख पर स्पष्ट उभर आते हैं। माधव! यह कैसी विचित्र पीड़ा है आपके अन्तर में?... कैसा क्लेश...जिसे किसी को बताते भी नहीं! एकाकी ही किस कारण व्यथापान करते जाते हैं?...इस वेदना का कारण क्या...मूल क्या अच्युत?"

श्रीकृष्ण शान्त बैठे रह गये—विचारमग्न। कुछ पल बाद एक गम्भीर निःश्वास लिया।

"कृष्णे!...स्थिति अत्यन्त गम्भीर दिख रही है!...मैं देख रहा हूँ...धरा पर कालमेघ की भाँति अधर्म छाया जा रहा है। कालभुजंग-सा धरा को घेरे ले रहा है अधर्म।...वसुन्धरा के निर्मल उज्ज्वल सौन्दर्य पर जैसे राहु की कालिमायुक्त छाया प्रतिपल बढ़ रही है।...धर्म-नक्षत्र डूबे जा रहे हैं।...मानव तो श्रेष्ठ जाति है, सृष्टि की अनुपम कृति। और मानव श्रेष्ठ है धर्म के कारण। धर्म ही मानव का आभूषण है—किरीट है। धर्म न रहेगा तो मानव नष्ट हो जाएगा। मानव नष्ट हो जाएगा तो सृष्टि में शेष क्या रहा?"

"किन्तु वासुदेव! आप तो ऐसे चिन्ता कर रहे हैं जैसे समस्त सृष्टि का भार आप ही पर हो!...सच बताएँ माधव...आप अवतार हैं?"

चिन्तामग्न, विचारमग्न गम्भीर वसुदेवनन्दन अचानक हास्यदेव-से विहँस पड़े।

"यह समय बताएगा।...किन्तु कृष्णे, मैं विचलित हो उठता हूँ देखकर कि धर्म-ध्वजा नत हुई जा रही है। दुराचार, दुष्प्रवृत्ति, दुष्कर्म आदि वर्षा-प्लावन का रूप धारण

किये ले रहे हैं ।...भारती ! मुझे चिन्ता है कि नियम-अनुशासन भंग हो रहे हैं। धर्माचरण एवं नैतिकता को मान रहा है कोई ? कहीं अन्त है इसका ?''

श्रीकृष्ण के नेत्र सुदूर कहीं कुछ देख रहे थे जो और कोई नहीं देख सकता था।

''क्या देख पा रहे हैं वासुदेव ?''

''देख रहा हूँ...द्वार पर खड़ा कलियुग! भयंकर कापालिक-सा! शीश से कटि तक लटकती रक्तवर्णी दीर्घ रूखी जटाएँ! निर्वस्त्र! नग्न! हिंसक पशु-सा!...किन्तु कण्ठ में असंख्य स्वर्णमालाएँ! हाथ में नग्न रक्तरंजित खड्ग! क्रूर पाशविक मुखाकृति! मदोन्मादी हिंसक नेत्रों में बीभत्स भाव! कण्ठ में धारे है चरम भौतिकता! जड़ता! और...प्रवेश को आतुर! अधीरता से गहन उच्छ्वासें भरता कि कब प्रवेश पा जाये तो अपनी विराट अधर्मी ज्वालाओं से भस्मीभूत कर डाले मानव-सौन्दर्य, सृष्टि-सौन्दर्य, धर्म-सौन्दर्य! अनाचार फैलाकर नष्ट कर डाले धर्म का शेष तत्त्व भी!...मुझे सन्देह हो उठता है...कहीं उसने द्वार पार कर द्वापर में एक चरण रख ही तो नहीं दिया ?...नहीं!...नहीं! अभी विलम्ब है!...

''जब तक मैं हूँ...अधर्म फल नहीं पाएगा। मैं उसका काल बना बैठा न रहूँगा सुदर्शनचक्र धारे! और...कृष्णे!...इन धर्मपालक, धर्मरक्षक नरेशों को क्या हो गया है आज! कैसे कुकृत्यों में संलग्न हैं वे! प्राचीन मान्यताएँ, सिद्धान्त, यम-नियम, विधान सब जैसे क्षीर सागर में डुबो दिये!...ये प्रजापालक हैं ? उद्दण्ड! स्वेच्छाचारी, सिद्धान्तहीन! निरंकुश शासक!...न प्रजापालन करते हैं, न धर्मपालन। रक्षक ही भक्षक बन गये हैं। ये प्रजा के समक्ष क्या आदर्श, क्या दृष्टान्त रख सकते हैं ? स्वयं उच्छृंखल एवं अनुशासनहीन हो अधर्मरत हैं ये तो! इन क्षत्रिय नरेशों ने समूचे भूतल पर अनाचार मचा रखा है। विधि, न्याय, दण्ड, राजधर्म सबकी घोर उपेक्षा हो रही है इन मदान्ध महीपालों द्वारा।''

पांचाली के तन में विचित्र-सा स्फुरण हो उठा।

''वासुदेव, आप तो अधर्मी शासकों का वध करते आये हैं! आपने मथुरानरेश कंस का वध किया। अभी राजसूय यज्ञ में शिशुपाल का वध कर चुके हैं, और...''

''ये तो कुछ भी नहीं, भारती! यह तो अन्त का आदि मात्र था। धृतराष्ट्र के शत-पुत्रों के कार्यकलाप देखो! वे कैसे राजमद से स्वेच्छाचारी एवं निरंकुश हो उठे हैं! उन पर किसी का नियन्त्रण नहीं। माता, पिता, गुरु किसी को नहीं मानते वे। धर्म-विधान भी नहीं मानते। सत्परामर्श भी नहीं। मन्त्रणा भी नहीं।...मुझे भय है, ये नहुष, वेन, कंस, शिशुपाल, जरासन्ध एवं दशमुख रावण जैसे आततायी शासकों के पदचिह्नों पर अपने विनाश हेतु ही अग्रसर हो रहे हैं। स्वार्थ, भोग-विलास एवं अनाचार में लिप्त। केवल सुख, मदपान, सत्ता एवं अधिकार—ये इनके आदर्श हैं। कर्तव्य नहीं, धर्म नहीं!...और भारती!...तुझे आश्चर्य नहीं होता देखकर कि इनका कोई विरोध नहीं करता। धर्मरत राजन्य भी विरोध नहीं करते।...यह भी एक पतनोन्मुखी प्रवृत्ति है कि क्षत्रियत्व का भी ह्रास हो रहा है। धरा शौर्यहीन हो रही है। सिंह जैसे सिंहत्व खो मेष बने जा रहे हों—

क्षत्रिय ऐसे क्षत्रियत्व खोये दे रहे हैं।...जो धर्मरत हैं, वे दुर्बल हैं इस प्रकार। जो अधर्मी हैं, वे प्रबल हैं इस प्रकार। तो वसुधा का उद्धार कैसे होगा?...धर्म का उद्धार कौन करेगा?''

''तो...क्या करेंगे अच्युत?'' कुछ सोचते हुए पांचाली ने पूछा।

''शान्त बैठकर अनाचार नहीं देखूँगा, सुमंगले! वृथा जन्म नहीं लिया मानव-शरीर में। वृथा अवतरित नहीं हुआ हूँ धरा पर।...कुछ विशिष्ट प्रयोजन पूर्ण करना होगा...''

पांचाली रोमांचित हो उठी पुनः, ''क्यों नहीं इनका मूलोच्छेदन कर देते अपनी योगशक्ति से गोविन्द?''

''नहीं...कृष्णे...योगशक्ति का प्रयोग मैं जब-तब नहीं करता। शक्ति संचित रहनी चाहिए। उसका दुरुपयोग अथवा अपव्यय नहीं होना चाहिए।... भारती! मैं योगशक्ति से मारता नहीं...जिलाता हूँ! योगशक्ति को पुनर्जीवित करने हेतु प्रयुक्त करता हूँ...।''

''किसको पुनर्जीवित?''

''जब जिसकी आवश्यकता हो। जो अधर्म से मारा गया हो।...भविष्य बताएगा!...मैं योगशक्ति से नहीं मारता। लोकशक्ति से मारता हूँ!...''

''लोकशक्ति से?''

''हाँ!...ताकि अधर्मी अपने कर्मों के फलस्वरूप ही मृत्यु प्राप्त करे। केवल निमित्तमात्र खोजना होता है। उपयुक्त निमित्त उपलब्ध होना चाहिए!...'' वे सोचते हुए मौन हो गये कुछ दीर्घ समय के लिए।

''निमित्त प्राप्त कर लेने के उपरान्त...क्या होगा केशव?''

''यही ।...धर्म की पुनःस्थापना, धर्म का पुनरभ्युदय। साधुओं-सज्जनों की दुःखमुक्ति। दुष्टों का विनाश। अधर्मियों को दण्ड। नैतिकमानदण्डों की पुनःस्थापना... नैतिक मूल्यों की पुनःस्थापना।...कृष्णे! बोल, तू बनेगी मेरी सहयोगिनी?'' देवकीनन्दन श्रीकृष्ण की गहन दृष्टि एकटक पांचाली का अन्तस्तल तक भेद गयी।

''आपकी सहयोगिनी?'' वह चकित थी।

''हाँ!...मैंने तेरा चयन किया है। धर्मध्वजा को उठाकर चलनेवाला व्यक्ति शक्तिवान और सबल होना चाहिए। तू चल सकेगी कर्मपथ पर—बिना गिरे...बिना झुके?''

वह विस्फारित नेत्रों से उन्हें अपलक निहारती रह गयी।

''माधव!...बताते नहीं...आप वास्तव में अवतार हैं?...अवतार पुरुष हैं क्या?'' नितान्त अबोध बालिका-सी वह शंकालुमना विस्मित हो सन्देह से दुहरा बैठी अपना प्रश्न।

उत्तर में मिला—वही...तरल-सरल...कल-कल यमुना-सा निर्मल शीतल हास्य।

वह संकुचित हो उठी। कैसा मूर्खतापूर्ण प्रश्न बार-बार किये जा रही है वह! वासुदेव के चमत्कार, योगशक्ति एवं अलौकिक विभूति के कितने दृष्टान्त बिखरे पड़े थे। उसने अपने शंकालु मन को तुरन्त साध लिया। गम्भीर हो गयी।

"वार्ष्णेय!...मैं तो कृतकृत्य हो गयी आपकी कृपा से...किन्तु मैं...अकिंचन हूँ।...क्यों भूले जा रहे हैं अपनी प्राणवल्लभा, वृन्दावनवासिनी, अपनी आराधिका श्री राधिका को राधाधिराज?"

"राधारानी का उल्लेख आज बहुत हो गया।...क्यों व्यथित करती है कृष्णे? ज्ञानवती होकर भी...

स्वे स्वे कर्मण्यभिरतः संसिद्धिं लभते नरः।
स्वकर्मनिरतः सिद्धिः यथा विन्दति तच्छृणु॥

"भारती! प्रत्येक का अपना निर्दिष्ट कर्म है—उसके स्वभाव के अनुरूप, चरित्र-गुण के अनुरूप। सबका अपना-अपना धर्म है। राधा का कार्यक्षेत्र पृथक् है। उसका धर्म पृथक् है, कर्म पृथक् है। राधा ने जगत् को भक्ति का सन्देश दिया है। भविष्य में भी वह भक्ति की ही स्रोत रहेगी, प्रेरणा बनी रहेगी। भक्ति का दायित्व राधिका ने जिस परिपूर्णता से निर्वाह किया है, मैं उससे चकित हूँ, यह दृष्टान्त अनुपम है, अद्वितीय है।...किन्तु अब मुझे चाहिए द्रौपदी, जो जगत् को शक्ति का सन्देश दे सके। उनको, जो धर्मानुयायी होते हुए भी दुर्बल हैं...जो योग्य होते हुए भी अकर्मण्य हैं, ऐसे दिशाहारे भ्रमित जनों में शक्ति संचार करने हेतु। जो धर्मरत हैं किन्तु कर्मरत नहीं—उनको शक्ति का सन्देश, ओज का सन्देश, कर्तव्य का सन्देश देने का दायित्व तुझे सौंपना चाहता हूँ। तेरे अन्दर वह प्रखरता, बुद्धिमत्ता, साहस, शौर्य एवं विलक्षण तेज है जो समूचे विश्व को दहका उठे!...बोल कृष्णे...कर सकेगी मेरे साथ धर्मस्थापना का पुण्य कर्म?"

नवीन विषयवस्तु! नवीन विचार! अपने अन्तर् की ये बातें वासुदेव किसी से नहीं कहते जो आज उससे कह रहे थे। वह अभिभूत थी।

"मैं तो मन्दबुद्धि हूँ, मधुसूदन।...अबला हूँ।...स्पष्ट बताएँ, क्या करना होगा?"

"विद्रोह !" गम्भीर पौरुषपूर्ण स्वर गरज उठा जैसे।

झन्न से रोमांचित हो उठा उसका तन-मन। कदम्बपुष्प-सा सम्पूर्ण तन में स्फुरण हो उठा उस शब्दध्वनि से—विद्रोह!!

"और भारती! तू अबला नहीं! तुझे सबला बनाकर प्रस्तुत करूँगा! तुझमें शक्ति का अथाह स्रोत है। तुझे द्वापरयुग की सर्वाधिक शक्तिशाली महिमामयी नारी बनाकर प्रस्तुत करूँगा विश्व के समक्ष।"

"वासुदेव...विद्रोह!" उसका तनमन इस शब्द से झंकृत था अभी तक।

"हाँ भारती! विद्रोह!...मैं जन्मजात विद्रोही रहा। निरंकुशता के विरुद्ध, आततायी शासकों के विरुद्ध। दमन एवं अत्याचार के विरुद्ध। शोषण एवं उत्पीड़न के विरुद्ध। सिद्धान्तहीनता व अधर्म के विरुद्ध। अन्याय एवं स्वेच्छाचारिता के विरुद्ध। देखा नहीं,

कंस ने क्या दुर्दशा कर रखी थी अबोध निरीह ब्रजवासियों की ?...मधुपुरी के तपोनिष्ठ ब्राह्मणों की ?...उनको मैंने संगठित किया...नेतृत्व दिया...तो वे निःशस्त्र ग्रामीण, वे गोप-ग्वाले कितने शक्तिशाली सिद्ध हुए !...और विद्रोह सफल हुआ।..."

"माधव, दुर्गम से दुर्गम पथ पर भी चल सकूँगी, शक्ति तो आपकी ही रहेगी। बल आपसे मिलेगा। पथप्रदर्शक, मार्गदर्शक तो माधव हैं ! आप ज्योतिस्तम्भ-सम साथ रहेंगे तो अन्धकार में भी धर्मध्वजा उठाकर चल सकूँगी। नत न होने दूँगी !..."

"मैं तो सदा साथ रहूँगा, भारती !...किन्तु मात्र मेरे साथ रहने से तू पूर्ण मनोयोग से कर्म न कर सकेगी..."

बात पूरी भी न हो पायी कि पांचाली तड़प उठी दर्प से।

"ऐसा न कहें माधव !...ऐसा आक्षेप न लगाएँ कि मैं पूर्ण मनोयोग से आपका बताया कार्य न कर सकूँ..."

"अरे ! अरे !...बिना समझे कुपित होकर उत्तेजित हुए जा रही है ! बता तो तू प्रस्तरशिला है क्या ?...होगी तू प्रस्तरशिला। किन्तु मेरा सखा तो विकल हो जाएगा तेरे बिना ! वह तो निश्चित रूप से पाषाण नहीं।...पार्थ को छोड़कर कर्मरत हो सकेगी !...नहीं कृष्णे ! तू शिला नहीं, तू अहल्या है। अभी तो कह रही थी कि मन की नारी नहीं मार पायी। पार्थ को कैसे छोड़ देगी फिर ?...इसलिए पार्थ को भी साथ रखूँगा इस पुनीत अभियान में !"

पांचाली का उद्वेलित मन शान्त हुआ समझकर, "पांचाली ! सुमना !...पार्थ के तीर न होंगे तो अधर्मियों को मारेगा कौन ? मैं तो मारूँगा नहीं ! योगशक्ति प्रयुक्त नहीं करूँगा ! लोकशक्ति से ही विनाश होगा उनका। अर्जुन धर्मात्मा हैं। वे धर्मरथ पर आरूढ़ होंगे। मैं तो मात्र सारथी बना रहूँगा। मैं संचालन करूँगा, कर्म वे करेंगे। मैं तर्जनी से इंगित मात्र करूँगा, अर्जुन वध करेंगे।"

"और मैं ?" उसने उत्कण्ठा से पूछा !

"तू !...अरे तेरे तो नानाविध कार्य होंगे...विविध प्रकार के। कभी भीमसेन की हुंकार बनना, तो कभी गाण्डीव की टंकार !...कभी भर्त्सना, तो कभी चुनौती ! कभी रणभेरी, तो कभी रणचण्डी !...कभी बन उठना मेरे पांचजन्य का रोमहर्षक उद्घोष...तो कभी वैजन्यती-पताका ! किन्तु सदा, हर स्थिति में निरन्तर फहराती रहना !...समझ ले, श्वेतवाहन के श्वेत अश्ववाले धर्मरथ पर सतत फहराती ध्वजा है तू !..."

कुछ सोचकर अचानक पांचाली का आश्चर्यपूरित हास्य कलकल निनादिनी-सा गुंजरित हो उठा।

"अहो माधव ! श्वेतवाहन ! अर्जुन के रथ पर लगी ध्वजा में तो कपिराज बैठे हैं...उन्हें हटाकर, वहाँ मुझे बिठाकर क्या ?..."

"हाँ-हाँ, वानरी बना दूँगा तुझे !" और वासुदेव भी हँस पड़े वेग से।

"कभी-कभी तुझे वानरी भी बनना होगा नहीं तो किट-किटाएगा कौन शत्रुओं

पर ?...बीच-बीच में क्रोध से किटकिटा-किटकिटा पड़ना दुष्टों पर!...हाँ, अपने प्रियतम पर भी किटकिटाती रहना बीच-बीच में—बस। फिर पार्थ सही मार्ग पर लगा रहेगा..." और दोनों ऐसे रोचक दृश्य की कल्पना करके पुनः हँस पड़े।

"लेकिन केशव!...आप तो रथसारथी और ध्वजा और शत्रु का ऐसा वर्णन कर रहे हैं जैसे हम सब किसी युद्धक्षेत्र में हों...तो क्या युद्ध होगा... ?"

"हाँ!"

"नरसंहार ?"

"अवश्य!"

"तो मुझे नरसंहार का निमित्त बनाएँगे लीलामय ?...रक्तपात का हेतु ?" वह भय एवं आशंका से विचलित हो उठी।

"क्यों ज्ञानमयी पण्डिते!...यदि धर्म की रक्षा हेतु नरसंहार करना पड़े तो आपत्ति क्या ?...कंस और शिशुपाल का वध नहीं किया मैंने धर्महेतु ? तो धर्म-संस्थापना कैसे हो सकेगी ? धर्म के पक्ष में अधर्मियों का वध अनिवार्य हो जाये तो क्या अनुचित है ?"

"नहीं, अनुचित नहीं।...धर्म के लिए सब स्वीकार्य है। व्यक्तिगत सुख-दुःख कुछ भी नहीं, माधव! धर्म के अभ्युत्थान के लिए सम्पादित कर्म-शृंखला तो कर्म-गंगा की भाँति निर्मल है। उसमें वध भी पवित्र है। धर्म सर्वोपरि है, धर्म सर्वस्व है...!" गम्भीर तेज से उस भारती का दिव्य ललाट चमक उठा।

"साधुवाद! साधुवाद! धन्य है तू भारती! महान् है तू कृष्णे!...मुझे तुझसे यही आशा थी। मेरा अटूट विश्वास है तुझ पर!" कहते-कहते वसुदेवनन्दन श्रीकृष्ण की वाणी स्नेहसिक्त हो आयी, नयन सजल-तरल हो उठे। तभी उनकी दृष्टि पड़ी अर्जुन पर।

"वह देख, आया तेरा प्रियतम...गाण्डीवधारी धनंजय।"

पांचाली ने बिना समझे मुड़कर देखा—खड़े थे आर्य अर्जुन विशाल देवदार वृक्ष सम। याज्ञसेनी के स्निग्ध कपोल-सरोवर में गुलाबी सन्ध्या उतर आयी छपाक् से। लीलामय ने देखा। मुदित हो मन-ही-मन मुस्कराये।

"सखा फाल्गुन!...यह जो मेरी सखी...और तुम्हारी प्राणवल्लभा है न...बड़ी विचित्र है!"

"क्यों वासुदेव ?" फाल्गुन परिहासपूर्ण वातावरण का आभास पा मुस्करा उठे।

"अरे! यह यज्ञकुण्ड से उत्पन्न याज्ञसेनी अग्निज्वाला है—अग्निज्वाला! मुझे किंचित् भी सन्देह नहीं, यह इतनी प्रखर है कि अवश्य यह महाभारत रचाएगी।"

"महाभारत!" अर्जुन के मुख से विस्मय से निकला।

"महाभारत! वह क्या जनार्दन ?" द्रौपदी ने उत्कण्ठा से पूछा।

"महाभारत अर्थात् महायुद्ध।"

"युद्ध होगा क्या ?" अर्जुन ने पूछा।

"निश्चय! भरतवंशियों में परस्पर युद्ध होगा। कुरुवंश के बन्धु-बन्धु में युद्ध

होगा। गुरु और शिष्य में युद्ध होगा। ज्येष्ठ और कनिष्ठ में युद्ध होगा। वृद्ध और युवक में युद्ध होगा। कौरवों और पाण्डवों में युद्ध होगा। भारत और भारत में युद्ध होगा। महायुद्ध—महाभारत!''

''ऐसा न कहें वासुदेव!...अत्यन्त दारुण कल्पना है। त्रासदायी है...'' अर्जुन ने कानों पर हाथ रख लिये विचलित हो।

''विजय किसकी होगी?'' सीधा-सपाट प्रश्न था द्रौपदी का, जो स्थिर दृष्टि से अपलक जनार्दन को देख रही थी।

''तुम्हारी। कृष्णा की विजय! पाण्डवों की विजय! कौरवों का सर्वनाश होगा।''

''न कहें जनार्दन, ऐसा न कहें, ऐसा न कहें!...ऐसा न कहें...!'' अर्जुन कान बन्द किये, नेत्र मूँदे नकारात्मक रूप से व्याकुल हो शीश हिला रहे थे।

''होगा ऐसा ही!...याज्ञसेनी पाण्डवगृह की अखण्ड ज्योति है। उसका निरादर जो करेगा, वही भस्म होगा!''

अर्जुन आतंकित थे, विचलित थे। वे अभी भी नेत्र मूँदे भयभीत हो शीश हिला रहे थे। श्रीकृष्ण ने विषय विषयान्तर कर दिया।

''किन्तु पार्थ!...यह कृष्णा केवल अपनी प्रखरता, बुद्धिमत्ता एवं साहस के ही कारण अद्‌भुत नहीं है...!''

अर्जुन मुस्कुराये। श्रीकृष्ण पूर्व विषय पर आ गये थे। अपनी सखी को छेड़ना चाहते थे।

''तो और किस अर्थ में द्रौपदी अद्‌भुत है गोविन्द?''

''यह अग्निज्वाला...अक्षतज्वाला है। इसके क्रोध में समूचे विश्व को भस्म कर डालने की शक्ति है। बड़ी निडर व्याघ्रनी है। समूचे विश्व के समक्ष तो यह गर्व से तनी, निर्भीक सिंहनी-सी गरजती फिरती है...लेकिन अपने प्राणवल्लभ नर-शार्दूल धनंजय के निकट आते ही रूप बदल, भयातुर हिरनी बनकर कातर दृष्टि से तुम्हें निहारने लगती है। तुम्हारा स्नेह पाने को नील लोचनों में याचना-भाव लिये कैसी भोली-भाली मृग बन जाती है!''

अर्जुन ने मुस्कराते हुए बंकिम दृष्टि डाली द्रौपदी पर। उस समय तो पावस ऋतु थी। शाल्मली पुष्प तो खिले नहीं थे कहीं। किन्तु याज्ञसेनी के मृदुल कपोलों पर न जाने कहाँ से शाल्मली के गुच्छे-गुच्छे रक्तकुसुम झूल उठे।

वसुदेवनन्दन श्रीकृष्ण एवं उनके परमप्रिय सखा धनंजय उन्मुक्त अट्टहास कर रहे थे। अट्टहास छा गया था महाकाश पर—रसपूरित महाजलद-सा। अट्टहास गुंजरित हो गया—प्रासादों, महलों, अट्टालिकाओं में। सेवक, परिचारक, दासी झुण्ड-के-झुण्ड गवाक्षों-वातायनों से देख रहे थे। अट्टहास संगीत हो गया था...गीत हो गया था। श्रीकृष्ण हँस रहे थे। हर्षोन्मादित मयूर नृत्य कर उठे थे। मेघ मृदंग बजा रहे थे। पीतवर्णी उत्तरीय पवन में फरफरा रहा था। श्रीकृष्ण हँस रहे थे। वैजयन्तीमाला कण्ठ में झूली-

झूली पड़ रही थी। रत्नजटिल किरीट जगमगा रहा था। गुच्छे-गुच्छे मयूरपंख हो रहे थे हिलमिल-झिलमिल हिलमिल-झिलमिल!...लीलामय हँस रहे थे। विश्व प्रसन्न था। सृष्टि मुदित थी। महाप्राण श्रीकृष्ण लीलामय हँस रहे थे।

4. विरह पर्व

सन्ध्या हो चुकी थी। इन्द्रप्रस्थ में दीपक जल चुके थे। महारानी द्रौपदी उस समय महाराज युधिष्ठिर के साथ बैठी हुई थी। युधिष्ठिर अपनी प्रिय पुराणगाथा सुना रहे थे। महारानी दत्तचित्त सुन रही थीं। सुन ही नहीं रही थीं, बीच-बीच में अपनी शंकाएँ एवं तीक्ष्ण आलोचनाएँ भी प्रस्तुत करती जा रही थीं। तभी अचानक बाहर कोलाहल सुनाई दिया।

"बचाओ! बचाओ!! दस्युगण मेरी गौएँ चुराये ले जा रहे हैं...महाराज युधिष्ठिर, बचाओ...अरे वीरवर अर्जुन! रक्षा करो!" एक ब्राह्मण पुकार रहा था।

युधिष्ठिर ने सुना किन्तु विरक्त-से बैठे रहे। बल्कि विराट उपधान से और भी टिक गये। अवश्य ही उनका कोई पराक्रमी अनुज ब्राह्मण की समस्या सुलझा देगा। वे निश्चिन्त थे। किन्तु द्रौपदी व्यग्र हो उठी। एक दु:खी ब्राह्मण पुकार रहा है और राजन्य निश्चिन्त हो पुराणकथा सुना रहे हैं! उसका मन पुराणगाथा से विमुख हो चला। वह स्वयं कर्तव्यपरायण एवं कर्मनिष्ठ थी। जो प्रात: सर्वप्रथम जागनेवाली और दिन भर गृहप्रबन्ध, राज्य-कार्य, दान-दक्षिणा, सेवक-परिचारक की देखभाल करती और रात्रि में सबसे बाद शयनकक्ष में आती—वह कर्तव्य की उपेक्षा भला कैसे सह पाती? युधिष्ठिर की इस कर्तव्य-उदासीनता की वह शाश्वत आलोचक थी। वैसे उसने स्थिति से बहुत समझौता कर लिया था। मन के स्वामी अभी भी सव्यसाची अर्जुन ही थे। किन्तु अर्जुन के अपार-अथाह स्नेह में वह डूब गयी थी। सदा नेहभीगी रहती, प्रीतिछकी रहती। उसका मन तृप्त था अत: अन्तर की कटुता भी शान्त हो चली थी। वह स्फूर्ति एवं कर्म की मूर्ति बन गयी थी। परम स्नेहशीला, दानशीला महारानी को पाकर इन्द्रप्रस्थ की प्रजा एवं राजमहल के परिचारक, दास-दासी आदि धन्य हो गये थे। उसे सेवा में आनन्द आता। कर्म में आनन्द आता। अत: अन्य पतियों की सेवा में आनन्द-लाभ करने लगी थी। भले ही वह कर्तव्य अथवा धर्म के नाते ही करती किन्तु इस पूर्णता के साथ

करती कि सभी पति मुग्ध थे। कितना सम्मान करते थे उसका!

ब्राह्मण देवता का स्वर उग्र हो उठा था और वह क्रोधभरे स्वर में चिल्ला रहा था—

"राजन्!...महाराज युधिष्ठिर! क्यों, भूल गये क्या कि जो राजा आय का छठा भाग कर रूप में ले लेता है किन्तु प्रजा को रक्षा प्रदान करने में असमर्थ रहता है, वह अधर्मी है, पापाचारी है...और ऐसा राजा नरक का अधिकारी है?"

"शान्त...शान्त...विप्रदेव! शान्त हो!...मुझे बताएँ ब्राह्मण देवता! क्या कष्ट है? मैं आपकी सेवा का लाभ लेने खड़ा हूँ..." यह सव्यसाची का प्रशान्त एवं गम्भीर स्वर था। पांचाली जानती थी—सव्यसाची ही सर्वाधिक धर्मनिष्ठ हैं, वे ही ब्राह्मण देवता के गौधन के उद्धार हेतु उद्यत होंगे।

ब्राह्मण देवता गद्गद हो उठे। दूध के उबाल पर धनंजय के शान्त शब्दों ने शीतल जलबिन्दुओं का-सा कार्य किया।

"मैं जानता था, धर्म-रक्षा हेतु सव्यसाची ही भगवान की भाँति प्रकट होंगे। कुमार धनंजय की जय हो! वीरवर अर्जुन की जय हो! धनंजय! मेरी गौओं को दस्यु लिये जा रहे हैं... मेरा गोधन लुट रहा है...मेरी रक्षा करो!"

"आपका धन कोई नहीं लूट सकता विप्रवर, जब तक गाण्डीवधारी अर्जुन के तन में प्राण हैं। आप निश्चिन्त हों, मैं अभी चलता हूँ।"

धर्मराज युधिष्ठिर की पुराणगाथा निर्विकार भाव से चलती जा रही थी। किन्तु पांचाली के लिए उसकी रोचकता नष्ट हो गयी थी। वह सुन रही थी, पुराणगाथा नहीं, अर्जुन एवं विप्रवर के संवाद। अचानक दृष्टि गयी भित्ति पर टँगे विभिन्न अस्त्र-शस्त्रों पर। और वह अकुला उठी : शस्त्र तो यहाँ हैं! तो वीरश्रेष्ठ अर्जुन दस्युओं का सामना कैसे करेंगे? क्या वे यहाँ आकर शस्त्र लेंगे?

तभी दिखाई दी द्वार के पास की भित्ति पर एक दीर्घकाय आकृति की छाया। एक हाथ लम्बा कर द्वार पर टिकाये, असमंजस की स्थिति में जैसे कोई खड़ा हो। छाया की तीक्ष्ण नासिका, आजानबाहु एवं शालस्कन्ध से समझ गयी—धनंजय ठिठके खड़े हैं।

कैसा धर्मसंकट! कैसी विडम्बना! उनके समस्त अस्त्र-शस्त्र तो इसी प्रकोष्ठ में हैं जहाँ उनके अग्रज पत्नी से एकान्त में चर्चा कर रहे हैं! अर्जुन गहन अन्तर्द्वन्द्व के पाश में आबद्ध थे। ब्राह्मण एवं गौ की रक्षा करना राजधर्म एवं क्षत्रिय धर्म का मूलमन्त्र है। उसकी उपेक्षा कैसे की जा सकती है? यदि शस्त्र लेने कक्ष में घुसते हैं जहाँ ज्येष्ठभ्राता पत्नी के साथ एकान्त-लाभ कर रहे हैं...तो वह भी अनुचित है, अशिष्टता है।...किन्तु यदि ब्राह्मण-धन की रक्षा न हुई तो महाराज युधिष्ठिर पर कर्तव्यविमुखता का कलंक लगेगा, राजा पाप के भागी होंगे, प्रजा में असन्तोष होगा, विप्रवर कुपित हो जाएँगे। महाराज युधिष्ठिर एवं राजपरिवार को शाप दे सकते हैं...धर्मरक्षा हेतु यदि शस्त्र लेने को प्रकोष्ठ में प्रवेश करते हैं तो मुनिवर नारद के बनाये नियमानुसार उन्हें स्वयं बारह वर्ष

का वनवास सहना होगा। अर्जुन विडम्बना के मारे खड़े थे।

द्रौपदी प्रकोष्ठ में बैठी विचलित हो रही थी। दाहिना नेत्र फड़क उठा आशंका से। क्या होनेवाला है ? युधिष्ठिर कथा सुनाते-सुनाते स्वयं उकता गये थे। वे भाँप गये, द्रौपदी का मन कहीं और है। उपधान से टिककर पाँव फैला लिये उन्होंने। मुनिवर नारद ने जब नियम बनाया था तभी द्रौपदी तीव्र विरोध कर उठी थी किन्तु पुनः उसका विरोध दब गया, क्योंकि वह एकाकिनी थी। मुनिवर ने सुन्द-उपसुन्द असुर भाइयों की कथा सुनायी थी कि किस प्रकार प्रारम्भ में वे एक-दूसरे को प्राणों से भी अधिक स्नेह करते थे; किन्तु तिलोत्तमा अप्सरा के प्रेम में दोनों ही पागल हो उठे और उस प्रकार नारी-प्रेम में फँसकर दोनों एक-दूसरे के प्राण ले बैठे। देवर्षि नारद चिन्तित थे—कहीं इसी प्रकार नारी के कारण पाँचों परम स्नेहशील पाण्डुनन्दनों में भी फूट न पड़ जाये। अतः उन्होंने नियम बना दिया—द्रौपदी एक-एक वर्ष के लिए एक-एक पाण्डव-भाई के साथ रहे, ताकि परस्पर ईर्ष्या एवं स्पर्धा की सम्भावना न रहे।

उन्होंने पाण्डवों को इस नियम का कठोरता से पालन करने को कहा। एक भाई जब पत्नी के साथ नियमवत् एकान्त-लाभ कर रहा हो तो दूसरा कोई भाई वहाँ न जाये। यदि कोई भाई संयोगवश अथवा स्वेच्छा से पति-पत्नी का एकान्त भंग करेगा तो वह अपराधी होगा और उसे दण्डस्वरूप बारह वर्ष वनवास में बिताने होंगे। पांचाली प्रकोष्ठ के भीतर चिन्तामग्न थी। धनंजय प्रकोष्ठ के द्वार पर चिन्तामग्न थे।

किन्तु ब्राह्मण के धन-अपहरण का अपयश अधिक घातक होगा। पूरे राज्य-परिवार पर उसका प्रभाव पड़ेगा। पति-पत्नी के एकान्त भंग से केवल मुझे ही दण्ड मिलेगा—अर्जुन सोच रहे थे। स्वयं बारह वर्ष का दण्ड सहना उचित है किन्तु प्रजा की रक्षा तो किसी भी स्थिति में होनी ही चाहिए। प्रजा की, ब्राह्मण की और गौ की रक्षा सर्वोच्च धर्म है। यही कर्तव्य है।

और अर्जुन ने अनुमति माँगते हुए प्रकोष्ठ में प्रवेश किया। ठीक उसी समय युधिष्ठिर ने अनुराग से अपना हाथ द्रौपदी की पीठ पर रखा। वह सिहर उठी। अस्तव्यस्त-सी हो उठी। युधिष्ठिर का स्पर्श किसी दंश से कम प्रतीत नहीं हुआ उस समय। सव्यसाची धीमे से नीचे दृष्टि किये आये और अस्त्र-शस्त्र लेकर तुरन्त नीची दृष्टि डाले ही चले गये। युधिष्ठिर द्रौपदी को देखते रह गये। उनके अधर का दाहिना कोना थोड़ा अन्दर की ओर दबा। चिबुक एवं नासापुट फड़के और नेत्रों के कोनों में चिरपरिचित एक भूरा-सा ईर्ष्याभाव तैर गया।

पांचाली का मन झंझा में पड़े अश्वत्थ पत्र-सा आन्दोलित हो उठा। वह पूरी सन्ध्या दुश्चिन्ताओं और आशंकाओं में व्यतीत हुई।

तदुपरान्त जब सुदूर अंचल से पधारे श्रेष्ठ कलाकार वीणावादन प्रस्तुत कर रहे थे, समूचा प्रकोष्ठ संगीतमय था और दीपशिखाएँ तक झंकृत थीं तब भी पांचाली प्रस्तर शिला-सी बैठी थी निश्चल। सहसा वीरवर अर्जुन की गगनभेदी जय-जयकार से

उसका तन-मन झंकृत हो उठा। वे प्रजा को दस्युओं से निर्भय करके लौट आये थे। राजद्वार पर ब्राह्मण एवं प्रजाजनों की भीड़ लगी थी। अर्जुन की जय-जयकार के साथ पांचाली का अपना अनोखा तादात्म्य था। वह क्षणभर को उल्लसित हो उठी। अर्जुन की प्रशंसा जैसे उसकी अपनी उपलब्धि थी।

तभी पार्थ ने पुन: प्रकोष्ठ-द्वार पर खड़े हो प्रवेश की अनुमति माँगी।

"मुझे क्षमा करें, महाराज!"

"क्यों, क्या हुआ पार्थ?" युधिष्ठिर ने पूछा।

"अधर्म हुआ। मैं प्रायश्चित्त के लिए प्रस्थान करने की अनुमति लेने आया हूँ।"

द्रौपदी के मुखमण्डल पर विषाद की गहरी छाया डोल गयी। स्पन्दन तीव्र हो उठा।

"कैसा अधर्म? कैसा प्रायश्चित्त पार्थ?"

"महाराज! महर्षि नारद के बनाये हुए नियम का मुझसे उल्लंघन हुआ। विवशता में ही हुआ। किन्तु धर्मपालन हेतु, प्रजापालन हेतु मेरा प्रकोष्ठ में प्रवेश करना अनिवार्य हो गया था। आप देवी द्रौपदी से वार्तारत थे। मुझसे एकान्त भंग हुआ। नियम भंग हुआ। मैं क्षमाप्रार्थी हूँ।"

युधिष्ठिर मौन थे। अनिर्णय की अवस्था में सदा की भाँति अपने दोनों हाथ परस्पर मल रहे थे। जितनी उनकी व्यग्रता बढ़ती, हाथों की गति उतनी ही बढ़ जाती।

"किन्तु आर्यपुत्र! आपने तो धर्म का पालन किया। ब्राह्मण एवं गौ की रक्षा करना तो क्षत्रिय का सबसे बड़ा धर्म है, सर्वोच्च कर्तव्य है। अधर्म कहाँ हुआ आपसे? यदि आप शस्त्र न ले जाते एवं विप्रवर के गो-धन की दस्युओं से रक्षा न करते तो महाराज (युधिष्ठिर) को घोरतम पाप का भागी होना पड़ता। राजा होने के नाते प्रजा की रक्षा करना उनका परम कर्तव्य है। आपका आचरण तो नीति के अनुकूल ही हुआ है, प्रतिकूल नहीं।" पांचाली अपने उद्वेलित, फड़फड़ाते हृदय को थामे किसी प्रकार कह रही थी।

"हाँ! स्यात् देवी का ही कहना उचित है!" युधिष्ठिर निढाल स्वर में बोले।

"किन्तु नियम-भंग का दोषी तो मैं हूँ ही। अग्रज के समक्ष अपराधी हूँ और दण्ड का पात्र हूँ!"

अर्जुन की इस अतिशय विनय से पांचाली भावाकुल हो उठी।

"किन्तु धर्मराज! व्यक्तिगत सुख का त्याग परिवार के लिए, पारिवारिक सुख का त्याग ग्राम के लिए, ग्राम के सुख का त्याग नगर के लिए एवं नगर के सुख का त्याग राज्य के लिए करना ही स्वर्णिम सिद्धान्त है। पारिवारिक नियम उतना महत्त्वपूर्ण नहीं जितना महत्त्वपूर्ण राज्य की सुरक्षा का प्रश्न है। ब्राह्मण एवं गौ की रक्षा करना तो राजधर्म का शिरोमणि सिद्धान्त है। महान् कर्तव्य के लिए लघु कर्तव्य का त्याग अनुचित नहीं।" उसने सीधे-सीधे अब धर्मराज को ही सम्बोधित किया। उसके दृढ़ स्वर में

वेदनाकुल कम्पन स्पष्ट था। वह धर्मराज के मुख पर खुले स्वर में अर्जुन के पक्ष में तर्क कर रही थी।

"देवी उचित कहती हैं।" युधिष्ठिर पुनः अनमने स्वर में धीमे से बोले।

"किन्तु मेरा वनवास को न जाना एक बुरा दृष्टान्त होगा जो मैं नहीं चाहूँगा। आजीवन लोक आक्षेप लगाता रहेगा। स्वयं भी आजीवन अपराधी अनुभव करता रहूँ, उससे अधिक उचित होगा, मैं एक बार कष्ट सहकर प्रायश्चित्त कर आऊँ। प्रायश्चित्त के लिए गंगाद्वार श्रेष्ठ स्थल है।...मुझे आज्ञा दें महाराज!"

द्रौपदी कुछ और बोल पाती कि उसके पहले ही निद्रा के वशीभूत होते हुए धर्मराज ने झटके से अपना संकोच और मन का भार हटा दिया—

"जाओ पार्थ! शायद यही उचित होगा। देश-विदेश में घूमोगे, सम्पर्क बढ़ेगा। अपने राज्य के सम्बन्ध अन्य राज्यों से सुदृढ़ करने का प्रयास करना। जाओ धनंजय! अभी जाकर विश्राम करो। कल प्रस्थान करना!"

पांचाली विस्फारित नयनों से कोमलहृदय युधिष्ठिर की कठोरता देखती रह गयी।

बारह वर्ष की लम्बी अवधि के लिए धनंजय पांचाली से विदा लेने आये थे। प्रथम बार इतने दीर्घ समय के लिए पांचाली से विलग होते पार्थ विचलित थे। यह तो युग-वियोग-सा होगा। उनके पास कुछ कहने को न था। वाणी अवरुद्ध थी। भाव भरे से बैठे थे मौन...नतनयन।

पांचाली ही बोली, "इतने सहृदय, दयालु एवं धर्मप्राण कोमलहृदय महाराज इतने कठोर भी हो सकते हैं, मैं नहीं समझ पायी थी। स्वयं के अनुज को बारह वर्ष का वनवास, जबकि आपने उनके हित में—उनके धर्म की रक्षा में ही कार्य किया! अन्यथा पाप राजा को ही लगता।...कैसा निर्मम दण्ड! कैसा कठोर दण्ड! कैसा निठुर है मन धर्मराज का!..."

अर्जुन ने धीरे-धीरे सिर उठाया। वातायन से दूर क्षितिज की ओर अपलक खोये से देखते हुए बोले, जैसे स्वयं से कह रहे हों—

"धर्मराज को दोष न दो, पांचाली! उन्होंने तो एक बार रुकने को कहा भी था। किन्तु नियमपालन की अवहेलना नहीं होनी चाहिए। यदि अवहेलना करता तो मुझे अपयश मिलता, शायद तुम्हें भी। और आगे भविष्य में इसी बात को लेकर कौन, कब, क्या कहता मेरे लिए अथवा तुम्हारे लिए? यह एक बुरा दृष्टान्त भी होता। किसी की बात सुनने से अच्छा है, मैं चला जाऊँ। स्मरण रखो, यह नियम महर्षि नारद ने बनाया था!...देवर्षि की आज्ञा की उपेक्षा का साहस क्या हममें से किसी में है?"

"कैसा कठोर नियम! निर्ममतापूर्ण! आर्यपुत्र! किस-किस प्रकार स्वयं से संघर्ष

कर-करके मैंने अपनी स्थिति से सामंजस्य किया है, वह मैं ही जानती हूँ। महर्षि नारद ने मुझे चार वर्ष के लिए आपसे दूर कर दिया, मैंने हृदय पर पाषाण रखकर सह लिया। पूरे चार वर्ष की दीर्घ तपस्या के बाद आपकी सेवा का अवसर पाती हूँ।...

"किन्तु मैंने स्वल्प से ही सन्तोष करना सीख लिया। आपके दर्शनमात्र से ही स्वयं को धन्य मानती रही हूँ। आपसे थोड़ा-सा भी स्नेह पाकर मैं गद्‌गद हो जाती हूँ। इसीलिए अन्य पाण्डुनन्दनों की भरपूर सेवा भी कर पाती हूँ। और अब यह कठोर परीक्षा! चार वर्ष के वियोग को खींचकर अब बारह वर्ष के वियोग में बढ़ा दिया!" प्रकम्पित दीपशिखा-सी उसकी वाणी कँपकँपाती हुई अवरुद्ध हो गयी।

"धर्म सर्वोपरि है पांचाली, यह तो तुम मुझसे अधिक समझती हो। तुम्हारी अधीरता मुझे और विचलित कर देती है। तुम्हें कातर देख मेरा मन भी कातर हो उठता है। किन्तु केवल भावात्मक पक्ष ही नहीं, व्यावहारिक पक्ष भी देखो। एक छोटी-सी बात के लिए आजीवन व्यंग्योक्तियाँ सुनने का धीरज मुझमें अथवा तुममें रहेगा क्या? तुम साहस न दोगी तो क्या मैं इस दीर्घ प्रयाण पर जा सकूँगा? तुम जानती हो, तुम मेरा कितना बड़ा अवलम्ब हो। आधारस्तम्भ हो। तुम्हारा यह विचलित मन जब-जब एकान्त में स्मरण आएगा, बहुत कष्ट दे जाएगा रानी!"

"लगता है, धर्मराज जानबूझकर आपको दीर्घ प्रवास हेतु निष्कासित कर रहे हैं। आर्यपुत्र! आपकी अनुपस्थिति में मैं बड़ा असुरक्षित अनुभव करती हूँ। कहीं कुछ अघटनीय न घट जाये! बारह वर्ष! अहो...कितना लम्बा! युग जैसा वियोगकाल!" पांचाली का हाथ अपने आन्दोलित हृदय पर था। कुछ क्षण वैसे ही बैठी रही।

"किन्तु...जब आर्यपुत्र मुझे स्वयंवर से लेकर आये थे, मैंने शपथ ली थी—मैं आपके कर्तव्यपालन में बाधक नहीं बनूँगी!...आज तक क्या मैंने आपके धर्मपालन में बाधा डाली?...भगवान् आपकी रक्षा करेंगे। आपकी जयपताका सदा अग्निशिखा-सी ऊर्ध्वमुखी बनी रहे। यश आपका चरण चूमेगा। जहाँ जाएँ, कीर्ति छोड़कर आएँ। मैं...अपलक...बारह वर्ष तपस्या करके बाट जोहती रहूँगी पार्थ!" पांचाली के विशाल दृगों में असंख्य मेघ उमड़-उमड़कर डबडबा रहे थे। वह स्वयं भी वैसी ही बैठी रही बिना हिले-डुले डबडबाये मेघ-सी भरी-भरी।

अर्जुन दीर्घ निःश्वास के साथ उठ खड़े हुए। विदा का समय हो चला था। हौले से उन्होंने अपनी प्राणवल्लभा का हाथ पकड़कर खड़ा किया। डबडबाये मेघ और भी डबडबा गये। और अन्त में सव्यसाची के शालस्कन्ध पर झुककर बरस ही पड़े।

दोनों मेघ-मेघ हो उठे। दोनों ही सजल जलद हो उठे थे। अन्तिम बार अर्जुन ने उसे कण्ठ से लगाया, आश्वस्त किया और कठोर गाम्भीर्य धारण कर बाहर निकल आये।

कुछ ही समय उपरान्त रथचक्रों की गड़गड़ाहट हुई। पांचाली वातायन से टिकी सजल नयनों से निहार रही थी। श्वेतवाहन के रथ पर कपिराज ध्वज फरफरा रहा था।

अर्जुन ने ऊपर देखा, मौन विदा ली और रथ चला गया, जैसे पथ पर से नहीं, पांचाली के मर्मस्थल पर से गड़गड़ाता हुआ धूल उड़ाता। वह निहारती रही, जब तक रथ छोटे से और छोटा, लघु से और लघु बिन्दु होता हुआ विलुप्त ही नहीं हो गया।

5. महाराज्ञी पर्व

पुष्प-लतिकाओं से चित्रांकित एक उच्च पर्यंक पर इन्द्रप्रस्थ की महारानी देवी द्रौपदी बैठी अपनी दिनचर्या के अनुसार राज-प्रबन्ध के विषय में विभिन्न जानकारी ले रही थीं। दोनों ओर विभिन्न मन्त्री, सचिव व अन्य अधिकारी खड़े थे।

"आज कितने ब्राह्मणों को दान-दक्षिणा दी गयी भद्र?" महारानी ने दृढ़ एवं अधिकारपूर्ण स्वर में पूछा।

"महाराज्ञी की जय हो! आज कुल एक सहस्र ब्राह्मणों को दान-दक्षिणा द्वारा आगामी तीन वर्ष के लिए चिन्तामुक्त कर दिया गया है।"

"उन्हें स्वर्णदान के अतिरिक्त... ?"

"हाँ देवी! आपके आदेशानुसार स्वर्णदान के अतिरिक्त स्वर्णविभूषित श्रेष्ठ गौएँ भी दान में दी गयी हैं।"

"यह एक श्रेष्ठ कार्य हुआ। और कितने स्नातकों ने आज भोजन पाया?"

"महाराज्ञी की कृपा से दो सहस्र स्नातक राजमहल में भोजन पाकर हर्षित हुए हैं।"

"और भिक्षादान?"

"देवी! दरिद्रों को अनाज वितरित कर दिया गया है व स्वर्णमुद्राएँ भी दी गयी हैं। वे प्रसन्न हैं और महारानी की जय-जयकार कर रहे हैं।"

"आषाढ़ लगभग व्यतीत हुआ जा रहा है किन्तु देवेन्द्र ने कृपा नहीं की... आगामी उपज तक महाराज युधिष्ठिर के भण्डारगृह की क्या स्थिति रहेगी?"

"चिन्ता की बात नहीं देवी! आपकी बतायी नीति के अनुसार पहले से ही पर्याप्त उपाय कर लिये गये हैं। अतिवृष्टि और अनावृष्टि जैसी प्राकृतिक आपदाओं का सामना करने का प्रबन्ध सुचारु रूप से कर लिया है। और फिर अनाज का संरक्षित विपुल भण्डार अभी तक ज्यों-का-त्यों है।"

"और पशु-धन के विषय में क्या समाचार हैं? उस नये गजरोग पर नियन्त्रण पा

लिया गया अथवा नहीं?''

''उसका निदान निकल आया है, महाराज्ञी! सातों रोगी गजों का उपचार कर लिया गया है। केवल पाँच हस्ती पूर्व में ही इस व्याधि से काल-कवलित हो गये थे!''

''और सुदूर गान्धार प्रदेश से आये श्याम अश्वों की गणना हुई?''

''महाराजकुमार सहदेव की देखभाल में गणना हुई है देवी! इन श्याम अश्वों की संख्या तीन सहस्र है देवी...कल से उन्हें अंकित एवं चिह्नित करने की प्रक्रिया भी प्रारम्भ हो जाएगी।''

''कोषाधिकारी कहाँ हैं?''

''मैं यह रहा महाराज्ञी! आपको प्रसन्नता होगी यह जानकार कि महापराक्रमी पाण्डुनन्दन महाराज युधिष्ठिर का कोष दिन पर दिन सम्पन्न होता जा रहा है। देवी, क्षमा करें! किन्तु यह सत्य है कि इन्द्रप्रस्थ की सम्पन्नता एवं प्रगति से निकट के राजन्यों में ईर्ष्या-भाव जाग्रत् हो गया है।''

द्रौपदी इंगित समझ गयी किन्तु स्मित हास्य के साथ उसने बात टाल दी।

''अच्छा, तो अब अन्तिम बात...''

''आज्ञा, देवी!''

''कौरवश्रेष्ठ महाराज धृतराष्ट्र के पुत्र आर्य दुर्योधन अपने मातुल गान्धार, कुमार शकुनि एवं सखा अंगराज कर्ण के साथ इन्द्रप्रस्थ आये हैं। इन गण्यमान्य अतिथिगण का यथोचित सत्कार किया जाये एवं ध्यान रखा जाये कि उन्हें किसी भी प्रकार कोई अभाव अनुभव न हो पाये।...साथ ही महाराज युधिष्ठिर के अतुल वैभव का पूर्ण प्रदर्शन उनके समक्ष होना चाहिए...विशेष रूप से मयदानव रचित इस विलक्षण राजप्रासाद की चमत्कारपूर्ण विशिष्टताएँ उन्हें अवश्य दिखाई जाएँ। वे अवश्य आनन्दित होंगे।''

''महाराज्ञी की जय हो! कौरवश्रेष्ठ अभी उसी ओर गये हैं जहाँ ये कौतूहल-पूर्ण साधन उन्हें मिलेंगे और उन्हें आश्चर्यचकित कर देंगे। आज सन्ध्या मणिस्तम्भोंवाले सभागार में इन आदरणीय अभ्यागतगण के सम्मान में नृत्य-संगीत का अभूतपूर्व आयोजन है। आपकी आज्ञानुसार दीपस्तम्भ नहीं प्रज्वलित किये जाएँगे, केवल मणि-स्तम्भों के प्रकाश में ही समारोह होगा।''

''और हमारे दक्ष एवं कुशल नर्तक-नृत्यांगनाओं को पर्याप्त शृंगार-सामग्री, आभूषण एवं वस्त्र दे दिये जाएँ तथा संगीतज्ञों को श्रेष्ठ वाद्य-यन्त्र प्राप्त हों, इसका ध्यान रखा जाये!''

''जैसी आज्ञा, देवी!''

तब तक एक स्त्री हाथ जोड़े आगे बढ़ आयी।

''महाराज्ञी की जय हो!...मैं राजभवन के पार्श्व भाग में कार्यरत एक अकिंचन दासी हूँ...मेरा नाम...''

''हाँ-हाँ...मैं जानती हूँ। तुम्हारा नाम शिरा है। है न?'' सब चकित थे। महाराज्ञी

को एक अति तुच्छ परिचारिका का भी नाम ज्ञात है!

''कहो, तुम्हें क्या कहना है शिरा?''

''महारानी!'' शिरा का कण्ठ हर्षमिश्रित दुःख से रुँध गया था।

''कहो! निर्भय होकर कहो!''

''महाराज्ञी की जय हो! मेरी बड़ी बहिन रुचिरा आपत्ति की मारी बड़े कष्टों में पड़कर हस्तिनापुर से आपकी शरण में आयी है...।''

''क्यों, क्या कष्ट है उसको? क्या आपत्ति आयी है उस पर?''

''वैधव्य!...देवी! वैधव्य का पहाड़ टूट पड़ा उस पर। वह असहाय है...उसके दो अबोध शिशु हैं...।''

''मुरारे! मुरारे! कैसा दारुण कष्ट! विधाता को दया न आयी!'' महारानी द्रवित हो उठीं।

''कहाँ है तुम्हारी दुखिया बहन?''

''यह रही, देवी!''

एक दुःखी, म्लानमुख स्त्री काँपते हाथ जोड़े आगे बढ़ी। दोनों नेत्रों से अश्रुधारा बह रही थी। दो बालक दोनों ओर से उससे चिपटे खड़े थे।

महाराज्ञी के हृदय में करुणा उमड़ पड़ी। नेत्र सजल हो चले।

''तुम राजमहल में कार्य कर सकोगी?''

''देवी की कृपा होगी तो अवश्य करूँगी!''

''अच्छा...तो क्या कार्य कर सकती हो?''

''महारानी! पुष्पों के आभूषण बनाने में बड़ी निपुण है।'' शिरा बोली।

''अच्छा!'' महारानी द्रौपदी विस्मय से बोली, ''क्या-क्या आभूषण बनाती हो पुष्पों के?''

''देवी...शिरसज्जा के लिए शीशफूल, विभिन्न प्रकार की वेणी, नाना प्रकार के कर्णफूल, बाहुबन्ध, मणिबन्ध, कटिबन्ध आदि सभी बना सकती हूँ।'' उसने अश्रु पोंछते हुए उत्तर दिया।

''अरे! तब तो तू बड़ी गुणी है। कुछ दिन पश्चात् स्यात् द्वारावती से देवी सत्यभामा आएँगी, उन्हें तू अपनी कला से प्रसन्न करना। तब मेरा और उनका शृंगार तुझे ही करना होगा। कर सकेगी न?'' महारानी स्नेहसिक्त स्वर से सुधा घोलती बोलीं।

''अवश्य, देवी!''

''अपने उद्यानों में विविध प्रकार के रंगरंजित पुष्प प्रचुर मात्रा में हैं। उनसे तू राजपरिवार की रमणियों के लिए प्रतिदिन आभूषण बनाया कर और जो शेष बचें, नगर में अभिजात्य महिलाओं को बेच आया कर। ठीक है? अब आगे तुझे चिन्ता नहीं करनी है।''

''देवी की जय हो! महारानी का सौभाग्य अखण्ड हो!...धर्मराज महाराज युधिष्ठिर

के राज्य की सुख-समृद्धि दिन-दूनी रात चौगुनी वृद्धि करे...।''

महारानी द्रुपदसुता अपने निजी प्रकोष्ठ तक पहुँची भी न थीं कि धीरा, सुमना व अन्य सखियाँ मुख पर अंचल रखे खिलखिलाती हुई आयीं।

''देवी!...देवी...'' वे हँसी रोकने की निष्फल चेष्टा कर रही थीं।

''देवी! क्षमा करें...हँसी नहीं रुक रही...कौरवश्रेष्ठ के साथ...बड़ी मनोरंजक घटना घट गयी।''

''क्यों, क्या हुआ?'' कौतूहल से पांचाली ने पूछा।

''महारानी! भित्ति में उत्कीर्ण शिल्प के कारण महाराज कुमार दुर्योधन उसे द्वार समझ बैठे और उस शिल्प में से बाहर जाने को आगे बढ़े...तो...''

''तो सिर टकरा गया...यही न!'' मुस्कराते हुए पांचाली ने पूछा।

सखियाँ वेग से खिलखिला पड़ीं।

''हाँ! लेकिन देवी...पुनः जब आगे सचमुच द्वार आया... तो वे समीप पहुँचकर भी तत्काल वापस लौट पड़े।'' रनिवास की सब स्त्रियाँ खिलखिलाती हँस रही थीं।

''तब प्रतिहारी ने निवेदन किया कि बाहर जाने का द्वार यही है महाराज!''

हँसी रुकने का नाम नहीं ले रही थी। तब तक एक चपल अल्पवयस दासी दौड़ती आयी।

''देवी!...इस गवाक्ष से कौरवकुमार दिखाई पड़ रहे हैं...देखिए, वे इसी दिशा में पधार रहे हैं।''

''अरे सच! मैं भी देखूँगी। देखूँ तो इस अद्भुत चमत्कारिक राजभवन के विषय में क्या टीका-टिप्पणी करते हैं कौरवश्रेष्ठ...'' द्रौपदी उत्साह से बोली। और सब सखियों के साथ द्रौपदी रुनझुन-रुनझुन नूपुर बजाती हँसती-हँसती त्वरित गति से चल पड़ी गवाक्षों की ओर। राजपुत्र दुर्योधन अपने सखा अंगराज कर्ण व मातुल गान्धार-कुमार शकुनि के साथ विहार कर रहे थे।

''वास्तव में सखा! मयदानव ने इस भव्य राजप्रासाद को अद्भुत रूप दिया है।'' दुर्योधन कह रहा था।

''निस्सन्देह! विशेष कर भित्ति पर अंकित चित्र, मूर्तियाँ एवं शिल्प अत्यन्त सजीव हैं राजन्!''

''आहा-हा...क्या सुन्दर पुष्करिणी है! इस जलविहार का जल देखो, धूप में कैसा झिलमिला रहा है कर्ण!...क्यों मातुल! पूरे उद्यान व राजप्रासाद घूमते हुए विलम्ब हो गया। क्यों न इस निर्मल शीतल जल में क्लान्ति दूर की जाये?''

कर्ण और शकुनि प्रसन्न हो उठे। राजप्रासाद में ऊपर गवाक्षों से झाँकती सुन्दरियों का कौतूहल द्विगुणित हो चला। ''अरे! ये तो सचमुच हमारे क्रीडांगन को जलविहार

समझ बैठे हैं! जिस ठोस स्फटिक प्रांगण में ज्योत्स्ना में राजकन्याएँ सखियों के साथ नृत्य-विहार करती हैं, वह इन्हें पुष्करिणी प्रतीत हो रहा है! हे भगवन्! अब क्या होने वाला है!''

दुर्योधन, कर्ण एवं शकुनि वस्त्र उतारकर नहाने की तैयारी में थे। तट पर बनी स्फटिक चतुष्पदी पर उन्होंने वस्त्राभूषण रख दिये।

''हाथ थाम लो कर्ण! वैसे जल स्वच्छ एवं निर्मल ही है...फिर भी सँभलकर ही जल में उतरना चाहिए।'' दुर्योधन ने कर्ण व मातुल शकुनि के हाथ थामे और गवाक्षों से दबी-दबी हँसी की किरणें फूट पड़ीं।

''अरे...यह क्या...मातुल...! कर्ण!...यह जल नहीं...अरे...यह तो...यह तो कुछ मायाजाल है...मृगमरीचिका...!''

''राजन्! हमें भ्रम हुआ। यह जल नहीं। कहीं पाण्डवों ने हमें जान-बूझकर मूर्ख बनाने को तो यहाँ नहीं भेजा... ?'' शकुनि चिढ़कर बोला।

''हाँ, सखा! ये ठोस पाषाण हैं। किन्तु विशेष प्रक्रिया से इसे अत्यधिक उज्ज्वल करके चमकाया गया है इसीलिए इससे जल का भ्रम होता है!''

गवाक्षों से इस बार वेग से खिलखिलाहट की ध्वनि हुई। कुरुवंशी अतिथि स्त्रियों के हँसने से व्याकुल हो गये। मूर्ख तो बन ही चुके थे। किन्तु एकान्त में मूर्ख बनना और सबके मध्य सार्वजनिक रूप से बनना, वह भी जहाँ स्त्रियाँ साक्षी हों! लज्जा के मारे उनके मुखमण्डल लाल हो गये। भला अब बात फैलते क्या देर लगेगी!

''मातुल! स्त्रियाँ हँस रही हैं हम लोगों पर...! और अपने वस्त्र वहाँ रखे हैं?'' दुर्योधन विचलित स्वर में बोला।

''राजन्! यह स्वर पहचानते हैं? उसी शठ पांचाली की हँसी है। हमारा उपहास कर रही है। शीघ्रता कीजिए, हम वस्त्र धारण कर लें, नहीं तो पता नहीं ये लोग और कितनी भीड़ एकत्रित कर लें हमारी स्थिति का उपहास करने हेतु।'' कर्ण के दबे स्वर में भी क्रोध की चिनगारियाँ थीं।

द्रौपदी की उच्च स्वर में हँसी से दुर्योधन तिलमिला उठा।

''फिर वही द्रौपदी! उसके स्वयंवर के स्मरणमात्र से ही मेरा रक्त खौल उठता है।'' दुर्योधन दाँत भींचकर बोला।

''आपसे अधिक स्यात् मेरा। भरी सभा में उसने मुझे अपमानित किया था। जहाँ सब राजा-महाराजा मेरा सम्मान करते हैं, वहाँ मुझे बार-बार उसने सूत-पुत्र कहकर पुकारा और मुझे अपने अयोग्य ठहराया। आज फिर उपहास करके हम लोगों को नीचा दिखाना चाहती है। दुष्टा!'' कर्ण तमतमा उठा।

''मैंने कहा था न, यह साधारण नारी नहीं! यह मानवी नहीं, दानवी है। हे भगवन्! न जाने किस गवाक्ष से झाँक रही है! ऊपर देखने का भी तो साहस नहीं हो रहा—ऐसी स्थिति में।...पर देखना अवश्य चाहता हूँ!''

"अब अधिक सोच-विचार न करो तुम लोग। शीघ्रता से वस्त्र पहनो और भाग चलो यहाँ से। स्त्रियों के समक्ष और लज्जित होना है क्या? अब इस घटना को भूल जाने के सिवा और कुछ नहीं किया जा सकता। शीघ्रता करो!" शकुनि ने व्यावहारिक बुद्धि का परिचय दिया।

तभी गवाक्षों से जैसे सामूहिक हँसी का फुहारा छूट पड़ा।

"चलो, पहन लिये वस्त्र! कहीं लीलामय श्रीकृष्ण यहाँ होते तो यमुना-तट पर रखे गोपियों के वस्त्रों की भाँति आज कौरव-कुलदीपक के भी वस्त्र हरण कर लेते!...और तब तो हस्तिनापुर राज्य की प्रजा अपने महाराज की जय-जयकार करती अघाती नहीं।" पांचाली की हास्यपूरित व्यंग्योक्ति सुन स्त्रियों का अट्टहास और भी मुखरित हो उठा।

कर्ण क्रोध और खिसियाहट से श्वास तक ठीक से नहीं ले पा रहा था।

"शीघ्रता करें राजन् दुर्योधन एवं आर्य शकुनि! शीघ्र ही भाग चलिए, अब सुना नहीं जा रहा! सहा नहीं जा रहा बिलकुल..."

"हाँ! शीघ्र ही निकल चलो यहाँ से—यही श्रेयस्कर है।" शकुनि ने तत्परता दिखायी।

आज महारानी द्रौपदी का दिन था। लम्बी अवधि के पश्चात् आज वह जी खोल कर हँसी थी; किन्तु अब उसका हँसने का प्रलोभन और बढ़ गया था। दुर्योधन और कर्ण के खिसियाये और लज्जित चेहरे उसे बड़ा लुभा गये थे। अभी पता नहीं और क्या-क्या हो! तभी सुमना दौड़ती आयी, "महारानी! वे अब जलविहार की ओर जा रहे हैं। चलिए—अब स्यात् और आनन्द आए! वाम अट्टालिका से दिखाई देंगे।"

द्रौपदी अपना कौतूहल दबा नहीं सकी और सखियों सहित रुनझुन करती, खिलखिलाती हुई उस अट्टालिका पर पहुँच गयी।

तीनों अतिथि अब तक अपने मुखमण्डल पर गम्भीरता का आवरण डाल चुके थे और गरिमामय व्यवहार करने का प्रयास कर रहे थे। सामने जलाशय देखकर फिर चकित हुए और विचलित भी हो उठे । कर्ण बहुत सावधान हो चुका था, "आर्य शकुनि! यह कैसी मरीचिका है? कहाँ फँस गये हम लोग? सामने तो पुनः जलविहार प्रतीत हो रहा है...!"

शकुनि : "हाँ, अंगराज! परन्तु यह भी वास्तविक नहीं लगता। मुझे तो लगता है यहाँ महारानी एवं उनकी सखियाँ ज्योत्स्ना में रास-नृत्य करती होंगी अथवा क्रीड़ा-आमोद के रूप में यह स्थल प्रयुक्त होता होगा!"

दुर्योधन : "मातुल उचित कहते हैं! इस बार, किन्तु हम लोग सीऽऽधे इस क्रीड़ास्थली को पार करके सामने के द्वार से बाहर निकल जाएँ!"

कर्ण : "यही ठीक होगा। क्या पता द्रुपदकन्या के रूप में वह दानवी फिर कहीं से झाँक रही हो! राजन्! क्रीड़ा-प्रांगण पार करते समय हम गम्भीर ही बने रहें तो अच्छा हो!"

शकुनि : "ठीक कहते हो कर्ण!...और किसी अन्य विषय पर चर्चा करते रहना भी उचित होगा।"

सबने शकुनि की बुद्धि की प्रशंसा में सिर हिलाया और कर्ण ने उच्च स्वर में चर्चा प्रारम्भ की।

"महाराज दुर्योधन!"

"बोलो कर्ण!"

"यह राजमहल है तो अतिसुन्दर, किन्तु..."

"किन्तु क्या भद्र?"

"किन्तु विशेष प्रशंसा योग्य तो अभी तक यहाँ कुछ नहीं दिखा!"

शकुनि : "दुर्योधन! राधानन्दन उचित कह रहे हैं। इसमें विशेष गर्व करने योग्य क्या दिखाई दिया?"

छपाक्...छपाक्...छपाक्...! गुड़म...गुड़म...बुड़...बुड़...बुड़...और वे तीनों वेग से जलाशय में जा गिरे।

हा...हा...हा...हा...हा...हा!" इस बार द्रौपदी व सखियों का ठहाका कुरुवंशियों के लिए भयंकर मर्मभेदी हो उठा। स्त्रियाँ एक-दूसरे पर झूम-झूमकर हँस रही थीं। गिरती-पड़ती हँसी जा रही थीं। दूसरी ओर तीनों महानुभाव एक-दूसरे को अवलम्ब देते, गिरते-पड़ते पुष्करिणी में डूब-उतरा रहे थे।

कर्ण : "अहो! यह क्या हुआ राजन्!"

शकुनि : "भ्रम!...छलना! यह वास्तविक जलविहार है।"

दुर्योधन : "आर्य शकुनि!...जल गहरा है...मेरा हाथ थामिए, अहो...!"

सखियाँ निर्बाध एवं उच्छृंखल रूप से हँसती ही जा रही थीं। उनकी वह बेसुध-बावली हँसी रुकने का नाम नहीं ले रही थी।

"आज का दिवस तो बड़ा मनोरंजन से परिपूर्ण रहा...हस्तिनापुर में तो प्रत्येक दिन ऐसा ही हासपरिहास से पूर्ण रहता होगा!...और मुझे तो लगता है कि वहाँ के राज-समाज में नट और विदूषकों की भी आवश्यकता नहीं होती होगी!" पांचाली ने बड़े प्रयास से हँसी रोककर कहा और बात समाप्त होते ही वही झनझनाती-खनखनाती सामूहिक खिलखिलाहट फूट पड़ी। तीनों गण्यमान्य महानुभावों के कर्ण-शिखर आरक्त हो झनझना उठे। पुष्करिणी के शीतल जल में भी उनके मुखमण्डल लौहतप्त हो उठे।

"भला बताओ! बिलकुल सम्मुख इतना विस्तृत जलाशय भरा पड़ा है और हमारे माननीय अतिथि को दिखाई ही नहीं दिया...! आर्य दुर्योधन के वृद्ध पिताश्री महाराज धृतराष्ट्र अवश्य जन्मान्ध हैं किन्तु आर्य दुर्योधन तो..." धीरा कुछ कहने जा रही थी।

"अरी नहीं सखी! अन्धों की सन्तान भी अन्धी होती है! यह तो बड़ा स्वाभाविक है!" द्रौपदी ने प्रहार किया।

और पुनः झनझनाता-सा एक ठहाका तीनों अभ्यागतों के तप्त कपोलों पर कस-कर कराघात कर गया।

"किन्तु महारानी! आर्य दुर्योधन के मातुल गान्धारराजपुत्र शकुनि एवं अंगराज कर्ण की दूरदर्शिता की तो बड़ी प्रशंसा सुनी थी। वे लोग क्या सखा की सहानुभूति में अन्धे हो गये?"

"असम्भव क्या! उस राजकुल में तो नेत्रहीनों के प्रति हार्दिक सहानुभूति में वास्तव में स्वयं के नेत्रों पर भी वस्त्रपट्ट बाँध लिये जाते हैं..." हँसी दुगुने वेग पर थी।

"देवी! मैं तो कल्पना कर रही हूँ—काश, हस्तिनापुर का राजसमाज गीले राजवस्त्रों में इन महारथियों को देख पाता!"

हँसी रुकने का नाम नहीं ले रही थी।

द्रौपदी : "नहीं! नहीं! आज पाण्डुनन्दनों के बहुमूल्य वस्त्रों से अतिथिगण का स्वागत होगा। कहाँ हैं आर्य भीमसेन? उनके राजवस्त्र दुर्योधन महाभाग के तन पर ठीक बैठेंगे! कौरवों के सम्मान और प्रतिष्ठा की रक्षा में पाण्डव बन्धु तो सदा ही काम आये हैं।" और वह खिलखिलाती हुई हँसी असंख्य मेघघटाओं-सी आकाश में छा गयी।

कर्ण दाँत पीसता हुआ पानी में छप्-छप् करता अस्फुट स्वर में बुदबुदा रहा था, "सुनी इसकी बातें, आर्य दुर्योधन! इस स्त्री से मुझे घृणा हो गयी है। नारी न होती यह, तो आज मैं इसकी जिह्वा खींच लेता। उद्दण्ड!!"

"स्त्री नहीं, राक्षसी है! कहती है—पाण्डवों के कारण ही कौरवों की प्रतिष्ठा बनी हुई है। हुँ! स्वयंवर-सभा में जो इसने अपमान किया था, उसे मैंने विषघूँट की भाँति निगल लिया। नारी जानकर उस समय छोड़ दिया था... लेकिन...अब...इसका दर्प चूर न कर दूँ तो मेरा नाम दुर्योधन नहीं!"

कर्ण : "मैं भी अपने अपमान का प्रतिशोध लिये बिना न रहूँगा। चलिए महाराज! इस मायाजाल से निकल चलना ही उचित है अभी।"

शकुनि : "इस जाल से निकल चलना ही उचित है। किन्तु अब ऐसा जाल बिछाना होगा...जिसमें एक बार पाण्डव फँसें तो निकल ही न सकें।"

दुर्योधन : "मातुल! आप ही बताइए ऐसा कोई महामन्त्र जिससे मेरे हृदय की धधकती अग्निज्वाला किसी प्रकार शान्त हो... !"

शकुनि : "हाँ! मेरे मन में एक विचार आ रहा है।...मुझे आशा है, वह सफल होगा।"

केशों से जल निचोड़ते हुए कर्ण ने पूछा, "वह क्या मन्त्र है आर्य?"

"वह मन्त्र है...कर्ण...वह मन्त्र है द्यूतक्रीड़ा।" भीगे वस्त्रों के छोर निचोड़ता हुआ शकुनि बोला।

दुर्योधन और कर्ण : "द्यूतक्रीड़ा!"

शकुनि : "हाँ, द्यूतक्रीड़ा! पाण्डुपुत्र युधिष्ठिर द्यूतविलासी हैं...किन्तु उन्हें

खेलना नहीं आता! वे सीधे हैं। उन्हें जाल में फँसाया जाये। मैं द्यूतक्रीड़ा में निपुण हूँ। पासे फेंकने की कला में पारंगत हूँ। दुर्योधन, तुम द्यूतक्रीड़ा आयोजित करवाओ और उसमें युधिष्ठिर को आमन्त्रित करो। तुम्हारी ओर से पासा मैं फेंकूँगा। हमारी विजय नहीं हुई तो मेरा नाम शकुनि नहीं!''

6. मानिनी पर्व

बारह वर्ष का समय एक कल्पयुग-सा बीता था। कितने वर्षे पश्चात् आज महारानी याज्ञसेनी को विशाल दर्पण में अपने विस्मृत सौन्दर्य का सूक्ष्म निरीक्षण करने का समय मिला। इन बारह वर्षों में वह कितना कुछ भूल चुकी थी! शृंगार उसका प्रतिदिन हुआ किन्तु वह इतनी शृंगार-विमुख रही कि सखियों के हाथ बरज देती। वेणीसज्जा पूर्ण न होने देती। रुचि-उत्साह कुछ नहीं शेष रहा था। सखियाँ बलपूर्वक शृंगार करतीं उसका। तब उसे केवल इन्द्रप्रस्थ के यशस्वी शासक महाराज युधिष्ठिर की सम्राज्ञी बनना रहता था, पाण्डुपुत्रों की प्रियतमा बनना रहता था।

और आज ...आज की बात और थी। आज उसे बारह वर्ष पश्चात् आनेवाले अपने हृदय-सम्राट् महापराक्रमी सव्यसाची अर्जुन की पुनः हृदयसम्राज्ञी बनना था। आज जैसे बारह वर्ष की गहन निद्रा के पश्चात् उसका सुप्त सौन्दर्य अँगड़ाई ले उठ खड़ा हो और मुस्कराता-विहँसता-सा केसर-किंजल्की आभा चारों ओर बिखेर रहा था। सखियाँ महारानी के प्रदीप्त सौन्दर्यपुंज पर लुटी-सी चकित खड़ी थीं।

वर्षों बाद आज उसने स्वेच्छा से केसर-चन्दन-हल्दी का उबटन प्रयुक्त किया। शिरा व रुचिरा उसकी केशसज्जा गान्धार शैली से करने में व्यस्त रही थीं। सुकुमार चरणों में धीरा ने बड़े मनोयोग से अलक्त सज्जा की थी। अंगराग गोरोचन, किसी में उसने आपत्ति नहीं की आज। सखियाँ हँस रही थीं, विनोद कर रही थीं, व्यंग्य कर रही थीं...किन्तु पांचाली जैसे वहाँ थी ही नहीं।

कितने दिन पूर्व से हृदय छलका पड़ रहा था! नेत्र स्वप्न देखते-देखते दिन में ही मुँदने लगते। न जाने किस कल्पनालोक में रम रही थी! न जाने कौन-से प्रेमरस में छकी हुई थी! उसके समक्ष वस्त्रों-परिधानों, आभूषणों का ढेर लगा रहता। वह चयन न कर पाती। एक-एक उठा-उठाकर निरस्त करती जाती। नीलाम्बरी नहीं! श्वेताम्बरी नहीं! कौशेय परिधान नहीं! रक्तपाटल रंग नहीं! चीनांशुक नहीं! दिव्य आभूषण-अलंकारों

का विराट ढेर लगा रहता! कितने दिनों से राज्यभर के रत्नपारखी एवं स्वर्णकारों की भीड़ उसके यहाँ लगी रहती! वह आभूषण-अलंकार छाँटती। कितनी व्यस्त! किन्तु—कितनी त्रस्त!

दर्पण में वह अपनी रूपछटा निहारती खोयी-सी खड़ी थी। बारह वर्ष की लम्बी अवधि में उसकी रूपलतिका वैसी ही सद्यः पल्लवित एवं अक्षुण्ण रह पायी क्या—जैसे आर्य अर्जुन छोड़ गये थे? उसके विशाल नील नेत्रों में सन्देह और चिन्ता के मेघ छाये थे। कहीं उसकी रूपज्योति क्षीण तो नहीं पड़ गयी? यदि सौन्दर्य-माधवी इन बारह वर्षों में कुम्हला गयी हो तो कैसे वह धनंजय के कण्ठ की वैजयन्तीमाल्य बन सकेगी? काल व परिस्थिति से बड़ी फीकी, स्वादहीन रूपसुधा का पान क्या आर्य अर्जुन के स्वप्न-नयन स्वीकार करेंगे? आर्य अर्जुन ने एक बार स्वयं को उसका भ्रमर कहा था। किन्तु वे ऐसे भ्रमर हैं जिन्होंने सद्यःप्रस्फुटित कलिका के प्रेम में स्वयं को आबद्ध किया था। किन्तु अब? उसे अपना रूप मोह नहीं पा रहा!

क्या पता आर्य अर्जुन स्वयं इन वर्षों में कितने बदल गये हों! क्या उन्हें इस सौन्दर्य के स्वर्णपाश में पुनः बाँध सकूँगी? क्या प्रेम की कोमल ग्रन्थि इस दीर्घ अवधि में उनके मन में शिथिल न पड़ गयी होगी? स्यात् अब मुग्ध न कर पाऊँ! स्यात् मणिपुर की सुन्दरी राजकन्या चित्रांगदा अधिक लावण्यमयी हो! या नागराज-कन्या उलूपी ने सदा के लिए उनका चित्त चुरा लिया हो! पता नहीं, प्रथम दृष्टि कैसी हो उनकी! प्रथम मिलन में कैसा व्यवहार करें! कितने ऊहापोह! कितने मन्थन!

विगत के कितने सारे सुखद पल आज किलक-किलककर गलबहियाँ डाले झूले पड़ रहे थे। हृदय का स्पन्दन तीव्र हो चला है। रसपूरित नयनों में प्रेमसुधा आलोड़ित हो रही है। अन्तर में कुछ ऐसा है जो सँभाले नहीं सँभल रहा, समेटे नहीं सिमट रहा। आतुर हृदय से क्या कुछ उमड़कर निकल पड़ना चाह रहा है। मन-सारिका जैसे स्वर्ण पिंजर में फड़फड़ा रही हो—उड़ जाने को आतुर, प्रियतम से मिलने को व्याकुल। हृदय में प्रेमज्वार समस्त तटबन्धों को तोड़ता-सा उमड़ा पड़ रहा है। प्रतीक्षा के पलों को जैसे उसकी वेगवती धारा तोड़कर रख देगी।

आज वह वसन्त फुलवारी-सी पुष्पों में गुँथ गयी थी। पुष्प-भार से वन-वल्लरी-सी झुकी जा रही थी। चरण ठीक नहीं पड़ रहे। हृदय का कम्पन प्रत्येक अंग में थिरकन बनकर समा गया था।

पुष्ट देहयष्टि पर पीताम्बरी चीनांशुक लहरा रहा था। क्षीणकटि पर मरकत-मणि-मेखला अपनी हरीतिमा बिखेर रही थी। स्वर्णांचल में टँके नन्हे मुक्तक मलय-समीर से झूल-झूल जा रहे थे। कोमल कपोलों के दर्पण पर हीरक कर्णफूलों के प्रतिबिम्ब डूब-उतरा रहे थे। आन्दोलित हृदय-स्थल पर मणि-मालाएँ एवं मुक्तक-हार तरंगित हो रहे थे। नीलम-सी सघन नील घुँघराली अलकराशि मेघमाला-सी पृष्ठभाग में फैली थी—जिसमें गुँथी चन्द्रहास पुष्प की सुकुमार लड़ियाँ वायु-प्रकम्पित हो

थिरक-थिरक जातीं। शीश पर गान्धारी केश-विन्यास में मुक्तकमाल्य व हीरक झिलमिला रहे थे।

श्वेत चन्दन-अंगराग की रेखाओं व बिन्दुओं से सुसज्जित अर्धचन्द्र भाल के मध्य अंकित था—रक्त कुंकुम। नील कान्ति विशाल लोचन आसवपान से लालिमायुक्त थे। अश्वत्थ के सद्य:प्रस्फुटित अरुण किसलय की भाँति कोमल, पारदर्शी, स्निग्ध अधर-पल्लव रह-रह प्रकम्पित होते। सौन्दर्य टूट-टूटकर बरस रहा था। अपूर्व सौन्दर्य की अधिष्ठात्री थी वह। उसके कक्ष-द्वार पर, गवाक्षों में, वातायनों में भीड़ लगी थी। परिचारक-परिचारिकाएँ, सेवक, दास, दासी, सखियाँ—उस सौन्दर्य की झलक पाने को पिपासु से खड़े थे। किन्तु वह स्वयं अनभिज्ञ थी उसके महत्त्व से। चिन्ता के सागर में डूबी निहार रही थी अपनी मुखछवि को—क्या सव्यसाची मोहित हो इसे निहारना चाहेंगे ?

वासन्ती स्वर्णछत्र के नीचे जैसे वह मकरन्द-निर्झरणी-सी खड़ी थी। पूरा प्रकोष्ठ धूप-अगरु-चन्दन एवं सुवासित पुष्पों की गन्ध से महक-महक रहा था। पुष्पमालाओं से द्वार सजे थे। सहस्रों प्रदीपों के स्थाल सजे रखे थे। स्वर्ण कलशों में जल था—चरण पखारने को। पुष्प व सुवासित विराट पुष्पमाल्य रखे थे पहनाने को। उसका हृदय कम्पित था। हाथ काँप रहे थे। उर में स्पन्दन था—जैसे प्रथम बार आर्य अर्जुन के समक्ष जाना हो, जैसे प्रथम अभिसार पर जा रही हो!

अचानक राजमहल-द्वार पर गगनभेदी स्वर गूँजा : ''पाण्डुनन्दन अजेय वीरवर अर्जुन की जय!''...''राजपुत्र सव्यसाची दीर्घायु हों!'' पूरे राजप्रासाद में अस्तव्यस्तता मच गयी। तुरन्त ही सखियाँ सहस्र प्रदीप प्रज्वलित करने में संलग्न हो गयीं! हृदय-स्पन्दन बाँध तोड़े दे रहा है। पूजन-सामग्री कहाँ! चन्दन कहाँ! अक्षत-कुंकुम कहाँ! गंगाजल...पुष्पहार!

''महापराक्रमी कुन्तीनन्दन धनंजय की जय!''

जयघोष अभी भी हो रहा था।

''महारानी सुभद्रा की जय! महारानी सुभद्रा सौभाग्यवती हों!''

महारानी द्रौपदी के हाथ रुक गये। चरण ठिठक गये। किसकी जय? प्रश्नसूचक दृष्टि से धीरा की ओर देखा—किसकी जय? अभी तक महारानी कुन्ती एवं महारानी द्रौपदी की ही जय यहाँ बोली जाती रही है। यह किसकी जय? क्या उसने कुछ अस्पष्ट सुना?

धीरा, सुमना आदि चोरों की भाँति दृष्टि बचा रही हैं।

''धीरा! आर्यपुत्र के साथ-साथ यह किसका जयघोष हुआ? मैं नाम नहीं स्पष्ट सुन पायी। किसकी जय-जयकार हो रही है?''

''देवी!...महाराज्ञी...''

''अरे बोल न! कहती क्यों नहीं?''

"देवी...महारानी सुभद्रा की जय..."

"सुभद्रा ?...सुभद्रा कौन ?"

"महाराज्ञी...राजपुत्र अर्जुन ने...द्वारकापुरी में वासुदेव श्रीकृष्ण की अनुजा सुभद्रा देवी का अपहरण किया था...तत्पश्चात् विवाह कर उन्हें ले आये हैं। महारानी सुभद्रा की जय-जयकार ही..."

झन्न...! प्रकम्पित हाथों से स्वर्णस्थाल छूट झनझनाता हुआ जा गिरा। अशक्त पांचाली को दौड़कर सखियों ने सँभाला और मयूरपर्यंक पर बिठा चिन्तित हो विजन करने लगीं।

"सुभद्रा! माधव की भगिनी!...उसका अपहरण...उससे विवाह!...और मेरी तपस्या... ? मेरी बारह वर्ष की साधना ?...निष्फल!...मेरी उपासना...व्यर्थ! मैं माला ही जपती रह गयी...नाम लेती रह गयी...मुझे केवल उनका नाम मिला...और...पार्थ किसी अन्य को मिले!...आह रे!...मुझमें कौन-सा अभाव था...कौन-सी त्रुटि ?...मेरा दोष! हरि-स्मरण भी ऐसी लगन से नहीं किया मैंने...और उनका मन मुझसे ही विमुख हो चला..." कँपकँपाते अधरों से कँपकँपाते शब्द झर रहे थे। प्रकोष्ठ में अनायास सन्नाटा खिंच गया था। सब मूर्तिवत् खड़े रह गये थे।

"देवी!...ऐसा न कहें। महर्षि नारद के नियमानुसार आप पाँच वर्ष में केवल एक वर्ष ही तो सव्यसाची महाभाग की सेवा कर पाती थीं किन्तु शेष चार वर्ष तो वे आपके सामीप्य से वंचित ही रहते थे। फिर भी आपसे कभी विमुख नहीं हुए। आपने भी ऐसा अनुभव नहीं किया। आप भी उनसे चार वर्ष में कभी विमुख न हो पायीं तो अब ऐसी बात क्यों कह रही हैं ?" सुमना ने समझाने का प्रयास किया।

"किन्तु...विवाह...विवाह और विवाह! चित्रांगदा...उलूपी...और अब सुभद्रा...क्या यह दुर्बल मनोवृत्ति की परिचायक नहीं ?...आर्य मुझमें अभाव अथवा दोष के कारण अन्य नारियों की ओर आकर्षित नहीं हुए क्या ... ?"

अब धीरा आगे बढ़ी, "महारानी! सपत्नियों के प्रति आपके प्रेम की ख्याति दूर-दूर तक फैली है। धर्मराज युधिष्ठिर की पत्नी राजपुत्री देविका पर आप कितनी कृपालु हैं! युवराज भीमसेन की पत्नी काशीराजपुत्री बलन्धरा पर आप स्नेह उँड़ेल देती हैं। राजपुत्र नकुल की पत्नी करेणुमती और कुमार सहदेव की पत्नी विजया आपकी कितनी मुँहलगी हैं! देवी, राजपुत्र अर्जुन भी तो पुरुष हैं। क्षमा करें महारानी! महाराज कुमार धनंजय समस्त पारिवारिक सुख-सुविधाओं से वंचित बारह वर्ष के दीर्घ निष्कासन पर रहे हैं। वनवास में थे...देवी! अपराध क्षमा हो...किन्तु राजपुत्र अर्जुन तरुण हैं...पुरुष हैं... !"

"...समझी।...समझी।...स्यात् तू ठीक कहती है धीरा! तभी तो...चित्रांगदा... उलूपी...सुभद्रा..."

"महारानी! किन्तु आर्य अर्जुन पर सन्देह न करें। इन बारह वर्षों के प्रवास में

उन्हें कितने कष्ट-संकट झेलने पड़े हों! उन्हें एकाकी समय बिताना पड़ा है... उन्हें भी तो वियोग सहना पड़ा है...उनकी परिस्थिति विचारिए!..."

तभी महल के ऊपरी खण्ड में गाण्डीव की टंकार सुनाई दी। अनन्य सखी धीरा अकुला उठी। सखियाँ व्यस्त हो उठीं।

"महाराज्ञी! संयत होइए! राजपुत्र धनंजय आपके पास आ रहे हैं। गाण्डीव की टंकार नहीं सुनी आपने? आपको गाण्डीव की टंकार सुनना प्रिय है। इसलिए सदा की भाँति गाण्डीवधारी आपको अपने आगमन की सूचना टंकार से ही दे रहे हैं। देवी!...यह पूजन की सामग्री रही...यह आरती...!"

महारानी द्रौपदी काँपते पाँवों से स्वागत हेतु खड़ी होने लगीं। किन्तु प्रेमोन्मादित मुखमण्डल पर अब व्यथा-सिन्धु उमड़ पड़ा था।

"नहीं धीरा! अब रहने दे। सहस्र प्रदीपों का स्वर्णस्थाल मेरे दुर्बल हाथ नहीं सँभाल पाएँगे। मैं ही तो उनके मन की एकमात्र अधिकारिणी नहीं हूँ।...मैं भ्रम में थी...आर्यपुत्र की विशेष रूप से आरती उतारने की क्या आवश्यकता?"

प्रकोष्ठद्वार पर टंकार हुई।

"मुझे आज्ञा दीजिए, महाराज्ञी! मैं चलती हूँ...किन्तु मेरा अनुरोध न टालें देवी!...राजपुत्र बारह वर्ष के प्रवास से लौटे हैं। उनका मन दुःखी न कीजिए..." इतना कहकर याचना भरी दृष्टि डालती धीरा सखियों के साथ विराट स्तम्भों के पीछे लुप्त हो गयी।

स्वर्णांचल में टँके मोतियों को हाथ में लिये पांचाली वैसी ही खड़ी रह गयी। उन मोतियों को उँगलियों पर लपेटने के साथ ही नयनों से ढुलकते मोतियों को भी मन में ही लपेटने का असफल प्रयास करती-सी।

प्रसन्नवदन अर्जुन द्वार पर खड़े थे—प्रतीक्षा में। हर्षातिरेक बावली पांचाली अभी वेगपूर्ण फेनिल ज्वार की भाँति आकर उनके कण्ठ लग जाएगी। किन्तु! वह नहीं आयी।

उन्होंने अन्दर झाँका तो ठगे-से रह गये—अपूर्व शृंगार से सुसज्जित पांचाली को देख। बारह वर्ष पूर्व जिस किशोरी को सप्तमी की उज्ज्वल झीनी चन्द्रप्रभा-सी छोड़ गये थे, वह निखरकर शारदीय पूर्णिमा की ज्योतिर्मयी अभिसारिका बन गयी थी। जिस अर्धमुकुलित, सद्यःप्रस्फुटित कलिका को छोड़कर गये थे, वह रूप-रस यौवन से परिपूर्ण शिशिर-जटित, मकरन्द-सुवासित विशाल पद्मराज बनी खिली पड़ रही थी। पीत-कौशेय वसन में आवृत सुपुष्ट देहयष्टि जैसे केसर-किंजल्क की झीनी आभा बिखेर रही थी। जगत्प्रसिद्ध घुंघराली गहन नील कुन्तलराशि पीठ पर फैली थी, जिस पर कुमुदनी व चन्द्रहास-कलिकाओं की लड़ियाँ आलोड़ित हो रही थीं। मरकत-मणिमेखला, वलय, बाहुबन्ध, कण्ठहार!...अर्जुन अवाक् रह गये थे। चित्रांगदा, उलूपी, सुभद्रा—सब निस्तेज थीं इस लावण्यमयी के समक्ष। वर्षाकालीन चित्र-विचित्र, रंगरंजित

सौन्दर्यमयी सन्ध्या जैसे धरा पर उतर आयी हो! सप्तरंगी इन्द्रधनुषी रूप से मण्डित नभरम्भा-सी पांचाली...अर्जुन मुग्ध रह गये।

पांचाली निश्चल थी। चोट खाया अभिमान सर्प-सा फुफकार रहा था। विशाल नयन नीर-झील से भरे-भरे थे। जलपूरित लोचनों से उस पुरुष-सिंह का आकार भी जल-जल, छल-छल होता तरल हुआ जा रहा था।

मुग्ध मन अर्जुन मुस्कराते हुए अन्दर आ गये।

"महाराजकुमार अर्जुन की प्रीति-प्रियतमा महारानी याज्ञसेनी का गाण्डीव की टंकार से अभिनन्दन करनेवाला तुच्छ दास सेवा में उपस्थित है देवी!"

वह जलप्लावित नयनझीलों को उमड़ने से रोकने का असफल प्रयास कर रही थी। उसने सिर दूसरी ओर घुमा लिया—धीमे से। बड़ी सावधानी से, जिससे कहीं कोई अबोध अश्रु ढुलककर विश्वासघात न कर जाये। अश्रु निष्ठावान् निकले, बँधे रह गये लक्ष्मणरेखा में। किन्तु...एक दीर्घ निःश्वास रहस्य खोल गया।

यह कैसा विचित्र स्वागत! मेरे आगमन पर गहन निःश्वास! क्या मेरे किसी भाग्यवान् भ्राता ने मेरी अनुपस्थिति में पांचाली का चित्त हर लिया? वे गम्भीर हो गये।

"यह क्या याज्ञसेनी! मेरा ऐसा स्वागत? मेरे आगमन पर गहन-दीर्घ निःश्वास! मैं सोच रहा था कि दीर्घ वनवास के पश्चात् जब पांचाली के द्वार पर पहुँचूँगा तो पांचाली खिल उठेगी, सहस्त्र प्रदीपों की स्थाली से आरती उतारेगी। मार्गभर यही सुखद कल्पना सँजोये आ पहुँचा। मैं क्या जानता था कि बारह वर्ष की दूरी में तुम मुझसे सर्वथा विमुख हो चलोगी...और मेरा अन्य भाग्यवान भ्राता तुम्हें प्रसन्न करके तुम्हारा मन हर लेने में अधिक सफल हो जाएगा..."

"रहने दें आर्यपुत्र अपना कृत्रिम प्रेम!" व्यथित किन्तु दर्पयुक्त वाणी में पांचाली कठिनाई से बोल सकी।

"कृत्रिम प्रेम? यह तुम्हारे मुख से क्या सुन रहा हूँ! तुम मेरे ऊपर ऐसा गम्भीर आक्षेप लगाओगी?...किन्तु मेरा अपराध क्या है भद्रे?"

"अपनी सुभद्रे से ही पूछिए।"

बादल छँट गये और अर्जुन के मुखमण्डल पर मृदुल हास्य खेल गया।

"ओह, समझा! मेरी पांचाली के विशाल हृदय में ईर्ष्या के लिए भी विशाल स्थान है, यह मैं पहले कभी नहीं जान पाया था। किन्तु याज्ञसेनी...सुभद्रा की तुमसे कोई तुलना नहीं। वह तुम्हारी भाँति कुशाग्रबुद्धि, सुशिक्षित नगरबाला नहीं है। वह तो अत्यन्त निरीह ग्रामबाला है, अत्यन्त सरल, अत्यन्त अबोध..."

"और अत्यन्त सुन्दर भी।" पुनः दर्पयुक्त व्यंग्यवाण पांचाली ने छोड़ा।

"तुमसे अधिक नहीं रानी...याज्ञसेनी! वह अबोध तुम्हारी अनुजा की भाँति रहेगी। उसे तुम शिक्षित करोगी, प्रशिक्षित करोगी। वह तुमसे ही सीखेगी सब कुछ...।"

"मेरा सब कुछ हरकर?"

"अहो!...पांचाली!!"

"मैं यहाँ बारह वर्ष तपस्या करती रही, बावली-सी आपके नाम की माला जपती रही—सब शृंगार-हास छोड़कर! और आप विश्वभर में नारी-रत्न बटोरते रहे अपने कण्ठहार में डालने हेतु।"

"पांचाली! मैं भी पूरे बारह वर्ष तुम्हारी स्मृति सँजोये रहा। तुम्हारे कहे अनुसार ही तुम्हारी स्मृतिमाला को मैं पवित्र तुलसीमाल-सा हृदय धारण किये रहा। रानी! कण्ठ में पड़ी रत्नमाला में कितने भी रत्न हों किन्तु हृदयस्थल पर तो एक ही रत्न रह सकता है—और वह सर्वाधिक सुन्दर अमूल्य रत्न ही होता है जो हृदय पर झूलता रहे। मेरी रत्नमाला की सर्वाधिक प्रदीप्त उज्ज्वल मणि तो तुम ही हो भारती...तुम ही रहोगी।"

"नहीं आर्यपुत्र! यदि एक मूल्यवान दीप्तिवान मणि पर किसी को गर्व हो और वह उससे सन्तुष्ट हो तो अनावश्यक रूप से विश्वभर में मणियाँ बटोरने को उसका चित्त चंचल क्यों होगा? मुझे अपनी सर्वाधिक मूल्यवान मणि बताते हुए भी तो आर्यपुत्र का मन चंचल मृग की भाँति सुभद्रा पर आसक्त हो पड़ा। और फिर तो अपहरण अनिवार्य था।"

"नहीं-नहीं पांचाली...नहीं। अपनी आसक्ति के कारण नहीं, मधुसूदन के परामर्श के कारण।"

"माधव के परामर्श...?"

"हाँ कृष्णे! तुम राजनीति की इतनी विदुषी पण्डिता हो...तुम्हें इस सम्बन्ध के पीछे छिपी राजनीतिक आवश्यकता समझ लेनी चाहिए थी। याज्ञसेनी! यदुवंशी हमारे हितैषी हैं, हमारे मित्र हैं, इसमें सन्देह नहीं। आपत्ति में मधुसूदन श्रीकृष्ण तथा श्री बलराम सदा हमारे साथ रहे हैं, किन्तु केवल सौहार्दवश। उन्हें सदा के लिए अपनी मित्रता के दृढ़ सूत्र में बाँधे रखना इन्द्रप्रस्थ के हित में है। तुम नहीं जानतीं, इन्द्रप्रस्थ के उत्कर्ष से हमारे कौरव बन्धु कैसे ईर्ष्या के वशीभूत हो गये हैं और आये दिन हमारे पराभव के लिए षड्यन्त्र बुना करते हैं। हमारे पास क्या है? यही इन्द्रप्रस्थ...उन्हीं का दिया आधा राज! हमारे मित्र कौन हैं? तुम्हारे पूज्य पिता...पांचालनरेश द्रुपद। वे ही तो एकमात्र हमारे निकटतम सम्बन्धी हैं। और? और कौरवों के सौ भाइयों के वैवाहिक सम्बन्धों से ही असंख्य सम्बन्धी हैं जो हर संकट में उनका साथ देते हैं।" अर्जुन का गम्भीर स्वर धीरे-धीरे उद्विग्न हो रहा था।

"पांचाली, मैंने सुभद्रा के रूपलावण्य की प्रशंसा अवश्य की थी, किन्तु केशव ने मुझे प्रेरित किया सुभद्रा का अपहरण करने को ताकि यदुकुल से वैवाहिक सम्बन्ध स्थापित हो सके। अब अन्धक एवं वृष्णि वीर हमारे हैं। वासुदेव एवं बलराम को कोई शक्ति हमसे विमुख नहीं कर सकती। अपनी अनुजा के प्रति उनका स्नेह हमारा साथ देने को सदा प्रेरित करेगा उन्हें!"

पांचाली का उद्वेलित मन शान्त न हो रहा था। मुखमण्डल पर अविश्वास एवं

सन्देह की छाया अभी भी डोल रही थी।

अर्जुन निकट आ गये, ''पांचाली! मेरी रत्नमालिके! मेरे स्वागत के पुष्पहार किस निर्ममता से तुमने फेंक दिये हैं! प्रदीपों की स्थाली पृथ्वी पर पड़ी हुई है। गंगाजल का कलश लुढ़क गया है...यह सब क्या है?...मैं इन्द्रप्रस्थ की सीमाओं का निरीक्षण करता रहा...एकाकी। अन्य राज्यों से सम्बन्ध सुदृढ़ करता रहा...और तब तक कौन वीर मेरी मणिमाला को चुरा ले गया!...महापराक्रमी भीमसेन? अथवा सौन्दर्यकुमार नकुल?''

''अब अधिक व्यथित न करें देव!...सदा-सदा मेरी आशाओं पर तुषारपात करने के पश्चात् ऐसे ही मधुर शब्दों की रसवर्षा निःसृत होती है आपके मुखारविन्द से। इन ही शब्दों से...ऐसी ही बातों से...मुझे सदा छलावा देते आये हैं। मैं विरत हूँ पार्थ! मेरा मन टूट गया है!...कोई आकांक्षा शेष नहीं...बहुत पा लिया! जीवन-ध्येय चुक जाने के बाद...जीवन-रस सूख जाने पर जीवन धारण करने का क्या प्रयोजन?''

अर्जुन विचलित हो उठे, ''पांचाली! यह कैसा अशोभनीय नैराश्य! कर्मयोगिनी ही जीवन से हार जाएगी! एक तुच्छ-सी घटना के कारण!''

''तुच्छ घटना तो आर्यपुत्र के लिए होगी, मेरे जीवन की तो यह प्रमुख घटना है। मेरे रहते दूसरी स्त्री से आपका विवाह करना अनुचित नहीं। अवैधानिक भी नहीं। किन्तु इससे यह सिद्ध हो गया कि मेरे अन्दर कितने अभाव हैं।...पूर्णता की कमी है। मेरी क्षमता अधूरी है जिसके कारण ही आर्य का मन दूसरी ओर गया। आर्यपुत्र! आपने तो स्वयं को कई बार भ्रमर कहा है! आपके मन-मधुकर की पिपासा स्यात् अब मुझसे न बुझ पाती! आपको सद्यःप्रस्फुटित कलिका चाहिए थी! आप तरुण हैं—पुरुष हैं। अहो, मैं आपकी प्रत्येक अन्यायपूर्ण...अनुचित आज्ञा मानकर भी विफल ही रही!...मेरा दुर्भाग्य! जाने दें सव्यसाची! इन व्यर्थ के प्रलापों और तर्कों में रखा क्या है?''

अर्जुन की व्यग्रता चरम सीमा पर पहुँच गयी थी—

''मुझे कुछ कहने का अवसर भी दो कृष्णे! तुम्हारे नेत्रों में अश्रु देखते ही मेरा मन काँप उठता है, साहस टूट जाता है!''

''अब रहने दें नाथ! बहुत हो गया। आपको देखकर—आपके नाम से ही इतनी जीवन-यात्रा पूरी की है—जब वह भी मेरे भाग्य में नहीं, तो जीवन का कोई उद्देश्य नहीं दिख रहा। जीवन की लेशमात्र लालसा नहीं मन में...।''

''बस! बन्द करो देवी! अब नहीं सुन सकता। मैंने स्पष्ट बताया—सुभद्रा से विवाह एक राजनीतिक आवश्यकता थी। इसे तुम न समझ सको तो कौन समझ सकेगा? श्रीकृष्ण हमारे ऊपर कृपालु हैं। वे कितने महान् कूटनीतिज्ञ हैं, यह तुमसे छिपा नहीं। इस समय अन्तरराज्य सम्बन्धों एवं समस्याओं के निदान उन्हीं पर अवलम्बित हैं। वे दूरदर्शी हैं। मैं अब तुम्हें स्पष्ट बता देता हूँ कि सुभद्रा से मेरे विवाह का क्या कारण था। पांचाली! हलधरवीर बलराम दुर्योधन से बहुत प्रसन्न हैं। दुर्योधन को उन्होंने गदा-

युद्ध की शिक्षा दी है। वह उनका शिष्य है, उनका कृपापात्र है। श्री बलराम दुर्योधन को सुभद्रा सौंपना चाहते थे। बात सुनिश्चित हो गयी थी। किन्तु श्रीकृष्ण नहीं चाहते थे, दुर्योधन जैसे अधर्मी व्यक्ति को अपनी अनुजा सौंपना। यदि यह सम्बन्ध हो गया होता तो क्या होता पांचाली, कल्पना करो। किसी भी वैमनस्य अथवा स्पर्धा में समस्त यादव, वृष्णि एवं अन्धक दुर्योधन के साथ होते! यहाँ तक कि श्रीकृष्ण भी दुर्योधन के पक्ष में विवश हो जाते। यह कितनी भयावह स्थिति होती! हमारे अभिन्न मित्र हमसे बिछुड़ जाते। हमारे पथप्रदर्शक, मार्गदर्शक, हमारे प्रिय सखा विलग हो जाते। चूँकि दुर्योधन एवं सुभद्रा का सम्बन्ध निश्चित हो चुका था इसलिए और कोई उपाय न था सिवा इसके कि मैं सुभद्रा का अपहरण करूँ और वह सम्बन्ध न होने दूँ। कहो, मैं तुम्हारे उद्विग्न मन को शान्त कर पाया अथवा नहीं?'' अर्जुन की गहन दृष्टि पांचाली के मुखमण्डल पर टिकी थी।

पांचाली विस्फारित नयनों से उन्हें देख रही थी। मधुसूदन की कूटनीति पर पुनः वह अभिभूत थी।

''किन्तु...उलूपी...'' चेतना लौटते ही उसने जिज्ञासा की।

अर्जुन मुस्करा पड़े, ''तभी तो कहता हूँ कि तुम्हारे विशाल हृदय में ईर्ष्या भी एक विशाल स्थल को घेरे हुए कुण्डली मारे बैठी है। उलूपी स्वयं ही मुझ पर आसक्त थी। उसने स्वयं प्रणय-निवेदन किया था। ऐसी परिस्थिति में...कि मैं विवश था।''

''और...चित्रांगदा?''

''पांचाली!'' अर्जुन के मुख पर विवशता छा गयी। यही एक दीन-सा शब्द मुख से निकल पाया। वे निरुत्तर थे, अपराध-भाव से ग्रस्त। पांचाली के नेत्रों में देखने का साहस न था। पांचाली ने जैसे उनकी चोरी पकड़ ली हो।

''मैंने सुना, चित्रांगदा युद्धकौशल में पारंगत है और उसकी धनुषकला पर मुग्ध हुए थे मेरे प्राणनाथ! इतने तीक्ष्ण वाण छोड़े उसने कि आपका मर्मस्थल भेद दिया...कामदेव का नारी-विग्रह है क्या वह?...वैसे कामरूप वहाँ से दूर नहीं है!''

''हाँऽ... वाण छोड़ती है चित्रांगदा, किन्तु तुमसे तीक्ष्ण नहीं! तुम्हारे वाक्वाण ही किसी के मर्म को विदीर्ण कर डालने को सक्षम हैं। क्षत-विक्षत कर डालने में तुम्हारे सुतीक्ष्ण वाक्वाणों की तुलना नहीं! किन्तु कृष्णा, मैं क्या कहूँ!...वस्तुस्थिति कुछ और थी। घर से निकले...सब पारिवारिक सुख-सुविधाएँ त्यागे...घूमते-घामते कई वर्ष होने पर मैं बहुत एकाकी हो गया था। क्लान्त हो चला था—क्लान्त मन! क्लान्त तन! चाहता था, किसी प्रकार लौट आऊँ—पारिवारिक उष्णता के सुखद घेरे में। अपने नीड़ में—तुम्हारे पास। पर जग अपयश देता। धर्मपालन में व्यतिक्रम मैं नहीं चाहता था। मैं घूमता रहा—घूमता रहा। कोई आश्रय-कुंज चाहता था...कुछ विश्राम चाहता था ...सुख की शीतल छाँह चाहता था। राजकुमारी चित्रांगदा ने मुझे ऐसे क्लान्त क्षणों में आश्रय

दिया...सुख दिया...''

''और एक पुत्र दिया!'' द्रौपदी का ईर्ष्या से घुटा हुआ स्वर बोला।

''हाँ! एक पुत्र भी। बभ्रुवाहन्...वह मणिपुर का भावी शासक है। उसका पालन-पोषण वहीं होगा। पांचाली! मेरे एकाकी प्रवास पर—मेरे संकटपूर्ण कष्टमय जीवन पर तुम्हें दया न आयी? तुमने यह नहीं सोचा कि मैं कैसे-कैसे जीवन काट पा रहा हूँ?''

''सोचा था आर्यपुत्र, सोचा था। एक-एक पल आपकी स्मृति में बिताया है। ऐसा लगकर तो कभी हरि-स्मरण भी नहीं किया। पूरे समय आपके लिए सोचती रही। यही तो कष्ट का मूल कारण सिद्ध हुआ। यह देखें...''

उसने कोने की ओर इंगित किया। चन्दन-काष्ठ में आवृत सव्यसाची का एक विशाल चित्र रखा हुआ था जिसपर असंख्य पुष्प-मालाएँ लदी हुई थीं। सामने दीपक प्रज्वलित था। धूप-अगरु की सुगन्ध थी। पार्श्व में सूखी मालाओं का विराट् ढेर लगा हुआ था। निरन्तर बारह वर्ष वह अपने अन्य पतियों से छिपाकर प्रियतम का पूजन-स्मरण ऐसे करती रही! अर्जुन भावुक हो उठे। कण्ठ अश्रु-गद्गद हो चला। पांचाली के नेत्र सजल तरल हो चले। नेत्रों में पीड़ा पुन: डबडबाती तैर गयी।

''पांचाली!'' किन्तु कण्ठ भावारुद्ध था। अर्जुन बोल नहीं पाये। कुछ पल शान्त रहे, फिर बोले, ''पांचाली! मेरे साहस और पराक्रम की द्योतक भी तुम हो और प्रेरणा भी तुम हो। तुम्हें मैंने सर्वाधिक दु:साध्य प्रतियोगिता में पाया था।...पांचाली! मैं तो समुद्री जलयान पर बैठा पक्षी हूँ। दूर किसी अन्य अवलम्ब खोजने...आधार ढूँढ़ने...फड़फड़ाता उड़ता हूँ किन्तु चारों ओर जल ही जल...अपार सागर...अथाह सागर देख...कष्ट देख लौट आता हूँ अपने जलयान पर ही।...तुम ही मेरा अवलम्ब हो, आधार-स्तम्भ हो! अब और कुछ नहीं कहूँगा—और कुछ कह नहीं पा रहा, बस। मुझे अब क्षमा कर दो...''

''हाँ! उस प्रतियोगिता में आपने मुझे क्या जीता, मैं सदा के लिए स्वयं को हार गयी। जीवनभर के लिए हार गयी। आपने तभी मुझे सदा-सदा के लिए छल लिया था...ठग लिया था। मैं कहीं पराजित नहीं होती...सिवा आपके सामने। आह, कैसी दुर्बलता है इस मन की! सारे विश्व का विरोध कर पाती हूँ, पर आपका नहीं! कैसी विचित्र विवशता!''

पांचाली के शिथिल-विवश शब्द अन्त में डबडबा आये और डबडबाते हुए डूबने लगे।

अर्जुन ने हौले से पांचाली के कन्धों पर अपने हाथ रखे। वे ही तो शीतल जल के छींटे थे उसके अन्तर के उबाल के लिए। एक हाथ से उन्होंने उसकी चिबुक उठायी, और बाँध टूट गया। वह निराधार आहत वन-वल्लरी अर्जुन के शाल स्कन्धों पर झूम

गयी।

मुक्तालड़ियों-सी अश्रुधारा बह रही थी। दुःख के अश्रु थे। सुख के अश्रु थे। प्रेम के अश्रु थे। अब उसे न सुभद्रा स्मरण थी, न चित्रांगदा, न ही उलूपी। अब केवल वह थी, और उसके बहुप्रतीक्षित धनंजय। प्रेमाश्रुओं से धोये डाल रही थी उनके आकाश सम विशालवक्ष पर अनुलेपित सुगन्धित चन्दन को। कितने वर्षों बाद रसवर्षा हो रही थी—रिमझिम की फुहार-सी!

और दोनों के दोनों थे—रसनिःसृत! रसभीगे! रसपूरित! रसप्लावित!

खण्ड : दो

कृष्ण-क्रिया

7. कपट पर्व

राजसूय यज्ञ के अवसर पर इन्द्रप्रस्थ के उत्कर्ष एवं विराट वैभव का प्रत्यक्ष दर्शन पा लेने के पश्चात् राजपुत्र दुर्योधन की ईर्ष्या ज्वालामयी हो लपलपाने लगी थी। मयदानव रचित राजप्रासाद में कही हुई महारानी द्रुपदसुता की व्यंग्योक्तियाँ उसका अन्तर्दाह करती रहतीं। दुर्योधन, शकुनि तथा कर्ण का त्रिगुट प्रतिशोध की भावना से ग्रस्त था।

तीनों विचारमग्न एकान्त में शीश झुकाये बैठे थे। एक-सा विचार-मन्थन तीनों के मस्तिष्क में चल रहा था। कितने कम समय में इन्द्रप्रस्थ एक अत्यन्त वैभवशाली एवं शक्तिशाली राज्य बन गया! कितने कम समय में पाण्डवों ने अनेक राजाओं को अधीन कर लिया है जिनसे वे कर लेते हैं! कैसे बात की बात में महाराज युधिष्ठिर ने राजसूय-यज्ञ सम्पन्न कर डाला! श्रीकृष्ण एवं बलराम पाण्डवों के मित्र हैं! वृष्णिनन्दिनी सुभद्रा दुर्योधन के हाथ आते-आते रह गयी, अर्जुन उसे ले उड़े! पांचाली को अर्जुन ले गये थे—यही पुरातन व्यथा दूर नहीं हुई थी, अब तो एक नया आघात हो गया! विरोधी राजाओं को पाण्डवों ने कुचलकर फेंक दिया था, जिनमें जरासन्ध एवं शिशुपाल अत्यन्त प्रबल व शक्तिशाली शासक थे। पाण्डवों की उन्नति व सफलता कौरवों के हृदय में शूल की भाँति सतत चुभती रहती है। कैसे इस शूल को दूर किया जाये?

शकुनि ने धीरे-धीरे सिर उठाया, "बाहुबल एवं पराक्रम से पाण्डवों को पराजित नहीं किया जा सकता। वे महापराक्रमी हैं। दण्डनीति का यह मान्य सिद्धान्त है कि यदि शत्रु अधिक सबल हो तो उसके विरुद्ध बलप्रयोग कभी न किया जाये। साम, दाम व भेद से ही उसे पराजित किया जाये।"

"हो सकता है मातुल! भेद प्रयोग सरलता से हो सकेगा। द्रुपदसुता पतियों में भेदभाव करती है। अर्जुन के साथ पक्षपात करती है—इसी लक्ष्य को और उजागर किया जा सकता है ताकि पाण्डवों की एकता छिन्न-भिन्न हो जाये।"

"ठीक कहते हैं दुर्योधन! आर्य शकुनि! यदि अर्जुन को अन्य चारों भ्राताओं से पृथक् कर दिया जाये इसी आधार पर, तो अर्जुन एकाकी हो दुर्बल पड़ जाएँगे एवं पाण्डवों में केवल भीमसेन एकमात्र वीर रह जाएँगे। एक तीर से दो पक्षियों का वध हो सकेगा।" कर्ण ने दुर्योधन की हाँ में हाँ मिलायी।

शकुनि की छोटी-छोटी आँखें विचारमग्न होने से और भी छोटी हो गयी थीं। वह

अधिक कुटिल था, दूरदर्शी था।

"नहीं कर्ण! दुर्योधन और तुम जितना इसे सरल समझ रहे हो, यह कार्य उतना ही दुरूह है। तुम लोग नहीं जानते, पांचालनरेश की कन्या द्रौपदी बड़ी व्यवहारकुशल, चतुर, कर्मठ एवं कार्य-दक्ष है। अर्जुन के प्रति समर्पिता होकर भी उसने बड़े चातुर्य से सभी पाण्डवों का मन हर लिया है। वे सब उसके वश में हैं, उसमें अनुरक्त हैं। राज्य-संचालन में भी उसकी राय ली जाती है। वह बड़ी नीति-निपुण है। बड़ी-बड़ी राजनीतिक समस्याओं का निदान बहुधा वह उसी दक्षता से निकाल लेती है जैसे दण्डनीति-शिरोमणि श्रीकृष्ण स्वयं निकाल पाते हैं। पाण्डव बन्धु इसीलिए उसका कुलदेवी का-सा सम्मान करते हैं। उनमें परस्पर ईर्ष्या-द्वेष नहीं है। द्रौपदी सबकी सेवा करती है। सेवकों की भी स्वयं देखभाल करती है। उसके परिवार में या राज्य में कहीं भी कोई उससे असन्तुष्ट नहीं है।...

"यह समझ लो तुम दोनों कि पाण्डवों की सफलता की मुख्य आधारशिला पांचाली है। उसकी बुद्धि पाण्डवों से कहीं अधिक परिपक्व है। पाण्डवों के पास पराक्रम है। शरीरिक बल है। उसका पूरक गुण...बौद्धिकबल पांचाली के पास है। एक बार पाण्डवों को मूर्ख बनाया जा सकता है, उन्हें छला जा सकता है, किन्तु उस स्त्री को नहीं। पाँचों पति उसकी रक्षा कर पाएँ अथवा नहीं किन्तु वह ढाल बनकर उनकी रक्षा करती है। और इतना स्मरण रखो दुर्योधन और कर्ण, कि जब तक युधिष्ठिर पांचाली के कहने पर चलेंगे, इन्हें परास्त नहीं किया जा सकता। जिस दिन वे पांचाली के प्रभाव से मुक्त होंगे, स्वयं अन्धकूप में गिरेंगे और पूरे परिवार का सर्वनाश कर देंगे। इसलिए हमारा लक्ष्य युधिष्ठिर होना चाहिए, द्रौपदी नहीं।...

"द्रौपदी राजनीति की मर्मज्ञ है। जब इसके भाइयों को बृहस्पति-नीति की शिक्षा दी जाती थी तब यह भी वहाँ बैठकर सब सुनती थी। यह साम, दाम, भेद, दण्ड सब समझती है। यह झाँसे में न आ सकेगी। जबकि युधिष्ठिर सीधे और सरल हैं, अल्पबुद्धि हैं। दण्डनीति का सिद्धान्त मानकर चलो कि शक्तिशाली शत्रु के विरुद्ध बलप्रयोग करोगे तो स्वयं कच्चे मृत्तिका-कुम्भ की भाँति फूटकर चूर-चूर हो जाओगे। शक्तिशाली शत्रु को बल से नहीं, छल से जीतो दुर्योधन!"

"छल!" दुर्योधन एवं कर्ण के विस्फारित नेत्र गान्धारकुमार पर टिक गये।

कुटिलराज की कुटिल आँखें चमककर चंचल हो उठी थीं, "हाँ, छल। वही जो पहले मैंने बताया था—द्यूतक्रीड़ा। युधिष्ठिर द्यूत-विलासी हैं। किन्तु उन्हें द्यूतक्रीड़ा आती नहीं। उन्हें द्यूतस्पर्धा के लिए आमन्त्रित करो। इस स्पर्धा के लिए मैं एक विशिष्ट पासा बनवाऊँगा जिसका रहस्य किसी को पता न चलेगा। और मैं उनसे उनकी पूरी राज्यलक्ष्मी दाँव पर लगवा दूँगा। वे पराजित होकर राह के पथिक बने स्थान-स्थान भटकेंगे। द्यूतक्रीड़ा में जो पराजित होगा, वह बारह वर्ष के लिए वनवास करेगा।"

दुर्योधन उछल पड़ा, "हाँ, मातुल! इस प्रकार पाण्डवों के वर्तमान एवं भविष्य

दोनों ही नष्ट हो जाएँगे। पाण्डवों के विशाल राज्यवृक्ष की जड़ों पर कुठाराघात होगा...और वह निर्मूल हो अरअराकर गिर पड़ेगा। उनका राज्य उनके स्वप्नवृक्ष की भाँति छिन्न-भिन्न हो जाएगा।''

''हाँ आर्य, ऐसा होने पर शायद उनकी एकता भी जाती रहे! दरिद्रता, दु:ख एवं कष्ट सहन न कर सकने पर माद्रीपुत्र, जो अपेक्षाकृत अधिक सुकुमार हैं, शायद कुन्ती-पुत्रों से पृथक् हो जाएँ। तब हम उनका स्वागत करेंगे। वीरता का संचार केवल भीम एवं अर्जुन में ही होता है। युधिष्ठिर तो वीरता से शून्य हैं। अत: जब दोनों वीर भाई अकेले पड़ जाएँगे तो पांचाली भी शायद विरत हो जाये इन दोनों से!''

कर्ण एवं दुर्योधन गद्गद थे। अपने महाकुटिल मातुल की दूरदर्शिता एवं कपट-बुद्धि पर मुग्ध थे।

''मातुल! उस अभिमानिनी नारी का दर्प चूर होना चाहिए जिसने हमें अपमानित करके कहा था कि अन्धों की सन्तान अन्धी ही होती है। उसका अभिमान खण्डित होना चाहिए! उस वैभवशालिनी को द्वार-द्वार भटकनेवाली भिक्षुणी बना दो मातुल!''

''यही होगा दुर्योधन!'' शकुनि को अपनी छल-कपट की नीति व धूर्तता पर अटूट विश्वास था।

''तुम लोग निश्चिन्त रहो। ये पाण्डव कहीं के नहीं रहेंगे। राज्यहीन तथा आश्रयहीन होकर वन-वन डोलेंगे, और उनके साथ यह राजमदमत्त नारी भी दारुण यातना झेलेगी।''

''आर्य शकुनि! वास्तव में यह द्रौपदी ही पाण्डवों की मेरुदण्ड है। आप इस मेरुदण्ड को तोड़ें।''

''सब टूटेंगे, कर्ण!''

''यह गाण्डीव की प्रत्यंचा-सी सदा तनी रहती है...इसे झुकाएँ मातुल!''

''यह झुकेगी, कर्ण!''

''यही गाण्डीव की प्रेरणाशक्ति है। यही अर्जुन की वह बलशाली भुजा है जो गाण्डीव धारण करती है। अर्जुन की इस भुजा को काट दें आर्य! अर्जुन को निस्तेज कर दें!''

''यही होगा, कर्ण!''

''यह गाण्डीव की प्रत्यंचा भी है और भीम के गदा की लौह शक्ति भी है मातुल! इस लौह-नारी को तोड़ें!''

''आर्य! यही पाण्डवों की एकता की सूत्र है। इसे छिन्न-भिन्न कर दें। यही उनकी शक्ति है, इसे परास्त करें आर्य!''

''मातुल! इसका बड़ा प्रबल अहं है। द्रौपदी के इस अहं को सदा के लिए धूल में मिला दें। इसे नष्ट कर दें तो पाण्डव स्वयमेव नष्ट हो जाएँगे।''

''यह तेजस्विनी ही उनके हृदयों को आलोकित रखती है। इस दीपशिखा को बुझा दें आर्य!''

"मातुल! ऐसे सुयोग बार-बार नहीं आते। एक बार में ही इन्हें समूल नष्ट कर दें। अपने राजसिंहासन पर फिर इनका अधिकार ही न रहे। मातुल! ऐसा जाल बिछाएँ कि इन्हें सदा के लिए अन्धकार हो जाये और ये प्रज्वलित नक्षत्र उस अन्धकार में एक बार लुप्त हों तो फिर कभी चमक न पाएँ।"

"यही होगा दुर्योधन! यही होगा कर्ण! तुम लोग उत्तेजित न हो, उतावले न बनो। अब पाण्डव मेरी पकड़ में आ गये हैं, अब बच नहीं सकते। अब मैं एक के बाद एक चाल चलूँगा और देखना, कौरवों की विजयश्री सुनिश्चित है। केवल महाराज धृतराष्ट्र को तैयार कर लो। वे द्यूतक्रीड़ा के लिए अनुमति दे दें। जो पराजित हो, वह बारह वर्ष के लिए वनवास करे—इसके लिए उनकी आज्ञा लो। उनकी आज्ञा से शीघ्र ही एक विशाल प्रेक्षागृह निर्मित कराओ जहाँ द्यूतक्रीड़ा का आयोजन हो सके और महाराज युधिष्ठिर को शीघ्र निमन्त्रण भिजवा दो कि वे सपरिवार हस्तिनापुर का आतिथ्य स्वीकार करें।"

"ऐसा ही होगा मातुल!" हर्षोन्मादित दुर्योधन ने कहा।

"ऐसा ही होगा महाभाग!" प्रसन्नवदन कर्ण ने कहा। और वे तत्काल ही महाराज धृतराष्ट्र के महल की ओर चल पड़े।

गोधूलि वेला थी। गौओं के कण्ठों में झूलती घण्टियों की ध्वनि दूर से आ रही थी। उस दिन सन्ध्या कुछ पहले ही झुक आयी थी। भगवान् अंशुमाली उतावली से अपने स्वर्ण-आभूषण और केसरिया रंग के राजसी परिधान समेटते हुए अपनी विश्रामस्थली पर उतर रहे थे। एक ओर उनकी दिव्य आभा पश्चिमी आकाश पर अबीर-गुलाल बिखेर रही थी और दूसरी ओर क्षितिज के एक कोने से सघन नील मेघमालाएँ उमड़ती-घुमड़ती ऊपर उठी जा रही थीं। अद्‌भुत संगम था इन स्वर्णारुण तथा श्यामल नील मेघों का। हर्षोन्मादित बलाका-पंक्ति शंखहार बनाती-सी उड़ी जा रही थी—भगवान् भास्कर का पीछा करते-करते। क्षितिज के मेघमण्डित भाग में दामिनी भी मचलने लगी थी किन्तु सूर्यदेव के प्रताप के समक्ष अभी उसका तेज धूमिल था। वायु मन्द नहीं थी, प्रबल भी नहीं। किन्तु वृक्ष झूम रहे थे। सुन्दरियों के रंगरंजित रेशमी परिधानों को मलय-समीर छेड़ रहा था और वे बावले-से सरसरा-फरफरा उठते थे।

राजप्रासाद के निचले खण्ड में विराट सभागार में इस समय द्यूतक्रीड़ा चल रही है। पाण्डव नरशार्दूलों को निमन्त्रण भेजा गया था और वे इस प्रकार अपनी वैभव-छटा बिखेरते आये कि कौरवनन्दनों का रहा-सहा धीरज और सहिष्णुता भी जाती रही। महाराज युधिष्ठिर असंख्य परिचारक-परिचारिकाओं के साथ स्वर्णमण्डित राजरथ में, स्वर्णछत्र से सुशोभित होकर आये थे। चारों वीर भाई स्वर्ण-मेरुदण्ड-से मुख्य आधार-स्तम्भों की भाँति उनके चारों ओर थे। अजेय योद्धा पाण्डुनन्दन श्वेतवाहन अर्जुन को

देख हस्तिनापुर के नागरिक इतने विह्वल हो उठे कि उनके जयघोष से पृथ्वी कम्पायमान हो गयी—आकाश हिल गया।

और...अनायास यह नीलोत्पलगन्ध कहाँ से प्रवाहित होने लगी? नहीं—नीलोत्पलगन्ध नहीं! यह तो शारदोत्पलगन्ध है...किन्तु कहाँ से? यह पद्मगन्ध कहीं संदेशवाहिका तो नहीं राजरानी द्रौपदी के आगमन की? जिसके सुकुमार सौन्दर्य से पद्मगन्ध न केवल निःसृत होती थी, किन्तु कोसों तक फैल जाती थी—कहीं वह राजनलिनी ही तो नहीं आ रही? सब श्वास रोके प्रतीक्षारत थे।

और जब यज्ञकुण्ड से जन्मी महातेजस्विनी याज्ञसेनी अपनी प्रखर रूपज्योति की आभा से प्रकाशित होती दिखाई दी तो कुरु-महिलाओं के मुखमण्डल की ज्योति बुझ गयी। उसके प्रबल वैभव, गर्व-प्रदीप्त तेज के समक्ष वे सब कितनी निस्तेज, प्रभाहीन, श्रीहीन एवं कान्तिहीन थीं! वह हीरक-सी दमक रही थी और वे उन मोतियों-सी प्रभाहीन थीं जिनका पानी उतर चुका हो। पाँच नरशार्दूलों के हृदय की एक छत्र अधिकारिणी उस वनराज-वधू को कुरु-पुरुषों ने उत्सुकता से देखा और विमुग्ध दृष्टि से निहारते रह गये—

शारदोत्पल-पत्राक्ष्या शारदोत्पल-गन्धया!
शारदोत्पलसेविन्या रूपेण श्रीसमानया!!

विलक्षण सौन्दर्य की धनी थी वह! बिना हँसे भी हँसती हुई-सी लगती! बिना मदपान किये हुए भी डगमगाती-सी, मदमाती चाल जिसकी! बिना बोले भी दृष्टिमात्र से बोलती हुई-सी! असंख्य मुक्तामणियों से सुसज्जित उस रूपगर्विता की अपराजेय तेजमूर्ति को स्त्रियों ने देखा तो ईर्ष्या से हृदय दग्ध हो उठे। ठण्डी साँसें भर-भरकर उन्होंने उस वैभवपुत्री को निहारा। ताराओं के बीच रोहिणी नक्षत्र-सी देदीप्यमान!

बुद्धि, नीति और तेजसम्पन्न उस मानिनी महाराज्ञी को दुर्योधन, कर्ण एवं शकुनि ने देखा तो उनके पूर्व आघात सद्यः हो उठे। उसने उन्हें पग-पग पर अपमानित किया था, कटु शब्द कहे थे, व्यंग्योक्तियाँ की थीं—वे कैसे भूल जाते? ईर्ष्या, प्रतिशोध और लालसा से धधकते हृदय पर वे हाथ रखे देखते रहे—

सर्वैर्गुणैर्हि सम्पन्नामनुकूलां प्रियंवदाम्।
यादृशीं धर्मकामार्थसिद्धिमिच्छन्ताः स्त्रियम्॥

और दर्प से मस्तक उठाये, नयन-कटाक्षों में विहँसती, गजराजवधू-सी मन्थर-मन्थर गति से उनके निकट से निकल गयी वह।

पाण्डवों-बन्धुओं को आवास हेतु जो राजप्रासाद दिया गया था, उसी के ऊपरी खण्ड के वातायन से इन्द्रप्रस्थ की महाराज्ञी याज्ञसेनी कृष्णा क्षितिज पर उमड़ती, घुमड़ती अपूर्व प्राकृतिक शोभा को देख-देख पुलकित हो रही थी। निकट बैठी सखी वीणावादन कर रही थी। दो परिचारिकाएँ पुष्पहार गूँथ रही थीं। कुछ महारानी को घेरे

बैठी सान्ध्य-सुषमा का आनन्द ले रही थीं। एक परिचारिका स्वर्गीय महाराज पाण्डु की सौभाग्यवती पुत्रवधू के अलकरंजित कोमल चरणों को हौले-हौले दबा रही थी।

अंशुमाली ने जैसे ही विश्राम लिया, परिचारकगण दीपाधारों में दीप प्रज्वलित करने लगे। आगे-आगे परिचारिकाएँ दीपस्थाल लिये चल रही थीं। अन्धकार होते ही वह भव्य राजमहल दीपमालिकाओं से जगमगा उठेगा।

और तभी वह आयी। घबरायी—उत्तेजित-सी एक दासी। दौड़ती, गिरती-पड़ती और हाँफती हुई...एक स्तम्भ का अवलम्ब ले बड़ी कठिनाई से सँभल पायी। शुष्क मुख, शुष्क अधर, शुष्क कण्ठ!...

"देवी!... महाराज्ञी...वज्रपात!...व...व...वज्रपात देवी..." वह इतना ही बोल पायी हाथ हिला-हिलाकर और...कण्ठ अवरुद्ध हो गया।

सनसनी मच गयी। क्या हुआ? क्या हुआ?...

द्रौपदी व्यग्रता से मुड़ी, "क्या हुआ तुझे? इतनी विकल क्यों है? कुछ अशुभ...बोल, शीघ्र बोल!"

"देवी! सर्वनाश हो गया...धर्म...धर्मराज..."

"क्या हुआ धर्मराज को? कहाँ हैं वे? कहीं उन्हें किसी ने आहत तो नहीं किया? बोल, शीघ्र बोल!" हस्तिनापुर के निमन्त्रण पर ही वह आशंकित हो उठी थी—कहीं महाराज युधिष्ठिर को ईर्ष्यालु कुरु बन्धु कुछ कर न डालें। उसे लाक्षागृह की अग्नि स्मरण हो आयी।

"सर्वनाश देवी! जो द्यूतक्रीड़ा आयोजित की गयी है नीचे..."

"जानती हूँ, आगे बोल!"

"महाराज्ञी!" वह फफक पड़ी, "महाराज्ञी!...धर्मराज सब हार चुके हैं...राजपाट, वैभव, सम्पत्ति सब...।"

उपस्थित जन के मुख से भयमिश्रित सीत्कार निकल गयी। यह क्या कह रही है!

"देवी...धर्मराज सब हार गये...हारते गये...दाँव लगाते गये...। फिर हारे...फिर दाँव लगाया...कौरवों ने अन्ततः सब हर लिया...!"

पांचाली स्तब्ध थी—प्रस्तर-प्रतिमा-सी निश्चल। कुछ क्षण बाद ही उसके मुख से शब्द निकल पाये, "अविश्वसनीय है, झूठ है, मिथ्या है..."

"सत्य है महाराज्ञी, कटु सत्य।...भयावह।...देवी...मुझसे कहा नहीं जा रहा...वे सब हार चुके हैं। यहाँ तक कि...अपने चारों तेजस्वी अनुजों को भी..."

"अहो...मुरारे! हे इन्द्र! हे पूषा!" पांचाली ने उद्वेलित हृदय को दोनों हाथों से थाम लिया, "यह क्या सुन रही हूँ!...यह क्या हुआ? धर्मराज ने यह कैसा पापकर्म कर डाला? अपने पराक्रमी एवं विनयशील भाइयों को?...भाइयों को ही द्रव्य की भाँति दाँव पर लगा दिया!...भाइयों को दाँव पर लगाया जाता है इस उच्च राजकुल में...! कैसा अधर्म! कैसा कुकर्म!...उनकी मति भ्रष्ट हुई क्या?"

''देवी! अभी तो और है सुनने को...धर्मराज युधिष्ठिर...अहो...देवी...धर्मराज स्वयं को भी हार गये हैं...''

पांचाली ने तडित् वेग से मुँह फेरकर दोनों हाथों से कान बन्द कर लिये, नेत्र मूँद लिये, ''मत बोल आगे! अब मत बोल आगे!...मुझसे नहीं सुना जाता! मुझ पर वज्रपात क्यों नहीं हो जाता!...पृथ्वी क्यों नहीं फट जाती...! कहाँ हो मरुद्‌गण! हे वसु!...हे वसु...यह सब सुनने को मुझे क्यों जीवित रखा...दयानिधे...कैसी विचित्र लीला है तुम्हारी!''

पांचाली का कण्ठ अवरुद्ध हो चला। शिथिल स्वरमाला टूटती-सी मुख से झर रही थी।

''महारानी!...पाँचों पराक्रमी पाण्डुनन्दन धृतराष्ट्रनन्दनों के दास हैं...''

पांचाली के काँपते हाथ आकाश की ओर फैल गये।

''दास!...मेरे ही भाग्य फूटे थे स्यात्!...आह री हतभागा!...अभागिनी!...इतने कष्ट तो झेल लिये थे—यही शेष बचा था? पाँचों शूरवीर पति उन अधम कुटिल कौरवों के दास!...अहः ह ह ह...कैसी विकट अग्निपरीक्षा ले डाली भगवन्! ऐसी अग्निपरीक्षा तो भगवती सीता की भी न ली थी!...''

''देवी...मुझे क्षमा करें...आज्ञा दें...तो आगे कहूँ...! सुना है...महाराज युधिष्ठिर को न जाने क्या हो गया...वे...द्यूतक्रीड़ा से उठ नहीं रहे! गान्धारकुमार शकुनि ने जैसे उन पर सम्मोहन चला दिया है। वे खेलते जा रहे हैं। गान्धारकुमार के द्यूतपाश में ऐसे फँस गये हैं कि उठने का नाम नहीं ले रहे...! महारानी!...सुना है...अब...अब... आपको...कैसे कहूँ!...अहो, मेरी जिह्वा कटकर गिर क्यों नहीं जाती!...मुझे क्षमा करें महाराज्ञी...वे अब आपको भी दाँव पर लगा रहे हैं...''

''अहो!...बन्द कर...बन्द कर अपना प्रलाप!...आगे बोलेगी...तो तेरी जिह्वा खिंचवा लूँगी!'' पांचाली क्षोभ से गरज पड़ी।

पूरे प्रकोष्ठ में जैसे सन्नाटा फट पड़ा हो। आमोद-प्रमोद और चपल हास से गुंजरित उस भवन में निपट निस्तब्धता छा गयी...घोर नीरवता!

धीरे-धीरे चारों ओर से दबी-दबी ध्वनियाँ उठने लगीं—सिकने की, सुबकने की। सब व्याकुल थे। सखियाँ...दासियाँ...परिचारक...परिचारिकाएँ...सेवक...। आँचलों से दबे मुखों से घुटा-घुटा रुदन-स्वर विचित्र रूप से गूँज रहा था। कोई स्तम्भ से लिपटा सिसक रहा था, कोई भूमि पर बैठा, कोई पृथ्वी पर गिरा, तो कोई भित्ति से शीश फोड़ रहा था। ऐसा महापाप! ऐसा अधर्म...इस उच्च कुल में! महाराज धृतराष्ट्र एवं महाराज्ञी गान्धारी के जीवित रहते! पितामह व गुरुजनों की उपस्थिति में...राजवंश के अंशों को ही दास बना लिया गया...और अब साध्वी पुत्रवधू की बारी?

व्याकुल द्रौपदी जल बिन मीन-सी छटपटाती अपने हाथों से माथा ठोक रही थी। यह क्या अनर्थ भगवन्! यह क्या! यह किस पाप का दण्ड है? किस भूल का

परिणाम ? यह अनुचित है...अनैतिक है...अधर्म है...अन्याय है !

तभी एक रुँधा हुआ भारी पुरुषकण्ठ कक्ष में गूँज गया।

"महारानी द्रुपदसुता की जय हो! देवी !...मैं प्रातिकामी...आपको लेने आया हूँ। युवराज दुर्योधन ने आपको राजसभा में उपस्थित होने का आदेश दिया है...। धर्मराज युधिष्ठिर द्यूतमद से उन्मत्त होकर आपको दाँव पर लगा बैठे...और तत्काल हार गये।...कृपया आप शीघ्र चलें।..."

सखियाँ मुँह ढाँपकर फफक पड़ीं।

किन्तु पांचाली की चेतना लौट आयी। उसका ओज लौट आया।

"प्रातिकामिन्! ऐसा कोई राजन्य पृथ्वी पर हुआ है जो स्वयं अपनी ही महाराज्ञी को द्यूत में हार जाये ? महाराज युधिष्ठिर क्या द्यूतबावरे हो गये ? उनके पास दाँव लगाने के लिए क्या दूसरे धन शेष नहीं रहे...जो भार्या की हो दाँव पर लगा बैठे ? भार्या को!...जिसका पाणिग्रहण अग्निदेवता को साक्षी बनाकर किया था...उसे... ? और यह कैसी विधि है ? जो पहले स्वयं को हार चुका है तत्पश्चात् कैसे वह पत्नी को दाँव पर लगा सकता है ? जो स्वयं को हार गया, उसके पास तो दाँव पर लगाने को कुछ शेष ही नहीं प्रातिकामिन्!...और उस महती सभा में किसी ने इस अनर्थ का विरोध न किया!"

"देवी !...अजातशत्रु युधिष्ठिर ने समस्त धन और राजपाट हारने के पश्चात् कुछ न किया होता किन्तु गान्धारकुमार शकुनि एवं राजकुमार दुर्योधन ने उन्हें उद्यत किया कि वे अपने चारों वीर अनुजों को दाँव पर लगा दें। देवी! आर्य भीमसेन ने अपमान, क्षोभ एवं क्रोध से तिलमिलाकर विरोध किया था किन्तु धर्मराज सरल हृदय हैं—वे धूर्तता समझ नहीं पाये, उन्होंने वैसा ही किया एवं पराक्रमी अनुजों को हार गये! तब शकुनि महाभाग ने उन्हें उद्यत किया कि वे स्वयं तो बचे हैं अतः स्वयं को दाँव पर लगाएँ। महाराज द्यूतसम्मोहन के वशीभूत थे। वे स्वयं को हार गये। तत्पश्चात् उनके पास जब शेष कुछ नहीं रहा दाँव पर लगाने को...तो महाराज दुर्योधन एवं अंगराज कर्ण ने गान्धारकुमार के साथ मिलकर धर्मराज को पुनः उद्यत किया कि पांचालकुमारी याज्ञसेनी अभी शेष हैं, अतः उनको दाँव पर लगाया जाये। धर्मराज चेतनाशून्य थे, उन्होंने आपकी गुणावली गा-गाकर आपको दाँव पर जब लगाया तो महर्षि धौम्य, विप्रवर सोमदत्त एवं ब्राह्मणगण इस अनर्थ के प्रति रोषमय विरोध प्रकट करते हुए उठकर सभाभवन छोड़ गये। किन्तु देवी! धर्मराज निमेषमात्र में आपको हार गये।"

पांचाली का गम्भीर धीरज विगलित हो चला। चारों ओर देखती विक्षिप्त-सी बोल उठी, "मैं पागल हो जाऊँगी...भगवन्, मैं पागल हो जाऊँगी। ऐसी कठोर परीक्षा तुमने मेरी ही क्यों ले डाली ?...अरे...कोई मुझे विष लाकर दे दे...मैं यहीं प्राण त्याग कर दूँ...इस अपमान को सहने की शक्ति मुझमें नहीं प्रभु... !"

असीम व्याकुलता में विक्षिप्त सिंहनी-सी वह चारों ओर टहल रही थी।

उधर विलम्ब होते देख दुर्योधन ने अपने अनुज दु:शासन को भेजा।

''कहाँ है वह घमण्डिनी राजपुत्री? ले चलो उसे पकड़कर।'' द्वार पर दु:शासन का क्रूर स्वर गरजा और उपस्थित जनसमूह सिहर उठा। आतंक एवं क्षोभ की लहर दौड़ गयी। चारों ओर से—'आह! आह! अहो! अहो! हे पूषा! हे इन्द्र! हे वसु! हे मरुत्!' की पुकारें दबे हुए स्वर में उच्चारित होने लगीं। ऐसा अधर्म होते किसी ने देखा तो क्या, सुना भी न था। सब भयातुर थे ऐसे पाप का परिणाम सोचकर।

''द्रौपदी! विलम्ब न कर। महाराज दुर्योधन अब तेरे स्वामी हैं। चल, उनके चरणों में शीश नवा!''

''दूर रह शठ! स्वर्गीय महाराज पाण्डु की पुत्रवधू को अपमानित करनेवाले नराधम!''

''हा हा हा हा!...वाह री तेरी अकड़! रस्सी जल गयी किन्तु ऐंठ नहीं गयी! तुझे अभी भी दर्प है? अभी भी गर्व है?...किसलिए इतना अकड़ रही है? तेरे पाँचों पति तो बिके हुए वहाँ बैठे हैं—उनके अतिरिक्त भी कोई और पति है तो बता, जिसके बल पर ऐसे बल खा रही है!...दास-पत्नी! तू अब कौरवों की दासी है, चल वहाँ राजमहल में उनकी सेवा करने!''

''हाथ न बढ़ा दुष्ट...पापी...!''

आतंकित-व्याकुल भीड़ में कोई पुरुष-स्वर अनुरोध कर उठा, ''आर्य दु:शासन!...अधर्म न करें। महाराज्ञी आपके भाइयों की पत्नी हैं, ससम्मान ले जाएँ।''

दु:शासन उछल पड़ा। डपटकर बोला, ''भाई की पत्नी! कच्चा खा जाऊँगा जो बीच में कोई बोला। मेरे भाइयों की पत्नी की तुलना इस दासी से न करना मूढ़!...चल द्रौपदी...शीघ्र चल!...''

लोग असहाय थे, विकल थे। रो रहे थे। पांचाली से अनुरोध कर रहे थे, ''महारानी! यह अधर्म तो देखा नहीं जा रहा...आप स्वयं ही चली जाएँ...वही श्रेयस्कर है।''

8. करुणा पर्व

सहस्त्रों दीप-मालिकाओं से सुसज्जित उस विशाल सभागार में द्यूतक्रीड़ा का आयोजन हुआ था। धूप-अगरु से सुवासित उस प्रेक्षागृह में दूर-दूर से कौतुकप्रिय जन आये थे। प्राचीन कुरुवंश की प्रमुख दोनों शाखाओं में आज रोचक द्यूतस्पर्धा थी। औत्सुक्य व

कौतूहल दबाये न दबता था, छिपाये न छिपता था।

सभागार के केन्द्र में उच्च सिंहासन पर नेत्र-ज्योतिहीन महाराज धृतराष्ट्र विराजमान थे। निकट ही उनकी महापतिव्रता साध्वी पत्नी गान्धारी नेत्रों पर वस्त्र-पट्ट बाँधे बैठी थीं। उनके पातिव्रत्य का ऐसा समानान्तर दृष्टान्त खोजे नहीं मिलेगा। जो कुछ पति ने नहीं देखा, पत्नी ने भी नहीं देखा। जो कुछ पति ने अनदेखा किया, पत्नी ने भी किया। पुत्र-स्नेह में अन्धे माता-पिता का भी ऐसा अनूठा दूसरा दृष्टान्त कहीं न मिलेगा। हर अनीति में अपने कुपुत्रों का साथ दिया। हर अन्याय में अन्धे बने रहे। पुत्र-मोह की पट्टी दोनों के नेत्रों पर बँधी थी। अधर्म की पट्टी बाँधे रहने से उनके ज्ञानचक्षु भी मुँद चुके थे।

अनेक प्रकाण्ड विद्वान, मनीषी, विधिमर्मज्ञ, धर्मज्ञाता, साधु-पुरुषों एवं पराक्रमी राजपुत्रों से सुशोभित वह सभामण्डप जगमगा रहा था। वहाँ परम प्रतापी भीष्म पितामह थे। प्रसिद्ध धनुर्विद् गुरुवर द्रोणाचार्य थे। महर्षि विदुर थे। शरद्वान-पुत्र कृपाचार्य थे। इन सबमें से प्रत्येक का व्यक्तित्व अज्ञानरूपी अन्धकार में प्रकाश-स्तम्भ की भाँति था। एक-एक का व्यक्तित्व मणिस्तम्भ-सा जाज्वल्यमान था। ऐसा उनका तेज था। ऐसा उनका ज्ञान था। ऐसा उनका नीर-क्षीर-विवेक था और ऐसा उनका धर्मानुकूल आचरण था।

किन्तु...आज वे समस्त मनीषी, वे समस्त ज्ञान-पुंज...निस्तेज थे। आज वह राजसभा उनकी उपस्थिति में भी श्रीहीन थी। वे सब क्षुब्ध थे। अनिष्ट की काली छाया अपने डैने फड़फड़ाती जैसे सभा में चारों ओर मँडरा रही थी। उस जगमगाती सभा में श्रीयुतों के श्रीमुखों पर विषाद की छाया, पूर्णचन्द्र पर राहु के प्रकोप-सी प्रतीत हो रही थी। वे समस्त महिमामय निर्जीव एवं निष्प्राण से बैठे थे। जैसे कुछ अघटनीय घटनेवाला हो—ऐसी भयंकर निस्तब्धता वहाँ छायी हुई थी।

दूसरी ओर बैठे थे महापराक्रमी क्षत्रिय-शिरोमणि राजपुत्र। धृतराष्ट्र-पुत्र दुर्योधन, अंगराज कर्ण, गान्धारकुमार शकुनि, शल्य, दुःशासन, सुमुख, विकर्ण तथा महाराज धृतराष्ट्र के अन्य वीरपुत्र। वे हर्षित थे। प्रसन्न थे। विजय की चमक से उनके मुखमण्डल प्रदीप्त थे। उत्फुल्लता से श्वास फूल गया था। गर्व के कारण ग्रीवाएँ तनी हुई थीं। वे रह-रहकर अपने श्मश्रु मोड़-मोड़कर ताव दे रहे थे। उनके नेत्रों में थी एक क्रूर-सी चमक—हिंसक पशु-सी। ऐसे पशु की आँखों की चमक थी उनमें जिसके हाथ में आखेट आ चुका हो, और वह उस पर ऐसे घात लगाये बैठा हो कि पलभर में उछलकर उसे चीर-चीर कर डालेगा। किन्तु वह राजपुत्रों की सभा थी—सुशिक्षित, प्रशिक्षित, नीति-पारंगत राजपुत्रों की सभा। महान् गुरुओं द्वारा दीक्षित शिष्यों की सभा।

सभागृह के मध्य भाग में कुरुराज के नव दास बैठे थे। वे थे हृष्ट-पुष्ट, वृषभस्कन्ध एवं शालवृक्ष-सी बाहुवाले पाँचों पाण्डुनन्दन। उनके कभी न झुकनेवाले मस्तक झुके हुए थे। चौड़े पुष्ट स्कन्ध आज शिथिल थे। वे महातेजस्वी योद्धा, अपमान से क्षुब्ध एवं

असहाय-से बैठे थे। वन में निर्द्वन्द्व घूमते उन्मत्त गजराजों को जैसे बन्धनयुक्त कर दिया हो। प्रबल शक्तिशाली सिंहराजों को जैसे लौह-पिंजर में बद्ध कर दिया हो। उनके अस्त्र-शस्त्र, आभूषण एवं किरीट उतरे हुए एक ओर भूमि पर रखे हुए थे। सब के सब राजश्रीहीन...सत्ताच्युत...उपहास एवं अपमान के पात्र।

भयंकर नीरवता के पल थे वे। बीच-बीच में हल्की-सी हँसी दबी-दबी सुनाई पड़ती थी तो दुर्योधन की मित्र-मण्डली से। वे भी प्रतीक्षारत थे। विराट्-सी प्रतीक्षा पूरे सभागार पर छायी हुई थी। सब श्वास रोके बैठे थे।

अचानक द्वार पर सामूहिक हाहाकार की ध्वनि से सज्जनगण सिहर उठे। पाण्डवों ने विचलित हो अपने हाथों से हृदय थाम लिये। सबकी दृष्टि मुख्य द्वार की ओर घूम गयी। महाराज द्रुपद की महाविदुषी युवराज्ञी तथा महापराक्रमी पाण्डवों की सतीसाध्वी पत्नी इन्द्रप्रस्थ की महाराज्ञी द्रौपदी को, उस नाथवती को अनाथ की भाँति हाथ पकड़कर दुःशासन खींचता ला रहा था। पीछे-पीछे आकुल-व्याकुल सखियाँ, दास-दासी, परिचारक एवं सेवकों की रोती-बिलखती भीड़ चली आ रही थी।

''छोड़ दे पापी!...यह मेरे परम पूज्य श्वसुर महाराज धृतराष्ट्र की राजसभा है। इस धर्मस्थल पर अधर्म नहीं होता दुष्ट! दुराचारी, छोड़! यहाँ न्यायप्रिय विद्वज्जन बैठे हैं, वयोवृद्ध बैठे हैं—क्यों उनके कोप का भाजन बनना चाहता है नराधम!'' पांचाली का स्वर प्रखर था। वहाँ पहुँचते पांचाली ने ही बलपूर्वक दुःशासन का हाथ झटक दिया। असावधान दुःशासन स्तम्भ से टकरा गया।

''मुझे बचाएँ तात!...माता गान्धारी...'' पांचाली दौड़ पड़ी महाराज धृतराष्ट्र एवं महारानी गान्धारी की शरण में। कितना विश्वास था उसको कि वे धर्मज्ञ हैं और उसकी रक्षा करेंगे! कितनी बड़ी भ्रान्ति!

''नीच दासी! तुझमें इतना बल कि मुझे गिरा दे! मायाविनि...तू मानवी नहीं—दानवी है!'' और तडित् गति से उछलकर दुःशासन ने द्रौपदी की नील मेघ कुन्तल-वेणी को पकड़कर वेग से झटक दिया। वेणी खुल गयी। नील कुन्तल राशि लहरा गयी। वेणी में गुँथित चन्द्र-मल्लिका की पुष्पमाल्य टूटकर गिर गयी। दुष्ट ने निर्ममता से पाँवों से उसे कुचल दिया। शुभ्र शेवन्ती, चन्द्र मल्लिका की पुष्पकलिकाएँ नव-तारिकाओं-सी नीलमेघ केशों से झरने लगीं।

अथाह पीड़ा से पांचाली का हाथ तत्क्षण वेणी पर पहुँचा किन्तु अनायास वह निश्चल हो गयी। यह क्या? इतना दुःसाहस! राजसूय-यज्ञ के मन्त्रपूत जल से अभिषिक्त उसके केश...एक नीच पुरुष द्वारा स्पर्श! भरी सभा में, जहाँ महान् धर्मज्ञ और तत्त्व-ज्ञानी बैठे हैं! और...कोई विरोध नहीं कर रहा! कोई प्रतिवाद नहीं! अपमान से मुखमण्डल आरक्त हो गया। क्षोभ और पीड़ा से मुख विवर्ण हो उठा। उसका कोई रक्षक नहीं! उसे स्वयं ही विरोध करना होगा, प्रतिवाद करना होगा। अन्याय का प्रतिकार करने की गुहार करनी होगी।

क्रुद्ध नागिन-सी वह फुफकार उठी, "दुष्ट! तूने मेरे मन्त्रपूत जलसिंचित इन पवित्र केशों को हाथ लगाया! तेरा अन्त निकट आ गया है इसलिए!... नराधम! अब जब तक इन कुन्तलों को तेरे रक्त से धोकर न शुद्ध कर लूँ तब तक ये केश ऐसे ही खुले रहेंगे। शठ! यह वेणी अब नहीं बँधेगी। मेरे केश-कर्षण के बदले अब तुझे बलि चढ़ना होगा, तभी मुझे शान्ति मिलेगी।...अज्ञानी! तू अभी समझ नहीं पा रहा कि तू किस प्रचण्ड अग्नि से खेल रहा है!"

पाँचों पाण्डव मूर्तिवत् बैठे थे। क्रोध से अन्तर धधक रहा है किन्तु धर्म-बन्धन से विवश हैं। वे जो स्वर्णमण्डित राजरथ पर स्वर्णछत्र धारण करके आये थे—महाराज युधिष्ठिर...भूमि पर निष्प्राण बैठे हैं—अचेत-से! मृतप्राय! भयंकर ग्लानि एवं पश्चात्ताप में झुलसे हुए—बुझे हुए दीपक-से!

अर्जुन का अन्तर फट रहा है। याज्ञसेनी के अपमान से पाँच पतियों की पत्नी के साथ ऐसा व्यवहार! जैसे वह अनाथ हो! अरक्षणीया हो! अबला हो! विधवा हो! पांचाली के दर्पभरे स्वर से उनका रोम-रोम सिहर उठा। पहली बार युधिष्ठिर के विरुद्ध मन में विद्रोह जागा। पांचाली ने जब-जब युधिष्ठिर पर शौर्यहीनता एवं दुर्बल व्यक्तित्व का आरोप लगाया, तब-तब अर्जुन ने उसका मुख बन्द किया था—वे अग्रज हैं, पितृ-तुल्य हैं, पूज्य हैं! युधिष्ठिर सीधे हैं, सरल हैं! किन्तु आज स्वयं अर्जुन को पांचाली की बातें कितनी सही लग रही थीं! युधिष्ठिर के कारण आज वे चारों सिंह अपना गर्जन भूलकर निरीह मृगों की भाँति विवश हो मूक बैठे हैं! और वह सिंहराज-वधू उन पाँचों के रहते हुए भी कातर कपिला-सी भरी सभा में अपना रक्षक खोज रही है!

भीमसेन उच्छ्वासें ले रहे हैं। कैसा कठोर संयम रखना पड़ रहा है स्वयं पर! कितना धीरज रखा जाये! कितनी सहिष्णुता और! अन्त है कहीं इस कपट धूर्तता, अन्याय और अनाचार का? शीश झुकाकर इतना अनर्गल सुनें, इतना अनुचित देखें! क्रोध रोके नहीं रुक रहा। क्रोध के प्रबल ज्वार से नासापुट फड़क रहे हैं। भीम ओठ चबा रहे हैं। भुजाएँ फड़क रही हैं। मन होता है, एक ही बार में दुःशासन को चीरकर रख दें। अन्ततः वे स्वयं को रोक न सके और अपनी अतुल बलशाली चन्दन-चर्चित भुजा उठाकर दहाड़ बैठे—

"नीच! नराधम! देवी पांचाली ने जो कहा, वह अक्षरशः सत्य होगा। पापी! मैं दास-भाव में हूँ, अन्यथा यहीं तेरा वक्ष चीरकर तेरे रुधिर से महारानी की दूषित केशराशि को अभी शुद्ध कर देता। किन्तु स्मरण रख, तेरा हृदय फाड़कर तेरा रक्तपान न किया तो मेरा नाम भीमसेन नहीं!"

एक कँपकँपाती-सी सिहरन सबके सिर पर से निकल गयी। आह-ओह की अस्फुट ध्वनियाँ गूँज उठीं। युधिष्ठिर का निश्चेष्ट हाथ उठकर भीम के कन्धे पर आया और टिक गया। अर्जुन ने दूसरी ओर से उनकी पीठ पर हाथ रखा, "शान्त हो वृकोदर!"

वे पाण्डव भरे-भराये मेघ से निःशब्द रह गये। केवल एक प्रचण्ड मेघ हुंकारे भरकर गरज उठा था। किन्तु उसे भी बरसने न दिया गया। पांचाली ही उस सभा में अपने विलक्षण साहस से दर्पदामिनी-सी सबको चकाचौंध करती रही, सबको प्रकम्पित करती रही।

उस भयंकर वन में वह नितान्त एकाकिनी असहाय मृगी स्वयं अपनी रक्षा कर रही थी, उन हिंसक नर-पशुओं से।

दुर्योधन एवं कर्ण पुलकित थे, हर्षित थे, गर्वोन्मत्त थे।

"क्यों सखे कर्ण! देख रहे हो कैसा अतुल बल है इसमें!"

"हाँ कुरुराज! यह मानवी नहीं, दानवी है। राजकुल की नारियाँ तो सुकुमार होती हैं—कोमल होती हैं।"

"किन्तु कर्ण! कैसा अनुपम सौन्दर्य है! शक्ति-साहस, धीरज और विवेक की जीती-जागती मूर्ति दिखती है यह! तुम्हारे और मेरे अन्तःपुर में, मिलाकर भी ऐसा अमूल्य नारीरत्न न होगा। मैं नहीं, तुम ही इसके स्वामी हुए होते तो क्लेश न होता मन को!"

"यह वाचाल भी बहुत है, कुरुराज! स्मरण नहीं, अपनी स्वयंवरसभा में इसने मेरा कैसा अपमान किया था! द्रुपद ने अत्यधिक स्नेह से इसे बिगाड़ दिया है। बात-बात पर विवाद करती है। बुद्धि इसकी कुशाग्र है। तर्क इसके अकाट्य हैं। बड़ी-बड़ी वैधानिक शंकाओं को सूक्ष्मता से निकाल लेती है, जो हम लोग भी नहीं कर सकते। पाण्डवों का आधा राज-काज तो यही सँभालती है। इधर हमारी आपकी रानियाँ तो केवल शृंगार-सज्जा की वस्तु हैं।...किन्तु मित्र! वह जो अपमान की चिनगारी इसने मुझ पर तब 'सूतपुत्र' कहकर फेंकी थी, आज ज्वालामुखी बन उठी है—मेरा हृदय धधक रहा है उससे।"

"इसने जब-तब हमें अपमानित किया है, हमारा उपहास किया है। गर्वीली! मदमत्त रानी! इसका मान-मर्दन होते ही, पाण्डवों के सिर सदा के लिए नीचे हो जाएँगे। यही उनकी केन्द्रबिन्दु है। उनकी शक्ति का स्रोत है, उनकी प्रेरणा का उद्गम है। यही उनका अभिषेक चिह्न है, उनकी विजयश्री है...उनकी राजश्री है। अर्जुन ने मत्स्य वेध कर द्रुपदसुता को विजय किया था। आज परम आदरणीय मातुल ने अपने अनोखे लक्ष्यवेध से इस द्रुपदसुता-रूपी मत्स्य का लक्ष्यवेध कर पाण्डवराज्य जीत लिया है। अब ये कहीं के नहीं रहे!"

"हाँ कुरुराज, अब यह दासी है। आर्य शकुनि ने बात की बात में यह राजकन्या हमें समर्पित कर दी है। यह अब उपभोग की वस्तु है।"

और दुर्योधन ऊँचे स्वर में चिंघाड़ पड़ा, "दुःशासन! खींच लाओ इस दासी को यहाँ मेरे पास।"

"छोड़ दे पापी! नराधम! नीच!..."

"आओ–आओ! पाण्डवों की कुलवधू...तुम्हारा स्वागत है। तुमने सबका बहुत उपहास किया है। बहुतों को अपमानित किया है। बहुतों को अपने वाक्‌चातुर्य से लज्जित किया है। आज तुम आयी हो पकड़ में!"

"कुलवधू! यह कैसा शब्द आपने इसके लिए प्रयुक्त कर दिया राजन्!" कर्ण ने आँख झपकाकर कहा।

"अरे पाण्डवों की कुलवधू! पाण्डव–कुल तो इसने हर प्रकार से उजागर ही कर दिया।" चाटुकार मित्र हँस रहे थे।

"पापी! राक्षसो! परस्त्री को स्पर्श करते लाज नहीं आती कुकर्मी?" पांचाली क्रुद्ध सिंहनी–सी हाँफ रही थी।

कर्ण के हाथ कृत्रिम आश्चर्य में फैल गये, "परस्त्री! हा...हा...हा...हा...! परस्त्री...हा हा हा हा! तुम किसकी पत्नी हो? हो क्या किसी की पत्नी? द्रुपदसुता! पत्नी तो एक ही पुरुष की होती है। पाँच पति भी किसी के होते हैं? एक से अधिक पुरुष से सम्बन्ध रखनेवाली स्त्री को क्या कहते हैं—जानती नहीं? कुलटा...वेश्या...!" और मित्रगण ठहाका लगाकर हँस पड़े।

'कुलटा', 'वेश्या!'—द्रौपदी के कानों में महाघण्ट–से फट पड़े ये शब्द। सज्जनों ने कानों पर हाथ रख लिये। नेत्र मूँद लिये। 'धिक्कार है, धिक्कार है' की दबी हुई ध्वनियाँ चारों ओर से उठ रही थीं। पिंजरस्थ सिंहनी–सी उसने कर्ण को ऐसे देखा जैसे उसे समूचा निगल जाएगी। अद्‌भुत महिला थी! शारीरिक कष्ट से तरल हो जाती। अश्रु बह निकलते, किन्तु मानसिक आघात से प्रचण्ड ज्वालामयी बन उठती।

"पातकी!! दु:साहसी सूतपुत्र, चुप रह! आर्यपुत्र अर्जुन से स्पर्धा करता है, और ईर्ष्या में भुनता रहता है! ये जो प्रतिशोध से तेरा अन्तर्दाह हो रहा है, लगता है, तभी शीतल होगा जब धनंजय के वाण तेरी वाणी को सदा के लिए मौन कर देंगे!"

अर्जुन तड़प उठे। यह क्यों कहा पांचाली ने? पांचाली का उन पर कैसा अटूट विश्वास—और वे हाथ पर हाथ धरे बैठे हैं! जिस हाथ से वे गाण्डीव की प्रत्यंचा खींचते थे, सहसा उसमें असह्य पीड़ा हो उठी। उनकी धनुर्विद्या! पराक्रम! शौर्य! गाण्डीव! आह री अग्रज की प्रतिष्ठा...!

"अबोध राजपुत्री! अर्जुन तो बिक गये। तेरे पाँचों शौर्यहीन पति नपुंसक बने बैठे हैं। अब तुझे समझ में आ गया होगा कि अपनी स्वयंवर की वेला में कर्ण को भाग न लेने देने का क्या परिणाम निकला। आज तुझे अपनीं भूल अवश्य अनुभव हो रही होगी कि उस समय यदि कर्ण को ही वरा होता तो उत्तम हुआ होता। अर्जुन को यदि न वरा होता ढीठ राज्यकन्ये, तो आज ये दुर्दिन न देखने पड़ते तुझे।" कर्ण क्रोधित हो उठा।

भीमसेन प्रचण्ड क्रोध से ज्वार हो चले। ज्वार या ज्वाल, समझ नहीं आता था। हृदय का समस्त आक्रोश आग्नेय दृष्टि के साथ युधिष्ठिर पर बरस पड़ा।

"युधिष्ठिर! विश्व में कितने कुटिल द्यूतविलासी देखे जाते हैं। इन जुआरियों के

घर में कुलटा स्त्रियाँ भी होती हैं। किन्तु आज तक किसी जुआरी ने दयावश किसी चरित्रहीन स्त्री को भी दाँव पर नहीं लगाया और एक तुम हो कि इस साध्वी अबला को पण्य बनाते हुए तुम्हें न लज्जा आयी न दया! इस नाथवती को अनाथा सिद्ध कर दिया तुमने! और पत्नी का घोर अपमान देखकर भी मूढ़ बने बैठे हो!...युधिष्ठिर! जिसको कभी आकाश के पक्षी तक ने न देखा था, उस सती-राजमहिषी को भरी सभा में अपरिचित पुरुषों के मध्य खड़ा करवाने के उत्तरदायी तुम हो! उसके केश-कर्षण के दोषी तुम हो! हमारी पत्नी को जो विषबुझे अपमान के वाक्य सुनने पड़ रहे हैं, उसके दोषी तुम हो!...युधिष्ठिर! तुमने घोर अनाचार किया है...तुम दोषी हो! तुम दण्डनीय हो!...सहदेव! अग्नि लाओ...मैं द्यूतलिप्सा में प्रयुक्त युधिष्ठिर की इन दोनों बाहुओं को जला कर भस्म कर दूँगा...सहदेव! अग्नि लाओ!...यह असहनीय है...अक्षम्य है...युधिष्ठिर का अपराध। तुरन्त...अग्नि लाओ सहदेव!...'' भीमसेन के विशाल नेत्र साक्षात् अंगार-से दहक उठे।

''शान्त हो वृकोदर!...शान्त हो मेरे भाई!...युधिष्ठिर पितृतुल्य हैं, हमारे स्वर्गीय पिता के स्थान पर हैं। उन पर रोष प्रकट करके हम पाँचों की अटूट एकता को खण्डित न करो! शत्रुओं का हममें विभेद डालने का मनोरथ पूरा न करो। वे यही चाहते हैं कि हमारी एकता नष्ट हो जाये। यही हमें नहीं करना है—शान्त हो बन्धु!'' अर्जुन दोनों हाथों से भीम की बाहु थामे धीमे स्वर में अनुनय कर उठे। यह देख पांचाली के नयनों में जल उमड़ आया। वह चकित थी इस पौरुषहीन विराट पुरुषसभा को देखकर।

''मेरे केश, जो राजसूय महायज्ञ के अवभृथ स्नान में मन्त्रपूत जल से सींचे गये थे, दुःशासन खींचे डाल रहा है! और ये सब भरतवंशी महानुभाव शून्य बने देख रहे हैं! भरतवंशियों का धर्म नष्ट हो गया क्या? क्षात्रधर्म के मर्मज्ञ इन राजपुरुषों का सदाचार लुप्त हो गया क्या?...कैसी काष्ठ-सभा है! मनीषी भी काष्ठ के! राजा भी काष्ठ के! पितामह भी काष्ठ के! राजपुत्र भी काष्ठ के! वाह रे काष्ठशिल्प!''

''अरे हम लोग काष्ठ के तो हैं, तेरे पति तो मिट्टी के निकले!'' और चाटुकारों ने खीसें निपोर दीं।

''अपने पतियों की, गुणों के अतिरिक्त, मैं और चर्चा नहीं करना चाहती। उनके परमाणुतुल्य दोषों का भी उल्लेख नहीं करना चाहती। उनके अवगुणों को ढँककर ही रखना चाहती हूँ...ईश्वर मुझे धीरज दे!''

और एक बार पुनः पांचाली ने राजसभा को धर्म का स्मरण दिलाया—

''विद्वज्जन! क्या आप लोग भूल गये कि वह सभा नहीं जहाँ वयोवृद्ध न हों? वे वयोवृद्ध नहीं जो धर्म का आचरण न बता सकें? वह धर्म नहीं जिसमें सत्य न हो? और वह सत्य नहीं जो छलयुक्त हो?''

कोई उत्तर नहीं! कोई नहीं बोलता! सब निरुतर थे। वह चारों ओर देख रही थी—किरीटयुक्त शीश झुके हुए थे। महामनीषियों के हाथ नेत्रों पर थे। लोग नतनयन

थे। इन महारथियों, मनीषियों एवं वेद-वेदान्त के मर्मज्ञ महाभागों में से किसी में साहस नहीं था कि उसकी प्रज्वलित अग्निमयी दृष्टि का सामना कर सके। नतशिर! नतनयन! किस ग्लानि में? किस क्षोभ में? किस पश्चात्ताप में?...इतनी विराट् सभा में कोई उसका नहीं! कोई साहसी नहीं! कोई धर्म का पक्षधर नहीं!

उसके नेत्र सर्वोच्च सिंहासन पर बैठे भीमकाय राजमुकुटधारी महाराज धृतराष्ट्र पर रुक गये। लगता था, महाराज को सिंहासन में जड़ दिया गया हो। निश्चल...मूर्तिवत् धृतराष्ट्र! उस नेत्रहीन व्यक्ति के प्रति उसे सहानुभूति लगी, किन्तु उनकी अभूतपूर्व अकर्मण्यता पर तत्काल रोष भी आया—और रोष अधिक वेगवान सिद्ध हुआ।

"तात धृतराष्ट्र! आपके जीवित रहते इतना बड़ा अधर्म इस गौरवशाली कुरुकुल में हो रहा है, और आप मौन साधे बैठे हैं...?"

कोई उत्तर नहीं। सब मौन थे।

"तात विदुर! आप महात्मा हैं, धर्मज्ञ हैं। आप ही धर्म की व्याख्या कर सकते हैं। बताइए, जब आर्य युधिष्ठिर पहले स्वयं को हार गये तब उन्हें बाद में किसी को भी दाँव पर लगाने का क्या अधिकार रहा? कैसे अधिकार रहा?...तात! मैं महान् तेजस्वी पांचालनरेश द्रुपद की पुत्री पांचाली, भरी सभा में आपसे ही न्याय करने का निवेदन कर रही हूँ...कृपया बताएँ कि मैं दासी किस विधि के अन्तर्गत हुई?...किस नियम के अनुसार मुझे दासी कहा जा रहा है?...तात! आप ही कहें कि महाप्रतापी स्वर्गीय महाराज पाण्डु की पुत्रवधू—एक राजलक्ष्मी को अपरिचित पुरुषों से भरी राजसभा में लाकर इस प्रकार अपमानित करना क्या न्यायोचित है?..."

"वत्से! द्रुपदनन्दिनी! इस दुष्ट दुर्योधन का अब काल आ गया है तभी इसकी बुद्धि विपरीत दिशा में जा रही है। मेरा निश्चित मत है कि स्वयं को हार जाने के पश्चात् युधिष्ठिर को अधिकार नहीं रहा कि वे द्रुपदसुता को पण पर रखें। अनधिकारी व्यक्ति चाहे जिस धन को दाँव पर लगा दे किन्तु उसकी हार-जीत को मैं स्वप्न में हुई हार-जीत से अधिक महत्त्व नहीं देता।...सभासद जन! एक गहन उत्तरदायित्व प्रत्येक सभासद पर आ पड़ा है। संसद के प्रत्येक सदस्य का यह धर्म है कि आपत्तिग्रस्त व्यक्ति की समस्या का समाधान निर्भीकता एवं निष्पक्षता से करे। साक्षी होते हुए भी गोकर्णों की भाँति शिथिल और ढीले-ढाले होकर दोनों पक्षों की हाँ में हाँ मिलाना अनुचित है। आप लोग विचार करें, न्याय और अन्याय का विवेक करें अन्यथा समूची सभा पाप की भागी होगी!" विदुर गरजकर बैठ गये।

एक मात्र धार्तराष्ट्र विकर्ण ने विदुर से सहमति प्रकट की—

"तात विदुर ने धर्मोचित बात कही है। महारानी द्रौपदी की समस्या पर प्रत्येक सभासद को विचार करना चाहिए, अन्यथा अपने धर्म की उपेक्षा करने के फलस्वरूप हम सभी नरकगामी होंगे। मैं समस्त मनीषियों एवं उपस्थित राजपुरुषों से आग्रह करता हूँ कि विपत्ति में पड़ी द्रुपदनन्दिनी के साथ न्यांय करें...और अपने विचार निर्भीकता एवं

साहस से व्यक्त करें।''

विकर्ण ने हताश दृष्टि से चारों ओर देखा...सब किंकर्त्तव्यविमूढ़-से बैठे थे।

''नरश्रेष्ठ भूपालो! राजाओं के चार दुर्व्यसन बताये गये हैं—आखेट, मद्यपान, द्यूत एवं विषयासक्ति। इनमें रत मनुष्य का कोई सम्मान नहीं करता। युधिष्ठिर द्यूत-आसक्त हैं और इस दुर्व्यसन में पड़कर उन्होंने द्रौपदी को पण पर लगा दिया। किन्तु विद्वज्जन! स्मरण रखें कि द्रुपदनन्दिनी एकमात्र युधिष्ठिर की पत्नी नहीं, पाँचों पाण्डवों की समान रूप से पत्नी हैं। अत: अकेले युधिष्ठिर को कोई अधिकार नहीं कि वे द्रौपदी को स्वच्छन्दतापूर्वक दाँव पर लगा दें। इसके अतिरिक्त...युधिष्ठिर पहले स्वयं को हारे, तत्पश्चात् द्रौपदी को। स्वयं को हार जाने के बाद मनुष्य के पास कुछ शेष नहीं रह जाता जिसे वह पण्य बना दे। और फिर सौबलि शकुनि ने युधिष्ठिर के ध्वस्त मनोबल का लाभ उठाकर उन्हें उकसाया कि वे पत्नी को पण पर लगाएँ। युधिष्ठिर इस दिशा में स्वयं प्रेरित नहीं हुए। अत: मेरी दृष्टि से द्रुपदनन्दिनी जुए में हारी हुई अथवा दासी कदापि नहीं।''

विकर्ण की साधुवाणी थमी भी न थी कि राधानन्दन कर्ण ने क्रोध-व्याकुल हो विकर्ण को बाहु पकड़कर खींचकर बिठा दिया—

''अल्पबुद्धि विकर्ण! पितामह, महाराज धृतराष्ट्र, महारानी गान्धारी, द्रोणाचार्य, कृपाचार्य एवं अश्वत्थामा जैसे मनीषियों के होते हुए तू ही आज बचा है राजसभा को धर्म सिखानेवाला? ये धर्मज्ञ मौन क्यों हैं, यह नहीं जानता...वे स्वीकार कर रहे हैं कि द्रौपदी दासी है। क्या तू सबसे अधिक बुद्धिमान है जो इस प्रकार छोटे मुँह बड़ी बात कह रहा है?...

''मन्दबुद्धि! यह समझने की बात है कि जब युधिष्ठिर ने अपना सर्वस्व दाँव पर लगा दिया, तो पत्नी भी तो सर्वस्व में ही सम्मिलित है! पुत्र, पत्नी एवं दास का अपना स्वतन्त्र अस्तित्व नहीं होता। वे पूर्णत: अपने पिता, पति अथवा स्वामी के अधिकार में होते हैं। जब पति दास हो गया तो उसकी पत्नी का दासी होना स्वाभाविक है। और मूढ़! मैं देता हूँ तुझे और भी उत्तर। द्रौपदी पाण्डवों की सामान्य पत्नी है तथा उसे युधिष्ठिर ने पण पर रखा। किन्तु क्या उनके किसी भी भाई ने इसका विरोध किया? प्रतिवाद किया? नहीं। पाण्डवों ने मौन रहकर युधिष्ठिर के द्रौपदी को दाँव पर लगाने के अधिकार को स्वीकार किया है। द्रौपदी दासी है और दासी को सभा में पकड़कर, घसीटकर, कैसे भी लाये जाने से धर्म का उल्लंघन नहीं होता...''

''अच्छा, द्रुपदनन्दिनी! तुम बहुत धर्म-अधर्म की विवेचना में निपुण हो और तुम्हारे पति युधिष्ठिर तो साक्षात् धर्मराज ही हैं। तो क्यों न युधिष्ठिर ही निर्णय दें कि तुम दासी हो अथवा नहीं?'' दुर्योधन ने कुटिलता से मुस्कराते हुए एक नया जाल बिछाया।

'युधिष्ठिर...युधिष्ठिर...युधिष्ठिर...' की पुकारें मचने लगीं दुर्योधन के मनचले

मित्रों की दिशा से। 'युधिष्ठिर! युधिष्ठिर! युधिष्ठिर!' स्वर गूँज रहा था सभागार में।

घटनाक्रम ने अचानक एक रोचक मोड़ ले लिया था। लोग कौतूहल में थे।

युधिष्ठिर कैसे कह सकते हैं कि द्रौपदी दासी नहीं! उन्होंने जीते-जागते पूरे दायित्व के साथ पूरे समाज के समक्ष स्वयं द्रौपदी को हारा है! युधिष्ठिर को यह उद्घोषणा सार्वजनिक रूप से करनी पड़ेगी कि अब द्रौपदी पर उनका कोई अधिकार शेष नहीं। यह घोषणा कि द्रौपदी दासी है! यह घोषणा कि उसके साथ दासी जैसा व्यवहार किया जाये! सभा में उसके साथ व्यवहार किसी भी सीमा तक निकृष्ट क्यों न हो, उचित है!

अथवा युधिष्ठिर यह कह दें कि द्रौपदी दासी नहीं, तो...युधिष्ठिर का धर्म-राजत्व गया! युधिष्ठिर के अनजाने में उनकी समस्त धर्मनिष्ठा, प्रतिष्ठा, सम्मान, उनके प्रति लोगों के मन में पूज्यभाव आज के जुए में दाँव पर लग गया था।

निश्चेष्ट बैठे युधिष्ठिर अस्थिर हो उठे। पाण्डव व्याकुल हो उठे।

"कहें धर्मराज! स्पष्ट रूप से कहें। आपको द्रौपदी को दाँव पर लगाने का अधिकार था या नहीं?" कर्ण ने पूछा।

युधिष्ठिर के शब्द चुक गये थे। धर्म की मीमांसाएँ आज मुख से न निकलती थीं। कठोर अन्तर्द्वन्द्व से ग्रस्त वे भाल पर से स्वेद ही पोंछते रहे।

"युधिष्ठिर कुछ नहीं बोलना चाहते द्रुपदनन्दिनी, देख लिया तुमने! इनकी तुम्हें दासीभाव से मुक्ति दिलाने में रुचि नहीं। उनमें पराक्रम ही यदि होता तो क्या वे पत्नी को पण पर रखते? अब स्वयं देख लो, युधिष्ठिर तुम्हारी रक्षा हेतु किंचित् भी आतुर नहीं...अब कहो, तुम दासी नहीं तो क्या हुई?"

विद्रूप हँसी की ध्वनियाँ विराट् स्तम्भों से टकरा गयीं।

"अच्छा! एक और निदान सही, द्रौपदी। यदि भीम, अर्जुन, नकुल और सहदेव ही कह दें कि अकेले धर्मराज को द्रौपदी को दाँव पर लगाने का अधिकार न था, तो हम तुम्हें दासी भाव से मुक्त कर देंगे। इन श्रेष्ठ राजाओं की सभा में ये चारों पाण्डव अनुज मुक्तकण्ठ से युधिष्ठिर को झूठा ठहरा दें तो तुम मुक्त हो जाओगी, याज्ञसेनी!"

यह दूसरा जाल था।

'पाण्डव'...'पाण्डव' की पुकारें मच उठीं।

पाण्डव तन कसमसा उठे इस नवीन प्रहार से। क्षोभ से मुख विवर्ण थे। कर्ण-शिखर आरक्त थे।

"बोलो भीम! आज बोल ही डालो अग्रज के विरुद्ध...!"

"बोलो अर्जुन, आज स्वर्ण अवसर हाथ आया है हृदय का क्षोभ बहा देने को..."

"बोलो माद्रीनन्दनो! कौन्तेयों से पृथक् होने का यही उचित अवसर है।"

कोलाहल हो रहा था। भीम की मुट्ठियाँ बँधी हुई थीं। भँवों में बल पड़े थे। अर्जुन

व्यथित थे। माद्रीनन्दनों ने कातरता से शीश झुका लिया था।

"पाण्डवो! तुम्हारी पत्नी तुमसे निर्णय चाहती है...तुम उसे मुक्ति दिला सकते हो...साहस करो। पत्नी अबला है...तुम पर निर्भर है। एक बार कह दो कि युधिष्ठिर को अधिकार न था दाँव पर उसे लगाने का!...बोलो पाण्डवो, बोलो...बोलो!"

"अन्यथा कहो कि वह दासी है...और कहो कि युधिष्ठिर ने उसे दाँव पर लगाकर ठीक किया। फिर द्रौपदी के साथ जो व्यवहार हो, उसे चुपचाप सहना होगा।"

हा कष्ट! हा कष्ट!

औत्सुक्य से भरे नेत्र टिके थे भीम पर...अर्जुन पर...नकुल पर...सहदेव पर।

"धर्मराज पहले तो हमें पण पर रखने के अधिकारी थे ही, यह निर्विवाद सत्य है। किन्तु जब वे स्वयं अपने शरीर को ही हार गये तब...किसके स्वामी रहे यह विचारणीय है!" विकट धर्मसंकट में पड़े सव्यसाची ने किसी प्रकार अटकते-अटकते कहा।

"अहो धनंजय! भयभीत किससे हो? संकोच कैसा? स्पष्ट कहो न कि द्रौपदी को दाँव पर लगाने के अधिकारी युधिष्ठिर थे अथवा नहीं!...तुम तो नितान्त राजनयिक-सा उत्तर दे रहे हो!...निर्भय होकर कहो मन की बात... पांचाली को निहारो तनिक, कितने कष्ट में खड़ी है!"

"सभा के ऊपर कोई नहीं। निर्णय सभा को ही देना है। सभा विचार करे।" अर्जुन हकलाते से बोले।

"बोलो वृकोदर...शरीर के धनी! युधिष्ठिर का द्रौपदी को दाँव पर लगाना तुम्हें भाया अथवा अनुचित लगा...?"

"धर्मराज पितृतुल्य हैं हमारे लिए...पाण्डुकुल के स्वामी हैं। हमारे तप, पुण्य व प्राणों के भी प्रभु हैं। मैं तो हारा ही गया हूँ द्यूत में और इसलिए दासधर्म निभा रहा हूँ, अन्यथा द्रौपदी के केशों को स्पर्श करनेवाला व्यक्ति उसी समय मृत्यु का ग्रास हुआ होता!" भीम क्रोध से उबल पड़े।

"यह तो समस्या का उत्तर नहीं! वास्तव में याज्ञसेनी, यह तुम्हारा ही दुर्भाग्य है कि तुम्हारे पाँचों नाथों में से किसी को भी तुम्हें नाथवती की भाँति सुरक्षित रखने में रुचि नहीं। इनमें सामर्थ्य, पराक्रम और साहस का अभाव है। किन्तु अभी भी कुछ बिगड़ा नहीं द्रुपदसुते! तुम चाहो तो तुम्हारे दिन अभी भी बदल सकते हैं और भाग्यदेवता अभी भी तुम पर मुस्करा सकते हैं। इन नपुंसकों को त्यागो और किसी भी कुरुश्रेष्ठ को अपना लो। सुख से जीवन व्यतीत होगा।" दुर्योधन ने कुटिल मुस्कान के साथ अपनी जंघा को निरावरण किया ही था कि भीम उछल पड़े क्रोधोन्मत्त होकर—

"दुष्ट दुर्योधन! अभी मैंने शपथ खायी है दुःशासन के रुधिरपान करने की...तब भी तुझे समझ में नहीं आया! अब तू और भी नीचता पर उतर चला!...तो स्मरण रख, तेरी इस जंघा को न मैंने अपने गदा से तोड़ा और न तुझे यमलोक पहुँचाया तो मेरा नाम

भीमसेन नहीं!''

एक बार फिर राजसभा सिहर उठी इस नयी शपथ से।

''दुर्योधन!!'' भयंकर रोष से विदुर का गम्भीर कण्ठस्वर प्रकम्पित हो उठा। दुर्योधन की उद्दण्डता देख महात्मा विदुर उठकर खड़े हो गये थे।

''दुर्योधन! मूर्ख! अभी भी समय है। सँभाल ले अपना इहलोक और परलोक! स्मरण रख, याज्ञसेनी साधारण नारी नहीं। इसका जन्म यज्ञकुण्ड से हुआ है—यह यज्ञवेदी में प्रज्वलित पवित्र अग्निज्वाला है जो सम्पूर्ण कुरुवंश को भस्म कर डालेगी! इस अग्निमयी को मत छेड़...परिणाम भयंकर होगा! यही बहुत है कि इस सती-साध्वी की क्रोधाग्नि से तुम लोग इसी क्षण भस्म नहीं हो गये। तुम इसका कुछ नहीं बिगाड़ सकते...यह अक्षतज्वाला है...इससे दूर रहो।''...

''तात विदुर! कृपया आप बीच में न बोलें। आपने सदा ही पक्ष लिया है...''

''हाँ, हाँ, मैंने सदा पक्ष लिया है—धर्म का। मूढ़! संकट में पड़ा व्यक्ति जब सभा की शरण लेता है तो सभासदों को चाहिए कि वे धर्म एवं सत्य का विचार कर उस संकटग्रस्त व्यक्ति को शान्ति दें। उपस्थितजन! जो धर्मज्ञ सभा का सदस्य होते हुए भी संसद में प्रस्तुत समस्या का निदान नहीं बताता, उसे मिथ्या भाषण का आधा दोष लगता है। जो सांसद प्रलोभन अथवा प्रमादवश झूठा निर्णय देता है, वह असत्य भाषण के पूरे पाप का भागी होता है। महाराज धृतराष्ट्र! मुझसे यह अधर्म अब सहन नहीं हो रहा है। मैं इस सभा का तृणवत् तिरस्कार करके जाता हूँ—आज्ञा दें!...''

समस्त राजागण व मनीषियों को स्तम्भित कर महात्मा विदुर अपनी काष्ठपादुकाएँ भरी सभा में चटकाते हुए साक्षात् अग्निदेवता से निकल गये। वातावरण सहम गया जो दुर्योधन को रुचिकर न लगा। वह अपनी छल-प्रपंचपूर्ण विजय को इतनी शीघ्रता से विस्मृत नहीं होने देना चाहता था। पाण्डवों को जितना अपमानित किया जाये उतना ही कम। किसी प्रकार उसके दग्ध अन्तर को शान्ति नहीं मिल पा रही। विशेष आनन्द नहीं आ रहा। और बीच-बीच में व्यवधान उत्पन्न हो जाने से उसका मन और भी खिन्न हो गया।

चिढ़कर उसने फिर दु:शासन को पुकारा, ''दु:शासन! इस वाचाल राजपुत्री का घमण्ड चूर-चूर नहीं होता! इतने अपमान पर भी कैसी बड़ी-बड़ी बातें कर रही है, व्याख्यान दे रही है, प्रवचन दे रही है! इस दासी का यह साहस कि सबको धर्म एवं शास्त्र सिखाए! उतार दो इसके समस्त वस्त्र-परिधान! यहीं इसी भरी सभा में इसे निर्वस्त्र कर दो!''

दबा हुआ-सा कोलाहल मच उठा। एक ओर हँसी-ठट्टा तो दूसरी ओर—'धिक्कार है', 'धिक्कार है' की अनुगूँज! लोग उठ-उठकर हाथ हिला रहे थे—'अनर्थ न करें महाराज', 'अधर्म न करें', 'ऐसा कुकर्म न करें', 'पाप के भागी न बनें'—आदि-आदि।

अविश्वसनीय! कानों पर विश्वास नहीं हो रहा! इस नीचता पर भी कुरुनन्दन उतर सकते हैं! क्षणभर को पांचाली प्रबल प्रभंजन में पड़ी सुकुमार दीपशिखा-सी प्रकम्पित हो उठी। किन्तु दूसरे ही क्षण जैसे दुर्योधन के शब्दों ने मनों घृत की आहुति डाली हो—वह यज्ञकुण्ड में प्रज्वलित साक्षात् अग्निज्वाला-सी भभक उठी—

"तात धृतराष्ट्र! क्या पुत्रमोह के कारण आप ज्ञानचक्षु भी गँवा बैठे? क्या स्वर्गीय महाराज पाण्डु आपके सगे भाई न थे? क्या महापराक्रमी महाराज पाण्डु ने इस राज्य पर शासन नहीं किया? क्या उन्होंने राज्य करते समय प्रजा को प्रसन्न नहीं रखा था? राज्य का विस्तार नहीं किया था? राज्य की सीमाएँ सुदृढ़ नहीं की थीं? और उन्हीं महापावन महाराज पाण्डु के उत्तराधिकारी बनकर आपके पुत्र पापकर्म में रत हैं, आप उन्हें रोक भी नहीं पा रहे?...बोलें तात! कण्ठ सूख गया है क्या? नेत्रज्योति के साथ ही वाणी भी गँवा बैठे क्या?...

"आर्या गान्धारी! आप तो महान् धर्माचारिणी हैं! नेत्र होते हुए भी सब जान-बूझकर अनदेखा कर रही हैं आप? आपने भी पुत्र-मोह की पट्टी जो बाँध रखी है। भगवन्! हस्तिनापुर में यह कैसा अन्धा राज आया! यह कैसा ज्योतिहीन युग आया! जब मेरी जैसी शक्ति सम्पन्न राजमहिला का यह अनादर होगा तो हस्तिनापुर के प्रसिद्ध राज्य में दीन-दुर्बल स्त्रियों का क्या होगा? रक्षक ही भक्षक बन गये हैं? राजकुल ने सभी साध्वियों को चेरी बना लिया है क्या?" वह तेजस्विनी अचूक वाक्-प्रहार कर रही थी, जैसे साक्षात् तर्कबाला खड़ी हो! एक-एक से स्पष्टीकरण माँगती, एक-एक के दोषों की मीमांसा करती, वह जैसे साक्षात् स्वयं इड़ा हो!

"और आप पितामह! ऐसे शून्य से क्या बैठे हैं? किसने लूट लिया है आपको? आपकी सारी ज्ञान-पूँजी लुट गयी क्या? कौन हैं वे लुटेरे जिन्होंने आपको ऐसा मूक बना दिया है? धर्म एवं ज्ञान के कुबेर! आपके ज्ञान-पुंज में यह कैसा ग्रहण लगा है? ग्रहण लगता है तो पूर्ण चन्द्र भी कुछ समय पश्चात् राहु-ग्रास से मुक्त हो जाता है। आप क्यों ऐसे अशक्त बैठे हैं? आप इन राहुओं से मुक्त भी नहीं होना चाहते! आजीवन धर्म की मीमांसा और विवेचना करते रहे और जब आज धर्म का ऐसा घोर अतिक्रमण हो रहा है तब आप निष्प्राण बने बैठे हैं! जिह्वा तालु से चिपक गयी है? क्या इसी प्रकार स्वर्गीय महाराज पाण्डु का ऋण चुका रहे हैं...नहीं!...नहीं!...कान क्यों बन्द करने लगे पितामह! कानों पर से हाथ हटा लीजिए महाराज! जब इतनी अनुचित, अनीतिपूर्ण बातें सुनने का धीरज रखे रहे तो मेरे ही धर्मोचित वचन सुनने में कौन-सा आपका धर्म चला जा रहा है?"

सबको चकाचौंध करती वह थिरकती दामिनी कड़क पड़ी, "नेत्र खोल दीजिए पितामह!...और यदि यह सब आप अधर्म मानते हैं, अनुचित मानते हैं, अनैतिक मानते हैं, तो साहस संग्रह कीजिए तनिक और तत्काल, इसी क्षण, सत्ता-मोह त्याग दीजिए! सदा के लिए इस अधर्मी राज-समाज का परित्याग कीजिए! कौन आपको बाँधे बैठा

है ? किस प्रलोभन में आप पड़े हैं ? किस भय से कण्ठ अवरुद्ध है आपका ?''

भीष्म पितामह व्याकुल हो नेत्र बन्द किये, कान बन्द किये, वेग से सिर हिला रहे थे। मुख पर कितनी ग्लानि! कितना क्षोभ ? कितना दु:ख ? वह लपलपाती विद्युल्लता ठहर गयी। चारों ओर देखा। अहो! कोई नहीं, कोई नहीं बोलता!

''सबको क्या हो गया भगवन्! ऐसी विकट परीक्षा तो भगवती सीता की भी नहीं ली गयी थी। भगवती सीता को जब अधम रावण हरकर ले जा रहा था तो पशु-पक्षियों तक ने उनके लिए संघर्ष किया था। जटायु ने प्राणों का उत्सर्ग किया था। और ये मूर्धन्य विद्वान, शिलाओं से जड़वत् बैठे हैं। आह री कापुरुषों की सभा! एक राजन्य से भयभीत इतने महानुभाव!...इतने पुरुष!...ये पुरुष हैं ? नहीं। पुरुष नहीं।... इस राजसभा में कोई पुरुष नहीं...कोई नहीं।''

और उसकी वाणी आर्द्र हो चली।

''अहोऽऽ कहाँ हो मेरे तेजस्वी पिताश्री द्रुपदराज! अपनी असहाय पुत्री की रक्षा करो।...ओ वीर भ्राता धृष्टद्युम्न! तुमने मुझे किन लोगों के हाथ सौंप दिया था जो आज मूढ़ की भाँति बिके बैठे हैं ? जो निज भार्या के सम्मान तक की रक्षा नहीं कर पा रहे ?''

पतियों पर दृष्टि डालते ही वह पुनः उन्मादित विद्युत् तरंग-सी तड़कने लगी—

''ये धर्मराज युधिष्ठिर हैं, जो अपनी पत्नी भी दाँव पर लगा बैठे! द्यूत का मद ऐसा बावला भी किसी को बना देता है! धन्य है द्यूतविलास जिसने स्वयं धर्मराज को ही धर्मच्युत कर दिया! और ये महाबली भीम!...पत्नी का अपमान होते देखकर भी इनका रक्त नहीं खौल रहा! ओ क्षत्रिय वीर! अपने उच्च वंश का स्मरण करो! अपनी वीर माता का स्मरण करो... !...और ये...विश्वविजयी सव्यसाची, जिन्हें गाण्डीव को भी आज ही तिलांजलि देनी थी! मैं पतिहीना नारी नाथवती होते हुए भी अनाथिनी-सी भरी सभा में घसीटी जा रही हूँ...और मेरे पाँच पति...ये नरशार्दूल आज गौ की भाँति दूर्वादल चबा रहे हैं! धिक्कार है इनकी वीरता को! धिक्कार है इनके क्षत्रियत्व को!...''

उसका एक-एक शब्द पाण्डुपुत्रों पर विकट उल्कापात कर रहा है। कर्ण-शिखर रक्तवर्ण हो गये हैं। श्वास फूल रहा है। स्वेद कणों से पूरा तन आच्छादित हो चला। अग्नि अन्तर में शमन नहीं हो पा रही, ऊपर से पांचाली के व्यंग्यवाण जैसे घृत डाल-डालकर उसे ज्वालापूर्ण बनाये दे रहे हैं। उसका एक-एक अचूक वाक्वाण मर्मस्थल को तीक्ष्णता से वेध रहा है, हृदय विदीर्ण किये दे रहा है। इतना साहस नहीं उनमें कि उस प्रखर लौह-नारी की ओर दृष्टिपात भी करें।

उनके समक्ष एक ओर पांचाली है तो दूसरी ओर महाराज युधिष्ठिर। युधिष्ठिर की आज्ञापालन के कारण, पत्नी का अपमान विषघूँट की भाँति निगलना पड़ रहा है। यदि पत्नी के सम्मान की रक्षा करते हैं तो इन्द्रप्रस्थ के प्रतापी महाराज युधिष्ठिर का सम्मान नहीं रहेगा। युधिष्ठिर महायशस्वी स्वर्गीय महाराज पाण्डु के ज्येष्ठ पुत्र हैं, माता कुन्ती के ज्येष्ठ पुत्र हैं, इन्द्रप्रस्थ के शासक हैं। समस्त कुरुनन्दनों से भी आयु में ज्येष्ठ

हैं—अग्रज हैं।...उन्हें एकाकी छोड़ दिया जाये? वे निरीह हैं—सरल हैं! खा जाएँगे ये सारे भूखे वृकदल उनको—उन्हें एकाकी पा। यह समय अग्रज का साथ देने का है, उन्हें नीचा दिखाने का नहीं। इन्द्रप्रस्थ का सम्मान, पाण्डु-वंश का सम्मान उनसे जुड़ा हुआ है। मतभेद होते हुए भी अग्रज के सम्मान की रक्षा करनी होगी, जगहँसाई नहीं। अग्रज पितृतुल्य हैं।

और इसलिए पत्नी एकाकिनी उन लोलुप गृद्धों के मध्य असहाय खड़ी रही।...पांचाली की विवशता पर वे विवश बने रहे, असहाय बने रहे।

रत्नजटित स्वर्णशैया पर द्वारकाधीश विश्रामरत थे। हाथ में थी एक सुकोमल पद्मकलिका, बार-बार उसकी सुगन्ध लेते। परिचारक, दास-दासियों से भरे प्रासाद में श्रीचरणों की सेवा का विशेषाधिकार देवी सत्यभामा का ही था। जनार्दन अर्धमीलित नेत्रों से सुदूर कुछ देख रहे थे। उन्हें मन्द-मन्द मुस्कराते देख देवी सत्यभामा से नहीं रहा गया।

"क्या हुआ गोविन्द?" वे विस्मय से बोलीं।

"मैं सोच रहा हूँ कि द्रुपदसुता कृष्णा में कितना आत्मविश्वास है! कितना ऊँचा उसका मनोबल है! वह सोचती है कि अपनी तर्क-प्रतिभा व बौद्धिक श्रेष्ठता के आधार पर वह लोलुप कौरवों से स्वयं अपनी रक्षा कर लेगी..."

"लोलुप कौरव! क्या कह रहे हैं नाथ!...कौरव क्या इन्द्रप्रस्थ पहुँच गये?"

"नहीं, पाण्डव हस्तिनापुर आये हुए हैं। धूर्तता और कपट से द्यूतक्रीड़ा का आयोजन किया गया है वहाँ। और गान्धारकुमार शकुनि ने युधिष्ठिर को पराजित कर दिया। युधिष्ठिर राजपाट, धनसम्पत्ति सब हार गये हैं। अपने चारों भाइयों को हार गये। स्वयं को हार गये। पांचाली को हार गये!...और देखो...वे अधम कौरव पांचाली को भरी सभा में दासी कहकर अपमानित कर रहे हैं! अधर्मी दुःशासन ने उसका हाथ पकड़कर खींचा, उसके मन्त्रजल अभिसिंचित केशों को खींचा, और अब वे उसे विवस्त्र करने का प्रयास कर रहे हैं..."

"अहो!...यह कैसा अधर्म महाराज!...और आप यहाँ लेटे-लेटे विश्राम कर रहे हैं! कैसा आश्चर्य! वहाँ इतना कुछ घटित हो गया, आपने योग-साधना से देख भी लिया, और आप पद्मकलिका सूँघ रहे हैं।" सत्यभामा उद्वेलित हो उठीं।

"तो क्या करूँ?"

"अरे! क्या हो गया नारायण, आपको! आप तो अपने भक्तों के रक्षक हैं! आप रक्षा न करेंगे तो पांचाली का ऐसी असहाय अवस्था में क्या होगा?"

"वही तो मैं भी देख रहा हूँ। वह तो स्वयं अपने अकाट्य तर्कों से अपनी रक्षा कर रही है। मेरी आवश्यकता कहाँ उसे? धन्य है पांचाली! अजेय है उसका धीरज़! देखो कैसे तेज से देदीप्यमान है वह नारी!"

"इसमें सन्देह नहीं कि पांचाली बड़ी तेजस्विनी है!"

"तेज उत्तम है...किन्तु अहंकार नहीं। पांचाली भ्रान्ति में पड़ गयी है। वह सोचती है, अपनी तर्कशक्ति से उन पथभ्रष्ट राजपुत्रों को सन्मार्ग पर ले आएगी! वह सोचती है, ये निष्ठावान, उच्चकुल के सुशिक्षित राजपुत्र हैं, उसके तर्कों को सुनेंगे और उनका सम्मान करेंगे! कैसी भ्रान्ति है!"

"किन्तु आप यहाँ बैठे क्या कर रहे हैं, आप रक्षा कीजिए द्रौपदी की। गजेन्द्र की रक्षा करने कैसे व्याकुल होकर दौड़े थे! प्रह्लाद की रक्षा के लिए अपनी सिंह-शक्ति का ऐसा प्रदर्शन किया कि मुखाकृति भी आपकी सिंह के समान विकराल हो गयी! और इस समय आपकी प्रिय सखी कृष्णा संकट में है देव...!"

"कृष्णा संकट में है इसमें कोई सन्देह नहीं। लोलुप व्याघ्रों एवं गृद्धों से घिरी वह एकाकिनी है—निपट एकाकिनी। किन्तु अद्भुत है उसका आत्मबल! उसी पर तो मैं रीझ जाता हूँ!" श्रीकृष्ण मुस्करा रहे थे।

"हे भगवन्! आपको यही समय रीझने का मिला! इतनी बातें यहीं बना रहे हैं! जाइए वार्ष्णेय, कहीं कुछ अनर्थ न हो जाये!"

"किन्तु वह मुझे पुकारे तो! मुझे एक बार स्मरण तो करे! एक बार स्वयं को मुझ पर छोड़े तो! वह तो नीति-अनीति का विवेचन कर रही है, उचित-अनुचित समझा रही है! जब निरुपाय होकर कोई मुझे स्मरण करता है तो मैं उसकी रक्षा करना अपना नैतिक दायित्व समझता हूँ। गजेन्द्र ने मुझे पुकारा था। प्रह्लाद ने स्‍र्वस्व मुझ पर छोड़ दिया था! कृष्णा को, किन्तु, मनुष्य की श्रेष्ठता में अभी भी विश्वास है—कि वे राजपुत्र अन्ततः तो मनुष्य ही हैं—वे सुधरकर सन्मार्ग पर आ ही जाएँगे। उन नराधम-पातकी राजपुत्रों पर उसको इतना विश्वास है, मुझ पर नहीं! एक भी बार मुझे स्मरण नहीं कर पा रही! साक्षात् तर्कबाला! साक्षात् बुद्धि! साक्षात् इड़ा बनी हुई है मेरी कृष्णा!"

कर्ण : "देखा राजन्, यह मायाविनी अपने वाक्‌जाल में कैसा सबको फँसाये है! सब चकित हैं—इसकी सहनशीलता और वाक्‌पटुता पर! अकेली होकर भी यह पूरी सभा को मूर्ख बनाये हुए है, जैसे कोई इसका कुछ बिगाड़ ही नहीं सकता...!"

दुर्योधन भी उकता गया था उसके सुदीर्घ व्याख्यानों से। पर यह दुःशासन कैसा है जो आदेश पाकर भी उसे निर्वस्त्र नहीं कर रहा! दुर्योधन धीरज गँवा बैठा।

"उतार ले इसके वस्त्राभूषण दुःशासन!"

सभा में पुनः दबा-दबा कोलाहल फूट पड़ा। 'नहीं'-'नहीं' की दबी अस्फुट गुहारें चारों ओर प्रतिध्वनित होने लगीं। साथ ही बीच-बीच में विकृत मानसिकता से ग्रस्त वासनाप्रेमियों के बीभत्स अट्टहास गूँज उठे।

पाण्डुनन्दनों ने नेत्र मूँद लिये। अर्जुन ने दोनों हाथों से कान बन्द कर लिये।

दु:शासन आगे बढ़ चला है। अब कोई नहीं रक्षक!

पांचाली भय से थरथरा गयी। छोड़ दिया उसने सर्वस्व मुकुटबिहारी पर। अपना आँचल दाँतों में दबाकर, जोड़ दिये दोनों हाथ आकाश की ओर! और उस आतंकपूरित कोलाहल के मध्य उसका कातर कुररी का-सा कँपकँपाता ऊँचा स्वर सभागार में लहरा गया—

"गोविन्द द्वारकावासिन् कृष्ण गोपीजन-प्रिय।
कौरवैः परिभूतां मां किं न जानासि केशव॥
हे नाथ हे रम्भानाथ ब्रजनाथार्तिनाशन।
कौरवार्णव-भग्नां मामुद्धरस्व जनार्दन॥
कृष्ण कृष्ण महायोगिन् विश्वात्मन् विश्वभावन।
प्रपन्नां पाहि गोविन्द कुरुमध्ये विषीदतीम्!..."

लीलामय आत्मलीन थे। उनकी भँवों में बल पड़ गये। हाथ स्थिर हो गये। और एकाएक वे पद्मकलिका फेंक उठ बैठे। दूर कहीं से कुछ सुनाई दिया। कोई करुण स्वर—असहाय कातर विलाप। जब तक देवी सत्यभामा कुछ समझें, क्रोधोन्मादित द्वारकाधीश तड़ित् गति से शैया छोड़ भूमि पर कूद पड़े। धम्म्!...और तीनों लोक डोल गये! सृष्टि प्रकम्पित हो उठी!

दुर्योधन अधीर हो, कड़ककर चिल्लाया—

"अरे मूढ़ दु:शासन! कैसा अभिभूत हुआ खड़ा है उस मायाविनी से! खींच ले उसके वस्त्र! कर दे यहीं निर्वस्त्र उसे—इस भरी सभा में!..."

दु:शासन ने हाथ बढ़ाया और प्रबल विद्युत् तरंग का-सा झटका लगा—वह अचम्भित रह गया।

"अरे दुष्ट! खींच उसका वस्त्र!" दुर्योधन पुनः कड़का।

दुर्योधन कड़का और कड़...कड़...कड़...कड़...कड़कड़ाती हुई विद्युत् तरंग दिग्दिगन्त को चीरती-सी भयंकर महानाद कर उठी। कड़...कड़...कड़... तड़...तड़...तड़...गड़...गड़...गड़...! पृथ्वी का कठोर उर काँप उठा—अनाचार देख-कर। शेषनाग के सहस्रों फण फुफकार उठे। प्रकृति का संयम टूट गया।

दक्षिण बाहु उठाये, रौद्र रूप धारण किये द्वारकाधीश जैसे स्वयं ताण्डवरत भगवान शंकर बने हुए थे। विनाशलीला को उद्यत! संहारलीला को उद्यत! भृकुटि तनी हुई! दाँतों से ओष्ठ दबे हुए! विशाल नेत्र—रक्तमय! मूर्तिमान क्रोधाग्नि हों जैसे!

दक्षिण तर्जनी घूम रही थी। सुदर्शन-चक्र घूम रहा था। सुदर्शन चक्र था या

ज्वालपुंज! सहस्त्रों लपलपाती अग्निज्वालाएँ धू-धू करती उससे छूट रही थीं। दामिनी लपलपाती घूम रही थी अखिल विश्व में!

भूकम्प! आँधी! झंझा! चक्रवात!

प्रलय? सृष्टि का अन्त? इन्द्र का वज्र? घनघोर गर्जन हो रहा था। दीर्घकाय वृक्ष आर्तनाद करते हुए धराशायी हो रहे थे। शाखाएँ हाहाकार कर रही थीं। तड़ाक्-तड़ाक् प्रासादों व भवनों की भित्तियाँ चटक रही थीं। उस झंझावात में कुरु-राजप्रासाद हिंडोले-सा झूल रहा था। दीपमालाएँ टूट-टूटकर गिरी जा रही थीं। दीपस्तम्भ प्रबल वायु से बुझ गये थे। गहन तिमिर। सभागार में बसेरा लेनेवाले भयातुर पक्षी नीड़हीन हो उस अन्धकार में इधर-उधर फड़फड़ाते उड़ रहे थे। स्तम्भों से टकराते, गिरते, विराजमान श्रीयुतों को घायल करते चंचुओं से, पंजों से, डैनों से। पर्यंक उलट रहे थे, सिंहासन उलट रहे थे। श्रीमन्त धूल-धूसरित हो रहे थे।

और प्रचण्ड मेघवाहिनी चण्डी-भैरवी-सी चढ़ दौड़ी थी। मेघ जयघोष कर रहे थे। दामिनी थरथरा रही थी। डंके की चोट पर सृष्टि कह रही थी—यह सब अनाचार है! अनीति है! अधर्म है!

उद्भ्रान्त मारुत चण्ड-भैरव बना राजदण्ड धारे उन्मत्त हो विक्षिप्त-सा पापियों को ढूँढ़ता फिर रहा है! उच्छ्वासें भरता, हुंकारें भरता, वायुवेग ऐसा प्रबल कि न बैठा जाये, न खड़ा हुआ जाये!

लीलामय आज कालभैरव बन बैठे थे। दक्षिण हस्त में सुदर्शनचक्र! वाम हस्त से अपने केसरिया उत्तरीय का अंचल पकड़े। पूरा उत्तरीय वायु में उड़ रहा था। सरसरा रहा था। फरफरा रहा था। लहरा रहा था।

और चारों ओर उत्तरीय उड़ रहे थे! उड़ रहे थे! अंगवस्त्र उड़ रहे थे। उड़े जा रहे थे—पीठ पर से! शीश पर से! स्कन्धों पर से! कण्ठों और बाहुओं के बीच से! उत्तरीय छूटे चले जा रहे थे असंख्य शरों से—तीव्र वाणों से। निरुद्देश्य नहीं, गन्तव्यहीन नहीं! समस्त वस्त्र उड़-उड़कर जा रहे थे—द्रुपदसुता की दिशा में। पांचाली की स्वर्णदेह पर वस्त्र चुम्बक की भाँति लिपट जाते।

घोर अन्धकार। हाथ को हाथ न सूझता था। बावला-सा दु:शासन पांचाली का वस्त्र ढूँढ़ता। वस्त्रों का विराट् ढेर लगा था वहाँ। वह अपनी ओर खींचता वस्त्र को और पवन ठठाकर अपनी ओर। अन्धकार में खींचातानी हो रही थी। वस्त्र...वस्त्र और वस्त्र!

"महाराज! इस मायाविनी का चीर विस्तृत ही होता जा रहा है, बढ़ता ही जा रहा है..." दु:शासन की भयातुर चीत्कार सुनाई पड़ी। दु:शासन का हाथ वस्त्रों में उलझ गया। पाँव वस्त्रों में उलझ गये...और वह गिरा...मुख के बल...स्तम्भ से टकराता। मुकुट कहीं गिरा जाकर...और रुधिर की धार बह निकली शीश से।

कैसा प्रबल प्रभंजन! इन्द्र का वज्र दण्ड या कृष्ण का सुदर्शन चक्र! या शंकर का

ताण्डव नृत्य! धीरे-धीरे झंझा थमी। कब तक यह प्रकोपलीला चली, किसे ज्ञात? किसे चेतना थी?...

धीरे-धीरे लोग सचेत होने लगे। काँखते-कराहते स्वयं को सँभाला रहे थे। कैसा दुःस्वप्न था...क्या हुआ था? दीप बुझ चुके थे किन्तु आकाश धुल-पुछकर निर्मल हो गया था और चन्द्रदेव उदय हो गये थे। उनकी दिव्य ज्योत्स्ना से मणिस्तम्भ आलोकित हो उठे। न जाने कहाँ से अलौकिक माधुर्य से परिपूर्ण वेणु बज रही थी! कौन कर रहा था वह मधुर वंशीवादन? रसवर्षा हो रही थी! रसधारा बह रही थी!

लोगों ने आँखें मलते हुए प्रबल वायु से अस्त-व्यस्त हुए अपने वस्त्र सँभाले। वस्त्र थे कहाँ? उत्तरीय, अंगवस्त्र, दुकूल और पट्टवस्त्र तो अभी भी फरफराते उड़े जा रहे थे। अधोवस्त्र तक खुल गये थे—उड़ रहे थे!...कहाँ गये वस्त्र!...सब विस्मित थे।

सामने देखा—तो देखते रह गये! अपूर्व दृश्य था।

सभागार के अन्त में इन्द्रधनुषी वस्त्रमाला में लिपटी खड़ी थी याज्ञसेनी कृष्णा। दोनों हाथ ऊपर की ओर जोड़े, दोनों नयनों से गंगा-यमुना आप्लावित थीं। पलक झपकते स्पष्ट हो गया, उन सबके अंगवस्त्र एवं उत्तरीय पांचाली पर लिपटे हुए थे! विभिन्न अंशुक अभी भी उड़-उड़कर उसके पास पहुँच रहे थे, सरसरा रहे थे। लाल, पीले, नीले, हरे, श्वेत, स्वर्ण, गुलाबी, बैंगनी, नारंगी और केसरिया वस्त्र! वस्त्र, वस्त्र और वस्त्र...! कितने उत्तरीय! कितने दुकूल! कितने परिधान!...

'जय हो', 'जय हो' का तुमुल भैरव स्वर गूँज उठा सभाकक्ष में।

युधिष्ठिर भूमि पर साष्टांग पड़े हैं अर्धमूर्च्छित-से। अर्जुन के कपोलों पर प्रेमाश्रुओं की सहस्रधारा बह रही है। नकुल हृदय का भावावेग नहीं सँभाल पा रहे, सहदेव की पीठ पर शीश टिकाये हैं। सहदेव स्वयं विह्वल हो भीमसेन का अवलम्ब लिये हैं। भीमसेन रह-रहकर अपने अश्रु पोंछ रहे हैं।

वंशी-स्वर ऊँचा हो रहा है।

'साधुवाद' 'साधुवाद' समस्त विह्वल प्राण पुकार उठे।

भीष्म पितामह सिंहासन छोड़ भूमि पर हाथ जोड़े बैठे हैं—अश्रुधारा से नहाये। अश्रु-गद्गद कण्ठ से कम्पित स्वर निकल रहे हैं, "धन्य हो जनार्दन! बालपन में तुमने यमुना-जल में स्नान के लिए उतरी अबला गोपिकाओं का चीर-हरण करके उनका अहं निर्मूल किया था!...आज इतने पराक्रमी, शूरवीर नरेशों का एक ही बार में चीरहरण कर लिया!...अपार है तुम्हारी लीला मधुसूदन! जो अहंकारी नरेश एक असहाय अबला के चीरहरण में आनन्द-लाभ करने बैठे थे—कैसा तुमने उनका मानमर्दन किया! चूर-चूर कर दिया गर्व उनका! एक बार में ही अबल सिद्ध कर दिया उन्हें...! चीरहरण करके सबका अहंकार हर लिया लीलामय! हमारे ही उत्तरीयों और अंगवस्त्रों से तुमने अपनी कृष्णा की लाज रख ली।...धन्य हो प्रभु! धन्य हो भगवन्! धन्य है तुम्हारी लीला!..."

महाराज धृतराष्ट्र पाण्डवों पर श्रीकृष्ण की ऐसी चमत्कारिक कृपा देखकर आतंकित हो उठे। अब कुरुकुल का क्या होगा? कुरुकुल को श्रीकृष्ण के प्रकोप से बचाना होगा। काँपते अवरुद्ध कण्ठ से वे द्रौपदी को पुकार उठे, ''पांचालराजकुमारी! वत्से! तूने बहुत अन्याय सहा। मनुष्य नहीं, तेरे सहायक तो देवता सिद्ध हुए। तू सती है...देवी है। पवित्र अग्निकुण्ड की अग्निशिखा है। याज्ञसेनी, ये हतभागे मेरे पुत्र अत्यन्त नीच हैं। मैं लज्जित हूँ।...तेरी अनन्य भक्ति और लीलामय की कृपा देखकर मैं चमत्कृत हो गया। मेरे ज्ञान-चक्षु खुल गये। बोल पुत्री! तेरी कौन-सी मनोकामना पूर्ण करूँ?''

पांचाली अभी तक भाव-विह्वल थी। जैसे-तैसे स्वयं को संयत किया उसने और एक दीर्घ नि:श्वास ले अश्रुमाला पोंछती हुई बोली, ''तात! भगवत्कृपा से ही सही, आपके ज्ञानचक्षु खुले तो! मेरे कटु वचनों को क्षमा करें। अत्यधिक दु:खी होने के कारण वे शब्द मेरे मुख से अधीरतावश निकले थे। मैंने तो सदा आपको ही स्वर्गीय महाराज पाण्डु के पवित्र स्थान पर देखा है। तभी आपसे न्याय की गुहार की थी, तभी आपकी शरण में आयी थी।...तात! मैं माँगना तो कुछ भी नहीं चाहती किसी से भी, किन्तु आपकी इच्छा का आदर करते हुए माँग रही हूँ। महाराज! मेरे परम धर्मात्मा पति महाराज युधिष्ठिर को दासत्व से मुक्ति दें ताकि मेरे ज्येष्ठ पुत्र एवं युवराज प्रतिविन्ध्य को अन्य राजपुत्र 'दासपुत्र' न पुकार सकें।''

कुरुकुल के अनिष्ट की सम्भावना से पीड़ित महाराज धृतराष्ट्र का हाथ तत्काल उठ गया।

''मुझे स्वीकार है वत्से तेरी माँग...युधिष्ठिर दासत्व से मुक्त किये जाते हैं। किन्तु पुत्री, मुझे लग रहा है अभी मैं तेरे साथ समुचित न्याय नहीं कर पाया... बोल पुत्री...एक वरदान और माँग।'' वृद्ध धृतराष्ट्र का स्वर काँप रहा था।

''आपकी कृपा है महाराज! मेरे अन्य चारों पतियों को भी उनके शस्त्रों एवं रथों सहित दासत्व से मुक्त करें तात!''

''तथास्तु! जाओ मेरे पाँचों पुत्रो, तुम दासत्व से मुक्त हो। जाकर इन्द्रप्रस्थ में प्रसन्नतापूर्वक राज्य करो। जो कुछ घटित हुआ, उसे भूल जाओ। युधिष्ठिर! क्षमा ही सर्वोत्तम धर्म है। वही मनुष्य महान् है जो दूसरों के दोष स्मरण न रखकर केवल गुण को स्मरण रखता है। अपने कौरव बन्धुओं के प्रति प्रतिशोध की भावना मन में न लाना...तुम धर्म एवं क्षमा के अवतार हो।...किन्तु द्रुपदनन्दिनी!...मेरा मन अभी भी नहीं भरा। पुत्री...तू अपने शील और विनय से दो नहीं, तीन वरदानों की अधिकारिणी हो गयी है...माँग पुत्री, एक वरदान और माँग!'' धृतराष्ट्र अभी भी श्रीकृष्ण के प्रकोप, पाण्डवों के प्रतिशोध और सतीत्व के रोष के भय से आतंकित थे।

''नहीं तात! अब नहीं। 'लोभो धर्मस्य नाशाय'—लोभ से धर्म का नाश हो जाता है। वैश्य को एक वर माँगने का अधिकार है...क्षत्रिय स्त्री को केवल दो वर माँगने का...क्षत्रिय पुरुष ही तीन वरदानों का अधिकारी होता है और ब्राह्मण सौ वर लेने का

अधिकारी है। महाराज! मुझे लोभ नहीं। मेरे पति भारी विपत्ति में फँस गये थे दास होकर...वे मुक्त हुए—बस, इतना ही पर्याप्त है। आगे ये स्वयं अपने पुण्य एवं पुरुषार्थ से कल्याण प्राप्त कर लेंगे।''...

दुर्योधन और कर्ण के मुखों पर निराशा पुत गयी। पराजय का भाव पहले ही परिलक्षित हो रहा था। सब किये-कराये पर पानी फिर चुका था। वासुदेव श्रीकृष्ण द्वारा योगशक्ति के प्रयोग से वे भी चमत्कृत थे किन्तु महाराज धृतराष्ट्र द्वारा पाण्डवों को दास्य-भाव से मुक्त करते ही पुनः सुप्त ईर्ष्याग्नि भड़क उठी, और खीझ मिटाने हेतु व्यंग्य को सदा की भाँति अपना शस्त्र बनाया।

''चलो! पाण्डवों का उद्धार भी स्त्री से ही हुआ।'' दुःशासन ने कृत्रिम दीर्घ निःश्वास के साथ कहा।

''वाह री द्रुपदसुता! इसने तो आज वह कार्य कर दिखाया जो किसी ने न किया होगा। संकट के अथाह सागर में डूबते-उतराते पाण्डव-कुल के लिए तो द्रौपदी भगवान की अवतार हो गयी! बात की बात में इसने इनकी नौका पार लगा दी! धन्य है। पति तो अवश्य पत्नियों की संकट से मुक्ति करते आये हैं, यहाँ अबला पत्नी ही पाँच-पाँच पति-मल्लों की रक्षक बन गयी! विश्व में कितनी रूपमती नारियों की गाथाएँ प्रचलित हैं किन्तु उनमें से किसी ने भी ऐसा अद्‌भुत कार्य किया हो, यह कभी नहीं सुना गया।'' कर्ण अपने व्यंग्य में भी पांचाली की हार्दिक प्रशंसा छिपाने में असमर्थ था।

दुर्योधन नींद से जागता-सा, सूखे ओठों पर जिह्वा फेरता हुआ बोला—

''सखा! इस पाण्डकुल में तो बड़ी-बड़ी ऐसी ही घटनाएँ घटती आयी हैं, जो अन्यत्र कहीं नहीं सुनी जातीं। यह तो इस परिवार की विशेषता है। और द्रौपदी की विशेषता यह है कि जो घटना किसी नारी के साथ न हो, वह इसके साथ घटित होती है। अब दृश्य देखो—पाँचों पति कैसे अपनी जीवनदायिनी, अपनी उद्धारकर्त्री के पीछे-पीछे मुस्कराते चले जा रहे हैं!...कोई ग्लानि नहीं, कोई क्षोभ नहीं इनके मन में।...सामने ही पत्नी का हर प्रकार से अपमान हुआ, ये कुछ न बोले। अब उसी अपमानित पत्नी के प्रति गद्‌गद होकर कैसा आभार मान रहे हैं!

''पत्नी को दासी कहा गया भरी सभा में। भरी सभा में परपुरुष द्वारा उसे हाथ पकड़कर घसीटा गया। उसके केश पकड़कर खींचे गये। पुरुषों ने उसे निर्वस्त्र करने को चीरहरण किया। इन सब बातों का प्रभाव इन परम धैर्यवान् पाण्डुनन्दनों पर न पड़ा। तब तो मूर्ति बने रहे, और अब कैसे हर प्रकार से अपनी इस अपमानित और लांछित पत्नी को प्रसन्नवदन हो निहार रहे हैं!'' कर्ण ने ग्रीवा कुछ टेढ़ी कर कहा।

कितना सत्य कह रहे हैं कर्ण और दुर्योधन! संकुचित बुद्धि भीम का पौरुष तिलमिला उठा। महापराक्रमी पाण्डव वीरों की मुक्तिदाता एक स्त्री!...कितनी लज्जा की बात है...कितने कलंक की बात है! और स्त्री भी कौन? जिसे दुष्टबुद्धि दुःशासन ने सबके समक्ष दुःसाहसपूर्वक स्पर्श करके दूषित किया, उसके केश खींचे!...वास्तव में

पांचालकुमारी को अब पत्नी रूप में रखने से पाण्डुकुल की सन्तान-ज्योति क्षीण नहीं पड़ जाएगी?

उत्तेजित भीम ने अर्जुन के कन्धे पर हाथ रखा और धीमे स्वर में बोले—

"धनंजय! लोक हमें क्या कहेगा? दशरथनन्दन श्रीराम ने कैसे अपनी साध्वी पत्नी का भी परित्याग कर दिया था! और द्रौपदी तो भरी सभा में, इतने जनसमूह के मध्य, परपुरुष के स्पर्श से दूषित हुई है। उसे अपनाने से हमारी सन्तान रूपी कीर्ति-ध्वजा अवनत नहीं हो जाएगी? हमारे पूर्णचन्द्र से निर्मल कुल में यह बात कलंक जैसी नहीं हो जाएगी?"

हा सीते!...सीते! सीते! पांचाली उमड़ पड़ी। उसने सुना और उसके पाँव ठिठक गये। मुड़कर अश्रुपूरित आहत दृष्टि धनंजय पर पड़ी। अर्जुन के नेत्रों में उससे भी कहीं अधिक पीड़ा थी। उनकी उस भीगी दृष्टि से पांचाली के दग्ध अन्तर को अपार शान्ति मिली। मन्थर गति से वह आगे बढ़ चली।

अर्जुन हृदय पर हाथ धरे विस्मित हो भीमसेन को देखते रह गये। भीमसेन के मानस में सूक्ष्मता का सदा अभाव रहा। कोमलता और सुकुमारता उन्हें कभी रास न आयी। उनका पौरुष मानवीय उच्चता से सदा ही नीचे रह जाता था, श्रेष्ठ ऊँचाइयों को स्पर्श न कर पाता था। वे स्त्री की उच्चता कैसे स्वीकारते?

"भारत! याज्ञसेनी के विषय में आपसे ऐसी बात सुनने की अपेक्षा किसे रही होगी? पांचाली भारती परम तेजमयी अग्निशिखा-सी पवित्र है। ये कैसे कुविचार आपके मन में जन्म ले रहे हैं! हमारी विवशता और असमर्थता के कारण हमारी भार्या को यह दिन देखना पड़ा। हमें उसपर लज्जित होना चाहिए? अपनी अकर्मण्यता और विफलता पर खेद होना चाहिए, न कि किसी बर्बर, नीच व्यक्ति ने पांचाली का हाथ पकड़ लिया, इस पर दुःख होना चाहिए। उस असभ्य, प्राकृत, दुष्टचरित्र दुःशासन द्वारा हाथ पकड़ लेने से ही याज्ञसेनी का सतीत्व क्षीण हो गया? यह कैसा तर्क आर्य? तो क्यों नहीं हम पाँचों ने तत्काल इसका प्रतिकार किया?"

अर्जुन के विशाल नेत्र क्षोभ से दहक उठे, "मेरा मन तो दुःख से आलोड़ित है कि हमारी उपस्थिति में द्रुपदसुता को अपमान की भयंकरतम यन्त्रणा सहनी पड़ी। भारत! हमारे रहते असहाय और असुरक्षित वह भारती अनाथिनी-सी उन कुटिल व्याघ्रों से घिरी रही! उसका कुररी-सा कातर विलाप मेरे कानों में अब भी गूँज रहा है।...किन्तु बन्धु! जैसे-तैसे हम उस जाल से निकले हैं, हमें फूँक-फूँककर पाँव रखना है। यह समय प्रतिशोध का नहीं, उत्तेजित होने का भी नहीं। सोच-समझकर अपनी रणनीति तैयार करनी है, तब तक भगवान नीलकण्ठ महादेव की भाँति इस विष-घूँट को कण्ठ में ही धारण किये रहना है। यह हमारे धैर्य और सहनशीलता की परीक्षा की घड़ी है।"

भीमसेन लज्जित हो एक दीर्घ उच्छ्वास भरकर रह गये।

उधर कौरवनन्दनों में खलबली मची हुई थी कि जाल में फँसे पंछी फुर्र हो गये।

वे लोग हाथ मलते रह गये। तुरन्त वे दुर्बल व्यक्तित्ववाले महाराज धृतराष्ट्र के निकट जा पहुँचे।

महाराज धृतराष्ट्र तो पहले से ही भयातुर थे। कृष्ण की योगशक्ति के चमत्कार से आतंकित थे। उन्हें अपने पुत्रों के जीवन पर अनिष्ट की छाया डोलती दिखाई दी थी, इसलिए पुत्रों के पाप-कर्म को धोने के लिए उन्होंने शीघ्रता से पाण्डवों को मुक्ति दे दी थी, ताकि अब उनके रोष का भागी न बनना पड़े; किन्तु अभी भी वे प्रकम्पित मन ही थे। अभी भी भयभीत थे महायोगी श्रीकृष्ण से! सत्यवादी युधिष्ठिर से! महाबली भीम से! श्रेष्ठ धनुर्विद अर्जुन से! वीर नकुल से! कुपित सहदेव से! और...याज्ञसेनी के सतीत्व के शाप से!

कर्ण, शकुनि एवं दुर्योधन महाराज धृतराष्ट्र को समझाने लगे : पाण्डव अवश्य इस अपमान का प्रतिशोध लेंगे। पाण्डुनन्दन अर्जुन भयंकर वीर हैं। उनकी वीरता की गाथाएँ सुदूर जनपदों में प्रचलित हैं।...विश्वश्रेष्ठ धनुर्धर भी अर्जुन के नाम से काँपते हैं। अर्जुन के पराक्रम को क्या महाराज नहीं जानते? उस दिन दुरूह लक्ष्यवेध-स्पर्धा में कैसे सहस्रों राजाओं को नीचा दिखाकर अर्जुन द्रुपदसुता को ले गये थे! परम सुन्दरी नागराज-कन्या उलूपी को उन्होंने पत्नी रूप में पा लिया! पाँच ग्राह्यरूपी अप्सराओं का क्षणभर में उद्धार कर दिया! अर्जुन-पुत्र बभ्रुवाहन सुदूर मणिपुर राज्य का भावी नरेश है। स्वयं द्वारकाधीश श्रीकृष्ण की अनुजा सुभद्रा को अर्जुन कैसे अन्धक एवं वृष्णि वीरों के बीच में से अपहरण करके ले आये थे! खाण्डववन को अग्निदेवता अर्जुन की कृपा से ही भस्मीभूत कर पाये। तब वाणों से ही मेघ रोककर सव्यसाची ने इन्द्र की वर्षा विफल कर दी थी। अकेले अर्जुन सम्पूर्ण देवसेना को पराजित कर चुके हैं। देवेन्द्र को अपने युद्धकौशल से स्तब्ध कर चुके हैं। यक्ष, किन्नर, देवता, राक्षस—सबको अर्जुन जीत चुके हैं। अग्निदेव से कैसे अमोघ-वस्त्र उपहार में सव्यसाची को मिले हैं!

ऐसे पराक्रमी अर्जुन यदि रोष से भर जाएँ तो अकेले ही समूचे कुरुकुल को अपने गाण्डीव से नष्ट कर डालेंगे। ऐसे साधु-शिरोमणि महान् योद्धा के समक्ष समस्त कौरव महारथी, भीष्म, द्रोण आदि एकत्रित हो जाएँ तो भी अर्जुन उन्हें पराजित कर देंगे।

भयभीत कुरुराज धृतराष्ट्र यह सुनकर और भी भयविचलित हो उठे। यह देख दुर्योधन, कर्ण व शकुनि और उत्साहित हुए।

"महाराज! वे पाण्डव अब सेना एकत्रित करने गये हैं। शीघ्र ही हम पर आक्रमण करेंगे। द्रौपदी के अपमान को वे ऐसे ही सह लेंगे क्या? अपने तिरस्कार को भूल जाएँगे?" दुर्योधन ने कहा।

"महाराज! आपको स्मरण है, भीम ने क्या शपथ ली है? भीमसेन ने सबके समक्ष शपथ ली है कि वह जब तक दु:शासन का वक्ष चीरकर उसका रक्तपान नहीं करेगा..." कर्ण ने भी उकसाया।

धृतराष्ट्र ने कान बन्द कर लिये।

"और महाराज! भीमसेन ने यह भी शपथ ली है कि दुर्योधन की जंघा गदा से तोड़कर ही रहेगा...!"

धृतराष्ट्र व्याकुल हो शीश इधर-उधर हिला रहे थे।

"...और महाराज! याज्ञसेनी ने शपथ ली है कि जब तक दु:शासन के रक्त से अपने केश धोकर शुद्ध नहीं करेगी, वह वेणी नहीं बाँधेगी। महाराज! स्मरण रहे कि पाँचों पति पांचाली की हर बात को मान देते हैं!"

"...और तात! पांचाली ने यह भी कहा कि कर्ण ने जिस प्रकार उसका उपहास करके उसे 'कुलटा', 'वेश्या' कहा है, उसके प्रतिकार में अर्जुन के गाण्डीव से छूटे तीर जब कर्ण को यमलोक पहुँचा देंगे तभी उसके दग्ध अन्तर को शान्ति मिलेगी। महाराज! वह युद्ध की देवी है! प्रचण्ड साहसी है! एक बार निश्चय कर ले तो उसे पूरा करके ही छोड़ती है वह लौह-नारी!"

"...और महाराज! आपने द्वारकाधीश श्रीकृष्ण का रौद्र रूप देख लिया न!...अब आप ऐसा नहीं सोचते कि ये सबके सब मिलकर कुरुवंश को निर्मूल कर डालेंगे? ये श्रीकृष्ण व द्रौपदी विलक्षण हैं दोनों! इन दोनों की प्रबल इच्छाशक्ति ही पर्याप्त है कुरुवंश का मूलोच्छेदन करने हेतु!"

धृतराष्ट्र हृदय थामे बैठे थे।

अब नपे-तुले शब्दों में शकुनि ने धीरे-धीरे पासा फेंका, "केवल एक ही मार्ग है, महाराज! एक ही उपाय है इस संहार से बचने का। कूटनीति का प्राचीन सिद्धान्त है कि शत्रु बलवान् हो पाए, उसके पहले ही उसको नष्ट कर दो। शक्ति संचय कर पाने से पूर्व ही शत्रु को कुचल देना चाहिए ताकि वह सिर उठा ही न पाए। अत: पुन: एक बार पाण्डवों को द्यूतक्रीड़ा के लिए आमन्त्रित किया जाये और छल से सदा के लिए उन्हें निर्बल कर दें! जो पराजित हो, वह बारह वर्ष को वनवास जाये एवं तेरहवें वर्ष में अज्ञातवास करे। यदि इस अज्ञात-वास में पहचान लिये जाएँ तो पुन: बारह वर्ष को वनवास का दण्ड भुगतें। महाराज! इस प्रकार आपके पुत्रों के ये जन्मजात शत्रु सदा के लिए निर्जीव पड़ जाएँगे!"

भयंकर ऊहापोह! महाराज धृतराष्ट्र कभी भाल पर हाथ फेरकर स्वेद कण पोंछते तो कभी निरुपाय-से हाथ मलते।

"महाराज! ये पाण्डव विनम्र एवं विनयशील बनते अवश्य हैं; किन्तु वे क्या इतने सज्जन हैं कि आपकी वृद्धावस्था का विचार कर प्रतिशोध न लें? आपके वंश को निर्मूल करने की अपनी सुनिश्चित योजना को कार्यान्वित न करें? क्या उनके मन में आपके प्रति इतनी प्रगाढ़ श्रद्धा है कि जो हुआ उसे वे भुला दें?" कर्ण ने शकुनि की बात को बल देना चाहा।

आह रे वंशमोह! अन्ततः महाराज धृतराष्ट्र ने सदा की भाँति पुत्र के समक्ष शस्त्र डाल दिये।

आधा मार्ग भी तय नहीं कर पाये थे कि पाण्डवों को पुनः द्यूतक्रीड़ा में भाग लेने का निमन्त्रण मिला।

पुनः द्यूतक्रीड़ा! पाण्डवों पर उल्कापात हुआ। युधिष्ठिर सहर्ष लौट पड़े, और याज्ञसेनी प्रखर ताप-सी दहक उठी—

"आर्यपुत्र! बहुत हो चुका। अब आप द्यूतक्रीड़ा का नाम भी न लें। एक बार द्यूतविलास में फँसकर परिणाम देख तो लिया। अब अनर्थ न करें। अपने अनुजों एवं पत्नी को अपमान का पात्र न बनाएँ। अभी कुछ और भी अपमान शेष रहा है, जो सहना होगा? आपने तो सबको बेच दिया था। और मेरे अपमान के समय पति होते हुए भी नपुंसक की भाँति शीश झुकाये बैठे रहे! अपनी रक्षा नारी होकर भी मुझे स्वयं करनी पड़ी! यदि लीलामय की कृपा न होती तो मेरी दुर्गति किस सीमा तक होती—यह सोचा आपने?...आप सबकी दासभाव से मुक्ति दिलाने की याचना भी मुझे ही करनी पड़ी! बहुत हो चुकी जगहँसाई, अब पुनः उस पाश में मत पड़िए। आर्यपुत्र! ये अधम कौरव हमें कहीं का न रखेंगे। विवेक न खोएँ धर्मराज!"

और युधिष्ठिर बीच मार्ग में दुर्बल स्वर में धर्म की मीमांसा कर उठे, "तुम रुष्ट अवश्य हो भारती, किन्तु क्षत्रिय होने के नाते मैं चुनौती सुनकर छोड़ नहीं सकता। जो प्रारब्ध में है, होगा तो वही न!"

"धर्मराज! आपकी मति अवश्य ही देवताओं ने हर ली है। यह चुनौती क्या क्षत्रियोचित चुनौती है? युद्ध की चुनौती है जो क्षत्रिय को स्वीकार करनी ही चाहिए। चुनौती तो रणक्षेत्र में सुनी जाती है, व्यक्ति का वास्तविक क्षत्रिय रूप वहीं प्रकट होता है। जो लोग बल से नहीं लड़ पाते, वे ही छल का अवलम्ब लेते हैं। और ये कौरव...घोर कपटी और अधर्मी हैं जो आपको छल-कपट से राज्यविहीन कर देना चाहते हैं। और आप हैं कि भुक्तभोगी होकर भी चेत नहीं रहे हैं!...विनाशकाले विपरीत बुद्धिः। आपकी धर्म की व्याख्या भी सदा ही निराली होती है।"

किन्तु युधिष्ठिर प्रारब्ध के वशीभूत हुए थे। पहुँच गये द्यूतक्रीड़ा में और द्यूत-शास्त्री शकुनि ने पलक झपकते, एक ही पासे में, पाण्डवपुत्रों को कौपीन धारण करा दिया। मृगचर्मधारी वनवासी वेश में वे तेजस्वी राजपुत्र अपनी दर्पभरी पत्नी के साथ वनमगन को चल दिये।

कर्ण, दुर्योधन आदि खिल उठे। पांचाली को अब तक नीचा दिखाने के उनके प्रयास असफल होते आये थे और वे उससे पराजित हो दाँत पीस-पीसकर, हाथ मल-मलकर रह गये थे। इस बार की विजय से वे मारे हर्ष के उछल पड़े। सबके मुख-मण्डलों से व्यंग्यपूरित मुस्कानें फूट पड़ीं।

"फिर चल दीं अपने नपुंसक पतियों के साथ द्रुपदसुता! किन्तु निष्फल है इन थोथे तिलों को बोना!" कर्ण किलककर बोला।

दुःशासन अधिक खीझा हुआ था। भरी सभा में उसकी स्थिति सर्वाधिक हास्यास्पद

रही। एकाकिनी अबला नारी का भी कुछ नहीं बिगाड़ पाया।

"अरे ये पाण्डव तो काकयव हैं जिसमें तृण धान्य रहता है, तन्दुल नहीं! ऐसे ही काकयव ये तुम्हारे पति हैं। धन, वैभव एवं पौरुष से हीन! इनकी भला सेवा करके क्या पाओगी सुमुखि?" दु:शासन व्यंग्यभरी हँसी हँसा।

पांचाली तिलमिला गयी। भीमसेन की सहनशक्ति चुक गयी, धीरज का बाँध टूट गया। सहसा बलशाली सिंह की भाँति उछलकर वे ठीक दु:शासन के सम्मुख पहुँच गये।

"दुष्ट! नराधम! क्षात्रबल छोड़कर आज छलविद्या से विजयी होकर डींग मार रहा है! शीघ्र ही वह समय आनेवाला है जब समस्त धार्तराष्ट्रों का वध करके परम शान्ति पाऊँगा। स्मरण रख, तेरी छाती फाड़कर रुधिर पीने की मैंने शपथ ली है। दुर्योधन की जंघा तोड़ने की मैंने शपथ ली है। और सुन ले मूढ़! वीर धनंजय सूतपुत्र कर्ण का वध करेंगे और इस द्यूतविलास शकुनि को सहदेव यमलोक पहुँचाएँगे...!"

पराक्रमी पति द्वारा सिंह गर्जना सुनते ही पांचाली के अपमान-दग्ध हृदय पर जैसे शीतल गंगाजल के छींटे पड़े हों! तो अन्ततः उसके अपमान का प्रतिशोध लिया जाएगा! उसने धनंजय के मुख पर दृष्टि डाली। धनंजय अत्यन्त गम्भीर एवं विचारमग्न थे। किन्तु पांचाली की इस आशापूरित दृष्टि को सान्त्वना देना आवश्यक हो गया उनके लिए।

"भीमसेन! साधु पुरुष किसी बात की पहले से घोषणा नहीं करते। ढिंढोरा नहीं पीटते। जो करना होता है, समय आने पर करके दिखा देते हैं। आज से चौदहवें वर्ष जो होगा, वह सब लोग देख ही लेंगे। बताने की कोई आवश्यकता नहीं।"

योगी वेश में भी पाँचों वीरों का आन्तरिक उद्वेलन छिप नहीं रहा था। युधिष्ठिर अब छल-प्रपंच का जाल समझ चुके थे। अब उनके सर्वथा क्रोधशून्य हृदय में क्रोध का ज्वार उमड़ आया था। मारे रोष के उन्होंने मुख पर वस्त्र डाल लिया था। वे किसी कपटी व्यक्ति को देखना नहीं चाहते थे। उन्हें भय था, आज उन्हें क्रोध आया है! कहीं क्रोधान्ध हो वे कुछ कर न बैठें, इसीलिए अपनी आग्नेय दृष्टि किसी पर डालना नहीं चाहते। भीम अपने को संयत अवश्य कर गये थे किन्तु उनका बाहुबल उन्हें ललकार रहा था और वे बारी-बारी से अपनी बलशाली भुजाओं को देखते उच्छ्वासें भरते जा रहे थे। धनंजय मन-ही-मन कसमसाते हुए बालुका उठा-उठाकर फेंक रहे थे भूमि पर कि ऐसे ही किसी दिन शर-वर्षा करके कौरवों को क्षार में मिला देंगे। नकुल अपना सौन्दर्य छिपाने को अंग में धूल लपेटे जा रहे थे। सहदेव भी मुख पर मिट्टी लगाकर अपने को अपरिचित बनाये थे।

...और पांचाली अपनी नीलकुन्तलराशि, जो दु:शासन के स्पर्श से अपवित्र हो गयी थी, फैलाये हुए थी। उसने चलते-चलते कौरव कुलवधुओं को आग्नेय दृष्टि से देखा और केशराशि में मुख छिपाकर यह बता दिया कि एक दिन इन दुराचारी कौरव-

पतियों के रणक्षेत्र में कालकवलित होने पर उन राजलक्ष्मियों की भी यही दुर्गति होनेवाली है।

बारह वर्ष का वनवास, तत्पश्चात् एक वर्ष का अज्ञातवास! यदि अज्ञातवास में पहचान लिये गये तो पुन: बारह वर्ष का वनवास! हृदय में रोष और मन में दृढ़ संकल्प लेकर कि अन्याय का प्रतिकार करेंगे, वे पाँचों बन्धु अपनी तेजोमूर्ति भार्या के साथ चल पड़े नये जीवन-पथ पर...अनिश्चितता की सूनी डगर पर!

९. कष्ट पर्व

अब क्या होगा भगवन्! अब कैसे होगा! आश्रम के प्रांगण में शिला पर बैठी द्रौपदी चिनतामग्न थी। महर्षि दुर्वासा का क्रोध कौन नहीं जानता? उनके क्रोध से कौन नहीं काँपता? कैसा धर्मसंकट! दुर्वासा मुनि एवं उनके सहस्त्रों शिष्यों को भोजन कराना—ऐसी दुरवस्था में सम्भव है? घर में अन्न का कण तक नहीं। उसका चमत्कारिक अक्षय पात्र खाली पड़ा था और चूल्हा बुझा हुआ।

सघन था अत्यन्त काम्यक वन-प्रान्त। वहीं पाण्डव अपने वनवास के दिन काट रहे थे। परम तपस्वी पुरोहित धौम्य एवं महर्षि तृणबिन्दु की छत्र-छाया में उन्होंने इस वन में अपनी पर्णशाला डाल ली थी। अचानक महर्षि दुर्वासा अपनी विराट शिष्यमण्डली के साथ उस दिन आ पहुँचे एवं सबके लिए भोजन की व्यवस्था करने के लिए युधिष्ठिर को आदेश देकर स्वयं सब स्नान करने चले गये। पाण्डव-बन्धु उनके अनायास आगमन एवं इतने शिष्यों के लिए भोजन की व्यवस्था करने का आदेश पा आतंकित हो उठे। वनवासी जीवन में कहाँ से भोजन? स्वयं के लिए कठिनाई से व्यवस्था कर पाते थे। वे पाँचों भाई निकल गये अन्न-संग्रह के लिए।

पांचाली चिन्तित थी। महर्षि तो अब तक स्नान भी कर चुके होंगे—आते ही होंगे! दलबल सहित! ब्राह्मण वैसे ही अग्निमय होते हैं। भोजन तैयार न मिलने पर भूखे ब्राह्मण देवता की क्रोधाग्नि भभक उठेगी और वे भी दुर्वासा-से ब्राह्मणदेव! क्या होगा? हे मुरारि, मधुसूदन, लाज रखना! सदा तो संकट में साथ दिया है, वासुदेव! आज ज्ञात नहीं, किस शाप से ग्रस्त होना पड़े!...वैसे भी वर्तमान स्थिति किसी शापग्रस्त स्थिति से कम तो नहीं!

खट्...खट्...खट्...द्वार खटखटाया किसी ने। उसकी धुकधुकी बँध गयी। जो सोचा था, वही हुआ। अब होगा प्रचण्ड कुछ! अब होगा वज्रपात! महर्षि दुर्वासा का सामना कैसे करे...उनके प्रचण्ड रौद्र रूप की कल्पना करके ही वह काँप उठी। काँपते हाथ से उसने द्वार की शृंखला खोली। और...और आह्लाद से झूम गयी।

चन्दन-चर्चित...नील-कलेवर...पीतवसन...वनमाला!

''मधूसूदन!...माधव...! आप...यहाँ?'' वह आश्चर्यचकित थी।

हाँ! सामने खड़े थे वे ही विशाल नेत्रों में परिहासमयी ज्योति लिये। उसे विश्वास नहीं हो रहा था। हर्ष एवं आश्चर्य से बावली-सी हो गयी।

''वासुदेव...इस समय यहाँ! द्वारका से! आपकी लीला कभी कोई समझ सका? आप कैसे आये?''

हर्षातिरेक में भूल ही गयी चरण-प्रक्षालन करना और आसन देना। बस, मगन-मगन देखे जा रही थी आश्चर्य से।

''अरे!...न तो बैठने को कहती है...न जल देती है पाद-प्रक्षालन हेतु कृष्णे!...और मैं किस प्रकार क्षुधा-व्याकुल हुआ जा रहा हूँ! ला, दे कुछ भोजन शीघ्र!''

भोजन!...भोजन!...तीनों लोक घूम गये। समूची पृथ्वी वेग से घूमी जा रही थी। अन्धकार जैसे छाया जा रहा था। दुर्वासा ऋषि को भोजन! उनके सहस्रों शिष्यों को भोजन...और भोजन के नाम पर दाना तक नहीं! और अब श्रीकृष्ण को भी भोजन! आज ही इनको भी भूखा आना था! कैसा संयोग भगवन्! भोजन की तो कोई व्यवस्था ही नहीं! पाण्डव अब तक लौटे नहीं! कैसा दुर्भाग्यपूर्ण दिन आज का! अतिथि पर अतिथि आ रहे हैं, और स्वर्गीय महाराज पाण्डु के राजपुत्रों के यहाँ अन्नकण नहीं!

द्वारकाधीश तब तक आनन्दपूर्वक कदम्ब तले विराजमान हो चुके थे किन्तु आश्चर्य और झुँझलाहट में पांचाली को निहार रहे थे।

''अरे कृष्णे! मैं भोजन माँग रहा हूँ और तू खड़े-खड़े सो रही है जैसे!''

भोजन! वह सचमुच जैसे सोते से जागी हो।

''माधव! भोजन कहाँ? एक अन्न का कण तक नहीं घर में। अभी महर्षि दुर्वासा अपने सहस्रों शिष्यों के साथ भोजन हेतु पधारनेवाले ही होंगे स्नान करके...किन्तु भोजन...! कहाँ से लाऊँ माधव?'' घोर विवशता और असहायता के स्वर में पांचाली ने संकुचित होकर कहा।

''अरे! तेरा वह अक्षय-स्थाल कहाँ गया? ला, उसके रहते कोई भूखा कैसे रहेगा! अवश्य उसमें कुछ होगा।''

''किन्तु मधुसूदन! मेरे भोजन कर चुकने के बाद उसमें कुछ नहीं रहता...और दुर्भाग्यवश मैं भोजन कर चुकी हूँ!'' वह ग्लानि से घुटी जा रही थी। मधुसूदन भूखे हैं और वह उँगली पर उत्तरीय का अंचल लपेट रही थी, नतनयन हो पैर के अँगूठे से भूमि कुरेद रही थी।

"अच्छा, तू ले तो आ! देखूँ—स्यात् उसमें कुछ थोड़ा-बहुत लगा हो...मुझसे तो बिल्कुल भूखा नहीं रहा जा रहा!"

पांचाली ने सकुचाते हुए वह रिक्त पात्र लाकर उनके समक्ष रख दिया।

श्रीकृष्ण ने झाँका उसमें, "...आ हा हा हा! धन्य है तू! इसमें तो बहुत है...और तू कह रही थी, कुछ नहीं है!" पात्र के कण्ठ पर थोड़ा-सा शाक लगा था। श्रीकृष्ण ने तर्जनी से पोंछकर निकाला। मुँह में डाला, बोले, "कृष्णार्पण!" और तृप्ति से डकार ली।

"आनन्द आ गया।"

"आनन्द आ गया? तर्जनी से शाक चाटकर ही तृप्त हो लिये माधव! कैसे विचित्र हैं आप!" उसके नेत्र विस्फारित रह गये।

"हाँ! बिल्कुल तृप्त हो गया कृष्णे! तृप्त हो नहीं गया, तृप्त हो गये! कृष्ण ने भोजन पाया, फिर कौन भूखा रह सकता है विश्व में?"

जब तक वह आगे कुछ कह पाती तब तक माधव अपने अलबेलेपन में उठ खड़े हुए अपना भारी रेशमी उत्तरीय, पीताम्बर आदि सँभालते हुए।

"किन्तु माधव! तृप्ति कैसे हो गयी?"

"तृप्ति नहीं, अपार तृप्ति!" और वे हँस पड़े। वही उन्मुक्त अट्टहास! पांचाली अवाक् खड़ी रह गयी।

वे पास आये। परम स्नेह से उसके शीश पर हाथ फेरा और हँसते-हँसते बोले, "सब तृप्त हो गये बावली!"

"सब?"

"हा हा हा हा...!" हँसते हुए वे तब तक द्वार खोलकर बाहर निकल चुके थे।

और फिर वह दिनभर प्रतीक्षा करती रही। पाण्डव-बन्धु प्रतीक्षा करते रहे। दुर्वासा मुनि नहीं आये। वे जब तक स्नान करके यमुना से निकले तब तक इधर 'कृष्णार्पण' जो हो गया था! अचानक क्षुधा लुप्त हो गयी सबकी। इधर श्रीकृष्ण ने मुख में ग्रास डाला, उधर अद्‌भुत तृप्ति! परम तृप्ति की डकारें! सबको डकारें! दुर्वासा मुनि को डकारें! शिष्यमण्डली को डकारें! डकार पर डकार! डकार लेते-लेते चिन्तित हो उठे, और राजा युधिष्ठिर ने जो इतने विशाल जनसमूह के लिए भोजन की विराट व्यवस्था की होगी, अब उसका क्या होगा? राजा युधिष्ठिर के घर कौन खाएगा?—'कोई नहीं!', 'कोई नहीं!' सब तो तृप्त हो चुके थे—कौन खाता! लेकिन इतना भोजन! इतना अन्न! इतनी व्यवस्था! क्या होगा?

"किन्तु उदर में तिलभर भी स्थान नहीं।"

"अरे उदर तो उदर...मुख तक में ग्रास नहीं रखा जा सकता!"

"क्या करें?"

"वे वीर पाण्डव रुष्ट हो जाएँगे यदि उनके अन्न का अनादर किया।"

"हाँ! वे लोग परम वीर हैं! क्षत्रिय हैं! क्रोध में आ जाते हैं तो सीधे शस्त्रों पर हाथ जाता है उनका!"

"अरे...तब तो भाग चलें!"

"हाँ, भाग चलें यहाँ से!"

"शीघ्र, अतिशीघ्र!"

"नहीं तो युधिष्ठिर पकड़ लेगा सबको!"

"भीम महाबली है, कच्चा खा जाएगा सबको!"

"और सव्यसाची के वाण बड़े तीक्ष्ण हैं, अभी पकड़ लेगा सबको।"

पूरी ऋषिमण्डली में भय और आतंक व्याप्त हो गया। भगदड़ मच गयी—'भाग चलो!'...'भागो सब!'...'भागो!'...'पाण्डव आ रहे हैं।'

'पाण्डव पकड़ लेंगे!'...'दौड़ो...!'...'वेग से दौड़ो...!'

'आ गये पाण्डव!' और अपने-अपने दण्ड-कमण्डलु सँभालते, गिरते-पड़ते...सिर पर पाँव रखकर समूचा साधु-समुदाय वहाँ से भाग खड़ा हुआ।

पर्णकुटी पर सुपुष्पित माधवी-लता आच्छादित थी। कुन्द और कर्णिकापुष्प चारों ओर फूल रहे थे। पाण्डव सघन वन में हिंसक पशुओं का आखेट करने गये थे। पांचाली एकाकिनी थी। कर्णिका पुष्पकुंज में बैठी विचारमग्न! एकान्त के क्षण उसे सदा अतीत की भूलभुलैयों में पहुँचा देते। श्यामा और गौरी पास में ही चर रही थीं। कदम्ब तले धवला का नवजात गोवत्स दुग्धपान करते-करते पांचाली की ओर अबोध कजरारे लोचनों से निहार लेता! धवला ने देखा, वत्स अब तृप्त हो गया है तो स्वयं भी श्यामा और गौरी के साथ दूर्वा चरने लगी। तब गोवत्स ने रँभा-रँभाकर और उछल-कूद करके अपनी स्वामिनी को कर्णिका पुष्पकुंज से उठने को विवश कर दिया। पांचाली मन्थर गति से खोये से चरणों से पास आयी और उसके शीश पर स्नेह से हाथ फेरने लगी। नन्हा गोवत्स आँखें मूँद मगन हो गया। कैसी दारुण हूक उठी अन्तर में! पांचाली ने गोवत्स का मुख अपने वक्ष में कसकर भर लिया और नेत्रों से वर्षों का रुका वात्सल्य उमड़कर झरझराने लगा।

कब से नहीं देखा उन्हें! अपने पाँचों मृग-छौनों को। प्रतिविन्ध्य, सुतसोम, श्रुतसेन, श्रुतकीर्ति, शतानीक! अभिमन्यु के साथ-साथ उन पाँचों का भी पाण्डुपत्नी कुन्ती एवं सुभद्रा के निरीक्षण में द्वारकापुरी में पालन-पोषण हो रहा था। देवी सत्यभामा ने बताया तो था कि उनका विकास सिंहशावकों-सा हो रहा है और वे अस्त्र-शस्त्र विद्या में निपुण हो चले हैं। कितने वर्ष! ओह! वह स्वयं अपने बालकों का लालन-पालन भी न कर पायी!

वनगमन स्वेच्छा से उसने स्वीकारा था। पाण्डु-बन्धुओं की वह एकता की सूत्र

थी, धुरी थी। वह न होती तो क्या होता!

वह खो गयी स्मृति की सघन वंकिम वीथिकाओं में। नन्ही कोमलांगी किशोरी राजकन्या! आभूषण-अलंकार एवं रक्त कौशेय परिधानों में कैसे उसने एक दरिद्र ब्राह्मण को वरा! और उसके पीछे-पीछे उस कण्टकमय धूलधूसरित ऊबड़-खाबड़ पथ पर पहली बार कोमल अलक्तरंजित अनभ्यस्त चरण रखती चली आयी। दरिद्रता का आलिंगन किया—वैभव-विलास को ठोकर मारकर! कैसे उसने धर्म और नीति के पाठ पढ़-पढ़कर, उपदेश सुन-सुनकर, पाँचों पतियों के प्रति आदर भाव जगाया मन में! और कैसे-कैसे उसे कठिनाई से कण्ठ में धारण किया! अपने पितृकुल एवं श्वसुर कुल की मर्यादा एवं प्रतिष्ठा ध्यान कर उस अन्याय को आत्मसात् कर गयी!

इन्द्रप्रस्थ का राज्य मिला। धन-धान्य, वैभव-सम्पन्नता के मध्य उस दर्पभरी राजरानी ने राज्य के उत्कर्ष के लिए कठोर परिश्रम किया। उत्कर्ष हुआ। और वह उत्कर्ष कितनों की आँखों में खटकने लगा।

फिर! एक ही पासे में पलट गया सब कुछ! द्यूतविलासी युधिष्ठिर अपने अनुजों, पत्नी व स्वयं को दाँव पर रखते गये...हारते गये! द्यूतक्रीड़ा! पराजय। दासत्व! अपमान! वेणीसंहार! चीरहरण...! क्या-क्या नहीं हुआ! और परिणामस्वरूप यह वनवास! विलासों की महारानी अब पत्रकुटीर में तपस्विनी-सा जीवन व्यतीत कर रही है। रूखे केशों में उसकी उँगलियाँ अपने आप घूमने लगीं। अतीत के आघात सद्य: हो उठे।

पाँव अचानक दुर्बल पड़ने लगे। उसने कदम्ब की एक शाखा झुका ली अवलम्ब के लिए। नयन सजल थे और...सब कुछ धुँधला!

वनवास पर आकर उसकी विचारधारा थोड़ी थमी। वनवास तो श्रीराम ने भी अनुज तथा पत्नी सहित भुगता था—पूरे चौदह वर्ष का। श्रीराम के संघर्षमय जीवन एवं पाण्डवों के संघर्षमय जीवन में कैसा अनोखा साम्य! वह स्वयं ही इस तथ्य से चकित हो उठी।...और भगवती सीता को अपहरण की यातना सहनी पड़ी...शत्रु के महल में बन्दिनी बनकर रहना पड़ा। ईश्वर न करे ऐसा किसी के साथ! कैसी असुरक्षित एकाकी अवस्था में दशानन उन्हें बलपूर्वक ले गया!

एकान्त में क्या नहीं हो सकता! वह भी तो कितनी बार एकाकिनी रह जाती है। चारों ओर कैसी निस्तब्धता! नीरवता! धूप के ताप से बचने के लिए पशु-पक्षी छाँहों में घुस गये हैं। कहीं कोई ध्वनि नहीं! सूखा पात भी नहीं झर रहा कहीं! मौन स्तब्ध वृक्ष! निपट एकान्त! विराट नीरवता! वह सिहर उठी।

अचानक कदम्ब पर एक शुक व्याकुलता से फड़फड़ाते हुए चीत्कार कर उठा। सुदूर वनप्रान्त तक में उसकी आर्तपुकार गूँज गयी। कितने शुक फड़फड़ा उठे! पांचाली का हृदय-स्पन्दन तीव्र हो उठा। किसका भय! कैसी आशंका? उसने धीरे से अंचल से अश्रु पोंछे ताकि धुँधलाहट कम हो।

कौन?...वह चौंक पड़ी।...दशानन! लंकेश्वर...!

उस निपट एकान्त दुपहरी में सुनसान वनप्रान्त में स्वर्णाभूषणधारी एक दीर्घकाय पुरुष कुछ ही दूर पर खड़ा कब से उसे निहार रहा है। वह विचलित हुई, वस्त्र सँभाले, आँचल सँभाला। तब उसका ध्यान गया, वह अपरिचित कुछ कह रहा है।

"निर्जन वन में अपनी रूपराशि की छटा बिखेरनेवाली सुन्दरांगि! तुम कौन हो? वन्य-पशुओं से भरा यह सघन वन तुम्हारे लिए निरापद नहीं। तुम नितान्त एकाकिनी हो? दुःख-पीड़ित हो?...अवश्य दुःख-पीड़ित हो!...तभी तो कदम्ब-शाखा का अवलम्ब लिये हुए हो!...किन्तु दुःख तो ऐसी वस्तु नहीं जिसका निदान न हो, सुमुखि! बताओ, तुम्हें क्या कष्ट है? दुःख और दरिद्रता का समाधान मेरे पास है...बोलो!..."

वह विस्मित हुई। किन्तु संयत हुई धीरे-धीरे। अत्यन्त शिष्टतापूर्वक उसने निवेदन किया, "नहीं भद्र! मैं एकाकिनी नहीं! मेरे पति निकट ही आखेट हेतु गये हैं, लौटते ही होंगे। महर्षि धौम्य एवं महर्षि तृणबिन्दु की छत्रछाया हम पर है।...दुःख और सुख तो जीवन में आते ही हैं, धर्मज्ञ कभी उनसे विचलित नहीं होते।...इस एकान्त में मेरा एक अपरिचित व्यक्ति से अधिक सम्भाषण उचित नहीं, भद्र!..."

"किन्तु महाभागे! तुमने अपना पूरा परिचय नहीं दिया! तुम किसी राजकुल की कन्या हो क्या? तुम जैसी रूपवती नारी-रत्न को तो किसी राजाधिराज के अन्तःपुर की राजरानी होना था! चलो सुमुखि, कुछ ही दूर मेरा रथ खड़ा है...मेरे साथ आनन्दपूर्वक रहोगी...और शीघ्र ही अपने वनवासी जीवन के कष्ट भूल जाओगी! आओ प्रिये..." उसने हाथ फैलाये।

पांचाली हतप्रभ हुई, किन्तु स्थिति भाँपते ही तुरन्त उसकी ओजमयी वाणी लौट आयी, "शान्त!...अधिक बोलने की आवश्यकता नहीं! अब एक भी शब्द न निकले मुख से! जानबूझकर या अज्ञानवश सिंह-गुहा में घुसनेवाले शृगाल! मैं समझ गयी—तेरा यही परिचय है। तुझे मेरा पूरा परिचय चाहिए शठ! तो ले सुन—मैं महापराक्रमी पांचालनरेश महाराज द्रुपद की पुत्री हूँ। स्वर्गीय महाराज पाण्डु की पुत्रवधू हूँ और विश्वविख्यात उन महारथी पाण्डवों की पत्नी हूँ जिनके नाम से नाग, देवता, यक्ष, किन्नर एवं मनुष्य काँप उठते हैं। तेरा ऐसा दुःसाहस कि इन प्रतापी पतियों की पत्नी को एकान्त में पाकर तू ऐसा जघन्य प्रस्ताव करे! वन में रहने मात्र से ही कोई भीलनी अथवा वनवधू नहीं हो जाती—मैं राजवधू हूँ! मूढ़! राजवधू!..."

"...हा...हा...हा...हा...हा...हा...!" अपरिचित पुरुष के ढीठ अट्टहास से वनप्रान्त गुंजरित हो उठा। पक्षी फड़फड़ा उठे। गौ एवं मृगादि ने भयातुर हो कान खड़े कर लिये। वह और निकट आ गया। भूरी आँखों में तप्त वासना तैर रही थी।

"हा...हा...हा...हा...तो तुम वही विख्यात द्रुपदसुता हो जिसने अपने पितृकुल एवं श्वसुरकुल को तार दिया!...हा...हा...हा...हा!...तुम वही द्रौपदी हो जो दुर्योधन की दासी बनी थीं? और अपने उन्हीं तथाकथित वीर पतियों की बात कर रही हो...जो भरी

सभा में तुम्हारे केश-कर्षण और यहाँ तक कि चीरहरण को नपुंसकों की भाँति शीश झुकाये देखते रहे?...अरे धन्य हो वीरपत्नी! उन नपुंसकों का नाम ले-लेकर मुझे भयभीत करना चाहती हो? हम उन श्रेष्ठ कुलों में से हैं जो सत्रह गुणों से भूषित हैं और पाण्डव हमसे हीन हैं। जानती हो गर्वीली राजपुत्री, मैं कौन हूँ? मैं सिन्धु-सौवीर का पराक्रमी राजा जयद्रथ हूँ। महाराज धृतराष्ट्र की पुत्री तथा पराक्रमी दुर्योधन की भगिनी दुःशला मेरी पत्नी है।...मुझे तुम किसी का भी नाम लेकर भयभीत नहीं कर सकतीं!''

अचानक जयद्रथ ने अपनी वाणी मृदुल कर ली एवं चाटुकारिता से सुधा घोलता हुआ बोल उठा, ''किन्तु द्रुपदसुते! तुम्हें यहाँ...वन में ऐसी कष्टपूर्ण स्थिति में देखकर मुझे वास्तव में बड़ा दुःख हो रहा है। कब तक इन अयोग्य पतियों की सेवा करते-करते कष्ट सहोगी? कहाँ तक वन-वन भटकोगी? तुम्हारी कोमल काया इन कष्टों के योग्य नहीं, प्रिये! आयी लक्ष्मी को न ठुकराओ! ऐसा सुयोग न मिलेगा...विवेक से काम लो कृष्णे, और चलो मेरे साथ!''

कैसी अप्रभावित-अविचल खड़ी थी शिला-सी एकाकिनी वह लौह-नारी! जयद्रथ उत्तेजित हो उठा।

''यदि तुम न मानीं और पाण्डवों को मेरे विरुद्ध संघर्ष के लिए उद्यत करोगी...तो निश्चित रूप से पाण्डव हारेंगे।...और तब स्मरण रखना...तुम विलाप कर-करके सौवीर-राज से कृपा की याचना करोगी। भिक्षा माँगोगी मेरे चरणों पर गिरकर। समझ लो, विचार लो एवं मेरा उदार प्रस्ताव स्वीकार करो।''

पांचाली जैसे मनुष्य नहीं—नारी नहीं—उसी सघन वन की तरुलता थी जो दावाग्नि-सी भभक उठी, ''असम्भव!...असम्भव...मैं भगवत्कृपा पर अटूट विश्वास रखनेवाली हूँ। ईश्वर की न्यायशीलता में मेरी गहन आस्था है सौवीरराज! वह उचित समय पर दुष्टों को दण्ड देता ही है। तुम अपना हित सोचकर सँभल जाओ! क्योंकि बलपूर्वक डरा-धमकाकर, आतंकित करके तुम पांचाली के मुख से दीनवचन नहीं निकलवा सकते।...सिन्धुराज!...गिड़गिड़ानेवाली या भिक्षा माँगनेवाली मैं नहीं! मेरे विषय में भ्रम न पालना! मेरे पति वन्य-पशुओं का आखेट करने गये हैं, पशुओं की भाँति उन्होंने कितने ही नराधम राजाओं का भी वध किया है। द्वारकाधीश जनार्दन मेरे सखा हैं। समस्त वृष्णि एवं अन्धक वीर मेरे सहायक हैं। मुझे नारी समझकर और अकेली पा मुझे दुर्बल समझने की भ्रान्ति में न रहना मूढ़!''

जयद्रथ का धीरज चुका जा रहा था। पाण्डव आखेट से लौटकर आते होंगे। उतावली एवं क्रोध से हिंसक पशु-सा हो उठा। कामवासना से उत्तप्त हो विक्षिप्त-प्राय हो चला। चारों ओर दृष्टि डालकर देखा...और आगे बढ़ आया और धमकाकर बोला—

''वाचाल राजकन्या, तू सदा अभागिनी ही रही! तूने सदा सौभाग्य को ठुकराया। स्वयंवर में परम वीर कर्ण को ठुकराया। दासी बनी, तो भी कौरवनन्दन तुझे उपकृत

करने को तैयार थे। तूने तिरस्कार किया! किसके लिए? इन थोथे तिलों के लिए? और जब स्वयं सिन्धु-सौवीर का अधिपति तेरा उद्धार करने उद्यत है तो भी तू चेत नहीं रही! मेरा पराक्रम नहीं जानती, मूढ़! तुझे बलपूर्वक उठा ले जाऊँगा और देखूँगा—तू क्या करती है, तेरे पौरुषहीन पति क्या करते हैं, और क्या करते हैं तेरे सखा श्रीकृष्ण, जिनका तू बड़ा गौरव-गान करती है!''

वह आगे बढ़ा। पांचाली छिटककर पीछे हट गयी।

''अरे मैं तो केवल स्मरण ही कर रही थी कि भगवती सीता को ऐसे ही निपट एकान्त में कैसे दशानन लंकेश छल से हर ले गया था...और तब तक तू मेरे लिए साक्षात् अधम दशानन बनकर ही आ गया...दुराचारी!''

''हाँ! दशानन आ गया है...और आ ही नहीं गया...तुझे ले भी जाएगा!...तू समझती क्या है...अपने को? घमण्डिनी!...''

जयद्रथ ने हाथ पकड़कर बलपूर्वक छटपटाती पांचाली को अपने रथ में डाल लिया। पलक झपकते रथ चला जा रहा था धूल उड़ाता। साथ-साथ कोटिकास्य आदि अन्य राजपुत्रों की भी सेनाएँ थीं। भयंकर धूल! भयंकर नाद! पांचाली आकुल-व्याकुल चारों ओर देखती, आशा से कि कहीं कोई रक्षक दिखे। वृक्षों पर देखती—कहाँ हो महात्मा जटायु! कोई तो रोके इस पथभ्रष्ट को!...

मन में आशंकाओं के बवण्डर उठ रहे थे। द्यूतक्रीड़ा के समय पाँचों पाण्डव शीश झुकाये बैठे रहे। उसका केश-कर्षण हुआ—वे नतमस्तक रहे! चीरहरण की कुचेष्टा हुई—वे नतमस्तक रहे! उसके सम्मान की रक्षा में कोई नहीं बोला! कहीं ऐसा तो नहीं कि पाण्डव बन्धु जयद्रथ का विरोध करने भी न आएँ! किन्तु...नहीं। वे आएँगे अवश्य। उस समय वे दास-धर्म से बाध्य थे। अब वे स्वतन्त्र हैं, वे क्षत्रिय योद्धा हैं।

अचानक सेनाओं में हलचल मच उठी। सेनाओं पर पीछे से वाणों की घनीभूत वर्षा हो रही थी। तीर पर तीर आ रहे थे और सौवीर सैनिक धूल में लोट रहे थे। पांचाली तत्क्षण सीधी होकर बैठ गयी। दूर से ही श्वेतवाहन अर्जुन के रथ पर कपिध्वज फहराता दिखा और वह आश्वस्त हो गयी। पाँच विशाल रथों पर पाण्डव इस विशाल सेना पर चढ़े चले आ रहे थे और उनके साथ चढ़ी आ रही थी—मूसलाधार शर वर्षा। सौवीर सेनाएँ तिलमिलाकर छिन्न-भिन्न हुई जा रही थीं। जयद्रथ, कोटिकास्य आदि कहाँ तक अपने हताश सैनिकों का साहसवर्धन करते!

अन्त में हुआ वही जिसकी घोषणा द्रौपदी पूर्व ही कर चुकी थी। भीमसेन सिंधुराज पर छाये खड़े थे, उसके प्राण हर लेने को उद्यत। जयद्रथरूपी हिंस्रपशु अब निरीह, मूक प्राणी बना नेत्रों में जीवनदान की याचना लिये बैठा था।

विशालहृदया भारती का मन उद्वेलित था। उसके नेत्रों के समक्ष थी जयद्रथ की पत्नी, धृतराष्ट्रपुत्री दु:शला। रूखे केश बिखेरे। मलिन वस्त्र धारण किये। आभूषण एवं शृंगार से हीन। अश्रुपूरित दृगयुगल। करुणा की मूर्ति बनी दु:शला! वैधव्य? हाँ, ऐसा

ही तो होता है वैधव्य—त्रासदायी, सन्तापदायी! नहीं-नहीं! पांचाली का मन काँप गया।

जयद्रथ अधम था। किन्तु उसके कुकर्मों का दण्ड वैधव्य के रूप में निष्पाप दु:शला क्यों भोगे? नहीं! उसे प्राण नहीं चाहिए। क्षमादान! जयद्रथ के घोर अपराध को उस उदारमना ने हृदय से क्षमा कर दिया।

जयद्रथ को दास रूप प्रदान करके उसके शीश पर पाँच शिखाएँ जब भीमसेन ने रखीं तो पांचाली ने उसके विलक्षण रूप को देख मुक्त हँसी में ही अपने मन का क्लेश धो डाला।

दीर्घ का अति वनप्रवास! वृक्षों, पशु-पक्षियों, झरनों और नदियों के मध्य ठहरा-सा जीवन! जीवन ठहरा-सा था या समय ही ठहर गया था—पांचाली समझ न पाती। दिन जैसे आगे ही न बढ़ते। सूर्य उदय होता तो जैसे अस्त ही न होना चाहता। रात्रि होती तो इतनी सुदीर्घ और अँधेरी जैसे अब भोर न होगी कभी। लोगों का आगमन होता तो ऐसा जैसे वन न हो, कोई राजपुर हो। जैसे लोकप्रवाह थमेगा ही नहीं। चर्चा! चर्चा! चर्चा! स्वागत! अतिथि-वन्दना! प्रबन्ध! और फिर अनायास...निपट एकान्त! विराट सूनापन! वन्य-नीरवता छा जाती चारों ओर! कर्महीन जीवन! मात्र एक दायित्व ओढ़ रखा था अपने ऊपर। पाण्डवों की सतत सेवा और देखभाल। वे उसकी रक्षा करें अथवा नहीं, वह स्वयं प्रहरी बनी कष्टों से उनकी रक्षा करती।

जब-जब युधिष्ठिर ने एकान्त में ग्लानि और पश्चात्ताप की दीर्घ नि:श्वासें लीं तब-तब चौंक पड़े याज्ञसेनी का शीतल स्पर्श पा। निराशा के सागर से उबारने हेतु वही बन जाती उनकी तरणी। और वे उसकी कर्त्तव्यनिष्ठा के समक्ष नतमस्तक हो जाते। उसकी कर्मठता, कर्तव्यपरायणता, धैर्य, अद्‌भुत सहनशक्ति तथा अथाह सेवा भाव से अभिभूत हो कितनी बार अग्रजा एवं माता की भाँति उसकी चरणवन्दना करने की उनकी इच्छा हो उठती। वे जानते थे कि जब-जब उनके साथ अन्याय हुआ तो उनसे अधिक गहरी चोट पांचाली को लगती। कपटियों से उन्हें बचाने हेतु वह प्रचण्ड ढाल बनकर सामने आ जाती। किन्तु फिर भी वे अपने और पांचाली के बीच एक रहस्यमय-सी दूरी पाते। उन्हें सदा वह सुदूर ऊँचाई पर खड़ी एक भव्य देवी-सी लगती रही जिसकी कृपा के वे सतत आकांक्षी रहे।

जब-जब भीम इस वनवासी प्रयोजनहीन अस्तित्व पर क्षुब्ध हो एकान्त में अपने बलिष्ठ हाथ पाषाण-शिलाओं पर दे-दे मारते तो प्रतिबार आश्चर्यचकित हो उठते अनायास पांचाली के सुकोमल हाथों में अपने क्षतविक्षत हाथों को बँधा पाकर। उनकी क्षुब्ध घड़ियों में वह शक्ति की देवी न जाने कहाँ से प्रकट हो जाती!

"नहीं, आर्यपुत्र, यह शक्ति पाषाण-शिलाओं के लिए ईश्वर ने नहीं दी। इसका

अपव्यय न करें। इसे संचित रखें पाषाणहृदय मनुष्यों हेतु। इस प्रकार हताश होने से भविष्य में क्या कर पाएँगे?'' और भीम का क्षोभ-ताप शीतल हो जाता।

जब पर्णशालास्थल परिमार्जित करते समय नकुल के हाथ-पाँव शूलों से बिंध जाते तो वह आग्रह कर-करके उन्हें बैठने को विवश करती और जब तक न उनका एक-एक शूल निकाल लेती, व्याकुल ही रहती।

साँझ के झुटपुटे में पर्णकुटीर को लौटते हुए सहदेव जब लकड़ियों का ढेर भूमि पर रखकर क्षणभर श्वास लेते तो भाल का स्वेद पोंछने पांचाली वहाँ वनदेवी-सी प्रकट हो जाती। फैलते हुए अन्धकार में पांचाली को वन में एकाकी देख सहदेव विचलित हो उठते।

''वनवास को चलते समय माता ने विशेष रूप से आपका दायित्व मुझे सौंपा था कि अन्धकार में मैं आपको एकाकी न छोड़ूँ कभी! माता के आदेश की उपेक्षा कैसे कर दूँ...'' वह हँसती। अपनी बिखरी जटाओं को लपेटकर कसकर ऊँचा बाँधती और लकड़ियों का ढेर उठवाने में सहायता करती।

वह पत्नी की भाँति छाया बनी हर पति की असुविधा और कष्ट का ध्यान रखती और माता की भाँति उनके अपमानदग्ध जीवन पर शीतल छाँह किये रहती।

किन्तु उसका मन कचोट उठता रह-रहकर जब भरी द्विप्रहरी नकुल की वंशी वनप्रान्त में गूँज उठती। अहो यह पर्णवाद्यकों का-सा जीवन! मन की पीड़ा उस सुनसान वेला में द्विगुणित हो उठती।

उसका मन कचोट उठता रह-रहकर, जब मध्य रात्रि की निस्तब्ध ज्योत्स्ना में एक भावुक कवि के पीड़ा-गीत गम्भीर स्वर में सघन कान्तारों में छा जाते। यक्षगान की भाँति वे गीत हौले-हौले पर्वत-उपत्यकाओं और पुष्पवृक्षों पर उतर आते। तब पांचाली व्याकुल हो उठती अपने उस पति के लिए जिसके शौर्य की गाथाएँ सम्पूर्ण जम्बूद्वीप पर छायी हुई थीं किन्तु जो महावीरता के कठोर आवरण में अत्यन्त भावुक मन छिपाये हुए था...और वह उसका भावुकहृदय प्रियतम वनवास की निष्क्रियता में कवि हुआ जा रहा था। दिनभर नदी तट पर एकाकी बैठे अर्जुन गीत रचना करते तालपत्रों पर, भूर्जपत्रों पर और प्रति निशा उनका वेदनाकुल स्वर स्वप्न छीन लेता सबकी पलकों से।

''इससे पशु-पक्षियों की निद्रा में विघ्न होता है। हमारा प्रयास होना चाहिए कि वन्य पशुओं के आनन्द जीवन में कम से कम व्यवधान डालें। रात्रि-वेला की वन्य नीरवता को भंग करना उचित नहीं।''

फिर न गूँजे घाटी में गीत। युधिष्ठिर की आपत्ति के बाद से धनंजय के भीतर का गायक मौन हो गया। अब उनकी रचनाएँ नदी में तैर जातीं। पांचाली सँभालकर निकाल

लेती, बटोरती और वट-कोटर में एकत्रित कर-करके रखती। अर्जुन शान्त बैठे हँसते। निष्क्रिय जीवन की मौन क्रियाएँ! गहन वन में, पर्वत-कन्दराओं में, अर्जुन अब शैल-चित्र अंकित करते रहते। और करते भी क्या?

कितनी बार पांचाली अर्जुन को नदी तट पर गम्भीर मौन धारण किये घण्टों टहलते देखा है। कितनी बार उसने देखा, उनकी मुट्ठियाँ बँधते किसी संकल्प में...और फिर हताश मुट्ठियाँ खुल जातीं। विवशता में वे दोनों हाथ पीछे की ओर बाँध लेते, ताकि मुट्ठियाँ न बँधें। और फिर घण्टों वह पराक्रमी योगी टहलता ही रहता।

कभी नीरव प्रहरों में वे बालुका पर घण्टों शान्त लेटे रहते, विराट आकाश और लक्ष-लक्ष झिलमिलाते नक्षत्रों सें अपना भविष्य पूछते-से। विराट आकाश! वैसा ही विराट वनवासी जीवन! न इसका अन्त, न उसका अन्त! कुछ करना चाहिए...कुछ करना चाहिए। किन्तु क्या? सब निरुत्तर थे—आकाश, नक्षत्र, वृक्ष, नदी, वन, झरना, पशु-पक्षी...

घोर विवशता में उसका हाथ भाल पर घूमने लगता। व्यग्रता से केशों में घूमता। हाथ घूमता रहता केशों में, किन्तु फिर उनका स्वयं का नहीं, पांचाली का।

सूर्यास्त की चित्रविचित्र रंगीन रश्मिमालाओं में आवेष्टित द्रुपदनन्दिनी उस दिन मध्य जलधार में एक शिला पर बैठी सुदूर शून्य में कुछ निहार रही थी। दीर्घ, रूखे केश ताम्रवर्ण हो अन्तिम रश्मियों में दहक-से उठे थे और वह महायोगिनी-सी प्रतीत हो रही थी। जल में छप्...छप् की ध्वनि ने उसका ध्यान आकर्षित किया।

"आज मैं पहुँच ही गया उस सुदूर ऊँचाई से झाँकनेवाले सुपुष्पित वृक्ष तक...देखो, कैसे विलक्षण पुष्प हैं...गहन केसरिया रंग...और अद्भुत गन्ध!...मैंने इनकी वेणी बना डाली तुम्हारे लिए..." नेह-पुलकित धनंजय खड़े थे हाथ में अनूठे पुष्पों की केशवेणी लिये।

वे तत्काल समझ न पाये कुछ उसके डबडबाये लोचनों को देखकर। अवाक् रह गये। आगे बढ़े हाथ काष्ठवत् रह गये।

रूखी, तैलहीन, गन्धहीन, सज्जाहीन, शृंगाररहित जटाएँ! पांचाली की प्रतिज्ञा!

अर्जुन मूर्तिवत् खड़े थे। हाथों से पुष्पवेणी छूट गयी। सरिता जल में बह चली दिशाहारी-सी वह पुष्पलक्ष्मी!

"चलें आर्यपुत्र, अन्धकार हो गया!" नेत्रजल पीकर वह खड़ी हो गयी थी, अर्जुन को संयत करती हुई।

शिथिल चरणों से अर्जुन चल पड़े। दृढ़ चरणों से चल रही थी याज्ञसेनी। उनका हाथ थामे, उनकी प्रहरी बनी वह ले चली उन्हें अपनी घासफूस की राजपुरी की ओर।

पुनः एक बार अर्जुन विदा ले रहे थे। देवराज इन्द्र से दिव्यास्त्रों का प्रशिक्षण लेने जाना

आवश्यक था। भावी युद्ध की सम्भावना जब-तब मन में उमड़-घुमड़ पड़ती। कभी-कभी गर्जन कर पाण्डुपुत्रों को आक्रान्त कर देती। इस सुदीर्घ वनवासकाल का सदुपयोग किया जा सकता है इसी प्रकार कि पाण्डवश्रेष्ठ वीर अर्जुन जाकर दैवीय आयुधों का प्रशिक्षण प्राप्त कर और अधिक शक्तिवान हो जाएँ। नदी की बालुका पर घण्टों लेटे-लेटे जो विचार-मन्थन किया था कि कुछ करना चाहिए—वह करने का समय अब आ गया था।

वन में ऋषि-मुनि तथा सब पाण्डुनन्दन धनंजय को भावविह्वल विदा दे रहे थे। उस पूरे समाज में एकमात्र नारी वही थी—पांचाली। सबसे विदा ले धनंजय वट के उस सघन जटामण्डप में आये जहाँ वह प्रतीक्षारत थी। द्रौपदी व्याकुल थी—सभी व्याकुल थे। किन्तु भीषण आघातों ने अब तक उसके हृदय को एक सुस्थिरता प्रदान कर दी थी, एक प्रौढ़ता प्रदान कर दी थी। सुदूर भविष्य के एक महत्त्वपूर्ण उद्देश्य की पूर्ति हेतु धनंजय प्रस्थान कर रहे हैं। आज वह बिलखेगी नहीं। पार्थ को विचलित न करेगी। आज समय है उन्हें प्रेरित करने का, उनमें शक्ति-संचार करने का।

"आर्यपुत्र!...मैं एकान्त में शतशत प्रणाम करती हूँ उन ब्राह्मणों को जिनका निर्वाह भिक्षा से ही हो जाता है। किन्तु ऐसा कर्महीन वनवासी, निष्क्रिय जीवन अहोरात्र मेरे हृदय को मथता रहता है। देवेन्द्र की कृपा से इस कष्टमय जीवन का शीघ्र ही अन्त हो और हम पुन: क्षत्रियोचित कर्म में संलग्न हो सकें, यही मेरी हार्दिक अभिलाषा है। जाएँ महाभाग! एवं माता कुन्ती का मनोरथ पूर्ण करें।...किन्तु भूलें न पार्थ...भरे राज-समाज में आपकी साध्वी भार्या को दुष्ट पुरुषों ने 'गौ' कहा था—'गौ' जो कई लोगों के काम आती है।...सव्यसाचिन्! कैसा विकट कलंकमय यह आक्षेप मुझ पर! अपनी शस्त्रविद्या से अवश्य ही आप यह आक्षेप धो सकेंगे, मुझे सन्देह नहीं लेश मात्र। इसीलिए कठोर विरह सहूँगी। दुर्गम पथ की यातना झेलूँगी। अनभ्यस्त चरणों से भी कठोर पर्वत चढ़ूँगी। प्रखर सूर्य का उग्र ताप सहूँगी। मुझे अब कोमल न समझें, सुकुमारी न समझें, आर्त्त न समझें। मैं अब राजवधू नहीं! राजपुत्री नहीं! वन में रहते-रहते वनराजवधू को देखते-देखते मैं भी अब वैसी ही हो चली हूँ—निडर, निर्भीक एवं आत्मबल से पूरित! गरल पान कर-करके अब तरल न रही! सबल हूँ! मेरी चिन्ता न करें!"

एक श्वास में हृदय के उद्‌गार निकल पड़े थे। आज अश्रुपात नहीं। आज विह्वलता नहीं। कठोर संयम धारण किये वह विदा दे रही थी।

"दीर्घप्रवासी आर्यपुत्र! विरह तो कठोर होगा ही मेरे लिए। मन न भोग में रमेगा, न रस में, न धन में। एकाग्रचित्त से आपका स्मरण करूँगी। समस्त देवी-देवता आपके सहायक हों। ह्री, श्री, कीर्ति, द्युति, पुष्टि, उमा, लक्ष्मी, सरस्वती आदि आपकी मार्ग में रक्षा करेंगी। आपकी कुशलक्षेम की याचना करती रहूँगी वसु से! रुद्र से! आदित्य से! मरुद्‌गण से! विश्वेदेव एवं साध्य से! हमारा राजऐश्वर्य आप पर निर्भर है। विघ्नरहित

होकर अभीष्ट पूर्ण कर आप शीघ्र लौटें!''

उस समय वह पत्नी नहीं, जैसे माता की भूमिका निभा रही थी। माता कुन्ती यदि वहाँ होतीं तो ऐसे ही आशीर्वचन उनके मुख से निःसृत होते—धनंजय सोच रहे थे। दोनों धीर थे, गम्भीर थे। गम्भीर उद्देश्य से यात्रा प्रारम्भ कर रहे थे धनंजय। पाण्डवों का भविष्य उनकी इस यात्रा पर निर्भर था। सबके क्लेश और दुःखों का अन्त इसी यात्रा पर निर्भर था। मौन सव्यसाची ने उस तपस्विनी के जटाबद्ध रूखे केशों पर हाथ फेरा। कुछ पल वैसे ही रुके रहे, और चल दिये साधु-समाज के निकट।

सब खड़े हो गये थे। अग्रजों एवं मुनियों की प्रदक्षिणा कर सबसे आशीर्वाद ले, नकुल-सहदेव को स्नेह दे, महर्षि धौम्य के दक्षिण पार्श्व में सुरक्षित-संरक्षित हो अर्जुन चल पड़े महायात्रा पर।

कितनी संयत हो चली थी अब वह! यौवन की चंचलता का स्थान अब गाम्भीर्य ने ले लिया था। विधि के विधान के समक्ष नत होकर उसने सब कुछ स्वीकार कर लिया था। जो घटना किसी नारी के साथ नहीं घटी, वह अभूतपूर्व घटना एक विलक्षण दाम्पत्य के रूप में उसके साथ घटी थी। अर्जुन से उसने प्रतिज्ञा की थी कि अपने दुःख को वह बाहर न आने देगी। सुदीर्घ अन्तर्द्वन्द्व के पश्चात् उसने अपने सर्वथा विचित्र विवाह के अभिशाप को पाषाण हृदय होकर धारण किया और विधि के समक्ष आत्मसमर्पण कर दिया।

जैसे-जैसे समय व्यतीत होता गया, उसकी समस्याएँ विषम से विषमतर होती गयीं। विचित्र से विचित्रतम होती गयीं। जो विलक्षणतम क्रूर उपहास उसने झेले, कभी किसी राजमहिला ने नहीं सहे थे। जीवन की जटिलताएँ कार्तवीर्य अर्जुन की सहस्रभुजाओं-सी बढ़ चलीं। विकराल मुख फैलाये रक्तबीज दानव की भाँति एक समस्या से दूसरी का जन्म होता गया...होता गया। वे समस्याएँ अधिक ज्वलन्त थीं, महत्त्वपूर्ण थीं। इनमें जीवनप्रतिष्ठा, राजऐश्वर्य, आत्मसम्मान, स्वाभिमान, परिवार—सब दाँव पर लग गया था। और इस प्रकार इन महती समस्याओं के समक्ष उसके अद्भुत दाम्पत्य की समस्या दिन-पर-दिन गौण होती गयी।

और तब से वह निरन्तर हृदय में दो नारी पाल रही थी। उसके मन की एक नारी अत्यन्त कोमलमना, आतुर प्रेमिका एवं आराध्य के प्रति समर्पिता पत्नी थी। दूसरी वज्रशिला-सी कठोर थी जो आघातों को सहकर भी व्याघ्री-सी निडर हो निर्भीक गर्जन कर सकती थी।

इस सदाचैतन्य, प्रखर एवं तेजयुक्त पांचाली ने दूसरी, भावुक उपासिका पांचाली को, वेदनाकुल प्रेमिका को और मर्मपीड़िता को बलपूर्वक सुला दिया था। कठोरमना द्रौपदी ने बहुत प्रयास किये—कोमलमना द्रौपदी को नष्ट कर देने के; किन्तु नष्ट नहीं

कर पायी। केवल प्रगाढ़ निद्रा में उसे लीन कर पायी। और इसलिए अन्तर की वह विकलमना उदास नारी अब भी जब-तब अर्धजाग्रत् हो करवटें लेने लगती। कभी चौंक उठती। जाग जाती, तो कभी रुदन कर उठती। किन्तु तब शक्तिशालिनी सिंहनी-सी दूसरी नारी जैसे अपने दोनों सबल हाथों से उस कातर पांचाली का मुख दृढ़ता से बन्द कर देती...और पुन: अशक्त प्रेमिका तन्द्रालीन हो जाती।

किन्तु यह सत्य था अभी भी कि धनंजय साथ रहते तो उसका मनोबल बना रहता। उन्हें देखकर ही उसे जैसे कष्ट सहने की शक्ति मिलती। अब आधी शक्ति, उत्साह और प्रेरणा तो धनंजय ही हर ले गये। शेष गन्धमादन पर्वत के दुर्गम पथ ने हर ली। मार्ग में भयंकर, झंझा, पर्वत-स्खलन, प्रचण्ड वायु, वृष्टि...। कब तक सह पाती वह राजलतिका! और एक स्थल पर क्लान्त-श्रान्त हो भूमि पर भंग लता-सी जा गिरी।

युधिष्ठिर व्याकुल हो उठे। भीम, नकुल और सहदेव व्यग्र हो उठे। कितना कष्टमय मार्ग! युधिष्ठिर की व्यकुलता का पार न था। पीड़ा एवं आमग्लानि का ज्वार उठ चला हृदय में। और वह ज्वार सिमट न पाया अन्तर में। दु:ख, पश्चात्ताप, आत्मग्लानि से वे उच्च स्वर में विलाप कर उठे। नकुल एवं सहदेव द्रौपदी के कोमल क्लान्त चरण दबाने लगे। भीमसेन दुकूल से विजन कर रहे थे, और युधिष्ठिर विलाप। सब कुछ न कुछ प्रयास कर रहे थे क्लान्त एवं मूर्च्छित राजरानी की चेतना लौटाने के लिए। और युधिष्ठिर कर रहे थे विलाप—

"अहो! इस परमसुन्दरी देवी को मेरे कारण कितना कष्ट हो रहा है!... इसके चरणों की सुन्दर कान्ति नष्ट हो गयी मेरे कारण!...मेरी मूर्खता से आज इस राजरानी को वन-वन डोलना पड़ रहा है!...अहो मैं द्यूतक्रीडा में क्यों फँस गया था!...मेरे पाप से इस निर्दोष राजबाला को कितना परिश्रम, कितना शोक, कितना कष्ट सहना पड़ रहा है!..."

अर्धचेतना में पांचाली ने ये शब्द सुने। सरल हृदय, कोमल मन युधिष्ठिर को अपने कर्मों पर ग्लानि हो रही है। उसकी स्वयं की पीड़ा द्विगुणित हो उठी। युधिष्ठिर की अव्यावहारिकता और साधुत्व से उसे ही सर्वाधिक यन्त्रणा सहनी पड़ी...किन्तु फिर भी जब कभी वे आकुल होते तो उसका हृदय अपूर्व करुणा एवं ममत्व से भर जाता। युधिष्ठिर निरीह हैं...निर्बल व्यक्तित्व वाले हैं। लोग उनकी सरलता का अनुचित लाभ उठाते हैं। जब-जब युधिष्ठिर इस प्रकार विकलता की लहरों से आक्रान्त होते, वही तो अपने साहसभरे दृढ़ स्वर, सहानुभूति, स्नेह और सान्त्वना द्वारा उन्हें उबारती। अत: अर्धमूर्च्छित अवस्था में भी वह छटपटा उठी। धर्मराज उसके कारण विकल हैं, उसके कारण दु:खी हैं! उसने प्रयास किया शक्ति बटोरने का कि उठकर बैठ जाये और धर्मराज को समझाए...सँभाले। किन्तु शरीर की शक्ति न जाने कहाँ चली गयी थी! अथाह क्लान्ति! चेतनाशून्य तन! और फिर क्या हुआ, उसे नहीं ज्ञात।...

जब धौम्यादि मुनियों ने आकर शान्तिपाठ करके शीतल जलबिन्दु द्रुपदसुता पर

डाले तब उसको चेत आया। धीरे-धीरे उसने नेत्र खोले। नेत्र तप्त थे। शरीर तप्त था—जैसे भीषण ज्वर चढ़ा हो। सबको अपने लिए चिन्तित देख लज्जित हुई। अपनी दुर्बलता पर उसे खेद था। सबको तो वही शक्तिमन्त्र देती थी। शक्ति की उपासिका थी वह।

आगे की यात्रा भीम-पुत्र घटोत्कच के कन्धों पर बैठकर पूर्ण की, तब कहीं आया गन्धमादन पर्वत।

...अहो किन्तु, कैसा निष्क्रिय, कर्महीन, गतिहीन जीवन! जलप्रपात के निकट एकान्त में बैठी घण्टों वह सोचती रहती—कब तक? कब तक चलेगा ऐसा? सुदीर्घ वनजीवन, जिसका कोई क्षितिज न दिखता, छोर न दिखता! अन्तहीन! जीवनहीन जीवन! कभी-कभी वह भूल जाती—कितने प्रलम्ब वर्ष बीत चुके वन में। एकाकी क्षण उसे झँझोर डालते। सुदूर तक फैली नीरवता उसे मुँह फाड़े खाने को दौड़ती। और अनन्त पर्वत-शृंखलाओं का वह भयावह विराटपन! अहोरात्र वायु का अरण्यरोदन उसे आक्रान्त कर देता। रात्रि के निविड़ अन्धकार में वन्य पशुओं की भीषण पुकारें रोगटें खड़े कर देतीं।

"हा कृष्णे किं जहासि माम्!"...पर्वतमालाओं के पार से पुकार आती। सघन वनों और गहन घाटियों को लाँघकर गुहार आती, "साऽहं यास्यामि हि वनं..."

"हा कृष्णे किं जहासि माम्"..."हा कृष्णे किं जहासि माम्..." माता कुन्ती का दारुण विलाप! वह कभी भूल न पाती—वनवास को चलते समय माता कुन्ती ने किस व्याकुलता से दौड़कर उसे चिपटा लिया था! उसी को पुकारा। उसी को पकड़कर रोयीं, "हा कृष्णे, कहाँ जा रही है मुझे छोड़कर! मैं भी साथ वन को चलूँगी...क्यों छोड़े जाती है मुझे...?" अहसाय वृद्धा माँ! पांचाली के नेत्र डबडबा आते। कठोर परिश्रम से वह अश्रु पी जाती।

तभी किलक उठते उसके चारों ओर पाँच नन्हे शिशु। छोटे पुत्र तो बहुत ही छोटे थे—मात्र दो-चार वर्ष के। अब कितने बड़े हो गये होंगे? पागल-सी आँसू भरे नेत्रों से वह अंगुलपर्व पर वर्ष गिनती...बार-बार गिनती...उनकी मुखछवि की कल्पना करती।...लेकिन फिर सब...धुँधला जाता।

उन एकाकी क्षणों में दूर-दूर से उसे प्रियजन पुकार उठते। स्मृतियाँ गुहार उठतीं। कण्ठ में स्मृतियाँ...नयनों में स्मृतियाँ...हृदय में स्मृतियाँ...रोम-रोम में स्मृतियाँ...बिछुड़े हुए लोगों की स्मृतियाँ! वृद्ध पिता के वृद्ध नेत्रों में अश्रुजल! असहाय कातर पिता! असहाय कातर पुत्री!...

चारों वेदों के मध्य वह गायत्री। चारों वेद! कहाँ गया उसका वह पाँचवाँ—धनुर्वेद? आता क्यों नहीं? वही तो है एकमात्र आशा की किरण।

पार्थ पर सबकी आशाएँ केन्द्रित थीं। पार्थ लौटेंगे तब यह अनिश्चितता समाप्त होगी। यह सुदीर्घ प्रतीक्षा समाप्त होगी। तब निर्णय होंगे। महत्त्वपूर्ण निर्णय—प्रतिशोध

के! अन्याय के! प्रतिकार के! वेणीशृंगार के!

अहो पार्थ कहाँ?...पार्थ कब आएँगे?...श्रीराम और जनकनन्दिनी की वनयात्रा कैसी भाव-प्रणव फूल-यात्रा थी! जनारण्य से दूर. कैसा कोमल, नेहपूरित, सुदीर्घ साहचर्य! और प्रलम्ब शूलयात्रा!

कितनी रातें उसकी आँखों में ही कट जातीं! अहोरात्रि मूक अश्रुपात! दीर्घ निःश्वास! अवरुद्ध सिसकियाँ! अन्तर्दाह! एकाकीपन!

उसके रक्ताभ नयन और सूजा मुखमण्डल, किन्तु भोर होते ही चारों पतियों को गहन ग्लानि में डुबो देता।

उसका सदा प्रयास रहता चुपचाप पीड़ा सहना। अपनी पीड़ा से औरों को वह दुःखी न करना चाहती...किन्तु कभी-कभी हृदय का क्षोभ विकराल ज्वार बन जाता। थके बोझिल नेत्रों को छिपाने वह अश्वत्थ तले एकान्त में पर्णक्रीड़ा करती बहुधा। सूखे पत्रों को एकत्रित करती, जोड़ती। वायु के प्रहारों से बचाती। और अन्त में पतझरी वायुवेग से हताश हो स्वयं उन्हें बिखेर देती उन्मादिनी-सी। सूखे पर्ण—पीले पात आकुल से उड़ चलते यहाँ-वहाँ—जहाँ वायु ले जाती। लक्ष्यहीन...दिशाहारे सूखे पर्ण!

बैठी रहती निश्चल वह काननबाला। झर-झरकर पीत पात उसका सिंगार करते रहते। केशों में पीले पात। वस्त्रों पर पीले पात। वनदेवी-सी सजी-सँवरी बैठी रहती। विस्फारित नेत्रों से पतझर की निर्ममता निहारती, पतझर के अनवरत रुदन संगीत में डूबी।

"याज्ञसेनी! आओ...देखो तुम्हारे मनरंजन के लिए कैसी सुन्दर व्यवस्था हुई है यहाँ!" दूर वट-वृक्ष के तले से पद्मासन लगाये बैठे धर्मराज ने पुकारा।

मनरंजन! क्या द्यूतक्रीड़ा का आयोजन हुआ है, उसके लिए? वह वैसे ही विस्फारित नेत्रों से मन्थर गति से आयी। सूखे पातों से सजी-धजी वनदेवी। देखा—वट की झूलती जटाओं को परस्पर बद्ध कर उसके लिए झूला बनाया गया है।

...रोए या हँसे? अकस्मात् वह समझ न पायी।

उन वट-जटाओं से उसने अपना शीश टेक दिया।

'धन्य है मेरा भाग्य धर्मराज! कैसा भव्य हिन्दोल-उत्सव इन्द्रप्रस्थ की सम्राज्ञी हेतु!...वट-जटाओं में झूलो महाराज्ञि! भूल जाओ...भूल जाओ उन फूल-हिंडोलों को जो पुष्करिणी-तटों पर पड़े रहते थे। भूल जाओ अपनी सखियों, परिचारिकाओं को! उमंगभरी उन गीतमालाओं को। भूल जाओ राजरानी कि कभी सखियाँ तुम्हें झुलाती थीं! भूल जाओ उन श्रावणों को जब मल्हारें गा-गाकर रात-रात झूले झूले जाते थे। भूल जाओ वे श्रावण गीत जिन्हें शुकसारिका भी उल्लास से तुम्हारे साथ गाते थे।

भूल जाओ राजरानी! वह वैभव भूल जाओ! तुम भूलती नहीं—यही तो तुम्हारा

दोष है! भूल जाओ कि तुम एक राजपुत्री हो...कि तुम राजवधू हो। भूल जाओ कि तुम इन्द्रप्रस्थ की राजमहिषी कभी थीं। स्मरण रखो केवल एक बात...कि तुम काषाय वस्त्रधारी संन्यासियों की पत्नी हो...भूल जाओ...भूल जाओ...'

उन्मादी प्रलाप उसके अधरों से अबाध्य निःसृत हो रहा था।

"झूलो रानी, जटाओ में झूलो! राजसूय यज्ञ सम्पन्न करके सम्राट् का विरुद धारण करनेवाले महाराज युधिष्ठिर की सम्राज्ञी! देखो, तुम्हारा भाग्य रूखी जटाओं पर कैसा झूल रहा है? झूलो सुकुमारी! पति ने कैसा सुन्दर हिन्दोल बनाया है तुम्हारे लिए—जैसा किसी राजरानी के पास न होगा!...झूलो राजमहिषी...और फूलो अपने भाग्य पर!"...

युधिष्ठिर हतप्रभ थे और तीनों अनुज लज्जित। भीम ने युधिष्ठिर को मना किया था कि पांचाली के चोट खाये स्वाभिमान को न छेड़ें। माद्रीनन्दन हिचकिचा रहे थे वह झूला बनाते, किन्तु शिरोधार्य थी अग्रज की आज्ञा।

"तुम रुष्ट हो याज्ञसेनी! हमें लगा था, तुम प्रसन्न होओगी।"

"कैसा क्रूर परिहास! मैं वट-जटाओं से प्रसन्न?...किन्तु यदि आप प्रसन्न हों तो आपकी प्रसन्नता के लिए अवश्य इन सूखी जटाओं पर झूलूँगी। आपको सुख मिले...यह तो सदा मेरा प्रयास रहा। अपने कष्टों को तो बिखेर दिया मैंने सूखे पातों-सा...उड़ा दिया उनको। आपके आनन्द के लिए झूलूँगी...आपके आनन्द के लिए गाऊँगी। आपके आनन्द के लिए हँसूँगी...हा...हा...हा...हा...हा...!" उसका विक्षिप्त-सा अट्टहास वनस्थली में फैल गया।

वह खिलखिलाती हुई झूले पर जा बैठी और वेग से झूलते हुए समूचे अरण्य को जैसे पुकार उठी—

"आओ, आओ मुनिबालाओ! आओ तपस्विनियो!...विपिन देवियो! देखो यह झूला। किसी ने न देखा होगा ऐसा, जिस पर पांचालनरेश की महाराजकुमारी, महाराज पाण्डु की पुत्रवधू और सम्राट युधिष्ठिर की प्राणवल्लभा झूल रही है!...आओ विश्व भर की राजरानियो...एक रानी मैं भी हूँ। किन्तु कितनी भिन्न...कितनी सुखी...कितनी वैभवसम्पन्न!...अहो मुनिबालाओ!...देखो पाण्डवों की पट्टराजमहिषी का यह अनूठा हिन्दोल-उत्सव...!" और पुनः उसका उन्मादी अट्टहास पाण्डवों का हृदय दहला गया।

किन्तु शीघ्र ही वह अट्टहास परिणत हो गया—करुण रुदन में। पांचाली फूट-फूटकर रो रही थी।

सहदेव ने हाथों से अपना मुख ढक लिया था। नकुल पीठ फेरे खड़े थे। भीम बाहु के पृष्ठभाग से अपने अश्रु पोंछ रहे थे। व्यावहारिक बुद्धि से सर्वथा शून्य युधिष्ठिर जीवनभर अनुपयुक्त समय पर अनुपयुक्त निर्णय लेते रहे हैं।

युधिष्ठिर पद्मासन लगाये, नेत्र मूँदे समाधिस्थ थे।

तस्मान्नात्युत्सृजेत् तेजो न च नित्यं मृदुर्भवेत्।
काले काले तु सम्प्राप्ते मृदुस्तीक्ष्णोऽपि वा भवेत्॥

—यह कितनी बार उसने धर्मराज को समझाना चाहा कि समय एवं आवश्यकतानुसार कोमल एवं कठोर व्यवहार होना चाहिए। क्षत्रिय होने के नाते अपनी खोयी हुई राजप्रतिष्ठा पुनः पाने के प्रयासों में कोई ढील नहीं होनी चाहिए, किन्तु...

क्षमा धर्मः क्षमा यज्ञः क्षमा वेदाः क्षमा श्रुतम्।...
क्षमा ब्रह्म क्षमा सत्यं क्षमा भूतं च भावि च।
क्षमा तपः क्षमा शौचं क्षमयेदं धृतं जगत्॥

—हर बार यही उत्तर मिला युधिष्ठिर से। यह उनकी शाश्वत नीति थी। स्थायी उत्तर था। वह मन मसोसकर रह जाती। भीम उच्छ्वासें भर उठते।

भीम और वह स्वयं इस विषय पर अनेक बार युधिष्ठिर से विवाद में उलझ पड़े थे।

भीम उसका अन्तर्दाह समझते थे क्योंकि स्वयं भी उसमें झुलस रहे थे। उन्होंने सदा पांचाली का पक्ष लिया। वह उन पर अधिकाधिक निर्भर हो चली थी। और वे सदा एक महाआश्वासन से उस पर छाये रहते। इस प्रकार वनवासी जीवन की एकरसता, उकताहट और अन्तर्दाह ने भीम और द्रौपदी को एक-दूसरे के अधिक निकट ला दिया था।

पांचाली को यह चिन्ता खाये जाती थी कि ये क्षत्रिय वीर पाण्डव बन्धु ऐसे अकर्मण्य वन्य जीवन के अभ्यस्त होकर कहीं अपना शौर्य सदा के लिए गँवा तो न देंगे! कहीं इनके क्षत्रिय गात्र सदा के लिए शिथिल तो न पड़ जाएँगे! कहीं ये शक्ति-प्रयोग भूल ही तो न जाएँगे!

वह चौंक-चौंक उठती रात्रि को। पति सो रहे हैं।...कहीं ये सब युधिष्ठिर तो नहीं हो गये!

अर्जुन और भीम! ये ही दो तो थे महापराक्रमी। अर्जुन तो दिव्य अस्त्र-प्रशिक्षण हेतु इन्द्रलोक गये हुए थे। वह उस ओर से आश्वस्त थी। किन्तु महाबली भीम?...

जब-जब उसकी यह आशंका बलवती हो उठती, वह भीम का शक्तिपरीक्षण कर बैठती। उन्हें उनकी शक्ति का स्मरण दिलाती रहती। उन्हें सदा संग्राम-व्यस्त रखना चाहती। जब उसके लिए वे सौगन्धिक स्वर्णपद्म लेने गये और राक्षसों का वध करके लौटे तो कितनी प्रसन्न थी वह! कितनी आश्वस्त कि भीमसेन की प्रबल शक्ति पर इस निष्क्रिय मृगजीवन का प्रभाव नहीं पड़ा!

किन्तु मन से भय जाता न था। चिन्ता साथ न छोड़ती। आशंका मन को सदा घेरे रहती—कहीं भीम का परम पराक्रमी गात्र आलस्यपूरित न हो जाये! अभी तो कितने ही वर्ष काटने हैं वन में! युद्ध-अभ्यास निरन्तर होता रहना चाहिए। और इसके लिए वह क्या-क्या न प्रयास करती! क्या-क्या न बहाने ढूँढ़ती ताकि वृकोदर वीतराग, मूक

तपस्वी बने कहीं बैठे न रह जाएँ।

इसलिए वह जब-तब उन्हें अर्जुन का नाम लेकर ही उलाहना दे डालती। कभी उनकी तुलना उनके अनुज से कर डालती तो कभी अग्रज से।

भीमसेन जैसे महाबली के रहते हुए भी पर्वतप्रदेश में राक्षसों का उत्पात निरन्तर सम्भव कैसे हो पा रहा है? कहीं भीमसेन...तो नहीं हो गये?

भीमसेन के कर्णशिखर आरक्त हो भभक उठे। समूचे तन से जैसे प्रचण्ड अग्निज्वालाएँ छूट चलीं।

शिला पर खड़ी वह देख रही थी—भीमसेन हुंकारें भरते चले जा रहे थे, धूल उड़ाते चले जा रहे थे, गदा हिलाते चले जा रहे थे। उन्होंने गदा दे मारा पृथ्वी पर, तो भयंकर नाद के साथ वहाँ धरती फट गयी। उन्होंने गदा दे मारा तो विराट वृक्ष चरमराकर ढह चले।

भीमसेन उन्मत्त प्रचण्ड काल-प्रभंजन-से चले जा रहे थे। वाम हाथ से गदा घुमाते-घुमाते उछालकर उसे अपने दाहिने हाथ में ले लेते। दाहिने हाथ से गदा घुमाते-घुमाते उसे फिर उछालकर बायें हाथ में ले लेते। भीमसेन दण्डपाणि-से चले जा रहे थे। वृक्ष टूट-टूटकर गिर रहे थे। लताएँ छिन्न-भिन्न हो रही थीं। हाथ का गदा जैसे चक्रवात हो गया था। भयभीत पक्षी चीत्कार करते उड़ रहे थे चारों ओर। भयातुर हिरणों की टोलियाँ चौकड़ी भरती भगी जा रही थीं जिधर दिशा सूझती।...

भीमसेन चले जा रहे थे कालमेघ-से—झंझापुत्र-से—शैलपुत्र-से...अब वे पीछे मुड़कर न देखेंगे...अब उन्हें अपनी अनुपस्थिति में युधिष्ठिर और पांचाली की सुरक्षा की भी चिन्ता नहीं...

'द्रौपदीवाक्योः पाथेयो'—प्रिया का वाक्य ही पाथेय था। द्रौपदी ने धनंजय का नाम लेकर उलाहना दिया—बढ़े चलो भीमसेन! अभी धनंजय नहीं...अभी तुम ही हो! आज उस टंकारप्रिया को सदा-सदा के लिए हुंकारप्रिया बना लो। आज टंकार नहीं...हुंकार का दिन है। अर्जुन की अनुपस्थिति में प्रसन्न कर लो देवी को।...बढ़े चलो भीमसेन! छा जाओ उसके मानस पर!...

और देवी कितनी आश्वस्त थी अब!

भीमसेन ने प्रिया के वाक्य को पाथेय बनाकर जो विनाशलीला की तो समूचा पार्वत्य प्रदेश काँप उठा। क्रोधोन्मत्त वृकोदर शत्रु एवं मित्र में विभेद नहीं कर पाये। फलस्वरूप असंख्य यक्ष-मित्रों का भी संहार कर डाला उन्होंने।

युधिष्ठिर ने देखा—अहो यह राजद्रोह! राजद्रोह नहीं, यह तो देवद्रोह है! जिन मित्रों ने हमें शरण दे रखी है, उन्हीं के लोगों का वध। यक्ष अधिपति कुबेर ने पाण्डवों को संरक्षण दिया है—आश्रय दिया है...और यह भीमसेन को अनायास हुआ क्या?

धर्मराज का माथा ठनका—कहीं पुनः भीमसेन उकसाने में तो नहीं आ गये? यही हुआ होगा। उस युद्ध की देवी ने ही उकसाया होगा। वह शक्तिमयी न स्वयं शान्त

बैठेगी—न किसी को शान्त बैठने देगी। अर्जुन के पश्चात् भीम पर ही तो वह अधिक निर्भर और कृपालु रहती है!...

"किन्तु भीमसेन! अचानक यह संहार क्यों?...क्या उन यक्षों ने हमारा कुछ अनिष्ट किया था?"

"नहीं!" नतसिर भीमसेन ने उत्तर दिया।

"तो तुमसे किसी ने कुछ कहा क्या?"

"द्रुपदनन्दिनी ने।" शीश झुकाये ही उत्तर दिया भीम ने।

"क्या कहा था द्रुपदसुता ने तुमसे?"

"मुझसे कहा था—वृकोदर! आप कहीं युधिष्ठिर तो नहीं हो गये?" भीमसेन का शीश गर्व से तना हुआ था।

युद्ध की देवी अब शान्ति की देवी बनी दूर शिला पर निश्चिन्त बैठी, अलसभाव से हौले-हौले अपने चरण हिला रही थी।

क्षमा धर्मः क्षमा यज्ञः क्षमा वेदाः क्षमा श्रुतम्...

...युधिष्ठिर के मुख पर किंचित् मुस्कान उभरी। अपराजिता!...कौन नहीं हारा उससे?

"नीलाम्बुदसमं प्रख्यं मत्तमातंगगामिनम्,
तमृते पुण्डरीकाक्षं काम्यकं नातिभाति मे..."

युधिष्ठिर चौंक पड़े।

अविश्वसनीय!

वनपक्षी और मानवीय भाषा बोले!

निकट की नीची झुकी डाल पर बैठी उस नन्ही पक्षिणी को उन्होंने कौतूहल से देखा। उनका ध्यान उसकी ओर तभी चला गया था जब वह रंग-बिरंगी नन्ही चिड़िया विराट वन में न जाने कहाँ से उड़ती हुई आयी और उस डाल पर लम्बे समय तक चुपचाप उदास-सी बैठी रही। बहुत देर तक ऐसे गुमसुम बैठे रहने के बाद धीरे-धीरे मधुर स्वर में वह कोई बहुत बड़ा उदास-सा गीत गाने लगी। अलसभाव में लेटे हुए युधिष्ठिर उस गहन वेदनापूर्ण स्वर में डूबने-से लगे।

...और अचानक वे चौंक पड़े। मनुष्यों जैसी भाषा!

"प्रियवर वे गजगामी थे
नवनील मेघ से जो अति सुन्दर
नहीं भाये काम्यकवन सुन्दर
नलिननयन के बिना एक क्षण..."

रो-रोकर वह अद्भुत वनपक्षिणी जैसे हृदय की समस्त पीड़ा शब्दों में ढाल देना

चाह रही थी—

"सहस्रबाहु-सा बल जिनकी
केवल दो बाहु में था संचित
बिना पाण्डुनन्दन अर्जुन के
नहीं भाये अब यह सुन्दर वन..."

उदास चिड़िया रोती गयी। उदास गीत हौले-हौले हवा में तैरता-सा वनस्थली पर छाया जा रहा था।

युधिष्ठिर चकित थे। यह पक्षिणी है या अर्जुन की पूर्वजन्म की कोई प्रेमिका...अथवा शापभ्रष्ट यक्षिणी कोई?

"विटप लताएँ कोमल पल्लव
झूम रहे हैं सुमन विलक्षण
किन्तु रहा रमणीक न वैसा
अहो, सव्यसाची बिन यह वन..."

अहो, कैसी वेदना इसके नन्हे से कोमल उर में! उनका पशु-पक्षियों का अनुरागी मन करुणा-विगलित हो उठा। हाथ बढ़ाकर उसे सहानुभूतिपूर्वक हौले से सहलाया तो जैसे उसकी पीड़ा द्विगुणित हो उठी। और भी उच्च कातर स्वर में वह रुदन कर उठी—

"पुलकित रहती तब कितना
धनुषघोष को उनके सुनसुन
आकुल प्राणों को कर जाती
सव्यसाची की स्मृति, राजन्..."

युधिष्ठिर ने वेदना-आकुल हो उस नन्ही चित्रविचित्र चिड़िया को हौले से पकड़ना चाहा सान्त्वना हेतु, तो वह वेग से फड़फड़ाकर पुकार कर उठी—

"आकुल प्राणों को कर जाती
सव्यसाची की स्मृति, राजन्...
सव्यसाची की स्मृति, राजन्...
सव्यसाची की स्मृति, राजन्..."

जितना पकड़ने का प्रयास युधिष्ठिर करते, उतना ही वह व्याकुल हो छटपटाती और अनायास फड़फड़ाकर उनके हाथ से छूटकर उड़ गयी—फुर्र!

और पूरे वनप्रान्त में ठहर-सा गया वह विरह गीत—

"जहाँ-जहाँ देखूँ सब सूना
विकल उमड़ आता है अन्तर
अहो! सव्यसाची बिन कैसी
सूनी वसुधा...सूना अम्बर!"

सव्यसाची कहाँऽऽऽ?...अहो सव्यसाची ऽऽ...सव्यसाची कहाँ ऽऽऽ...?

वनपक्षिणी का वह भीगा अरण्यरोदन फैलता जा रहा था...उपत्यकाओं, सरिता, स्रोतों—सबको वेदना से भिगोता हुआ। अश्रु झर उठे वृक्षों से...पत्र दलों से...कुसुमों से...आकाश से...टप्-टप्...टप्...टप्...

और...युधिष्ठिर की आँख खुल गयी।

...कहाँ है वह रंगमोहिनी? विराट वृक्ष-तले लेटे-लेटे न जाने कब उनकी आँख झपक गयी थी। नीरव वनप्रान्त में केवल थी टप्...टप्...टप्...टप्... श्रावण-बूँदों की टप्...टप्...टप्...टप्...कितने ही मृग, मयूर, पक्षी और शशकगण सिमट आये थे उसी वृक्ष के आश्रय में रसबूँदों से बचने के लिए।

किन्तु कहाँ गयी वह नन्ही वियोगिनी? वह विरहगायिका? देखने के लिए उन्होंने करवट ली तो कुछ दूर हरी दूर्वा में सिमटे-सिकुड़े बैठे चार-पाँच शशक भय से फुदककर भाग चले। मृगशावकों ने चौंककर कान खड़े कर लिये—

"बह्वाश्चर्यमिदं चापि वनं कुसुमितद्रुमम्।
न तथा रमणीयं वै तमृते सव्यसाचिनम्॥..."

युधिष्ठिर चौंक पड़े! फिर वही स्वप्नवाला विकल स्वर! वही उदास गीत! अभी भी कहीं बैठी वह अनोखी पक्षिणी विरह-विलाप कर रही है...दुहरा रही है अभी भी कि आश्चर्यपूर्ण पुष्पपत्रों से परिपूर्ण यह वन भी बिना सव्यसाची के, पहले जैसा रमणीक नहीं लगता।...

कहाँ है वह उदास गायिका?...अर्जुन की विरहिणी नायिका?...

अहो ऽ ऽ ऽ ऽ!!...

एक दीर्घ ठण्डा श्वास उनके कण्ठ से निकल गया।

तो यह तुम थीं द्रुपदसुते!...समूची नीरव द्विप्रहरी अपने हृदय-सम्राट् को जो विकल हो-होकर स्मरण करती रहीं!

"शून्यामिव प्रपश्यामि तत्र तत्र महीमिमाम्..."

जहाँ-जहाँ दृष्टि जाती है...समूची वसुधा ही शून्य प्रतीत होती है...अहो...सव्यसाची की स्मृति प्राणों को आकुल-व्याकुल किये डाल रही है...

हाँ! यह वेदनासिक्त कण्ठ किसी उदास पक्षिणी का नहीं, किसी विरहिणी यक्षिणी का नहीं, उनकी भार्या पांचाली अपने मध्यम पति के वियोग से पीड़ित है!

एक अपरिभाषित, किन्तु सर्वथा परिचित तिक्त भाव युधिष्ठिर के हृदय को मथ उठा। उद्विग्न हो वे उठ बैठे।

वटवृक्ष के विराट तने के दूसरी ओर से वह अवरुद्ध व्याकुल स्वर आ रहा था। द्रुपदनन्दिनी न दिखी, भीमसेन दिख रहे थे। गम्भीर भाव से वे विरहिणी वनवधू को सान्त्वना दे रहे थे। निकट बैठे थे नकुल—संवेदना की मूर्ति बने।

प्रियतम का विरह क्या ऐसा दारुण होता है? युधिष्ठिर विस्मित थे और भीम और नकुल पत्नी की विरहपीड़ा में सहभागी।

"शून्यामिव प्रपश्यामि तत्र तत्र महीमिमाम्..."

कितने नि:संकोच भाव से, निश्छलता से वह अपना हृदय उनके समक्ष खोल रही है!

धर्मराज का अन्तर घुमड़ रहा था। शंब्द गूँज रहे थे—

"तमृते पुण्डरीकाक्षं काम्यकं नातिभाति मे...

...न तथा रमणीयं वै तमृते सव्यसाचिनम्...।"

वर्षा में भीगते हुए सहदेव चले आ रहे थे कन्धों पर एक मृत मृग को उठाये।

"यह कैसा अधर्म सहदेव!...तुम ऐसा कार्य करोगे, मुझे स्वप्न में भी कल्पना न थी। निरीह इन तृणाहारी अहिंसक पशुओं का वध करके तुम्हें कौन-से आत्मसुख की अनुभूति हुई? मेरे साथ रहते हो तब तो मात्र हिंसक पशुओं का ही आखेट करते हो...आज यह क्या?...इसका अर्थ है मेरी अनुपस्थिति में सदा ही तुम इन अबोध, निरपराध पशुओं का वध करने में आनन्द लेते हो!..."

बोझ से झुके हुए सहदेव ठिठक गये।

"किन्तु तात!..."

"तुम इतने ज्ञानी और अन्तर्दृष्टियुक्त व्यक्ति हो...तुम क्या नहीं जानते कि निरीह पशुओं के वध से मनुष्य जो आनन्द लेता है...वह राक्षसी आनन्द होता है?"

सहदेव स्तम्भित थे। "किन्तु धर्मराज..."

"इसका अर्थ है कि तुम ऐसी राक्षसी मनोवृत्ति से प्राय: ग्रस्त रहते हो..."

"नहीं महाराज...ऐसा आक्षेप..."

"नहीं सहदेव! नहीं...। यह अत्यन्त गम्भीर स्थिति है। ऋषि-मुनियों, वनवासियों तथा निरीह प्राणियों की हिंसक पशुओं से रक्षा करना हमारा कर्तव्य है। किन्तु मृग को मारकर तुम्हारा कौन-सा अभीष्ट सिद्ध हुआ? यह कैसा धर्मस्खलन तुम्हारा!...यह सम्पूर्ण स्थिति महर्षि धौम्य के समक्ष रखनी होगी...एवं ऋषिगण जो आज्ञा दें सब सुनकर, वह पालन करनी होगी सहदेव!..." युधिष्ठिर का श्वास कहते-कहते फूल उठा। नसें तन गयीं। उत्तेजना से मुखमण्डल प्रगाढ़ रक्ताभ हो चला। श्वास ले नहीं पा रहे थे ठीक से और उद्विग्नता शमन नहीं हो पा रही थी।

मितभाषी सहदेव का सुन्दर मुखमण्डल अपमान एवं लज्जा से विवर्ण था। मर्माहत थे वे आक्षेपों की इस अप्रत्याशित बौछार से। किन्तु कितनी ही बार तो युधिष्ठिर का व्यवहार ऐसे अकारण ही विस्फोटक हो जाता है—कौन-सा अनुज इससे अनभिज्ञ रहा! उनकी इस सहसा उद्विग्न हो उठने की प्रवृत्ति के कारण, इस मानसिक अस्थिरता के कारण, कई बार लोग उन्हें 'हे उद्विग्न' ही कहकर सम्बोधित करते हैं।

"धर्मराज! मृग जीवित है। आहत है...व्याघ्र के आक्रमण से। व्याघ्र मेरे तीर से प्राण त्याग चुका है। इसे उपचार की आवश्यकता है इसलिए उठाकर लाना पड़ा। स्यात् आपकी निद्रा में व्यवधान पहुँचा, इसलिए रुष्ट हैं...क्षमा करें तात...मैंने प्रयास किया था

बिना आहट किये ही आ सकूँ...''

''अहो!'' एक संक्षिप्त-सा रूखा 'अहो' निकला युधिष्ठिर के मुख से, और वे एक दीर्घ ठण्डा श्वास ले पुनः लेट गये दूर्वा पर—बाहु से आँखें ढाँपकर।

10. पीड़ा पर्व

''और सुभग! तुम किस कार्य में निपुण हो?''

''मैं केशविन्यास अत्यन्त मनोहर कर सकता हूँ। मेरी वेणी-रचना राजकन्याओं को अत्यन्त प्रिय है। पुष्पों के नाना प्रकार के आभूषण बना सकता हूँ—कर्णफूल, कुण्डल, मणिबन्ध, मेखला, कण्ठमालाएँ आदि। विभिन्न सुगन्धित तैल एवं उबटन से स्नान करा सकता हूँ। दर्पण चमका देने में मेरा विशेष कौशल है। मैं संगीत एवं नृत्य में निपुण हूँ महाराज!...और इन कलाओं में श्रेष्ठ प्रशिक्षण दे सकता हूँ। मेरे समान स्त्रियों की वेणी कोई स्त्री भी नहीं गूँथ सकती। महाराज! मैं गाता हूँ, नाचता हूँ, विभिन्न वाद्य बजाता हूँ। महाराज! मैं अन्तःपुर की राजरमणियों का मनोरंजन करूँगा...।''

...और स्तम्भ के निकट खड़ी पांचाली के नेत्र डबडबा आये।

हाँ! ये वे ही बोल रहे थे। पांचाली के प्राणवल्लभ आजानुबाहु, वृषभस्कन्ध नरशार्दूल...धनंजय! अर्जुन के ये शब्द उसके कानों में जैसे तप्त तरल सीसा उँडेल रहे थे। अब स्थिति यहाँ तक आ गयी थी कि अज्ञातवास की अवधि के लिए श्वेतवाहन गाण्डीवधारी अर्जुन वृहन्नला बने, महाराज विराट के समक्ष आजीविका की याचना कर रहे थे।

...कैसी-कैसी कठोर अग्निपरीक्षाओं से उसका जीवन जूझता रहा है! फिर भी न जाने किस मृत्तिका से गढ़ी गयी थी वह कि ये अग्निपरीक्षाएँ उसे झुलसा न पातीं, केवल तप्त कर देतीं। वह अधिक से अधिक उत्तप्त होती जा रही थी और ज्वालामुखी के समान समस्त ताप, समस्त अग्नि अपने अन्तःस्तल में सँजोये रहती। दुःख इतना बढ़ चुका था कि अब दुःख से अश्रु नहीं निकलते थे, अब अग्निज्वालाएँ निकलती थीं।

कानों में कुण्डल, बढ़ी हुई केशजटाएँ, हाथों में शंख के चूड़े पहने—वे अर्जुन थे। कैसे यत्नों से धनंजय अपनी विशाल बाहु एवं शालस्कन्ध पर पड़े गाण्डीव की रगड़ के चिह्नों को भुजबन्द व मालाओं से छिपाये हुए थे! पांचाली से देखा नहीं गया। नेत्र

पोंछे और स्तम्भ की ओट में हो गयी।

जब भावी अज्ञातवास के स्वरूप के विषय में पाँचों पाण्डव धीमे स्वर में चर्चा कर रहे थे, पांचाली ने द्वार की ओट में खड़े हो शब्दशः सब सुन लिया था। उनका अन्तर्द्वन्द्व एवं धर्मसंकट देखकर हृदय उमड़ पड़ा था उसका। वे अपनी-अपनी भूमिका निश्चित कर रहे थे किन्तु पांचाली का नाम कोई नहीं ले पा रहा था। प्रेम एवं पीड़ा से वे पाँचों आर्त थे, लज्जित थे। उन पाँचों की पत्नी होकर द्रुपदसुता को क्या-क्या कष्ट न झेलने पड़े हैं! और अब पुनः जीवन का अत्यन्त अपमानमय परिच्छेद प्रारम्भ होना था।...

युधिष्ठिर विकल थे। दीर्घ निःश्वास ले वेग से कह उठे, ''बन्धुओ! हम पाँचों तो कोई भी सेवा कार्य कर सकेंगे; किन्तु क्या होगा चारुशीला हमारी भार्या का? अहो, वह तो माता की भाँति परिपालन योग्य है। वह तो अग्रजा की भाँति आदर की पात्र है। वह सुकुमारी राजबाला एक अन्य परिवार में क्या सेवा कार्य कर सकेगी? वह कैसे स्वयं को छिपा सकेगी...वह तो स्वयं उद्‌भासित है?...अहो उससे क्या कहें? किस मुख से कहें?''

धर्मराज के व्याकुल शब्दों से नेत्र छलछला आये पांचाली के। किन्तु उसने दृढ़ता से अश्रु पोंछे और उनके मध्य जा खड़ी हुई कुलदेवी-सी।

''विचलित न हों धर्मराज! मैं सैरन्ध्री बनूँगी।...मैं सैरन्ध्री का कार्य भलीभाँति कर सकूँगी। आप सब निश्चिन्त हों!''

अभिभूत पाण्डवों के हाथ एक साथ उठकर अपने-अपने मर्मस्थल पर जा लगे। सबके मुख से निःसृत हो उठा, ''साधु-साधु!''

युधिष्ठिर ने हौले से अपने अश्रु पोंछे, ''धन्य हो देवी तुम! पियंवदे! मृदु-भाषिणी! तुमने सदा इस कुल का कल्याण चाहा है। यही उच्च कुल में जन्मी नारी का प्रमुख लक्षण है।...कल्याणी! हमारा धर्मसंकट हरनेवाली!...हमारा पुनः तुमने उद्धार कर दिया।...तुम धन्य हो पांचाली!''

युधिष्ठिर कंक बनकर महाराज विराट का द्यूतक्रीड़ा से मनोरंजन करने हेतु नियुक्त हुए थे। शायद वे अभी भी सोच रहे थे कि अभ्यास करते-करते वे द्यूतकला में पारंगत हो जाएँगे और कभी न कभी, अपना राज्य बिना शौर्य के ही पासे के बल से वापस पा लेंगे। महाबली भीम महाराज विराट की पाकशाला में बल्लव बनकर सूपकार नियुक्त हुए थे। विभिन्न अस्त्र-शस्त्रों के ज्ञाता महापराक्रमी भीम ने पाकशास्त्र व सुस्वादु व्यंजन बनाने में अपनी निपुणता गा-गाकर बतायी कि वे आजीवन यही कार्य तो करते रहे हैं। परम सुन्दर नकुल अश्वशाला में ग्रन्थिक बने और सहदेव तन्तिपाल नामक गौपाल।

और तब आयी इन्द्रप्रस्थ की भूतपूर्व महाराज्ञी चारुशीला पांचाली, अपनी सुकोमल श्यामल अलकों को एक मलिन वस्त्र में छिपाये। अपने ज्योतिर्मय रूप को धुँधलाने के

कितने प्रयास किये थे उसने! किन्तु कैसे छिपती रूपज्योति जो अंशुमाली की सहस्र-रश्मियों-सी निखरी पड़ रही थी—फूटी पड़ रही थी! सूर्य किरणजाल को पर्वत-शिखर अधिक समय तक छिपाये रह सकते हैं क्या? इसीलिए महारानी सुदेष्णा चकित हुईं उसकी रूपश्री देखकर। उन्हें लगा, इसके शारीरिक लक्षण सैरन्ध्री जैसे नहीं, राजकन्याओं जैसे हैं। उनका सन्देह हटाने को पांचाली ने समझाया कि वह महारानी द्रौपदी की सैरन्ध्री रह चुकी है, और महारानी द्रौपदी ने उसका नाम मालिनी रखा था। अब चूँकि पाण्डवजन वनभ्रमण पर हैं अत: उस दीन को अवलम्ब चाहिए, जीविका चाहिए। महारानी सुदेष्णा सहसा विश्वास नहीं कर पायीं। मन में भय एवं ईर्ष्या भी अंकुरित हो आयी। उन्होंने देखा, राजमहल का पुरुषवर्ग वहाँ एकत्रित हो गया था उस रूपमती सैरन्ध्री को देखने। और यदि स्वयं महाराज विराट कहीं...! इस रूपसी को सेवा में रखना महारानी सुदेष्णा के लिए कितना अनिष्टकारी हो सकता है! किन्तु जब उन्हें ज्ञात हुआ कि सैरन्ध्री के पाँच गन्धर्व पति हैं जो सदा रक्षा करते हैं तथा वह स्वयं कितनी सत्यनिष्ठ है, सुशीला है, कर्तव्यपरायणा है, तो महारानी उसके गुणों पर मुग्ध हो गयीं।

और अब एक नया पर्व प्रारम्भ हुआ—पीड़ा का नया पर्व, त्रास का नया पर्व, अपमान और अन्याय का नया पर्व! जिन कार्यों को कभी न किया था, पाण्डव उन कार्यों को कर रहे थे। जिनकी सेवा में असंख्य दास-दासी, सेवक-परिचारिका जुटे रहते थे, वे स्वयं आज दीन सेवक बने हैं। जो आज्ञा देते थे, वे आँख मूँदकर आज्ञा पालन कर रहे हैं। जो महादानी थे और असंख्य लोगों को दान देकर उपकृत करते थे, वे स्वयं विनम्रता से दान लेते हैं। कैसे-कैसे उस तेजस्विनी भारती का स्वाभिमान शेषनाग-सा सहस्र फणों से फुफकार उठता! और अन्त में वह केवल एक दीर्घ नि:श्वास लेकर रह जाती।

उसका लावण्य उसकी सबसे महत् समस्या बना जा रहा था। कितना-कितना वह दीनमलिन वस्त्रों से अपने सौन्दर्य को ढाँकती, किन्तु वह कस्तूरी की सुगन्ध की भाँति प्रकट हो ही जाता और एक दिन महारानी सुदेष्णा का भाई कीचक मदोन्मत्त हो अपनी आसक्ति प्रकट कर ही बैठा। उस निर्मम श्येन के भयंकर पंजों से किसी प्रकार छूटकर वह भयातुर वनकपोती-सी फड़फड़ाती हुई भागकर महाराज विराट की राजसभा में छटपटाती हुई जा गिरी। पीछे-पीछे वही मद्यप क्रोध से बावला हुआ दौड़ता आ रहा था और आते ही उसने पांचाली पर कसकर पादप्रहार किया। युधिष्ठिर वहीं बैठे थे कंक बने और सदा की भाँति देखते रहे। राजा चुप रहा। युधिष्ठिर चुप रहे। पांचाली तड़पकर उठ खड़ी हुई न्याय की गुहार करने। किन्तु राजसभाएँ विलास के लिए होती हैं, न्याय के लिए नहीं। युधिष्ठिर ने जब देखा कि पांचाली ने तर्क प्रारम्भ कर धर्म-विवाद छेड़ दिया है तो उन्होंने परामर्श दिया कि वह चुपचाप महारानी सुदेष्णा के राजमहल में चली जाये। वही अधिक सुरक्षित स्थान है। बड़े-बड़े नीतिवचन उन्होंने सुनाये। उनकी तो धर्म-व्याख्या सदा से ही अनोखी रही। आँख मूँदकर पति-सेवा व

पति की आज्ञापालन करनेवाली साध्वी पतिलोक पर विजय पा लेती है। शत्रुओं द्वारा अपमानित होकर भी साध्वी स्त्रियाँ पति पर क्रोधित नहीं होतीं किन्तु कहीं भी पति के पत्नी के प्रति कर्तव्यों का उल्लेख उन्होंने नहीं किया।

''मत्स्य-राजकुमारों के द्यूतविलास में विघ्न न डाल सैरन्ध्री! धीरज रख! सहनशील बन! महारानी की शरण में जा!'' युधिष्ठिर ने अन्तिम निर्णय दे दिया। यही एकमात्र निदान उनको समझ में आया समस्या का।

उसकी भृकुटि तन गयी। आग्नेय नेत्रों से कंक की ओर देखा किन्तु चुप रह गयी। मन पर पाषाण रखकर वह दु:खविह्वला चुपचाप चली आयी।

किन्तु उसका मन हुआ, तत्क्षण उच्च स्वर में घोषणा करके बता दे जग को कि वह परिचारिका नहीं, दासी नहीं, सैरन्ध्री नहीं, वह महाराज द्रपुद की राजपुत्री है, महाराज पाण्डु की पुत्रवधू है। पाण्डववीरों की राजवधू है। अहा! कैसी अग्नि शमन करनी पड़ा रही है! उसके साथ ऐसा—साधारण अरक्षित दासी जैसा दुर्व्यवहार!...

और उसका क्रोध सहस्र धार में बरस पड़ा विराटपत्नी महाराज्ञी सुदेष्णा पर। महारानी ने कीचक के साथ षड्यन्त्र में शामिल हो जानबूझकर उसे कीचक के राजमहल में अपने लिए कोई श्रेष्ठ मदिरा लाने भेजा था।

जब महारानी ने उसे वहाँ जाने का आदेश दिया, तभी—उसी समय उसकी अन्तरात्मा विद्रोह कर उठी थी। साहस और दृढ़तापूर्वक वह नि:संकोच भाव से बोल पड़ी थी—

''नहीं महाराज्ञी! मैं नहीं...मैं नहीं जा सकूँगी सेनापति कीचक के राजमहल। महाराज्ञी...क्या आप जानतीं नहीं, वह कैसा व्यक्ति है?...क्या आपको मैं बता नहीं चुकी कि वह जब-तब मुझे अपमानित करता रहता है.... ? नहीं देवी! आप किसी अन्य दासी को वहाँ भेजिए। मैंने महल में प्रवेश के समय ही अपनी प्रतिज्ञा आपको बता दी थी।''

महारानी उसका बड़ा सम्मान करती थीं, उस पर मोहित थीं। किन्तु उस दिन वे उद्यत थीं कि कीचक के महल से सैरन्ध्री को ही मदिरा लानी होगी। अन्त में विवश, असहाय द्रौपदी को क्षोभ के अश्रुज्वाल को हृदय में समेटे जाना ही पड़ा। और जब उस अधम कीचक का पादप्रहार सहना पड़ा, तो पांचाली शत-शत ज्वालाओं-सी दहक उठी।

उस समय मत्स्यदेश की महारानी सुदेष्णा दर्पण देखती हुई नेत्र में सावधानी से अंजन आँज रही थी। तभी समस्त राजमहिलाओं एवं दासी-परिचारिकाओं के बीच वह ऐसे आयी जैसे उन्मत्त प्रभंजन का कोई प्रबल वेगवान झकोरा हो!

''महाराज्ञी! आप अपने उस दुराचारी भाई का जीवित-श्राद्ध ही कर डालें...और अपने उस प्रिय भाई को अन्तिम बार दृष्टि भरकर देख भी लें!...अब वह कालपाश में

फँस चुका है।...अब उसका जीवित रहना असम्भव है—मेरे गन्धर्व पति उसके कामोन्मत्त शरीर को चूर्ण-चूर्ण कर डालेंगे...।''

सुदेष्णा थरथरा उठीं। उँगलियाँ काँप गयीं। अंजन-रेख टेढ़ी हो गयी। स्त्रियाँ सिहर उठीं।...

वह दीन-हीन दासी! निराश्रित परिचारिका! साधारण-सी सैरन्ध्री! कितनी गर्वीली थी वह! दर्पयुक्त वाणी में वह अपनी स्वामिनी पर वज्रधारिणी-सी गरज रही थी—

''महाराज्ञी! आपने मुझे समझने में भूल की। मैं सैरन्ध्री अवश्य हूँ—आपकी सेविका। अपना कर्तव्यपालन मैं एकाग्रचित्त से करती हूँ। आपकी सेवा पूर्ण मनोयोग से करती हूँ। किन्तु देवी! इसका अर्थ यह नहीं कि अपने सतीत्व का विक्रय कर दूँ।...मैं व्यभिचारिणी नहीं...मैं स्वेच्छाचारिणी नहीं!''

विराटपत्नी उसके सतीत्व के तेज से आक्रान्त हो उठीं। कौन नहीं जानता था कि सैरन्ध्री का आचरण अन्य दासियों से अत्यन्त उच्च, उज्ज्वल एवं निर्मल है! कौन नहीं जानता कि सैरन्ध्री कितने कठोर संयम-नियम से रहती है! कितना दीर्घ समय सन्ध्योपासना में लगाती है! वह तो शापग्रस्त कोई मुनिबाला है। तपस्विनी है। अन्तःपुर की समस्त महिलाएँ उसका आदर करती थीं। वे सब अवाक् खड़ी थीं—प्रस्तर-प्रतिमाओं-सी।

सबके मध्य ही सैरन्ध्री ने कीचक की मृत्यु के लिए व्रत की दीक्षा ले डाली। भयातुर महारानी उसे समझाने लगीं, अनुनय करने लगीं। समस्त महिलाएँ उसे शान्त कर रही थीं। किन्तु निष्फल थे सबके प्रयास।

वह अग्निमयी दासी अडिग थी अपने निर्णय पर। अद्‌भुत थी वह सैरन्ध्री! अद्‌भुत थी वह परिचारिका जिसने राजकुल की उच्छृंखलता के समक्ष झुकना स्पष्ट रूप से, मुक्त कण्ठ से और अन्तिम रूप से अस्वीकार कर दिया! स्वामिनी के समक्ष ही इसके दुष्परिणाम की भी स्पष्ट उद्‌घोषणा कर दी!

और उसने व्रत धारण कर लिया : जब तक कीचक जीवित रहेगा, न वह स्नान करेगी, न आहार। अपने सुन्दर तन से रेणु-कण तक न झाड़ेगी और दिन-रात एकाग्रचित्त हो इस अभीष्टपूर्ति के लिए ईश्वर से प्रार्थना करेगी।

महिला-समाज को वैसा ही स्तब्ध छोड़ वह आँधी-सी चली आयी अपने प्रकोष्ठ में। और तब अपनी दुर्दशा पर, उस एकान्त में, उसका मन हाहाकार कर उठा। भग्नलता-सी वह वेग से जा गिरी अपनी शय्या पर।

मैं क्या पतिहीना हूँ? क्या कहीं किसी पुराणगाथा में किसी राजरानी का इतना अपमान सुना है? कभी ऐसा सुना है क्या कि पत्नी अपमानित-प्रताड़ित हुई हो और पति निर्विकार बैठा रहा हो! नहीं, ऐसा कोई दृष्टान्त नहीं। हतभागा वह व्याकुल हो उठी।

पुनः उसका ध्यान अपनी आदर्श, जिनसे वह कष्टों में बल पाती थी, भगवती सीता पर गया। हाँ, जनकनन्दिनी का अपमान हुआ था। वानर एवं राक्षस सेनाओं की

उपस्थिति में स्वयं दशरथनन्दन श्रीराम ने ही कहा था, "जाओ सीते! तुम स्वतन्त्र हो। जिसके साथ जाना चाहो, जाओ! दशमुख का वध करके मैंने अपना कर्तव्य पूरा किया, नहीं तो मैं मुख दिखाने योग्य न रहता। किन्तु अब तुम्हें नहीं अपना सकता, तुम स्वतन्त्र हो! जाओ...!"

और तब भगवती सीता प्रज्वलित अग्नि में प्रवेश कर गयीं स्वयं को निष्कलंक सिद्ध करने। नारी! तुझे क्या-क्या नहीं सहना पड़ा! महारानी वैदेही को पति से ही ताड़ना मिली! अग्निपरीक्षा से वे निष्कलंक निकल आयीं किन्तु पुनः मात्र एक रजक के कहने से रघुकुल-शिरोमणि ने उस राजवधू को निपट भयंकर वनप्रान्त में एकाकिनी छोड़ दिया! किस स्थिति में! बिना बताये! विश्वासघात करके! छल से! कपट से!...हा कष्ट! हा कष्ट! हा सीते! हा सीते!...

शय्या पर पड़ी-पड़ी वह इधर से उधर करवटें लेती रही, उच्छ्वासें लेती रही। केशकर्षण, चीरहरण, अपहरण और अब पादप्रहार! वह फफक पड़ी। कितनी अकेली! कितनी दुःखी! कोई सान्त्वना देनेवाला नहीं! कोई धीरज बँधानेवाला नहीं! कोई उसकी कष्टकथा सुननेवाला नहीं! कोई स्नेह के दो शब्द कहनेवाला नहीं! कोई उसके अपमान का प्रतिशोध लेनेवाला नहीं!...

आँसू पोंछती वह उठ बैठी और चल पड़ी। धनंजय के कक्ष में घुसने ही वाली थी कि पाँव स्वयमेव ही थरथराकर थम गये। दीप-तोरणों से जगमगाते उस कक्ष की भित्तियों पर गन्धर्व एवं किन्नरों के सुललित चित्र अंकित थे। मधुर वाद्य बज रहे थे। धनंजय राजकन्याओं से घिरे हुए थे। राजकुमारी उत्तरा का हाथ पकड़कर कमलकलिका बनाने की नृत्यमुद्रा सिखा रहे थे। अहो! धनंजय कहाँ! वह तो वृहन्नला थी। उसके चीरहण के समय धनंजय ने जो क्लीवता दिखायी थी, उसी समय से तो वे अन्तर से वृहन्नला बन गये थे। वृहन्नला एक ऐसी मनोवृत्ति थी जो जब-तब अर्जुन पर पिशाचिनी-सी चढ़ बैठती और उनकी समस्त शक्तियों को अपने वशीभूत कर उन्हें पौरुषहीन कर देती। भीम को छोड़ अन्य पाण्डवों में तो पौरुष वैसे भी नहीं था। अर्जुन में था तो वे जब-तब अपने मन की दुर्बलता से इस प्रेतनी के वशीभूत हो जाते।

पांचाली खिन्न मन हो लौट चली। क्या सोचकर चली आयी वह वहाँ! उसकी पीड़ा यहाँ आकर द्विगुणित हो उठी। किन्तु वृहन्नला ने उसे देख लिया था।

"सैरन्ध्री!"

सैरन्ध्री! प्रेम से रत्नमाला पुकारनेवाले समाज को दिखाने के लिए आज उसे सैरन्ध्री पुकार रहे हैं! परिचारिका! वृहन्नला निकट आयी, धीमे स्वर में बोली, "क्या हुआ पांचाली! क्या कष्ट है तुझे?"

उसका स्वाभिमान तो पहले से चोट खाकर कुण्डली मारे बैठा ही था, तुरन्त फुफकार उठा—

"नहीं, कुछ नहीं। मैं बहुत सुखी हूँ धनंजय! पाण्डवों की पत्नी हूँ न! सुख क्यों

न मेरे भाग्य में हो! सुख, शान्ति और निश्चिन्तता से कितना परिपूर्ण है मेरा जीवन! दिनभर कठोर परिश्रम करती हूँ। अपमानित होती हूँ। नीच व्यक्तियों के पादप्रहार सहती हूँ, रात में अकेले सोच-सोचकर घुटती हूँ। इससे बढ़कर सौभाग्य किसको चाहिए? जाओ, राजकन्या उत्तरा प्रतीक्षा कर रही है। जाओ, नृत्य-संगीत व गीत-गाथाओं की स्वरलहरी में डूबे रहो!...मैं तो केवल दुःखी हूँ...बस! केवल दुःखी! उससे किसी को क्या अन्तर पड़ता है! वह तो अब अत्यन्त ही सामान्य बात हो गयी है पाण्डववधू के लिए!!..''

वृहन्नला अवाक् थी। पांचाली घुटी जा रही थी। सुबक रही थी...और आँचल में मुख छिपाकर तीव्र गति से वहाँ से चली गयी।

किन्तु आज की रात कैसे कट सकेगी?...अब कहाँ जाऊँ? किससे कहूँ? भीमसेन! वृकोदर!...हाँ, वे वीर हैं। वे शान्ति देंगे...वे उसके अन्याय का प्रतिशोध लेंगे। और फिर चल पड़ी वह।

कैसी सुख की गहन निद्रा में निमग्न थे वे! वह दुःख और ईर्ष्या से तिलमिला गयी भीमसेन को सोते देख। सब व्यस्त हैं! सब सुखी हैं! सब मगन हैं! एक वही केवल अर्धरात्रि तक घूम रही है भग्नहृदय लिये प्रेतनी-सी। छिपती-छिपाती, सबकी दृष्टि चुराती। युधिष्ठिर द्यूतविलास में रत हैं। वृहन्नला राग-रागिनियों में, वृकोदर सुस्वादु व्यंजनों की गन्ध पाने और तृप्त होकर भोजन करके सोने में।

किन्तु जब पांचाली भीमसेन की शय्या पर बैठी तो उसका हृदय करुणा से द्रवित हो उमड़ पड़ा। ये महाकाय भीम दिनरात परिश्रम करते हैं महाराज की पाकशाला में एक साधारण सूपकार की भाँति, और रात को कैसे थककर सो रहे हैं! वह तो स्वयं पीड़ा भरी बदली-सी आयी थी किन्तु भीम को क्लान्त शिशु की भाँति गहन निद्रा में निमग्न देख उनकी पीड़ा से द्रवित हो अपना कष्ट कुछ क्षण को भूल गयी और उनके पुष्ट स्कन्ध तथा मांसपेशियों पर ममता से हाथ फेरने लगी।

भीमसेन द्रौपदी को निकट पा चौंक पड़े। विराट प्रासाद में वे लोग अज्ञातवास करने आये थे। किसी सन्देह को भी जन्म नहीं देना था, क्योंकि यदि किसी को ज्ञात हो गया कि वे पाण्डव हैं और सैरन्ध्री द्रौपदी है तो पुनः बारह वर्ष के वनवास का अभिशाप भुगतना होगा। परस्पर उन्होंने अपने सम्बन्ध भी नहीं बताये थे किसी को। वे लोग परस्पर एक-दूसरे से मिलते भी न थे। बात भी न करते। पति-पत्नी, भाई-भाई—सब एक-दूसरे के प्रति अपरिचितों की भाँति दूरी का व्यवहार रखते।...और रात के समय अचानक पांचाली भीम के कक्ष में!...उन्होंने तत्काल उससे वापस जाने को कहा। परन्तु वे समझ गये—पांचाली आपत्तिग्रस्त होकर आयी है। वे कातर हो तुरन्त उठ बैठे।

''कृष्णे! क्या हुआ तुम्हें?...क्या कष्ट है पांचाली?''

"महाराज युधिष्ठिर की पत्नी हूँ और कष्ट न हो! मुझसे कष्ट पूछ रहे हैं? एक हो तो बताऊँ। मेरे अपमानों को उँगली पर गिना जा सकता है क्या? महाबाहु! मेरी तो कष्टमाल्य दिन पर दिन सुदीर्घ होती जा रही है, और मेरे पतिगण नृत्य, संगीत, द्यूत, सुस्वादु भोजन आदि में मग्न हैं। कहाँ जाऊँ? कौन है मेरा सहायक?...

"कहो महाबाहु! मेरे जीने का कुछ प्रयोजन है? अपमान की ज्वाला में दग्ध हुई जा रही हूँ। भरी सभा में कभी और किसी राजरानी का अपमान हुआ है क्या? केशकर्षण के समय आपने शपथ ली थी, स्मरण है आपको? कितने देश-विदेश की पदयात्रा करती रही हूँ...! कितने जनपदों की धूल फाँकी है मैंने! कितने वर्षों से कन्द-मूल खाती रही हूँ...! और अब एक दूसरी रानी की सेविका बनी हूँ! अपने पतियों की सेवा नहीं कर पाती और महाराज विराट की सेवा में लगी रहती हूँ! उनके लिए गोशीर्ष, पद्मराग और हरिश्याम चन्दन पीसना पड़ता है, उनकी परिचर्या करनी पड़ती है!..."

उसके मन का समस्त आक्रोश युधिष्ठिर पर केन्द्रित था। जिस दिन से उसने पाण्डव-गृह में चरण रखा, दुःखों के मूल युधिष्ठिर रहे हैं। रह-रहकर उसका मन उनके विरुद्ध विद्रोह कर उठता, हर बार सव्यसाची ने उसे रोक दिया। यह करते-करते स्वयं सव्यसाची की क्या गति हो गयी है! उसका वह पुरातन सुप्त आघात नया प्रहार पाकर आज पुनः टीस उठा—

"आर्यपुत्र! क्या आपको ज्ञात है, मत्स्यराज विराट और, जो धर्मराज कहलाते हैं, मेरे पति के समक्ष दुष्ट कीचक ने मुझे अपमानित किया। उनके समक्ष उसने मुझ पर पादप्रहार किया और वे धर्मराज—मेरे पति—चुपचाप देखते रहे। कोई अन्त है मेरे कष्टों का? कोई सीमा है मेरी सहनशीलता की? आर्यपुत्र, अक्षधूर्त आर्य युधिष्ठिर का यह व्यवहार मुझसे सहन नहीं होता। वे दिनरात द्यूतमद में मत्त रहते हैं। उनकी इस द्यूतआसक्ति ने हमें कहीं का न रखा। उनकी मूर्खता के कारण और उनकी द्यूत-लिप्सा के कारण हम पर दुर्भाग्य टूट पड़ा है और वे मूढ़ की भाँति अभी भी उसी में लिप्त हैं। अपनी खोयी राजलक्ष्मी को पुनः प्राप्त करने का प्रयास भी नहीं करते। कैसे पुरुष हैं? उनकी जीविका द्यूत है? और वे राजसूय-यज्ञ सम्पन्न कर चुके हैं, उन्हें अपनी परतन्त्रता तनिक भी नहीं अखरती? कैसे पुरुष हैं वे? कितने राजा, ऋषि-मुनि उनकी उपासना करते थे, वे आज स्वयं एक अन्य राजा की उपासना कर रहे हैं। राजा विराट की सभा के एक साधारण से सदस्य बने हुए हैं किन्तु उनका स्वाभिमान लेशमात्र भी नहीं जागता!...कैसे पुरुष हैं वे?"

पांचाली के अन्तर का समस्त संचित पीड़ा-भार निकला जा रहा था। बहा जा रहा था—सहस्र धाराओं में प्रवाहित होता-सा।

"वृकोदर! आपको बल्लव के रूप में देखकर हृदय कचोटता है। अन्तःपुर की महिलाएँ एवं महारानी आप पर हँसती हैं। आप उनके हास-परिहास के विषय हैं। उनके उपहास के पात्र हैं। विराट नरेश जब आपको गजेन्द्रों से लड़वाते हैं, वे हँसती हैं

और मेरा हृदय अपमान से छटपटा जाता है। कितना संयम रखूँ स्वयं पर? कितना आत्म-नियन्त्रण? अपने पति से ही मैं मिल नहीं पाती! पतियों से भी अपरिचितों-सा व्यवहार करना पड़ता है! कुछ बोलती हूँ आपसे तो महिलाएँ हँसती हैं और लांछन लगाती हैं! ऐसे गुप्त रूप से छिपकर रहते-रहते मेरा मन व्याकुल हो उठा है, आर्यपुत्र! किसी से कुछ कह नहीं पाती। कितनी घुटन होती है मन ही मन! यह भी कैसी विधि की विडम्बना कि पति को सबके समक्ष पति नहीं कह पाती! पति के लिए कुछ कर नहीं पाती!...आर्यपुत्र! यह सब आपको क्षुब्ध नहीं करता... ?''

...और पांचाली ढह गयी भीमसेन के प्रशस्त वक्ष पर। भीमसेन गम्भीर होकर अपनी कातर वधू की पीठ पर हाथ फेर रहे थे। सत्य है, कितने कष्ट मिले हैं महाराज द्रुपद की राजकन्या को! भीमसेन विचलित थे।

''और महाबाहु! आर्य धनंजय को देखो। देवताओं और मनुष्यों पर विजय पायी थी, क्या इसलिए कि आज वे राजकन्याओं को नृत्य सिखाएँ? कहाँ गयी उनकी सारी शक्ति? उनकी विजय? वे आज कोमल-ललित प्रणय-गीत गा रहे हैं! और कहाँ गया उनका गाण्डीव? उनका श्वेतवाहन रथ? उनका कपिध्वज और उनका शौर्य-सूर्य-सा चमकता किरीट?

''यहाँ हम लोग किस दयनीय स्थिति में पड़े हैं...और कहाँ हैं हमारी धर्मशीला माता कुन्ती? कहाँ हैं मेरे पाँचों किशोर पुत्र, जिनको देखने को मेरा मन तड़प-तड़प उठता है? सब कुछ होते हुए भी कुछ भी नहीं है मेरे!...आर्य भीम, क्या माता कुन्ती को ज्ञात है कि कुन्तीनन्दन धनंजय इस प्रकार कन्याओं की सेवा में हैं? मुझे अन्धकार दिखता है चारों ओर। कोई आशा की किरण नहीं दिखती। कोई राह नहीं। हम लोग सदा-सदा ऐसे ही रहेंगे क्या? आजीवन? माता कुन्ती की यही तपस्या थी आप पाँचों भाइयों के पालन-पोषण के पीछे? इसी स्थिति के लिए उन्होंने कष्ट सहकर आप लोगों को बड़ा किया था? उनकी साधना का यही अन्त है? यही फल है?...''

भीमसेन का स्पन्दन तीव्र हो गया माता का स्मरण कर।

''और महाबाहु! क्या स्वर्गीय महाराज पाण्डु के पुत्र आर्य नकुल अश्वों की सेवा करने हेतु जन्मे हैं? आर्य सहदेव गोप बनने के लिए हैं? माता के सर्वाधिक प्रियपुत्र हैं वे और आज गेवत्स के चर्म पर सोते हैं! महाराज पाण्डु आज होते तो क्या स्थिति यही होती? यह सब देखकर मुझे ज्वर चढ़ आता है महाबाहु! इन सब दुःखों के कारण हैं—वे ही अक्षधूर्त आर्य युधिष्ठिर। केवल एक व्यक्ति की पौरुषहीनता, द्यूतलिप्सा एवं अकर्मण्यता के कारण हम दुख भोग रहे हैं''...

पांचाली ने अपना सिर अपने हाथों में थाम लिया। उसका वश चलता तो चारों भाइयों को वह युधिष्ठिर के विरुद्ध खड़ा कर देती, विद्रोह करवा देती।...भीमसेन विकल हो उठे।

''वृकोदर!...इन महाराज युधिष्ठिर ने हमें कहीं का नहीं रखा। न तो ये अग्रज के

कर्तव्य निभाते हैं, न पति के, न पुत्र के, न पिता के ही। इनके क्रियाकलापों से माता कुन्ती कहीं हैं, हम कहीं। इस वृद्धावस्था में कोई माता की सेवा कर पाता है क्या? वे कितने कष्ट में हैं! समूचा परिवार ही विशृंखलित हो गया है...टूट गया है। चारों अनुज कितनी यातना सह रहे हैं! पाँचों पुत्रों का पालन-पोषण द्वारका में हो रहा है। हम उनकी झलक तक पाने को...व्याकुल हो जाते हैं।'' पांचाली बालकों के स्मरण से रो पड़ी।

''और पत्नी के प्रति तो उन्होंने कभी कोई कर्तव्य नहीं निभाया। उन ही के कारण मैं, द्वारकाधीश श्रीकृष्ण की अनन्य सखी, महाराज द्रुपद की पुत्री, महाराज पाण्डु की पुत्रवधू और पाण्डवों की पत्नी पण्य बनाकर जुए के दाँव पर रखी गयी! केवल आर्य युधिष्ठिर के ही कारण आज महारानी सुदेष्णा की चेरी बनी उनकी परिचर्या करती हूँ। देखो मेरा फूटा भाग्य! कभी स्वप्न में भी सोचा था कि जैसे परिचारिकाएँ मेरी सेवा करती हैं, वैसे किसी दिन मुझे...किसी और रानी की...करनी होगी? वे स्वयं ही कहते हैं : 'भर्ता रक्षति यौवने' और आज तक किसी संकट से मेरी रक्षा नहीं की। कष्ट बढ़ते ही गये मेरे!

''आर्यपुत्र...अपने अनुजों को वस्तु की भाँति दाँव पर लगाया द्यूतविलासी ने!...मुझे पण्य समझा गया जुए में...मैं पण्य की भाँति दाँव पर लगायी गयी...मुझे भरी सभा में दासी कहलवाया...और अब दासी बनवा भी दिया...! अहो आर्यपुत्र! आप क्यों न हुए ज्येष्ठ भ्राता?'' और पुनः रुदन स्वर फूट पड़ा।

''आर्यपुत्र...मुझे अपना वनवास नन्दनकानन-सा प्रतीत होता है, बैकुण्ठ-सा प्रतीत होता है।...तब हम स्वतन्त्र तो थे...स्वाधीन तो थे। स्वच्छन्दता से शैल-शिखरों पर विचरा करते थे। उन्मुक्त वायुमण्डल में खुलकर श्वास लेते थे...वनवास के कष्ट, कष्ट नहीं थे वृकोदर! किन्तु यह पराधीनता...यह दासत्व...मेरा गला घोंटे दे रहे हैं।...यह अपमान सहा नहीं जाता...और आपके अक्षधूर्त अग्रज के कारण पग-पग पर अपमान झेलना पड़ता है। अपमान...ताड़ना...तिरस्कार...आदेश...धमकियाँ... और...और...पादप्रहार...! अहो आर्यपुत्र! आप क्यों न हुए ज्येष्ठ भ्राता...हम लोग स्वाभिमान से तो जिये होते...! हम पराधीन तो न रहे होते...! कहें आर्यपुत्र...आप क्यों न हुए पाण्डवों में अग्रज? अहो!...आप क्यों न हुए ज्येष्ठ भ्राता ऽ ऽ ऽ?''

उस पर जैसे उन्माद छा गया था। वह विक्षिप्त-सी हो उठी। दुर्बल कृशकाय हाथों में न जाने कहाँ से अपूर्व बल आ गया था। भीमसेन के वज्रकठोर बलिष्ठ कन्धों को पकड़कर झकझोरे डाल रही थी—

''आप क्यों न हुए ज्येष्ठ भ्राता...कहें महाभाग, आप क्यों न हुए...ज्येष्ठ... ?''

असहाय भीमसेन ने व्याकुल हो उस उन्मादिनी को कस लिया बाँहों में और अपना वेदनार्थ मुख छिपा लिया उसकी रूखी जटाओं में।

बुझती हुई दीपशिखा को ऊँचा किया भीम ने। उन्हें दिखाई पड़ी—श्रीहीन, शोभाहीन पांचाली। कितनी कृशकाय! कैसी पीतवर्णा! उसके लावण्यमय मुखमण्डल

की श्री कहाँ चली गयी? आभा लुट गयी थी जैसे। विशाल नेत्रों के नीचे कष्ट की काली छाया उभर आयी थी। रूखी दीर्घ केशराशि में वर्षों से तेल नहीं, सुगन्ध नहीं! फूलसज्जा नहीं! वेणी-शृंगार नहीं! दु:ख और करुणा की उस साक्षात् मूर्ति को भीमसेन विस्फारित नेत्रों से देखते रह गये। यह क्या हो गया पांचाली को? यह कैसी हो गयी!...

"लेकिन धन्य है आपकी—आप सबकी सहनशीलता!...धन्य है आपका धीरज, परन्तप! पत्नी को सुदेष्णा की चेरी बनाकर भी मन नहीं कचोटता आपका?...महाबाहु! मेरी यह कृशकाया देखकर, मेरी मृतप्राय स्थिति देखकर भी नहीं चेतते?...मेरा कैसा दुर्भाग्य! मेरी दुर्दशा देखकर रनिवास में रहनेवाले मेरे पति की अन्तरात्मा नहीं दुखती? कहाँ गयी उसमें रहनेवाली अग्निज्वाला? धधककर लपलपा क्यों नहीं उठती? कहाँ गया आप नरशार्दूलों का सिंह-धर्म? कैसे मृगों की भाँति दूर्वा चर रहे हैं!...ओ भगवन्...मुझे क्यों नहीं पुरुष बना दिया यदि इन सबका पौरुष हरना ही था!...तब अपने अपमान का प्रतिशोध मैं स्वयं तो ले लेती।..."

"अहो! मैं चन्दन लगाने के लिए जन्मी थी, पतियों ने मुझे चन्दन घिसने के लिए बना दिया! भय के मारे हाथ जोड़े मैं महारानी सुदेष्णा के समक्ष खड़ी रहती हूँ, काँपती हुई...धन्य है पाण्डवों का धीरज!...महाबाहु! ये देखो मेरे हाथ! चन्दन घिस-घिसकर कैसे छाले पड़ गये हैं इनमें...!"

भीम का कठोर संयम पिघला जा रहा था। कृशकाया पीतवर्णा प्रियतमा के दुर्बल रूखे निर्जीव से हाथों में छाले!...अहा! वे कितने असहाय थे! विवश! पांचाली के वे निर्बल हाथ उनके बलिष्ठ हाथों में थे। किन्तु उनके स्वयं के बलिष्ठ हाथ काँप रहे थे। उनका पूरा महाकाय शरीर कम्पित हो रहा था।

बस!

अब और नहीं।

और पांचाली के आभूषणहीन दुर्बल हाथों को वे अपने मुख से लगाकर रो पड़े।

धीरज टूट गया था, संयम टूट गया था। उनका विराट शरीर वेग से हिल रहा था। वे रो रहे थे। कितनी बार मन ने विद्रोह किया युधिष्ठिर की नीतियों के विरुद्ध, उनकी दुर्बलता, कायरता, भीरुता और अकर्मण्यता के विरुद्ध! किन्तु हर बार अर्जुन ने उन्हें सावधान कर दिया! अर्जुन ने जो स्वयं वृहन्नला बने आज अन्त:पुर की ललनाओं को प्रणय-पदावली पर भावनृत्य सिखा रहे हैं! भीम रो रहे थे, फूट-फूटकर रोती पांचाली को नन्हे अबोध शिशु की भाँति अपने विशाल वक्ष में समेटे। भीमसेन रो रहे थे। ग्लानि, पश्चात्ताप, दु:ख, क्रोध और विवशता सब कुछ मिश्रित हो जलधारा में बह रही थी। अब होगा अवश्य कुछ! भीमसेन रो रहे थे।

किन्तु पांचाली के मन में युधिष्ठिर के प्रति जो भयंकर वितृष्णा आ गयी थी, भीमसेन उससे विचलित भी थे।

जब संयत हुए तो उस आहत कपोती को समझाने लगे, "कल्याणी! थोड़ा धीरज

रखो। मैं उस अधम कीचक को वैसे ही पाँव-तले कुचल डालूँगा जैसे क्रीड़ारत गजराज कीचकवृक्ष को मसल डालता है। किन्तु भारती! तुम आर्य युधिष्ठिर को उपालम्भ न देना। वे चाहे जितने दुर्बल हों, दोषयुक्त हों, किन्तु अपने परिवार के ज्येष्ठ हैं। वे चाहे जितने स्खलित हों, किन्तु वे निष्कपट हैं, निश्छल हैं, सरल हैं। सरलता के ही कारण एक के बाद एक त्रुटि करते जाते हैं। किन्तु कल्याणी! यदि तुम उनको अधिक उपालम्भ दोगी, वे दुःखी होंगे। वे दुर्बल चित्त के भावुक व्यक्ति हैं, और नहीं सह सकेंगे। तुम्हारा उपालम्भ उनके लिए घातक सिद्ध हो सकता है। वे पलायनवादी हैं पांचाली! कहीं तुम्हारे उपालम्भ से ग्लानिवश वे प्राण-त्याग न कर दें! वे ऐसा कर सकते हैं। वे इच्छाशक्ति से हीन व्यक्ति हैं। अन्य सब बन्धु भी तुम्हारी बातें सुनकर ग्लानि से डूब जाएँगे। तुम्हारी रक्षा में तो असमर्थ रहे हैं निस्सन्देह, किन्तु ऐसी बात कहकर तुमने सबको नपुंसक बना दिया। ऐसे कठोर वचन पत्नी से सुनकर किस पति का हृदय विचलित नहीं हो जाएगा? तुम पर तो सब कितना निर्भर करते हैं ! तुम तो सब के जीवन की आधार हो, प्रेरणा हो। तुमसे सब साहस संचित करते हैं कि नारी होकर पांचाली इतने कष्ट सह रही है, तो वे क्यों नहीं सहें? तुम्हारा एक शब्द ही उनके साहस-दुर्ग को ध्वस्त करने के लिए पर्याप्त है!...सुश्रोणि! भाग्य बड़ा बलवान है। तुम तो धर्म की ज्ञाता हो, तुम नहीं जानतीं, जनकनन्दिनी वैदेही सीता ने कितने कष्ट सहे थे? यहाँ तक कि श्रीराम ने उनका परित्याग भी कर दिया। अपनी साध्वी, निर्दोष पत्नी का परित्याग कर दिया। किन्तु...धन्य हैं भगवती सीता। हृदय पर पाषाण रखकर उस महान् वेदना को भी झेल ले गयीं, किन्तु श्रीराम को उपालम्भ न दिया!''...

''हाँ आर्यपुत्र! भगवती सीता महान् थीं। मैं कितना प्रयास करती हूँ उनकी जैसी धैर्यशीला, सहनशीला बन सकूँ किन्तु यह तो आप भी मानेंगे महाभाग, कि कष्टों की ऐसी सतत श्रृंखला, अपमानों का ऐसा अनादि अनन्त प्रवाह भगवती सीता को भी नहीं झेलना पड़ा! एक-एक घटना मेरे हृदय को विदीर्ण किये डाल रही है। अपमान पर अपमान सहते-सहते स्यात् मैं सन्तुलन गँवा बैठी हूँ। मेरे अन्तर में कैसा एक तिक्त भाव स्थायी रूप से घर कर गया है! मुझे कुछ अच्छा नहीं लगता। लगता है, मेरा जीवन व्यर्थ है, निष्प्रयोजन है। केवल अपमान सह-सहकर जीना कोई जीवन है क्या? क्या मैं कीचक के अधीन रहूँगी? इसकी अपेक्षा तो मैं मृत्यु का स्वागत करूँगी! सहर्ष मृत्यु का वरण करूँगी। महाभाग! यदि वह अधम कल के बाद जीवित रह गया तो मैं विष घोलकर पी जाऊँगी। या वह जीवित रहेगा या मैं...''

भीमसेन का तन-मन सिहर गया। पांचाली जैसी दृढ़प्रतिज्ञ है, किसी से छिपा है क्या? वह जो एक बार कहती है, करती अवश्य है। कितने वर्षों से रूखी केशराशि फैलाये रहती है—इस प्रतीक्षा में कि जब दुःशासन के रक्त से उन्हें सिंचित करेगी तभी तेल-सुगन्ध सेवन कर पुष्पसज्जित करेगी उन्हें! भीमसेन ने आतुर हो दृढ़ता से उसका मुख बन्द कर दिया—

"मेरे रहते ऐसा न कहो! ऐसा न कहो भामिनी! तुम स्वयं शौर्य की मूर्ति हो, तुम ऐसे वचन बोलोगी तो साधारण लोगों का क्या होगा! तुम निर्जीव में प्राण संचार कर सकती हो! दुर्बल में शक्ति का संचार कर सकती हो! मिट्टी के ढेर में सिंह की हुंकार भर सकती हो! तुम ही हताश होकर मृत्यु की कामना करने लगीं! द्रुपदसुते, तुम अपने पराक्रमी पिता को भुलाये दे रही हो! अपने वीर भाई की उपेक्षा कर रही हो! वीर-माता! तुम्हारे पाँचों किशोर पुत्र और तुम्हारा नयनतारक अभिमन्यु—तुमसे जो प्रेरणा ले रहे हैं—वे सुनेंगे तो क्या होगा देवि? धीरज रखो, तुम्हारा कहा टल नहीं सकता। तुम्हारी रक्षा जटासुर से हुई, जयद्रथ से हुई। अब शपथ लेकर कहता हूँ कि उस कामोन्मत्त पापी को मैं पाषाण पर पटक-पटककर मृत्तिका-कुम्भ की भाँति चूर-चूर करके दिखा दूँगा। भले ही उसके बाद धर्मराज युधिष्ठिर कुछ भी कहें, भले ही युधिष्ठिर मत्स्यराज की उपासना में लगे रहें किन्तु जब तुम विषपान का सोच सकती हो, तो मेरे लिए और कोई उपाय नहीं!"

भीमसेन की मांसपेशियाँ कसमसाने लगीं। ग्रीवा तन गयी। शरीर युद्धोन्मुख हो चला।

विह्वल पांचाली ने नतमस्तक हो भीम के चरण-स्पर्श किये। भीमसेन ने अन्तिम निर्देश दिये। अन्तिम सान्त्वना दी। स्नेह दिया और विदा किया।

बाहर निकलकर जाते समय पांचाली धीर थी, गम्भीर थी, शान्त थी, आश्वस्त थी और निडर थी। उसका टूटा मनोबल लौट आया था। वैसी ही वनराज-वधू की-सी चाल! निर्भीक दृष्टि! दर्प से दमकता मुख! नेत्रों में दृढ़ता एवं गर्व! उसे जो नीचा दिखाएगा, वह खण्डित होगा; उसका जो अनिष्ट चाहेगा, वह नष्ट हो जाएगा।...

उस सन्ध्या कीचक उन्माद से छका फिर रहा था। आसवपान से आरक्त नेत्र, मिथ्याभिमान से तना वक्ष। आज उसने अत्यन्त बहुमूल्य स्वर्णाभूषण धारण कर रखे थे। एक ऐसी अपूर्व सुन्दरी ने, जिसका पृथ्वी पर कोई जोड़ नहीं, आज रात्रि उसे महाराज विराट की नृत्यशाला में आमन्त्रित किया था। दिन में नृत्यशाला में नृत्य संगीत गुंजरित रहता किन्तु रात्रि को वह जनशून्य हो जाती थी। आज रात्रि वहीं वह सौन्दर्यकामिनी मिलेगी जिसके पीछे माहों से बावला बना डोलता रहा था। अन्ततः उसकी विजय हुई थी। वह तो जानता है, कैसे नारी का हृदय वश में किया जाता है।

रूपगर्विता सैरन्ध्री ने प्रारम्भ में उसके कितने प्रणय-निवेदन ठुकराये थे और जब उसने अपनी शक्ति दिखाकर पादप्रहार किया...तो तुरन्त वह अबला झुक गयी। लातों के देव बातों से कहाँ मानते हैं! बड़ी घमण्डी है वह! महल के दास-दासियों, सेवक, परिचारकों से भी बात नहीं करती! पता नहीं किस गर्व में तनी रहती है? किन्तु कीचक ने उस गर्विणी का मान भंग कर दिया, दर्प चूर कर दिया। आज वह नृत्यशाला में अपूर्व

शृंगार के साथ कीचक की प्रतीक्षा करती मिलेगी! स्वागत करेगी! आत्मसमर्पण करेगी...

अंगराग, चन्दन-लेप, पुष्पमाला, रेशमी वस्त्र, बहुमूल्य मुक्तामाल्य, स्वर्णाभूषण, रत्नजटित किरीट आदि से आज कीचक ने अपना विशेष शृंगार किया था और वास्तव में वह आज अधिक सुन्दर एवं आकर्षक दिख रहा था। दर्पण में रूप देख-देखकर स्वयं मोहित हुआ जा रहा था कि आज वह गर्वीली सैरन्ध्री उसके रूप को देखकर लुट जाएगी। जैसे निर्वाणकाल में दीपशिखा और भी प्रभायुक्त हो प्रज्वलित हो उठती है वैसे ही कीचक का रूप आज द्विगुणित हो सबको लुभा रहा था।

उन्मत्त चरणों से वह अन्धकार एवं एकान्त में स्थित नृत्यशाला में पहुँचा और गद्गद हो उठा। विशाल स्वर्णजटित शय्या पर बहुमूल्य आवरण ओढ़े सैरन्ध्री उसकी प्रतीक्षा कर रही है। उसका स्वप्न सत्य हो गया। सैरन्ध्री ने छल नहीं किया। अपने गन्धर्व पतियों को नहीं बताया। स्त्रियों को आकर्षित करने का वशीकरण मन्त्र तो वह भलीभाँति जानता था। वह मग्न हो उठा।

उसे क्या पता था कि मृगचर्म ओढ़े साक्षात् नरव्याघ्र उसकी प्रतीक्षा कर रहा है। शय्या के किनारे बैठ सूतपुत्र कीचक ने आतुर हो हाथ बढ़ाया :

"सुभ्रु! तुम्हारे कारण सब छोड़ दिया। लावण्यमयी रानियाँ, रत्न-भण्डार, सम्पत्ति—सब तुम्हें ही अर्पित कर रहा हूँ। मानिनि! तुम्हारा भाग्य-भण्डार खुल गया। तुम्हें क्या बताऊँ प्रियतमे, कि मुझ पर तो बड़ी-बड़ी सती-साध्वी नारियाँ तक मरती हैं!...किन्तु मैं...मैं तो तुम्हें देखकर विह्वल हो गया।...कोमलांगी!..."

उसने झुककर सैरन्ध्री के कोमल करकमल को अपने हाथ में लेना चाहा कि भयंकरतम चीत्कार उसके मुख से निकल गया। समझ नहीं पाया, यह अकस्मात् क्या हुआ उसे। उसके हाथ को सैरन्ध्री का हाथ मोड़े डाल रहा था...तोड़े डाल रहा था। असह्य पीड़ा से छटपटाता वह मदान्ध पुकारने लगा, "सैरन्ध्री! यह क्या...तुम्हारे कोमल तन में इतना बल!...तुम मुझसे रुष्ट हो क्या अभी भी?"

आवरण फेंक भीमसेन उछलकर बैठ गये। 'हा हा हा हा...!' का अट्टहास गूँजने लगा नृत्यशाला में। भीम बायें हाथ से ही कीचक का दायाँ हाथ मोड़ रहे थे। वह आर्तनाद कर रहा था। भीम अट्टहास कर रहे थे।

"अधम! धूर्त! स्पर्श से भी नहीं पहचान पाता कि नारी का हाथ है या तेरे काल का? मद्यपी! दुराचारी! और तू बड़ा कामशास्त्र का ज्ञाता बनता है?"

और भीमसेन ने उसके पुष्पमाल्य विभूषित केश पकड़कर झटक दिये। कीचक व्याकुल हो उठा। अवश्य ही यह सैरन्ध्री का गन्धर्व पति है। और वह क्रोध से तिलमिलाकर गुँथ गया भीमसेन से। दोनों प्रबृद्ध वृषभों की भाँति टकरा रहे थे। क्रोधोन्मत्त मातंगों की भाँति लड़ रहे थे। अन्ततः कीचक दुर्बल मृग की भाँति उन नरशार्दूल के हाथों में छटपटाने लगा। वह यमराज का पाश था—उससे कैसे बचता? भयंकर ध्वनियाँ निकालते हुए वह चेतनाशून्य हो चला। क्रोध से विक्षिप्त गजराज जैसे शुण्ड में

लपेटकर शत्रु को घुमा रहा हो, ऐसे ही वृकोदर उसे उठाकर घुमा रहे थे। उन्होंने उसका कण्ठ दबा दिया, नेत्र फट पड़े। भीमसेन पर रक्त आरूढ़ था। उसे भूमि पर डाल प्रचण्ड हुंकारें भर-भरकर उस पर चढ़ गये। उस मरणासन्न अधम को पाँवों से रौंद-रौंदकर मार डालने से भी उन्हें सन्तोष नहीं हुआ। उसके हाथ-पैर तोड़-तोड़कर उन्हें धड़ में ही घुसा दिया—और फिर मांसपिण्ड के उस बीभत्स आकार को देखकर उन्मत्त रूप से ठठा पड़े—

"देखो याज्ञसेनी! कामोन्मत्त की स्थिति यही होती है। इसके अस्थि, चर्म, मांस का मैंने चूर्ण बना दिया। देखो, इस मांसपिण्ड को। यह मनुष्य दिखने के योग्य नहीं था। मनुष्य कहलाने के योग्य नहीं था। नीच योनि का कच्छप इसे बना दिया मैंने।"

पांचाली हतप्रभ थी। स्तम्भ से टिकी सोच रही थी—लीलामय! किन-किन पापियों, दुराचारियों की मृत्यु का निमित्त मुझे बनाएँगे?

नर्तनागार में सहस्रों प्रज्वलित उल्काएँ लिये हुए रक्षकों की भीड़ भय, आतंक और कौतुक से देख रही थी रुधिर में डूबे हुए उस अंगहीन कच्छप को।

भोर होते ही उपकीचकों की सेना ने पांचाली को पकड़ लिया और कीचक के साथ ही उसे भी जलाने को ले चले। भीमसेन ने तब साक्षात् गन्धर्वराज बन वृक्षों को उखाड़-उखाड़ उनसे ही एक सौ छह उपकीचकों को यमलोक पहुँचा दिया। दण्डपाणि यमराज-से वे किटकिटाकर दौड़ते और संहार करते। कुछ ही समय में उस क्षेत्र में एक सौ छह उपकीचक कटे पड़े थे, जैसे वन का वन कीचक-वृक्षों का कटा पड़ा हो।

व्यथित पांचाली रह-रहकर नीलकलेवर को स्मरण करती, दुहराती—कितना संहार भगवन्! मुझे निमित्त बनाकर किस-किस अधर्मी को दण्डित करोगे!

राजमहल में हलचल मची हुई थी। सैरन्ध्री के लौटते ही पुरुषगण भाग चले। उसके गन्धर्व पति द्वारा महासंहार जो सुन लिया था। नारियाँ कौतूहल से उसे देखतीं। विचलित वृहन्नला भी आकर पूछने लगी, "सैरन्ध्री, तू उन पापियों के हाथ से कैसे छूटी?"

सैरन्ध्री ने पलटकर व्यंग्य से उत्तर दिया, "जाओ वृहन्नले! तुम अन्तःपुर में आनन्द से तो हो इन राजकन्याओं के मध्य! मेरे कष्ट, पीड़ा से तुम्हें क्या!..."

वृहन्नला के मुख पर अथाह पीड़ा उभर आयी, "मैं भी महान् दुःख भोग रही हूँ सैरन्ध्री! मनुष्य दूसरे के हृदय की पीड़ा कभी समझ पाया है क्या? मैं जो अन्दर-अन्दर घुटती हूँ, मेरे कष्टों का तुमको अनुमान है क्या? मेरी जैसी शोचनीय स्थिति किसी की हुई है क्या...मेरा अन्तर्द्वन्द्व तुम क्या जानो!"

पक्षियों के सुमधुर सामगान से उसकी निद्रा टूटी। आज मन स्वयमेव ही प्रफुल्लित-सा लगा, जैसे किसी ने युगों से हृदय पर रखी विराट शिला का बोझ हटा दिया हो! वह

शय्या पर पड़ी मन्द-मन्द मुस्कराती रही। नयनों में प्रात: रश्मियों के साथ ही आशा की चमक आ गयी थी। अरुणोदय की लालिमा जैसे कपोलों पर भी छा गयी। गवाक्ष से झाँका तो देखा, भगवान भास्कर सप्तरंग अश्वों के स्वर्णरथ पर आरूढ़ हो अपना रत्नकिरीट झिलमिलाते सरिता-पार उदय हो रहे थे। पांचाली ने एक उन्मुक्त अँगड़ाई ली, और एकाएक पूर्णत: भारहीन हो गयी।

आज अज्ञातवास का अन्तिम दिवस था। बारह वर्ष का सुदीर्घ वनवास और एक वर्ष का वह प्राणलेवा अज्ञातवास! घुटन, पीड़ा, अन्तर्दाह और आत्मपीड़न के दीर्घ तेरह वर्ष पूरे हो गये। भोर वास्तव में सुहावनी थी। सुरभित मलय के झकोरे उसकी घुँघराली अलकों से अठखेलियाँ कर रहे थे। सुखद भविष्य का स्वप्न उस गवाक्ष की चौखट में धीरे-धीरे रूप लेता जा रहा था। धीरज, साहस, सहिष्णुता से प्रतीक्षा का युग समाप्त हुआ और अब अपमानपूर्ण दासत्व का युग भी गया। सब कुछ देख लिया। अपमान और उत्पीड़न भयंकर सर्पों की भाँति उसे सदा चारों ओर से घेरे फूत्कार करते रहे, दंश करते रहे। उनके प्रत्येक विकराल रूप से उसका साक्षात्कार हो चुका था। असुरक्षा, आक्रमण, दासत्व, चीरहरण, अपहरण, बलात्कार के प्रयास—सब तो भुगत लिये।

गवाक्ष के ऊपर शाखाओं में आम्रमंजरियाँ हौले-हौले डोल रही थीं, झूल रही थीं। वसन्त आ गया? कब से तो वसन्त आता ही न था। कितने वर्षों से वह वसन्त, फाल्गुन, श्रावण आदि विस्मृत कर चुकी थी! आज उसके कक्ष में आम्र बौर की मादक सुगन्ध व्याप्त थी। शान्त शीतल मलय की सुखानुभूति में वह डूबी हुई पड़ी थी। कोकिल का पंचम स्वर अभी मुखरित नहीं हुआ था किन्तु किसी सघन वृक्ष के ऊँचे शिखर पर विख्यात गायिका की भाँति वह अस्फुट स्वर-सन्धान कर रही थी। पूर्वाभ्यास-सा! कूकने को आतुर...किन्तु पंचम अभी फूटा न था।

द्वार पर हल्की-सी आहट हुई। पांचाली को स्वयं का मन-तन वर्षान्त की बदली-सा हल्का लग रहा था—रुई की फूही-सा हल्का। स्फूर्ति से तुरन्त शय्या से उतरी, द्वार खोला, वृहन्नला झपटकर अन्दर थी।

"तुम—वृहन्नला!"

एक वर्ष बाद यह पुनर्मिलन हुआ था। वृहन्नला शापमुक्त हो गयी थी। उनके कष्टों के दिन गये। युगों बाद जैसे मेघ उमड़े थे। पांचाली असीम सुख के क्षण में डूब गयी। अवश और निढाल। बोलना चाहती, अधर काँपकर रह जाते। देखना चाहती प्राणप्रिय को, अश्रुमाल्य देखने न देती। कण्ठ अवरुद्ध था। उसका हाथ स्वयमेव पहुँच गया, अर्जुन के स्कन्ध पर बने गाण्डीव की रगड़ के गहरे चिह्न पर—वह उसे अनजाने में सहला उठी।

अर्जुन आत्मविस्मृत खोये-से खड़े थे। कितने धैर्य से उन्होंने यह एक वर्ष काटा था, सर्वाधिक शोचनीय स्थिति तो उनकी ही रही थी। सर्वाधिक हास्यास्पद। किन्तु

उनकी साधु-प्रवृत्ति सहने में सहायक सिद्ध हुई थी। भाग्य के हिचकोलों में उन्होंने संयम नहीं गँवाया, धीरज नहीं गँवाया। सन्तुलन नहीं गँवाया। सन्तुलन नहीं खोया और तटस्थ बने रहे। गत पूरी रात्रि पलक भर भी न सो पाये और भोर होते ही व्याकुल अन्तर वे पांचाली के पास दबे पाँव आ गये।

पांचाली के प्रति वे स्वयं को अपराधी पाते। किन्तु कितने असहाय थे वे! पूरे वर्ष पांचाली विभिन्न आपत्तियों की लक्ष्य होती रही। अपमानित हुई। प्रताड़ित हुई। सम्मान के लिए भय, जीवन के लिए भय—क्या नहीं सहा पांचाली ने! वे राजकन्याओं के कोलाहल के मध्य सब सुनते और मौन रह जाते। क्या करते! सान्त्वना भी न दे पाते। पांचाली किस प्रकार दिन-प्रतिदिन कृशकाय हुई जा रही है! मुखमण्डल कैसा निस्तेज, पीतवर्ण पत्र-सा पड़ा जा रहा है! वे मौन रह जाते। सेवक-परिचारक उससे ठिठोली करते, वे चुप रह जाते। उसके लिए कुछ नहीं कर पाते, यही दाह उन्हें खाये जाता था। वे उद्विग्न होते उसकी झलक पाने को, किन्तु पांचाली स्वयं को उनसे कोसों दूर रखती। उनकी स्थिति देख उसकी स्वयं की पीड़ा जो द्विगुणित हो उठती थी। आज शापमुक्त होते ही वे उनींदे नयनों से अपनी अभिमानिनी प्रिया के निकट आ गये थे।

पांचाली की दुर्बल उँगलियाँ गाण्डीव की रगड़ से बने चिह्न को सहला रही थीं।

"हाँ रानी! गाण्डीव...अब पुन: गाण्डीव धारण करूँगा।" वे गुरुगम्भीर संयत स्वर में पहली बार बोले। पांचाली के नयन नीर हुए जा रहे थे। किसी के पास कुछ कहने को न था। गवाक्ष के बाहर सरिता, सूर्यदेव से लजाकर आरक्त हो उठी थी। अंशुमाली ने अपने स्नेहालिंगन में सरिता को अनुरागरंजित कर दिया था और सरिता ने अंशुमाली को उर में धारण कर लिया था। कौन किसके रंग में रँगा था, भेद ज्ञात न होता था।

अर्जुन स्वस्थ हुए। पांचाली के अश्रुसिंचित मुख को चिबुक पकड़कर उठाया। अश्रु पोंछे। बोले—

"भारती! अब दिन लौटेंगे। बस, आज और बुद्धिमत्ता, धीरज, चतुराई और सहनशीलता चाहिए।...कौरवगण महाराज विराट की गौओं का अपहरण कर ले गये हैं। राजकुमार उत्तर कौरवों के विरुद्ध युद्ध पर जाना चाहते हैं, किन्तु उनके पास कुशल सारथी नहीं है। जाओ...उत्तरा को समझाओ कि वृहन्नला पहले पाण्डुपुत्र अर्जुन की सारथी रह चुकी है, रथ-संचालन में उसकी कोई तुलना नहीं। मैं राजकुमार उत्तर का रथचालन करके अपनी प्रतिभा सिद्ध करूँगा, तब अपना परिचय दूँगा। महाराज विराट हमारे ऋणी रहेंगे। उनका गोधन वापस मिल जाएगा तो वे हमारे मित्र बन जाएँगे और भविष्य में हमारी सहायता करेंगे। तुम ऐसा उपाय करो कि उत्तर मुझे सारथी बनाएँ, और कौरवों को मैं पराजित करके आऊँ।"...

पांचाली का मुखारविन्द जैसे रवि के संस्पर्श से खिल पड़ा हो, "कौरवों को पराजित करने! आज ही की शुभवेला में! इससे अधिक और क्या शुभ हो सकता है

पार्थ! कौरवों को पराजित करके ही आना। सबको अपने शौर्य से स्तम्भित कर, चकित कर, तब परिचय देना उचित होगा। कौरवों को भी ज्ञात हो जाये, हम जीवित हैं, मृत नहीं। अकेले नहीं, हमारे साथ महाराज विराट हैं। और तब मेरे अपमान का प्रतिशोध लेना पार्थ! मेरा वेणीसंहार न भूलना! मैं जाती हूँ राजकुमारी उत्तरा को समझाने।''

11. ज्वाला पर्व

बारह वर्ष का वनवास एवं एक वर्ष का अज्ञातवास एक दीर्घ दुःस्वप्न की भाँति रहा। इस अवधि में अपमान, असुरक्षा, अपहरण, बलात्कार के प्रयास, विवशता, दैन्य, सब शिरोधार्य कर झेला था। वह अवधि अन्ततः समाप्त हुई और अब पाण्डवों का भविष्य के लिए चिन्तित होना स्वाभाविक था। वे सत्ताच्युत थे। राज्यच्युत थे। उनके पास आजीविका नहीं थी, और वे राजपुत्र थे! महाराज विराट उनकी सेवा से प्रसन्न थे, विशेष रूप से अर्जुन ने जिस प्रकार उनकी ओर से कौरवों को परास्त कर दिया था, उससे वे अभिभूत हो उठे। और अन्त में जब उनका परिचय मिला तो वे अवाक् रह गये। ये परमप्रतापी पाण्डुनन्दन उनके राजप्रासाद में दीन परिचारक बनकर रहे! राजरानी द्रुपदसुता स्वयं सैरन्ध्री बनी उनकी सेवा में रत रही। परिचय जानकर वे और भी हर्ष गद्गद हो उठे और अपनी अति लाड़ली राजपुत्री उत्तरा को उन्होंने अर्जुन को सौंपना चाहा। अर्जुन उसे पुत्रीवत् नृत्य-संगीत की शिक्षा दे चुके थे। वे अपनी पूर्व पत्नियों से प्रसन्न थे, सन्तुष्ट थे और दुःखिता-पांचाली के सतत हृदयदाह को स्वयं विजन बनकर और बढ़ाना नहीं चाहते थे। अतः अत्यन्त विनम्रता से उन्होंने उत्तरा को सौभद्र, अभिमन्यु के लिए स्वीकार कर लिया। महाराज विराट, महाराज द्रुपद, द्वारकाधीश श्रीकृष्ण—इस प्रकार पाण्डवों से वैवाहिक सूत्रों के सम्बन्धों में आबद्ध हो चुके थे और इस प्रकार पाण्डवों की स्थिति अपेक्षाकृत सुदृढ़ हो गयी थी।

महाराज द्रुपद के राजपुरोहित द्वारा पाण्डवों की ओर से पंचग्रामों की माँग कौरवों के समक्ष प्रस्तुत कर दी गयी ताकि शान्ति से समस्या सुलझ जाये एवं युद्ध की अग्नि से पाण्डव और कौरवकुल बच सकें; किन्तु दुर्योधन की हठ विश्वविख्यात थी, पंचग्राम तो क्या उसने स्पष्ट कर दिया था कि सूची के अग्र भाग जितनी भूमि अथवा तिलभर भूमि भी वह पाण्डवों को नहीं देगा। महाराज धृतराष्ट्र व्याकुल हो गये। श्रीकृष्ण सहित

वृष्णि–अन्धक पाण्डवों के सखा हैं। पांचाल एवं मत्स्यराज पाण्डवों के सखा हैं, कहीं वे शूरवीर पाण्डव सबकी सहायता से कौरवों पर आक्रमण तो नहीं कर देंगे! उन्होंने संजय को भेजा, पाण्डवों की सैन्य स्थिति का आकलन करने, उनके मन्तव्य को समझने के लिए। संजय सब देख आये, सुन आये और महाराज धृतराष्ट्र के समक्ष श्रीकृष्ण की घोषणा भी प्रस्तुत कर दी कि यदि युद्ध हुआ तो भयंकर होगा अत: श्रेयस्कर होगा कि समय रहते महाराज धृतराष्ट्र अपने दु:साहसी कुपुत्र दुर्योधन को पाँच ग्राम पाण्डवों को दे देने के लिए प्रोत्साहित करें व युद्ध से रोकें।

इधर युधिष्ठिर भी व्याकुल थे। दुर्योधन हठधर्मी है। पितृव्य महाराज धृतराष्ट्र में पुत्र को सन्मार्ग पर लाने का बल नहीं। यदि पाण्डवों को पाँच ग्राम नहीं मिले तो पाण्डव कहाँ जाएँगे? क्या करेंगे? कैसे जीवन–यापन करेंगे? यदि कुपित हो कौरवों से युद्ध किया तो...तो...अहो! युद्ध...! धर्मराज का हृदय काँप गया युद्ध की विभीषिका की कल्पना कर। और उन्होंने विकल हो नन्हे नवजात श्वान–शिशु को हृदय से लगा लिया। युद्ध नहीं होना चाहिए किसी भी स्थिति में। क्या कोई ऐसा नहीं जो महाराज धृतराष्ट्र को समझा सके? जो पितामह को इस युद्ध की विभीषिका से परिचित करा सके? जो द्रोणाचार्य को युद्धविमुख कर दे? जो दुर्योधन को पाँच ग्राम पाण्डवों को देने के लिए प्रेरित कर सके, बाध्य कर सके? इसी गम्भीर चिन्ता में मग्न वे वहाँ पहुँचे जहाँ वृष्णि–कुलनन्दन श्रीकृष्ण, महाराज सात्यकि एवं पाण्डव–बन्धु पांचाली के साथ बैठे मन्थन–रत थे।

उनकी दृष्टि श्रीकृष्ण पर स्थिर हो गयी। कौरव श्रीकृष्ण का अत्यन्त आदर करते हैं। भीष्म पितामह, महात्मा विदुर, द्रोणाचार्य, कृपाचार्य, महाराज धृतराष्ट्र एवं महारानी गान्धारी आदि सब द्वारकाधीश को पूज्य भाव से देखते हैं। यदि यदुश्रेष्ठ स्वयं कौरव–श्रेष्ठों को समझाएँ तो निश्चय ही युद्ध टल जाएगा। यदुनन्दन दोनों कुलों में पूज्य हैं अत: दोनों कुलों में सन्धि करा सकते हैं। नहीं तो युद्ध...!...युद्ध!...अहो! एक ही परिवार के जन परस्पर कट मरेंगे! धर्मराज का हृदय प्रकम्पित हो उठा। नहीं! नहीं! नहीं! युद्ध नहीं...सन्धि! सन्धि!

"जनार्दन!"

विचलित हृदय युधिष्ठिर के मुख से प्रकम्पित स्वर निकला। जनार्दन ने मुख उठाया—युधिष्ठिर का पीतवर्ण मुर्झाया मुखमण्डल देख उन्हें किंचित् भी आश्चर्य न हुआ। वे क्या नहीं जानते थे? क्या छिपा था उनसे? क्या वे युधिष्ठिर को नहीं जानते? क्या वे अर्जुन को नहीं जानते? वे शान्तचित्त रहे।

"वासुदेव! क्या ऐसा कोई उपाय नहीं जिससे हम युद्ध से बच सकें? कोई उपाय, जिससे भयंकर रक्तपात से कुरुकुल को सुरक्षित निकाला जा सके? मेरी अन्तरात्मा मुझे युद्ध के लिए प्रेरित नहीं कर पा रही। युद्ध कभी अच्छा नहीं, किसी स्थिति में उचित नहीं।...मैं शान्ति का उपासक हूँ। मैं मित्रता, बन्धुत्व, सौहार्द एवं

मानवता का उपासक हूँ। यह प्राचीन गौरवपूर्ण कुरुवंश विघटित होने से...खण्डित होने से बच जाये—ऐसा कोई उपाय आप ही कर सकते हैं अच्युत!''

''क्या उपाय धर्मराज? आपके मन में किस प्रकार के उपाय की कल्पना है?''

''जनार्दन! आप मध्यस्थता करें तो निश्चित रूप से शान्ति स्थापित हो सकेगी। आप हमारे तो पूज्य हैं ही, कुरुश्रेष्ठ भी आपको अत्यन्त सम्मान देते हैं। आप ही उन्हें समझा सकते हैं। हमारा सन्धि का प्रस्ताव आप ही भलीभाँति वहाँ प्रस्तुत कर सकेंगे। हमारे पक्ष को आप ही समुचित रूप से प्रस्तुत कर सकते हैं। वे आपकी बात मानेंगे मधुसूदन! हमें केवल पाँच ही तो ग्राम चाहिए—अविस्थल, वृकस्थल, माकन्दी, वारणावत एवं अन्य कोई भी पाँचवाँ ग्राम हमें मिल जाये। हम सन्तुष्ट हो जाएँगे। हम अत्यन्त विनम्रता से और विनय से केवल पाँच ग्राम की माँग कर रहे हैं। हमें युद्ध नहीं करना! हम रक्तपिपासे नहीं! हम आततायी नहीं, हत्यारे नहीं! हम शान्ति चाहते हैं। केवल अपनी शान्ति नहीं, सबकी शान्ति—पाण्डवों की शान्ति, कौरवों की शान्ति, विश्व की शान्ति!''

सभा में निस्तब्धता थी। लीलामय गम्भीर थे। मौन थे। शान्त थे। उनके मौन से युधिष्ठिर प्रोत्साहित हुए।

''हिंसा अच्छी वस्तु नहीं, जनार्दन! युद्ध श्रेयस्कर नहीं। हिंसा सर्वथा अनुचित है। नीच व्यक्तियों का भी वध अनुचित है, शत्रुओं का भी वध अनुचित है, पाप है। फिर अपनें ही सगे-सम्बन्धियों, गुरुजनों, भाइयों व सखाओं का वध कैसे उचित हो सकता है? युद्ध कितने अनुचित एवं क्रूर तथ्यों पर आधारित है, वार्ष्णेय! अधर्म एवं अन्याय पर आधारित युद्ध कैसे धर्मोचित एवं न्यायोचित हो सकता है? हिंसा, क्रूरता, निर्ममता एवं नृशंसता का पोषक है युद्ध वासुदेव! युद्ध मुझे कभी प्रभावित नहीं कर पाया। हिंसा मुझे कभी उचित नहीं लगी।...

''और वार्ष्णेय! यह क्षात्रधर्म अन्ततः है क्या? केवल हिंसा? बलशाली की विजय? निर्बल का पराभव—यही है क्षात्रधर्म? जो बलशाली होता है, वह अपनी क्रूरता के आधार पर विजयी होता है, तो क्या वह मत्स्यन्याय नहीं? बड़ा मत्स्य छोटे मत्स्य को निगल लेता है। मत्स्य ही मत्स्य की आजीविका है, भोजन है, तृप्ति का साधन है। इसी प्रकार एक क्षत्रिय सदा दूसरे क्षत्रिय को मिटा देने को आतुर रहता है। क्षमा करें मधुसूदन! किन्तु यह धर्म मेरा मर्मस्पर्श नहीं कर पाता। यह क्षात्रधर्म क्या श्वानधर्म की भाँति नहीं? एक श्वान दूसरे श्वान को देखते ही भौंकता हुआ झपट पड़ता है। एक श्वान दूसरे श्वान के अस्तित्व को सह नहीं पाता। हम क्षत्रियगण क्या ऐसा ही आचरण नहीं करते? क्षुद्र आचरण? हम इसी प्रकार पशुवत् आचरण नहीं करते क्या? कितना क्रूर है यह क्षात्रधर्म...निर्दयतापूर्ण, घृणित!...

''और माधव! युद्ध में कितनी धन-जन की हानि होती है! जो विजयी होता है, वह भी बाद में सुख-शान्ति अनुभव कर पाता है क्या? विशाल नरसंहार करके उसके

अपने मन की सुख-शान्ति का भी संहार नहीं हो जाता क्या ? विजयप्राप्ति के पश्चात् तो स्थायी शत्रुता का आधार तैयार होता है। शत्रुता परस्पर स्थायी होती जाती है। विजयी सदा पराजित की ओर से आशंकित बना रहता है। पराजित सदैव दुःख और अपमान से पीड़ित रहता है और प्रतिशोध की ज्वाला से सुलगता रहता है। अशान्ति और क्लेश उसे पलभर भी चैन नहीं लेने देते। नहीं जनार्दन, नहीं! युद्ध हमें नहीं चाहिए। हमें तो केवल पाँच ग्राम चाहिए। कुरुश्रेष्ठ महाराज धृतराष्ट्र से हमारी यही याचना है, यही विनती है। मधुसूदन!...मेरा अनुरोध आप अवश्य स्वीकार करें! आप ही कौरवों को हमारी यह याचना प्रेषित करें। आप उन्हें समझा सकते हैं। आपके कथन का प्रभाव श्रेष्ठ होगा, यह मेरा दृढ़ विश्वास है। हमारी समस्या सुलझ जाएगी बिना रक्तपात के, बिना युद्ध के।''

वासुदेव के प्रशस्त ललाट पर रेखाएँ गहरी हो गयीं, भँवों में बल पड़ चुके थे। युधिष्ठिर की क्षात्रधर्म विमुखता एवं अतिशय दीनता से वे झुँझला उठे। उनके रक्तकमल नेत्र ऊपर उठे और सम्मुख कुछ दूर बैठी याज्ञसेनी के दृग-युगल से मिले। अथाह वेदना का पोषण करनेवाले उसके नयनों ने श्रीकृष्ण का मर्म भेदकर रख दिया। पीड़ाश्रु केवल एक ही था—दाहिने नेत्र में। लेकिन क्रोध दोनों नयनों में था। हताश सुकुमार उँगलियाँ रूखी, सुदीर्घ, घुँघराली अलकों में वेग से घूम रही थीं। पीड़ा एवं क्रोध का ऐसा अनोखा मिलन कदाचित् ही देखने को मिलता है।

वह नारी थी, किन्तु पौरुष की अनन्य उपासिका। शौर्य की पुजारिन। क्षत्रिय-पुत्री, क्षत्रिय-पत्नी एवं क्षत्रिय-माता। यहीं साम्य था। कृष्ण एवं कृष्णा में यहीं पर तो साम्य था। परस्पर सखा-भाव था। जो पौरुष पाण्डवों में नहीं था, वह श्रीकृष्ण में था और जो पौरुष पुरुषों में न था, वह पांचाली में था। श्रीकृष्ण और कृष्णा दोनों का विचार-धरातल एक था। दोनों के चरित्रगुण एक थे। दोनों के स्वभाव-गुण एक-से थे। दोनों बौद्धिक धरातल पर एक-दूसरे के अनन्य प्रशंसक थे। उन दोनों के बौद्धिक धरातल पर पहुँच सकनेवाला वहाँ उपस्थित महानुभावों में कोई न था। श्रीकृष्ण एवं याज्ञसेनी कृष्णा—एक-दूसरे का मन समझते थे, मन रखते थे। एक-दूसरे की पीड़ा समझते थे। अद्‌भुत सखा-भाव था दोनों में। दोनों एक-दूसरे के प्रशंसक, भक्त एवं सखा एकसाथ थे। द्रौपदी की व्यग्र उँगलियाँ वेग पकड़ती जा रही थीं, जैसे एक-एक केश को वह एक-एक कौरव समझकर समूल उखाड़ देना चाहती हो, नष्ट कर देना चाहती हो!

'केशों के साथ निर्दयता नहीं पांचाली!' नयनों से ही कहा उन्होंने एवं आश्वस्त किया उसे।

''किन्तु धर्मराज! याचना करना क्षत्रिय का नैष्ठिक अथवा स्वाभाविक कर्म नहीं। श्रेष्ठ पुरुषों का कथन है कि क्षत्रिय को भिक्षा नहीं माँगना चाहिए। और आप ऐसे प्रतापी अजमीढ़ वंश के श्रेष्ठ क्षत्रिय होकर भिक्षा माँगने को तत्पर हैं ? आश्चर्य! पुरुषार्थ से पंचग्राम उपलब्ध करना तो क्या, एक ग्राम भी उपलब्ध करना श्रेयस्कर है किन्तु भिक्षा में तो एक सहस्र ग्राम भी नहीं लेने चाहिए। धर्मराज! क्षत्रिय का स्वाभाविक

कर्म है दान देना, दान लेना नहीं। दान लेना उसका कर्म भी नहीं और धर्म भी नहीं। संग्राम करिए और एक ग्राम की भी उपलब्धि हो तो वह अधिक सम्मानपूर्ण होगा आपके लिए। किन्तु भिक्षा में आप असंख्य ग्राम भी प्राप्त करें तो इस अपमानपूर्ण स्थिति से कभी न उबर पाएँगे। राजन्! क्षत्रिय के समक्ष दो ही विकल्प हैं—या संग्राम करे, या फिर प्राणोत्सर्ग कर दे। यही सनातन धर्म है। यही क्षत्रिय का स्वधर्म है। दीनता नहीं, क्षत्रिय में वीरता होनी चाहिए। कायरता नहीं, शूरता होनी चाहिए। आप क्या सोचते हैं, वे नीच पातकी कुरुपुत्र आपके दीन वचनों से पिघल जाएँगे? जब तक आप ऐसी विनय दिखाएँगे, वे तृणभर भूमि भी न देंगे—इतना समझे रहिए; बल्कि आपकी कायरता पर वे हँसेंगे। आपका उपहास करेंगे एवं आपकी दुर्बलता भलीभाँति समझकर और भी अधिक दर्प से अकड़ेंगे।''

श्रीकृष्ण ने बोलना प्रारम्भ किया था नीचे स्वर में, शान्त एवं संयत स्वर में; किन्तु अब उनका स्वर ऊँचा उठने लगा, और शनैः-शनैः प्रखर हो चला। ओजपूर्ण वाणी में वे लगभग गर्जन कर उठे अब—

''धर्मराज! वे दुष्ट कुरुपुत्र इतने अधम निकले कि आपको—अपने ज्येष्ठ भ्राता को ही कौपीन धारण करा दी। आपको दीर्घकाल के लिए वनवास के कष्ट दिये। और कभी क्या भूल से भी पश्चात्ताप प्रकट किया?...और ऐसे अधर्मियों से आप याचना कर रहे हैं! झोली फैलाकर भिक्षा माँग रहे हैं! भीष्म पितामह, द्रोणाचार्य, कृपाचार्य, महाराज धृतराष्ट्र, समस्त राजसमाज एवं चातुर्वर्ण्य नागरिकों की उपस्थिति में देखते-देखते द्यूतक्रीड़ा द्वारा छल से आपको ठग लिया। किसी ने उठकर प्रतिवाद किया? और उन्होंने बाद में भी लज्जा प्रकट की? आपसे क्षमा-याचना की?...आपसे अनुरोध किया कि जो कुछ अतीत में हुआ—उसे वे भूलना चाहते हैं? ऐसे दुराचारियों का वध करने में आप हिचकिचा रहे हैं? न्याय-तुलाधारी धर्मराज! कहाँ गया आपका धर्माधर्म विवेक? आपकी न्याय भावना?...राजा का कर्तव्य है कि निष्पक्ष भाव से न्याय करे और न्याय करते समय अपने और पराये का भेद मिटा दे। यदि अपने सगे भाई ने भी दुराचार किया है, तो निःसंकोच भाव से उसे कठोर दण्ड देना राजधर्म है। आप कैसे राजन्य हैं? न्याय के आसन पर बैठकर भी आप अपराधी को अपराधी नहीं कह सकते? दोषी को दोषी नहीं कहेंगे? ऐसे दुराचारी कुपात्रों को दया-दान करना चाहते हैं? क्या यह मोहजन्य मूढ़ता नहीं?''

लीलामय की भृकुटि कमान बन चुकी थी। नेत्रों में जैसे असंख्य रक्तप्रत्यंचाएँ तनी हुई हों। अधर फड़क-फड़क उठते थे।

''धर्मराज! मुझे आश्चर्य है, आप इतनी शीघ्र ही भूल गये, उस कुटिल दुर्योधन ने क्या कहा था?...दुर्योधन ने अत्यन्त अपमानजनक शब्दों में कहा था कि पाण्डवों के पास अब 'स्व' या निजी कहलाने योग्य किंचित् मात्र भी वस्तु नहीं रह गयी। केवल अपने नाम एवं गोत्र को छोड़कर, और उनके नाम-गोत्र भी शीघ्र ही मिट जाएँगे।

सत्यवादी युधिष्ठिर! इस तिक्त वाक्य को आप मधुर पेय-सा पान कर गये और आपके अन्तर में इस वाक्य ने दाह तक न उत्पन्न किया! मुझे आश्चर्य है, आप अपनी सुमंगला भार्या का जिसकी रक्षा, जिसके सम्मान की रक्षा का दायित्व आप पर है, अपमान तक भूल गये! आपके रहते पापी दु:शासन यह दु:साहस कर सका कि पवित्रमना मेरी सखी, इस भारती के केश पकड़कर खींचते हुए उसे राजसभा में ले गया! आपके रहते उसे अनाथ, असहाय 'गौ' कहा गया! उस निर्दोष, एकाकिनी अबला को सामूहिक रूप से अपमानित किया गया! आपकी पत्नी को निर्वस्त्र करने का प्रयास वे दुराचारी करते रहे और धर्मराज बैठे अधर्म देखते रहे? धर्मराज! धर्मराज शब्द से सर्वप्रथम मैंने ही आपको उद्‌बोधित किया था क्योंकि आपमें सरलता, उदारता, दया, करुणा व विनय आदि मानवीय गुण अपार हैं किन्तु धर्माधर्म का विचार आपमें न होगा, यह तो मैंने नहीं सोचा था। धर्मराज की उपाधि से अलंकृत होकर भी आप अधर्म के सहायक हुए और स्वयं पर आश्रित अपनी अर्धांगिनी, इस निर्बल द्रुपदसुता पर अधर्म होते देखते रहे! यदि उस समय आप दासधर्म में बद्ध थे तो अब क्या बाधा है? अभी इस क्षण भी वह सब स्मरण करके आपको ग्लानि नहीं होती? प्रतिशोध की ज्वाला नहीं धधक उठती आपके क्षत्रिय-अन्तर में? महाप्रतापी महाराज पाण्डु के उत्तराधिकारी, युवराज, ज्येष्ठ पुत्र, धर्मराज युधिष्ठिर की शिराओं में—धमनियों में रक्त नहीं दौड़ता? और आप क्षत्रिय हैं! आप राजा रहे हैं इन्द्रप्रस्थ के? और आप धर्मराज हैं?..."

सभा में सन्नाटा खिंच गया। श्वास तक लेने की ध्वनि स्पष्ट सुनाई देती थी। नतमस्तक सब चिन्तामग्न थे। कोई विचारमग्न! कोई ग्लानि तो कोई पश्चात्ताप से शीश झुकाये।

"राजन्...! सन्धि समकक्षों से की जाती है। यह अधम पापी दुर्योधन कहाँ से आपके समकक्ष हो गया?

"इनसे सन्धि करना चाहते हैं? इनका वध करने से बचने को आप धर्म की दुहाई देते हैं? किन्तु स्मरण रखिए धर्मराज, जिस प्रकार सर्प सदा वध्य है और सर्प वध से पाप नहीं लगता, उसी प्रकार दुर्योधन वध्य है। वह पतित व्यक्ति ऐसे वृक्ष के समान है जिसका मूल नष्ट हो गया है। मानवमात्र का मूल धर्म में होता है, और वह अधर्मी है। ऐसे कुपात्र पर अपने दयाभाव का अपव्यय न करें, युधिष्ठिर! इसमें द्विधा का प्रश्न ही कहाँ है? क्षत्रिय का मार्ग एक है—पराक्रम का मार्ग। वही सुपथ है। वही धर्म है। पराक्रम दिखाइए! शौर्य से अधर्मियों को समाप्त कर पृथ्वी का भार हल्का करिए! असहाय पत्नी के अपमान का प्रतिशोध लीजिए! पत्नी आप पर आश्रित है। उसे निराधार छोड़ना अधर्म है। उसकी रक्षा का दायित्व आपका था, आप नहीं निभा पाये।...किन्तु अब समय रहते प्रतिशोध तो लीजिए! पत्नी के प्रति आपका कोई कर्तव्य नहीं?"

उत्तेजित श्रीकृष्ण धाराप्रवाह बोल रहे थे। सभा में नीरवता थी। लोग रोमांचित

थे। वे कुछ धीमे पड़े। फिर कुछ सोचकर बोले—

''मैं आपका सन्धि-प्रस्ताव लेकर अवश्य हस्तिनापुर जाऊँगा धर्मराज! सम्भव होगा तो युद्ध टालूँगा। किन्तु साथ ही दुर्योधन द्वारा किये गये अनर्थ एवं कुकर्मों को जग को बताऊँगा। जो भूपालगण अनभिज्ञ हैं, उन्हें दुराचारियों के अधर्म से अवगत कराऊँगा। कुरुपुत्रों के दुर्गुणों का उद्घाटन करूँगा। विभिन्न नरेशों को उनसे विमुख करने का प्रयास करूँगा। आपके पक्ष में तर्क दूँगा। चारों वर्णों को समझाऊँगा। नगरवासियों को सब बताऊँगा। पुरवासियों को समझाऊँगा। आबाल-वृद्ध, स्त्री-पुरुष—सबको समझाऊँगा कि कुरुपुत्र दुर्योधन कितना पतित है और महाराज धृतराष्ट्र पुत्रमोह में कितने अन्धे कि उचित-अनुचित और नीति-अनीति का विवेक भी भुला बैठे हैं। सबको बताऊँगा कि पुत्रों के दुराचार को ज्ञानचक्षुहीन माता-पिता ने जानबूझकर अनदेखा किया है। मैं सबको प्रभावित करूँगा। आपके पक्ष में सुदृढ़ जनमत तैयार करूँगा ताकि यदि युद्ध-वेला आये तो बुद्धिमान महीधर आपकी ओर से युद्ध में भाग लें और उन क्रूर कर्मियों का निःसंकोच हो संहार करें। मुझे अनुभव हो रहा है, युद्ध अवश्यम्भावी है, अनिवार्य है। युद्ध होकर रहेगा और कुरुवंशी परास्त होंगे। उनका वंश निर्मूल हो जाएगा...''

''नहीं...नहीं...जनार्दन! नहीं...नहीं...! ऐसा न कहें!...''

अनायास भीमसेन का विचलित कण्ठस्वर सुनकर सब स्तम्भित रह गये।

''वासुदेव! युद्ध की भयंकर विभीषिका से कृपया वृद्ध कुरुवंशियों को भयभीत न करें। दुर्योधन कुकर्मी है। किन्तु उसके पापकर्मों के लिए वयोवृद्ध कुरुवंशियों को क्यों दण्डित किया जाये? भरतवंशियों का नाश न हो माधव! भरतवंशियों का संहार न हो। इतना प्राचीन वंश, इतना गौरवशाली वंश निर्मूल न हो! नष्ट न हो जनार्दन! आर्य युधिष्ठिर युद्धविरत हैं। अर्जुन स्वाभाविक रूप से ही दयालु हैं। मैं भी अनावश्यक संहार नहीं चाहूँगा अपने बन्धुओं का।...युद्ध नहीं अच्युत! युद्ध अत्यन्त दारुण होगा। एक परिवार में ही होगा। भरतवंशी भरतवंशी को मारेंगे, भारत-भारत को मारेंगे!...और वार्ष्णेय! विजय किसी की भी हो...यह परिवार नष्ट हो जाएगा, निर्मूल हो जाएगा। युद्ध नहीं अच्युत, युद्ध नहीं...!''

श्रीकृष्ण विस्मय से प्रचण्ड वीर भीमसेन को देखते रह गये। पूरी सभा अवाक् थी। किसी को अपने कानों पर विश्वास न हुआ। पांचाली हतप्रभ थी। उसके विस्फारित नेत्र वृकोदर पर टिके रह गये थे। ये भीमसेन हैं? इनके ऊपर किसी ने जादू कर दिया क्या? क्या कभी सागर का गम्भीर गर्जन भी सरिता की कोमल कलकल में बदल सकता है? क्या कभी विशाल अश्वत्थ भी माधवी लतिका-सा वायु प्रकम्पित हो लहराने लगता है? असंख्य पशु-पक्षियों के आश्रयदाता महाकाय वटवृक्ष को भी क्या कोई पक्षी चंचु में तृणवत् दबाकर उड़ सकता है? नगाधिराज हिमालय क्या कभी नवनीत से आच्छदित हो सकता है?

श्रीकृष्ण मन्द-मन्द मुस्कराये। भीमसेन अग्रज के प्रभाव में हैं। इसीलिए पराक्रम

की अग्नि अन्तर में सुप्त है। श्रीकृष्ण से किसके अन्तर की दुर्बलता छिपी थी? उनसे क्या कार्य असम्भव था? अग्नि है, किन्तु सुप्त है, उसे दहकाना है। तत्काल श्रीकृष्ण प्रबल प्रभंजनकारी पवन बन बैठे ताकि भीम के शौर्य की सुप्त अग्नि उद्दीप्त हो ज्वालामयी बन सके—

"दीनसेन! यह तुम्हारे मुख से कैसे दीन वचन निःसृत हो रहे हैं? तुम जो अब तक प्रतिशोध की भावना से सदा उद्वेलित रहते थे, आज सन्धि की बात कर रहे हो? तुम प्रतिशोध की भावना से इतने व्यग्र रहते थे कि रातों को सो नहीं पाते थे! तुम्हारी जगविख्यात क्षुधा उड़ गयी थी और आज तुम्हारे अन्तर में कहाँ से यह करुणा का स्रोत फूट पड़ा है? हे शाश्वत उद्विग्न! सदा के अशान्त मन! आज ही तुम्हें शान्ति सूझी है? तिलभर की बात में उत्तेजित हो उठनेवाले वृकोदर! तुम अपने क्रोध एवं भावावेश के लिए प्रसिद्ध रहे हो। तुम्हें प्रतिशोध की ज्वाला से सतत उद्‌भासित पा लोगों को तुम्हारे उन्मादित होने का भ्रम रहा है। तुम्हें लोग विक्षिप्त समझते रहे हैं। अपमानपूर्ण विगत इतने वर्ष तुमने कैसे-कैसे काटे हैं, मुझसे छिपा है क्या? सच कहो दीनसेन, अपनी विवशता पर एकान्त में तुम कितनी बार रोये हो? दीर्घ निःश्वासें ले-लेकर, करवटें बदल-बदलकर कितनी रातें काटी हैं? आँख मूँदकर घण्टों बैठकर कुरुवंशियों को दण्डित करने के लिए क्या-क्या योजनाएँ बनायी हैं? तुम बावरे से घूमते थे कि जैसे ही तेरह वर्ष की अवधि समाप्त हो, तुम कुरुपुत्रों को मसल कर रख दोगे...

"पाण्डुनन्दन भीम! एकान्त में ओष्ठ चबा-चबाकर और भृकुटि टेढ़ी कर तुमने कितनी बार शपथ ली है कि अपनी गदा से उन दुराचारियों के तन चूर्ण-चूर्ण कर दोगे? तुम तो उनके प्राण हरने वाले थे, तुम आज युद्ध से भयभीत हो उठे! भूल गये अपनी प्रतिज्ञाएँ?...वाह रे क्षत्रियपुत्र! पाँच ग्राम पाकर सन्तुष्ट हो जाएगा तुम्हारा दग्ध अन्तर्? शान्ति अचानक तुम्हारे लिए इतनी महत्त्वूर्ण हो गयी कि तुम नपुंसकों और कायरों की भाषा बोलने लगे! तुम्हारा पुरुषत्व भी गया, तुम्हारा सिंहत्व भी गया, और तुम साधारण से मेष बने मिमिया रहे हो! वाह रे दीनसेन! मोह का आवरण तुम्हारे भी ज्ञानचक्षु पर पड़ गया क्या? मन शिथिल पड़ गया? तन शिथिल पड़ गया? क्षत्रिय तो वृद्ध होने पर भी युद्ध करता है। तुम क्या वृद्ध हो चले? तपस्या करने की इच्छा है क्या हिमालय की कन्दरा में?...बोलो वृकोदर! तुम्हारे शान्तिप्रस्ताव से मैं अचम्भित हूँ। अपना कुल स्मरण करो! पराक्रमी स्वर्गीय पितृश्री को स्मरण करो! माता के कष्ट स्मरण करो! अपना अपमान स्मरण करो! अपनी इस व्याकुल सुलक्षणा पत्नी के प्रति की गयी नीचता स्मरण करो, तब क्षत्रियोचित धर्म विचारो और तदनुसार कर्तव्यरत हो!"

कैसा रोमहर्षक था समूचा वक्तव्य! अपने लिए 'दीनसेन-दीनसेन' बार-बार सुनकर भीमसेन के कर्णशिखर दग्ध हो आरक्त हो उठे।

"अच्युत! ऐसे कठोर वचन कहकर मुझे तिरस्कृत एवं लज्जित क्यों कर रहे हैं?

पके घाव को ऐसी निमर्मता से क्यों चीर रहे हैं? मैं कैसा युद्ध करता हूँ और कर सकता हूँ, किसी से छिपा है क्या? द्रुपदसुता सुभारती पर कुदृष्टि डालनेवाले कीचक का मैंने क्या हाल किया था, स्मरण नहीं क्या? एक सौ छह उपकीचकों के शवों से भूमि नहीं पाट दी थी मैंने? मेरे ऊपर आपने वृद्धावस्था आरोपित की है जनार्दन, वह ठीक नहीं। मेरी मज्जा अभी शिथिल नहीं हुई। न ही मेरा हृदय काँप रहा है। न ही मैं युद्ध की सम्भावना से भयभीत हूँ। मैं केवल दुर्योधन को एक अवसर और देना चाहता हूँ ताकि यदि उसमें सद्बुद्धि का प्रादुर्भाव हो जाये तो कुरुकुल विनाश से बच जाये। अपने वंश को बचाने के लिए मैं सर्वस्व त्याग कर सकता हूँ। क्लेश, कष्ट सब सहने को तैयार हूँ। किन्तु यदि युद्ध टाला नहीं जा सका तो अपने प्राणों की तनिक भी चिन्ता किये बिना उस महायज्ञ में आहुति-सा स्वाहा हो जाना चाहूँगा।''

श्रीकृष्ण आश्वस्त हुए। निश्चिन्त होकर उन्होंने दीर्घ श्वास लिया। एक-एक भयभीत अश्व को जैसे प्रशिक्षित कर-करके वे रणक्षेत्र की राह पर लगा रहे थे। उनकी दृष्टि सव्यसाची की ओर गयी। पांचाली की दृष्टि भी उधर ही थी। उसका मन प्रबल प्रभंजन की आशंका में अश्वत्थ-पत्र की भाँति थर-थर काँप रहा था। अर्जुन अत्यन्त कोमल-मन हैं, भावुक-हृदय हैं। जब भीमसेन जैसे कठोरहृदय व्यक्ति युद्धविमुख हो सकते हैं तो पार्थ का क्या ठीक?

''वसुदेवनन्दन! यदि आपकी दृष्टि में कौरव-वध उचित है तो वही होगा। उस पापबुद्धि दुःशासन ने द्रुपदसुता को कितना कष्ट दिया है, मैं भूल नहीं सकता। वह अपमान विषघूँट-सा मेरे कण्ठ में रखा है और उसके आस्वादन से मेरा जीवन तिक्त हो गया है। उसी अपमान के कारण जयद्रथ एवं कीचक जैसे नारकीय कीटों ने भी दुःसाहस किया। मैं तब भी कुछ नहीं कर पाया। किन्तु वासुदेव! अब मैं शान्त नहीं बैठ सकता...''

थर-थर काँपता द्रौपदी का मन स्थिर हो गया। नहीं! वह अश्वत्थ-पत्र अब मन्द मलय के सुरभित झोकों की ताल पर आनन्दपूर्वक मन्थर गति से हौले-हौले डोलने लगा।

''किन्तु!...नारायण! यदि रक्तपात बचाया जाये तो अति उत्तम। अपनी ओर से एक अवसर उन अधर्मियों को देने में हमारी ही उदारता है। मुझे ज्ञात है, वह दुष्ट दुर्योधन...सन्धि-प्रस्ताव स्वीकार नहीं करेगा। वह राजमद से उन्मादित हो गया है। अहंकार एवं दम्भ से विक्षिप्त गजराज की भाँति उसे ठीक राह तक नहीं सूझ रही है। मरुभूमि में क्या बीज बोये जा सकते हैं? अधर्मी हृदय में न्याय एवं धर्म का अंकुरण हो सकेगा क्या? मुझे सन्देह है। तथापि एक बार प्रयास करने में अनुचित कुछ भी नहीं। पाँच ग्रामों की हमारी माँग सर्वथा उचित है। पंच ग्राम हमें मिल जाएँ तो हमें और क्या चाहिए? फिर युद्ध क्यों? हम उसी का स्वागत करेंगे एवं प्रसन्न तथा सन्तुष्ट हो जाएँगे।''

पांचाली आहत नयनों से गाण्डीवधारी को देखती रह गयी। विश्वविजयी होकर आज अर्जुन पाँच ग्रामों की याचना को उचित ठहरा रहे हैं! क्या हुआ है क्षत्रिय जाति को? क्या हुआ है महाराज पाण्डु के प्रतापी पुत्रों को? क्या हो गया है परम प्रतापी अजमीढ़ कुल के वंशजों को? दीनता और दरिद्रता में वर्षों व्यतीत करने के बाद क्या ये सदा के लिए ही दीन हो गये? महाराज विराट की परिचर्या करते-करते अपनी वास्तविक स्थिति पूर्णत: भुला बैठे क्या? अब ये सदा के लिए याचक बने रहेंगे, दरिद्र बने रहेंगे? अपने पुनरभ्युदय के लिए कुछ नहीं करना चाहेंगे?...

श्रीकृष्ण ने पुन: दीर्घ श्वास लिया। सन्धि-प्रस्ताव के पक्ष में बहुमत था। यह भी निश्चित था कि प्रस्ताव यदि अस्वीकृत हो जाएगा तो युद्ध अनिवार्य हो जाएगा। किन्तु तब पाण्डवों का ऐसा युद्धविमुख होना विनाशकारी होगा। वे प्रयास कर चुके थे पाण्डुपुत्रों को युद्धाभिमुख करने के, किन्तु पाण्डव अभी भी मोह के वश में थे।

"यह सर्वथा सही है धनंजय, कि भूमि को चाहे जितनी भलीभाँति जोत लिया जाये, किन्तु बिना वर्षा के, बिना दैव कृपा के मनोनुकूल उपज नहीं मिलती। दैव एवं पुरुषार्थ दोनों के समन्वय से ही लोकहित सम्पादित होता है। मैं अपने पुरुषार्थ के प्रभाव का प्रयोग करूँगा जिससे सम्मानपूर्वक सन्धि हो सके। एक भारी उत्तरदायित्व मुझ पर है। किन्तु प्रारब्ध समक्ष है। तुम्हें ज्ञात है न धनंजय, दुर्योधन ने मुझे आप लोगों से पृथक् करने के कितने प्रयास किये हैं? मेरे द्वारा प्रस्तुत तुम्हारे पक्ष को वह स्वीकार नहीं ही करेगा। किन्तु दण्डनीति अथवा राजधर्म के अनुसार साम, दाम व भेद का प्रयोग पहले करके, तभी दण्ड अथवा बल प्रयोग को अन्तिम उपाय की भाँति प्रयुक्त करना चाहिए। तुम सब उन्हें एक अवसर देना चाहते हो तो मुझे आपत्ति नहीं।"

वृष्णिकुलभूषण उठ खड़े हुए प्रस्थान के समायोजन हेतु, किन्तु ठिठकते हुए से। जानते थे, कृष्णा कुछ कहना चाहेगी। पूरे समय वे पांचाली के मनोभावों का सूक्ष्म निरीक्षण करते रहे थे। कभी उसके मुख पर आहत भाव आता, कभी दैन्य भाव, तो कभी क्रोध। कभी नयन डबडब कर उठते तो कभी उँगलियाँ रूखी अलक राशि में व्यग्रता से दौड़ने लगतीं। श्रीकृष्ण अपना बहुमूल्य उत्तरीय सँभालते हुए जैसे ही मुड़े कि पांचाली के आर्द्र स्वर ने उन्हें रोक लिया—

"माधव!...मेरी बात सुनने को नहीं रुकेंगे?" एक हाथ स्तम्भ पर टिकाये दूसरे हाथ से अपने रूखे जटाबद्ध केश दिखाती वह खड़ी थी। भँवें तनी हुई थीं। रक्ताभ नयन सूजे हुए थे। स्वर आर्द्र होते हुए भी दृढ़ था।

"केशव!...सन्धिवार्ता करते समय कहीं मुझे भूल तो न जाएँगे? जो कुछ पाण्डुनन्दनों ने कहा, वही केवल ध्यान न रखना। जो कुछ मेरे साथ घटित हुआ, उसे भी स्मरण रखना।...मधुसूदन! समूची धरा पर मेरे समकक्ष कोई नारी है क्या? परम पराक्रमी पांचालनरेश महाराज द्रुपद की एकमात्र राजपुत्री यज्ञवेदी से जन्मी, वीरवर धृष्टद्युम्न की भगिनी, द्वारकाधीश वृष्णिकुलनन्दन की अन्तरंग सखी, परम प्रतिष्ठित

अजमीढ़ कुल एवं भरतवंश में ब्याही आयी, यशस्वी महाराज पाण्डु की पुत्रवधू हुई, पाँच विख्यात योद्धाओं की पत्नी बनी, पाँच महारथी पुत्रों की माँ बनी...किन्तु वासुदेव!...क्या हुआ मेरे साथ ? ऐसी सर्वप्रतिष्ठित, सुसम्मानित, सौभाग्यशालिनी भारती के साथ कैसा व्यवहार किया वीर भारतों ने! भरे-पूरे राजसमाज के मध्य देखते-देखते मेरे ये केश पकड़कर खींचे गये! मैं...मैं भारतश्रेष्ठ युधिष्ठिर द्वारा जुए में दाँव पर रखी गयी...! पण्य बनायी गयी मैं! सब मूक बने देखते रहे!...मैं भरतवंशियों द्वारा ही दासी पुकारी गयी...! भारत सब मूक बने रहे!...मैंने दारुण क्लेश सहा माधव! भयंकरतम यन्त्रणा सही। सब देखते रहे। इनसे अच्छे तो वे समस्त विप्रदेव थे जिन्होंने अधर्म का विरोध करने हेतु उस सन्ध्या कौरव-गृहों में अग्निहोत्र ही सम्पन्न नहीं किया, कौरव-महलों में चरण ही न दिया। और ये क्षत्रिय हैं! भिक्षा के लालच में उन ही के द्वार पर खड़े हैं। मेरे कारण ही—ये 'परमवीर' भरतवंशी दासत्व से मुक्त हुए...और मेरा दुर्भाग्य तो देखो केशव, कि वह दुराचारी दुर्योधन, वह पापी दु:शासन आज भी जीवित हैं।...गोविन्द! यदि चीरहरण के समय आपने मेरी लाज न रखी होती तो क्या ये पाण्डव मुख दिखाने योग्य भी रहे होते?...जा रहे हैं माधव...तो जाएँ अवश्य...किन्तु इन पाँच कापुरुषों का क्या करूँ...यह तो बताते जाएँ मुझे!"

उसका श्वास वेग से चल रहा था। करुणा एवं क्रोध की उस अनमोल प्रतिमा के अग्निमुख से व्यंग्योक्तियाँ एवं कटूक्तियाँ उल्काओं-सी नि:सृत हो रही थीं।

"और लीलामय! विधाता की भी गति समझ में नहीं आती। यह कैसा विचित्र विधान है जहाँ पापी फलते-फूलते हैं और साधु कष्ट झेलते हैं! यह कैसी लीला आपकी! अन्याय करनेवाला राज्य करता है और निर्दोष द्वार-द्वार भटकता फिरता है! कहीं कोई निश्चित नियम नहीं! निश्चित विधान का अस्तित्व ही नहीं प्रतीत होता कहीं! अपमान पर अपमान, तिरस्कार पर तिरस्कार मैं किस प्रकार सहती गयी हूँ, आपसे छिपा नहीं है। मैंने इस अपमान के अनुताप में स्वयं को तिल-तिल जलाया है, बूँद-बूँद घुलाया है। यह शोक क्या मेरा ही है? यह अपमान क्या मेरा व्यक्तिगत अपमान है? समस्त पाण्डवों, पांचालों और कौरवों का अपमान है। समस्त भारतों का अपमान है।...माधव! आपका भी अपमान है यह। मेरी स्थिति देखकर कौन पुरुष है जो द्रवित न हो जाये! किसकी बाहुएँ शत्रुदमन को फड़कने न लग जाएँ!...किन्तु जनार्दन! मैं परम दुर्भागिनी हूँ। इतना कष्ट...इतना अपमान तो भगवती सीता ने भी नहीं झेला। धन्य हैं दशरथनन्दन श्रीराम जिन्होंने पत्नी के अपमान एवं कष्ट का प्रतिशोध लिया। पापी रावण का मस्तकोच्छेद किया। उसके दसों मस्तकों में से एक भी उसके स्कन्ध पर शेष न रह पाया।...

"किन्तु केशव!...दुर्योधन जीवित है! उसके तो एक ही शीश है, दस नहीं। और मेरे तो पाँच पति हैं, एक नहीं। और दुर्योधन जीवित है!...ऐसी स्थिति में मुझ अभागिनी को स्वयं मर जाना चाहिए...किन्तु विधि की विडम्बना तो देखो...मैं अपमान सहने को

जीवित हूँ...! दुर्योधन को जीवित देखने को जीवित हूँ...दुःशासन को जीवित देखने को जीवित हूँ!..धिक्कार है इन परमवीर वृकोदार को! धिकार है गाण्डीवधारी पार्थ को! धिक्कार है इन नरशार्दूलों को जो भीरु मृगों के समान कौरवों द्वारा डाली गयी दूर्वा चरने को तत्पर हो गये हैं! ये क्षत्रिय हैं? ये महाराज पाण्डु के पुत्र हैं? देवी पृथा ने इन ही को जन्म दिया है? ये सिंह हैं? आज इनका वास्तविक रूप प्रकट हो गया है। ये सिंह नहीं, सिंहचर्म ओढ़े ये मेष हैं। ये दीन हैं, याचक हैं ये।''

कठोर संयम रखते हुए भी अब उसके विशाल नयनकमल पर शिशिर कण टिक नहीं पा रहे थे। वे नयन तो नन्हे प्रहरी मात्र थे, कहाँ तक रोक पाते उस दुर्दान्त प्रवाह को, जो धीरज की सुदृढ़ प्राचीरें और बाँध तोड़ता हुआ उमड़ता चला आ रहा था?

श्रीकृष्ण गम्भीर थे। नेत्र सुदूर कहीं खोये हुए। याज्ञसेनी के वाक्य अग्निवाण से छूटकर पाण्डवों के मर्मस्थल में बिंधे रह गये थे। एक-एक शब्द तप्त लोहपिण्ड-सा आघात कर रहा था।

काँपते हाथों से वह अपनी रूखी कुन्तल राशि वासुदेव को दिखा रही थी। स्वर डबडब कर रहे थे।

''इन केशों को न भूलना केशव! राजसूय यज्ञ के पावन अवसर पर ये मन्त्रजल से अभिषिक्त हुए थे...और दुराचारी दुःशासन के स्पर्श से दूषित भी! यह स्मरण रहे गोविन्द, विगत तेरह वर्ष से मैंने वेणी नहीं गूँथी। दीर्घ तेरह वर्षों से ये केश ऐसे ही खुले हैं। इनमें स्वर्णचम्पा के पुष्प नहीं गूँथे गये। वनमल्लिका की कलियाँ नहीं सजीं इनमें। ये ऐसे ही हैं विगत तेरह वर्षों से—रूखे और शुष्क! इनमें तेल नहीं पड़ा तेरह वर्षों से! इन्हें अगरु-धूप से सुगन्धित नहीं किया तेरह वर्षों से! इन्हें न भूलना माधव! यह वेणीसंहार न भूलना!...और वासुदेव! यह भी न भूलना कि सन्धि हो जाने पर भी इन केशों की वेणी नहीं बँधेगी, माधव! पंचग्राम प्राप्त हो जाएँ किन्तु मेरे केश खुले ही रहेंगे। सन्धि होने और पांच ग्रामों की उपलब्धि से ये पाण्डव प्रसन्न होंगे, सुखी होंगे...किन्तु मेरी वेणी खुली ही रहेगी। शान्ति और सन्धि के उपरान्त भी अथाह पीड़ा का सागर मेरे मन में उमड़ता रहेगा। मथता रहेगा। कष्ट और अपमान की यातना मुझे जैसे अभी सतत झुलसाती रहती है तब भी झुलसाती रहेगी। पाँच ग्राम पाकर क्या मैं अपने अपमान की यातना से मुक्ति पा लूँगी?''

पुनः अश्रु सूख चले। पुनः ओज उभर आया—

''यदुवीर! यदि पाण्डव पराक्रमशून्य हो चुके हैं तो भी मैं साहस न हारूँगी। आशा न छोड़ूँगी, क्योंकि पृथ्वी पर और भी वीर हैं जो मेरे अपमान का प्रतिशोध लेंगे। मेरे वृद्ध पिता महाराज द्रुपद मेरे पराक्रमी भाइयों सहित तथा मेरे पाँचों पुत्र, अभिमन्यु सहित मेरे अपमान का प्रतिकार करेंगे। जितना बड़ा पाप कौरवों ने किया है उतना ही बड़ा प्रतिकार भी होगा! उतना ही कठोर दण्ड भी उन्हें मिलेगा!''

''धन्य है भारती तू! धन्य है!'' श्रीकृष्ण गद्गद हो उठे।

"ये पाण्डव पाँच ग्रामों की प्राप्तिमात्र से शूलसम अपमान को भले भुला दें, किन्तु मैं वह दुर्दिन कैसे भुला दूँगी जब दुष्ट दुःशासन ने दास, दासी, सेवक, परिचारकों और चातुर्वर्ण्य नागरिकों के समक्ष केशकर्षण किया था? इतना भयंकर अपमान पाँच ग्रामों से ही भुला दूँ? ऐसा विषघूँट भोग-विलास में लिप्त होकर भुला दूँ? मेरे अन्तर का सतत दाह क्या पाँच ग्राम की बूँदों मात्र से ही शीतल हो जाएगा? मैं इतनी क्षुद्र हूँ कि तुच्छ-सी वस्तु पाकर अपना स्वाभिमान और आत्मसम्मान लुटा दूँ? बहा दूँ? क्या रेशमी वस्त्र ही सब कुछ हैं? क्या स्वर्णाभूषण पाकर ही आनन्दमग्न हो जाऊँ? नख-शिख तक रत्नजटित होकर धन्य हो जाऊँगी क्या? रत्नमालाएँ मेरे अन्तर की ज्वाला बुझा देंगी? क्या मेरे अन्दर आत्मसमान नहीं, स्वाभिमान नहीं जो कौरवों के फेंके हुए अन्नपिण्डों से सन्तुष्ट हो जाऊँ? मैं क्या भिक्षुकों की पत्नी हूँ? नहीं माधव, नहीं! मैं भिक्षा के टुकड़ों पर पलने वाली नहीं।...

"वासुदेव! सुदीर्घ तेरह वर्ष मैंने हर प्रकार के कष्ट और यातना झेलकर बिताये हैं, तो अब मुझे पाँच ग्रामों के वैभव में क्या प्रलोभन हो सकता है? मैं आजीवन वैभवहीन रह सकती हूँ। तेरह वर्ष से मैं क्रोध की प्रचण्ड अग्नि को अन्तर में धारण किये उन्मादित-सी घूम रही हूँ। बावली-सी, विक्षिप्त-सी घूम रही हूँ कि कभी तो अपमान का प्रतिकार होगा। प्रत्येक बार मुझे सुललित भाषा में नीति-वचन मिले, प्रत्येक बार धीरज और संयम के मधुर उपदेश मिले। मैं प्रतीक्षा करती रही। जानती हूँ, जय-पराजय तो होती ही है। मैं प्रतीक्षा करती रही पाण्डवों के अभ्युदय की। मैं धीरज रखे रही। मेरी सहनशीलता को कौन चुनौती दे सकता है? किन्तु प्रत्येक बार दुगुने वेग से ही मुझ पर प्रहार हुआ!..."

पुनः स्वर डूबने लगा। उर पूरने लगा।

"कब तक?...वासुदेव...!...कब तक?...बोलो माधव!...कब तक इस दारुण ज्वाला को अपना अन्तर्दाह करते रहने दूँ?...हृदय फट नहीं गया, यही क्या कम है? अब मेरा संयम...मेरा धीरज टूटा जा रहा है गोविन्द! अब अजेय आर्यपुत्र भीमसेन सन्धि पर उतर आये हैं। सन्धि करने को मैं अवनति कहूँगी, उतरना ही कहूँगी क्योंकि क्षत्रिय की उन्नति युद्ध से होती है और सन्धि अधोगामी है। आर्य भीमसेन अपने श्रेष्ठ क्षत्रिय स्तर से नीचे उतर आये हैं। उनके सन्धि सम्बन्धी कोमल स्वर अभी भी कसक रहे हैं। उनकी विह्वल मोहपूर्ण वाणी तीक्ष्ण वाणों-सी मेरे अन्तस्तल में गड़ी है।...अब नहीं माधव!...अब नहीं!...जब तक उस नीच दुराचारी दुःशासन की कटी हुई श्याम-भुजा को भूमिलुण्ठित न देखूँगी, मैं शान्ति नहीं पाऊँगी। रघुकुलशिरोमणि श्रीराम ने तो पत्नी के अपहरण करनेवाले दशानन की बीसों भुजाओं को धूलधूसरित कर डाला था। मैं तो केवल एक भुजा को भू-लुण्ठित देखना चाहती हूँ जिसने वेणीसंहार किया था, चीरहरण करने का अधम प्रयास किया था।"...

दीर्घ अश्रुमालाएँ प्रवाहित हो चलीं। वक्ष प्रकम्पित था। हिचकियाँ रुक नहीं रही

थीं। वह संघर्ष कर रही थी, आत्मसंयम खोना नहीं चाहती थी किन्तु श्रीकृष्ण के समक्ष सारे बन्धन शिथिल पड़ रहे थे। जितने तार कसती, उतने ही स्वर शिथिल पड़ रहे थे।

श्रीकृष्ण की भृकुटि तन चुकी थी। नेत्र रक्तिम हो उठे थे। हाथ की मुट्ठियाँ बँध गयी थीं। मांसपेशियाँ तन गयी थीं। वही सुदृढ़ मुट्ठीवाली चन्दनमण्डित दाहिनी बाहु ऊपर उठ चुकी थी—

"भारती! कृष्णे!...जिस प्रकार तुझे आज रुदन करना पड़ रहा है, शीघ्र ही इसी प्रकार कुरुवंश की स्त्रियाँ रुदन करेंगी।"

उस प्रकाण्ड बलशाली राजनीतिज्ञ के मुख से यह गम्भीर उद्घोष निकला तो उपस्थित जन रोमांचित हो उठे।

"युधिष्ठिर, भीम, अर्जुन सब शौर्य गँवा दें, किन्तु मैं तो हूँ। तुझे अपनी सखी का पद ऐसे ही नहीं दे दिया कृष्णे! तेरी यह अस्त-व्यस्त बिखरी-सूखी केशराशि मुझे सदा स्मरण रहेगी। जब तक न तेरा अभीष्ट पूरा करूँ—यह श्यामल कुन्तल राशि नागफणी-सी मुझे घेरे रहेगी, सर्पवेणी की भाँति मुझ पर सदा फुफकारती रहेगी। याज्ञसेनी! नगाधिराज अपने स्थल से टल जाएँ, पृथ्वी शत-शत खण्डों में चूर्ण हो जाये, आकाश भले नक्षत्रसहित टूट पड़े, किन्तु मैं प्रतिज्ञा करता हूँ—तेरे अपमान का प्रतिकार होगा...!"

और असहाय पांचाली विह्वल हो उनके चरणों में गिर पड़ी। अन्ततः उसे आश्रय मिल गया था। कोई तो उसकी मर्म-व्यथा समझा। वह आतुरा फूट-फूटकर रो पड़ी।

"मैं जानती थी मधुसूदन...कि मेरी रक्षा आप ही कर सकते हैं! आप ही करेंगे। आपने ही चीरहरण से मेरी लाज रखी। आप ही अब मेरी लाज रखेंगे! और कौन है मेरा रक्षक?...पाण्डव यदि रक्षा करते मेरी तो केवल एक कारण से कि मैं इनकी पत्नी हूँ। किन्तु माधव! आपके द्वारा मेरी रक्षा के चार कारण हैं, एक नहीं। आप मेरे सम्बन्धी हैं। मैं आपकी सखी हूँ। मेरा जन्म पवित्र वेदिका से हुआ है। और आप ही रक्षा हेतु समर्थ हैं माधव! और कोई मेरा रक्षक नहीं!...और कोई मेरा नहीं..." और वह पुनः विकल हो रो पड़ी।

"अश्रु रोक कृष्णे! तू अश्रु बहाने के लिए नहीं। तेरे ये अश्रु व्यर्थ गँवाने के लिए नहीं हैं। तेरा एक-एक अश्रु मूल्यवान है। अश्रु रोक कृष्णे! तेरा एक भी अश्रु व्यर्थ न जाएगा। मैं अब प्रमुख रूप से तेरे ही कारण हस्तिनापुर जाऊँगा और उन कौरवों का मानमर्दन करूँगा। एक गम्भीर, गुरुतर उत्तरदायित्व लेकर जा रहा हूँ। पांचाली! तेरी प्रतिष्ठा और सम्मान में मैं अपनी प्रतिष्ठा और सम्मान ढूँढूँगा। मैं न्याय की पुनःस्थापना कराऊँगा, निर्दोष और निर्बल को सम्मान दिलाऊँगा तथा दोषी को कठोरतम दण्ड! यह लक्ष्य लेकर जाऊँगा। तू विचलित न होना अब। सदा की भाँति मुझ पर विश्वास रखना। कुछ समय और धीरज रख। यह मात्र धीरज का उपदेश नहीं, भारती! तू जानती है—मैं कहता नहीं, करता हूँ। अपनी बात मुझसे कह दी, अब मुझ पर सब छोड़ भी दे। मैं

सब सँभालूँगा, तू व्यथित न हो!''

अन्त...अन्त में यदुकुलभूषण श्रीकृष्ण की वाणी सिक्त हो चली। स्नेहपूरित दृष्टि कातर कृष्णा पर डाली। दक्षिण हस्त उसके शीश पर परम स्नेह से फेरा और तीव्रगति से मुड़कर चल दिये।

पांचाली के सिर पर हाथ फेर जैसे लीलामय उसकी सारी चिन्ता का भार भी अपने हाथ में ही समेट ले गये! विकलमना पांचाली का अनुताप घुल गया। अन्तर से भारसम व्यथा का विराट मेघखण्ड जैसे हट गया। मेघाच्छादित घुमड़ते अन्तर में वर्षों बाद जैसे ज्योत्स्ना निखर आयी। कृशकाया पांचाली स्तम्भ से टिकी उस पुरुष-सिंह को जाते देख रही थी। पौरुष का मूर्तिमान रूप! समूची धरा पर एकमात्र पुरुष! एकमात्र वीर! निर्भीकता एवं शक्ति की साक्षात् मूर्ति! अगाध श्रद्धा से, भक्ति से उसके नयनों में पवित्र गंगा जैसे उमड़ आयी—धन्य हो वासुदेव! डूबतों के खेवनहार! असहाय के अवलम्ब! न्याय के उपासक! शोषण के विनाशक!...धन्य हो!

वृष्णिकुलनन्दन श्रीकृष्ण क्रोध में भरे हुए द्रौपदी के पास से चले थे और वैसे ही हस्तिनापुर में कौरवसभा में जा पहुँचे। कुशल कूटनीतिज्ञ एवं प्रकाण्ड राजनीतिज्ञ की भाँति उन्होंने साम, दाम, भेद—तीनों उपायों से कौरवपुत्रों को सत्पथ पर लाने का प्रयास किया; किन्तु विनाशकाले विपरीत बुद्धिः! दुर्योधन ने हठवादिता न छोड़ी। मूरख टेक गही सो गही! श्रीकृष्ण का राजदूतत्व असफल हुआ। वे विक्षुब्ध थे।

वे विक्षुब्ध थे किन्तु निराश नहीं। वे तो प्रारम्भ से ही युद्ध के पक्ष में थे। इसलिए कि युद्ध में ही पाण्डवों का सम्मान था। पांचाली के शब्द वे क्षणभर विस्मृत न कर पा रहे थे। उसने तो स्पष्ट शब्दों में चुनौती दी थी कि लीलामय की सृष्टि में कहीं न्याय नहीं है, दुष्ट जन फलते-फूलते हैं और साधुजन यातनाओं में घुलते हैं। यह बात लीलामय के मर्म को भेद गयी थी और इसलिए सन्धिवार्ता विफल हो जाने से वे मन-ही-मन सन्तुष्ट थे। यह दुष्टसमूह शीघ्र ही नाशवान् है। दुर्योधन, दुःशासन, भीष्म, द्रोण, कर्ण आदि के जगमगाते किरीटयुक्त मस्तकों पर श्रीकृष्ण ने अपनी योगदृष्टि से मृत्यु की काली छाया देख ली थी। उन्हें सन्धिवार्ता के विफल होने का क्षोभ किंचित मात्र न था। किन्तु दुर्योधन के धृष्टतापूर्ण व्यवहार से वे कुपित हो उठकर चले आये थे अपनी पूज्या पितृष्वसा वृष्णि-कुलनन्दिनी आर्या कुन्ती से मिलने।

पाण्डुपत्नी पृथा विगत तेरह वर्षों से पुत्रों एवं पुत्रवधू से विलग थीं। हस्तिनापुर में उन्हें रहना प्रतिपल दंश देता था। निपट विवशता में वे वहाँ थीं। उन्हें पाण्डवों के असीम कष्टों के समाचार घूम-फिरकर मिलते और उनका मन हाहाकार कर उठता। प्रारम्भ से ही पांचाली के प्रति अपने मन में वे अथाह सहानुभूति पाले हुए थीं, तब से जब वह अल्पवयस अत्यन्त भोली नववधू बनकर अर्जुन की पत्नी के रूप में उनके घर

आयी थी। कुन्ती उसके प्रति किये हुए अपने अन्याय से स्वयं को कभी मुक्त न कर पातीं, स्वयं को कभी क्षमा न कर पायीं। वह अबोध बाला उन्हीं के कारण विषम स्थिति में पड़ गयी थी। कुन्ती उसके हृदय की वेदना भली भाँति समझती रही थीं। धनंजय के प्रति उसके अनुराग को उन्होंने अत्यन्त स्वाभाविक पाया। उन्होंने सदा पांचाली की रक्षा की। उसके ऊपर उनकी ममता बरस पड़ती। जिस कौशल और चतुराई से कालान्तर में उसने पाँच पतियों की पत्नी की अनोखी भूमिका शिरोधार्य की थी, देवी कुन्ती मुग्ध हो गयी थीं। जिस प्रकार उसने इन्द्रप्रस्थ के राज्य-संचालन को सँभाला था, उस पर कुन्ती मोहित थीं।

और उसी सर्वगुणसम्पन्न उनकी लक्ष्मी-सी राजवधू का जब कुरु-राजसभा में केशकर्षण किया गया तो वे हाहाकार कर उठीं। और जब चीरहरण पर वे निकृष्ट, अधम कौरव उतर आये—तो वे विकल हो गोविन्द-गोविन्द पुकार उठी थीं। अपनी लाड़ली पुत्रवधू का उस गृद्धसभा में कुररी-सा विलाप सुन उनका मर्म जैसे शत-शत खण्डों में टूटकर बिखर जाना चाहता था। वही सुकुमार राजपुत्री फिर बारह वर्ष काम्यक वनादि में पर्णशाला बनाकर रही थी। माता कुन्ती व्याकुल हो परमात्मा से प्रार्थना करतीं—द्रौपदी के कष्टों का निवारण करो! कहीं से वह उन्हें अपने पुत्रों से भी अधिक प्रिय थी। पुत्रों की वे चिन्ता न करतीं, किन्तु पुत्रवधू की चिन्ता में घुली जातीं। उन्होंने जयद्रथ द्वारा द्रौपदी का अपहरण सुना। उन्होंने उसका सैरन्ध्री बनकर मत्स्य देश की महारानी सुदेष्णा की परिचर्या करना सुना, वे तिलमिला उठीं। वे स्वयं राजपुत्री थीं। राजपत्नी थीं, राजमाता थीं। वे जानती थीं कि याज्ञसेनी की मनोदशा कैसी होगी। वे जानती थीं कि वह परम तेजस्विनी किस सहनशीलता, साहस और धीरज से निरन्तर अन्याय के विषघूँटों का पान करती रही थी। उसका अपमान पृथा को अपना अपमान लगने लगा था। उन्होंने कीचक के दुष्प्रयासों के विषय में भी सुना तो उनका हृदय उमड़ आया अपनी अरक्षिता कोमल पुत्रवधू के लिए। वर्षों हो गये पुत्रों और पुत्रवधू से विलग हुए। कैसे उन्होंने ये दिन काटे हैं कुरु-राजप्रासाद में, वे ही इस वेदना को जानती थीं। अब जब ये युगकल्प-से तेरह वर्ष व्यतीत हो गये तो वे आतुर थीं पुत्रवधू को अपने अंक में ले लेने के लिए। अपने वक्ष में परम दुखी पांचाली को छिपा लेने के लिए। अपने हृदय से लगाकर उसे शान्ति देने के लिए। और इसलिए जब श्रीकृष्ण उनसे मिलने आये, तो वे पाण्डवों की माता नहीं, जैसे स्वयं द्रौपदी की माँ के रूप में उनके समक्ष खड़ी थीं।

श्रीकृष्ण को समक्ष पाकर अविरल अश्रुधारा बह चली। उन्होंने स्वयं क्या कम कष्ट झेले थे! क्या कम अपमान सहा था! पुत्र और पुत्रवधू जिन लोगों के कारण सुख-वैभवहीन जीवन व्यतीत कर रहे थे, वे स्वयं उन्हीं दुराचारी कौरवों की राजधानी में थीं। उन्हीं के अन्नपिण्ड पर जीवित थीं। स्वाभिमानी तेजयुक्त पृथा ने कैसे-कैसे पल-पल वहाँ काटे हैं! श्रीकृष्ण ने उन्हें पाण्डवों के समाचार दिये। यह भी सूचना दी कि

सन्धिवार्ता विफल हो गयी है, और पाण्डवों की पाँच ग्राम की याचना भी कौरवों द्वारा ठुकरा दी गयी है। चलते समय श्रीकृष्ण ने अपनी पितृष्वसा से पूछा कि क्या वे कुछ सन्देश अपने पुत्रों को देना चाहेंगी?

माता कुन्ती का वृष्णिवंशी रक्त खौल उठा। वर्षों की सुलगती अग्नि समिधा पाकर हाहामयी बन उठी। प्रचण्ड वाग्धारा उस महिमामयी माँ भारती के मुख से निःसृत हो चली—

"मधुसूदन! मेरे गोलोकवासी परम यशस्वी पति महाराज पाण्डु के पुत्रों को क्या हो गया है? उनका आचरण किसी भी वीर माता को पीड़ित एवं क्षुब्ध करनेवाला है। यही नहीं, वे जिस प्रकार का व्यवहार कर रहे हैं, वह उनके पराक्रमी पितृगण को पीड़ित करनेवाला ही नहीं, लज्जित करनेवाला भी है। अच्युत! मुझे विश्वास नहीं होता, ये वे ही वीर पाण्डव हैं जिन्होंने मेरी कुक्षि से जन्म लिया है? आज वे अपनी माता के लिए लज्जा की विषयवस्तु बन बैठे हैं।

"नारायण! मेरा एक उपकार करना—तुम स्थिति सँभाल सकते हो। मेरे कहने से तुम युधिष्ठिर को क्षात्रधर्म में प्रवृत्त करो। युधिष्ठिर से कहना कि ब्रह्मा की भुजाओं से उत्पन्न क्षत्रिय होकर भी वे कैसे हैं जो स्वयं क्षत्रिय-बाहुबल का तिरस्कार कर रहे हैं? युधिष्ठिर श्रेष्ठ राजवंश में जन्म लेकर भी राजधर्म भुला बैठे हैं और याचना-धर्म का गान कर रहे हैं! वे अनुचित मार्ग पर जा रहे हैं अच्युत, उन्हें रोको! उन्हें रोको अच्युत! उन्हें स्मरण दिलाना कि यह भिक्षा-धर्म तो उनके पितृ-पितामहों ने उन्हें कभी नहीं सिखाया, न ही उनकी युधिष्ठिर से कभी ऐसी अपेक्षा रही थी। वे तेजस्वी इतिहास-पुरुष पराक्रमी कर्मयोगी थे जो राजधर्म जानते थे...जिन्होंने बाहुबल से, अपने शौर्य से वसुन्धरा जीती थी। अपने उद्यम पर, बाहुबल पर उन्हें विश्वास था और उसी के आधार पर वे प्रजापालन करते थे। युधिष्ठिर को स्मरण दिलाना कि उनके पूज्य पितृश्री स्वर्गीय महाराज पाण्डु जगविख्यात धुरन्धर योद्धा थे जिन्होंने इस कुरुराज्य की समृद्धि की थी, और उन्हीं महामना पाण्डु के पुत्र होकर भी युधिष्ठिर कैसे आज राजधर्म से च्युत हो गये?...

"वार्ष्णेय! युधिष्ठिर का यह पतन मुझे प्रतिपल क्लेश देता है, यह तुम उन्हें बता देना। जिस मार्ग पर वे जा रहे हैं, उस मार्ग के लिए मैंने उन्हें कभी प्रेरित नहीं किया। न ही उनके पिता ने ऐसा आशीर्वाद दिया। न ही पितामह ने ऐसी इच्छा की थी। मैंने, स्वर्गीय महाराज पाण्डु ने तथा हमारे अन्य पूज्य पितामहों ने सदा शौर्य, बल, ओज एवं बुद्धि के लिए आशीर्वाद दिये थे। क्या हमारे ये आशीर्वाद मिथ्या हो जाएँगे? क्या हमारी समस्त आशाएँ हमारे पुत्र खण्डित कर देंगे? मैंने स्वप्न सँजोया था कि युधिष्ठिर अपने स्वर्गीय पिता के पदचिह्नों पर चलेंगे और इतिहास में एक परमवीर तेजस्वी सम्राट् के रूप में विख्यात होंगे। मेरा स्वप्न पूर्णतः ध्वस्त करने का ही युधिष्ठिर ने सोचा है क्या?...

"श्रीकृष्ण ! तुम तो स्वयं धर्माधर्म का अत्यन्त सूक्ष्मता से विचार कर लेते हो—बताओ, मेरा कथन क्या धर्मसंगत नहीं ? तुम युधिष्ठिर को अपनी ओर से भी समझाना और मेरी भी भावनाओं को उन तक प्रेषित कर, मेरी ओर से भी समझाना। ये पाण्डुनन्दन क्या नहीं कर सकते ? उनके पास शौर्य, बुद्धि, बल किसका अभाव है ? फिर क्यों वे दूसरों के मुख निहार रहे हैं ? क्यों वे जीविकाहीन बने बैठे हैं ? यह कितनी लज्जा की बात है कि महाराज पाण्डु के पुत्र आज वृत्तिहीन हैं ! यह स्थिति क्या दारुण क्लेशदायक व त्रासदायक नहीं ?...

"अच्युत ! वे पाँच ग्रामों की भिक्षा माँग रहे हैं दीन ब्राह्मणों की भाँति ! जिन्हें दान देना चाहिए, वे दान की याचना कर रहे हैं ! कैसी दुर्बुद्धि है उनकी ? मैं सोच-सोचकर विकल हो उठती हूँ श्रीकृष्ण, कि एक तो युधिष्ठिर ने अपने स्वर्गीय पिता की राज्य-सम्पत्ति द्यूतविलास में गँवा दी और अब उसका उद्धार करने को भी सचेत नहीं हो रहे ! इतिहास और पुराणगाथाएँ भरी पड़ी हैं कि राजन्यों ने किस प्रकार अपने राज्य के लिए प्राणों का उत्सर्ग किया है। और मेरा ज्येष्ठ पुत्र ही दण्डनीति से विमुख हो अकर्मण्य बना बैठा है ! युधिष्ठिर साम, दाम, भेद एवं दण्डरूपी प्राचीन राजसिद्धान्त भी विस्मृत कर गये ! क्या उनका ध्यान अपनी परम दुखिता माता की ओर भी नहीं जाता ? पाँच पुत्रों के होते हुए भी उनकी माता निराश्रित और अनाथा-सी दूसरों के अन्नपिण्ड पर जीवित है, यह सोचकर उनका शीश लज्जा से झुक नहीं जाता ? उन्हें ग्लानि नहीं होती ? उनका रक्त नहीं खौल उठता ? इसी प्रकार क्या वे पितृऋण चुका रहे हैं ? महान् पिता के कायर पुत्र होकर वे पिता के पुण्य को भी क्षीण करना चाहते हैं ?...वार्ष्णेय ! उनसे कहना कि वे बुद्धि से प्रेरित हों। राजधर्म के अनुसार अपनी खोयी प्रतिष्ठा प्राप्त करें, युद्ध करें—अन्यथा उनकी माता उन्हें क्षमा न कर सकेगी और इतिहास तथा उनके भावी वंशज उन्हें कायर कहेंगे, नपुंसक कहेंगे...।"

वार्ष्णेय चकित थे। पृथा की अनोखी वक्तृत्वप्रतिभा का ऐसा परिचय कभी किसी ने न पाया था।

"धन्य थीं महारानी विदुला जिन्होंने अपने कायर पुत्र संजय में अपनी वाक्-शक्ति से ही वीरता का संचार कर दिया था ! किन्तु मैं वह भी नहीं कर पा रही, माधव ! उस वीरमाता ने पुत्र से स्पष्ट कह दिया था कि ऐसा क्रोधशून्य पुत्र क्षत्रिय जाति के उपयुक्त नहीं ! पुत्र से स्वयं माता ने कहा था कि विषधर का दन्त तोड़ने के प्रयास में तेरा तत्काल मृत्यु प्राप्त करना अधिक श्रेयस्कर है, घर में घुसकर पड़े रहने से। उस अग्नि-मयी माता ने उसे कठोरतम शब्दों में ताड़ना देते हुए ललकारा था कि आजीवन धूम छोड़ते हुए सुलगते रहने से श्रेष्ठ है मुहूर्त भर के लिए भी प्रज्वलित हो जाना। धूम्र की भाँति न उठ पुत्र ! मुहूर्त भर के लिए प्रज्वलित होकर शत्रुओं पर छा जा ! क्या मेरी स्थिति महारानी विदुला जैसी दयनीय नहीं श्रीकृष्ण ? आश्रय देनेवाले आज स्वयं दूसरों के आश्रय में पड़े हैं। मैं इतनी दरिद्रता के दिन भोग रही हूँ कि कोई ब्राह्मण मुझसे भिक्षा

माँगे तो मुझे लज्जित होकर नाहीं करनी पड़ेगी। किन्तु क्या युधिष्ठिर को सन्ताप नहीं माता की दुर्दशा देखकर भी ?...

"नारायण! युधिष्ठिर से मेरी पीड़ा निवेदन करना। किन्तु उन पर अधिक निर्भर न होना! तुम मेरे प्रचण्ड वीर पुत्र धनंजय को प्रेरित करना। उसके जन्म के समय जो दिव्य आकाशवाणी हुई थी, मेरी सारी आशाएँ उसी पर केन्द्रित हैं। वह आकाशवाणी मिथ्या न होगी अच्युत, कि यह वीर पुत्र पैतृक राज्य का उद्धार करेगा और तीन अश्वमेध यज्ञों का अनुष्ठान करेगा।...और श्रीकृष्ण! मेरे उस सर्वाधिक बलशाली पुत्र भीम को उसकी शक्ति स्मरण दिलाना। मेरे इन दोनों वीर पुत्रों से कहना कि क्षत्राणी जिस कार्य के लिए पुत्र को जन्म देती है, वह उपयुक्त अवसर आ गया है। अब वे बैठे न रहें। अपनी दीन माता का उद्धार करें। पुत्रों से कहना, तुम पाँचों के रहते महापराक्रमी भारतवंश की पुत्रवधू से भरी सभा में जो दुर्वचन कहे गये, क्या कोई वीर पुरुष उन्हें क्षमा कर सकता है ?"

अपनी लाड़ली सुकुमार पुत्रवधू का उलेख आते ही माता की ओजमयी स्वरमाला डूबने लगी। वाणी भावविगलित हो चली। हाथ स्वयमेव हृदय पर चले गये—

"मधुसूदन! मुझे राज्यहरण का उतना दुःख नहीं। मुझे द्यूतक्रीड़ा में पराजय का उतना कष्ट नहीं। पुत्रों के वनवास का भी महान् दुःख नहीं...किन्तु...किन्तु मेरी फूल-सी सुकोमल सुन्दर पुत्रवधू को अश्रु बहाते-बहाते नराधम दुर्योधन के जो कटु वचन सहने पड़े थे...माधव, मेरे उर में वे विषदन्त की भाँति गड़े हैं। जब तक न पापी दुर्योधन का पराभव देख लूँ, वह शूल उर में गड़ा हुआ पकता रहेगा, आजीवन मुझे मर्मान्तक पीड़ा देता रहेगा।...मेरी परम साध्वी पुत्रवधू को किन-किन निकृष्ट उपायों से राजसभा में अपमानित किया गया! मेरा हृदय छलनी हो गया है। वे पाँचों, उसके पति, वे पाँचों मेरे पुत्र षण्ढ से बैठे रहे! उस अबला को कोई रक्षक न मिला!...और वह साध्वी अपने पतियों की सेवा हेतु नन्हे शिशुओं का विछोह भी सह गयी!...

"आह अच्युत!...वह सुकुमार राजलतिका झंझाओं और प्रभंजनों से संघर्ष करती करती-कुम्हला गयी किन्तु उस महिमामयी भारती ने धर्म के वटवृक्ष को न छोड़ा। केशव! उसे मेरी ओर से धीरज बँधाना, सान्त्वना देना, साहस देना। तुम अधिक ज्ञानी हो, बुद्धिमान हो! तुम उपयुक्त वाणी और शब्दों से सम्पन्न हो, तुम यह कर सकोगे! उसे देखकर मेरा तो स्वयं का धीरज समस्त मर्यादाओं की प्राचीरों को तोड़ बहेगा...

"कितने अपशब्दों, भर्त्सना और लांछना का विषपान उस राजबाला ने किया है! पाण्डुकुल में उसको यही सब मिला!...अच्छा होता जो वह अविवाहित ही रह जाती तो अपने पितृकुल में अपमानित और लांछित तो न होती इस प्रकार...

"केशव! उसे मेरा अपार स्नेह देना, मेरे पुत्रों से भी अधिक...! और केशव! भीम और अर्जुन से कहना कि यदि उनके उर में अपमान की ज्वाला नहीं है, मेरे मन में तो है। महाराज पाण्डु का राजपरिवार ऐसी दयनीय-शोचनीय स्थिति में द्वार-द्वार भटक

रहा है, वे सह लें।...किन्तु मेरा स्वाभिमान मुझे सहने नहीं देता। और स्मरण रखना माधव! दुर्योधन और दु:शासन रूपी सर्पों के नीच वचन मेरे उर में विषदन्त की भाँति आजीवन गड़े रहेंगे, पक-पककर मेरी टीस प्रतिदिन प्रतिपल द्विगुणित, त्रिगुणित करते जाएँगे। पूछना—उन पाँचों पुत्रों में कोई सपूत भी है क्या, जो अपनी माता को उन विषदन्तों की मर्मान्तक पीड़ा से मुक्ति दिलाए?...वे...पाँचों...मेरे...पुत्र हैं!...कहने में...लज्जा होती है...हतभागा कुन्ती!...''

अश्रुवर्षा से उनके कपोल सिंचित थे। उनका वक्ष सिंचित था। उनका अंचल, उनके वस्त्र उस वेगवती अश्रुधारा से भीग चले थे। किन्तु...वे अकेली नहीं रो रही थीं। द्वारकाधीश श्रीकृष्ण के दोनों विशाल लोचनों से जैसे स्वयं गंगा-यमुना प्रवाहमयी हो बही आ रही थीं। एक के बाद एक अश्रुमोतियों की माला बनाते से झरते चले आ रहे थे। वार्ष्णेय रो रहे थे। त्रिकालदर्शी श्रीकृष्ण के दृग-युगल अश्रुप्लावित थे। पितृष्वसा पृथा चौंक पड़ीं। अविश्वसनीय!...

''यह क्या वसुदेवनन्दन? तुम्हारे नेत्रों में जल! कभी किसी ने सुना क्या? कभी किसी ने देखा...अश्रु क्यों तात? मैंने आवेश में कुछ अनुचित कहा क्या? कुछ अनर्गल कहा क्या? अधर्म कहा मैंने?...''

भावविह्वल यदुनन्दन ने आगे बढ़कर यदुनन्दिनी कुन्ती की चरणरज अपने ललाट में लगा दी।

''तुम धन्य हो वीरमाता! पितृष्वसा! देवी!...तुमने यदुकुल, वृष्णिकुल तथा कुरुकुल को तार दिया। समूचे क्षत्रिय समाज को धन्य कर दिया। अबला कही जाने वाली नारी का मस्तक गर्व से उठा दिया।...तुम्हारे तेज, स्वाभिमान और आत्मसम्मान के समक्ष नतमस्तक हूँ, भारती!...जो ओजभरी वाणी अभी कृष्णा की सुनकर आ रहा हूँ, वही तुमसे सुन रहा हूँ। यही स्वाभिमान कृष्णा में है, जो तुम्हारी वाणी में परिलक्षित हुआ। यह कैसा आश्चर्य पितृष्वसा! मुझे लगा कि पाण्डवों ने नहीं, अपितु तेजमयी उस कृष्णा लौहभारती ने जैसे तुम्हारी कुक्षि से जन्म लिया हो! और यह भी कितने आश्चर्य की बात कि आज क्षत्रिय पुरुष शौर्यहीन हुए बैठे हैं! युद्धप्रेरित करना पड़ रहा है उन्हें और क्षत्रिय महिलाओं के हृदय में वीरता और स्वाभिमान की प्रेरणा हिलोरें मार-मारकर तरंगित हो रही हैं! समस्त प्राचीन मान्यताएँ, धारणाएँ और पूर्वाग्रही कथन छिन्न-भिन्न हुए जा रहे हैं कि पुरुष स्वभाव से ही वीर होते हैं और स्त्रियाँ भीरु!

''पितृष्वसा! कितने खेद का विषय है कि मेरे पाण्डव-बन्धु तुम्हारे पुत्र होते हुए भी मूढ़ता से ग्रस्त हैं। किन्तु याज्ञसेनी के उर में स्वाभिमान की वही अग्नि धधक रही है जो तुम्हारे उर में है। जानती हो पितृष्वसा, उसने मुझसे चलते समय क्या कहा था? अपनी वह सघन रूखी कुन्तलराशि दिखायी थी, जो गत तेरह वर्षों से तेल-सुगन्ध-पुष्प एवं वेणीसज्जा से विहीन रही है। वह वीर क्षत्राणी प्रतिशोध न लेने की दशा में आजीवन वेणी नहीं बाँधेगी। जब तक दु:शासन की कटी बाहु को भूलुण्ठित न देख लेगी,

शृंगारसज्जा का स्पर्श भी न करेगी। सत्य कहता हूँ पितृष्वसा, यदि कृष्णा पुरुष होती तो नीच दुर्योधन और दु:शासन अनाचार करने के लिए अब तक जीवित न रह पाते!...तुम दोनों नारी धन्य हो, जो ज्योतिहीन पुरुषों को पुरुषार्थ का मार्ग दिखा रही हो! जो शौर्यहीन पुरुषों में वीरोचित गुणों को उत्साहित कर रही हो! तुम दोनों के ओज और शौर्य से मैं अभिभूत हूँ...नतमस्तक हूँ। धन्य है तुम्हारा त्याग, जो तुम स्वाभिमान के लिए इतिहास प्रसिद्ध महारानी विदुला की भाँति अपने पुत्रों को कालमुख में सौंप देने को आतुर हो! मेरा अभिनन्दन स्वीकार करो वीरमाता! तुम्हारे चरणों में मेरा शत-शत प्रणाम अर्पित है...!''

दोनों अपने-अपने अश्रु पोंछ रहे थे। दोनों स्वयं को संयत कर रहे थे। कुछ पल की निस्तब्धता के उपरान्त पाण्डुपत्नी पृथा शान्त स्वर में बोलीं—

''श्रीकृष्ण! युद्ध अवश्य होना चाहिए। मेरे पथभ्रष्ट पुत्रों को समझाना! वे बुद्धिमान हैं। समझाने से सत्पथ पर आ जाएँगे।...किन्तु मेरा विशेष सन्देश नरव्याघ्र अर्जुन को देना।...अच्युत! तुम पार्थ को एकान्त में ले जाना और उससे कहना कि माता का आदेश है कि वह ठीक वैसा ही करे जैसा पांचालराजपुत्री द्रौपदी उससे करने को कहे। याज्ञसेनी के बताये मार्ग पर ही चलें।... माधव! अर्जुन द्रौपदी का कहा अधिक समय तक नहीं टाल सकते। और मेरी आज्ञा का कभी उन्होंने उल्लंघन नहीं किया। मेरी अज्ञानवश दी गयी आज्ञा तक का पालन करने में उन्होंने महान् एवं अपूर्व त्याग किया है—तुम जानते ही हो। केशव! अपनी पत्नी, अपना व्यक्तिगत हर्ष सब उन्होंने त्याग दिया था, मेरे कहने से। और द्रौपदी को पाँचों भाइयों की सामान्य पत्नी बनाना नतमस्तक हो स्वीकार किया था। पार्थ अत्यन्त त्यागी पुरुष हैं, वीर हैं और पांचाली के अनन्य अनुरागी हैं। मेरी आज्ञा वे न टालेंगे, और फिर जब पांचाली के आग्रह से वे युद्धोन्मुख हो उठेंगे तो सभी भ्राता उनके साथ रणभूमि में आ जाएँगे।''...

''यही करूँगा पितृष्वसा! पाण्डवरूपी पांचजन्य शंख में प्रचण्ड भारती याज्ञसेनी ही प्राण फूँककर युद्ध का उद्घोष कर सकती है। मैं सदा उनके साथ रहूँगा। तुम चिन्ता न करना!''

श्रीकृष्ण ने वीरमाता की पुनः चरणरज ली। प्रदक्षिणा की एवं अतुल बलशाली विजयी सिंहराज की भाँति चल दिये।

दशार्हकुलभूषण श्रीकृष्ण वापस आ गये थे। सर्वप्रथम उनकी भेंट अर्जुन से ही हुई। श्रीकृष्ण उनके विशाल स्कन्ध पर हाथ रखकर उन्हें एकान्त में ले गये।

''पार्थ! वीरमाता वृष्णिनन्दिनी पृथा ने तुम्हारे लिए अन्य भ्राताओं से पृथक् सन्देश भेजा है।''

''भाग्यवान हूँ जनार्दन! माता की आज्ञा सदा शिरोधार्य रही है। आप आदेश दें।''

"उन्होंने कहा है कि सव्यसाची से कहना, वह द्रुपदसुता के बताये मार्ग पर चलें..."

एक क्षण अर्जुन समझ न पाये...दूसरे ही क्षण सब स्पष्ट हो गया।

"माता ने मुझे यह विशेष रूप से आज्ञा दी है ?"

"हाँ पार्थ ! उनके अनुसार द्रुपदकुमारी की उनके पाँचों पतियों द्वारा भरपूर उपेक्षा हो चुकी है। तुम्हारी पूज्या माता उसके लिए अत्यन्त चिन्तित हैं। यदि पांचाली ऐसे ही अपमान में घुलती रही, तो क्या अधिक समय जीवन धारण कर पाएगी ? सव्यसाची ! तुमसे अधिक उसका मन कौन समझता है ? तुमसे अधिक उसका कौन ध्यान रख सकता है ? कौन सान्त्वना दे सकता है ? सन्धिवार्ता विफल हो चुकी है। मैं विस्तार में सबके समक्ष बताऊँगा इस विषय को। अब युद्ध के अतिरिक्त अन्य कोई उपाय नहीं है। तुम्हारी माता ने भी यही कहा है। तेजस्विनी कृष्णा यही प्रारम्भ से कहती आयी है। पार्थ ! तुम्हें बता नहीं सकता कि तुम्हारी यशस्विनी माता अपनी तेजमयी पुत्रवधू के कष्टों का उल्लेख करते हुए किस प्रकार भावविगलित हो अश्रुमयी हो उठी थीं। मैंने इन दोनों स्त्रियों के स्वभाव में अद्भुत साम्य पाया। दोनों परम स्वाभिमानिनी एवं सही अर्थ में क्षत्राणी, वीरपत्नी एवं वीरमाताएँ हैं।...तुम स्वयं सोचो, क्या कृष्णा इसी प्रकार सदा उपेक्षिता रहेगी ?...अपमान की ज्वाला में स्वयं को तिल-तिल जलाती रहेगी ?...आजीवन ?...स्मरण रखो पार्थ ! सन्धिवार्ता विफल हो जाने के उपरान्त अब भी यदि तुम उसके अपमान का प्रतिशोध न लेकर चुपचाप बैठे रह गये तो वह अवश्य प्राण त्याग कर देगी...।"

"नहीं...मधुसूदन, नहीं!...ऐसा न कहें !"...अर्जुन कातर हो उठे, "मैं तो स्वयं...पांचाली की दशा देखकर चिन्तातुर हूँ...किन्तु सान्त्वना का एक शब्द भी कह पाने में...असफल हूँ माधव !" किसी प्रकार अटकते-अटकते अर्जुन ने बात पूरी की।

"क्यों ?" श्रीकृष्ण ने विस्मय से भँवें ऊँची कीं।

अर्जुन असमंजस में थे, कुछ लज्जित भी स्वयं को अनुभव कर रहे थे।

श्रीकृष्ण का 'क्यों' प्रश्न उनके कर्णकुहरों से टकराकर किसी विराट घण्ट-ध्वनि-सा टन्ना उठा।

"जनार्दन ! आपके जाने के उपरान्त से ही वह बहुत उद्विग्न रहने लगी है। साथ ही, हम सबसे अत्यन्त रुष्ट है, असन्तुष्ट है। और फिर बोलती कुछ भी नहीं, मौन रहती है। हम सब द्विविधा में हैं, कोई उससे कुछ नहीं कह पाता।"

क्यों ?—श्रीकृष्ण के विशाल नेत्रों से तीक्ष्ण शर-सा छूटा प्रश्न अर्जुन के मर्म में बिंधा रह गया। अर्जुन प्रहार से विचलित थे। इधर-उधर देख रहे थे किन्तु उस तीक्ष्ण दृष्टि से बचकर कहाँ जाते !

"मधुसूदन !...वह हम सबसे विलग रहती है। साथ बैठी हो तो भी ऐसे जैसे वहाँ हो ही नहीं !...और...माधव ! विशेष रूप से...माधव...विशेष रूप से वह मुझसे अधिक

रुष्ट है, ऐसा मुझे अनुभव होता है।"

मुस्करा उठे मन्द-मन्द वृष्णिकुलनन्दन।

"यदि तुमसे असन्तुष्ट है तो उचित ही करती है..."

"क्यों जनार्दन?"

"क्यों! तुम ही से तो उसकी सारी आशाएँ बँधी हैं। तुम ही से तो बँधी सीधी सरल गौ-सी वह छोड़ आयी अपने पिता पांचालनरेश का राजवैभव, सुख-सुविधा। तुम ही पर तो वह प्राण न्यौछावर करती है अपने, और तुम ही उसका साथ छोड़ विश्वासघात करने को उद्यत हो!"

"विश्वासघात!...पांचाली से!...यह क्या कह रहे हैं द्वारकेश?"

"क्यों! उस दिन सन्धिप्रस्ताव में तुम ही तो युधिष्ठिर की हाँ में हाँ मिला रहे थे! एक बार भी दृष्टिपात तक किया अपनी कातर पत्नी पर?"

"वे मेरे ज्येष्ठ भ्राता हैं, जनार्दन!"

"जानता हूँ! किन्तु पत्नी का अपमान, पत्नी की सुरक्षा कुछ नहीं? उसका दु:ख तुम्हें करुणा से विगलित नहीं कर देता? तुम तो अत्यन्त भावुक हृदय हो! उसके अन्तर की ज्वालाएँ तुम्हारे अन्तर को नहीं दहका देतीं? पार्थ! तुमने यह भी देखने में समय न गँवाया कि वह चारों भाइयों की बात से उतनी दु:खी न थी, किन्तु तुम्हारी बात सुनते ही जैसे उसकी सम्पूर्ण आशा-माल्य ही टूट गयी। उसके विश्वास का सर्वाधिक प्रदीप्त नक्षत्र तत्क्षण टूटकर धराशायी हो गया। कैसे कातर होकर दौड़ती हुई मेरे पास आयी थी! तुमने उसे सबसे बड़ा—सबसे गहरा आघात दिया। वह अन्य-अन्य से उपेक्षा सह सकती है किन्तु तुमसे नहीं। उस सुन्दर नलिना को तुमने कैसा मलिना बना डाला है पार्थ!...तुम स्वयंवर से उसे लेकर आये थे, क्या इसी दुर्दशा हेतु?"

"मधुसूदन!... माधव! केशव! यह...यह क्या कह रहे हैं गोविन्द? जो कुछ हुआ, उसमें सारा मेरा दोष!...क्या आप भी मुझसे रुष्ट हैं...?"

अचानक द्रौपदी के प्रवेश से वार्तालाप रुक गया।

"यह आ गयी महाभारती। आओ कृष्णे!" श्रीकृष्ण ने मुस्कराते हुए कृष्णा का हार्दिक स्वागत किया।

वह म्लानमुखी अत्यन्त गम्भीर और उदास-सी उनके निकट आ खड़ी हुई।

"माधव! क्या प्रात:स्मरणीया माता कुन्ती ने मुझे स्मरण नहीं किया? मेरे लिए कुछ सन्देश नहीं दिया?"

"ऐसा क्या सम्भव है कृष्णे कि मेरी स्नेहशीला पितृष्वसा तुझे विस्मृत कर दें? प्रतिपल, प्रतिक्षण वे अपनी प्राणप्रिया पुत्रवधू को स्मरण करती हैं। तेरे कष्टों को स्मरण कर-करके विकल हो-हो उठती हैं। उन्हें अपने पुत्रों की चिन्ता नहीं, किन्तु पुत्रवधू की चिन्ता उन्हें घुलाये दे रही है। वे तेरे साहस, धीरज, सहनशीलता एवं शौर्य की प्रशंसा करते नहीं थकतीं। और अपने पुत्रों की कठोरतम शब्दों में निन्दा करती हैं, भर्त्सना

करती हैं, जिनके कारण उनकी राजवधू की यह दशा हुई है। कृष्णे! उन्होंने तेरे लिए आशीर्वाद एवं अपार स्नेह भेजा है। तेरी चर्चा करते-करते वे सागर-सी उमड़ पड़ती हैं। जैसे स्वयं कपिला गौ अपने वत्स को बिना देखे कातर हो, ऐसे ही वे तुझे देखने को आतुर हैं।...जिस क्षण तू उनके समक्ष होगी, वे तुझे अपने अंक में भर लेंगी, हृदय से लगाकर तेरे मन का सारा अनुताप हर लेंगी, तेरी समस्त पीड़ा अपने अन्तर में भर लेंगी। वे विशालहृदया हैं। उदारमना हैं। वे महान् वीरमाता हैं।''...

श्रीकृष्ण के भावपूर्ण उद्गार सुनते ही पांचाली आँचल मुख से लगा विह्वल हो रो पड़ी। सव्यसाची पहले से श्रीकृष्ण के शब्दों से मर्माहत-से खड़े थे। उन्होंने धीमे से अपना मुख दूसरी दिशा में फेर लिया, नयनकोरों में डबडबाये अश्रुओं को छिपाने के लिए, और हौले से दाहिने हाथ की तर्जनी से अपने अश्रुकण पोंछ डाले।

तब...जब वे मुड़े, श्रीकृष्ण वहाँ नहीं थे। द्रौपदी आँचल से मुख ढाँके भूमि पर बैठी अभी भी रो रही थी। अपने परम आदरणीय सखा के कटुवचन अर्जुन भुला नहीं पा रहे थे। किन्तु श्रीकृष्ण केवल कटु बोलकर ही नहीं गये थे, कितना सत्य कहकर गये थे कि पांचाली को लेकर तो सव्यसाची ही आये थे! और उन्होंने उसके प्रति अपने कितने दायित्व आज तक निभाये? कितना सुख उसे दिया? अपराध-भावना एवं आत्मग्लानि में आकण्ठ डूबे अर्जुन कुछ क्षण जड़वत् खड़े रह गये। पांचाली की तीक्ष्ण उलाहनाभरी दृष्टि का सामना करने का उनमें साहस न था। विगत कितने दिवसों से वे उस मर्मभेदी दृष्टि से चोरों की भाँति बचते रहे हैं! पांचाली की मनोदशा से व्याकुल हो उसे समझाना चाहते, धीरज बँधाना चाहते किन्तु याज्ञसेनी का दर्प उन्हें अपने निकट फटकने न देता। अन्य सबसे आवश्यकता पड़ने पर वह बोलती भी, किन्तु अर्जुन के प्रति भरपूर उपेक्षा दिखा रही थी। कुछ क्षण किंकर्तव्यविमूढ़ से खड़े रहने के बाद, जैसे-तैसे साहस बटोरकर उन्होंने द्रौपदी के शीश पर अपना नेह-पुलकित हाथ हौले से रखा।

''माधव! मुझे एक बार माता कुन्ती के दर्शन नहीं मिल सकते क्या? मेरी व्यथा किसी ने समझी तो उन्होंने...मुहूर्तभर के लिए मुझे उनके पास ले चलो जनार्दन!...उन ममतामयी से कब कहूँगी—सब कुछ!...कहूँगी, मुझे दुःशासन, दुर्योधन, जयद्रथ एवं कीचक भी उतना दुःखी नहीं बना पाये जितना मुझे मेरे पाँच पतियों ने दीन बना दिया, आर्त बना डाला। मुझे कहीं का न रखा इन महावीरों ने...।'' पांचाली अर्जुन के हाथ को श्रीकृष्ण का हाथ समझे सिसकते हुए अस्फुट शब्दों में कह उठी।

श्रीकृष्ण वहाँ नहीं थे। असहाय अर्जुन उसके उद्गार सुन रहे थे—भावपूरित नेत्रों से उसे निहारने का असफल प्रयास करते से। नयनकोर में पुनः अश्रु डबडबा आये थे। कण्ठ अवरुद्ध था। साश्रुकण्ठ बड़े प्रयास से बोले, ''...पांचाली!''

विद्युत् तरंग का झटका लगा हो जैसे, तड़ित् गति से पांचाली उनका हाथ छोड़ खड़ी हो गयी।

"मुझे क्षमा करें पार्थ!"

"तो क्या मेरी एक बात भी नहीं सुनोगी...?"

"क्यों, अभी और भी कुछ सुनने को शेष है मेरे लिए? उस दिन तो आपके सारे वीर-वचन सुन चुकी हूँ..." और वह आँधी की भाँति सन्नाती हुई वहाँ से निकल गयी।

अर्जुन स्तम्भित थे। अवाक् थे। मर्माहत थे। पांचाली उनसे रुष्ट थी। माता कुन्ती उनसे रुष्ट थीं। सखा श्रीकृष्ण उनसे रुष्ट थे।...

श्रीकृष्ण वहाँ से धर्मराज युधिष्ठिर के निकट चले आये थे। वहाँ सबको उन्होंने कौरवसभा में हुई चर्चा का सार एवं माता का सन्देश शब्दशः प्रस्तुत कर दिया। पांचाली भी आकर पीछे बैठ गयी थी। सबसे बाद में आये सव्यसाची अन्यमनस्क से। धीमी चाल, चिन्तित मुखमुद्रा, शिथिल चरण। आकर चुपचाप एक ओर बैठ गये। श्रीकृष्ण ने एक उड़ती-सी दृष्टि से परख लिया—प्रियसखा अर्जुन उद्वेलित हैं, उद्विग्न हैं। अशान्त हैं, व्यथित हैं। शुभ लक्षण है!

दूसरी ओर माता कुन्ती के सन्देश से बल पाकर पांचाली का खोया साहस एवं ओज लौट आया था। उसका पीतवर्ण मुर्झाया मुखमण्डल पुनः पूर्व आभा से प्रदीप्त हो उठा।

दुर्योधन, श्रीकृष्ण एवं माता कुन्ती की बातें सुनकर युधिष्ठिर गहन ऊहापोह में पड़ गये थे। दीर्घ निःश्वास लेकर बोले—

"तो जनार्दन! अब स्पष्ट बताएँ, क्या करना होगा?"

पांचाली तड़प उठी। विद्युत्-सी कौंध उठी।

"अब इतना सब सुन चुकने के उपरान्त भी पूछ रहे हैं कि क्या करना होगा? आह री आपकी बुद्धि! क्या माता कुन्ती का आदेश पर्याप्त नहीं कि आप क्षत्रिय धर्म के अनुकूल आचरण करें? आपको माता की आज्ञा के औचित्य पर भी सन्देह हो रहा है? ऐसे सदा अनिर्णय की स्थिति में रहे धर्मराज...तो हमारा दुःख दिन-दूना रात-चौगुना बढ़ता जाएगा। हम दिन-प्रतिदिन और भी दरिद्र एवं दीन होते जाएँगे।"

"देवी! तुम बहुत क्षुब्ध हो। अधिक सन्ताप न करो। विधाता ने जो भाग्य में लिखा है, वह सहना ही पड़ेगा। अच्छा हो, उसे धीरज के साथ सहा जाये और उदारता से स्वीकार किया जाये।"

"नहीं धर्मराज!" पांचाली का तेजयुक्त दृढ़ स्वर ऊँचा हो प्रखर हो चला, "आपके समान हर विपत्ति को मैं प्रारब्ध नहीं मान सकती। मनुष्य का पुरुषार्थ भी कुछ है। इस प्रकार आप द्यूतक्रीड़ा के दोष से स्वयं को मुक्त करना चाह रहे हैं? द्यूत-लिप्सा में पड़कर पलक झपकते आपने वासुदेव के किये-कराये पर पानी फेर दिया। खाण्डववन जलाकर वहाँ इन्द्रप्रस्थ राज्य बसाना, जरासन्ध का वध करवाना, राजसूय यज्ञ कराना,

आपको सम्राट् पद पर विभूषित कराना—इन सबके पीछे किसका कठोर परिश्रम व संघर्ष रहा? और कैसे आपने कृतज्ञताज्ञापन की उनके प्रति! कपूर-सा उड़ा दिया वह वैभवशाली साम्राज्य! यह सत्य है कि यदि आप ऐसे द्यूतव्यसनी न होते तो हमारी यह दुर्गति न हुई होती।...धर्मराज! कितने आश्चर्य की बात है कि ऐसी विलक्षण अपमानजनक स्थितियों में होकर भी आपका रक्त नहीं खौल उठा! आप पुरुष हैं, वह भी क्षत्रिय...और वह भी अजमीढ़वंशी...फिर भी कैसे साहसशून्य, क्रोधशून्य हो गये हैं?...

"आपने कभी विचार किया कि क्या वीरवर अर्जुन का जन्म राजकन्याओं को नृत्यशिक्षा देने के ही लिए हुआ था? बलशाली आर्य भीम बल्लव बनकर सूपकार बनने योग्य थे? और इन सुकुमार, सौन्दर्य से सम्पन्न आर्य नकुल एवं आर्य सहदेव को अश्वों एवं गौओं की सेवा मात्र के लिए स्वर्गीया माता माद्री ने जन्म दिया था?...ये आपके भाई हैं—महाराज पाण्डु के तेजस्वी पुत्र। इन्हें अपने कृत्यों से आपने कहाँ किस निम्नतम स्थिति में उतार दिया, यह कभी सोच पाते हैं?...और फिर भी आपको कौरवों के प्रति लेशमात्र क्रोध नहीं होता?"

पांचाली का श्वास वेग से चलने के कारण फूल रहा था। उत्तेजना एवं आवेश से स्वेदकण भाल पर उभर आये थे।

"थोड़ा विचारिए धर्मराज! आपने किसके प्रति इस जीवन में अपने कर्तव्य निभाये! तनिक सोचें तो, क्या आपने अग्रज के दायित्व पूर्ण किये? क्या पति के कर्तव्य निभाकर पत्नी के अपमान का प्रतिशोध लिया? सदा आपके श्रीमुख से सुनती आयी—'पिता रक्षति कौमारे भर्ता रक्षति यौवने'...किन्तु क्या मेरी रक्षा की आपने? क्या पिता होने के नाते अपने पाँचों पुत्रों का पालन-पोषण कर सके? उनकी शिक्षा-दीक्षा का प्रबन्ध कर सके? वे द्वारकाधीश की कृपा से पल रहे हैं। उन्हें पिता व माता के स्नेह से आपने वंचित नहीं कर दिया क्या? और...तनिक विचारिए धर्मराज, क्या आपने पुत्र के नाते अपने दायित्व पूर्ण किये? अपनी वृद्धा माता की सुख-सुविधा का ध्यान रखा? वे कौरव-राजप्रासाद में कैसे अपमान के दिन काट रही हैं, इस पर आपका ध्यान नहीं जाता? चारों अनुजों ने जो अपना रक्तस्वेद एक कर आपके इन्द्रप्रस्थ राज्य का उत्कर्ष किया, उसे आपने अपनी मूढ़ता से कैसे क्षणभर में कपूर-सा उड़ा दिया!...और पश्चात्ताप से आप क्षुब्ध नहीं हो जाते, यह जानकर भी कि यह सब आपकी ही हठवादिता थी? लेशमात्र भी ग्लानि नहीं होती आपको? इच्छा जाग्रत् नहीं होती कि उन शत्रुओं को कुचलकर रख दें? तो...महाभाग! आप स्वयं को क्षत्रिय कैसे सिद्ध करते हैं?"

"पांचाली! तुम क्रोध में हो। और क्रोध में मनुष्य तर्क और विवेक खो बैठता है। क्रोध त्यागो भद्रे!"

"धर्मराज! आप तो क्षत्रियत्व ही गँवा बैठे हैं। माता कुन्ती ने जो इतने विस्तार में महारानी विदुला की कथा जनार्दन से कहलवायी, उससे क्या शिक्षा मिली अन्ततः आपको? वीरमाता विदुला ने अपने पुत्र से यही तो कहा था कि क्रोधशून्य व्यक्ति

क्षत्रिय कहलाने योग्य नहीं। माता कुन्ती ने यह कथा क्यों कहलवायी आपसे? वह क्षत्रिय क्या जिसमें क्रोधाग्नि बुझ चुकी हो? राजा होते हुए भी आप राजधर्म एवं कूटनीति भुला बैठे कि शत्रु को कभी क्षमा नहीं करना चाहिए।...यदि ऐसे ही आप दीनताप्रिय हैं, तो अच्छा होता कि आप किसी ब्राह्मण कुल में जन्मे होते!...इस गौरवशाली अजमीढ़ कुल में क्यों जन्म लिया आपने?''

''पांचाली! यह सब हमारे पूर्वजन्म के ही कर्मों का फल है जो हमें भुगतना पड़ रहा है। अतः इतना आकुल होने की आवश्यकता नहीं।''

''अहो...हो-हो! धन्य है आपकी सहनशीलता! अपार है आपका धीरज! किन्तु धर्मराज! विधाता और भाग्य पर सब छोड़ देने से ही राज्य चलता है क्या? ईश्वर की परमशक्ति पर मेरा अडिग विश्वास है। भाग्य को भी मैं मानती हूँ किन्तु क्या पुरुषार्थ कुछ भी नहीं आर्य? कभी-कभी मुझे ईश्वरीय न्याय पर सन्देह अवश्य हो उठता है। ईश्वर भी कैसा है जो साधुसम पाण्डवों को शृंखलाबद्ध रूप में अपार कष्ट दिये जा रहा है और कुरुवंशियों को समृद्धि एवं सुख दे रहा है! आर्यपुत्र! मैं ऐसे ईश्वर की निर्भीक और स्पष्ट निन्दा करूँगी जो निरपराध पाण्डवों को अनवरत यातनाएँ देता है और इस प्रकार अन्याय को प्रश्रय देता है।''

''शान्त! शान्त रहो पांचाली! तुम भावावेश में आकर नास्तिक मत का प्रतिपादन कर रही हो!''

''नहीं, कदापि नहीं महाराज! मैंने कभी धर्म की उपेक्षा नहीं की, न करती हूँ। न कभी ईश्वर की महिमा मैंने कम करके गिनी है। मेरा कथन केवल इतना है कि ज्ञानी पुरुष को भी कर्म करना चाहिए। आप सोचिए तनिक, आप, ये पाण्डव वीर और मैं—हम लोग सब वृक्ष और पर्वत तो नहीं जो बिना कर्म किये ही, बिना श्रम किये ही उन्नति कर लें, संवृद्धि पा लें! बिना श्रम के ही जीवन में सफलता मिल जाएगी यह सोचकर आँख मूँद लेना, मेरी दृष्टि से, सिवा नितान्त मूर्खता के और कुछ नहीं। श्रेष्ठ पुरुष वह है जो कर्म में आस्था रखता है। वही प्रशंसा का पात्र है। आलस्य में पड़े रहकर, सब कुछ पूर्वजन्म के कर्मों और दैव पर छोड़नेवाले को क्या मिलेगा सिवा दरिद्रता के?''...

''क्षमा धर्मः क्षमा यज्ञः क्षमा वेदाः क्षमा श्रुतम्...क्षमा तपः क्षमा शौचं क्षमयेदं धृतं जगत्...'' युधिष्ठिर की दृष्टि सुदूर क्षितिज पर टिकी हुई थी। आत्मविस्मृत दार्शनिक से वे बोले जा रहे थे, ''क्षमा ब्रह्म क्षमा सत्यं क्षमा भूतं च भावि च...''

''अहो धर्मराज! लगता है, आप शुद्ध अहिंसा पर आधारित कोई नया पन्थ पृथ्वी पर प्रारम्भ करनेवाले हैं।'' पांचाली के स्वर में झुँझलाहट शमित न हो पा रही थी।

''मैं नहीं तो भविष्य में कोई महापुरुष अवतरित होगा जो अहिंसा एवं क्षमा की महिमा से जगत् को परिचित कराएगा...और...''

''असम्भव नहीं! जब आप क्षत्रिय होकर क्रोधशून्य हैं, तो आश्चर्य क्या यदि कोई ब्राह्मण कभी भविष्य में धरा पर अहिंसा पन्थ प्रचलित कर दे...''

"ब्राह्मण क्यों? अहिंसा पन्थ चलानेवाला क्षत्रिय कुल में भी उत्पन्न हो सकता है..."

"किन्तु आप तो नहीं महाराज! आपने जीवन में सदा दया, परोपकार, क्षमा, शान्ति और उदारता से पुण्य ही अर्जित किया है। अत: आप तो पुनर्जन्म निश्चित रूप से न पाएँगे..." पांचाली का स्वर अभी भी व्यंग्यपूरित था।

"कौन कह सकता है कल्याणि...कि मेरे मन में कभी कोई विकार आया ही नहीं!...और फिर...सदा की रक्तरंजित, दु:खपीड़िता वसुन्धरा के हृदय पर अहिंसा का सुशीतल चन्दनी लेप लगाने हेतु यदि मुझे बार-बार भी जन्म लेना पड़े तो मुझे कोई आपत्ति नहीं, सुश्रेणि...।"

"हाँ...आप तो सदा ही कितनी दु:खपीड़िताओं के हृदय पर सुशीतल लेप लगाते आये हैं...।" तिक्त भाव से बुझा वाक्य वाण छोड़ा द्रौपदी ने।

देवकीनन्दन कृष्ण मुग्ध थे पांचाली की तर्कशक्ति एवं वाक्चातुर्य पर। किन्तु उसकी यही प्रतिभा युधिष्ठिर को असहनीय थी।

"पांचाली! तुम वाक्पटु हो। तुम तर्क को महत्त्व देती हो। जब अवसर मिलता है, अपनी वाक्प्रतिभा से सबको विमोहित कर भ्रमित कर देती हो। किन्तु तर्क ही सब कुछ नहीं तर्कबाले!"

"मैं तर्क न करती महाराज, यदि आप भावनाओं का ही महत्त्व समझे होते! वह भी आप न कर सके। आपके द्वारा सम्पादित प्रत्येक अन्याय का गरलपान मैंने किया। कौन है जो मेरी सहनशक्ति और साहस को चुनौती दे सके धर्मराज?"

"कोई नहीं याज्ञसेनी! तुम्हारा धैर्य और सहनशक्ति अपार है। तुम्हारी कर्तव्यपरायणता, सेवाभाव, कर्मठता से कौन नहीं अभिभूत हुआ? तुम्हारे गुणों की जितनी प्रशंसा..."

"बस करें धर्मराज! मेरा गुणगान न करें कृपया! मेरा गुणगान कर-करके ही तो आपने मुझे दाँव पर लगाया था। अब नहीं! आप मेरा गुणगान करते हैं तो मेरे रोंगटे खड़े हो जाते हैं भय से कि कहीं फिर से पण्य तो नहीं बना दी जाऊँगी! कहीं दाँव पर तो नहीं लगा दी जाऊँगी! नहीं महाराज! आपके मुख से मेरी आलोचना ही श्रेयस्कर है...वही आपको अधिक शोभा भी देती है। मेरे हाथ-पाँव भय से काँपने लगे हैं, धर्मराज! पण्य, दासत्व, वस्त्रहरण! अहो! असह्य हैं सब कुछ! कृपया निन्दा करें मेरी, प्रशंसा नहीं! गुणगान नहीं। अब मुझे पण्य न बनाएँ महाराज! मुझ पर दया करें...धर्मराज! यदि मैं एक साधारण नारी होती तो यह अपमान इस प्रकार तिल-तिल न घुलाता। किन्तु मैं एक साधारण नारी नहीं—यही मेरा दुर्भाग्य है। मैं यशस्वी पांचालनरेश महाराज द्रुपद की आत्मजा हूँ। यह भी दुर्भाग्य ही है स्यात् कि महिमामय स्वर्गीय महाराज पाण्डु की पुत्रवधू हूँ। परम प्रभावयुक्त शक्तिशाली वसुदेवनन्दन की सखी और महाराज युधिष्ठिर

तथा उनके प्रतापी अनुजों की राजरानी हूँ। मैं पाँच महारथी पुत्रों की जननी हूँ। यह सब होते हुए भी मुझे जो अपमान के विषघूँट पीने पड़े हैं...ईश्वर! किसी नारी को न पीने पड़ें। बताएँ महाराज, पूरे इतिहास में है कोई दृष्टान्त जहाँ कोई उच्चवंशीय महिला ऐसे कष्टों की शृंखला में सुदीर्घ काल तक आबद्ध रही हो? और आप कहते हैं, मैं बोलूँ नहीं!...आप कहते हैं, मुझे कष्ट न हो!...मैं अन्याय का प्रतिवाद न करूँ!...अपमान का प्रतिकार न करूँ!...दीन बनी भिक्षा की झोली उन निरंकुश अन्यायियों और सिद्धान्तहीन दुराचारियों के द्वार पर फैलाये रहूँ?...धन्य हैं वे ब्राह्मण जो भिक्षा से ही सन्तुष्ट हो जाते हैं। किन्तु मैं क्षत्रिय हूँ! मैं ब्राह्मण-पत्नी नहीं! उत्तम होता यदि आप ब्राह्मण हुए होते!..."

भीमसेन पांचाली के एक-एक शब्द से उद्वेलित हो रहे थे, एक-एक शब्द उन्हें कसमसा देता। उनका संयम समाप्त हो चला था। अन्ततः अन्तर का सुप्त स्रोत वाणी-निःसृत हो चला—

"सत्य कह रही हैं पांचाली। हमारे जीवित रहते हुए भी धर्मराज, आपके कारण हमारा पैतृक राज्य कैसे हमारे हाथ से वाष्प-सा उड़ गया? जैसे लूले व्यक्ति से किसी ने बेलफल छीन लिया हो! इसका कोई दूसरा दृष्टान्त किसी क्षत्रिय कुल में न मिलेगा। मुझे भी प्रतीत होता है कि अति वैराग्य के कारण आप कहीं साहसशून्य ही तो नहीं हो गये, जो माता के आदेश से भी आपका हृदय उद्वेलित नहीं हो पा रहा! याज्ञसेनी के तप्त वाक्वाणों से भी आपके उर में ऊष्मा नहीं उत्पन्न हो रही? युद्ध से भयभीत हैं महाराज, तो आप पृष्ठभूमि में रहिए! मैं एवं अर्जुन उन पापियों के लिए पर्याप्त हैं। आप रणक्षेत्र में जाइए भी नहीं। किन्तु अपने कुल के अपमान का प्रतिशोध लेना हमारा पुनीत कर्तव्य है। आप अपने इस दायित्व को भय के कारण ही नहीं निभाना चाहते? हममें क्या अभाव है? क्या कारण है जो संग्राम करके अपनी खोयी राजलक्ष्मी पुनः नहीं पा सकते? महाराज! मुझसे यह नपुंसकों का-सा जीवन सहा नहीं जा रहा। प्रतिदिन अधर्मी दुर्योधन के दूत आ-आकर हमें अपमानित कर जाते हैं। सुना नहीं था, शकुनि-पुत्र उलूक क्या-क्या कह गया? हमारी दीनता की चारों ओर हँसी हो रही है जबकि हम किसी से हीन नहीं! केवल अपनी सज्जनता एवं आपकी आज्ञापालन के कारण हम उपहास के पात्र हो गये हैं! लज्जा के कारण हम कहीं शीश उठाने योग्य नहीं रह गये!..."

पांचाली को जैसे तृणावलम्बन मिला। पुनः सतेज स्वर में वह धुआँधार बरस पड़ी—

"धर्मराज! एक पल के लिए भी तो मैं विस्मृत नहीं कर पाती कि आप सबके उपस्थित रहते हुए भी उस पापी दुःशासन का दुःसाहस हुआ कैसे मेरी वेणी को हाथ लगाने का? और आप सब अपनी प्राणप्रिया भार्या को अपमान सहने के लिए एकाकी छोड़ शीश झुकाये बैठे रहे—कापुरुषों की भाँति! नपुंसकों की भाँति!...दोष मेरे पिताश्री

का भी रहा जो उन्होंने मुझे आप लोगों को सौंपा, आजीवन मैं उनके इस अन्याय की वेदना झेलती रहूँगी। क्या ही उत्तम होता यदि वे इन पाँच पाण्डवों से मेरा विवाह न करते...किसी पुरुष से करते! धिक्कार है इन नरश्रेष्ठ भीमसेन के अतुल बल को जिन्होंने अवसर पर बल प्रयोग नहीं किया! धिक्कार है इन गाण्डीवधारी को जिनके मन में सदा वृहन्नला नागिन-सी बैठी रहती है कुण्डली मारे, और जब-तब प्रेतनी-सी चिपट जाती है इनसे! धिक्कार है पाँचों के पुरुषत्व को! इनके क्षत्रियत्व को! एक साधारण व्यक्ति भी पत्नी के सम्मान की रक्षा करता है परन्तु इन पाण्डुपुत्रों का तो कीर्तिमान ही अनोखा है इतिहास में! शत्रु इनके समक्ष ही इनकी भार्या से दुर्व्यवहार करते रहे और ये पराक्रमी भरतवंशी नरशार्दूल मूक, करुण कपिला की भाँति बैठे-बैठे तकते रहे!..."

पाण्डवों के मुखमण्डल विवर्ण हो चले। कर्णशिखर आरक्त थे। भाल पर स्वेद कण छलछला आये। आरक्तमुख धनंजय बार-बार बाहु के पृष्ठ भाग से ललाट पोंछ रहे थे। उस अग्निमयी लौहमहिला के मुख से तप्त लौहपिण्डों की तीव्र बौछार हो रही थी जैसे।

"संयत हो याज्ञसेनी! प्रतिशोध की अग्नि से जलती हुई तुम कितना प्रलाप करोगी? कितना अनर्गल कहती जाओगी? प्रतिशोध, किन्तु एक निम्न मनोवृत्ति है, तुम उससे ग्रस्त हो। उदार बनो, क्षमाशील बनो। क्षमा के समान श्रेष्ठ गुण नहीं देवी...!"

श्रीकृष्ण की भृकुटि तत्क्षण तन उठीं! पांचाली और उग्र हो उठी, जैसे अग्नि में घृत की आहुति पड़ी हो—

"राम-राम कहिए धर्मराज, राम-राम! स्मरण करिए तनिक रघुकुलशिरोमणि श्रीराम का। अपनी साध्वी भार्या के अपमान का प्रतिशोध लिया था श्रीराम ने—दशमुख के दशों मस्तक उच्छेदन करके। उसकी बीसों बाहुओं को काटकर रख दिया था उन्होंने। उसके पूरे कुल का संहार कर दिया था पत्नी की मर्यादा हेतु। राम-राम जपिए...धर्मराज! शायद राम-स्मरण से ही आपके किसी अंग में क्षत्रियत्व का स्फुरण हो उठे! वीरता का अंकुरण हो उठे! इसीलिए कह रही हूँ—राम-राम कहिए महाराज—राम-राम!"

युधिष्ठिर भाल पर हौले-हौले हाथ फेरते हुए फिर वैसे ही शिथिल बैठे रहे। पांचाली अब माधव की ओर उन्मुख हुई—

"माधव! मुझे तो लगने लगा है, मैं सर्वथा अरक्षणीया हूँ, अनाथा हूँ! मेरा कोई नहीं है इस जगत् में। न पति, न पुत्र, न पिता, न बन्धु, न तुम! मैं सर्वथा उपेक्षिता हूँ। सबने मुझे चरम पीड़ा दी है। असीम पीड़ा दी है और निदान के लिए कोई भी तत्पर नहीं। मुझे दु:ख है, ईश्वर ने मुझे पुरुष क्यों नहीं बनाया! तब मैं इन्हें पौरुष का पाठ पढ़ाती और स्वयं ही तत्काल उन नराधमों को यमलोक पहुँचाती। तब इन कापुरुषों का आश्रय-अवलम्ब तो न लेना पड़ता जो क्षत्रियत्व से हीन हैं...शौर्यशून्य हैं! किन्तु क्या

करूँ मधुसूदन!...मेरी धमनियों में तो मेरे वीर पिता का रक्त दौड़ रहा है...! धर्मराज! मैं अपने हाथ के चूड़े एवं कंकण उतार देती हूँ, आप उन्हें पहनकर घर में नववधू-से बैठिए! मेरे अपमान का प्रतिकार मेरे वृद्ध पिता एवं वीर भ्राता कर सकते हैं, वे ही करेंगे...आप लोगों को स्त्रियोचित कार्य अधिक शोभा देंगे..."

भीमसेन के विशाल नेत्रों में अपमान और क्षोभ की कटुता तैर आयी।

"बस करो याज्ञसेनी!...अब सुना नहीं जा रहा..."

"क्यों?...क्यों नहीं सुना जाता वृकोदर?...जब शकुनिपुत्र उलूक दुर्योधन का दूत बनकर विषबुझे वाक्य सुना रहा था, तब तो बड़े धैर्य से सुन लिया! स्मरण नहीं उसने क्या-क्या कहा था? क्या नहीं कहा उसने? उस धृष्ट ने आप सबके मुख पर दुर्योधन का यह सन्देश नहीं कहा क्या कि विडालव्रत का ढोंग छोड़ो! बहुत रच लिया धर्माचरण का स्वाँग! यदि ऐसे ही धर्मनिष्ठ हो तो क्षत्रियधर्म में प्रवृत्त क्यों नहीं होते?...छल-छद्म त्यागकर पुरुष बनो और अपनी दुःखकातर माता के अश्रु पोंछो! आर्यपुत्र!...भूल गये, दुर्योधन ने कहलवाया था कि पंचग्राम की आपकी याचना भी इसीलिए ठुकरायी है ताकि आप लोगों में पौरुष का संचार तो हो किसी प्रकार। पुरुषोचित मार्ग तो अपनाएँ आप लोग किसी प्रकार!...एवं याचना तो न करें क्षत्रिय वीर होकर! कितने व्यंग्य से उलूक कह गया कि कौरवों को अपने पाण्डव भ्राताओं का ऐसा कायर एवं नपुंसक होना महान् कष्ट देता है...और वे पाण्डवों को पुरुष बनाने के लिए कृतसंकल्प होने के कारण ही उनका एक के बाद एक अपमान करते जा रहे हैं! किन्तु...दुर्भाग्य!...पाण्डवों का पौरुष चेतता नहीं किंचित् भी!"

अर्जुन अपने ललाट के स्वेद कणों को पोंछते बोले, "क्षमा करो पांचाली! हमारे पौरुष और वीरता के विषय में कौरव तब समझेंगे जब उचित अवसर पर हम उनका वाणी से नहीं...शस्त्र से उत्तर देंगे।"

"धन्यभाग्य!...महाभाग! कब आएगी वह पुण्य-वेला?" प्रखर व्यंग्य से द्रौपदी बोली।

"तुमसे छिपा नहीं है पांचाली, कि हम केवल अपने पितृतुल्य अग्रज धर्मराज युधिष्ठिर के सम्मान के कारण ही चुप हैं अन्यथा..."

"आहा हा हा—हतभागी पांचाली...आप सभी लोगों की मति एकसाथ मारी गयी आर्यपुत्र?...महाराज युधिष्ठिर तो पुरातन व्यसनी रहे हैं द्यूतक्रीड़ा के। इस घृणास्पद व्यसन से क्या नहीं आपत्तियाँ बुलवा दीं महाराज ने हमारे ऊपर!...ज्येष्ठ भ्राता पितृतुल्य होता है। किन्तु वह यदि धर्मविरुद्ध, नीतिविरुद्ध आचरण करे तो भी आप अन्धानुगमन करते जाएँ, यह उचित है क्या? अनुजों को दाँव पर लगा देना, पत्नी को दाँव पर लगा देना किस नीति के अनुकूल है?...तो आप भी क्या धर्म एवं नीति के उल्लंघन के दोषी नहीं हुए आर्यपुत्र?...पूर्णतः विवेकशून्य से बैठे रहे और नीति-अनीति का विचार ही न रहा त्रिलोकविख्यात धनुर्धर को! यह सोचा आपने कि मैं जहाँ जाऊँगी, लोग मुझे इंगित

कर कहेंगे—'यही है वह महाराज पाण्डु की पुत्रवधू, पाण्डवों की भाग्यहीना भार्या जिसके केश पकड़कर भरी सभा में खींचे गये, जिसे भरी सभा में वेश्या कहा गया, जिसे भरे समाज में विवस्त्र करने की कुचेष्टा की गयी और...जिसके पाँच महाशूरवीर पतियों में से एक ने भी उठकर पत्नी के सम्मान की रक्षा न की!'...ठीक ही तो कह गया उलूक—कि साधारण पुरुष भी होता तो तत्काल वीरता से हुंकार उठता!...जो भी स्वयं को पुरुष मानता, वह उस समय क्या शान्त बैठ सकता था?

"आप क्षत्रियों से श्रेष्ठ तो वहाँ उपस्थित विप्रवर थे। चीरहण होगा—सुनते ही कैसे महर्षि धौम्य, सोमदत्त एवं अन्य तेजस्वी, धर्मरक्षक ब्राह्मणगण पादुकाएँ चटकाते राजसभा का तिरस्कार कर उठकर बाहर निकल गये थे! उनमें नीति-अनीति का विवेक था। विरोध प्रकट करने का साहस था। और महानुभाव! आपसे अच्छी तो कुरुकुल की नारियाँ थीं। मुझे घसीटते हुए अपरिचित पुरुषों से भरी सभा में लाया जाते देख कैसा हाहाकार मचा डाला था उन महिलाओं ने! उचित-अनुचित का विवेक उनमें भी था। किन्तु पतिदेव! आप शान्त ही बैठे रहे!

"पाण्डवश्रेष्ठ! अपनी असहाय भार्या का अपमान नहीं, तो अपने पुण्यश्लोक पिताश्री के नाम को स्मरण करके तो प्रतिशोध ले लेते! उनकी पुत्रवधू ऐसे ही व्यवहार के योग्य है?...क्या तात पाण्डु जीवित होते तो मेरी यह दुर्गति हुई होती?...गाण्डीवधारी साधु!...अपनी माता के ही कष्टों का विचार किया होता!...कितने विशेषणों से अलंकृत है आपका यशस्वी शुभनाम! परमवीर, महापराक्रमी, सव्यसाची, विश्वविजेता...इत्यादि, इत्यादि, इत्यादि!...देखूँ तो आप कहाँ से वीर हैं!...किस कोण से वीर हैं!...तभी तो दुर्योधन ने उलूक से कहलवाया कि यह चार हाथ का सुदीर्घ गाण्डीव किस दिन काम आएगा? इसका प्रयोजन क्या है? इसको लिये-लिये भी पार्थ विलाप ही करते रहे और राज्य का स्वर्णपक्षी हाथ से फुर्र हो गया!...दुर्योधन तेरह वर्ष तक शासन करता रहा, और आप...गाण्डीव हाथ में लिये बैठे रहे।...आर्यपुत्र! वह उद्दण्ड उलूक कैसे दुर्योधन की दम्भोक्ति दुहरा गया कि पौरुष यदि किसी में है तो कौरवों में!...दुर्योधन के ही पौरुष का चमत्कार था जो महाबली भीम को मत्स्यराज विराट के लिए साधारण बल्लव बनकर भोजन बनाना पड़ा। सुकुमार राजपुत्र नकुल एवं सहदेव को जीविका उपार्जन हेतु गौ एवं अश्वों की शुश्रूषा करनी पड़ी। यह दुर्योधन का ही पौरुष था जिसने महाधनुर्धर अर्जुन को नचा डाला...उन्हें नचाने और गाने को बाध्य कर दिया। यह कौरवश्रेष्ठ दुर्योधन का ही पौरुष था कि द्रौपदी को एक दीन परिचारिका बनाकर छोड़ा।...आर्य धनंजय!...शकुनि-पुत्र कैसे धृष्टतापूर्वक ठहाका लगाकर बोला था कि आर्य दुर्योधन ने तो कौरवसभा में ही पाण्डवों को षण्ढतिल कहा था...नपुंसक कहा था। किन्तु बाद में वह कैसा सत्य सिद्ध हुआ! कहो, विराट नगर में गाण्डीवधारी की कैसी सुदीर्घ वेणी लटकती थी?...राजपुत्री द्रुपदनन्दिनी का तो वेणीसंहार हुआ और परम

पराक्रमी राजपुत्र नरशार्दूल अर्जुन का वेणीशृंगार हुआ!...स्मरण करें पार्थ! उस धृष्ट उलूक ने यह बात कितनी बार दुहरायी!...तब भी आप उसी पिशाचिनी वृहन्नला के वश में रहे! और अब भी क्या वही वृहन्नला-प्रेतनी आप पर चढ़ी बैठी है?...क्यों बार-बार ललाट का स्वेद पोंछ रहे हैं आर्यपुत्र...? इस मिथ्या साधुत्व, दया, उदारता एवं अग्रज के प्रति आदर के ढोंग के पीछे वास्तव में आप अपनी स्वाभाविक कायरता ही छिपा रहे हैं—यह तथ्य उजागर हो गया है। किन्तु...आप क्षत्रियत्व से मुख मोड़ लें—मैं नहीं मोड़ सकती।...और मेरे हृदय में सतत हाहाकार मचा ही रहेगा जब तक दुर्योधन, दुःशासन, कर्ण एवं शकुनि का वध ही न हो जाये...!"

"एवमस्तु!...यही होगा!"

गुरुगम्भीर रोमांचकारी उद्घोषण हुआ। सब चौंक पड़े। वासुदेव का श्रीमुख क्रोध से तमतमा रहा था।...गम्भीर उच्छ्वासें भरते वे भयंकर विषधर से फुफकार रहे थे।...कितने धैर्य के साथ वे अब तक मौन रहे थे। कितने समय से वे पाण्डवों के दुर्बल तर्क सुन रहे थे। पाण्डवों की अतिशय दीनता, विनय, युद्धविमुखता एवं सन्त-प्रवृत्ति से वह कर्मयोगी क्षुब्ध हो उठा। एक ओर पांचाली की मर्मान्तक पीड़ा और दूसरी ओर भावशून्य, शौर्यशून्य, प्रस्तरखण्ड-से ये महान् भरतवंशी। क्रोधप्रकम्पित श्रीकृष्ण अग्निदेवता-सम भभक उठे—

"यही होगा कृष्णे! यही घटित होनेवाला है।...एक सती के शाप से ही समूचा कुरुवंश भस्म हो जाएगा। बहुत हो गया! चन्द्रवंशियों ने सदा नारी का निरादर किया है। सदा अपमानित किया है—सदा प्रताड़ित किया है। ययातिपुत्री माधवी से लेकर अब तक किया है। काशीराज की तीनों पुत्रियों—अम्बा, अम्बालिका एवं अम्बिका के साथ क्या किया गया था? उनके स्वयंवर के मध्य से गंगानन्दन भीष्म उन्हें बलूपर्वक अपहरण कर लाये थे। वे अपने मन का वर नहीं चयन कर पायीं! अम्बा शाल्व के प्रति अनुरक्त थी तो भी भीष्म उसे अपने भाई विचित्रवीर्य के लिए अन्यायपूर्वक ले आये और अन्ततः अम्बा ने आत्महत्या करके कष्टों से मुक्ति पायी।...और क्या किया इन ही शान्तनुनन्दन भीष्म ने? अम्बालिका एवं अबिका का बलपूर्वक विवाह कराया विचित्रवीर्य से और शीघ्र ही उन नवलतिकाओं को वैधव्यरूपी विष भी पान करा दिया! यही नहीं,...वंश चल सके इस हेतु भीष्म पितामह ने अपनी माता सत्यवती के साथ मिलकर इन दोनों सुशील, धर्मशीला, काशीराजपुत्रियों की इच्छा के विरुद्ध उन्हें महर्षि वेदव्यास से पुत्रोत्पत्ति करने को बाध्य किया। वे दोनों सुकुमार रमणियाँ महर्षि के भयंकर स्वरूप से आतंकित हो उठीं। एक ने भय से नेत्र मूँद लिये—धृतराष्ट्र का जन्म हुआ। दूसरी भय से पीली पड़ गयी—पाण्डु का जन्म हुआ। किन्तु इस पर भी सन्तोष नहीं हुआ। पुनः अम्बालिका को उद्यत किया किन्तु तब वह पुनीतमना वितृष्णा एवं घृणा से भर उठी, उसने अपनी दासी को भेज दिया महर्षि के पास। विदुर का जन्म हुआ।...

"इन्होंने सदा राजधर्म का, संविधान का भी उल्लंघन किया। नीति का उल्लंघन

किया। महाराज शान्तनु ने वासना के वशीभूत होकर अपने ज्येष्ठ पुत्र देवव्रत को राजसिंहासन से अन्यायपूर्वक वंचित किया ताकि सत्यवती के पुत्र राजसिंहासन पर बैठ सकें। देवव्रत महान् निकले जिन्होंने भीष्मप्रतिज्ञा भी की और उसका पालन भी किया। किन्तु पुनः अब ज्येष्ठ राजपुत्र युधिष्ठिर को राजसिंहासन से अन्यायपूर्वक, अवैधानिक ढंग से वंचित किया गया है ताकि कनिष्ठ राजपुत्रों को राजमुकुट उपलब्ध हो सके।...अन्त है कहीं इनकी अनैतिकता, धर्मविहीनता, अवैधानिकता का? इनकी सिद्धान्तहीनता का?...

"इसी प्रकार अम्बा, अम्बालिका एवं अम्बिका के प्रति किये दारुण अन्याय से भी जब इन चन्द्रवंशियों का हृदय शीतल नहीं हुआ तब द्रुपदनन्दिनी का भरी सभा में निर्लज्जतापूर्वक अपमान किया!...इनके हाथों में नारी हृदय सदा छटपटाता रहा, नारी की आत्मा सदा प्रताड़ित रही, पीड़ित रही। नारी को इनके कुल में सदा हाहाकार करना पड़ा, सदा तिरस्कार सहना पड़ा।...उपस्थित जन! नारी की हा हा खा जाएगी इस कुरु-कुल को। भस्म कर डालेगी।

"यह केवल द्रुपदसुता का अपमान नहीं, सम्पूर्ण नारीजाति का अपमान है। केशकर्षण, इन धृष्ट, धर्महीन पुरुषों ने केवल पांचाली का नहीं किया—समूची मातृजाति का किया है...।

"मैंने सदा निर्बल का, प्रताड़ित का, शोषित और पीड़ित का पक्ष लिया है। मैंने नारी को गौरवमण्डित किया है। महिमामण्डित किया है। स्मरण रखें—जहाँ नारी प्रतिष्ठित है, पूज्य है, वहीं सुख, समृद्धि, शान्ति एवं विकास है। वहीं देवताओं का वास है। और क्या हुआ इस कुल में?... नारी को पण्य बनाया गया!...हा धर्मराज! यह तुमने क्या किया?"

वृष्णिनन्दन के नेत्रों में क्षोभ और विषाद के अश्रु थे। कण्ठ करुणा से अवरुद्ध हो गया।

युधिष्ठिर का सम्पूर्ण तन जैसे पलक झपकते ही स्वेद से नहा गया। ग्लानि से उन्होंने नेत्र मूँदकर दोनों हाथों से अपना मुख छिपा लिया था।

शान्ति ऐसी छायी हुई थी कि जैसे कोई श्वास भी न ले रहा हो।

"मैं नारी के सम्मान की पुनःस्थापना करूँगा। शरणागत की रक्षा का दायित्व मेरा है। जब कौरवसभा में चीरहरण की कुचेष्टा हो रही थी, कृष्णा ने तुम लोगों से आशा छोड़, दोनों हाथ जोड़, कातर होकर गोविन्द-गोविन्द पुकारा था। तब मैं सुदूर द्वारकापुरी में था। किन्तु तब से कृष्णा की उस कातर पुकार का ऋण मेरे ऊपर बढ़ता ही जा रहा है।...अब जब तक उन अधर्मियों को नष्ट न कर दूँ, इस ऋण-भार से मुक्त न हो सकूँगा।...

"कृष्णे! तू व्यथित न हो! शंख क्या स्वयं कभी उद्घोष करता है? प्रत्यंचा क्या स्वयमेव टकराती है? तीर क्या स्वयं छूट सकते हैं? काष्ठ क्या स्वयं प्रज्वलित हो उठता है?...वीरांगने! इन भरतवंशियों को चाहिए कोई ओजस्वी स्वर, कोई प्रखर वाणी

जो ऐसे ही ललकार-ललकारकर इनसे शंखनाद करा दे!...शर-वर्षा करा दे! टंकार करवा दे! हुंकार भरवा दे!...और इन भारतों में प्राण फूँकनेवाली संजीवनी तू ही है! तेरी सहनशीलता, धैर्य, तेरा ओज, शौर्य—सब श्रेष्ठ है! तू महान् है भारती! यदि तेरे दु:ख और कष्टों से भी इनमें वीरता का संचार नहीं होता, यदि तेरे प्रखर सुतीक्ष्ण वाक्-वाणों से भी ये उत्तेजित नहीं हो उठते...तो....उलूक की सत्यवादिता खुले मन से स्वीकार कर लेना चाहिए। पाण्डुनन्दनो! शकुनिपुत्र मुझे भी दुर्योधन का सन्देश दे गया कि—'वार्ष्णेय! तुम्हारी ख्याति तो अकारण ही, संयोगवश ही लोक में फैल गयी है।...किन्तु तुम्हारे उपासक, तुम्हारे पूजक, तुम्हारे सखा एवं अनुयायी तो षण्ढ हैं...नपुंसक हैं!'...

"क्यों, सुना था न दुर्योधन का यह सन्देश मेरे नाम अर्जुन?...बोलो वृकोदर!...तुम लोग क्या सोचते हो कि उन अधर्मियों के मुख से अपने तेजस्वी सखाओं की यह प्रशंसा सुनकर मेरा हृदय प्रसन्नता से गद्गद हो उठा होगा?...यदि...ये पुरुषत्व से हीन ही हैं, तो भी कृष्णे!...मैं हूँ! जो मेरी शरण आया, उसका मैं संकटमोचन करता हूँ, और करूँगा। अभी तक तुझ दु:खविह्वला को तेरे पतियों के पुरुषार्थ की परीक्षा लेने हेतु इनके अवलम्ब पर छोड़ दिया था!...

"किन्तु अब नहीं! अब समय आ गया है! मैं जानना चाहता हूँ स्पष्ट, कि क्या वास्तव में मेरे पूजक, मेरे प्रिय सखा षण्ढ ही हैं?...क्या अभी भी तुम्हारे शस्त्र शमी वृक्ष में रखे रहेंगे? वृकोदर! कहाँ है तुम्हारा गदा?...पार्थ! इस प्रकार बार-बार ललाट से स्वेदकण पोंछना ही क्या उलूक को मेरे अपमान का उत्तर है?"

"नहीं दशार्हकुलभूषण!...बातों से उत्तर वे ही देते हैं जो और किसी प्रकार नहीं दे सकते। वे क्लीब होते हैं! इन पापियों की गर्ववाणी का उत्तर, आपकी आज्ञा पाते ही, मैं गाण्डीव द्वारा दूँगा।" उत्तेजित अर्जुन ने तत्परता से ललाट से हाथ हटाते हुए दृढ़ स्वर में कहा।

"साधु-साधु!" श्रीकृष्ण की दोनों आजानुबाहुएँ हर्ष व प्रशंसा से विस्तार में फैल गयीं।

"तुम्हारा नाम सार्थक हुआ अर्जुन! तुमने ज्ञान अर्जित किया।...अब अपने अन्य नामों को भी सार्थक करो सव्यसाची! गाण्डीव सँभालो! वृकोदर, उठो! बहुत विश्राम दे दिया अपनी महाबली काया को!"

भीमसेन तुरन्त हुंकार भरके उठ खड़े हुए। रक्तनयन अर्जुन का हाथ पहुँच गया गाण्डीव धारण करनेवाले स्कन्ध-चिह्न पर। नकुल-सहदेव में नवशक्ति का स्फुरण हुआ जैसे, नवस्फूर्ति से वे तत्काल उठ खड़े हुए।

श्रीकृष्ण हेमजाल आच्छादित अपने पांचजन्य महाशंख के मुख को करतल से ठोक रहे थे—फूँकने को तत्पर। और सबके मध्य—गहन, रूखी केशराशि बिखराये साक्षात् रणचण्डी कालिका बनी खड़ी थी लोहितनयना याज्ञसेनी—गाण्डीव की प्रत्यंचा-

सी तनी हुई। भीम के गदा की लौहशक्ति-सी वह लौहनारी! वासुदेव के पांचजन्य के रोमहर्षक विराट उद्घोष-सी—लौहभारती! महाभारती!

12. गीता पर्व

सेनाएँ विदा हो रही थीं। भयंकर निनाद था। रथचक्रों की तुमुल गड़गड़ाहट! गजराजों की चिंघाड़! युद्धोन्मत्त तुरंगों की हर्षध्वनि! घण्टे-घड़ियालों का घनघोर रव! विराट शंखों के प्रलयंकारी उद्घोष से वीरों के तन-मन रोमांचित हो उठे थे। लौह-शिरस्त्राण, अभेद्य कवचों एवं विविध आयुधों से सुसज्जित सेनानियों के ललाटों पर रमणियाँ विजयतिलक अंकित कर रही थीं। उन पर लाजा-अक्षत एवं पुष्पों की वर्षा कर रही थीं। तरुण हृदयों में भविष्य के लिए अनिश्चितता तथा वर्तमान के लिए उल्लास का अनोखा संगम मचल रहा था। पाण्डवों के भाल पर अभिषेक करते पांचाली सुस्थिर थी।

किन्तु घोर-गम्भीर मुखमुद्रा में धनंजय उसके समक्ष ज्योंही आकर खड़े हुए-उसका हृदय डोल गया। एक शब्द भी कोई न बोला। स्पन्दित उर एवं कम्पित हाथों से उस प्रशस्त ललाट का अभिषेक हुआ। उनके मस्तक पर काँपती उँगलियों से कुछ अधिक ही अक्षत झर पड़े, कुछ अधिक ही लाजाकण और कुछ अधिक ही पुष्प झरे। जाते-जाते दोनों के नयन मिले, दोनों की दृष्टिभाषा एक-दूसरे के अन्तर को भेदती हुई गहरी उतर गयी। वह देख रही थी—उनका देवदार-आकार! आजानुबाहु! शालस्कन्ध पर विशाल गाण्डीव धारे चारों ओर दृष्टि डालते सैन्य-निरीक्षण करते सेनानायक पाण्डुनन्दन सव्यसाची मदमत्त वनराज-से चले जा रहे थे।

"किसको इतने व्याकुल नयनों से निहार रही है?"

चौंक पड़ी वह। मुस्कराते खड़े थे निकट ही मधुसूदन।

"अहो, समझा! इतने दिनों की अनबन के उपरान्त आज युद्ध की विदावेला ही तुम दोनों की मिलन की पुण्यवेला भी है।...इतने दिन तो रुष्ट बैठी रही मेरे सखा से, और आज देखो...सबकी चोरी से कैसे चुपचाप अपने प्राणेश्वर को एकटक निहार रही है! देखा, कैसी चोरी पकड़ी!"

द्रुपदनन्दिनी के कपोलों पर जैसे रक्तजपा पुष्प के गुच्छे खिल गये। कैसे हैं ये

माधव, इन्हें सब कुछ ज्ञात हो जाता है! चाहे जितना भी कोई छिपाए, इनकी यह योगमाया तो बड़ी घातक है!

"अरे अपनी योगमाया से ही तो उस दिन द्वारकापुरी में बैठे-बैठे उन गृद्धों के मध्य तुझे अक्षय-चीर दिया था! और उसी योगशक्ति को कोस रही है, बावली!"

मस्तक ठोक लिया अपना पांचाली ने चपलता से मुस्कराते हुए।

"क्यों कृष्णे! मेरी योगशक्ति का और कोई चमत्कार देखेगी?"

"नहीं, नहीं, माधव!" वह गुहार कर उठी, याचना कर उठी। क्या पता मन की और कौन-सी गुप्त बात कह बैठें!

"हा...हा...हा...हा...!" उन्मुक्त रूप से वासुदेव हँस पड़े।

"मैं तो इसलिए आया तुझसे मिलने, कि जा रहा हूँ युद्धक्षेत्र में। कुछ कहना है मुझसे?"

"नहीं माधव!...अब कुछ नहीं है...कहने को।" उसके नीलनयनों में कृतज्ञता की झील उमड़ आयी।

"सोच ले बावली! फिर बाद में कहीं 'गोविन्द द्वारकावासिन्'...पुकार उठी, तो युद्ध के बीच में से मुझे भागते हुए आना पड़ेगा।"

"नहीं...अब नहीं वासुदेव! अब कुछ नहीं कहना।"...

"सुनिश्चित रूप से?"

"हाँ, वासुदेव! आपकी कृपा पाकर अब और भी कुछ कहने को शेष रह सकता है?"

"किन्तु...मुझे तो विश्वास हो नहीं रहा!"

"नहीं—वासुदेव! अब कुछ नहीं कहना।" वह हँस पड़ी।

"तो ला, अभिषेक कर शीघ्र!"

पांचाली ने खिलखिलाते हुए वासुदेव के भाल पर अभिषेक किया। ढेर सारी लाजा, अक्षत और पुष्प बिखेर दिये उन पर और दोनों मुक्त रूप से हँस पड़े।

"जा रहा हूँ! अब पीछे पुकारना मत, बाद में कुछ बात स्मरण आए तो...।" वार्ष्णेय ने उसके कपोल पर हौले से स्नेह-स्पर्श किया हाथ से और हँसते-झूमते चल दिये सैन्यसंयोजन देखने।

वह देख रही थी—सब वासुदेव के लिए राह छोड़ देते। आदर से झुक जाते। बड़े-बड़े योद्धा, सेनापति तथा साधारण सेनानी सब उन्हें कर जोड़ अभिवादन करते। चरणरज लेते। वार्ष्णेय सबको आशीर्वाद देते। अभय देते। स्नेहवचन कहते। कण्ठ लगाते, परिहास-विनोद करते। हँसते-हँसाते और उल्लास बिखेरते वे दूर होते जा रहे थे...सैन्य-सिन्धु में लुप्त हुए जा रहे थे...

किन्तु...मुझे तो कितना कुछ कहना है!

"वासुदेव!"...वह पुकार उठी। और फिर झुँझला उठी। इतनी उतावली थी जाने

की कि मेरी बात सुनने का भी धीरज न रखा!....

"वासुदेव!" पुनः उसका प्रकम्पित कण्ठ पुकार उठा।

उस भयंकर कोलाहल में वह कोमल नारीस्वर जैसे उठ ही न पाया। नहीं! वे बहुत दूर हैं, नहीं सुन पाएँगे।

उसकी दृष्टि चारों ओर उद्विग्न-सी खोजने लगी, किससे बुलवाऊँ?...तभी देखा, दूर जाकर अचानक द्वारकेश ठिठक गये हैं। इसी ओर मुड़े। अरे! वे तो इधर ही चले आ रहे हैं हँसते हुए। क्या मेरी पुकार पहुँच गयी वहाँ तक? इतने तुमुल कोलाहल में सुन ली मेरी गुहार!...

जनसागर पार करते, हँसते-हँसाते वासुदेव तत्परता से लम्बे-लम्बे डग भरते उसके सामने आ खड़े हुए।

"देख! कहा था न, अभी सोच ले, कुछ कहना हो तो! तब नहीं कहा। पीछे से पुकारकर बुलाती है तो कितनों को असन्तुष्ट छोड़कर तेरे लिए भागना पड़ता है...दुष्ट कहीं की!"

पांचाली चुप! पांचाली लज्जित!

"अब कह तो डाल, क्यों बुलाया इतनी दूर से?"

"तो क्या मेरी पुकार इतनी दूर तक पहुँच गयी थी मधुसूदन?"

"हा हा हा हा...तो यही प्रयोग कर रही थी? अरे बावली! तेरी पुकार तो तेरे आसपास खड़े जन भी न सुन पाये होंगे ऐसे प्रलंयकारी नाद में!...किन्तु तेरी पुकार मैं कहीं भी सुन सकता हूँ...!"

"अपनी योगशक्ति से?"

"हाँ ऽऽऽ ! अपनी योगशक्ति से! अब समझी कुछ?" और वे पुनः खिलखिला पड़े, "तो अब बता तो, बुलाया क्यों है?"

"माधव..." और वह अचकचा गयी।

"हाँ, बोल!"

"वासुदेव!"...और वह पुनः संकुचित हो उठी।

"अरे! अरे! मेरे तो असंख्य नाम हैं, कब तक यों ही नाम जप करती रहेगी मेरा?"

"लेकिन मधुसूदन!..."

इस बार जो द्वारकाधीश का ठहाका छूटा तो चारों ओर खड़े जन चौंक पड़े। वे हँसते थे तो सबके मुख पर अकारण ही हास्य खेल जाता था। और वे हँसते ही जा रहे थे। पांचाली क्षुब्ध थी अपनी मूर्खता पर। उसने पुनः गम्भीर हो साहस किया—

"एक बात कहना चाहती थी..."

श्रीकृष्ण ने ठीक उसके सम्मुख खड़े हो, स्मित हास्य से उसके कन्धों को अपने दोनों हाथों से स्नेहपूर्वक थाम लिया।

"अब शीघ्रता से कह डाल, क्या कहना है! वह देख, रणभेरियाँ बज उठी हैं। फिर युद्ध के मध्य से नहीं दौड़ूँगा तुझ बावली की पुकार से! कह डाल, जो कहना है।"

एक साथ रणभेरियाँ बज उठीं। शंखनाद होने लगे। धूल उड़ने लगी थी अश्व-खुरों से, रथचक्रों से। प्रयाणवेला आ गयी। वह रोमांचित हो आयी।

"माधव!...पार्थ...भावुक हैं..."

"जानता हूँ कृष्णे..." वासुदेव ने गम्भीर हो उत्तर दिया।

"मुझे भय है जनार्दन!...कहीं वे दूसरे पक्ष की सेना में अपने गुरुजनों एवं बन्धु-बान्धवों को देख विचलित न हो उठें!"

"हाँ, कृष्णे! इसकी सम्भावना मुझे भी प्रबल रूप से दिखती है!...अर्जुन अत्यन्त निष्कपट, सरलहृदय एवं भावुक हैं...और उनके हृदय में करुणा का अपार सागर है..."

"तो जनार्दन ! यदि वे विचलित हो उठे... ?"

"अरे तू अभी से विचलित न हो! मुझ पर छोड़ सब!"

"आप पर तो छोड़े ही बैठी हूँ माधव!...किन्तु वे यदि युद्धविमुख हो गये तो आप क्या करेंगे?"

"मैं गीत गाऊँगा!" वे चपलता से मुस्करा उठे।

"अहोऽ ऽ...!! इस समय परिहास!!"

"कह तो रहा हूँ, ऐसा गीत सुनाऊँगा—ऐसा काव्यगीत—जिसके स्वर-शब्द-भाव कभी नष्ट न होंगे!...वैसे तू न चाहे तो वंशी बजा दूँगा।"

"माधव!" उसके रुष्ट स्वर में रुदन की-सी विवशता उभर आयी।

"तो कृष्णे! मुझ पर विश्वास नहीं तुझे? तू छोड़ क्यों नहीं देती सब कुछ मेरे हाथ?...धनंजय को छोड़ मेरे हाथ! इतना अधिक चाहती है अर्जुन को कि कुछ समय के लिए भी उसे पूर्णत: मेरे लिए नहीं छोड़ पा रही?" वे हँस पड़े।

"परिहास न करें मधुसूदन! मेरा मन स्थिर नहीं हो पा रहा। मैं तो पार्थ की सुरक्षा का भार भी आप ही पर डाले बैठी हूँ... पार्थ पर तो सब कुछ निर्भर है!...वे पाण्डव-पक्ष के मेरुदण्ड हैं।"

"जब तेरा मन स्थिर नहीं हो पा रहा, तो अर्जुन का तो स्थिर रह ही नहीं सकता!"

"वासुदेव! न जाने क्या प्रतिक्रिया हो उठे पार्थ की...मुझे चिन्ता है।"

"मैं साध लूँगा, कृष्णे!"

"किन्तु तब आप न जाने कहाँ हों?"

"नहीं! मैं हर क्षण, हर पल पार्थ के साथ रहूँगा।"

किन्तु पांचाली क्या इतनी सरलता से माननेवाली थी? सदा की भाँति उसके विशाल नयनों में एक विराट-सा सन्देहपूर्ण प्रश्न झूल आया—

"कैसे?"

"पूरा स्पष्टीकरण देना होगा न तुझे कि पार्थ की सुरक्षा की क्या व्यवस्था की गयी है! तो सुन! पार्थ का रथ-संचालन मैं स्वयं करनेवाला हूँ!"

"...क्याऽऽ? माधव पार्थ-सारथी बनेंगे?"

"हाँ! चिन्ता छोड़ कृष्णे! अब वह युद्धक्षेत्र से कहीं नहीं भाग सकेगा।" और उनका अट्टहास पुन: गूँज उठा।

"उसकी रास अब मेरे हाथों में है...अब वह समरभूमि से भाग नहीं सकता...वृहन्नला की शरण में। अब उसे युद्ध करना ही पड़ेगा।" वे हँस रहे थे।

"मैं...मैं धन्य हो गयी पार्थ-सारथी! समझ गयी, पार्थ अजेय रहेंगे अब!...मैं निश्चिन्त हूँ जनार्दन! कृतार्थ हूँ!" उसका कण्ठ अश्रु-गद्गद हो उठा। नील नयन नील झील हो उठे।

"अभी तक मेरी योगमाया देखती थी, अब अपनी स्वयं की योगशक्ति देखी तूने? जब तक मुझे सारथी नहीं बना डाला अपने प्रियतम का, शान्ति नहीं मिली तेरे उद्विग्न मन को! और अब कैसी प्रसन्न हो रही है...कैसी गद्गद हो रही है!"

हँसते हुए उन्होंने स्नेह से रूखे घुँघराले केशों से आच्छादित उसके शीश पर हाथ फेरा और चल दिये सारथी-कर्म निभाने!

अपनी दुर्भाग्यपीड़ित लाड़ली पुत्री द्रौपदी की अनुनय पर पांचाल-नरेश महाराज द्रुपद ने अपने कुछ गुप्तचर उसकी सेवा में सौंप दिये थे। द्रुपदनन्दिनी ने समरांगण से महत्त्वपूर्ण समाचार अविलम्ब पाने हेतु उन्हें नियुक्त कर दिया। उनका कार्य था—युद्ध की गति-प्रगति, जय-पराजय आदि से यथाशीघ्र पांचालराजपुत्री को अवगत कराना।

"देवी!...देवी!"...भावविह्वल पांचाल-चर सुमुख द्रौपदी को ढूँढ़ता हुआ आया।

पांचाली चिन्तामग्न बैठी थी। उद्विग्न हो स्वयं ही पूछ बैठी—

"युद्ध प्रारम्भ नहीं हो पाया, प्रतीत होता है सुमुख!...यह विलम्ब क्यों?...मैं तो सुदूर से ही प्रमुख महारथियों के महाशंखों के नाद को पहचान लेती हूँ। किन्तु न तो धर्मराज युधिष्ठिर का अनन्त-विजय उद्घोष कर रहा है, न महाबली भीमसेन का पौण्ड्र-शंख ही! आर्य सहदेव का हेमजाल-आच्छादित मणिपुष्पक शंख भी मौन है एवं आर्य नकुल का सुघोष महाशंख भी नहीं सुनाई दे रहा! वीर भ्राता धृष्टद्युम्न का जैत्र महाशंख भी शान्त है। वृष्णिकुल-वीर आर्य सात्यकि का प्रसिद्ध नन्दिवर्धन शंख भी नाद नहीं कर रहा! और यह कैसा आश्चर्य सुमुख कि तूर्यनाद भी नहीं हो रहा, और रणभेरी एवं पणव के रोमांचकारी स्वर भी मौन हैं! तो विभिन्न आयुधों से सुसज्जित वे वीर क्षत्रिय-शार्दूल कुरुक्षेत्र में कर क्या रहे हैं भद्र?...मैं कब से आतुर हो प्रतीक्षा कर रही हूँ वृष्णिकुल-शिरोमणि वासुदेव के जगत्विख्यात पांचजन्य के भयंकर घोष की!

पाण्डव शिरोमणि आर्य अर्जुन के शत्रुदमन महाशंख देवदत्त के रोमहर्षक घोष की!"

"देवी...उसी विचित्र एवं अभूतपूर्व रोमांचकारी घटना के विषय में ही तो आपको सूचित करने आया हूँ। देवी! परम तेजस्वी दशार्हकुलभूषण वसुदेवनन्दन श्रीकृष्ण के मुखारविन्द से निःसृत हो रही अमृतवर्षा के कुछ बिन्दु पाकर जीवन आज धन्य हो गया। सुललित काव्य-गीतिका के रूप में अमृत-मधुर-शब्द से गुम्फित, सुदीर्घ छन्दबद्ध काव्य-माल्य की सुगन्ध से भ्रमित मन उल्लसित हो उठता है। देवी! सम्पूर्ण समरांगण...सम्पूर्ण कुरुक्षेत्र शान्त है। परमशान्ति विराज रही है और जो भाग्यवान् श्रवण कर पा रहा है, विह्वल हो उस गीतामृत से अपनी ज्ञानपिपासा तृप्त कर रहा है। काव्यामृत से अभिसिंचित धर्माधर्म की वह धाराप्रवाह विवेचना श्रीनारायण विलक्षण ढंग से कर रहे हैं। श्रोता मुग्ध हैं! सम्मोहित हैं! आत्मविस्मृत हैं!...."

पांचाली चकित थी। हाँ! कह तो गये थे परम परिहाशील नारायण कि गीत गाएँगे, नहीं तो वंशीवादन करेंगे। और तब वह उन पर झुँझला पड़ी थी कि असमय परिहास उचित नहीं।...किन्तु धर्माधर्म की यह अद्‌भुत गीतमय व्याख्या इस समय ?...

"किन्तु...इस समय ज्ञानगीता उच्चरित करने का अवश्य ही कोई महत्त्वपूर्ण हेतु होगा सुमुख! अन्यथा पार्थ-सारथी तो युद्ध-व्याकुल थे।..."

"हाँ देवी! पार्थ-सारथी युद्ध-व्याकुल थे किन्तु दुर्भाग्यवश पार्थ स्वयं युद्ध-विमुख हो गये। आर्य अर्जुन मोहग्रस्त हो गये हैं देवी! पार्थ-सारथी नारायण स्वयं अज्ञानरूपी अन्धकार मिटाकर धर्म के प्रकाश से उनके भ्रमित मन को पुनर्भासित करना चाहते हैं।"

"पार्थ मोहग्रस्त हैं ?...अर्थात् मेरी आशंका सत्य हुई ?... सुमुख! मेरी चिन्तावृद्धि हो गयी है, मेरी उत्कण्ठा भी बढ़ गयी है...आर्य अर्जुन मोहग्रस्त...कैसे हो गये ? क्यों हो गये... ?"

"देवी!...जब दोनों पक्षों की विशाल अक्षौहिणी चतुरंगिणी सेनाएँ अपने नियत स्थान पर एकत्रित हो गयीं, तब पाण्डुनन्दन अर्जुन ने अपने परम सम्मानित सारथी वार्ष्णेय श्रीकृष्ण से अनुरोध किया कि वे उनके रथ को पाण्डवमेदिनी एवं कुरुमेदिनी के मध्य ले चलें ताकि वे उस विहंगम सैन्यसिन्धु पर दृष्टिपात कर सकें तथा दोनों पक्षों की सामरिक तैयारियों का आकलन कर सकें। तदुपरान्त देवी! पार्थ-सारथी ने अपने स्वभाव के अनुरूप हँसते हुए, श्वेतवाहन के कपिध्वज सुशोभित रथ को पाण्डवसेना से बहुत आगे ले जाकर तथा कुरुसेना के समक्ष कुछ दूर पर ही खड़ा कर दिया। पाण्डुनन्दन अर्जुन ने जब पाण्डव चतुरंगिणी के दीर्घ आकार एवं असंख्य युद्धोन्मत्त गजराजों, युद्धातुर विशालाश्वों, फेनमाल्य-सी लहराती रथ-पताकाओं एवं युद्धोद्यत महारथियों को देखा तो वे हर्ष एवं उत्साह से विभोर हो गये।

"तत्पश्चात् देवी! उन्होंने कुरुसैन्य-सागर पर विहंगम दृष्टिपात किया। एक-एक महारथी को पहचाने का प्रयास किया।...और वे देखते रहे...देवी!..वे उस ओर

देखते ही रहे...देखते रह गये...खोये-से!...पाण्डव-पक्ष के मेरुदण्ड, प्रचण्ड वीर अर्जुन कुरुसेना को अपलक निहारते रह गये!...और फिर...सहसा उनके विशाल नेत्र आर्द्र हो आये...! उन मूल्यवान् अश्रुओं ने नयनों में डबडबाते हुए उनके कोमल अन्तस्तल तक को भिगो दिया...उस जगत्विख्यात पराक्रमी महारथी को भाव-विगलित कर दिया। और फिर देवी...उनके विशाल वृषभस्कन्ध धीरे से शिथिल पड़ गये। उनकी सांगद आजानुबाहुओं ने धीमे से गाण्डीव एक ओर रख दिया...।''

पांचाली श्वास साध गयी।

''उमड़ते आवेग को हृदय में रोक भावारुद्ध कण्ठ से तब आर्य पार्थ वृष्णि-शिरोमणि से कहने लगे, 'शत्रुसेना की ओर दृष्टिपात करने से मुझे कोई शत्रु तो दिखता ही नहीं नारायण!...यहाँ से वहाँ तक, केवल अपने गुरुजन, बन्धु-बान्धव, मित्र एवं सखा ही दिख रहे हैं। अपने स्नेहशील पितृव्य चक्षुहीन महाराज धृतराष्ट्र के पुत्रों...अर्थात् अपने ही बन्धुओं का वध करने का विचार कितना घृणास्पद है!...केशव! ये समस्त वीर भारतगण मेरी ओर कैसी आग्नेय दृष्टि से देख रहे हैं? ये मेरे स्वजन हैं महाभाग!...ये भरतवंशी मेरे पितृव्य के ही तो पुत्र हैं!...मेरे स्वर्गीय पिता के अग्रज के ही तो पुत्र हैं!...नारायण!..अपने वृद्ध चक्षुहीन पितृव्य की वृद्धावस्था में सेवा न करके उनको दारुण दुःख दूँगा? ये तो समस्त भारत मेरे बन्धु हैं! कैसी मर्मान्तक पीड़ा दे रही है उनकी यह दृष्टि! हृदय क्षोभ से भरा जा रहा है।...मैं इन वीर भारतों का हन्ता नहीं बनूँगा...बन्धुघाती होने का अपयश नहीं लूँगा...मैं इस उज्ज्वल कुरुवंश को नष्ट नहीं करूँगा, वासुदेव।...इस गौरवशाली भरतवंश को कदापि नष्ट न करूँगा'।...

''कुछ क्षण के लिए कृपा के आगार राजपुत्र अर्जुन की वाणी अवरुद्ध हो गयी और वे बोल न सके। कुछ संयत होकर फिर वे नारायण को सम्बोधित करके बोले, 'परम पूज्य पितामह के तपोनिष्ठ शरीर को इस वृद्धावस्था में भी लौह-शिरस्त्राण एवं कवच से मण्डित तथा विभिन्न आयुधों से सुसज्जित देख मेरे मन में ग्लानि उमड़ी पड़ रही है केशव! जिन महापुरुष की छत्रच्छाया में हम लोग पोषित हुए, सुशिक्षित हुए, मनुष्य बने, उन ही स्नेहमूर्ति वयोवृद्ध पितामह पर मैं वार करूँगा?...कैसा क्षुद्र विचार है!...कैसा क्षुद्र मैं स्वयं हो गया हूँ!...और मधुसूदन! गुरुवर आचार्य द्रोण ने मुझे सर्वप्रथम धनुष उठाना सिखाया था, अत्यन्त स्नेह से उस पर शर-सन्धान करना सिखाया। शस्त्र एवं अस्त्र में क्या विभेद है, यह बताया। जब-जब मैंने उत्तम शस्त्रकौशल प्रदर्शित किया, गुरुवर ने हर्षविभोर हो, आह्लादित हो मुझे हृदय से लगा लिया...नहीं माधव!...मैं गुरुघात नहीं करूँगा! नहीं! नहीं!...अच्युत! मुझे स्मरण आता है... मेरी प्रशंसा करते तात द्रोणाचार्य कभी न थके। मैं, जो उनका सर्वाधिक प्रिय शिष्य रहने का गौरव पा चुका हूँ, आज उन देवतुल्य गुरु पर ही शस्त्रकौशल दिखाने जा रहा था! हा शोक!...हा शोक!...धिक्कार है मुझे!...धिक्कार है मेरी मूढ़ता को!...शरद्वानपुत्र गुरुवर कृपाचार्य पर मैं वार करनेवाला था और किस प्रयोजन से? राज्य-प्राप्ति! सुख-लाभ! धिक्कार

है! धिक्कार है! मेरी मति मारी गयी वासुदेव!...इन गुरुजनों ने मुझे पुत्रवत् अपार स्नेह दिया है। मैं ऐसा कृतघ्न हो गया कि इन ही महात्माओं के विरुद्ध शस्त्र उठाकर जगत् में गुरुघाती होने का अपयश उठाता...! नहीं! नहीं! मधुसूदन!...नहीं! यह सम्भव नहीं! मेरे हाथ काँप रहे हैं...मेरे पाँव शिथिल पड़ रहे हैं...मैं गुरुहन्ता नहीं! मैं बन्धुघाती नहीं।...मैं स्वयं भी भारत हूँ...मैं भारतघाती नहीं! मैं युद्ध नहीं करूँगा...' इतना कहकर आकुलप्राण अर्जुन साश्रुनयन रथ के पृष्ठभाग में हाथों से मुख ढाँककर बैठ गये।"

पांचाली प्रस्तर शिला-सी अवाक् थी।

"तदुपरान्त देवी! जैसा मैंने अभी बताया, उन भीषण पराक्रमी पुरुष-सिंह को इस प्रकार रणक्षेत्र में विचलित होते देख महापुरुष श्रीकृष्ण उनके मोह निवारण हेतु गुरुगम्भीर स्वर में धर्माधर्म की विवेचना करने लगे और ओजमयी वाग्धारा के रूप में, देवदुर्लभ छन्दमंजरी गीतामृत-सी उनके पद्ममुख से झरने लगी।"...

पांचाली ने एक दीर्घ निःश्वास लिया, "मैं उस सौभाग्य से वंचित रह गयी सुमुख! मुझे वासुदेव द्वारा किये गये धर्माधर्म के विश्लेषण का सार ही संक्षेप में बता दे तो स्वयं को धन्य मानूँगी। तू भाग्यवान् है सुमुख, जो वसुदेवनन्दन के श्रीमुख से ही श्रवण कर सका।"

"देवी! समस्त महारथी योद्धागण कौतुक विमोहित थे। कितनी ही मनुष्येतर जातियाँ वहाँ एकत्रित हो गयी थीं एवं विभोर हो-होकर साधु-साधु कह उठती थीं। वहाँ मैंने सूतपुत्र संजय को भी देखा जिनको महाराज धृतराष्ट्र ने दायित्व सौंपा है कि वे दिन-प्रतिदिन भारतों के इस महायुद्ध का वृत्तान्त सविस्तार उन्हें सुनाएँ ताकि नेत्र-ज्योतिहीन वृद्ध महाराज भी भारत-युद्ध की स्थिति से अवगत रहें। सूतनन्दन संजय कितनी बार विह्वल हो उठते थे, कितनी बार नेत्रों से छलछलाता जल पोंछना पड़ रहा था उन्हें!...किन्तु देवी!...मैं तो अत्यन्त अल्पबुद्धि व्यक्ति हूँ...मैं उस महान् रहस्यगीता का सार आपको बताने के लिए सर्वथा अनुपयुक्त हूँ, मेरे पास शब्द नहीं, भाषा नहीं, भाव नहीं।...किन्तु देवी!...अपने दुर्बल शब्दों के माध्यम से ही मैं, तुच्छ प्राणी, जो कुछ समझ सका, उसे अभिव्यक्त करता हूँ। महर्षि श्रीकृष्ण मुझे क्षमा करेंगे।

"प्रकाण्ड तत्त्वज्ञानी श्रीनारायण ने नरशार्दूल अर्जुन से कर्तव्यपथ से किंचित् भी विचलित न होने को कहा। कर्तव्यपथ ही सर्वोत्तम पथ है, सर्वश्रेष्ठ मार्ग है। कर्तव्यपथ ही कर्मपथ है। यह पथ भावनिरपेक्षता का है, अतः परिणाम पर बिना विचार किये कर्मरत रहना ज्ञानी पुरुष के लिए उत्तम है। उन्होंने पाण्डुनन्दन का भ्रम दूर करते हुए कहा, 'पितामह आदि गुरुजनों की मृत्यु तुम्हारे कारण नहीं होगी। तुम कारण नहीं सव्यसाची! कारण तो पूर्वजन्मों के संस्कार हैं। जीवन में सुख-दुख और जरा-मृत्यु आदि मनुष्य अपने साथ लेकर ही जन्मता है। मनुष्य ने जो कुछ कर्म किये हैं, उसके परिणामस्वरूप ही वह कष्ट उठाता है, मृत्यु को प्राप्त होता है। पार्थ! तुम न ही किसी की मृत्यु का कारण हो सकते हो, न ही किसी के दुःख का कारण। महाराज धृतराष्ट्र एवं

महारानी गान्धारी के भी दुख का कारण तुम नहीं हो सकते। कारण उनका स्वयं का मोह होगा। उनका पुत्रमोह उनकी पीड़ा का कारण है जिससे यह विशाल रण-संरचना हुई है। अर्जुन! यह मार्ग योगियों का मार्ग है। योगी की भाँति तटस्थ रहकर, निरपेक्ष एवं निर्विकार तथा निष्काम भाव से कर्म करो। यह चिन्ता न करो कि तुम गुरुघाती अथवा बन्धुघाती होगे।...मृत्यु सबकी होती है एवं अपने-अपने कर्मों के स्वरूप के अनुसार होती है। वे उसी प्रकार मृत्यु वरण करेंगे जिस प्रकार विधाता ने उनके पूर्व कर्मों के अनुसार नियत कर दी है। इसे कोई टाल नहीं सकता। ब्रह्मा भी नहीं। तुम सोचते हो कि यदि तुम न वध करो तो वे दीर्घायु पाएँगे? नहीं पार्थ, नहीं! यह तुम्हारा भ्रम है। यदि कोई विधि-नियत आयु पूर्ण कर चुका है तो उसकी मृत्यु अवश्यम्भावी है।...

" 'तुम्हें केवल कर्म करना है! तुम्हारा प्रयोजन केवल कर्म से है। उसके उपरान्त क्या होगा, यह तुम्हारा प्रयोजन नहीं। कौन जीवित रहेगा और कौन मृत्यु को प्राप्त होगा—यह भी तुम्हारा प्रयोजन नहीं। कौन विजयी होगा और कौन पराजित होगा पार्थ—तुम्हारा यह भी प्रयोजन नहीं। फल को न विचारो अर्जुन! कर्म पर ध्यान केन्द्रित करो। तुम पुरुष हो नरश्रेष्ठ! तुम क्षत्रिय हो!...पाण्डवश्रेष्ठ! यह असमय भावुकता उचित नहीं। कर्तव्य जब सम्मुख हो तब हृदय की दुर्बलता से विचलित होना तुम्हारे लिए कदापि शोभनीय नहीं। यदि संग्राम में विजयश्री पाते हो तो राजलक्ष्मी तुम्हें वरेगी। और यदि संग्रामरत रहकर वीरगति पाते हो तो खेद कैसा? तुम्हारा जैसा शूरवीर यदि अपने पराक्रमी गुरु अथवा महावीर बन्धु के हाथों गौरवपूर्ण वीरगति पाए तो क्षत्रिय के लिए इससे श्रेष्ठ गति क्या होगी पार्थ? ऐसे महान् ज्ञानी पुरुष होकर आज तुम कर्तव्यशिला पर खड़े होकर कैसे किंकर्तव्यविमूढ़ हो उठे?...

" 'सखे! यदि कुरुक्षेत्र में उपस्थित समस्त सेनानी भी मृत्यु को प्राप्त हो जाएँ तो भी तुम्हारे ऊपर पाप नहीं आएगा। तुम युद्ध में क्या नाश करोगे? वही न, जो नाशवान है ही! जो नश्वर ही है, उसे कौन रोक सकता है? और जो चिरस्थायी है, चिरन्तन है, उसे कौन नाश कर सकता है?...नरश्रेष्ठ! तुम मात्र नाशवान् शरीर को ही विनष्ट करने के निमित्त रहोगे। किन्तु स्मरण रखो, आत्मा अमर है। यह तो शरीर है जो साथ छोड़ता है। आत्मा शाश्वत है। तुम्हारे द्वारा वध किये जाने से भी सब अमर रहेंगे। सबकी आत्मा अमर रहेंगी! हाँ!...तुम्हारे हाथों वध होकर, वीरगति पाने का यश इन समस्त वीरों को प्राप्त होगा। उससे इनका ही सम्मान बढ़ेगा, प्रतिष्ठा बढ़ेगी कि इन्होंने क्षत्रिय-धर्म का निर्वाह किया। और तुम यदि विजयी हुए तो तुम एक महान् पुनीत कर्म करोगे कि अधर्मियों के दुराचार से वेदनाकुल पृथ्वी का उद्धार कर दोगे। पूर्ण साजसज्जा के साथ रणक्षेत्र में आकर तुम निढाल बैठे हो? और बिना युद्ध किये, बिना कर्तव्य पूर्ण किये ही लौट जाना चाहते हो? यह समूचा चराचर जगत् तुम पर हँसेगा! ये अक्षौहिणी सेनाएँ तुम पर हँसेंगी! तुम्हारे गुरु, तुम्हारे बन्धु—सब तुम्हारा उपहास करेंगे!...कायर एवं दुर्बल होने की अपकीर्ति सह सकोगे पार्थ?...' "

सुमुख बोले जा रहा था—भाव-विह्वल-सा, आत्मलीन-सा, आत्मविस्मृत-सा।

"देवी!...देवी...!" चपल एवं उतावला सुमुख का अनुज सुजन पुकारता आया—

"देवी...युद्ध प्रारम्भ होने ही वाला है...!"

पांचाली, जो स्वयं अतल गहन ज्ञानसिन्धु में गहरी डूबी हुई थी, खोयी हुई-सी स्वप्न देखती-सी जैसे जागी—

"क्या हुआ सुजन?"

"देवी, युद्ध प्रारम्भ..."

अचानक सहस्रों महाशंखों के भयंकर महाघोष से पृथ्वी कम्पायमान हो उठी। असंख्य तूर्यनाद, रणभेरी एवं पणव आदि के रोमहर्षक नाद से अन्तरिक्ष व्याप्त हो उठा। चराचर सृष्टि को विकल कर देनेवाला महायुद्ध प्रारम्भ हो गया था।

पांचाली गद्‌गद थी।

धन्य हैं आर्य अर्जुन जिन्होंने वचनामृत पाया! जिन्होंने ज्ञान को अर्जित ही नहीं किया, उसे गुण भी लिया! धन्य हैं वासुदेव जिन्होंने पार्थ का मोह हर लिया! पांचाली ने चरों से छिपाते हुए नयनों में डबडबाये अश्रु हौले से पोंछ लिये।

अश्रु-गद्‌गद स्वर में खोयी हुई-सी बोल उठी, "वासुदेव महायोगी हैं, सुमुख! मुझे प्रतीत हो रहा है कि यह युद्ध केवल मनुष्यों के ही मध्य नहीं हो रहा। मानव-दानव-देव का यह त्रिकोणी संघर्ष है। कुरुवंशियों से अधिक दानवी मनोविकार और किसके हैं धरा पर? वे दानव हैं। दूसरी ओर पाण्डव हैं—उच्च मानवीय गुणों से परिपूर्ण।...हम मानव हैं। दानवीय प्रवृत्तियों द्वारा मानवता का उत्पीड़न एवं शोषण जब लाजहरण पर पहुँच गया तो देव ने ही मेरी रक्षा की।...सुमुख! वसुदेवनन्दन देव हैं।

"वे भगवद्-अवतार हैं, सब ऐसा कहते हैं। कई उन्हें अवतार नहीं मानते और उनसे प्रतिस्पर्धा की भावना रखते हैं, ईर्ष्या करते हैं। मैं उनकी अनन्य सखी हूँ, किन्तु उनके अवतार होने पर प्रारम्भ में सन्देह करती थी—मेरी जड़बुद्धि जो है! किसी भी बात को तत्काल स्वीकार नहीं कर पाती।...किन्तु क्या इतनी शक्ति किसी में थी कि आर्य अर्जुन के दृढ़ निश्चय को बदलवा दे! इतना ज्ञान किसी में है, जो तर्क के ही आधार पर विचलित हृदय को आलोकित करके उसे शक्तिमान बना दे! द्वारका में बैठे-बैठे जिन्होंने मेरा चीर-विस्तार कर दिया था, वे भला भगवदावतार नहीं, तो कौन हो सकते हैं? एक स्थान पर बैठे-बैठे सुदूर घटना देख लेते हैं जो अपनी योगशक्ति से! जो अन्तर्यामी सबके मन की बात पल भर में जान लेते हैं! मैं मूढ़बुद्धि तो भी उन्हें भगवान न मान पाती थी! जो सुदूर भविष्य भी जानते हैं, जो त्रिकालदर्शी हैं, उन ज्ञानपुंज योग-योगेश्वर के भगवदावतार होने पर मैं क्यों शंकालु रही?...कितना ज्ञान भरा है, कितनी शक्ति भरी है! कितना विशाल, विराट मन है उनका! कितना महान् व्यक्तित्व! कहीं क्षुद्रता नहीं। वे क्या हमारे-तुम्हारे जैसे हैं? वे असाधारण हैं। वे क्या मानव हैं? नहीं!...नहीं! ऐसा व्यक्तित्व धारण करके भगवान् ही पृथ्वी पर अवतरित होता है, मनुष्य नहीं।"

13. आहुति पर्व

उनका बलिष्ठ वृद्ध-तन वाणों से बिंधा हुआ था। अर्जुन के गाण्डीव से छूटे इतने तीक्ष्ण शर शरीर के पृष्ठ भाग में बिंधे हुए थे कि भूमि पर न गिरकर उनका तप-तेजस्वी कुन्दन-तन वाणों पर ही अटक गया था। पितामह के मुख पर अपूर्व शान्ति विराज रही थी। शर-शय्या पर जैसे वह महातपस्वी केवल विश्रामरत हो!

"पार्थ कहाँ?" चारों ओर एकत्रित जनसमुदाय पर दृष्टि डालते हुए उन्होंने पूछा। साश्रुनयन अर्जुन आगे बढ़े।

"आज्ञा पितामह!"....

"मेरे समग्र तन को तुमने अपूर्व सुख दिया है पार्थ, जो अन्तिम वेला में भूमि से ऊपर ही इस वीर-शय्या का निर्माण कर दिया। किन्तु वत्स! मेरा शीश झूल गया है, क्योंकि उसमें कोई वाण तुमने नहीं मारा। मेरे शिर के लिए उपधान लाओ!"

बिना समझे कौरव राजपुत्र दौड़ पड़े। पलक झपकते कोमलतम उपधान उनके शीश के लिए आ गये।

"नहीं!...यह वीरोचित उपधान नहीं!...जैसी मेरी शय्या है, वैसा ही शिरोपधान हो!...पार्थ ही यह कार्य कर सकता है। क्यों ऐसे विह्वल खड़े हो धनंजय? मेरे झूलते हुए शीश को अवलम्ब चाहिए, अविलम्ब चाहिए!" वे स्नेहपूरित नेत्रों से पार्थ को निहार रहे थे।

छलछलाते नेत्रों से अर्जुन ने गाण्डीव से तीन वाण छोड़े, जो भीष्म पितामह के शीश में बिंध गये और उनका झूलता हुआ सिर अनुगृहीत हो स्थिर हो गया।

"सव्यसाचिन्! एक अन्तिम इच्छा और। वत्स! इस वेदनार्थ तन की अन्तिम पिपासा भी तुम ही बुझा सकते हो। शीतल जल से मेरे पीड़ातप्त कण्ठ को तृप्त करो।"

हृदय का आवेग किसी प्रकार संयमित किये प्रत्यंचा चढ़ाकर सव्यसाची ने पितामह की परिक्रमा की और मन्त्रोच्चारण करते हुए वाण सन्धान कर उनके दक्षिण पार्श्व वाली भूमि पर छोड़ा। वारुणास्त्र तड़ित् गति से भूमि में बिंधा, और तत्क्षण उस स्थल से एक विलक्षण अमृतजल-स्रोत फूट पड़ा।

शीतल फेनिल ऊर्ध्वमुखी जलधारा सीधे गंगानन्दन के मुख में जा रही थी। जनसमूह रोमांचित हो 'साधु-साधु' कह उठा। पितामह परमतृप्ति की अनुभूति कर रहे थे।

वे क्षत्रियशिरोमणि महात्मा अपनी उस विलक्षण शय्या पर विश्रामरत थे। चारों ओर कौरव, पाण्डव, पांचाल, अन्धक, वृष्णि, कैकय, मत्स्य, संशप्तक आदि की अक्षौहिणी सेनाएँ खड़ी थीं। विराट जनसमूह महाप्रतापी पितामह के अन्तिम दर्शनों को

उमड़ पड़ा था, किन्तु कितनी स्तब्धता थी! वीर पुरुषों की पलकें अश्रुसिंचित थीं। सबके मस्तक झुके हुए थे। उनके स्वर्णकिरीटों को अस्ताचलगामी भगवान् भास्कर की स्वर्णिम रश्मियाँ प्रदीप्त कर रही थीं। वे सब कवच एवं अस्त्र-शस्त्र से विहीन हो अन्तिम श्रद्धांजलि अर्पित कर रहे थे। वह जनसभा एक विचित्र विराट दीप्तिशालिनी महाभारती थी जिसमें आबाल वृद्ध, और समस्त नर-नारी, महाभीष्म शान्तनुकुमार के सम्मान में मौन खड़े थे। कौन नहीं था वहाँ उस क्षण? शिल्पी, कलाकार, नर्तक, नट, वादक, व्यवसायी, योद्धा—सभी तो थे! सहस्रों राजकन्याएँ उस महान् राजपुरुष पर चन्दन, अगुरु, लाजा इत्यादि बिखेर रही थीं।

कैसा दिव्य दृश्य था! ऐसा कभी इतिहास में न हुआ, न होगा। पितामह कौरव-पाण्डव कुलों को घेरेनेवाली पुरातन प्राचीर थे। दोनों के मध्य एकता के सूत्र थे। वह सूत्र आज छिन्न-भिन्न हो चुका था। दोनों पर अपनी सघन छाँह फैलाये वे विशाल आदि-वट थे। कुरुवंश के प्राचीनतम राजछत्र थे जिसकी छत्रच्छाया में ये असंख्य नव-योद्धा प्रशिक्षित हुए थे। आज छत्र-भंग का योग था। कुरुकुल अनाथ हो गया था। उसका सर्वश्रेष्ठ परामर्शक और संरक्षक, योगशक्ति से अपने प्राण रोके हुए प्रतीक्षा कर रहा था कि जब सूर्यदेव उत्तरायण होंगे, तभी वे प्राण त्यागेंगे। पृथानन्दन महावीर धनंजय से एक बार अपने शिरोपधान की अद्‌भुत व्यवस्था करा के, एवं दूसरी बार उनसे उतने ही अद्‌भुत ढंग से भूमि से जलस्रोत निःसृत करवाकर गंगानन्दन भीष्म ने धृतराष्ट्र-पुत्रों को सावधान करना चाहा था। उन्हें सचेत करना चाहा—अभी भी समय है। अर्जुन के समान विलक्षण धनुर्धर कौरवों में नहीं है। पृथ्वी पर नहीं है। देखा, तीक्ष्ण वाणों से उनके तपोनिष्ठ तन के लिए कैसी अनोखी वीर-शय्या निर्माण कर दी अर्जुन ने! कौरवों को अर्जुन के कौशल से चमत्कृत कर पितामह ने उन्हें अन्तिम चेतावनी दे दी थी। वे अन्तिम कर्तव्य कौरवों के प्रति पूर्ण कर चुके थे। अब वे बन्धनमुक्त थे। स्वतन्त्र थे। स्वच्छन्द थे।

पाण्डुनन्दन धर्मराज युधिष्ठिर के आग्रह पर पितामह ने शान्त एवं सुस्थिर स्वर में धर्म-मीमांसा प्रारम्भ की। जनसमूह शान्त हो सुन रहा था। अनायास एक नारी-कण्ठ से निःसृत दबी हुई व्यंग्यमिश्रित हँसी की ध्वनि से नीरवता भंग हो गयी। भीष्म पितामह का धर्मोपाख्यान रुक गया। अचम्भे और कौतूहल से सबकी दृष्टि गयी जहाँ से वह असमय हास्य निर्झरित हुआ था। कौन है वह धृष्टा जिसे समय-असमय, वेला-कुवेला का ज्ञान नहीं? क्रोधशून्य युधिष्ठिर के मुख पर आक्रोश छा गया। किन्तु उसने आँचल से मुख दबा लिया एवं विनय से नेत्र झुका लिये। पितामह की दृष्टि उसी पर टिक गयी।

''क्यों वत्से! द्रुपदनन्दिनी! इस वेला अचानक हास्य कैसा?''

''क्षमा करें पितामह! मेरा ध्यान अतीत में भोगी हुई अपनी पीड़ा की ओर था अतः आपके अभी के उपदेश मुझे अत्यन्त अप्रासंगिक प्रतीत हुए, इसलिए हँसी आ गयी...किन्तु आपकी अवमानना करने का मेरा कोई प्रयोजन नहीं, तात!''

"नहीं राजपुत्री, तुमने स्पष्ट नहीं कहा कुछ। तुम उच्च कुल में जन्मी, उच्च कुल में विवाहित एक श्रेष्ठ नारी हो। कुलाचार एवं शील तुम्हारे विशिष्ट गुण हैं। तुम्हारी कोई भी प्रतिक्रिया किसी भी अवसर पर अकारण नहीं हो सकती, यह मेरा दृढ़ विश्वास है। तुम्हारी स्पष्टवादिता, सत्यवादिता एवं निर्भीकता विश्वविख्यात है। कहो वत्से! संकोच छोड़कर स्पष्ट कहो, यह असामयिक हँसी तुम्हें क्यों आयी? अन्यथा यह उपस्थित जनसमूह तुम्हारी गुणशीलता पर सन्देह करेंगे।...देवी! सन्देह का अवसर न दो किसी को, नि:संकोच कहो!" पितामह ने स्नेह से आग्रह किया।

"पितामह! क्षमा करें जो यह अपराध मुझसे हुआ। किन्तु महात्मन्! आज, जीवन की अन्तिम वेला में तो आप धर्माचरण एवं नैतिकता पर प्रवचन कर रहे हैं। किन्तु जब भरी राजसभा में स्वर्गीय महाराज पाण्डु की इसी उच्चवंशीय, शीलयुक्त, साध्वी पुत्रवधू के साथ अत्यन्त निम्न कोटि का अधर्मपूर्ण, अनैतिक एवं निर्लज्जतापूर्ण व्यवहार हुआ...तब आपका यह धर्मज्ञान कहाँ लुप्त हो गया था?...तात!...आप उस राजसभा के अत्यन्त गण्यमान्य, महासम्मानित एवं पूज्य व्यक्ति थे। मैं कितनी आपसे आशा लगाये रही कि आप महातत्त्वज्ञानी हैं, आप धर्म की मीमांसा करके अधर्मियों से मेरी रक्षा करेंगे। मैं आपसे याचना करती रही, और आप धर्म को तिलांजलि दिये तब मौन बैठे रहे!....उस अवसर पर आपकी भूमिका एवं आज के आपके उपदेश दोनों में कहीं साम्य न पा मैं विवश हो हँस दी थी।...मेरा अपराध क्षमा हो धर्मप्रवर!"

पांचाली सच्चे हृदय से, कातरमुख से क्षमायाचना कर उठी। भीष्म पितामह का गम्भीर मुखमण्डल एक अनोखी आभा से आलोकित हो उठा। विशाल अधमुँदे नेत्रों से अश्रुधारा बह चली।

"धन्य हो महाभारती! तुम मरणासन्न पूजनीय व्यक्ति के अधर्मपूर्ण आचरण की सही-सही टीका कर सकती हो, तुम्हारी यह सत्यवादिता, यह स्पष्टवादिता अनुपम है! ऐसा दृष्टान्त कहीं न मिलेगा पुत्री! और वत्से! तुम ज्ञान-विशारदा हो, विदुषी हो, जो तुमने मेरे आचरण में विरोधाभास, आत्मविरोध अथवा द्वैत को पकड़ लिया। किन्तु तुम्हें मेरी तब की स्थिति और अभी की स्थिति में कुछ अन्तर नहीं प्रतीत हुआ?...तुम स्वयं धर्ममर्मज्ञ हो, यदि तुम मेरी तब की और अब की स्थिति पर ध्यान दो तो मेरा तब का आचरण भी धर्मयुक्त घोषित करोगी और अब का भी।...याज्ञसेनी! तब मैं दुर्योधन के अन्न से जीवन-यापन कर रहा था। मेरा शरीर-धर्म उसी अन्न से निभ रहा था। मेरे तन का पोषण कौरवों के अन्नपिण्डों से हो रहा था। जब उसी अन्न से निर्मित रक्त मेरी धमनियों में प्रवाहित हो रहा था, तब क्या मैं उनके विरुद्ध कुछ कह सकता था? अन्नदाता के विरुद्ध कहना क्या धर्मयुक्त होता? वह क्या उत्तम दृष्टान्त होता?"

"किन्तु पितामह! आज तो आप कह रहे हैं!"

"हाँ पुत्री! आज कह सकता हूँ! आज की स्थिति मेरी दूसरी है। आज मैं मुक्त हूँ! स्वतन्त्र हूँ! स्वच्छन्द हूँ! मैंने दुर्योधन का अन्न अपने जीवन, अपने प्राणों से चुका

दिया है। अब मुझ पर किसी का ऋण शेष नहीं। अब मैं स्वतन्त्र रूप से निष्पक्ष एवं तटस्थ भाव से धर्म की व्याख्या कर सकता हूँ।...वत्से! द्रुपदसुते! देखा नहीं अर्जुन के इन असंख्य वाणों की कृपा से मेरे शरीर का वह सारा रक्त बह चुका है!...अब मेरे तन में दुर्योधन के अन्न से निर्मित बिन्दु भर भी रक्त शेष नहीं। पार्थ ने मुझे उत्रऋण कर दिया।''

पांचाली के नयन सजल हो चले। क्षणभर निस्तब्धता रही। शान्तनुपुत्र महात्मा भीष्म ने कुछ दीर्घ साँसें लीं और पुनः द्रौपदी पर अपनी स्नेहसिक्त दृष्टि टिका दी।

''देवी! याज्ञसेनी! तुम धन्य हो। तुम्हारी सत्यवादिता एवं निर्भीकता सबके लिए एक दृष्टान्त रहेगी। तुमने कभी छल-कपट नहीं किया। छिपाव-दुराव और प्रपंच का अवलम्ब नहीं लिया। किन्तु स्मरण रखना पुत्री! स्पष्टवादी व्यक्ति बहुधा एकाकी रह जाता है और जीवन में उसे असंख्य कष्ट झेलने पड़ते हैं। परन्तु ईश्वर ने तुम्हें अपूर्व शक्ति एवं साहस दिया है इन कष्टों को झेल सकने का। वत्से, तुम धन्य हो। तुम्हारी सत्यवादिता धन्य है। युधिष्ठिर सत्यवादी हैं...किन्तु धर्मराज युधिष्ठिर से कहीं महान् एवं प्रखर सत्यवादी तुम हो। इतिहास और भविष्य में ऐसा सत्यवादी न कोई पुरुष होगा, न कोई स्त्री होगी।''

सजलनयना पांचाली आर्त हो रो पड़ी महापुरुष के उद्‌गारों से।

लौटकर वहाँ से वह फूट-फूटकर रोयी। जलहीन मीन की भाँति छटपटाती हुई। शोकाकुल द्रौपदी का जैसे रोम-रोम विकल हो उठा था।...सर्वप्रथम वज्रपात हुआ तो महामहिम भीष्म पितामह पर ही! उसकी अन्तरात्मा उसे रह-रह कचोटती। जो दोषी थे, क्रूरकर्मा थे, वे जीवित थे, और सज्जन की क्षति हुई! ''अपराध क्षम्य हो पितामह!...अपराध क्षम्य हो मेरा!''—वह बिलख रही थी, अभी और आगे क्या-क्या होगा भगवन्? मुझे निमित्त बनाकर और कितने धर्मात्माओं की आहुति चढ़ेगी? इस महासंहार में और कितने सज्जनों के प्राण जाएँगे?...कहीं यह अन्त का ही तो आदि नहीं प्रभु?

महाभारत युद्ध प्रवहमान था। महायुद्ध था! महासंहार था! महानाद था! भोर होते ही रथचक्रों की गड़गड़ाहट गूँज उठती। तूर्यनाद हो उठते। अनेकों हेमजाल-आच्छादित श्वेत महाशंखों के उद्‌बोधन से रोम-रोम सिहर उठता था। असंख्य हेषारवों एवं गजों की मत्त चिंघाड़ें भय का संचार कर उठतीं। वीरों के हुंकार-स्वरों से कुरुक्षेत्र व्याप्त था। हिलते-डुलते स्वर्णछत्र थे। फरफराकर उड़ती असंख्य पताकाएँ गतिमान फेनराशि-सी प्रतीत होतीं। फेनमाला ही जैसे उमड़ पड़ी हो। हर योद्धा स्वयं को श्रेष्ठ क्षत्रिय सिद्ध करना चाहता था। हर योद्धा वीरगति प्राप्त करना चाहता। विचित्र प्रतिस्पर्धा थी!

प्रत्येक वीर दूसरे से पहले मृत्युमाल वरना चाहता। इसी स्पर्धा में प्रतिदिन असंख्य वीर हताहत होते। असंख्य वीरगति प्रात करते। किन्तु आगामी भोर असंख्य वीर लौह-शिरस्त्राण एवं कवच शस्त्र धारे पुनः इस क्षत्रिय-महायज्ञ में प्राणों की आहुति देने तत्पर हो जाते।

उस भोर पांचाली जाग चुकी थी किन्तु आलस्यवश शय्या से उठी नहीं थी। कान युद्धक्षेत्र की ओर लगे थे। अभी सब शान्त था। किन्तु तैयारियाँ होने लगी थीं। अचानक अपने पाँवों पर किसी कोमल स्पर्श से चौंककर बैठ गयी।

"अरे तू? यहाँ क्या कर रहा है?" अचम्भे से वह स्नेह-पुलकित स्वर में बोल उठी।

"चरणस्पर्श करने आया था अम्ब, युद्ध से पहले।"

"अहो...!" पांचाली ने प्रेम से हाथ फैलाकर उसका कोमल काकपक्षों से युक्त शीश अपने वक्ष में भर लिया। नयनों से फिर वही दाहभरी अश्रुधारा उमड़ पड़ी।

"नहीं अम्ब! अब यह अश्रु नहीं देख सकता। आज शपथ लेकर जा रहा हूँ कि जिन दुष्ट अधर्मियों ने तुम्हें इतनी यातना दी, उन्हें आज यातना दे-देकर ही यमलोक पहुँचाऊँगा। चुन-चुनकर प्रहार करूँगा एक-एक पर.." वह माता के अश्रु पोंछता हुआ बोला।

"आयुष्मान् हो वत्स! चिरंजीवी हो!"

पांचाली दोनों हाथों में थामे अभिमन्यु का शिशु-सम अबोध मुख जलभरे नयनों से निहार रही थी। कितना अद्‌भुत साम्य था अभिमन्यु और उसके मातुल श्रीकृष्ण की मुखाकृति में! मधुसूदन के समान ही गोल मुख! वे ही सुन्दर विशाल नलिनाक्ष! घुँघराले काकपक्ष! चिबुक, नासिका—सब कुछ वही! किन्तु वह गौरांग था। माता सुभद्रा से गौरवर्ण पाया था। पिता अर्जुन से विशाल स्कन्ध एवं आजानुबाहु। और हृदय? जैसे विमाता द्रौपदी के हृदय का ही एक अंश अभिमन्यु के वक्ष में रख दिया गया हो! वही अग्नि उसके नन्हे से हृदय में धधकती रहती जो पांचाली इतने वर्षों से अपने उर में छिपाये घूमती थी। अपमान का प्रतिकार! यहीं वे दोनों एक-दूसरे से अभिन्न थे।

अभिमन्यु माता सुभद्रा के निश्छल अपार नेह का भक्त था; किन्तु विमाता पांचाली के ओज एवं तेजस्विता का भी अनन्य भक्त था। विमाता के राजनीति, धर्म व विधि के ज्ञान पर वह न्यौछावर था। उसकी तर्कशक्ति और बुद्धिमत्ता पर मुग्ध था। उसकी सहनशक्ति, धीरज, साहस, निर्भीकता एवं स्पष्टवादिता के समक्ष नतमस्तक था। अभिमन्यु को माता द्रौपदी से सदा एक तेजमयी प्रेरणा प्राप्त होती थी।

अपने पिता धनंजय से उसने अन्तर की कोमलता एवं भावुकता भी पायी थी। जब एकान्त में बैठता वह भावुक किशोर, तो उसके अश्रु प्रवाहित हो चलते! इतनी महिमामयी राजरानी महारानी द्रुपदनन्दिनी को स्वयं उसी के श्वसुर मत्स्यराज विराट के महल में एक दरिद्र सैरन्ध्री के रूप में दिन काटने पड़े? वह जब छोटा था तभी से माता

के असंख्य कष्टों की कथा पितामही कुन्ती से सुनता तो क्रोध से प्रकम्पित हो उठता। जयद्रथ! कीचक! दु:शासन! दुर्योधन! कर्ण! शकुनि!...बालपन से ही उसके कोमलमन में इन क्षुद्रों के प्रति घृणा का अंकुरण हो गया था। मन ही मन संकल्प करता कि अवसर पाते ही वह एक-एक का वध करेगा। यदि माता द्रौपदी के दग्ध अन्तर को शीतलता प्रदान कर पाया तो उसका जीवन धन्य हो जाएगा। उसने कामना की थी कि मातुल श्रीकृष्ण द्वारा प्रस्तावित सन्धिवार्ता विफल हो जाये, ताकि वह युद्ध में उन पापियों के बलिष्ठ तनों को क्षत-विक्षत कर सके।

युद्ध छिड़ गया। उसे तथा उसके पाँचों भाइयों—प्रतिविन्ध्य, सुतसोम, शतानीक, श्रुतकीर्ति और श्रुतकर्मा—पाँचों द्रौपदेयों को पृष्ठभूमि में रखा जाता। अभिमन्यु सदा अवसर ढूँढ़ता रहता। उस रात्रि वह सो नहीं पाया। कभी जयद्रथ तो कभी कर्ण, कभी दु:शासन तो कभी दुर्योधन के घृणित मुखमण्डल घूम-घूमकर उसकी स्वप्नमाला छिन्न-भिन्न कर जाते। सोते-सोते उसकी बाहु फड़क उठती। उसे दिखता—जयद्रथ उस पर वार कर रहा है, और वह हुंकार भर-भरकर जयद्रथ को पछाड़ देता। सारी निशा विचित्र उद्विग्नता एवं व्यग्रता में बीती। वह उठा तो इसी संकल्प के साथ कि आज वह सेना के अग्रभाग में रहेगा। आज अवश्य इन अधर्मियों को यमलोक पहुँचाकर ही श्वास लेगा। स्फूर्ति से उठकर वह युद्धसज्जा कर माता द्रौपदी का आशीर्वाद लेने आ गया।

अभिमन्यु पांचाली के कन्धे पर शीश टिकाये था और पांचाली का हाथ उसके कोमल काकपक्षों को अपार स्नेह से सहला रहा था।

धीरे-धीरे शीश हटाते हुए बोला—

"अम्ब! आज तुम्हारी वर्षों-संचित पीड़ा का प्रतिशोध लेकर ही आऊँगा, अन्यथा...लौटूँगा नहीं...!"

"ऐसा न कह...ऐसा न कह वत्स!" भयातुर द्रौपदी का हृदय धड़क उठा। तत्काल उसने हाथ से अभिमन्यु का मुख बन्द कर दिया। "तू अपने संकल्प में अवश्य सफल होगा अभिमन्यु! और लौटकर स्वयं ही यह शुभसमाचार मुझे देगा। किन्तु अशुभ वचन मुख से न निकाल वत्स!"

"अशुभ क्यों अम्ब! तुम ही तो कहती हो कि वीरगति पाने से उत्तम और कोई लक्ष्य नहीं क्षत्रिय जीवन का! पितृव्य तो युद्धविमुख थे। तुम ही ने उनमें साहस एवं शक्ति के प्राण फूँके।" वह खड़ा होकर सुस्थिर, दृढ़ एवं गम्भीर दृष्टि से अपनी प्रेरणा-मूर्ति माता को निहार रहा था।

आज पहली बार पांचाली निरुत्तर हुई थी। बालक अभिमन्यु ने ही माता को निरुत्तर किया! हाँ, समस्त क्षत्रिय जाति को युद्ध में झोंक दिया मैंने। किन्तु अभिमन्यु? अभिमन्यु नहीं! यहीं उसका हृदय पीछे हट गया। चरण पीछे हट गये। नहीं! नहीं!...

"वीरगति होने दे वत्स, भीष्म पितामह की! आचार्य द्रोण की! वयोवृद्ध क्षत्रियों की! पुत्र! अभी तूने देखा ही क्या है? मेरे अपमान का प्रतिशोध ये अक्षौहिणी चतुरंगिणी

भी न ले सकेंगी क्या? पाण्डववीर नहीं ले सकेंगे? भले ही मेरे अपमान का प्रतिकार न हो...आजीवन अपमान-ज्वाला में धधकती रह जाऊँगी...किन्तु आयुष्मन्! तुझे तो न खोना चाहूँगी किसी भी स्थिति में। ऐसे कठोर वचन कहकर क्यों माता का हृदय विदीर्ण किये दे रहा है?''

''तो कैसी वीर माता हो अम्ब!'' वह सूर्यपुत्र-सा तेजस्वी बाल-क्षत्रिय दृढ़ता से बोला...और मुस्कराकर किशोर सिंह-शावक की भाँति नवउत्साह में चल पड़ा।

पांचालकुमारी चिन्तित हो उठी उस किशोर योद्धा के संकल्प को सुन। तत्काल उसने अपने गुप्तचरों को निर्देशित किया कि वे युद्धक्षेत्र के समाचार बराबर देते जाएँ। वे प्रतिदिन ही देते थे, किन्तु आज विशेष निर्देश थे कि अविलम्ब समस्त सूचना सविस्तार दी जाये।

उन ही में से एक चर आया संवाद देने।

''देवी! आज महापराक्रमी कौरव-सेनापति गुरुवर द्रोणाचार्य ने चक्रव्यूह की रचना की है जिसको भेदना अत्यन्त दुरूह होता है।''

''तो आर्य अर्जुन ही उसे भेदेंगे—मेरा विचार है।''

''नहीं देवी! द्रोणाचार्य अत्यन्त बुद्धिमान एवं कुशल सेनापति हैं। उन्होंने आर्य अर्जुन को पहले से ही संशप्तकों के साथ युद्ध में उलझाकर शेष युद्ध से उन्हें पृथक् कर दिया है। आर्य अर्जुन को ज्ञात भी नहीं कि यहाँ कौरवों ने चक्रव्यूह की रचना की है।''

''तो क्या पाण्डवों की ओर से और कोई ऐसा वीर नहीं जो चक्रव्यूह का सामना कर सके?''

''पूरी पृथ्वी पर केवल द्वारकाधीश श्रीकृष्ण एवं आर्य अर्जुन ही इस कौशल में पारंगत हैं। साथ ही, इन महानुभावों ने अपने एक-एक पुत्र को भी यह विद्या सिखायी है। वासुदेवनन्दन प्रद्युम्न इस कला में प्रवीण हैं। किन्तु वे युद्ध में नहीं आये हैं। अब पाण्डुकुलभूषण राजकुमार अभिमन्यु ही इस विद्या के ज्ञाता हैं।''

अभिमन्यु! वह बालक! पांचाली आश्चर्यचकित रह गयी। जो विद्या किसी को नहीं आती, वह उस किशोर कुमार को आती है!

''तो सुमुख! आर्य युधिष्ठिर का क्या कहना है? वे क्या व्यवस्था कर रहे हैं?''

''धर्मराज युधिष्ठिर ने यह गुरुतर भार सुभद्रानन्दन अभिमन्यु के सुकुमार कन्धों पर डाला...''

''क्या!''...पांचाली सिहर उठी। अभिमन्यु के संकल्प-शब्द कानों मे गूँज उठे।

''उस बालक को, जिसके अभी श्मश्रुरेख तक न निकली...उसे आर्यपुत्र उन क्रूर, हिंसक पशुव्यूह में भेज रहे हैं?''

''भेज चुके हैं देवी!...भेज दिया है।''

"कैसा अनर्थ! कैसा अधर्म! धर्मराज को किसी ने रोका नहीं? अभिमन्यु को किसी ने रोका नहीं?"

"रोका देवी! कुमार के सारथी ने अत्यन्त विचलित होकर कहा था—आयुष्मन्! द्रोणाचार्य अस्त्रविद्या के आचार्य हैं, जीवनभर उन्होंने शस्त्र चलाये हैं। वे तपे हुए योद्धा हैं।...और स्नेह की कोमलता में, स्नेह की स्निग्धता में आपका पालन-पोषण हुआ है..किन्तु देवी! कुमार तो नव-गजराज से मत्त हो झूम रहे थे। न भूत, न भविष्य की चिन्ता। कहने लगे—सारथे! आज मुझे कोई नहीं रोक सकता। स्वयं मातुल श्रीकृष्ण भी आ जाएँ, स्वयं पिताश्री क्यों न आ जाएँ, आज मैं किसी से भयभीत नहीं। चलो सूतनन्दन! शुभस्य शीघ्रम्। इतनी कम आयु में ऐसा सम्मान किसी को मिलता है क्या? मेरा परम सौभाग्य है यह तो। आज जीवन का बहुप्रतीक्षित मुहूर्त्त मुझे मिला है। विलम्ब न करो, द्रोणाचार्य की सेनाएँ मेरी प्रतीक्षा कर रही हैं।"

पांचाली प्रस्तरमूर्ति-सी बैठी रह गयी—हृदय थामे। क्या होनेवाला है? भगवन्! उस अबोध बालक की रक्षा करना जो अल्प वयस के आवेश में आज न जाने क्या कर डालेगा! दोनों हाथ आकाश की ओर उठाये प्रार्थना कर उठी—उसे दीर्घायु करो देव! उसकी रक्षा करो उन भूखे वृकों से!

"सुमुख! राजपुत्र अभिमन्यु की रक्षा करने का समुचित प्रबन्ध हुआ है?"

"देवी, जब धर्मराज कुमार से व्यूहभेदन के लिए कह रहे थे...तो वे हर्षातिरेक हो उछल पड़े थे। किन्तु उन्होंने यह बताया कि अभी आर्य धनंजय ने उन्हें केवल चक्रव्यूह का भेदन ही सिखाया है, उससे बाहर निकल आना अभी वे सीख नहीं पाये हैं...किन्तु धर्मराज युधिष्ठिर ने आश्वस्त किया है कि राजपुत्र जिस मार्ग से व्यूह में प्रवेश करेंगे, उसी मार्ग से उनके पीछे-पीछे ही आर्य युधिष्ठिर सेना सहित प्रवेश कर जाएँगे और कुमार अभिमन्यु की रक्षा करेंगे।"

"अहोऽ! अहोऽ!" पांचाली ने नेत्र मूँदकर व्याकुलता से शीश हिलाया।

दूसरा दूत और समाचार ले आया तब तक। उसने बताया कि कर्णिका-ध्वज फहराता हुआ राजपुत्र अभिमन्यु का रथ द्रोणसेना के निकट जैसे ही पहुँचा, वह सुकुमार बालक सिंह-शावक की भाँति उछलकर गजसेना पर टूट पड़ा। भयंकर संग्राम हुआ। अवर्णनीय! द्रोणाचार्य को अवाक् छोड़, उनके देखते-देखते वह नन्हा योद्धा चक्रव्यूह भेदकर भीतर प्रवेश कर गया!

उसे चारों ओर से गजारोही, अश्वारोही, रथी, पदाति सेना ने घेर लिया था। किन्तु अद्भुत थी उसकी स्फूर्ति! विलक्षण था उसका कौशल! अपूर्व था उसका साहस! शत्रुओं द्वारा छोड़ी गयी शक्तियाँ सर्प की भाँति लपलपाती आतीं, तो कुमार गरुड़ की भाँति उछलकर उन्हें बीच में झपटकर पकड़ लेता! सिंह की भाँति वह एक स्थान से दूसरे स्थान पर उछलकर पहुँच जाता! क्रुद्ध नाग-सा यदि फुफकार उठता तो कितने ही

वीर धूल में लोट जाते! शत्रुसेना कड़ा संघर्ष कर रही थी उसके विरुद्ध, किन्तु बीच-बीच में शत्रु ही स्वयं उसके कौशल पर 'साधु-साधु' कह उठते। शत्रुसेना चकित थी उस सिंह-शावक के पराक्रम को देख। मुग्ध थी। लड़ते-लड़ते शत्रुओं के हाथ रुक जाते, क्षणभर को उसे देखने के लिए...उस कुमार कार्तिकेय से अपूर्व रूपवान किशोर को देखने, जो रणक्षेत्र में ऐसे खिलवाड़ कर रहा था जैसे वह क्रीड़ांगन हो। वह बालक जिसके श्मश्रुरेख अभी उभरी न थी, अट्टहास कर-करके, अपने काकपक्ष को झटके से पीछे कर-करके, ऐसे प्रहार करता कि शत्रुसेना में त्राहि-त्राहि मच जाती!

वह प्रलय मचाता-सा शत्रुओं को कुशग्रास की भाँति भूमि पर बिछाता जा रहा था। भुजाएँ, पाँव, मस्तक, हाथ और कबन्ध चारों ओर ऐसे छितरे पड़े थे जैसे यज्ञवेदी पर कुश बिछे हों!

दुर्योधन को देखते ही जैसे उसके तन-मन में अग्नि प्रज्वलित हो उठी। उसकी आग्नेयदृष्टि एवं विकट भाव-भंगिमा देख सेनानायक द्रोणाचार्य भी विचलित हो उठे कि यह अर्जुनकुमार आज दुर्योधन का काल बना प्रतीत होता है। "दुर्योधन की रक्षा करो! दुर्योधन की रक्षा करो!" आचार्य ने इंगित किया, और तत्परता से दुर्योधन की रक्षा के लिए महान् योद्धागण जुट गये। कर्ण, कृपाचार्य, द्रोणाचार्य, अश्वत्थामा, शकुनि, शल्य, भूरिश्रवा, सोमदत्त, विविंशति, वृषसेन, सुषेण, कुण्डभेदी, प्रतर्दन, वृन्दारक, लालित्य, प्रबाहु, दीर्घलोचन आदि सब एकत्रित हो गये थे।

"किन्तु भद्र! यह तो बताओ, व्यूह में कुमार अभिमन्यु की रक्षा के लिए आर्यपुत्र युधिष्ठिर पाण्डवसेना सहित पहुँचे या नहीं?"

"नहीं देवी!"

"क्यों...ऽऽ... ?" द्रौपदी के नेत्र विस्फारित रह गये।

"धर्मराज युधिष्ठिर को जयद्रथ ने बाहर ही शिथिल कर दिया। सौवीरराज जयद्रथ का सामना करने में पाण्डवसेना असमर्थ रही!"

"अहोऽ...कैसा दुर्भाग्य!...अरे...कोई ढूँढ़कर लाओ आर्यपुत्र अर्जुन को...वे आकर उस अबोध बालक की रक्षा करें...अरेऽऽ माधव कहाँ...माधव को बुलाओ!...कोई दौड़कर उन्हें सूचित करो...यह क्या अनर्थ हुआ जा रहा है।...धर्मराज युधिष्ठिर कभी समय पर कुछ उचित कर पाये हैं!...क्यों भेज दिया उस नन्हे शावक को वहाँ?...अहो...भगवन्...कैसे उन हिंसक श्येनों के पंजों से अपने उस निरीह कपोत को उड़ा लाऊँ!...सब वीरों के होते हुए भी वह कहाँ फँस गया मेरे अपमान के प्रतिशोध के लिए... !" वह आहत वन-कपोती-सी छटपटा उठी।

और समाचार आते जा रहे थे। राजकुमार अभिमन्यु प्रारम्भ में मृदुल भाव से हँस-हँसकर युद्ध कर रहा था किन्तु धीरे-धीरे द्विप्रहरी के भगवान सूर्य की भाँति प्रचण्ड रूप से तप्त हो उठा, उग्र हो उठा। उस कार्तिकेयकुमार का वह त्रैलोक्यदुर्लभ रूप देखकर द्रोणाचार्य स्वयं सम्मोहित हो गये। वे मुग्ध हो ठगे-से देखते रह गये। दुर्योधन

ने गुरुवर की यह दशा देखी तो ईर्ष्या से भुन गया। दु:शासन को बुलाकर आदेश दिया, ''इस उद्दण्ड राजपुत्र के प्राण ले डालो!''

अभिमन्यु ने दु:शासन को अपने समक्ष पाया तो उसका रक्त खौल उठा। अपना संकल्प, अपनी शपथ स्मरण आ गयी। माता द्रौपदी के अपमान का स्मरण कर उसके अंग-अंग में विकट रोष का स्फुरण हो उठा।

दु:शासन को ललकार वह गरज उठा, ''ओ...मिथ्याभिमानी! निठुर! परनिन्दक! धर्मविमुख! क्यों काल के समक्ष आ खड़ा हुआ है मूढ़! बहुत तूने सज्जनों को कष्ट दिये हैं। परायी सम्पत्ति का छल से हरण करना, अशान्ति फैलाना, लोभप्रेरित रहना, ये ही तो तेरे नीच चरित्र की विशेषताएँ हैं। कुरुकुल-कलंक! आज माता द्रौपदी के सारे अपमानों का प्रतिशोध लेने का संकल्प करके ही मैंने रणक्षेत्र में पाँव रखा है। अधम! तेरा वध करके मैं पितृऋण से आज ही मुक्त हो जाऊँगा!''...और दु:शासन अन्तत: उसके प्रखर तेज के समक्ष टिक न सका व व्याकुल हो शृगाल की भाँति पलायन कर गया।

कौरवसेनाओं में अर्जुनकुमार के प्रचण्ड ताप से हाहाकार मच उठा। ऐसा प्रखर सूर्य-सा वह प्रदीप्त था कि किसी की दृष्टि उस पर टिक न पाती। साक्षात् काल बना वह सम्पूर्ण रणक्षेत्र में हुंकारें भरता दौड़ रहा था। जिधर जाता, उधर ही आतंक फैल जाता, किन्तु साथ ही शत्रुकण्ठों से प्रशंसा में 'धन्य-धन्य' निकल पड़ता।

पांचाली रोमांचित-सी बैठी युद्धगाथा सुन रही थी। उसके कान भी युद्धक्षेत्र की ओर लगे थे, वहाँ से जो ध्वनियाँ और कोलाहल उठता उसी से स्थिति का अनुमान लग जाता था।

समाचार आ रहे थे। सभी कौरव महारथी एकत्रित होकर अभिमन्यु पर आक्रमण कर रहे थे। किन्तु अदम्य था उसका साहस। बातों ही बातों में उसने शल्य के भाई का वध कर दिया। पाण्डवों में हर्ष छा गया। कर्ण के भाई का वध किया। वसातीय मारा गया। उन्मत्त व्याघ्र जैसे हिरण को दबोच लेता, वैसे ही उसने सत्यंश्रवा को मसल डाला। मद्रराजपुत्र रुक्मरथ मारा गया। वह बाल योद्धा विद्युत्-तरंग-सा थिरकता फिर रहा था एकाकी—भयंकर नरसंहार करता। जैसे प्रलयंकारी मेघगर्जना करता हुआ स्वयं देवराज इन्द्र हाथ में वज्र नचाता चला आया हो! कौरवसेना व्याकुल हो चली! क्राथ-पुत्र मारा गया! वृन्दारक मारा गया! दुर्योधनपुत्र लक्ष्मण मारा गया! पाण्डव-सेना से निरन्तर हर्ष-ध्वनियाँ उठ रही थीं। द्रौपदी रोमांचित थी, गर्व से वक्ष फूल गया, प्रेम से हृदय उमड़ आया।

द्रोणाचार्य, बृहन्नल, कृतवर्मा, कृपाचार्य, अश्वत्थामा, कर्ण सब आहत हो चुके थे उसके अचूक एवं कठोर प्रहारों से। सब विचलित थे। सब अचम्भित थे। श्रीकृष्ण के भागिनेय, सुभद्रा के पुत्र और अर्जुन की आशाओं के केन्द्रबिन्दु, उस सुकुमार बालक में ऐसा तेज! ऐसा बल! ऐसा कौशल! ऐसी निडरता! धन्य है! धन्य है!...

कौशलराजपुत्र बृहद्बल मारा गया! कर्ण के छः मन्त्री मारे गये! मगधराजपुत्र अश्वकेतु मारा गया! शत्रुंजय मारा गया! चन्द्रकेतु मारा गया! मेघवेग मारा गया! सुवर्चा मारा गया! सूर्यभास मारा गया! सुबलपुत्र कालिकेय मारा गया!

पाण्डवसेना हर्षोन्मत्त हो अपने नन्हे सेनापति का प्रचण्ड जयघोष करती थकती न थी। कौरव-सेनापति, वयोवृद्ध महापराक्रमी द्रोणाचार्य का रणकौशल फीका पड़ गया था। निस्तेज, प्रभावहीन। उनकी सेना का उत्साह क्षीण पड़ता जा रहा था। कौरवसेना भयातुर थी। आतंकित थी। उस एकाकी बालक के शौर्य से थर-थर प्रकम्पित थी। द्रोणाचार्य हतप्रभ थे। दुर्योधन व्याकुल था। कर्ण विचलित था। दु:शासन भयभीत था। सेनापति महावीर द्रोणाचार्य की प्रतिष्ठा दाँव पर लगी थी। इस नन्हे धनंजयपुत्र ने उनकी छवि धूमिल कर दी थी। यह एकाकी बालक समस्त कौरव-वीरों का काल बना घूम रहा है! द्रोणाचार्य की चिन्ता बढ़ रही थी।

परस्पर परामर्श हुआ। कर्ण, दुर्योधन, द्रोणाचार्य, कृपाचार्य, कृतवर्मा सबने एक साथ उस एकाकी बाल योद्धा पर सामूहिक आक्रमण कर दिया। कर्ण ने उसका धनुष काटा। कृतवर्मा ने उसके अश्वों का वध कर दिया। कृपाचार्य ने उसके दोनों पार्श्व-रक्षकों को मार डाला। शेष महारथी घमासान वाणवर्षा करने लगे उस रथविहीन, धनुषहीन एकाकी बालक पर!

वह अब खड्ग लेकर थिरक रहा था। द्रोणाचार्य ने आगे बढ़कर उसके खड्ग की मूठ काट डाली। कर्ण ने तुरन्त आगे बढ़कर उसकी ढाल पर आघात कर उसे खण्ड-खण्ड कर डाला। रथहीन, धनुषहीन, खंगहीन, ढालहीन कर दिया उसे। किन्तु वह तेजस्वी बालक जैसे शौर्य का अवतार था! हाथ में चक्र घुमाता वह गरुड़-सा झपट्टा मारता दौड़ने लगा। परन्तु उसका वह एकमात्र अस्त्र, चक्र भी काट दिया गया।

वह सर्वथा नि:शस्त्र हो गया..और अब...अब... ? उसके पास रक्षा के लिए कोई शस्त्र नहीं! कोई व्यक्ति नहीं! शत्रुओं की सेना उस पर कालमेघ-सी घिरती आ रही थी! कौरव महारथी प्रसन्न थे उस निहत्थे को असहाय देख। अब उन पर वीरता चढ़ी थी। दु:शासनपुत्र अब आगे बढ़ा और भरपूर गदा बालक के शीश पर दे मारी..और..वह नूतन शाल-वृक्ष...जैसे महाशैल से अरअराता भूमि पर गिर गया!

कौरवसेना से प्रचण्ड जयघोष उठा। शंख-घण्ट घड़ियाल बज उठे। और पाण्डवसेनाओं का मर्मान्तक आर्तनाद दिशाओं को प्रकम्पित कर गया। पांचाली ने भित्ति में अपना शीश दे मारा!

सन्ध्या हो चली थी। भगवान् अंशुमाली भी निराश, हताश सेनापति से रक्तलोहित हुए बोझिल मन, बोझिल तन अपने विश्राम-शिविर की ओर अग्रसर थे। आज का दिन भगवान भास्कर के लिए भी दारुण रहा। उनके देखते-देखते एक महातेजस्वी किशोर,

एक बाल-सेनापति का, कई महाकाय महारथियों ने एकाकी करके, निःशस्त्र करके, क्रूरता से वध कर डाला था। सूर्यदेव व्यथित थे। दिशाएँ काँप उठी थीं, रक्तलोहित अश्रु बहा रही थीं। उस बाल-महारथी के सम्मान में आकाश भी जैसे झुक आया था।

पार्थ का रथ युद्ध अन्त होने पर अपने शिविर की ओर लौट रहा था। पार्थ-सारथी मौन थे। गम्भीर। शान्त होकर वे रथ-संचालन करते पाण्डव-शिविरों की ओर अर्जुन को ला रहे थे।

"माधव! आज मेरा हृदय वेग से स्पन्दित हो रहा है। कैसी विचित्र-सी शान्ति छायी है चारों ओर! पाण्डव-शिविरों पर शंखध्वनि नहीं! मांगलिक गान नहीं! चारण-भाट सबके कण्ठ-स्वर शान्त हैं! कहीं कुछ अघटनीय तो नहीं हुआ?" पार्थ ने उद्विग्न हो पूछा।

पार्थ-सारथी मौन थे। अर्जुन बोले जा रहे थे—

"आज सुना, गुरुवर द्रोणाचार्य ने चक्रव्यूह रचा था, यदि यह सत्य है, तो हम अवश्य पराजित हुए होंगे! मेरे और आपके अतिरिक्त और कौन व्यूह भेद सकता था?...समझ नहीं पा रहा, किसे यह दायित्व सौंपा गया होगा!...अभिमन्यु...अवश्य जानता है...किन्तु उसका प्रशिक्षण अपूर्ण है अभी। केवल व्यूह-भेदन मैं उसे सिखा पाया हूँ, व्यूह से बाहर कैसे निकला जाता है, यह वह नहीं जानता। वह तो अभी मात्र बालक है...उसे कोई कैसे यह घोर गम्भीर दायित्व सौंप सकता है! किन्तु यह...कैसी श्वासरोधक नीरवता है?"

पाण्डव-शिविरों पर वास्तव में विकराल सन्नाटा छाया हुआ था।

"क्या घटित हुआ वासुदेव? चारों वीर भाई तो सकुशल होंगे न!"

रथ रुकते ही वे लपककर उतरे। शिविर के मध्य सामने ही युधिष्ठिर अन्य भाइयों, सात्यकि तथा धृष्टद्युम्न के साथ भयंकर रूप से शोकमग्न बैठे थे। कौन-सी अपूरणीय क्षति हुई? किसके लिए ऐसा शोक?

तभी सुभद्रा के शिविर से ऊँचे स्वर में सामूहिक क्रन्दन सुनाई पड़ा। धनंजय की आजानुबाहु शिथिल होकर एकाएक झूल गयीं। पाँव विश्वासघात कर गये। हृदयगति जैसे थम गयी।

सामने खड़े थे अपराध-भावना से ग्रस्त युधिष्ठिर। आत्मग्लानि में डूबे भीमसेन। नतमस्तक नकुल। सजलनेत्र सहदेव। सबकी वाणी जड़ हो चुकी थी। कौन कहे?...

सब स्पष्ट था, कहने की आवश्यकता नहीं। तो श्रीकृष्ण को युद्धक्षेत्र में ही सूचना मिल गयी थी! अर्जुन का मन हाहाकार कर उठा।

"जनार्दन! आपने मुझे क्यों नहीं बताया? उन क्रूर महारथियों को मैं वहीं भस्म कर डालता। माधव! मैं शिविर में कैसे जाऊँ...उस दुःखविह्वला सुभद्रा को क्या मुख दिखाऊँ? दुःखकातर द्रौपदी उसकी माता से भी बढ़कर थी, वह भला मुझसे बात भी करेगी!...हाय रे दुर्भाग्य! मेरे रहते, पिता के रहते वह सुकुमार बालक अरक्षित-

सा...अनाथ-सा बलि चढ़ गया! यह क्या हो गया?...मेरी उस सुकोमल पुत्रीसम उत्तरा का क्या होगा?...हैं किसी के पास शब्द उसे धीरज बँधाने के?...हे अच्युत!...यह मैंने क्या गँवा दिया? यह कैसे गँवा दिया?...तनिक-सी असावधानी के कारण मेरा अमूल्य लाल चला गया!...''

गम्भीर श्रीकृष्ण का हाथ अर्जुन के कन्धे पर पहुँचा, ''व्याकुल न हो पार्थ! तुम इस पाण्डवकुल के मेरुदण्ड हो! तुम इस प्रकार टूटोगे तो अन्य सबका क्या होगा?... तुम्हें गर्व नहीं, कि उस नन्हे सिंहशावक ने अपने यशस्वी पितामह महाराज पाण्डु के कुल का नाम उजागर कर दिया...कुल की वैजयन्ती पताका दिग्दिगन्त में फहरा दी? कुल-परिवार के नाम की ज्योतिशिखा को ऊर्ध्वमुखी कर दिया?...तुम्हें गर्व नहीं होता धनंजय?...तुम पुत्र के अभूतपूर्व त्याग से रोमांचित नहीं हो उठते? ऐसा तेजस्वी पुत्र!...इतना वीर-शूर पराक्रमी पुत्र! और उसका इतना भावुक, कोमल-मन पिता! सोचो मित्र, उसने किस प्रचण्ड उत्साह से लड़ते-लड़ते वीरगति पायी है! तुम्हारा यह विलाप अभिमन्यु को कितना कष्ट पहुँचाता, यदि वह तुम्हें ऐसी स्थिति में देख पाता, सुन पाता!''

अर्जुन व्यथा से ढह गये। उनके शालकन्ध झुक गये थे। नेत्र जलपूरित थे। हृदय आवेग से उमड़ रहा था। पश्चात्ताप और ग्लानि से मन आलोड़ित था। तभी उनकी दृष्टि अपने भ्राताओं पर पड़ी, जो पराजित से, अपराधी से, आत्मग्लानि से लिपे-पुते विषाद की मूर्ति बने खड़े थे। धनंजय के दु:ख में आक्रोश भी सम्मिलित हो गया।

वे रुद्धकण्ठ बोल उठे, ''आप सब शस्त्रविद्या के पण्डित बैठे रहे! और उस सुकुमार सौभद्र को काल ऐसी सरलता से खींच ले गया! आप सबके रहते! इन्द्र भी उससे युद्ध करता, तो भी आपके रहते अभिमन्यु का प्राणान्त नहीं होना चाहिए था।...मुझे यदि स्वप्न में भी भान होता कि समस्त पाण्डव उस बालक की रक्षा करने में असमर्थ हैं, तो मैं ही रक्षा कर लेता। आप लोग वाणवर्षा करते रहे और बालक का शत्रुओं ने वध कर दिया! धिक्कार है! धिक्कार है!...मुझे पहले ही क्यों न ज्ञात हुआ कि आप सब पौरुषहीन हैं, पराक्रम शून्य हैं, पुरुषार्थविहीन हैं...किन्तु आप लोग तो जैसे हैं वैसे ही रहते! वास्तव में उत्तरदायी मैं ही हूँ जो आप पर अत्यधिक विश्वास कर, आपके अवलम्ब पर उस किशोर को छोड़ गया। जानता था, आप सब कापुरुष हैं, दुर्बल हैं, तो भी विनाशबुद्धि से प्रेरित होकर मैं चला गया!...आश्चर्य!...आश्चर्य महाबाहो!...ये कवच! ये शिरस्त्राण! ये अस्त्रशस्त्र! ये आपके तन पर स्थित क्यों हैं अन्ततः? केवल शोभावृद्धि करने हेतु? ये शस्त्र क्या आपके आभूषण हैं? सज्जा के साधन हैं? इस वीरवेश में भी आप लोग हाथ पर हाथ धरे बैठे रह गये! और वह हमारा नयनतारक, हमारा लाड़ला वत्स व्याघ्रों से घिरकर इस क्रूरता से मारा गया!''

पाण्डव प्रस्तरखण्ड से खड़े थे। धर्मराज की वाणी बन्द थी। भयंकर वज्रपात हुआ था पाण्डवकुल पर। सुभद्रा के शिविर से कोहराम की ध्वनियाँ बढ़ चलीं। सुभद्रा,

उत्तरा, उनकी सखियाँ, दास-दासी, बन्धु-बान्धव पछाड़ें खा-खाकर विलाप कर रहे थे। इस वज्रपात से बड़े-बड़े धीर जनों का संयम विगलित हो चला था।

"हा पुत्र!...हा वत्स!" अर्जुन बिलख उठे।

"अरे उसे तो मात्र व्यूहभेदन ही आता था धर्मराज! उसे क्यों आपने व्यूह में भेज दिया?...वह तो पूर्ण प्रशिक्षित भी न था! जो शावक भलीभाँति उड़ नहीं पाते, उन्हें पक्षी तक एकाकी नहीं छोड़ते और आप जैसे धर्मज्ञ ने यह क्या कर डाला! आपने सोचा भी नहीं, आप क्या कर रहे हैं?...अहो! कैसा अन्धेर कर डाला धर्मराज! कैसी अदूरदर्शिता...कैसा अनर्थ कर डाला!"

"पार्थ!...मैंने उससे कहा था कि वह केवल व्यूह-प्रवेश का द्वार बना दे, उसके पीछे-पीछे शत्रुसंहार करते-करते हम सब भी प्रवेश कर जाएँगे..." युधिष्ठिर ने प्रथम बार अटकते हुए स्पष्टीकरण देना चाहा।

"फिर क्या हुआ, धर्मराज?"

"वही जो सदा होता आया है। धर्मराज पिछड़ गये। क्योंकि सिन्धुराज जयद्रथ व्यूह-द्वार पर खड़ा था। धर्मराज फिर कभी आगे बढ़ सकते थे क्या?"...रुदनपूरित कम्पित वाणी सुन सबने मुड़कर देखा—केश बिखेरे विक्षिप्त उन्मादिनी-सी पांचाली खड़ी थी। रो-रोकर नेत्र रक्तवर्ण हो गये थे। मुखमण्डल सूज गया था। वेदना का अन्त न था। उसकी विक्षिप्तावस्था देखते ही अर्जुन संयत हो गये।

"जयद्रथ को रुद्र भगवान् का वर है, वह हमें रोक सकता है। हम आगे न बढ़ सके पार्थ!" युधिष्ठिर ने कम्पित स्वर से स्पष्टीकरण प्रस्तुत करना चाहा।

"आगे भी नहीं बढ़ सके, और प्रयास भी न किया? और उस नन्हे बालक को अरक्षित ही छोड़ दिया!" पांचाली का अवरुद्ध कण्ठ प्रखर था।

"किन्तु द्रुपदसुते! इस समस्त नरसंहार के मूल में तुम ही हो। न यह युद्ध होता, न आज अभिमन्यु को हम खोते।" युधिष्ठिर ने बचाव की दिशा मोड़ दी।

अर्जुन ने अपने हाथ कपाल पर दे मारे।

"मैं ही हतभागा हूँ...मैं ही तो उत्तरदायी हूँ जो पुत्र की रक्षा करने में असमर्थ रहा! मैं जयद्रथ का वध करके भी क्या पुत्रवध से उऋण हो सकूँगा माधव?" अर्जुन की दृष्टि पुनः सजला गयी।

"किन्तु आर्यपुत्र!...अपने को दोष न दें! धर्मराज ठीक कहते हैं। दोषी मैं हूँ..." और द्रौपदी वेग से रो पड़ी। सबके हृदय काँप गये।

किन्तु अर्जुन तत्काल सँभल गये, "यह क्या पांचाली!...तुम ऐसे अधीर हो रही हो...वीरमाता होकर! सबको प्रेरणा, साहस, बल और स्फूर्ति देती आयीं और...अब दुर्बल पड़कर तुम यह क्या करने लगीं भारती?"

"मैं दोषी हूँ पार्थ!...मुझे विधाता ने इस समूचे जनसंहार का निमित्त ही जैसे बना दिया है। यह सब मेरे कारण ही तो हो रहा है।...बालक...वत्स...अभिमन्यु मुझसे

प्रात:वेला कह गया था...कि मेरे अपमान का प्रतिशोध लेकर ही आएगा...अन्यथा...अन्यथा नहीं लौटेगा...'' और वह बिलख-बिलखकर विलाप कर उठी।

सब लोग रो रहे थे। सब अपने अश्रु पोंछ रहे थे।

श्रीकृष्ण सुभद्रा को धीरज बँधाने जा चुके थे। पार्थ पांचाली को धीर बँधा रहे थे।

युद्ध चल रहा था। पाण्डव वीर निरन्तर विजय की ओर अग्रसर हो रहे थे। अभिमन्यु के वध का प्रतिशोध परमवीर अर्जुन ले चुके थे जयद्रथ-वध करके। शकुनि-वध में पांचाल राजपुत्र धृष्टद्युम्न एवं पाँचों द्रौपदेयों ने अभूतपूर्व वीरता दिखायी थी। दु:शासन-वध भीमसेन ने अपनी पूर्वप्रतिज्ञा के अनुसार किया एवं उसके रक्तपान का रोमहर्षक अभिनय कर सबको आतंकित भी कर दिया। पांचाली के वेणीसंहार का प्रतिशोध इस प्रकार ले लिया गया।

आज कुरुक्षेत्र में भयावह प्रतिस्पर्धा थी। दोनों पक्षों ने अपने-अपने सर्वोत्तम धनुर्धर वीर दाँव पर लगा दिये थे। कौरव पक्ष की ओर से अंगराज कर्ण एवं पाण्डव पक्ष की ओर से अजेय धनुर्धर अर्जुन आमने-सामने खड़े थे। दोनों समान पराक्रमी! दोनों महान् धनुर्धर! दोनों ही अपने-अपने पक्षों की आशा के केन्द्रबिन्दु थे। युद्ध के उस महासागर में डूबती-उतराती अपनी-अपनी चतुरंगिणियों के वे ही प्रमुख आश्रयद्वीप थे। महासंग्राम था! दोनों निर्भीक, निडर, परम तेजस्वी वीर बलशाली सिंहों की भाँति खड़े थे। इसके पूर्व राधानन्दन कर्ण के सुतीक्ष्ण वाणों से धर्मराज युधिष्ठिर आहत एवं रथविहीन होकर पलायन कर चुके थे। नकुल एवं सहदेव भी कर्ण के कठोर प्रहारों से गम्भीर रूप से आहत हो चुके थे। द्रौपदी के पाँचों पुत्र और महाबली भीम भी उन तीक्ष्ण तीरों से व्याकुल हो चुके थे।

यह सब जानकर ही अब कौरवसेना-रूपी घनघोर मेघघटा को छिन्न-भिन्न करते अर्जुन प्रलय-सूर्य से उग्र हो उठे एवं तप्त किरणों जैसे अपने तीक्ष्ण शरों की धुआँधार वर्षा से कौरवसेना को आकुल-व्याकुल किये डाल रहे थे, अभिमन्यु-वध का शूल उर में गहरा लगा था। उसका ताप अभी भी निरन्तर मन को दग्ध किये डाल रहा था। और कर्णपुत्र वृषसेन को देखते ही उनका वह पुत्रशोक-विह्वल मन हाहाकार कर उठा।

''राधानन्दन कर्ण! स्मरण करो अपनी क्षुद्रता और अधर्म...जब तुम सब प्रौढ़ महारथियों ने मेरे किशोर बालक अभिमन्यु को एकाकी कर घेर लिया था। उसे नि:शस्त्र कर, अत्यन्त असहाय अवस्था में क्रूर राक्षसों की भाँति, उस निहत्थे बालक के प्राण ले डाले थे। नरपिशाच!...तुम लोगों जैसा वह पैशाचिक कर्म मैं नहीं करूँगा! मैं क्षुद्र नहीं!...आओ, आज अपने पुत्र वृषसेन की रक्षा मुझसे करो, यदि कर सकते हो तो! तुम्हारे सम्मुख ही, तुम्हारे देखते-देखते ही, आज उसका वध करूँगा। किन्तु वीरवर!...तुम्हें

पुत्ररक्षा का पूरा अवसर दे रहा हूँ! आमन्त्रण दे रहा हूँ!...''

और राधानन्दन कर्ण के समस्त प्रयासों के उपरान्त भी सव्यसाची ने देखते-देखते वृषसेन का वध कर डाला।

पुत्रवध होते ही कर्ण पर जैसे संहार-भूत चढ़ गया। युद्धोन्मादी हो विकल मन उसने भीषण युद्ध छेड़ दिया।

अर्जुन से अपनी पुरातन प्रतिद्वन्द्विता की आज वह सदा के लिए इतिश्री करने को उद्यत था। अर्जुन-वध अनिवार्य है। द्रौपदी के स्वयंवर में अर्जुन की विजय को कर्ण कभी विस्मृत नहीं कर पाया। युद्धकौशल में गुरुवर द्रोणाचार्य की विशेष कृपा अर्जुन पर देख, उसने महाजटिल वीर परशुराम से छलपूर्वक प्रशिक्षण पाया था। धर्म के क्षेत्र में कर्ण की दानवीरता प्रसिद्ध थी तो अर्जुन की अथाह करुणा एवं धर्माचरण। अर्जुन उसका प्रतिद्वन्द्वी है। कर्ण भैरव-सा रूप धारे उन्मत्त हो उठा। कठोर आघातों से वास्तव में उसने अर्जुन को आहत कर डाला। यही नहीं, कुपित हो उसने पार्थ-सारथी श्रीकृष्ण पर भी प्रहार किये। अन्त में भलीभाँति विचार कर, बड़े यत्नों से सुरक्षित रखा अपना अत्यन्त विलक्षण सर्पवाण निकाला, जिसे वह अर्जुन के ही लिए बचाये हुए था।

अपने विराट धनुष पर चढ़ाकर, कर्ण ने समूची शक्ति से प्रत्यंचा को आकर्ण खींचते हुए वह सर्पमुखी वाण ठीक अर्जुन के मस्तक की ओर छोड़ा। प्रत्यंचा से विलग होते ही सर्पवाण प्रज्वलित हो धू-धू करती उल्काएँ छोड़ता अर्जुन के शीश की ओर लपलपा उठा।

परम-स्फूर्त पार्थ-सारथी ने तुरन्त अपने चरणबल से रथ का अग्रभाग भूमि में धँसाकर नीचा कर दिया। हेमाभूषणों से अलंकृत श्वेत-अश्व एकाएक झटके के साथ भूमि पर घुटने टेक आगे झुक गये। 'साधु-साधु' के तुमुल कोलाहल से आकाश-पाताल एक हो गया।

युद्धरत अर्जुन जब तक कुछ समझें, वह भयंकर विषधर-सा फुफुकारता हुआ नाग-वाण उनके स्वर्णकिरीट में लगा आकर। किन्तु वह कालमुखी वाण उस अद्भुत शिल्प-चित्रांकित, मणिमय किरीट को ही पृथ्वी पर गिरा पाया। अर्जुन सुरक्षित थे। कुशल सारथी ऐसे प्राणरक्षा करता है। परम शक्तिवान् स्वयं जिसका सारथी बन बैठा हो, उसे कोई कैसे क्षति पहुँचा सकता है!

नारायण श्रीकृष्ण के प्रचण्ड जयघोष के रव से कुरुक्षेत्र गूँज उठा। असंख्य मनुष्येतर जातियों द्वारा नारायण-स्तुति से अन्तरिक्ष प्रकम्पित हो उठा।

''धन्य हो पार्थ-सारथे!'' समूचा वृत्तान्त सुनते ही पांचाली गद्गद कण्ठ से कह उठी। चलते समय लीलामय उसे आश्वस्त करके गये थे कि पार्थ की रक्षा वे स्वयं करेंगे...और वे केवल कहते ही नहीं, करते भी हैं।

कर्ण के प्रति उसके मन में भयंकर वितृष्णा थी। उसने भरी सभा में पांचाली को वेश्या कहा था! कुलटा कहा था! पूर्व तिरस्कार एवं घृणा की वह भावना अब द्विगुणित हो उसके अन्तर में उमड़ पड़ी।

''देवी !...हमारे वीर महारथी आपका अपमान स्मरण करते ही, द्विगुणित आक्रोश से भर जाते हैं एवं हिंसक व्याघ्रों की भाँति कौरवों पर टूट पड़ते हैं ! उस क्षण अतुल बलशाली शरीर से सम्पन्न उन वीरों के मन भी अवर्णनीय साहस एवं भयंकर क्रोध से भर जाते हैं और तब जो महासंहार होता है, उसके परिणाम अब तक आपके समक्ष आ ही चुके हैं।'' चर अत्यन्त उत्साह से उत्तेजित स्वर में बता रहा था।

''जब अंगराज कर्ण का रथचक्र भूमि में धँस गया तो वे रथ से उतरकर उसे निकालने में संलग्न हो गये। तभी पार्थ-सारथी वासुदेव के परामर्श से जगद्विजयी महामना पार्थ ने उनकी ओर शरसन्धान किया। यह देख राधानन्दन कर्ण महावीर अर्जुन को तत्काल धर्मयुद्ध के नियम बताने लगे एवं उच्च स्वर में धर्म की मीमांसा करने लगे।...''

''अच्छा!'' द्रौपदी विस्मय से बोल पड़ी, ''तो कर्ण जैसे अधर्मी जन भी धर्म की मीमांसा करने लगे ?...हाँ...ऐसे समय अधर्मियों के मुख से प्रचुर धर्मोपदेश निःसृत हो पड़ते हैं...मृत्युमुख में पहुँचते ही उन्हें धर्म का स्मरण आता है, उसके पूर्व नहीं।'' पांचाली को सहसा भीष्म पितामह द्वारा अन्तिम धर्म-मीमांसा का प्रसंग स्मरण आ गया।

''फिर क्या हुआ सुमुख ?'' उसने उत्सुकता से पूछा।

''देवी !...श्रीनारायण वह सुनते ही तब भयंकर क्रोध से भर गये। कठोरतम शब्दों में अधिरथ-पुत्र की भर्त्सना करते हुए उन्होंने पूछा, 'जब छल से युधिष्ठिर का राज्यहरण हुआ था तब तुझे धर्म स्मरण नहीं आया ?...जब महारानी द्रुपदनन्दिनी को द्यूतक्रीड़ा में जीता गया तब तेरा धर्मज्ञान कहाँ था मूढ़ ?...जब उस सुमंगला राजपुत्री का केश-कर्षण किया गया...तब तू धर्मविमुख नहीं था क्या ?...जब उस महासाध्वी को स्वयं तूने वेश्या कहा...कुलटा कहा...तब तू बड़े धर्मवचन बोल रहा था ?...जब उस निःसहाय अबला को चीरहरण की यातना सहनी पड़ी, तब तू ताल ठोक-ठोककर हँसता नहीं रहा था ?...और उस असहाय अवस्था में, उस पवित्रमना सती भारती को लोलुप दृष्टि से निहारते समय तुझे धर्म स्मरण न आया, अधम ?...'

'' 'आज अर्जुन के काल-वाण से भयातुर हो, अचानक तू धर्म का प्रकाण्ड मर्मज्ञ बन गया ! धर्म की मीमांसा करने को और कोई नहीं शेष क्या धरा पर, जो तू महाअधर्मी आज धर्मात्मा अर्जुन को धर्मशिक्षा दे रहा है ?...तेरे जैसे दुष्ट जब-जब आपत्ति में फँसते हैं...तभी धर्म का आश्रय खोजते हैं !...अधमजनों की इस प्रवृत्ति के कारण ही आज सधर्म दुष्टों के हाथ की क्रीड़ावस्तु बन गया है...दुष्टों ने कुकर्मों को छिपाने के लिए धर्म को अपनी ढाल समझ लिया है क्या ?...धर्म दुर्जनों का आश्रय है क्या ? दुष्टों की शक्ति है क्या ? कुकर्म करने की अनुभूति है क्या मूढ़ ?...नहीं ! धर्म सज्जन की शक्ति है ! तुझ जैसे अधर्मियों ने धर्म को महिमाखण्डित कर, उसे उसके श्रेष्ठ एवं पवित्र पद से ही च्युत कर दिया है। किन्तु...मैं घोषणा किये दे रहा हूँ, मैं पुनः धर्म की स्थापना करूँगा ! पुनः धर्म को महिमामण्डित करूँगा। धर्म को पुनः परम शक्तिवान बनाऊँगा !'

"देवी! यह बोलते समय पार्थसखा प्रचण्ड शक्तिवान प्रतीत हो रहे थे। उनके दोनों रक्ताभ नेत्रों से जैसे अग्निकण प्रस्फुटित हो रहे थे। भृकुटि ऐसी भयंकर तनी हुई थी कि जैसे वे पलभर में समूची पृथ्वी को ही नष्ट कर देंगे!...ऐसा रौद्ररूप था उनका, जैसे साक्षात् महारुद्र ही अवतरित हो गये हों...एवं तृतीय नेत्र खुलनेभर का विलम्ब हो!...अंगराज कर्ण का मुखमण्डल लज्जा से आरक्त हो उठा था।...महाप्राण, महामना श्रीकृष्ण ने उनके धर्माचरण के ढोंग की सबके समक्ष इतने स्पष्ट शब्दों में भर्त्सना की थी कि वे किसी से दृष्टि मिलाने का भी साहस संग्रह नहीं कर पा रहे थे।...और तब पृथानन्दन वीरवर अर्जुन ने आंजलिक नामक विकट वाण से अंगराज कर्ण का मस्तक उच्छेद कर दिया..."

पांचाली निश्चल बैठी थी। श्वास रोके ही जैसे आद्योपान्त वृत्तान्त सुन गयी। जैसे ही चर ने वृत्तान्त समाप्त किया...सन्तुष्टि का एक दीऽऽर्घ श्वास उसके कण्ठ से निकल गया।

14. क्षमा पर्व

चौंककर जाग गयी वह। हुआ क्या, समझ न पायी। उर-स्पन्दन तीव्र हो गया। अकारण ही क्या? सब कुछ तो कुशल है! महासमर समाप्त हो चुका था। सत्य की विजय हुई। धर्म की विजय हुई। पाण्डवों को विजयश्री उपलब्ध हुई थी। फिर मन में ऐसा आतंक क्यों? कभी-कभी पूर्व में उसने ईश्वरीय न्याय पर सन्देह प्रकट किया था, किन्तु अब वह दैवीय न्याय से अभिभूत थी। तो...फिर आज अचानक यह व्याकुलता क्यों? भाँति-भाँति के दु:स्वप्न नयनों में रात्रिभर करवट बदलते रहे थे, और वह व्याकुल मीन-सी अपनी शय्या में छटपटाती रही। स्वप्न क्या थे, स्मरण नहीं। उर-स्पन्द और भी तीव्र हुआ जा रहा है। कुछ आतंकित, कुछ आशंकित-सी उठकर बैठ गयी। कहाँ क्या हो गया प्रभु? अन्तर में विचित्र-सी शून्यता, एक घातक-सी रिक्तता उभरी चली आ रही है! दक्षिण नेत्र रह-रहकर फड़क रहा है! सब द्वार बन्द थे। उसे घुटन हो रही थी, श्वास अवरुद्ध हो रहा था। उठकर गवाक्ष-पट खोल दिये। वातायन से बाहर झाँका...और वह सिहर उठी। बाहर वायु करुण-क्रन्दन कर रही थी। नख से शिख तक तन में सिहरन दौड़ गयी।...ध्यान दिया—केवल वायु नहीं रो रही, हृदय दहलानेवाले स्वर में कोई

वन-विडाल भी विलाप कर रहा था! उसका रुदन-स्वर, वायु के क्रन्दन-स्वर के साथ-साथ चढ़ता था, साथ-साथ उतरता था।...नहीं! केवल वन-विडाल ही नहीं...श्वान रो रहे थे...श्वानों के सामूहिक क्रन्दन ने जैसे उसके अन्तस्तल को झझकोर डाला...और अब श्रृगालों के भी रुदन-स्वर उठ चले। कितने श्रृगाल!...कितने...कितने...कितने श्रृगालों का समवेत रुदन-स्वर ऊँचा उठ गया...और ऊँचा...और तीव्र...और ऊँचा...अहो भगवन्! नहीं...नहीं! भगवन्!...

उसकी जिह्वा तालु से चिपक गयी जैसे। कण्ठ सूख गया। हाथ ठण्डे पड़ गये। भाल पर बड़े-बड़े स्वेदबिन्दु छलछला आये। हृदय जैसे फट जाएगा, और अथाह पीड़ा से वह शय्या के किनारे हाँफती हुई-सी बैठी ही थी कि प्रकोष्ठ के बाहर टँगे स्वर्ण-पिंजरों में शुक-सारिका वेग से चीत्कार करके फड़फड़ा उठे। वह थरथराते चरणों से दौड़ पड़ी।

पक्षी फड़फड़ा रहे थे...स्वर्णपिंजर वेग से डोल रहे थे...और...और वायु रो रही थी। श्वान रो रहे थे। वन-मार्जारी लयबद्ध स्वर में रोये जा रही थी। श्रृगाल-स्वर और ऊँचा हो चला था।

छाया... ! छाया...छाया... ! चारों ओर...छायाएँ! हिलती...डोलती... काली काली भयावनी छायाएँ! कौन है ?...कहीं कोई नहीं ?...दीप प्रकम्पित थे। काँपती...थरथराती दीपशिखा से—स्तम्भों की छायाएँ हिल रही थीं...शाखाओं-सी डोल रही थीं...झूल रही थीं। सब कुछ हिल रहा था अधर में...जैसे कुछ भी स्थिर नहीं! कुछ भी स्थायी नहीं!...और...और वायु रो रही थी...

उसके हाथ-पाँव काँप रहे थे...हृदय कँपकँपा रहा था। स्वर्ण-पिंजर काँप रहे थे...पक्षी थरथरा रहे थे। शुक भयातुर हो स्वर्णदण्ड को चंचु से कसकर दबाये था और व्याकुल हो, रह-रहकर चीत्कार किये जा रहा था!...सारिका पूरे पिंजर में आकुल हो फड़फड़ाती हुई चक्कर पर चक्कर काटे जा रही थी...और...वायु रो रही थी!

छायाएँ...चारों ओर छायाएँ...विकराल काली छायाएँ! कुरुक्षेत्र से उठी प्रेतात्माएँ! रणक्षेत्र से उठीं मृतात्माएँ! भयावह!...दैत्याकार! प्रेतात्माओं-सी छायाएँ!

वातायन के निकट झूलती वृक्ष-शाखा पर अचानक किसी भयंकर उलूक की विकराल खनखनाती-सी हँसी गूँज गयी...और वायु धाड़ें मारकर रो पड़ी!

"हे कृष्ण!...हे गोविन्द!...हे मुरारे!" पांचाली ने दोनों हाथों से अपना प्रकम्पित हृदय थाम लिया। "पाण्डव-आर्यपुत्र चिरंजीवी हों, वासुदेव!...आज विजय शिखर पर चढ़कर मेरे चरण क्यों काँप उठे? असंख्य कष्टों में धीर मन शान्त रहा...अब सुखद प्रहर में विकल हो-हो उठता है...! कितने अपशकुन!...ये अपशकुन मेरा आत्मबल छीने ले रहे हैं जनार्दन! इन्हें रोको!

"मेरा धीरज हरे ले रहे हैं...रोको!...जनार्दन, इन्हें रोको!" उसके मुख से चीत्कार निकल गया।

"जनार्दन, इन्हें रोको! जनार्दन, इन्हें रोको!" शुक-सारिका दोनों चीत्कार कर उठे। वह नखशिख से काँप रही थी। क्या अमंगल घटेगा?...कितनी दीर्घ यह रात्रि!...

"कहाँ हैं पार्थ? धर्मराज? वृकोदर...? सहदेव...नकुल...कहाँ हैं...कहाँ हैं...सब...? मैं एकाकिनी क्यों...? गोविन्द...कहाँ हो तुम?" वह भयातुनर हो बोले जा रही थी।

अचानक उसका पूरा प्रकोष्ठ विकल विडाल-रुदन से गूँजकर काँप उठा। उस बूढ़ी मार्जारी ने प्रकोष्ठ में आकर लयबद्ध भयंकर विलाप प्रारम्भ कर दिया।...पांचाली कँपकँपा गयी। अन्तर तक...। हाड़ तक कँपकँपा गये। हृदय थामकर खड़ी रह गयी जड़वत्। मार्जारी के विकल रुदन से रोम-रोम में जैसे क्रन्दन भर गया।...

और फिर ठनठनाता हुआ हँस पड़ा उलूक, और...और...वायु रो रही थी...

कैसी आहट? पगध्वनि?...नहीं! भ्रम! कोई नहीं! निपट एकान्त! पर छाया...विराट...यह तो बढ़ती आ रही है...विकराल उँगलियाँ फैलाये...मृत्यु!...मृत्यु!... मेरे गृह में!...ओह...ओह भगवन्!...रक्षा...रक्षा...मेरे सौभाग्य की रक्षा! उसने पर्यंक का अवलम्ब ले स्वयं को सँभाला।

"कौन?...कौन है वहाँ...स्तम्भ की आड़ में? सामने क्यों नहीं आते?" वह काँपते स्वर में कड़क उठी।

कोई उत्तर नहीं।...उत्तर में बूढ़ी मार्जारी पुनः चीत्कार कर बिलख पड़ी। ठण्डी-सी कँपकँपी ने उसे पुनः जकड़ लिया! शुक-सारिका व्याकुल हो चीत्कार कर उठे। वायु विकल हो उठी।

काँपते हाथ उसने दीप-स्तम्भ की काँपती शिखा को बढ़ाया...परछाइयाँ!...स्तम्भित परछाइयाँ!

"कौन हो तुम लोग...? सामने क्यों नहीं आते? छिपकर वहाँ कौन खड़ा है?"...

वृक्ष-शाखा पर उलूक वेग से खनखनाकर हँस पड़ा...और हँसता चला गया। वायु पुनः धाड़ें मार उठी।

"धर्मराज!...नहीं-नहीं!...कोई नहीं!...अरे!...धर्मराज आप!...यहाँ...इस वेला में!!...ऐसे अशक्त...!...निढाल!...क्या हुआ धर्मराज? किसको क्या हुआ?...आर्य अर्जुन...?"

"सकुशल हैं देवी!...पीछे आ ही रहे हैं" धर्मरोज भर्राये से स्वर में बोले।

"आर्य भीम...?"

"स्वस्थ हैं।"...

"आर्य नकुल...आर्य सहदेव...?"

"सब कुशल हैं देवी!"

"तो आप अन्धकार में स्तम्भ की ओट में छिपकर क्यों खड़े हैं...प्रकाश में क्यों

नहीं आते?"

"देवी के समक्ष आने योग्य नहीं..."

"ऐसा क्या हुआ—किन्तु?..क्या हो गया?..."

"क्या हो गया?...क्या हो गया?" शुक-सारिका, फड़फड़ाकर चीत्कार कर उठे। बूढ़ी मार्जारी शीश झुकाकर एक पंजे से आँखें ढँककर फूट-फूटकर हृदयविदारक विलाप कर उठी।

"अहो!...कोई उत्तर भी नहीं देता!...कौन!...माधव! आप...यहाँ...क्या कारण है?...क्या हुआ है?...जनार्दन?...धर्मराज का कण्ठ क्यों अवरुद्ध है? धर्मराज के मुख पर विषाद की काली छाया क्यों है?...नेत्र क्यों भरे हैं?...बोलो माधव, बोलो...क्या हो गया है?..."

"कृष्णे, धीरज रखो। साहस रखो भारती! तुम क्षत्राणी हो...वीर पतियों की पत्नी हो.."

"आह!...पहेलियाँ न बुझाएँ लीलामय! मेरे प्राण कण्ठ तक आ गये हैं।"...

"धीरज पांचाली!...पाँचों पाण्डव बन्धु सकुशल यहीं खड़े हैं, अन्धकार में। तुम्हारे समक्ष आने का साहस नहीं उनमें।"

"आह...मधुसूदन! क्यों मेरे धैर्य की परीक्षा ले रहे हैं इस प्रकार...?"

"कृष्णे! द्रौपदी! तुम...तुम...तुम वीरपत्नी ही नहीं, वीरपुत्री भी हो...वीरमाता भी हो! तुम वास्तव में भारती नहीं...महाभारती हो!...कुमार प्रतिविन्ध्य वीरगति को प्राप्त..."

"युवराज!...प्रतिविन्ध्य, मेरा ज्येष्ठ वत्स!!..."

"धीरज रखो कृष्णे! कुमार सुतसोम भी..."

"नहीं! नहीं!...गोविन्द...असम्भव..."

"सुनना पड़ेगा याज्ञसेनी! वीरपुत्र श्रुतकर्मा, वीर शतानीक और वीर श्रुतकीर्ति भी वीरगति को प्राप्त हुए हैं।"

और एकाएक उलूक वेग से अट्टहास कर उठा। मार्जारी चीत्कार कर पड़ी। वज्रपात! वज्रपात!

"पाँचों...पुत्र!...पाँचों वत्स...यह असम्भव है! अविश्वसनीय...! कहाँ चले गये...? क्यों चले गये...कैसे चले गये...? मेरी गोद सूनी करके...अचानक? उत्तर दो...मधुसूदन!...उत्तर दो...!"

"उत्तर दो मधुसूदन! उत्तर दो!" शुक-सारिका चीत्कार कर उठे।

पांचाली स्तम्भ में शीश मारकर फूट-फूटकर रो पड़ी। उसके साथ सब रो रहे थे। शृगाल रो रहे थे। श्वान रो रहे थे। शुक-सारिका रो रहे थे। बूढ़ी मार्जारी रो रही थी...और वायु रो रही थी।

"अर्जुन!...आगे आओ...देवी द्रौपदी को ऐसे दु:ख में सान्त्वना देना मेरे वश में

नहीं...तुम ही आगे बढ़ो, उन्हें सँभालो, धीरज बँधाओ!" धर्मराज व्यथित स्वर में बोले।

अर्जुन निढाल खड़े थे—स्तम्भ पर तन का भार डाले। शाल-स्कन्ध झुके हुए थे। मुखमण्डल पर विषाद की कालिमा पुती हुई थी। नेत्रों में गंगा-यमुना उमड़ रही थीं। एक ही दिन में जैसे तरुणाई गँवा बैठे हों—असक्त, दुर्बल, दु:खी।

पांचाली दु:ख-विक्षिप्त थी। भूमि पर व्याकुल हो छटपटा रही थी, "ओ री पुत्रहीना!...अभागी द्रौपदी, तू ही क्यों न मर गयी! हतभागा!..."

दूसरी ओर थे भग्नहृदय सव्यसाची—खण्डित मन सव्यसाची। वे कहाँ से उसे सँभालते? निढाल स्कन्ध! शिथिल बाहु! मन में पीड़ा का अथाह उमड़ता सागर! अभिमन्यु-वध का आघात तो हृदय को वज्र बनाकर उन्होंने सह लिया था। अभिमन्यु शत्रुओं के चक्रव्यूह में मृत्युमार्ग द्वारा मुक्त हो गया, किन्तु अर्जुन आघातों के चक्रव्यूह में फँसे थे। सुभद्रा की वेदना! अबोध बालवधू उत्तरा का दारुण विलाप उनके कानों में सतत गूँजता रहता। अभिमन्यु के वध से प्रतिशोध-उन्मत्त होकर उन्होंने साक्षात् भयंकर रुद्रदेव की भाँति रणक्षेत्र में संहार-ताण्डव कर डाला था। तब उनका मन पराजित नहीं हुआ था। किन्तु अब...कालपक्षी भयंकर डैने फड़फड़ाता आया और सबकी असावधान स्थिति में झपटकर पाँचों पुत्ररत्न ले उड़ा! अर्जुन हाथ मलते रह गये!...अर्जुन जो पाण्डवों के मेरुदण्ड थे, जिन पर सब कुछ निर्भर था, जिनके शौर्य की प्रशंसा सर्वत्र हो रही थी, जिनको विजय का श्रेय मिला था, जिनके कण्ठ में विजयश्री वैजयन्ती-माल्य-सी झूल रही थी...वे हारे-थके अर्जुन हाथ मल रहे थे!

"अरेऽऽऽ माधव, हम विजयी होकर भी आज पराजित हो गये...हम लुट गये, माधव!" अर्जुन विकल होकर आर्तनाद कर उठे।

पार्थ टूट रहे हैं! पांचाली अर्जुन के आर्तनाद से काँप उठी। यह उचित नहीं। वह पार्थ को टूटने न देगी, झुकने न देगी। फिर कौन गाण्डीव धारण करेगा? कौन शरसन्धान करेगा? कौन प्रत्यंचा चढ़ाएगा? पुत्रवधू का प्रतिशोध कौन लेगा? वह विकल हो रोती जा रही थी और मन में पार्थ महामेघ के समान घुमड़ रहे थे।

धर्मराज कभी पांचाली को देखते, कभी पार्थ को देखते।

श्रीकृष्ण गम्भीर हो उठे, "अर्जुन, तुम भी विचलित हो गये! तुम्हारे और कृष्णा जैसे वीर-धीर जन जब टूटेंगे तो धर्म धारण करनेवाला कौन बचेगा?...तुम वीर क्षत्रिय माता हो भारती! और तुम क्षात्रधर्म के मेरुदण्ड हो भारत! संयत हो बन्धु, संयत हो!"

पांचाली विकल हो विलाप किये जा रही थी, "अहो माधव!...यह कालरूपी प्रभंजन कैसा...जिसके एक ही झोंके से पाँचों कुलदीपक बुझ गये...? उन अबोध बालकों को युद्धक्षेत्र क्यों भेजा धर्मराज?...उनकी मृत्यु का समाचार अब तक क्यों छिपाये रहे मुझसे...धर्मराज! स्वयं कर्ण के प्रहारों से आहत हो शिविर में बैठे रहे और अबोध बालकों को युद्धरत कर दिया...? पाण्डववंश निर्मूल कर दिया धर्मराज?...समस्त

दीप एकसाथ बुझ गये?...मेरी दीपमाला...खण्ड-खण्ड टूट गयी।...अरेऽ कौन दस्युराज मेरे पंचरत्नों को लूट ले गया?...''

''नहीं कृष्णे!...वे वीर बालक रणक्षेत्र में नहीं मारे गये। युद्ध में भी नहीं मारे गये!...वे छल से मारे गये हैं...रात की गहन निद्रा में निमग्न...युद्ध समाप्ति के पश्चात्!''

''गहन निद्रा में सोते...वे किशोर...!...युद्ध के पश्चात्?...हमारी विजय को पराजय में बदलने वाला...कौन है वह क्रूरकर्मा? किसने कायरों की भाँति पुत्रवध कर हमारा वध कर डाला मधुसूदन?...कौन है वह अधम, नीच, घृणित और पाशविक क्षत्रिय...जो क्षत्रिय होने योग्य नहीं?...कौन है वह कापुरुष—बालघाती?''

''वह क्षत्रिय नहीं देवी!...वह ब्राह्मण है!! द्रोणपुत्र अश्वत्थामा ने यह नृशंस कुकृत्य पाण्डव-शिविर में अर्धरात्रि के समय किया...।''

अश्वत्थामा! गुरुवर आचार्य द्रोण का पुत्र! इतना नीच! अधम!...ब्राह्मण और ऐसा पतित!...बालघाती ब्राह्मण! शिशुघाती ब्राह्मण! किसी ने सुना क्या कभी? अविश्वसनीय! असम्भव!...

''अहोऽ वह ब्राह्मण नहीं...वह चाण्डाल है...चाण्डाल...जिसने हमारे अबोध निद्रामग्न शिशुओं को सदा के लिए सुला दिया।...बालघाती! चाण्डाल!...शिशुघाती ब्राह्मण! पाशविक ब्राह्मण! नीच! अधम!...पार्थ, उसके मस्तक को खण्ड-खण्ड कर दें जिसने यह अमानुषिक कार्य किया। वह नरपिशाच है...मनुष्य नहीं। वह राक्षस है, ब्राह्मण नहीं।...पार्थ, उस हत्यारे को भी सदा के लिए सुला दें...अन्यथा वह पूरी पृथ्वी पर बालकों के प्राण हरता फिरेगा...वह अवश्य उन्मादी है, विक्षिप्त है अन्यथा बालहत्या न करता...बालवध न करता...अरेऽऽ धर्मराज! उस नरपिशाच को पकड़ा भी...या करुणावश छोड़ दिया ऐसे ही?''

''देवी! रात्रि के गहन अन्धकार में छिपकर भागने में वह सफल हुआ।''

''धिक्कार! धिक्कार है!...आपके निर्दोष पुत्रों का निर्मम वध कर वह क्रूर-हृदय भाग सका...और आप निद्रामग्न रहे! और वह अधम भाग सका...उन वीर पुत्रों की माता को यह संवाद देते हुए आपको लज्जा भी अनुभव नहीं हो रही कि पुत्रघाती भागने में सफल हुआ?...अरे...आर्य सव्यसाची...ऐसे विकल कब तक रहेंगे! जब एक धेनु-वत्स पर सिंह ने आक्रमण किया था तो द्वैतवन में मुझे एकाकी छोड़ कैसे व्याकुल हो दौड़ पड़े थे उसकी रक्षा को...!''

उसका कण्ठ अवरुद्ध हो गया। नयनों से सहस्रधारा प्रवाहित थी। शब्द नहीं, श्वास नहीं, वाणी नहीं, सब अन्तर में घुमड़ रहा था—

''और आज एक नहीं...पार्थ! मेरे पाँचों गोवत्स...उस नराधम आततायी के आखेट हो गये!...मेरे मृगछौनों को उस कायर ब्राह्मण ने चोरों की भाँति घुसकर मार डाला...और आप शिथिल खड़े हैं...निढाल खड़े हैं...?''

अर्जुन संयत हो रहे थे। हाँ, प्रतिशोध तो लेना ही होगा!

"हाँ, पांचाली! उस आततायी को दण्ड दिया जाएगा...जिसने हमारे प्रवंश-दीपक एक बार में बुझा दिये..." अर्जुन का कण्ठ अवरुद्ध हो चला, "जिसके कारण हम विजयी होकर भी आज पराजित हो गये!...यह सब...किसके लिए? कौन शेष रहा...हमारा उत्तराधिकारी?...कौन राज करेगा? हमारे बाद पाण्डवकुल का क्या होगा?...किन्तु... पांचाली! उस दुखदायी नराधम को दण्डित किया जाएगा।"

"केवल दण्डित नहीं धनंजय, जिसने मेरे पुत्रों का परशु से मस्तकोच्छेदन करके मेरी लहलहाती शस्य काट ली...मुझे जीवित ही मार डाला...पार्थ! उसे जीवित न छोड़ना...उस दुराचारी का कटा मुण्ड एक बार मुझे दिखा देना...नहीं तो मैं जीवित न रह सकूँगी पार्थ!"

"नहीं! नहीं!...ऐसा न कहो पांचाली! ऐसा कठोर दुराग्रह नहीं! अश्वत्थामा ब्राह्मण है, अवध्य है। ब्राह्मण का वध करने को कह रही हो? हम क्षत्रिय होकर ब्राह्मणवध करेंगे...ब्राह्मण हमारे पूज्य हैं। नहीं...पांचाली! यह अनुचित होगा, अनीतिपूर्ण होगा, अधर्म होगा। यह क्षत्रिय धर्म का उल्लंघन होगा।"...अचानक युधिष्ठिर सतेज हो उठे।

नेत्रों में लहराता अश्रुसिन्धु क्षणभर में वह कण्ठ उतार गयी। पांचाली जैसे अचानक अगस्त्य मुनि बन बैठी। उसके विशाल नेत्रों में अब जल नहीं था, अब अग्नि थी—प्रखर अग्नि। अश्वत्थामा वहाँ होता तो भस्म हो गया होता। ऐसी दाहक शक्ति थी उसकी आग्नेय दृष्टि में। उसका हृदय दहक रहा था। वाणी दहक रही थी। नेत्रों से अग्निवाण छूट रहे थे। वह सम्पूर्ण ज्वालामयी हो उठी।

"धर्मराज!...क्या आप सदा ही क्षत्रिय धर्म का प्रतिपालन करते आये हैं? आप तो युद्धविमुख थे, जबकि युद्ध ही क्षत्रिय का धर्म है! और सूतपुत्र कर्ण की वाणवर्षा से घायल हो आप शिविर में नहीं भाग आये थे?...स्वयं पराजित होकर अपनी कायरता छिपाने को आपने पाण्डवश्रेष्ठ अर्जुन को ताड़ना नहीं दी कि वे यदि कर्ण-वध नहीं कर सकते तो गाण्डीव किसी और को सौंप दें?...यही था क्षत्रिय धर्म...और आपका क्षत्रियोचित आचरण?...सौभद्र की रक्षा का भार लेकर भी उसकी रक्षा नहीं की! आज पाँचों पुत्रों की जघन्य हत्या हो गयी तो आप कितने सहज भाव से कह रहे हैं कि बालघाती भाग गया!...धिक्कार है आपको! यही है वीरोचित धर्म? आपका सारा धर्म केवल शब्दजाल है, जिसमें कहीं कर्म को स्थान नहीं, कर्मठता को स्थान नहीं, कर्तव्य को स्थान नहीं। शब्दजाल—कोरा और थोथा शब्दजाल...

"और धर्मराज!...इतने भयंकर युद्ध का फल भी तो सर्वाधिक आप ही को उपलब्ध होगा!...राज्यारोहण आपका होगा! और जिन पुत्रों ने आपके लिए प्राणों की आहुति दे डाली, उन्हें क्या मिला?" वह डबडबा आयी।

"वे वीर पुत्र वीरता से लड़े, ताकि आपको खोयी राजलक्ष्मी पुन: उपलब्ध हो सके।...आपके अनुज आपके लिए संग्रामरत रहे...मृत्यु से जूझते रहे...! अब विजय

प्राप्त हो गयी तो उन वीर बालकों के जघन्य वध को भी विस्मृत कर देंगे ?...''

''पांचाली!...पांचाली!...बस, देवी!'' अर्जुन उससे हाथ जोड़कर अनुनय कर रहे थे।

भीम हाथ बढ़ाकर रुकने का अनुरोध कर रहे थे।

''नहीं धनंजय, कृष्णा को बोल लेने दो। वह दुःखी है।...भीमसेन! उठो...जाकर अश्वत्थामा को पकड़ लाओ।'' गोविन्द ने कहा।

''अश्वत्थामा को पकड़ लाओ! उसका वध नहीं किया जाएगा, किन्तु दण्ड अवश्य दिया जाएगा!'' युधिष्ठिर पुनः बोल उठे।

पुनः अग्नि में मनों घृत की आहुति पड़ गयी हो जैसे, पांचाली भभक उठी—

''क्यों नहीं वध किया जा सकता? किस शास्त्र के अनुसार ब्राह्मण आततायी का अपराध क्षम्य है? ब्राह्मण आततायी किस धर्म-नियम से अवध्य है धर्मराज?...धर्म के अनुसार जो ब्राह्मण ब्राह्मणत्व से हीन हो जाये एवं राक्षसी कर्मों में लिप्त होकर आततायी हो जाये, वह निर्विवाद रूप से वध्य है। स्मरण नहीं, पुलस्त्यवंशी वेदपाठी रावण ब्राह्मण था! किन्तु उसके ब्राह्मणत्व से च्युत हो जाने के कारण श्रीराम ने उसका वध किया था! अश्वत्थामा ने जो जघन्य पाप कर्म किया है, वह पैशाचिक कर्म है। मनुष्य एवं देवता उसकी निन्दा करेंगे...तीनों लोकों में उसके छल-कपटपूर्ण राक्षसी कुकर्म की निन्दा होगी!...जो उसने किया, वह क्या ब्राह्मणत्व का द्योतक है?'' वह तर्कबाला पुनः सतेज हो प्रदीप्त हो उठी।

''परन्तु पांचाली! तुम उत्तेजना के वशीभूत हो भूल रही हो कि अश्वत्थामा केवल ब्राह्मण ही नहीं, वह गुरुपुत्र भी है। भरद्वाजपुत्र आचार्य द्रोण हमारे लिए पितृतुल्य थे। गुरुपुत्र का वध कदापि नहीं हो सकता।''

''धर्मराज! यह समय उपदेशों का नहीं! तर्क का नहीं! जिस माता के आँचल में से काल-श्येन पाँचों नन्हे शावकों को झपट ले गया हो, उसे आप धर्मोपदेश दे रहे हैं? जिसकी झोली से काल-दस्यु उसकी समस्त पूँजी लूट ले गया और जो रिक्त आँचल लिये लुटी-सी खड़ी रह गयी, उसे आप तर्क से समझा रहे हैं...? ऐसे भावशून्य न बनिए धर्मराज...ऐसे वीतराग न बनिए! कृष्णा माँ है। उसका मातृहृदय इस समय सहानुभूति चाहता है, उसे सान्त्वना दें, स्नेह दें! उसके खण्डित हृदय को इस घड़ी आपकी धर्म-विवेचना शान्ति पहुँचा सकेगी क्या?'' श्रीकृष्ण उद्विग्न हो उठे थे।

''कृष्णा! दुःखी मत हो भारती! अश्वत्थामा ने जो नृशंस कुकृत्य किया है, उसे उसका दण्ड भुगतना होगा। अश्वत्थामा के मस्तक में स्थित प्रदीप्त मणि तुझे प्रमाणस्वरूप लाकर दे दी जाएगी। भीमसेन, जाओ, कार्य पूर्ण करो!''

भीमसेन उठकर चले।

''नहीं ऽऽऽऽ...आर्य!...नहीं ऽऽऽ'' पांचाली की मर्मान्तक, कातर, विह्वल-प्राण पुकार सुन भीमसेन के स्तम्भसम बलिष्ठ पाँव भी थरथराकर थम गये।

वह गम्भीर थी। सब अवाक् थे। वह निश्चल थी प्रस्तरप्रतिमा-सी सुदूर कहीं कुछ देखती हुई-सी। और वे सब विस्मय से एकटक उसे निहार रहे थे। इतना उग्र विवाद! इतना प्रबल आग्रह! इतनी धर्माधर्म की चर्चा! और अब यह क्या! यह कैसी विडम्बना!

अचानक वह वेग से फूट-फूटकर रो पड़ी। सब किंकर्तव्यविमूढ़-से खड़े थे। कितनी रहस्यमय है यह नारी—सब सोच रहे थे। किस ऊहापोह में पड़ी है पांचाली—अर्जुन विचार रहे थे। अवश्य कोई अन्तर्द्वन्द्व इस भग्नहृदया का हृदय-मन्थन कर रहा है—श्रीकृष्ण सोच रहे थे।

बिना एक भी शब्द बोले वह वैसे ही अवश-असहाय-सी व्याकुल हो रोती रही। उसके इस निराले अकस्मात् क्रन्दन से पाण्डवपति आक्रान्त थे।

"नहीं!...वध नहीं! कोमलहृदया गुरु-पत्नी का क्या होगा आर्यपुत्र?..."

"अहो!...अहो...!" सबके मुख से विस्मय से निकल पड़ा, "तो यह गुरु-पत्नी के सम्भावित पुत्रशोक से आक्रान्त हैं?"

वह अभी भी वैसे ही प्रस्तरप्रतिमा-सी भरे नयनों से सुदूर कहीं कुछ देख रही थी।

"गुरुपत्नी...नितान्त निराश्रित हो जाएँगी...अवलम्बहीन। परम स्नेहशीला देवी का दोष क्या है? किन्तु वे क्यों इस कठोर दण्ड की भागी बनें?...नहीं! वध नहीं...आर्यपुत्र!..."

अश्रुपूरित उसकी दृष्टि माधव पर टिक गयी।

"माधव!...गुरुपत्नी का वैधव्य ही अत्यन्त दारुण है। उनकी गोद सूनी करके...मैं आजीवन पश्चात्ताप की अग्नि में झुलसना नहीं चाहती।...वासुदेव ! गुरुपत्नी माँ हैं...कैसे-कैसे कष्टों से उन्होंने अपने एकमात्र नयनतारक को पाला है, यह क्या किसी से छिपा है?...घोर विपन्नावस्था में, विकट दरिद्रावस्था में पुत्र की दुग्धपान की हठ कैसे पूरी की थी! हृदय पर पाषाण रखकर उन्होंने तन्दूलचूर्ण को जल में मिलाकर अपने लाल को दुग्ध कहकर दिया था पीने को! आह रे माँ का कोमल मन!...उन्होंने रो-रोकर यह मिथ्यावादन किया था—अपने नन्हे शिशु का मन रखने के लिए...क्योंकि वे उसका मन तोड़ नहीं सकती थीं...बालक को कैसे-कैसे बहला-बहलाकर उन्होंने पाला...! और मैं ऐसी निर्मम हो जाऊँ कि उनके उसी एकमात्र लाड़ले पुत्र को सदा के लिए उनसे छीन लूँ? नहीं-नहीं, वासुदेव!...वध नहीं!"

पाण्डवगण अश्रु पोंछ रहे थे। वासुदेव का हृदय भर आया।

"और वासुदेव!...गुरुपत्नी आर्या कृपी मेरी भाँति कठोर हृदय नहीं, जो दारुण पुत्रशोक सह सकें।...मुझे देखो...पाँच-पाँच पुत्र खोने के पश्चात् भी कैसी पाषाण-हृदय बनी जीवन धारण किये हुए हूँ।...वे किन्तु कोमल हृदय हैं...वे पतिहीना हैं...उन्हें पुत्रहीन न करें!...वे पुत्रशोक नहीं सह सकेंगी!...तत्काल प्राण त्याग देंगी...नहीं वासुदेव!

वध नहीं। ईश्वर न करे, कभी किसी माँ को पुत्रशोक सहना पड़े! मैं रो रही हूँ किन्तु किसी अन्य की माँ न रोए...अश्वत्थामा की माँ न रोए इस प्रकार...गुरुपत्नी पूजनीया कृपी का एकमात्र पुत्र शतशत वर्ष जिए!...अश्वत्थामा दीर्घायु हो...अश्वत्थामा चिरायु हो... !''

रोमांचित हो उठे सब।

''धन्य हो महादेवी!'' अश्रु पोंछते हुए युधिष्ठिर गद्गद कण्ठ से कह उठे।

''धन्य है महादेवी! तूने जयद्रथ पर भी कृपा की थी, भगिनी दु:शला के वैधव्य की कल्पना से काँपकर!...आज तूने एक जघन्य पातकी, एक बालघाती को अभयदान दे दिया! वृद्धा गुरुपत्नी को अपनी करुणा की सरिता से तार दिया! धन्य है कृष्णे! धन्य है तू महाभारती!'' वासुदेव बाहुएँ उठा भावविह्वल हो कह उठे।

''तेरे वचन का सम्मान कर रहा हूँ कृष्णे! किन्तु अश्वत्थामा को इतिहास एवं भावी पीढ़ियाँ क्षमा नहीं करेंगे। उसके दुष्कर्म को मैं भी क्षमा न करूँगा। वह जीवित अवश्य रहेगा सहस्रों वर्ष तक, लेकिन अपने ब्रह्मतेज से वंचित होकर। उसने ब्राह्मणत्व की गरिमा गिरायी। ब्रह्मतेज का दुरुपयोग किया। वह इस प्रकार ब्रह्मराक्षस सिद्ध हुआ। कौरव महारथियों ने केवल एक अभिमन्यु का वध किया था किन्तु इस नरपिशाच ने तो कितने ही अभिमन्युओं को छल से सदा के लिए सुला दिया! अश्वत्थामा अक्षम्य है। वह सहस्रों वर्ष पृथ्वी पर हा-हा करता भटकेगा! जनशून्य स्थलों में ही विचरेगा! कुष्ठरोग एवं अन्य भयंकर व्याधियों से ग्रस्त होकर भटकता रहेगा; उसे कहीं सुख प्राप्त न होगा! उसे कहीं शान्ति प्राप्त न होगी!'' वासुदेव का मुखमण्डल रोष से तमतमा उठा था। भृकुटियों में बल पड़े हुए थे।

''अहो! नहीं माधव...! आपके शाप से भी क्या मेरा स्वप्न जुड़ सकता है कभी, जो दर्पण की भाँति चूर-चूर हो गया!...मेरा स्वप्न सदा के लिए भंग हो गया...यही शूल मुझे अधिक त्रासदायक है।''

''हाँ, द्रुपदसुते! हर राजरानी स्वप्न पालती है कि उसका युवराज राजपद पर कभी अभिषिक्त होगा। स्यात् इसीलिए महाराज धृतराष्ट्र से तुमने सर्वप्रथम मेरी मुक्ति माँगी थी दासत्व से, ताकि कुमार प्रतिविन्ध्य दासपुत्र न कहलाए एवं उसके सिंहासनारूढ़ होने में उस पर उस अस्थायी दासता का लांछन न लग सके।...किन्तु पांचाली...वह स्वप्न तो हमारा—सबका स्वप्न था। अपने समस्त प्रिय पुत्रों को अकस्मात् खो देने से हमारा—हम सबका स्वप्न भंग हुआ है। हम सभी तो दु:खी हैं अत: धैर्य धारण करो और अब इस विषय पर अधिक सन्ताप न करो... ।'' युधिष्ठिर ने समझाने का साहस भर प्रयास किया।

''नहीं धर्मराज! मेरा स्वप्न इससे कहीं अधिक मनोरम था। मेरे जीवनभर की हार्दिक आकांक्षा उसी स्वप्न में निहित थी। वह स्वप्न ही मेरी उपासना था, मेरी साधना था।...मैंने स्वप्न सँजोया था अपने पाँचों पुत्रों को वासुदेव को समर्पित कर देने का,

ताकि वे भी वासुदेव के पथप्रदर्शन में धर्म-अधर्म का विवेक सीख सकें! ताकि वे दृढ़ता से धर्मध्वजा उठाकर निर्भीकतापूर्वक वासुदेव के पदचिह्नों का अनुसरण कर सकें। मैंने उन्हें वासुदेव का अनुयायी एवं भक्त बनाना चाहा था।...हृदय के उन अंशों को नारायण के श्रीचरणों में पुष्पवत् अर्पित करने का मैंने स्वप्न देखा था...उन्हें भागवत बनाने का स्वप्न देखा था...किन्तु माधव! मेरा वह मनोरम स्वप्न भंग हो गया...सदा के लिए भंग हो गया।...मैं उन्हें भागवत न बना पायी।...हा कष्ट! हा कष्ट!'' पांचाली की स्वरमाला गुँथ गयी अश्रुमाला में।

'अहो!', 'अहो...!' का उद्गार छह पुरुषों के भावारुद्ध कण्ठों से एकसाथ निःसृत हो उठा।

''किन्तु पांचाली! तुम्हें दूसरा भी हृदयविदारक संवाद अभी सुनना है। हृदय कठोर करो देवी!...अश्वत्थामा रात्रि के निविड़ अन्धकार में उन्मादी-सा पाण्डव शिविर में घुसा एवं बिना पहचाने अन्धाधुन्ध उसने निद्रामग्न जनों पर परशु चलाया। हमारी ओर अपूरणीय क्षति हुई है। मात्र हमारे पुत्र ही नहीं...पांचाली...धीर धरो! उस अन्धे अभियान में उसने समस्त पाँचालों का वध कर डाला है।'' युधिष्ठिर का स्वयं का ही स्वर प्रकम्पित हो उठा यह दारुण संवाद देते हुए।

काष्ठवत् खड़ी थी वह। निःशब्द! अचल शिला-सी! विस्फारित नेत्रों से कुछ भी न देखती हुई।

''हाँ पांचाली!...अत्यन्त शोकपूर्ण घटना हुई है। हम अपने परम आदरणीय मित्रों एवं सम्बन्धियों को खो चुके हैं।...तुम्हारे वृद्ध पिता पूज्य महाराज द्रुपद...नहीं रहे पांचाली!...तुम्हारे वीर एवं प्रतापी भ्राता धृष्टद्युम्न भी नहीं रहे...तुम्हारे वीर भ्राता शिखण्डी भी...तुम्हारे इन भ्राताओं के समस्त किशोर पुत्र भी अश्वत्थामा के परशु के आखेट हुए देवी।...पांचालवंश निर्मूल...''

पांचाली के मुखमण्डल को जैसे ग्रहण की काली छाया ने राहु-सा ग्रस लिया था। कटे कदली-वृक्ष सी वह अचेत होकर गिर गयी।

यही आशंका थी। यही भय था। धनंजय ने अपनी बलिष्ठ आजानुबाहुओं में प्रबल झंझावातों से पीड़ित उस वनमाधवी को सँभाला।

15. धैर्य पर्व

माता कुन्ती अपनी पीड़ित पुत्रवधू को अंक में लिये उस पर हाथ फेरती हुई सान्त्वना दे रही थीं। और उसका रुदन स्वर उनसे पूछे जा रहा था बार-बार, "आर्ये!...कहाँ हैं आपके सब पौत्र?...वे जो स्नेहमयी पितामही को देखने को लालायित रह गये...कहाँ सो रहे हैं...उठकर आते नहीं आपके चरण-स्पर्श करने?..."

और फूटकर रो रही थीं—आर्या कुन्ती। बिलखकर रो रही थी वृष्णिनन्दिनी सुभद्रा। और साश्रुनयन नतमस्तक खड़े थे पाँच पुरुषसिंह! वे सब पुत्रहीन थे!

पाण्डवपत्नी पृथा पौत्रहीना थीं। सुभद्रा का एकमात्र यशस्वी पुत्र शौर्य का अनूठा दृष्टान्त रखकर सो गया था कुरुक्षेत्र में। वह पुत्रहीना थी! पांचाली की परिपक्व लहलहाती शस्य, रात्रि को चौर्यवृत्ति से प्रेरित अश्वत्थामा ने अपने परशु से काट डाली थी। पाँचों पुत्रों को काट डाला था। वह पुत्रहीना थी! वह पितृहीना थी! वह भ्रातृहीना थी!

अपने शतपुत्रों के संहार पर धृतराष्ट्र-पत्नी गान्धारी शोक से अर्धविक्षिप्त हो उठी थीं। क्रोध एवं क्षोभ से युक्त वाणी में उन्होंने श्रीकृष्ण, युधिष्ठिर एवं पाण्डवों की कटु भर्त्सना की। वे इतनी क्रोधोन्मादित थीं कि यदि उनकी दृष्टि उस समय किसी पर पड़ती तो वह वहीं जलकर भस्म हो जाता। नेत्रों पर बँधे वस्त्र-पट्ट के नीचे से उनकी दृष्टि युधिष्ठिर के चरण-नखों पर ही पड़ी और वे क्षणभर में काले पड़ गये। उन्हें समझाने में सब असमर्थ थे। पुत्रशोक से दग्ध अन्तर से क्रोध की ज्वालाएँ लपलपा रही थीं जैसे।

अन्ततः पाण्डुपत्नी कुन्ती आगे बढ़ीं। उन्होंने द्रौपदी को ले जाकर गान्धारी के सम्मुख खड़ा कर दिया और स्वयं पौत्र-शोक से आहत मर्मस्पर्शी वाणी में बोल उठीं—

"आर्या गान्धारी! युद्ध तो टाला जा सकता था। तुम अपने पुत्रों को क्यों नहीं सत्मार्ग पर ले आयीं?...समस्त सन्धिप्रस्ताव वे ही तो ठुकराते गये थे! युद्ध के मध्य भी दुर्योधन को समझाया गया किन्तु उसकी हठधर्मिता के समक्ष, खेद है देवी, तुम और तात धृतराष्ट्र दोनों ही अवश होकर झुक गये!...देखो!...कैसा दारुण सामूहिक क्रन्दन हो रहा है...उन्हीं की हठवादिता के कारण!...

"यह तुम्हारे सम्मुख खड़ी है पांचाली...जिसके साथ गान्धारकुमार शकुनि एवं दुर्योधन तथा दुःशासन ने क्या अन्याय नहीं किया! कितने अन्याय नहीं किये!...कितनी उसे दारुण यन्त्रणा दी! उसका कैसा घोर अपमान भरी सभा में किया! उसे विवस्त्र तक करना चाहा! वह सब तुम्हारी मौन स्वीकृति से ही तो हुआ!...तब देवी, तुम्हें इस कल्याणी पुत्रवधू की दुर्दशा पर दया न आयी?...यह सुकुमार पांचाल-राजकुमारी वन-वन भटकी तुम्हारे पुत्रों के कारण!...तुम्हारे जामाता जयद्रथ ने एकाकी पा इसका

काम्यकवन से अपहरण किया!...एक उज्ज्वल वंश की राजपुत्री, दूसरे उच्चकीर्ति वंश की राजवधू...और सैन्ध्री तक बनवा डाला तुमने इसे!...तब तुम्हारे हृदय में क्यों नहीं ममता उमड़ पड़ी? क्या यह इसी योग्य थी?..."

पृथा का शान्त-धीर सिन्धु-सा विशाल उर आज बड़वाग्नि से दहक उठा था।

"और आर्ये!...मेरी इस दु:खित पुत्रवधू के कष्टों का अन्त नहीं...तुम्हारे ही पुत्रों के कारण। देखो, अपने सौन्दर्य से समस्त राजपुत्रों के मन में ईर्ष्या उत्पन्न करनेवाली यह अपूर्व सुन्दरी कृष्णा कैसी कृशकाय एवं म्लानमुखी हो गयी है! इसके केशों में तेरह वर्षों से तेल नहीं पड़ा देवी! इसके जगतविख्यात सुन्दर नीलकान्ति-कुन्तल जटाबद्ध हो गये हैं, जिन्हें अगरुधूप से विगत सुदीर्घ तेरह वर्षों से सुगन्धित नहीं किया गया। इसकी वेणीसज्जा नहीं हुई, क्योंकि यह दृढ़प्रतिज्ञ थी कि जिस अनाचारी ने इन मन्त्रजल सिंचित केशों को भरी सभा में खींचा, उसके वध न होने तक यह ऐसे ही रहेगी।...और देवी! और सुनो इसके दु:खों की कथा...इस व्याकुलमना पर कैसा दुर्भाग्य का पर्वत टूट पड़ा है! यह पुत्रहीना, पितृहीना, बन्धुहीना है आज!...द्रोणपुत्र अश्वत्थामा ने दस्युराज की भाँति इसके हृदय पर झूलती पंचरत्नमाला हर ली!...यह क्या तुमसे कम दुखी है?...इसके पुत्र तो निष्पाप थे, अबोध थे; किशोर थे! कैसी पैशाचिक विधि से उनका वध किया गया, उसे सुनकर तुम्हारा हृदय नहीं काँप उठा?...तुम तो भाग्यवती थीं देवी, जो इस दीर्घायु तक पुत्र-सुख भोगा! इसे देखो, जो असहाय कातर हिरणी-सी खड़ी है...जिसके पाँचों नन्हे शावक मदान्ध व्याघ्र के आखेट हो गये! इसके पितृकुल में भी कोई बचा क्या?...वृद्ध पिता महायशस्वी पांचालनरेश द्रुपदराज को भी न छोड़ा क्रूरकर्मा अश्वत्थामा ने! उनके अबोध पौत्रों को भी न छोड़ा!...देवी! समूचा पांचालवंश समाप्त हो गया...इसकी व्यथा-कथा तुम्हें रोमहर्षक नहीं लगती क्या?"

पृथा वाग्देवी बनी धाराप्रवाह बोल रही थीं। हृदय का क्षोभ और समूची पीड़ा जैसे अजस्त्र धारा में निनाद करती हुई बही जा रही थी।

"आर्ये!...और सुनो अपने अहंकारी, निरंकुश एवं उच्छृंखल पुत्रों के कुकर्मों की गाथा!...यह खड़ी है मेरी दूसरी पुत्रवधू वृष्णिकुलनन्दिनी सुभद्रा! इसके एक मात्र तेजस्वी पुत्र का वध तुम्हारे क्रूर पुत्रों ने कैसे अधर्मपूर्वक किया, उसका वृत्तान्त तो विस्तार में सुना होगा! उससे भी तुम्हारा हृदय विचलित नहीं हुआ था? उस देवकुमार से अपूर्व सुन्दर बालक अभिमन्यु को एकाकी, असहाय एवं नि:शस्त्र कर छह प्रौढ़ महाबलियों, महारथियों ने घेरकर, उसके सुकुमार तन को विदीर्ण कर डाला!...वृकोदर का परमवीर पुत्र घटोत्कच मारा गया! अर्जुनपुत्र दृशवान भी मारा गया! राजमद में उन्मत्त घोर अनाचारी तुम्हारे पुत्रों ने अपने विशाल राजरथ के विराट चक्रों तले मेरे आठ कोमल, अबोध, निर्दोष, मृगछौने से पौत्रों को रौंद डाला...तब तुम न रोयीं!...

"आर्ये गान्धारी! यह सब क्यों हुआ?...इसके मूल में कौन थे? क्यों नहीं तभी दुर्योधन को समझा लिया तुमने?

"अहोऽऽ...कैसा हृदय कँपा देनेवाला कातर कुररी-सा विलाप!...सुनो! पहचानो, यह तुम्हारी पौत्र-वधू कोमलांगी उत्तरा का वेदना-व्याकुल स्वर है... ! अहो...कैसी वह बालवधू व्याकुल प्राण अपने किशोर पति अभिमन्यु के क्षत-विक्षत शव पर पछाड़ें खा-खाकर क्रन्दन कर रही है!...देवी!...कष्ट क्या तुम्हें ही हुआ है?...शेष सब सुखी हैं?...पूछो तनिक पांचाली से! पूछो तनिक सुभद्रा से! पूछो मेरी बाल-लतिका सी पौत्रवधू से, जिसका सुदीर्घ जीवन भयंकर दुर्गम पर्वत-सा उसके समक्ष खड़ा है!...और मैं खड़ी हूँ तुम्हारे समक्ष!...मुझे भी देखो, मेरी भी अन्तर्व्यथा समझो! पाण्डववंश के दीप कैसे काल-प्रभंजन से एक के बाद एक बुझ गये!...यदि प्रारम्भ में ही तुम दुर्योधन को समझा लेतीं आर्ये...तो यह दु:ख किसी पर न टूटता, किसी को क्लेश न होता। मेरे तो परम तपस्वी साधु-पुत्र केवल पंचग्राम से ही सन्तुष्ट हो जाते...यह सब किसका खेल रहा?

"और देवी!...भूल गयीं क्या...कि बार-बार दुर्योधन से तुमने क्या कहा? 'यतो धर्मस्ततो जय:' यही तो तुम बार-बार कहती रहीं! युद्धवेला में जब दुर्योधन तुमसे आशीर्वाद लेने आया, तब भी तुमने आशीर्वाद न देकर, कहा—'यतो धर्मस्ततो जय: !'...तो आज अधर्म की पराजय पर ऐसा क्षोभ क्यों?...धर्म की विजय पर देवी...धर्मप्राण इन पाण्डवों पर ऐसा रोष क्यों?"...

महारानी गान्धारी निस्तब्ध थीं। निश्चल। बोलने में असमर्थ। जड़वत्। कपोलों पर वर्षाकालीन जलप्रपात-सा अश्रुपात झर रहा था। नेत्रों पर बँधा वस्त्रपट्ट पूर्णत: अश्रुसिंचित था। दोनों दुर्बल हाथ हृदय पर बँधे रह गये थे।

वेणीसंहार तेरह वर्ष पूर्व हुआ था। तब से इन तेरह वर्षों में उस सुकेशिनी द्रुपदसुता ने कभी केशों पर ध्यान न दिया। तेरह वर्षों से उपेक्षित वे कोमल-नीलकान्ति सघन केश रुक्ष होकर जटाबद्ध हो गये थे। तैल, अगरु, सुगन्ध एवं पुष्पसज्जाविहीन वे रूखी जटाएँ तेरह वर्ष तक पाण्डुनन्दनों को नागवेणी-सी दंश देती रही थीं। मधुसूदन को विषैली नागफणी-सी प्रतीत होती रही थीं। छहों किशोर पाण्डवपुत्रों के भावुक हृदयों पर कुण्डली मारे सर्पिणी-सी बैठी रही थीं। जिस पातकी ने राजसूययज्ञ के मन्त्र से अभिषिक्त उस सुन्दर अलकावली का अपमान किया था, वह अब यमलोकवासी था। वेणीसंहार का प्रतिकार हो चुका था।

तेरह वर्ष उपरान्त आज याज्ञसेनी के उन केशों को पुनर्जीवन मिला था। आज वे लम्बी अवधि के पश्चात् अगरु-धूप से सुवासित किये गये थे। आज वेणीशृंगार हुआ था। तैल, अगरु-धूप से सुगन्धित होने पर उनकी खोयी हुई नीलोत्पल कान्ति लौट आयी थी। और अब लहराते हुए सघन मेघमाला से वे कुन्तल नीलोच्छटा बिखेर रहे थे।

सूक्ष्म स्वर्णजाल शीश पर अलंकृत था। स्वर्णमंजरी-सी कोमल लड़ियाँ झूल रही

थीं उनसे। श्वेत मुक्तक-माल्य एवं चन्द्रहास-कलियों से मण्डित वे नीलश्यामल घुँघराली लटें पुनः सौभाग्यवती हो झूम उठी थीं।

कौसुमी परिधान में आवेष्टित उस दीप्तिमयी भारती का कुम्हलाया सौन्दर्य पुनः खिल उठा। और खिल उठे हर्ष से पाण्डुनन्दनों के मुखमण्डल। माधव की मोहित दृष्टि भी उससे छिपी न रह सकी। वह कृतकृत्य हो गयी—उनकी उस लुब्धमुग्ध दृष्टि से। जानती थी, श्रीकृष्ण केवल उसकी बुद्धिमत्ता एवं साहस के ही प्रशंसक न थे, उसके रूप-लावण्य के भी मौन प्रशंसक थे।

पार्थ स्वयं आ गये शृंगारकक्ष में और द्वार पर ही ठिठक गये विमोहित हो। दर्पण में वे दिखे। उसने मुख मोड़ वंकिम चितवन से सव्यसाची को देखा। वे निहाल हो गये। कितने वर्षों बाद! वर्षों बाद स्वप्नसम सुन्दर से वे दिन सुनहले पंख फैलाये उड़ते-उड़ते चले आये और आकर देवदार से खड़े पार्थ के कोमल हृदयनीड़ में पुलकित कल्लोल कर उठे।

पार्थ आगे बढ़े और उस रेशम-सी सुकोमल पुष्प-सुगन्धित मेघ-मल्लिका की सघनता में अपना उत्तप्त मुख छिपा लिया। समरतप्त मुख अपूर्व शीतलता और स्निग्धता के फेनिल सागर में गहरा डूब गया, सुगन्ध-सिन्धु की तरंगों में खो गया।

"पार्थ!" वह अश्रुविगलित कण्ठ से किसी प्रकार बोल पायी।

"हमारे पंख काट डाले नराधमों ने...जीवन के सुरम्य नीलाकाश में हम अब कभी उमंग से, उल्लास से...निश्चिन्त न उड़ सकेंगे।...पूर्व की भाँति स्वच्छन्द नहीं...आनन्दमग्न नहीं।..हृदय में बोझिल वेदना सदा बनी रहेगी...कैसी विधि की विडम्बना...! जीवन में...कभी पुत्र-सुख का आनन्द ही न ले पायी!...पथ-पथ भटके हम लोग!...और जब...नीड़ मिला तो...उसकी ऊष्मा नहीं रही!...हमारे नन्हे शावक सदा के लिए हमसे विलग हो गये...अहो दुर्भाग्य! जब तेरहवर्षीय वनवास हमारा प्रारम्भ हुआ था, तब मेरा श्रुतसेन मात्र डेढ़-दो वर्ष का था! उस दुधमुँहे को छोड़ गयी थी! नन्हे-नन्हे वे बालक...तब कोई घुटनों चलता था, कोई तुतलाकर बोलता था—और अब!...सब समाप्त!..."

और नयनझील आप्लावित हो उठी। तटबन्ध तोड़कर, अंजनरेख लाँघकर व्यथादूत बह निकले चुपचाप नील-कान्ति सुनयनों से। उमड़कर सव्यसाची ने उस चिरपीड़िता को अपनी महाबाहुओं में आबद्ध कर लिया।

एक बार पुनः धर्मराज युधिष्ठिर ने पाण्डव परिवार के भविष्य पर प्रश्नचिह्न लगा दिया। याज्ञसेनी हतप्रभ थी। यह बारम्बार धर्मराज को होता क्या है?...भीषण रक्तपात एवं नरसंहार के उपरान्त वे अब सिंहासन पर आरूढ़ होना अस्वीकार कर रहे हैं! पाण्डवश्रेष्ठ महापराक्रमी धनंजय पर ऐसे आक्षेप किये जा रहे हैं जैसे सम्पूर्ण रक्तपात एवं नरसंहार

के लिए केवल वे ही उत्तरदायी हों! जैसे धनंजय ने यह सब स्वयं के लिए सिंहासन पाने को किया हो! धनंजय विकल हो नतमस्तक बैठे थे। किन्तु युधिष्ठिर की बात सुनते-सुनते उनकी मांसपेशियाँ खिंचने लगी थीं। मस्तक पर गहन रेखाएँ उभर आयी थीं। भावों में बल पड़ गये थे।

युधिष्ठिर निरन्तर अर्जुन की ओर देख उन्हें सम्बोधित कर रहे थे, "अर्जुन! हम लोग वृष्णिअन्धक नगरी में भिक्षा माँगकर भी जीवन-यापन कर सकते थे। इस प्रकार कुटुम्बघाती तो न होते! राज्यलोभ एवं मात्र दम्भ के कारण हम अपने समस्त बन्धु-बाधवों के ही काल नहीं बन बैठे क्या? इसमें किसका लाभ हुआ फाल्गुन? किसकी विजय हुई सव्यसाची?...किसका सफल मनोरथ हुआ? वास्तव में यह न हमारी विजय है, न उनकी। हम विजयी होकर भी पराजित-से हैं। दु:ख-क्लेश-शोक हमारे मन को मथे डाल रहा है।...हम क्या इस धरा का उपभोग कर सकेंगे?...न ही कौरवों ने इस धरा का उपभोग किया। वे न स्त्री-सुख देख पाये...न नृत्यगीत-वाद्य आदि का ही आनन्द ले पाये।...और उन अपने ही कुटुम्बियों का क्रूरता से वध करके क्या हम स्वयं आनन्दित हैं? शास्त्रों के अनुसार राजा अवध्य है। और हमने कितने नरेशों का वध कर डाला!...यह अपकीर्ति हम कहाँ छिपाते फिरेंगे? हम लोक में निन्दा के पात्र हो गये अपने कर्मों से धनंजय!...मैं मूढ़मति, तुम सबके कहने से परिग्रह में फँस गया। किन्तु...मैं ऐसे रक्तरंजित राजसिंहासन पर नहीं आरूढ़ हो सकता!...मैं सांसारिकता त्याग, दूर कहीं जाऊँगा, कहीं निर्जन वन में। भारत महान्! तुम ही इस राज्य का उपभोग करो...निष्कण्टक होकर राज्य के सुख भोगो!"

अर्जुन विकट रूप से क्षुब्ध हो उठे। ऐसा आक्षेप! क्या यह राज्य उनको चाहिए था?...गोविन्द अन्तर्यामी! मुहूर्त भर के लिए भी तो मन में कभी यह कामना जाग्रत् नहीं हुई! स्वभाव के प्रतिकूल अर्जुन उग्र हो उठे। उनका स्वर ऊँचा था, सतेज था। उनका निर्भीक एवं स्पष्ट वक्तृत्व व्यंग्यपूर्ण एवं ओजयुक्त था।

"अहो राजन्! कैसा हतप्रभ कर डाला हम सबको! आपकी विकलता इस चरम सीमा पर पहुँच गयी कि अटूट परिश्रम से उपलब्ध राजलक्ष्मी का परित्याग किये दे रहे हैं! यह कैसा बुद्धिलाघव आपका? और यदि यही करना था तो फिर इन असंख्य महीपालों का क्रोधमूर्च्छित हो-होकर क्यों वध कराया था? स्मरण है महाराज, अंगराज तात कर्ण का वध न करने पर आपने मुझे क्या-क्या उपालम्भ दिये थे?...मैं उस पीड़ापूर्ण प्रसंग का उल्लेख नहीं करना चाहता क्योंकि अब हम सबको ज्ञात हो चुका है कि दानवीर कर्ण हमारे ही ज्येष्ठ भ्राता थे।...अपना समृद्धिशाली राज्य छोड़कर कापालिक की भाँति द्वार-द्वार भिक्षा माँगना क्या बड़ा सम्मानपूर्ण है?....गौरवपूर्ण है? दूसरे के फेंके हुए अन्नपिण्ड पर पाण्डुपुत्र का जीवन निर्वाह होगा! धन्य हैं महाराज!...आलस्य एवं क्लीबता इसी पलायनवाद को कहते हैं।...यदि हमें यह पूर्व ही ज्ञात हो जाता...तो हम व्यर्थ में किसी का भी वध क्यों करते?...किन्तु राजन्!...हमारी शिक्षा-दीक्षा क्षत्रिय

राजपुत्रों की भाँति हुई है। हमारे पूज्य पिता स्वर्गीय महाराज पाण्डु ने हमें क्षत्रिय की भाँति जीवन एवं क्षत्रिय की भाँति मरण सिखाया था।...हमारी वीर भारती माता की भी हमसे यही अपेक्षा रही कि हम पराक्रम से अपने पूर्वजों का राज्य प्राप्त करें, न कि भिक्षापात्र लेकर द्वारिकापुरी में द्वार-द्वार भटकें!''

तब तक महाबली भीम उत्तेजित हो असहिष्णु हो उठे। क्रोधपूर्ण स्वर में वे गरज उठे, ''भरतश्रेष्ठ!...यह हमारा ही दोष रहा जो आप जैसे मन्दबुद्धि व्यक्ति की आज्ञा का पालन अग्रज सोचकर अब तक करते आये। सारा जगत् हमें धिक्कारता रहा, हमें नपुंसक एवं कायर कहता रहा...और हम इतने पराक्रमी एवं शूरवीर होकर भी अपने क्लीब एवं कापुरुष अग्रज की प्रत्येक अनुचित, अधर्मपूर्ण आज्ञा का पालन...मूढ़ों की भाँति करते रहे। धर्म के आवरण में अपनी दुर्बलता एवं कायरता छिपाकर क्या लाभ? यदि वन में रहने से ही किसी का विकास हो सकता होता तो मृग, वराह एवं पक्षीगण क्यों नहीं देवलोक पा सके?...श्रेष्ठ पुरुष कभी वनवास को उत्तम नहीं मानते। इस धरित्री के प्रति जो कर्तव्य हैं, जो दायित्व हैं, उन्हें भलीभाँति पूर्ण करना ही श्रेष्ठ धर्म है। और यह बिना धन-सम्पत्ति के सम्भव नहीं, राजन्! दान-पुण्य, यज्ञ-अनुष्ठान, प्रजापालन आदि श्रेष्ठ कर्म हैं, श्रेष्ठ धर्म हैं। राज्य को मात्र सुखभोग का साधन क्यों मानने लगे धर्मराज?...यह तो लोकसुख, लोकउन्नति का साधन मात्र है। यदि सभी क्षत्रिय आप जैसे विचार करने लगें तब तो पृथ्वीपालन ही असम्भव हो जाएगा...तब तो प्रजा असुरक्षित हो जाएगी एवं चारों ओर अराजकता फैल जाएगी। शान्ति-सुख एवं व्यवस्था तो राजदण्ड से ही सम्भव है भारत!...''

युधिष्ठिर मोहग्रस्त हो सदा की भाँति ऊहापोह में निढाल पड़े थे। सदा की भाँति वनवास की रट लगा रखी थी। सभी भ्राता क्षुब्ध थे, लज्जित थे एवं स्वयं को अपमानित अनुभव कर रहे थे। प्रत्येक अपने-अपने मन में स्मरण कर रहा था कि उसके हाथों किस-किसका वध हो चुका है युद्ध में। और वे वध अब जब निष्फल होंगे, निष्प्रयोजन हो जाएँगे तो अवश्य उनका पाप सहना होगा।

तभी चिरपरिचित सुदृढ़ तेजपूर्ण नारी-कण्ठ गूँज उठा। दुःखपीड़ित पांचाली का स्वर आज भी वैसा ही ओजपूर्ण था।

''कैसी विचित्र चिन्तनधारा है महाराज आपकी!...आपकी धर्म की व्याख्या सदा ही लोक से निराली होती है! सदा ही धर्मज्ञों के विपरीत होती है! इतना बड़ा निर्णय लेते समय आप किसी का परामर्श भी नहीं चाहते! जिन लोगों ने आपके लिए अपना सर्वस्व त्यागा; सुख, वैभव, शान्ति छोड़ी; प्राणों का उत्सर्ग तक कर दिया, उनकी स्मृति भी आपके हृदय को आन्दोलित नहीं करती महाभाग? कभी आपने यह भी सोचा कि आपके इन अनुजों ने सदा ही आपके लिए कितने कष्ट झेले हैं, कितने दुःख उठाये हैं? इनके परिश्रम, कर्मठता, त्याग एवं अभूतपूर्व बलिदान का यही पुरस्कार दे रहे हैं इन्हें?...इनके शौर्य एवं विलक्षण पराक्रम पर पानी फेरकर आपको मोक्ष मिल

जाएगा ?...आपको मुक्ति मिलेगी ?...कैसा भ्रम है आपका धर्मराज! कैसी भीषण भ्रान्ति!...

"कितनी बार इन तेजस्वी पाण्डुनन्दनों के हृदय में आपके विरुद्ध, आपकी दुर्बल नीतियों के विरुद्ध, विद्रोह प्रस्फुटित हुआ है...किन्तु सदा ये लोग उस विद्रोह की अग्नि को आत्मसात् कर गये...यही सोचकर कि आप ज्येष्ठ भ्राता हैं, पितृतुल्य हैं। ये सभी खुलकर आपका विरोध नहीं कर पाये—अपनी सज्जनता के कारण, अपनी अतिशय धर्मोन्मुखता के कारण, तो उसी का पुरस्कार आज आप इतनी उदारता से दे रहे हैं?

"यदि राज्यारूढ़ न होना था तो इतना रक्तपात क्यों कराया धर्मराज? हमारे उन प्रचण्ड वीर आंठों किशोर-पुत्रों का रक्त क्या ऐसा ही मूल्यहीन था जो उसे व्यर्थ में भूमि पर फैलाकर अब सूख जाने देंगे? उनका प्राणोत्सर्ग निष्प्रयोजन हुआ!...उन्हें हमने सदा-सदा के लिए खो दिया...इसीलिए कि अब हम सब वनवासी जीवन व्यतीत करेंगे? मेरे वृद्ध पिता परमपराक्रमी पांचालनरेश द्रुपदराज क्या स्वयं अपने राज्य-विस्तार के लिए लड़े थे? धृष्टद्युम्न एवं शिखण्डी तथा उनके किशोर पुत्र किसके लिए लड़े थे युद्ध में? क्यों प्राणों की आहुति दे डाली?...आपके लिए!...धर्मराज, आपके लिए!...सम्पूर्ण युद्ध आपका नाम लेकर, आपके नाम के लिए हुआ है। अब जब दायित्व निभाने का समय आया तो कायर की भाँति पलायन करके भागना चाहते हैं?...

"मेरा सुन्दर पंचमुखी प्रदीप बुझाकर आप कैसी सरलता से कह रहे हैं कि 'अब जो हुआ सो हुआ, मैं वन को चला।' सुभद्रा से पूछिए, जिसका एकमात्र पुत्र ऐसी शौर्यगाथा लिख गया है कुरुक्षेत्र में, जो सहस्रों वर्ष पर्यन्त भी मिटेगी नहीं। इस सुभद्रा के अश्रु सूखते नहीं धर्मराज!...इसका आँचल सूखता नहीं।...और आप ऐसे मोहग्रस्त हो गये हैं कि उस बालवधू उत्तरा का कातर विलाप भी आपके कोमल हृदय को आन्दोलित नहीं कर पाता। भाग्यहीना हमारी पुत्रवधू! उसी से क्या शत्रुता थी आपको जो विवाह के छह माह में ही उसे सौभाग्य-वंचित कराया और अब कहते हैं कि वनवास सर्वोत्तम है! वनवास में आपको सभी समस्याओं का निदान दिखता है? सभी व्याधियों का उपचार, ताकि हाथ हिलाकर तनिक भी परिश्रम न करना पड़े? ताकि कर्म न करना पड़े और आलस में वृक्ष-छाँह में पड़े-पड़े जीवन व्यतीत हो जाये? ताकि परिवार के भरण-पोषण एवं भविष्य की चिन्ता न करनी पड़े?...धन्य है आपकी चिन्तनधारा!...कोई क्षत्रिय इस धरा पर कभी ऐसा न हुआ, न होगा...

"भरतश्रेष्ठ! कैसे निर्ममहृदय हो गये हैं आज आप? आपकी तो दया एवं ममता की गाथाएँ प्रचलित हैं। अपने दुष्ट कौरव भाइयों के प्रति तो आपका हृदय क्रन्दन कर रहा है और अपने अनुज इन पराक्रमी धनंजय के युद्धक्लान्त तन पर दृष्टि भी न डाली कि कितने संग्रामचिह्न हैं इस पर? पूरे तन पर कोई भी आघातविहीन स्थल तो दिखाइए! इतना कष्ट सहने की इन्हें क्या आवश्यकता थी?...ये तो आपको छोड़कर मणिपुर में सुख से अपनी पत्नी चित्रांगदा व पुत्र राजा बभ्रुवाहन के पास जीवन काट सकते थे! इन्हें युद्ध की क्या आवश्यकता थी! स्वयं के लिए? क्या ये स्वयं सिंहासन पाना चाहते

थे ?...और इन्हें देखिए, आर्यपुत्र भीमसेन को, जो एकचित्त होकर आपके लिए संघर्षरत रहे और जिन्होंने अधर्मी दु:शासन-दुर्योधन के भार से पृथ्वी को मुक्ति दिलायी। कितनी बार ये आपकी अनुचित नीतियों के कारण क्षुब्ध होकर एकान्त में रोये हैं...किन्तु आपकी अवज्ञा न की कभी। सतत आपकी सेवा में लगे रहे। आर्य नकुल और आर्य सहदेव सदा के सुकुमार राजपुत्र...तो भी आपके लिए प्राण करतलों पर रख करके लड़े हैं...इन सबके कष्ट-दुख नहीं देखते ? केवल अपना ही दु:ख आपको महान् लग रहा है ? अपनी ही पीड़ा से व्यथित हैं ?...

"हम सब अपने हृदय पर पाषाण नहीं रखे हैं क्या ? हम सब बड़े प्रसन्न हैं क्या ? मैं ही इतनी अधम हूँ क्या, जो पुत्रहीना होने पर भी जीवन की अभिलाषा धारण किये हूँ ? हमें आप हेय दिखाना चाहते हैं ?...राजन् ! हम सब दु:खी हैं। किन्तु हमारा कर्तव्य हमें पुकार रहा है। धर्म पुकार रहा है। धर्म एवं कर्तव्य के लिए पीड़ा दमन करके भी पुन: खड़ा होना पड़ेगा। आपका कर्तव्य प्रजापालन है, और कुछ नहीं। यह एक पुण्य कार्य है। इस दायित्व से मुख मोड़कर अपयश के भागी न बनें धर्मराज ! प्रजा क्या कहेगी ?...जिन कुलों के कुलदीपक बुझ गये आपके लिए इस युद्ध में, वे भग्न-हृदय आपको शाप देंगे। धर्म का आचरण करके प्रजा का पालन कीजिए। प्रजा के दु:ख दारिद्र्य को दूर करिए। पुण्य अर्जित करिए, महाराज ! यह मानव-जीवन देव-दुर्लभ है, इसे वन में वृक्ष की भाँति व्यर्थ सुखाकर नष्ट न करिए। इस मानव-देह से जितनी लोकसेवा हो सके, करिए...। नहीं तो जितने लोग अभी दु:खी हैं, उनसे कहीं सहस्त्रगुणा अधिक तब दु:खी होंगे जब आप राज्यारूढ़ न होकर प्रजापालन न करेंगे। तब महाभाग ! आप अराजकता के दोषी होंगे। प्रजा की असुरक्षा के दोषी होंगे। आततायियों द्वारा निर्दोषों की हत्या के दोषी होंगे। पृथ्वी पर पापाचार-अनाचार एवं दुराचार की वृद्धि के दोषी होंगे। आप पितरों द्वारा निन्दित होंगे। लोक द्वारा निन्दित होंगे एवं भावी वंशजों द्वारा निन्दित होंगे।...राज करिए धर्मराज ! अराज नहीं। धर्म करिए महाराज ! अधर्म नहीं। कर्म मुक्ति देगा, भ्रम नहीं !..."

कृषकाय, दु:खमलिना पांचाली क्लान्त हो चली युधिष्ठिर को समझाते। निरुपाय एवं अशक्त हो उसने अपने हाथों में शीश थाम लिया। कहाँ गये गोविन्द मधुसूदन ! यह क्या घटा जा रहा है यहाँ !...सँभालो अपनी लीला !

तभी महामुनि वेदव्यास के साथ महाबाहु वासुदेव ने प्रवेश किया। सबके भाल से चिन्तारेखाएँ लुप्त हो गयीं। तनावग्रस्त मुखाकृतियाँ सहज हो मुस्करा उठीं। बोझिल एवं श्वासरोधक उस वातावरण में सबने निश्चिन्तता का गहन श्वास लिया। सबके आशापूरित नेत्र वैसे ही टिक गये महानुभाव श्रीकृष्ण पर जैसे अनावृष्टि-पीड़ित कृषक घनश्यामल वारिदों की ओर याचना से निहारते हैं।

प्रकोष्ठ में मद्धिम दीपालोक था। किन्तु प्रवेश करते ही याज्ञसेनी समझ गयी कि धनंजय शय्या पर विश्रामरत हैं। आज जब महाराज युधिष्ठिर का राज्याभिषेक हो गया और सम्पूर्ण पूजन-अनुष्ठान आदि सम्पन्न हो गये, तब समस्त चिन्ताओं से मुक्त हो अर्जुन एकान्त पा अकस्मात् ढह गये। वे कोमल-हृदय, भावुक-मन थे। किन्तु पीड़ा सहना भी जानते थे—पुरुष-सिंह जो थे! कर्तव्यरत रहे, व्यस्त रहे, लगे रहे। पलभर भी तो विचार करने का समय नहीं मिला था। आज जब एक बड़ा बोझ शीश से उतर गया तब विश्राम की घड़ियों में विगतस्मृतियों ने उन्हें एकाकी पा अचानक सामूहिक रूप से आक्रमण कर दिया। वे छटपटा उठे पीड़ा से। किससे कहते मन की व्यथा? सभी तो भग्न-हृदय थे उनकी भाँति! सबको अवलम्ब देनेवाले—सबके मेरुदण्ड तो वे स्वयं ही थे! फिर स्वयं कैसे किसी के समक्ष दुर्बल पड़कर उसे और दुर्बल करते? उन्हें अवलम्ब चाहिए—स्वयं से किसी सबल का, जहाँ वे मन में उमड़ती व्यथा बहा सकें। वासुदेव! हाँ, वासुदेव थे। किन्तु वासुदेव कर्मयोग पर सुदीर्घ उपदेश प्रारम्भ कर देते तब? अर्जुन को प्रवचन नहीं चाहिए अभी। अर्जुन एकान्त चाहते थे, शान्ति चाहते थे। एक ऐसा स्थल जहाँ वे उस व्यथा को बहा सकें जो अन्तर में घुमड़-घुमड़कर उन्हें दारुण यातना दे रही है।

और वे चले आये इस एकान्त प्रकोष्ठ में। यहाँ एकान्त में दीपशिखा मद्धिम कर वे शय्या पर लेट गये। एक बाहु नेत्रों पर थी। दूसरा हाथ आन्दोलित हृदय पर। अन्तर में भीषण झंझा थी चक्रवात था, क्रन्दन था। सब कुछ घुमड़ रहा था। वे पीड़ा से आकुल-व्याकुल थे।

पांचाली निकट बैठकर अपना सुकुमार हाथ आघात-भरे उस पराक्रमी गात पर फेरने लगी। पुत्रहीन वीर पिता! जिनके पराक्रम एवं शौर्य की दुन्दुभी चहुँ ओर बज रही थी, जिनकी वीरगाथाएँ सुदूर लोक तक प्रचलित हो गयी थीं—उन वीर पिता की शूरता, वीरता धरी रह गयी! और छह कुलदीपक अरक्षित रहकर असमय ही क्रूर काल के मुख में समा गये! पश्चात्ताप की अग्नि से उनका पूरा शरीर उत्तप्त था। पांचाली उन्हें भलीभाँति समझती थी। पुत्रहीन वीर पिता! कितना आहत! कितना एकाकी! कितना दुःखी!

"अहो! कितने आघात आर्यपुत्र! कितने अधिक! सम्पूर्ण ही तो तन भरा हुआ है!" वह विगलित स्वर में कह उठी।

"भर जाएँगे सब!" एक दीर्घ निःश्वास के साथ वे बोले, "मात्र इसके..." कहकर उन्होंने पांचाली का हाथ अपने पीड़ित हृदय पर रख लिया। और दीर्घ गहन निश्वास के साथ नेत्रों पर से बाहु हटायी तो वे...जो वहाँ नयन-कोर में अब तक दबे-सहमे सिमटे बैठे थे, रुक न सके और अवश से हौले-हौले कपोलों पर ढुलक आये। वे अर्जुन के आँसू थे! वीर पाण्डुनन्दन के! पांचाली विचलित हो उठी।

"किन्तु अब क्या होगा पांचाली!...अब क्या होगा, वे सब चले गये!...अभिमन्यु

कहाँ से पाऊँगा?...अब हमारे आगे कौन है...अब क्या होगा?'' और वह वीर पुरुष बालक की भाँति वेग से फूट-फूट रो पड़ा।

वीर पुरुष रो रहा था। ऐसा दारुण था वह विलाप कि पृथ्वी का कठोर मर्मस्थल काँप जाये! कठोर पर्वतों के पाषाणहृदय फट जाएँ!...आकाश द्रवित हो चूने लगे और मेघ थराथरा जाएँ।

पांचाली भयभीत हो उठी। बावली-सी कभी अर्जुन के ललाट पर हाथ फेरती, कभी स्वेदकण पोंछती। कभी केशों को सहलाती तो कभी आघातपूरित गात्र को।

अर्जुन आकुल-व्याकुल हो छटपटा रहे थे। कपाल पर अपने हाथ दे-दे मारते।

''अहो! भाग्यवान् थे रघुकुलनरेश महाराज दशरथ जो पुत्र-वियोग बिना सहे ही प्राण त्याग गये और एक मैं हूँ, पाषाणहृदय...अहो! हम लड़े क्यों?...अहो...हम किसलिए लड़े?''

''धर्म के लिए आर्यपुत्र!...कर्तव्य के लिए।'' वह गम्भीर हो कह उठी।

उस असहाय-से बिलखते पुरुषसिंह की वेदना से हृदय द्रवित हो आया। हृदय में चिरसंचित ममत्व उमड़ आया। वह पार्थ को वैसे ही सँभाल रही थी जैसे माँ अपने दुखी बालक को सँभालती है। स्वयं पीड़ाकातर होते हुए भी अर्जुन की यह स्थिति देख वह स्वयमेव संयत हो गयी।

''भारत! धर्मधुरीण! यह तो धर्मयुद्ध था। आपने अपना दायित्व पूर्ण किया। धर्म की रक्षा के लिए संघर्ष किया आपने। धर्म की पुनःस्थापना के लिए अधर्मियों को दण्ड देना आवश्यक था, पार्थ।...सव्यसाचिन्!...मेरे साथ जो दुष्टों ने दुर्व्यवहार किया था उसका प्रतिशोध लेने के लिए आपने संघर्ष किया...! वह प्रतिशोध लिया गया। स्मरण नहीं आर्यपुत्र!...जो तेरह वर्ष तक मैंने वेणी नहीं गूँथी थी?...उन दुष्ट आततायियों को दण्ड मिला, आपको प्रसन्नता नहीं होती आर्यपुत्र?...भारत! भूल गये, कुरुक्षेत्ररूपी धर्मक्षेत्र में यदुकुलभूषण वासुदेव ने कहा था कि कर्मपथ ही धर्मपथ है। कर्म करो, फल को न विचारो। आप सत्य ही कर्मयोगी निकले पार्थ!...और मुझे देखें...कितना कुछ नहीं गँवा दिया मैंने? पुत्र खोये, पिता को खोया, भाई खोये...किन्तु कर्मपथ से विचलित न हुई। आर्यपुत्र! कर्तव्यपथ से न हटी...हटूँगी भी नहीं। वही क्योंकि श्रेष्ठ पथ है! उत्तम मार्ग है!...संयत होइए आर्यपुत्र...अभी तो बहुत कार्य शेष हैं—अभी तो कर्म प्रारम्भ मात्र हुआ है।''

स्वयं अश्रुविगलित हुई जा रही थी किन्तु पार्थ से छिपाकर। स्निग्ध सान्त्वना के सुशीतल मेघों से पार्थ घिरे जा रहे थे, दाह क्षीण पड़ रहा था। और युद्धक्लान्त तन को, दुःखउत्तप्त मन को जब शान्ति मिली तो वे वैसे ही बालक की भाँति प्रगाढ़ निद्रामग्न हो गये और वह ममतामयी रात्रिभर वैसी ही बैठी रही, सजग प्रहरी-सी—भारतश्रेष्ठ की रक्षा में रत। पुनः कहीं पार्थ का अमूल्य अश्रु न ढुलक पड़े कपोलों पर! पुनः कहीं कोई दीर्घ निःश्वास न निकले!

भोर होते ही वह उद्विग्न-सी उठी। अर्जुन गहन निद्रा में थे। एक पल उसने खड़े होकर उनके क्लान्त और निरीह मुखमण्डल को निहारा। फिर एक दीर्घ निःश्वास ले चल दी—मधुसूदन को खोजने।

भोर की शान्त, शीतल, सुरभित मलय के स्पर्श से मन में उत्फुल्लता भर गयी। विशाल आम्र वृक्ष-तले यदुकुलनन्दन श्रीकृष्ण पद्मासन लगाये ध्यानमग्न थे। वह निकट के वृक्ष तले शान्त बैठी ध्यान से उन्हें देखती रही।

वे ध्यानावस्थित थे। तपोलीन! आत्मलीन! कितने पक्षी जागे! कितने मन्त्र मुखरित हुए! कितने कलरव गुंजरित हुए! कितने मलय-झकोरे उनके पीताम्बर में कम्पन कर गये! कितने पलों ने जन्म लिया और मिट गये! कितनी तरंगें उठीं और लुप्त हो गयीं! कितने कदम्ब-पुष्प झरे! कितने द्रुम-दल गिरे...! किन्तु ध्यानरत स्थितप्रज्ञ योगलीन रहा! पद्मासन लगाये महायोगी तपस्यारत था! महातपस्वी योगरत था!

पांचाली ने देखना प्रारम्भ किया था उनकी ओर कौतूहल से—जिज्ञासा से। किन्तु अब उसके अन्तर में एक विचित्र भय का संचार हो रहा था। यह मानव नहीं, महामानव है! अवतार-पुरुष है!...'धर्मसंस्थापनार्थाय'...अवतीर्ण युगपुरुष!...'परित्राणाय साधूनां विनाशाय च दुष्कृताम्...' वह महापुरुष देखते-देखते विराट होता जा रहा था...विराट...और विराट। उसे विश्वास नहीं हुआ और भयातुर हो उसने नेत्र मूँद लिये।

"बस!...इतने से ही विचलित हो उठी लौहनारी? या नेत्र मूँदकर निद्रामग्न हो गयी? अहोरात्रि जागरण किया है न?"

झट से उसके नेत्र खुल गये अचम्भे से। वासुदेव कौतुक से मुस्करा रहे थे। तत्क्षण वह भूल गयी कि वह भयातुर हो उठी थी। कहाँ गया वह विराट रूप पद्मासनासीन महायोगी का?...कहीं स्वप्न ही तो नहीं रहा? कहीं सच में ही निद्रा से बोझिल पलकें झपक तो नहीं गयी थीं? भय तो लेशमात्र भी नहीं रहा!...कहाँ गया? लुप्त हो गया उसी महिमामय विराट स्वरूप के साथ ही!

"स्वर्णरश्मि जैसे अंशुमाली का साथ उषाकाल में ही छोड़ देती है वैसे ही आज तू पार्थ से इतनी भोर ही विलग होकर चली आयी?...रात्रि जागरण के उपरान्त भी बड़ी स्फूर्तिमयी दिख रही है कृष्णे!..."

"तो...माधव...सभी कुछ तो ज्ञात है आपको!"

"अच्छा! अच्छा! तू मुझे अवगत कराने आयी थी कुछ...! बोल तो क्या कहना है—हो सकता है, मुझे वह न ज्ञात हो...!"

"अच्युत!...जो कुछ वज्रपात हुआ है, मैं तो सह जाऊँगी...हृदयस्थल पर विधाता ने पाषाण-शिला जो रख दी है। आघात पर आघात खाने की अभ्यस्त हो चुकी हूँ...! किन्तु...माधव!...पार्थ को न छोड़ना...! वे व्याकुल हैं! पुत्रशोक से सन्तप्त हैं! पश्चात्ताप एवं ग्लानि की अग्नि में झुलस रहे हैं!...जनार्दन...आपके सखा कितने भावुक हैं...यह आप भलीभाँति जानते हैं। उस विकट मौन-गाम्भीर्य के पीछे उनका कोमल मन छिन्न-

भिन्न हो गया है।...गत रात्रि...मधुसूदन...अहोरात्र वे आकुल हो विलाप करते रहे... !''

''जानता हूँ कृष्णे!''

''माधव... ! वह...उस वीर बलिष्ठ पुरुष का बालक के समान कातर रुदन सहा नहीं जाता...''

''तो कृष्णे!...तू क्या करती रही अहोरात्रि ?''

''धीरज देती रही...सान्त्वना देती ही...किन्तु वे पुत्रवियोग में जलहीन मत्स्य से छटपटाते रहे! रघुकुलनरेश महाराज दशरथ को स्मरण करते रहे, जिन्होंने पुत्र-वियोग होते ही तत्काल प्राण त्याग दिये थे...।''

देवकीनन्दन श्रीकृष्ण कुछ क्षण गम्भीर हो विचारमग्न रहे।

''तब तो उसे पुनः किसी युद्ध में संलग्न करना पड़ेगा।...एकाध समर और छिड़वा दूँ क्या... ?'' वे भेदभरी दृष्टि से मुस्कराते हुए जैसे उसका कूट-परीक्षण कर रहे थे।

वह उद्विग्न हो उठी। चिन्तित स्वर में आतुरता से बोल पड़ी, ''नहीं जनार्दन!...इस भीषण भारत-युद्ध के पश्चात् उस वीर गात्र पर भयंकर युद्धचिह्न हैं। वे आघात अभी सद्यः हैं।...उनका तन अभी क्लान्त है...उन्हें विश्राम की आवश्यकता है...।''

''अच्छाऽ!...तो...भीम को भेज दूँ समर हेतु... ? उन्हें तो विश्राम की आवश्यकता नहीं! वे तो भारत-युद्ध में घायल हुए नहीं!''

''किन्तु...अब किस युद्ध की बात कर रहे हैं मधुसूदन ?'' व्याकुलता से उसने पूछा।

''हा...हा...हा...हा...'' वासुदेव काकपक्षयुक्त शीश पीछे की ओर झुकाकर वेग से हँस पड़े। कृष्णा क्षुब्ध थी।

''अब किसी युद्ध की बात नहीं कर रहा कृष्णे!...किन्तु सव्यसाची के लिए तू कितनी चिन्तित रहती है, भीमसेन पर उतनी कृपालु नहीं हो पाती। है न!...और धर्मराज पर तो... ?...हा...हा...हा...हा...'' और पुनः उनका उन्मुक्त स्वच्छन्द हास्य गूँज गया।

''मैं कह रहा था पांचाली, कि अर्जुन जब तक समरभूमि में रहता है, ठीक रहता है और समर समाप्त हुआ कि उसने नाटक करना प्रारभ कर दिया।''

''नाटक!''

''हाँ! नाटक बड़ा सुन्दर करता है तेरा पार्थ! देखा नहीं था उस दिन युधिष्ठिर को जब राजधर्म समझा रहा था तब कैसे अभिनय कर-करके बोल रहा था... ! जैसे रंगमंच पर कोई विख्यात अभिनेता उतर आया हो...हा...हा...हा...हा... ! कहीं गत निशा भी अभिनय ही तो नहीं कर रहा था मेरा सखा...तेरी पूरी संवेदना और ध्यान अपनी ओर आकर्षित करने को... ?''

''नहीं—जनार्दन! पार्थ का चित्त बहुत व्याकुल है। मैंने उन्हें ऐसा कातर होते कभी नहीं देखा।'' पांचाली ने गम्भीर होकर कहा।

श्रीकृष्ण ध्यानमग्न रहे कुछ क्षण। गम्भीर मौन छाया रहा दोनों के बीच।

"तू जा कृष्णे! निश्चिन्त हो! मैं अभी द्वारका नहीं जाऊँगा। कुछ दिन यहाँ निवास करने का विचार है। जा...पार्थ को भेज मेरे पास!"

पांचाली मुस्करा उठी।

"कृतार्थ हुई वासुदेव!"

"कितनी बार?" वासुदेव मुस्करा उठे।

"गणना सम्भव नहीं अच्युत! आपकी शक्ति से तो दारुण आघात सह पा रही हूँ! पुत्रहीन जीवन-वन में घोर तिमिर छाया। राह नहीं सूझती जब, तब आप ही की अमृतवाणी पथ आलोकित कर देती है। आपके वचनामृत ही मेरी तरी है खेवनहार!...वही मुझे मँझधार पार करा देंगे। अब कोई लालासा नहीं।...किन्तु...कर्म करती जाऊँगी—तटस्थ भाव से। कर्तव्य पालन करूँगी, बस अपने श्रीचरणों के आश्रय से मुझे वंचित न करना वासुदेव...!"

कक्ष में चारों ओर जलपूरित सुन्दर ताम्र-कुम्भ रखे हुए थे। मध्य में प्रज्वलित केन्दुक काष्ठ की धूप से सुवासित एवं ऊष्मायुक्त उस प्रकोष्ठ को श्वेत पुष्पमालाओं से सुसज्जित किया गया था। चारों ओर लौह धातु-निर्मित विभिन अस्त्र-शस्त्र रखे हुए थे ताकि किसी भी प्रकार की अतिभौतिक बाधा प्रसूतिका-गृह में प्रवेश न पा सके। दशार्हकुलभूषण श्रीकृष्ण ने समूचा प्रबन्ध देख, सराहना करते हुए अनुशंसा से शीश हिलाया। प्रबन्ध वास्तव में श्रेष्ठ था। किन्तु इतना सब होने पर भी दैव को कौन टाल सकता है? अन्तर्गृह में दिवंगत अभिमन्यु की चारुशीला बालवधू उत्तरा म्लान तरुलता-सी अर्धमूर्च्छित पड़ी थी। नयन-जल आँचल से पोंछते-पोंछते त्वरित गति से द्रौपदी ने आ उसे स्नेहपूर्वक उठाया एवं बताया कि उसके श्वसुर-तुल्य द्वारकाधीश वासुदेव पधार रहे हैं उसके पास।

"वसुदेवनन्दन!...महात्मा श्रीकृष्ण! योग-योगेश्वर गोविन्द!...जिन्होंने अम्ब!...अपनी योगशक्ति से तुम्हारा चीर-विस्तार किया था?" कौतूहल एवं आशा से उत्तरा पूछ उठी।

"हाँ...वे ही महाशक्तिवान् महापुरुष द्वार पर हैं। वत्से, उठ! संयत हो!"

"तब भी क्या पाण्डवकुल का यह एकमात्र आशादीप पुनः दीप्तिवान न हो उठेगा अम्ब?" उत्तरा ने कातर-अबोध प्रश्नदृष्टि टिका दी कृष्ण-सखी के तेजस्वी मुखमण्डल पर।

श्रीकृष्ण को देखते ही पाण्डुपत्नी देवी कुन्ती व्याकुल हो आर्त्तनाद कर उठीं—

"अरे...श्रीकृष्ण...यह क्या हो गया!...अभिमन्यु के पुत्र होगा, इसी आशा से तो मैं आठ पौत्रों को खोकर भी टूट नहीं गयी!...यही बालक तो मेरी, द्रौपदी, सुभद्रा एवं

अपनी बाल-माता उत्तरा के जीवन का आधार था...अपने पाँचों पाण्डव-पितामहों का सम्बल था!...वासुदेव...! परम पराक्रमी पाण्डवकुल के स्वर्णिम भविष्य का विराट स्वप्नमहल जिस पर आधारित था...वह आशास्तम्भ ही ढह गया!...उसे देखो शोकातुर मेरी पौत्रवधू उत्तरा को...जिसने पति भी खोया...एवं अब मृत शिशु को जन्म देकर स्वयं भी मृतप्राय हो गयी है आघात से...!''

वासुदेव गम्भीर हो अपनी पितृष्वसा को सान्त्वना दे ही रहे थे कि कातर कपिला-सी उनकी प्रिय अनुजा सुभद्रा व्याकुल हो चरणों में गिर पड़ी आकर।

''अहो महात्मन्!...यह कैसा वज्रपात पाण्डवकुल पर!...दस्युराज अश्वत्थामा ने आर्या द्रौपदी के कण्ठ की पंचरत्न माला लूट ली...और मेरे अभिमन्यु के एकमात्र चिह्न इस शिशु को भी न छोड़ा! अरे ऽ ऽ...आज तो द्रोणपुत्र ने पाण्डववंश का सर्वस्व हर लिया...कुछ न शेष छोड़ा!...अरे तात!...आपके होते हुए...यह क्या अनर्थ घटित हो रहा है कि पाण्डववंश निर्मूल हो गया आज?''

जिसके जन्म की प्रतीक्षा गत कई माह से आतुरता, अधीरता एवं आशा तथा उत्साह से की जा रही थी, जिसके स्वागत में इतनी सज्जा हुई थी...उत्तरा का वह पुत्र, किन्तु मृत जन्मा था। उत्साहभरे उस राजप्रासाद में सहसा हाहाकार मच गया...और वह हाहाकार दावानल का रूप धारण कर तुरन्त पूरे हस्तिनापुर एवं इन्द्रप्रस्थ राज्य में फैल गया। पाण्डव-बन्धु राज्य में नहीं थे। अश्वमेध यज्ञ हेतु धनसंग्रह करने बाहर गये हुए थे। राजकुल की स्त्रियाँ कठोर वज्रपात को सहन करने में असमर्थ थीं। पाण्डव कुल का आशादीप प्रज्वलित ही न हो पाया, बुझा ही रह गया। भारत-युद्ध में अश्वत्थामा ने ब्रह्मास्त्र छोड़ा था, उसी का यह दुष्प्रभाव था। उस भयंकर ब्रह्मास्त्र से प्रस्फुटित होने वाली सैकड़ों विषैली, विध्वंसकारी किरणों एवं उल्काओं से सम्पूर्ण वातावरण अस्वास्थ्यकारक एवं विषाक्त हो गया था। उस समय ही सब इस तथ्य के प्रति सचेत थे कि इसका प्रभाव गर्भस्थ शिशु पर भयंकर पड़ेगा। अश्वत्थामा को विदित था कि वीरगति प्राप्त अभिमन्यु की पत्नी उत्तरा गर्भवती है एवं वह विषप्रभावित परिसर के अन्तर्गत ही है। उसने तत्काल दम्भोक्ति कर दी थी कि उत्तरा अब स्वस्थ तो क्या, जीवित शिशु को भी जन्म देने में असमर्थ रहेगी। तत्क्षण वासुदेव ने उत्तर दिया था कि यदि ऐसा हुआ तो वे अपनी योगशक्ति से मृत शिशु को जीवित कर देंगे।

आज वही अवसर उपस्थित था। पति-मृत्यु से आहत एवं व्याकुल उत्तरा ने समय से पूर्व मृत शिशु को जन्म दिया और समूचा राजकुल इस आघात से विकल हो उठा। पांचाली कभी माता कुन्ती को सँभालती, कभी सुभद्रा को, तो कभी बेसुध बाललतिका उत्तरा को। अश्रुविह्वल होते हुए भी वह स्वयं कठोर संयम धारे हुए थी।

''माधव!...यदि उत्तरा का यह शिशु जीवित न हुआ तो मुझे भय है, पाण्डव-कुटुम्ब में इस अकस्मात् आघात से ही कई जन प्राणोत्सर्ग कर बैठेंगे।...देख रहे हैं, क्या स्थिति है दुःख विह्वला माता कुन्ती की!...आपकी अनुजा सुभद्रा की!...और इस बाल-

तपस्विनी उत्तरा का दारुण दु:ख तो देखा नहीं जाता...।...और महाभाग!...जब वे पाण्डव बन्धु लौटकर यह दारुण संवाद पाएँगे कि जग-यात्रा में उनके कुल का दीपक प्रज्वलित कर चलनेवाला कोई नहीं शेष...नाम लेनेवाला कोई नहीं शेष...तर्पण एवं तिलांजलि देनेवाला कोई नहीं शेष...तो उनके मर्मस्थल पर कैसा कठोर आघात लगेगा?...अच्युत! आपके परमप्रिय सखा, भावुक-मन आर्य अर्जुन तो अभी तक पुत्रशोक से पीड़ित हैं, क्या वे पुन: एक नव आघात सह सकेंगे? कोमल-मन महाराज युधिष्ठिर अपने वंश के अन्त की इस करुण गाथा से कितने न विचलित हो उठेंगे!...दारुण है अत्यन्त यह कल्पना! अब तो पाण्डवकुल का यदि कोई उद्धार कर सकता है तो आप ही गोविन्द!...पाण्डवों के भिक्षापात्र को आपने अपनी योगमाया के कितने चमत्कारिक रत्नों से भरा है!...अच्युत!...इस पौत्र-रत्न को बचाएँ किसी भी प्रकार...इस पराक्रमी-कुल की दीपशिखा निमीलित होने से भी आप ही बचा सकते हैं।...बोलें माधव!...इतना धर्मशील...धर्मानुयायी कुल क्या ऐसे ही तिरोहित हो जाएगा?''

एक दीर्घ नि:श्वास की भाँति प्रकोष्ठ में सन्नाटा खिंचा रह गया। श्वासरोधक निस्तब्धता छायी हुई थी। श्रीकृष्ण मौन खड़े थे। गम्भीर! विचारमग्न! एकटक निहार रहे थे भूमि पर रखे रेशमी वस्त्रों में आवृत उस नि:स्पन्दन, प्राणहीन नवजात शिशु को!

''अरे...ऽऽऽऽ! तू भूमि पर पड़ा-पड़ा सो रहा है...देखता नहीं...कौन तेरे समक्ष खड़ा है?...स्वयं योग-योगेश्वर द्वारकाधीश वासुदेव खड़े हैं और तू उठकर उन्हें प्रणाम तक नहीं करता!...कैसा तू बालक है मेरा, जो महायोगी का आशीर्वाद पाने के लिए तनिक उपक्रम भी नहीं करता!'' उत्तरा की वेदनासिक्त कातर वाणी सहसा प्रकोष्ठ-भित्तियों को कँपा गयी! महिलाएँ फूट-फूटकर रो पड़ीं। उत्तरा यह कहने के साथ ही अचेत होकर भूमि पर गिर पड़ी।

कैसा करुण दृश्य था! मर्मस्पर्शी! अल्पवयस माता, दो-दो पितामही एवं वयोवृद्धा प्रपितामही, सब दु:ख-व्याकुल थीं। सबकी आशाओं का केन्द्र था वह निर्जीव, अचेतन, निष्प्राण शिशु। वासुदेव का विशाल हृदय करुणा-विगलित हो उठा। सत्य एवं धर्म के अनुयायी पाण्डवकुल की ऐसी अपूरणीय क्षति! हृदय उनका हृदय नहीं, दयासिन्धु हो उठा। वे झुके, उस नन्हे प्राणी के शीश के मध्य भाग पर एवं हृदयस्थल पर हाथ फेरा।

उनकी चन्दनचर्चित , अंगदभूषित दक्षिण भुजा उठी, ''यदि मेरा सत्यवादन, ब्रह्मचर्य, अपरिग्रह, साधना एवं तपश्चर्या निष्कलंक है, पूर्ण शुद्ध है, शक्तिमान है तो इस शिशु में अवश्य प्राण संचरित हो उठेंगे।''

गुरुगम्भीर स्वर में घोषणा करने के साथ ही वे योगासन में लीन हो गये।

प्रकोष्ठ में अपूर्व शान्ति छा गयी। उत्तरा अचेत पड़ी थी। वृष्णिकुलनन्दिनी पृथा दु:ख से मूर्च्छितप्राय बैठी थीं। सुभद्रा हृदय थामे नेत्र मूँदे बैठी थी और पांचाली निहार रही थी अपलक उस महामुनि को! योगासन लगाये उस महासाधक को! आत्मविस्मृत

हो निहार रही थी महातपस्वी को! चातक की भाँति स्वाति को! एकटक निहार रही थी...उस श्यामल मेघ-सघन को जो तृषित-पिपासित दग्ध अन्तरों का ताप हर लेता और अमृतबिन्दु बरसा कर उन्हें शीतलरस से सिंचित कर देता।

बाहर पूरे राजमहल में भव्य शान्ति थी। कौतूहल, जिज्ञासा एवं प्रतीक्षा में रत जनसमूह अनोखी नीरवता में मूर्तिवत् खड़ा था।

बेसुध, अचेत, आत्मविस्मृत सब। शिशु-कण्ठ से धीमी-सी घरघराहट की ध्वनि निकली। वे सब चौंक पड़ीं। देखा—शिशु दोनों हाथ उठाकर हिला रहा था। हर्षातिरेक से वे बावली हो उठीं। क्या करें! क्या न करें! कुछ सूझता न था कि शिशु पूरी शक्ति लगा वेग से रो पड़ा। वे आह्लादित हो नाच पड़ीं जैसे। वेगवान् शिशुक्रन्दन की ध्वनि बाहर पहुँची, लोग रोमांचित हो थिरक उठे।

अश्रु-गद्गद कण्ठों से मंगलगीत निःसृत हो उठे। थिरकते पाँवों ने मंजीरों का साथ लिया, और मृदंगों की ताल पर नृत्यरत हो उठे। हस्तिनापुर के सुन्दर मार्गों पर, सुशोभित चतुष्पथों पर, वीथिकाओं पर, हर्षित उन्मादित हो नट-टोलियाँ निकल पड़ीं। यत्र-तत्र वीणा, वेणु, मृदंग आदि मंगलवाद्य बज उठे। 'धर्मराज युधिष्ठिर की जय!', 'महापराक्रमी अर्जुन की जय!', 'प्रचण्ड वीर स्वर्गीय अभिमन्यु की जय!', 'योगिराज वासुदेव की जय!' तुमुल जयघोष से दिग्दिगन्त रोमांचित हो उठे।

हर्ष-गदगद वृद्धा पितृष्वसा कुन्ती ने नवजात शिशु को वासुदेव के चरणों में रख दिया। अत्यन्त स्नेह से उन्होंने उसके सुकोमल केश सहलाये, "आयुष्मान् हो परीक्षित!"

"परीक्षित!" पांचाली के मुख से विस्मय से निकला।

"हाँ कृष्णे! मैंने सोचा, नाम-कर्म में सम्मिलित होने पुनः द्वारकापुरी से आना पड़ेगा तो अभी ही क्यों न अपना वह दायित्व भी पूर्ण कर डालूँ! शुभस्य शीघ्रम्! यह परीक्षित है! कुरुकुल के परिक्षीण हो जाने के उपरान्त इसका जन्म हुआ है, इसलिए यह परीक्षित है! यह भलीभाँति परीक्षित है! अतः जीवन में सफल होगा, उत्तीर्ण होगा हर क्षेत्र में, हर दिशा में! परीक्षित दीर्घायु होगा एवं पराक्रमी पाण्डवकुल की कीर्ति-ध्वजा फहराएगा।" वे प्रसन्नवदन बाहर आकर जनसमूह का अभिनन्दन स्वीकारने लगे।

साधु-पुरुष अर्जुन! वीर-पुरुष अर्जुन! त्यागी-पुरुष अर्जुन! भावुक-मन अर्जुन!

पुत्रशोक की शूल की-सी तीव्रता को अर्जुन ने ही सर्वाधिक अनुभव किया था। पुत्रशोक ने उन्हें झकझोरकर रख दिया था। पुत्रशोक से सर्वाधिक सन्तप्त वे ही रहे। यदि वासुदेव उस समय सतत उनके साथ-साथ न रहे होते तो पार्थ अवश्य अर्ध-विक्षिप्त हो गये होते पीड़ा से। वासुदेव ने ही साधा उन्हें। कैसे बिलख पड़े थे पार्थ अँधियारे एकान्त प्रकोष्ठ में!

और आज पुनः पांचाली उन्हें वैसा ही विचलित देख रही थी। राजमहल के विराट द्वार के मध्य खड़े हो सव्यसाची किसी किशोर को हृदय में समेटकर फूट-फूटकर रो रहे थे। सब चौंक पड़े। किसको क्या हो गया! कुन्दन-कान्तिवान्, सुडौल किशोर...कौन है वह? उसकी मुखाकृति पर दृष्टि पड़ते ही परिचय प्राप्त हो गया सबको। कर्णपुत्र! वृषकेतु! अर्जुन आकुल-प्राणों से उसे चिपटाये रो रहे थे। वे उस किशोर के पितृहन्ता थे। वे निज अग्रज के वधिक थे। बन्धुहन्ता थे। उन्होंने कर्ण का वध किया था। उन्होंने कर्ण के ज्येष्ठ पुत्र वीर वृषसेन का वध किया था—कर्ण को चुनौती दे-देकर। वे अब वृषकेतु को कण्ठ से लगाये अविरल रूप से रुदन कर रहे थे। ग्लानि, पश्चात्ताप, दुःख, पीड़ा, स्नेह—क्या पता कौन-सा अश्रु इनमें से किसका था!

वृष्णिनन्दिनी माता कुन्ती जड़वत् बैठी रह गयी थीं। निःशब्द! किन्तु दोनों नेत्रों से सतत प्रवाहित अश्रुमाल्य उनके हृदय की दारुण वेदना व्यक्त किये जा रही थी। वृषसेन सबके चरणस्पर्श कर रहा था।

दानवीर कर्ण का पुत्र! अवश्य वह मुझसे घृणा करेगा—राजमहिषी पांचाली सोच रही थी। किन्तु उसका क्या दोष? भरी सभा में इतने सम्माननीय महादानी आर्य कर्ण ने कैसी तुच्छ भाषा का प्रयोग किया था उसके लिए! वह क्या जानती थी कि वे पृथानन्दन हैं और सूतपुत्र नहीं! और जानता ही कौन था? यह सब कैसी विधि की विडम्बना रही! वृषकेतु उसके चरणस्पर्श करने आगे बढ़ा।

कैसा कवच-कठोर गाम्भीर्य धारण किये था वृषकेतु, किन्तु न जाने क्यों द्रुपदनन्दिनी के चरण छूते समय उसके विशाल नेत्रों से दो मौन अश्रु भी लौहनारी के चरणों में अर्पित हो गये।

पुत्र! उसके उर में क्या कुछ टीस उठी। पुत्र! हाँ—पुत्र ही तो!

"आयुष्मान् हो वत्स! महावीर महादानी के पुत्र हो तुम! जहाँ जाओ, विजयश्री पाओ! कस्तूरी सुवास-सा तुम्हारा सुयश चारों दिशाओं में फैले..."

"इसीलिए आया हूँ। जब तक...यह आशीर्वाद आपसे न पाता...मेरे समस्त प्रयास, समूची साधना निष्फल हो गयी होती, वीरमाता।"

वह चौंक गयी। वृषकेतु रो रहा था। कर्णपुत्र के मन में उसके लिए ऐसा आदर?...उसने वृषकेतु के शीश को स्पर्श भर किया और विह्वल वृषकेतु जैसे टूटकर गिरा उसके अंक में।

बाद में जब महाराज युधिष्ठिर ने आश्वमेधिक अश्व की रक्षा हेतु वृषकेतु एवं स्वर्गीय घटोत्कच के किशोर-पुत्र मेघवर्ण का नाम लिया तो वह तुरन्त विरोध कर उठी। परिवार के आठ किशोर पुत्रों की तो बलि चढ़ गयी, अब भी सन्तोष नहीं! तो क्या धर्मराज शिशु परीक्षित को भी समरभूमि में उतार देंगे? किन्तु वासुदेव ने भी समर्थन किया कि वृषकेतु को धनंजय के साथ अश्वरक्षा हेतु भेजा जाये।

उसने उद्वेलित मन से अपनी पूज्या श्वश्रू की ओर देखा। माता कुन्ती के नेत्र

डबडबा आये थे। पार्थ को आशीर्वाद देते समय वे रुद्ध कण्ठ से कह उठीं, ''पार्थ...वत्स! वृषकेतु की भी रक्षा का भार तुम ही पर है।...इसे यदि कुछ हुआ तो, स्मरण रख, अश्वमेध यज्ञ का किंचित् भी पुण्य तू अर्जित न कर सकेगा!...वृषकेतु को सदा साथ रखना, इसकी रक्षा करना और अभीष्ट पूर्ण कर इसके साथ शीघ्र ही लौटना।''

अर्जुन डबडबा उठे। पांचाली डबडबा उठी। वृषकेतु किन्तु प्रत्यूषकालीन भुवनभास्कर की भाँति मुस्करा उठा।

''देवी द्रौपदी का आशीर्वाद सत्य सिद्ध करने जा रहा हूँ, अपनी तेजस्विनी लौहमाता का स्मरणमात्र मुझे सदा अनुप्रेरित रखेगा।''...

16. महासखी पर्व

दुर्गम था कितना जीवन-पथ! किन्तु अदम्य थी उसकी इच्छा-शक्ति! कैसे-कैसे विषम वंकिम मार्गों से भी वह खींच ही लायी जीवन-रथ और उसे ठीक मार्ग पर लगा दिया। प्रशस्त, विराट, सुन्दर राजमार्ग! कितने व्यवधान! कितनी शंकाएँ! सन्देह! ऊहापोह! युद्ध! मृत्यु और...अश्रु! अश्रु! और अश्रु!...भीषण भारत-युद्ध समाप्त हुआ। परीक्षित का जन्म हो गया। सत्य की जय हुई! धर्म की जय हुई!

उस विराट उच्च राजशिखर पर चढ़कर उसने निश्चिन्तता का दीर्घ श्वास लिया। चारों ओर देखा। जिस विकराल टेढ़े-मेढ़े पथ से वह राजगिरि पर चढ़ पायी थी। उस पर दृष्टि डाली तो सिहर उठी। विहंगम दृश्य था! विषम! वंकिम! कण्टकमय राह!...तो क्या वह इसी दुरूह पथ से चढ़ी है?...उसे विश्वास न होता!...इस राह से वह कैसे आ पायी?...राह में टूट नहीं गयी!...साहस नहीं खोया! वह विस्मय से भर जाती स्वयं अपनी सहनशक्ति पर। अन्याय-पथ! अनाचार का पथ! जहाँ घने अन्धकार में अशिष्ट और अभद्र अट्टहास गूँजे थे!...जहाँ अत्याचार ने उसका अपहरण किया था। जहाँ स्वेच्छाचारी निरंकुश राजदस्युओं ने उसका चीरहरण करना चाहा था! जहाँ सत्तालोलुपों ने अवैधानिक ढंग से उसे पथ-पथ भटकाया था...! भय, आतंक, अपमान व अन्याय से पीड़ित मानवता की वह प्रतीक बनी—किन्तु चलती गयी। जब उसने निरंकुशता, अन्याय, सिद्धान्तहीनता व अधर्म के विरुद्ध गुहार की तो उसका मुख बन्द करने का प्रयास किया गया।...किन्तु मौन न रह सकी। विप्लव की रणभेरी-सा उसका स्वर गूँजा

था! महाक्रान्ति का आह्वान उस एकाकिनी ने ही किया था।

हाँ! कितनी बार वह पथ पर एकाकिनी रह गयी थी। निपट-नितान्त एकाकिनी! सबने मुख मोड़ लिया था और वह अकेली थरथराती प्रकम्पित दीपशिखा-सी रह गयी थी। तिमिर विच्छिन्न करने के लिए एक ही प्रदीप का आलोक पर्याप्त है, और वही वह करती गयी।...जब झंझाओं का अट्टहास-क्रूरता व निमर्मता की चरम सीमा पर पहुँचता तो वासुदेव के दोनों हाथ उस प्रकम्पित ज्योति को काल-प्रभंजन से ओट कर देते...और वह पुनः सुस्थिर हो उठती। पुनः सुदृढ़ चरणों से चल पड़ती दुरूह धर्म-पथ पर।

और अब! राजधर्म! राजकर्म! कुटुम्ब-परिपालन! राज्य-सेवा! और फिर...अश्वमेध!...अश्वमेध।...और अश्वमेध! समायोजन! यज्ञ! अभ्यागत! स्वागत-सत्कार! प्रबन्ध! परिश्रम!

महाराज युधिष्ठिर के साथ महारानी द्रौपदी को समस्त अनुष्ठानों, पूजा-पाठ, दान-धर्म आदि में संलग्न रहना पड़ता। कितनी व्यस्त हो चली थी वह! कुटुम्ब की परिचर्या का प्रमुख दायित्व उसी पर था। दुर्बल-कातर वयोवृद्ध महाराज धृतराष्ट्र, शोकमग्ना महारानी गान्धारी एवं राजमाता वृष्णिनन्दिनी कुन्ती की सेवा शुश्रूषा का प्रबन्ध वही करती। सुभद्रा एवं उत्तरा पर ममत्व उँड़ेलती एवं शिशु-युवराज परीक्षित पर प्राण न्यौछावर किये रहती। परीक्षित को कहीं कुछ हो गया, तो पाण्डवकुल के अन्त का कलंक उसी पर आ लगता!...भारत-युद्ध उसी की प्रेरणा से जो हुआ था!

दास-दासी, परिचारक, सेवक, दीन-दुखी, दरिद्र, प्रजा, साधु-संन्यासी, ब्राह्मण, अभ्यागत...किसकी उसे चिन्ता नहीं थी!...और उस महिमामयी का प्रबल शक्तिशाली व्यक्तित्व विभिन्न कार्यों को दो ही हाथों से इतनी कुशलता से साथ लेता कि हस्तिनापुर राज्य चकित था। उषाकाल की प्रथम रश्मि, प्रथम पक्षीरव से भी पूर्व वह कर्मरत हो जाती और कर्मरत रहती देर रात्रि तक—जब तक निश्चिन्त न हो जाती कि सेवकगण भी विश्राम हेतु चले गये।

किन्तु एकान्त के उसके क्षण धनंजय के लिए सदा सुरक्षित रहते—धनंजय हस्तिनापुर में हों अथवा नहीं। अर्जुन की अतिशय मानसिक कोमलता, भावुकता एवं अन्य दुर्बलताओं के उपरान्त भी वह उनके श्रेष्ठ मानवीय गुणों की उपासिका थी। उनके त्याग, तप और सेवा से अभिभूत रहती। उनके कष्टों से व्यथित हो जाती।

अर्जुन ने अपने लिए कभी कुछ नहीं सोचा। स्वयं के लिए कुछ नहीं चाहा। राज्य, सिंहासन, सुख-सुविधा—पार्थ को किसी की चाह न थी। सदा दूसरों के लिए कर्मरत रहे। अग्रज युधिष्ठिर के प्रति सेवा का भाव कैसा प्रबल था उनमें कि उनकी आज्ञा के बिना तृण भी न हिलाया! मातृभक्ति में उनका जैसा दृष्टान्त त्रिलोकदुर्लभ था। अग्रज को सिंहासनारूढ़ कराने, उनको खोयी राजलक्ष्मी दिलाने के लिए अर्जुन ने जितना श्रम किया, कष्ट सहा, और किसी ने न किया। स्वयं राज्य नहीं भोगा। जीतकर ज्येष्ठ भ्राता महाराज युधिष्ठिर के चरणों में चढ़ा दिया। पुत्र खो दिये महायुद्ध में, निज

पराक्रम से उपलब्ध पत्नी तक स्वयं ही समर्पित कर दी थी चारों अन्य भ्राताओं को भी।...

सर्वाधिक परिश्रमी होने के कारण अब भी वे सतत युद्धरत रहते हैं। अथक परिश्रम करते रहते हैं। अन्य भ्रातागण अपेक्षाकृत सुखमय जीवन व्यतीत करते हैं। देश-विदेश में युद्धरत हैं सव्यसाची, हस्तिनापुर की सीमा-वृद्धि एवं महाराज युधिष्ठिर की श्रीवृद्धि हेतु।

समाचार मिल रहे थे कि बल-विक्रम के धनी पाण्डुनन्दन अर्जुन आश्वमेधिक यज्ञ हेतु छोड़े गये सुलक्षण अश्व की रक्षा करते हुए विभिन्न राज्यों को अपने पराक्रम से रौंदते हुए विजय पर विजय प्राप्त करते जा रहे हैं। त्रिगर्त पराजित कर दिये। प्राग्ज्योतिपुर के राजा वज्रदन्त को पराजित किया। सैन्धवों को हराया। मगधराज मेघसन्धि को हराया। गान्धारराज शकुनि-पुत्र को पराजित किया। स्वयं अपने पुत्र मणिपुर-महाराज बभ्रुवाहन से संघर्ष करके विजयी हुए। हस्तिनापुर वीरवर सव्यसाची की विजयगाथाओं का अभिभूत हो-होकर हार्दिक स्वागत कर रहा था।

इन संवादों को पाकर गम्भीरमना राजमहिषी विचारमग्न हो गयी। भूल गयी निकट बैठे धर्मराज युधिष्ठिर को। भूल गयी वृष्णिकुलशिरोमणि श्रीकृष्ण को जो बड़ी सूक्ष्मता से उसके मनोभावों का अध्ययन कर रहे थे। भूल गयी सबके मध्य क्या चर्चा चल रही थी, क्या विषयवस्तु थी। बैठी रह गयी वह चिबुक पर हाथ रखे, सूदूर युद्धरत अपने परमतेजस्वी प्रियतम की स्मृति में मग्न!

तभी संवाद आया कि अर्जुन शीघ्र ही हस्तिनापुर लौटकर आ रहे हैं। यह भी संवाद था कि स्थान-स्थान पर निरन्तर युद्ध करते-करते पाण्डुनन्दन सव्यसाची अत्यन्त दुर्बल हो गये हैं।

बस! वह तो पहले ही उमड़ी-घुमड़ी बैठी थी। वीरवर धनंजय के कष्ट सुनते ही नयन छलछला पड़े। वह उनकी समुचित सेवा नहीं कर पाती तो अन्य कोई राजपुत्री क्यों नहीं आगे बढ़ जाती! गत समय तो ऐसे ही क्लान्त क्षणों में मणिपुरराजपुत्री चित्रांगदा ने सव्यसाची के कष्ट दूर किये थे। तब उसे चित्रांगदा से ईर्ष्या हुई थी। अब उसे किसी चित्रांगदा से इर्ष्या नहीं। उसका मन अब चन्दन की तरह हो चला था घिस-घिसकर। अहा! कैसा दुर्भाग्य...अब क्यों नहीं सुदूर अंचलों में उसके संघर्षरत प्रियतम की सेवा हेतु कोई रमणी मिली? कितने दारुण कष्ट पाता है उनका वीर गात! कैसा असुरक्षित जीवन व्यतीत कर पाते हैं पार्थ!...यदि कोई उसे यह संवाद दे कि किसी तरुणी ने पार्थ को वरा है—उनकी सेवा करके उन्हें विश्राम, शान्ति एवं सुख दिया है तो वह उस अपरिचिता के प्रति कृतज्ञता से भर जाएगी! भरे मेघ से नयनों के छलकते आँसू सबकी दृष्टि से छुपाकर उसने पोंछ लिये। अन्तर पुकार उठा किन्तु, हा कष्ट! हा कष्ट!...

अन्तर्यामी ने तुरन्त सुनी वह अन्तर्वेदना! प्रिय सखी का यह व्यथित रूप उन्हें न

भाता, उन्हें भी कष्ट दे जाता। वे तो उसके अग्निमय, तेजस्वी एवं अपराजित स्वरूप के अनन्य प्रशंसक थे। जब वह तर्कबाला बन गरज उठती, जब वह साक्षात् इड़ा बन दामिनी-सी थिरक उठती, जब वीरांगना क्षत्राणी-सी हुंकार कर उठती, जब शत्रुओं द्वारा उसे झुकाने के लक्ष-लक्ष प्रयासों के उपरान्त भी वह प्रत्यंचा-सी तनी रह जाती— तब अच्युत का हृदय उसके लिए साधु-साधु कह उठता।

महाराज युधिष्ठिर भी खिन्न मन हो उठे वीरवर पार्थ के दुर्बल हो जाने के संवाद से।

"जनार्दन! मैं कभी समझ नहीं पाता कि महापराक्रमी पाण्डुनन्दन अर्जुन सतत ही अतीव दुखभागी क्यों रहते हैं...सदा सुख-वंचित क्यों रहते हैं! अनुज फाल्गुन तो उत्तम शारीरिक लक्षणों से विभूषित हैं, हृषीकेश! तो भी कितना कष्ट उठाते हैं! तो क्या उनके इस वीरगात्र में ऐसा भी कोई लक्षण है जो उन्हें कष्ट देता रहता है?"

वार्ष्णेय बड़े अभिनयपूर्वक कुछ अवधि तक घोर गम्भीर बने बैठे रहे। मननशील, चिन्तनशील-से। पांचाली की अश्रुपूरित दृष्टि उत्कण्ठा से उनके नलिनमुख पर टिकी हुई थी—क्या कहते हैं केशव!

"उस पुरुष-व्याघ्र के शरीर में कोई दोष प्रतीत तो नहीं होता राजशार्दूल! केवल पाँवों की पिण्डलियाँ...औरों से कुछ अधिक पुष्ट हैं...इसीलिए स्यात् उन्हें सदा यात्रा व युद्धरत रहना पड़ता है, दुःख भोग करने पड़ते हैं...और कोई तो आपत्तिजनक लक्षण उस सुन्दर सौष्ठवयुक्त तन में नहीं दिखा मुझे।"

"तो यही दोष होगा नारायण!" युधिष्ठिर ने दीर्घ श्वास खींचा।

किन्तु व्यथित पांचाली के नयन सहसा चंचल हो उठे। जलद-नयनों पर चपल कौतूहल तैर गया। उपालम्भपूर्वक उसने भेदभरी गहन चितवन से उन्हें देखा। वह वंकिम दृष्टि जैसे कह रही थी केशव से—अच्छा, महाराज! तो अब सरल-हृदय युधिष्ठिर को आप भी बनाने लगे? यह शारीरिक विशेषता किसकी है?...पाण्डुसुत अर्जुन की या स्वयं आपकी? और कैसे गुरुगम्भीर बने बैठे हैं!

केशव की दृष्टि मिली कृष्णा की दृष्टि से। और उस कठोर गाम्भीर्यरूपी पर्वत के पीछे से सूर्य-किरणों-सी असंख्य मुस्कान-रश्मियाँ उद्भासित हो उठीं। कृष्णा के वंकिम कटाक्ष से वे प्रेम-गद्गद हो उठे। अब कृष्णा ठीक दिख रही है, जैसी उन्हें सदा भाती है। कटाक्ष से विहँसती! नयनों में अश्रुकण और अश्रुकणों पर आह्लादित मुस्कान!...यही तो प्रमुख लक्षण है इस महाभारती का! यही तो वास्तविक स्वरूप है महाभारती का!

वृष्णिशार्दूल श्रीकृष्ण इसी प्रकार उस दुःखी पाण्डव-परिवार में आह्लाद सृष्टि करते रहते हैं। हास्य-वृष्टि से जब-तब सबको भिगोते रहते हैं। उनके वहाँ रहने मात्र से ही जैसे सबके मर्माघातों पर शीतल चन्दन लेप लगा रहता है। नित्य उल्लास एवं परिहास की रसमय फुहारों से सभी आनन्द सिंचित रहते। युद्धोपरान्त श्रीकृष्ण से उसकी

मैत्री और अधिक पुष्ट हो गयी थी। परिपूर्ण। सुदृढ़। वे सदा सहायक रहे उसके, सदा सखा बने रहे। श्रीकृष्ण से उसकी विलक्षण मैत्री पर परिहास होते, व्यंग्य होते, वह किन्तु मगन रहती—हँसती रहती।

यह किसी से छिपा न था कि जब अर्जुन हस्तिनापुर में हों तब पांचाली अत्यन्त मनोयोग से शृंगारयुक्त होती। यदि अर्जुन न हों—तो फिर गोविन्द की उपस्थिति में ही वैसा विलक्षण शृंगार होता था उसका। जब अर्जुन की अनुपस्थिति में भद्रावतीपुरी के महापराक्रमी महाराज यौवनाश्व अपनी ऐश्वर्यमती पत्नी महारानी प्रभावती के साथ हस्तिनापुर आने वाले थे तो महाराज युधिष्ठिर एवं वीरवर भीमसेन दोनों ही आतंकित एवं विचलित हुए। भद्रावतीपुरी के राजदम्पती के समक्ष पाण्डव-राजकुल का समुचित वैभव प्रदर्शन होना चाहिए। महारानी द्रौपदी को भी अनुपम शृंगारयुक्त होकर ही अतिथिगण का स्वागत करना होगा।

उत्तेजित भीमसेन उतावली से द्रौपदी के निकट आये—

"देवी पांचाली! महाऐश्वर्यशाली महाराज यौवनाश्व अपनी अत्यन्त रूपसम्पन्न भार्या महारानी प्रभावती देवी सहित पधार रहे हैं। तुम अन्य महिलाओं के साथ तुरन्त स्वागत हेतु तत्पर हो! और राजमहिषी देवी प्रभावती के ऐश्वर्यमय रूप के समकक्ष ही तुम्हारा भी शृंगार होना चाहिए। यह प्रतिष्ठा का प्रश्न है पांचाली! किन्तु यह क्या... ? गोविन्द नहीं दिखाई पड़ रहे !...नहीं हैं क्या ?...तब तो तुम्हारा अपूर्व विस्मयकारी शृंगार सम्भव नहीं प्रतीत होता, भामिनी !..."

भीमसेन की बात से पांचाली स्मितहास्य से पुलकित हो उठी। "नहीं आर्यपुत्र! महाप्राण गोविन्द अन्तर्गृह में हैं...और मेरे शृंगार के प्रति भी आप आशंकित न हों, चिन्तित न हों। जैसे समय पर धीरज रखना और समय पर प्रतिशोध लेना मुझे भलीभाँति आता है, उसी प्रकार अवसर के अनुकूल शृंगार करना भी मुझे भलीभाँति आता है...आप निश्चिन्त रहें आर्य!"

और वास्तव में जब वह अपूर्व मणिमय अलंकारों से विभूषित शृंगार करके स्वागत हेतु प्रस्तुत हुई तो पाण्डवमहाराज्ञी लावण्यमयी देवी द्रौपदी के तेजयुक्त, श्रीसम्पन्न रूप-शृंगार से महाराज यौवनाश्व एवं सौन्दर्यशालिनी रानी प्रभावती निष्प्रभ रह गये।

अश्वमेध यज्ञ हेतु समागम प्रारम्भ हो गया था। मणिपुर के महाराजा अर्जुनपुत्र बभ्रुवहन अपनी माता चित्रांगदा एवं विमाता नागराजकन्या उलूपी के साथ आ रहे थे। द्वारकापुरी से माता देवकी सहित श्रीकृण-पत्नियों का आगमन होनेवाला था। पाण्डव की राजधानी में हर्ष-उल्लास समारोह आदि का वातावरण था। पांचाली उत्सुकता से प्रतीक्षा कर रही थी, च्त्रिांगदा एवं इरावान् की माता उलूपी की वर्षों से उन्हें देखने की उसे हार्दिक उत्कण्ठा थी। विशेषरूप से चित्रांगदा को देखने को सदा-सदा से आतुर रही थी।

चित्रांगदा पर सव्यसाची स्वयं आसक्त हुए थे। कैसी होगी वह गुणबाला धनुष-धारिणी!

वह उस समय राजभण्डारगृह के निरीक्षण में व्यस्त थी। सूचना मिली कि मणिपुर के शासक की मण्डली आ गयी है। किन्तु भूल गयी कि चित्रांगदा एवं उलूपी को देखने को वह कितनी आतुर रही है। बभ्रुवाहन! अर्जुननन्दन! अर्जुनपुत्र! बभ्रुवाहन!...वह बेसुध-सी व्याकुल हो दौड़ पड़ी, वत्सल गौ-सी धेनुवत्स से मिलने। बभ्रुवाहन का स्वागत उस राजकुल में अभूतपूर्व हुआ था। पितामही आर्या कुन्ती उसे क्षण भर विलग न होने दे रही थीं। महातेजमयी द्रौपदी के प्रवेश करते ही बभ्रुवाहन समझ गया—यही है गाण्डीवधारी की प्रियतमा! वृष्णिनन्दन की अनन्य सखी! यही है वह लौहनारी जिसने अन्याय का प्रतिकार किया! जो निरंकुश तन्त्र के समक्ष झुकी नहीं! यही है वह महाभारती जिसने आदर्शों एवं सिद्धान्तों के लिए अपने पाँचों पुत्र बलि चढ़ा दिये! धन्य है महादेवी! बभ्रुवाहन आर्द्रकण्ठ हो उसके चरणों में नत हुआ। पांचाली ने वात्सल्य विभोर हो उसे अंक में भर लिया—उसके मुख पर, ललाट पर हाथ फेरती ढूँढ़ती रही उसमें...खोये हुए प्रतिविन्ध्य, सुतसोम, शतानीक, श्रुतकीर्ति, श्रुतसेन, अभिमन्यु सबको!...सबको! सभी खोये हुए पुत्ररत्नों को!—

मणिपुर की राजमाता चित्रांगदा एवं नागराजकन्या उलूपी उस महिमामयी महाराज्ञी के प्रताप से अभिभूत थीं। उसके चरणस्पर्श कर प्रार्थना कर रही थीं कि उनको भी इस महान् नारी जैसा धीरज, साहस एवं तेज उपलब्ध हो।

और उस दिन हस्तिनापुर में, द्वारकापुरी से कृष्णजननी देवकी के साथ वासुदेव की पत्नियाँ महारानी रुक्मिणी, महारानी सत्यभामा, लक्ष्मणा, जाम्बवती आदि भी पहुँच गयीं। अपूर्व मिलन-दृश्य था! अपूर्व ही था जनरव! हास्य-उल्लास से परिपूर्ण था वातावरण!

पाण्डवों के राजोद्यान में जैसे देवलोक से अप्सराएँ उतर आयी थीं। सत्यभामा ने स्वभाव के अनुसार वाटिका में चरण रखते तुरन्त ही सर्वाधिक सुन्दर फूल-हिंडोले पर आधिपत्य कर लिया। अन्य कोई पुष्करिणी के नील नीर में चरण झुलाती बैठ गयी, तो कोई कदम्ब की शाखा पर वेणुधारी कृष्ण बनी। कोई पुष्प चयन करती, तो कोई वेणी-सज्जा। कोई प्राकृतिक सुषमा में लीन, तो कोई सरोवर के निर्मल जल-दर्पण में स्वयं की सुषमा में लीन। दासियाँ, परिचारिकाएँ व्यस्त हो इन राजमहिषियों की सेवा करती घूम रही थीं। कोई चँवर डुलाती, कोई विजन करती। कोई ताम्बूलवाहिनी, कोई मधुपर्कवाहिनी। हास-परिहास चल रहे थे।

महारानी रुक्मिणी ने बड़े स्नेह से पांचाली को अपने साथ ही एक फूल-झूले पर बिठा लिया और उसके कन्धे पर हाथ रखे धीमे-धीमे झूलने लगीं।

देवी सत्यभामा अपने मन का कौतूहल अधिक समय तक रोक न पायीं और

द्रुपदनन्दिनी की ओर कटाक्षपूर्वक देखती हुई बोल उठीं—

"क्यों पांचालकुमारी! पूर्व में भी जब मैंने रहस्य जानना चाहा था कि कैसे अपने पाँच पतियों को वश में रखती हो, तो तुमने उत्तर टाल दिया था। किन्तु वह प्रश्न बार-बार हमारे हृदय में उत्पन्न हो जाता है, वह जिज्ञासा आज भी मन में बनी है।...और उसका कारण है कि हम तो अपने एक ही विलक्षण पति के प्रेम के प्रति आशंकित रहते हैं। वासुदेव को ही हम वश में नहीं रख पाते, कैसा आश्चर्य है!...उससे अधिक आश्चर्य है पांचाली, कि अपने पाँचों पतियों के अतिरिक्त हमारे एकमात्र पति को भी तुमने हर लिया है! उन्हें वशीभूत कर अपने गृह में बन्दी बना लिया है! वे अब द्वारकापुरी ही नहीं आना चाहते!...

"यह कैसा विचित्र व्यवहार है तुम्हारा! तुम तो उनकी भगिनी हो, किन्तु न तुम उन्हें छोड़ती हो, न वे क्षणभर तुमसे विलग होना चाहते हैं!...अन्तःपुर में पाँचों पतियों के साथ ही द्वारकाधीश भी वास करते हैं!...और यह हमारे पति का अपहरण तुमने छिपाया भी नहीं! तुम्हें इस कार्य से लाज अथवा संकोच भी नहीं है! न हमसे! न किसी और से! अपूर्व है तुम्हारा अत्मविश्वास! तुम्हारा साहस! और देखो...फिर भी समस्त धर्मज्ञ, विद्वज्जन कितना सम्मान करते हैं तुम्हारा!"

सामूहिक मधुर हास्य की फुहार से जैसे समस्त रानियाँ नहा गयीं। पांचाली की वक्तृत्व शक्ति तो पूर्वविख्यात थी अतः सभी बड़ी उत्सुकता और कौतूहल से उसे देखने लगीं, क्या उत्तर देती हैं द्रुपदसुता इन आक्षेपों का। द्रौपदी किन्तु किंचित् भी विचलित न थी। आह्लादित थी। मगन थी। मुस्कराती हुई स्नेहसिक्त दृष्टि से सत्यभामा को निहार रही थी। जानती थी वह कि अभी सत्यभामा की बात समाप्त कहाँ हुई है—अभी तो वे कुछ और भी कहेंगी!

और वास्तव में सत्यभामा हाथ से झूला छोड़, बड़े नाटकीय भाव से आश्चर्य प्रकट करती हुई पुनः बोल पड़ीं—

"तुममें और हमारे नटवर-नागर में कहीं बड़ा अद्‌भुत साम्य प्रतीत होता है पांचालकुमारी! तुम दोनों ही हर प्रकार से बड़े विलक्षण हो! सामान्य नियम तुम लोगों के लिए व्यर्थ हो जाते हैं! तुम दोनों किसी सामान्य नीतिनियम से बँधे नहीं! किन्तु तुम देनों जो कुछ कर दो, वही नीति हो जाती है! वही नियम हो जाता है! वे विधि-निर्माता हैं तो तुम विधायिनी हो। तुम दोनों लोकमत के प्रवाह की लेशमात्र भी चिन्ता नहीं करते। किन्तु तुम लोग जो कुछ करते हो, लोकमत उसी को उचित ठहराने लगता है! लोकमत को, लोकरुचि को अपने पक्ष में कैसे मोड़ लेते हो?...और...फिर अजेय है तुम दोनों की इच्छाशक्ति! कैसा पूज्य एवं सर्वप्रतिष्ठित सर्वोच्च स्थान तुम दोनों ने पा लिया है समाज में!...वे पुरुषश्रेष्ठ तो तुम नारीशिरोमणि! कभी-कभी तो प्रतीत होता है जैसे तुम इन विलक्षण श्रीकृष्ण की ही विलक्षण नारीविग्रह रूप हो कृष्णे!"

इस निष्कर्ष पर लगभग समस्त उपस्थित देवियों ने सहमति से शीश हिलाया।

बात कहते-कहते सत्यभामा का पुष्प-हिंडोला किंचित् थम-सा गया। कुछ क्षण मौन-मन्थन के पश्चात् पुनः सत्यभामा का श्रीमुख हास्य-प्रमुदित हो उठा। नयन चपल हो उठे और चरण गतिमान। और झूला पुनः हौले-हौले झूम उठा।

''किन्तु इसमें सन्देह नहीं द्रुपदनन्दिनी कि तुमने वास्तव में हमारे भोले-भाले, सरल-हृदय वासुदेव को अपनी बौद्धिक प्रतिभा से चमत्कृत कर दिया है। यही है तुम्हारा वशीकरण मन्त्र! तुम ठहरीं ज्ञान-विशारदा! प्रखर वक्ता! शास्त्र-पण्डिता!...हमें तो वासुदेव वज्रमूर्ख समझते हैं! हैं भी हम लोग अल्पबुद्धि!...हम तो उनकी मात्र मनोरंजन-गीतिकाएँ हैं! विजयगीत तो तुम हो उनका!...वैसे भी याज्ञसेनी!...तुम्हारी अनुकम्पा व मित्रता के लिए तो कितने वीर पुरुष लालायित रहे हैं! दुर्योधन और कर्ण तो इसीलिए एक विचित्र हीन भाव से आजीवन ग्रस्त रहे और वही लालसा उर में लिये ही परलोकवासी हुए! वासुदेव क्यों न तुम्हारी मनुहारों में लिप्त रहें। पत्नी के मनोरथ पूर्ण करना तो नीरस कर्तव्य है। किन्तु सखी की स्वप्नमाला गूँथने में जो अनूठी, अद्‌भुत रसभरी अनुभूति है, उसे हमारे रसिक प्रियतम भलीभाँति जानते हैं!...''

और स्वयं अपनी वाक्प्रतिभा पर मुग्ध सत्यभामा ने खिलखिलाकर झूले की गति तीव्र कर दी। सभी महारानियाँ आनन्दित थीं इस रोचक वार्ता से। सभी के मुख हास्य-प्रदीप्त थे। याज्ञसेनी मन्द-मन्द मुस्कराती रही कुछ पल। फिर उसी स्मित हास्य से उसने धीरे-धीरे बोलना प्रारम्भ किया—

''सत्यभामे!...मुझे भलीभाँति स्मरण है, तुमने मुझसे पूर्व में कोई अभिचार और तन्त्र-मन्त्र आदि जानना चाहा था ताकि वासुदेव श्रीकृष्ण तुम्हारे ही वश में रहें। और तब मैंने कहा था कि मन्त्र एवं अभिचार का अवलम्ब लेकर पति को वश में करने का कुविचार त्याग दो क्योंकि यह अत्यन्त तुच्छ विचार है।...वास्तव में देवी!...तुम्हारा मन हरिसेवा में लगता नहीं! तुम्हारा चंचल मन गोविन्द की किसी न किसी अन्य प्रियतमा का पीछा करता रहता है। सदा शंकाकुल और सन्देहयुक्त बना रहता है। इसीलिए तुम मनोयोग से पति-सेवा भी नहीं कर पातीं और उनका मन भी नहीं जीत पातीं...बल्कि इसके विपरीत तुम्हारा व्यवहार माधव को त्रासदायी हो जाता है। और तुम तो विख्यात कलह-निपुण हो! किसी न किसी सपत्नी से तुम्हारा मनोमालिन्य चलता ही रहता है। तुम ऐसा नहीं सोच पातीं क्या सत्यभामा...कि तुमसे अपमानित हो, तिरस्कार पा, वासुदेव द्वारकापुरी के अशान्तिमय, कलहयुक्त वातावरण से निकलकर यहाँ शान्ति पाते हैं? और सत्यभामे! बुद्धि एवं ज्ञान में तुम किसी से कम नहीं! किन्तु तुमने अपनी शक्ति व बुद्धि अनुचित दिशा में प्रवाहित कर दी है, इसीलिए गोविन्द का मन तुमसे विमुख हो उठता है!''

महाराज्ञी रुक्मिणी कटाक्षपूर्ण दृष्टि से सत्यभामा को निहारती मुस्करा उठीं। द्रुपदनन्दिनी याज्ञसेनी कितनी सत्यवादिनी है! कितनी स्पष्टवक्ता! जाम्बवती, लक्ष्मणा एवं अन्य रानियाँ भी नीची दृष्टि डाले मन्द-मन्द मुस्करा रही थीं। पति को वशीभूत

करने के सत्यभामा के कुप्रयासों से कौन नहीं आतंकित हो चुकी थीं!

पांचाली प्रसन्नवदन बोले जा रही थी—

"देवि!... मेरे आश्रय में वासुदेव को कलह नहीं देखनी पड़ती! तिरस्कार नहीं सहना पड़ता! व्यंग्य नहीं सुनने पड़ते! वे यहाँ महान् आदर के पात्र हैं—हमारे पूज्य हैं! मैं उन्हें भला क्या दे सकती हूँ—केवल स्नेह के? और मेरे उस स्नेह से वे गद्गद होकर अपनी अन्तर्वेदना मेरे समक्ष उँड़ेलकर हार्दिक सन्तोष प्राप्त करते हैं। वे स्नेह के भिक्षुक हैं! प्रेम के याचक हैं! सत्यभामे...वैसे मैं तुम्हारी कृतज्ञ हूँ कि यदि तुमसे दु:खी न होते गोविन्द तो क्यों मेरे पास आते!...

"वे ही एकमात्र पुरुष हैं, जिन्होंने भरी सभा में अक्षय चीर देकर मेरी लाज बचायी थी। मैं तो उनकी ऋणी हूँ। जो कुछ मुझसे हो सकेगा, उस महापुरुष की सेवा के लिए, उनके आनन्द के लिए, उनकी प्रसन्नता के लिए, अवश्य करूँगी।...वे तो प्रेम पिपासे हैं! नेह-क्षुधित हैं! तुम्हारा कौन-सा मनोरथ उन्होंने पूर्ण न किया देवी? तुमने देवलोक का पारिजात-वृक्ष तक तो माँग लिया! और उन्होंने तुम्हारे कोमल मन की भावना का आदर करके वह दुर्लभ माँग तक पूर्ण की। किन्तु देवसम्पत्ति पाकर भी तो तुम सन्तुष्ट कहाँ हुईं! और वासुदेव फिर तुम्हारे अनुग्रह के भूखे ही रह गये!...तुम सदा ही असन्तुष्ट एवं रुष्ट बनी रहीं!...इसमें सन्देह नहीं कि वे मेरे अग्रज हैं, उनका आशीर्वाद पाकर ही मैं विभिन्न आघातों को सहने में समर्थ हूँ। किन्तु इन ही कारणों से यदि मेरा उनके प्रति प्रेम लगभग श्रद्धा एवं भक्ति की सीमा पर पहुँच जाये तो आश्चर्य कैसा?"

महारानी रुक्मिणी और वृष्णिनन्दिनी सुभद्रा ने सहमति से शीश हिलाया। किन्तु सत्यभामा संकुचित थीं। लज्जित थीं याज्ञसेनी के प्रखर प्रहारों से।

तभी वृष्णिकुलभूषण श्रीकृष्ण भीमसेन के साथ वहाँ मुस्कराते हुए आये।

सत्यभामा का जन्मजात स्वभाव कहाँ जाता? तत्काल बोल उठीं, "अहो द्वारकानाथ!...इस युद्ध-अभियान में जैसे पाण्डुनन्दन अर्जुन को इस आयु में भी प्रमीला प्राप्त हो गयी, आप कहें, आपको भी कोई कुब्जा अथवा वामना उपलब्ध हुई या नहीं?..."

विश्वविख्यात पति का ऐसा स्वागत! सब के मध्य! समस्त महिलाएँ हतप्रभ रह गयीं!

वासुदेव के श्रीमुख पर क्षणभर को गहन पीड़ा मेघ-सी उभरी और तत्काल ही लुप्त हो गयी मुस्कान-रश्मियों के हेमजाल में। पांचाली का हृदय किन्तु उमड़ पड़ा व्यथित वासुदेव के लिए।

धीरे से हाथ रखा उसने सत्यभामा के कन्धे पर और अग्रजा की भाँति नेह-स्निग्ध वाणी में समझाती हुई बोली, "नहीं, सत्यभामे, नहीं! यही तो अभी समझा रही थी तुम्हें। समय पर कठोर और समय पर मृदुल होकर ही मैंने पाँचों पतियों को नियन्त्रित

किया है। वेला-कुवेला का तो ध्यान रखो देवी!...पति की मर्यादा, पद एवं गरिमा के अनुकूल आचरण करना ही पत्नी को शोभा देता है। समर से लौटे पति का ऐसे भी अभिनन्दन किया जाता है—यह मुझे आज ज्ञात हुआ! और फिर यदि मधुसूदन तुमसे विमुख हो उठें तो असम्भव क्या देवि?...आर्यपुत्र पार्थ तो प्रमीला को साथ लाये हैं तो भी मैं अथवा सुभद्रा उन्हें उपालम्भ नहीं दे रहीं। और मधुसूदन तो कोई नारी-रत्न नहीं लाये—यह जानते हुए भी तुम व्यंग्य करके उन्हें अनावश्यक त्रास क्यों पहुँचा रही हो?...''

सत्यभामा के व्यंग्यपूर्ण प्रश्न से माधव क्षुब्ध हुए, किन्तु परिहास से टाल गये।

श्रीकृष्ण विक्षुब्ध हो चल दिये तो द्रौपदी भी उनके साथ-साथ आयी। हृदय में माधव के प्रति अपार सहानुभूति थी किन्तु नयनों में चपलता की लहरें हिलोरें मार रही थीं। वासुदेव भाँप गये, तनिक मुड़कर उन्होंने पूछ लिया, "क्या बात है...बड़ी गद्‌गद हो रही हो?...इस प्रसन्नता का क्या कारण कृष्णे?"

"अत्यन्त गूढ़ कारण है माधव! बहुत मुझे पार्थ का नाम ले-लेकर छेड़ते रहे हैं सदा से...आज कैसा देवी सत्यभामा ने आड़े हाथों लिया!...बड़ा आनन्द आया वासुदेव!...'कोई कुब्जा अथवा वामना मिली या नहीं'?"...और पांचाली का चतुर्दशी की निर्मल ज्योत्स्ना-सा सरल हास्य उन्मुक्त रूप से बिखर गया।

श्रीकृष्ण ठिठक गये, हास्यमग्न पांचाली को मगन-मगन कुछ क्षण निहारते। फिर स्वयं भी मुस्करा उठे। उसके नील-कुन्तलयुक्त शीश पर स्नेह-सिक्त हाथ फेरा और उसके निश्छल हास्य से अनुप्रेरित हो स्वयं भी उन्मुक्त अट्टहास से प्रासाद गुँजाते हुए आगे बढ़ गये।

17. सान्ध्य पर्व

समय बहुत व्यतीत हो चला था। महाराज धृतराष्ट्र, महारानी गान्धारी एवं राजमाता वृष्णिनन्दिनी कुन्ती, महात्मा विदुर एवं संजय वनवास हेतु प्रस्थित हुए थे, और वहीं भयंकर दावानल में उनके प्राणों की आहुति चढ़ गयी।

कुल की ज्येष्ठ महिला होने के नाते पांचाली के उत्तरदायित्व दिन-पर-दिन बढ़ते गये और वह स्वयं दिन-पर-दिन मृदुल होती गयी। कभी वह सहस्र स्वर्ण-रश्मियों से देदीप्यमान उषा-सी थी। अब वह अत्यन्त मृदुल कार्तिकी भोर-सी हो चली

थी—शान्त, मौन, गम्भीर, शीतल, स्नेहशील! समूचे कुल को, प्रजा को, राज्य को अपने स्नेहमय अंचल में ऐसे समेटे रहती जैसे पारिजात के सुकोमल शरत्फूलों को कार्तिकी भोर अपने हृदय में समेटे हो। कहीं कोई कुम्हला न जाये, कहीं किसी को आघात न मिले, कहीं कोई पीड़ित न हो जाये!

उस झुटपुटी सन्ध्या को वह मृगचर्म पर बैठी सन्ध्योपासना में लीन थी—तुलसी बिरवे के समक्ष। तुलसी चौरे पर प्रज्वलित प्रदीप के स्निग्ध आलोक में उसका शान्त, सौम्य आकार बहुत स्पष्ट न था। निकट ही अलिन्दवेदी पर बाल युवराज परीक्षित को उत्तरा एवं सुभद्रा पुराणगाथा सुना रही थीं। बालक की दृष्टि एकटक दीपशिखा पर लगी थी।

"क्या देख रहा है इतने ध्यान से, वत्स?" उत्तरा ने स्नेह से पूछा।

"दीपशिखा कितनी सुन्दर है अम्ब! शान्त, झीना-झीना आलोक बिखेरती! बिल्कुल-बिल्कुल मेरी पितामही जैसी लग रही है यह दीपशिखा" परीक्षित ने ध्यानमग्न द्रौपदी की ओर इंगित करते हुए कहा।

वे दोनों चकित हुईं। वास्तव में कार्तिकी सन्ध्या की उस दीपशिखा और जीवन-सन्ध्या की पांचाली में कैसा अद्भुत साम्य था! वे कभी दीपशिखा देखतीं तो कभी द्रौपदी को। परीक्षित के बाल-मुख से कैसा सत्य निकला!

सुभद्रा के नयनों में अश्रु छलक आये। उसे स्मरण आ गया जब वह नववधू रूप में आयी थी। अतिशय भोली, विनम्र। श्वेत-शीतल मेघ-फूही-सी कोमल व स्निग्ध। पांचाली के दहकते व्यक्तित्व के ताप से कैसी पिघलकर तरल हो चली थी! कितनी भयभीत हो उठी थी प्रारम्भ में उस प्रबल प्रतापी ज्येष्ठा से! तात श्रीकृष्ण एवं आर्यपुत्र अर्जुन तक द्रौपदी की सुभद्रा के प्रति सम्भावित प्रतिक्रिया के विषय में आशंकित थे। देर तक विचार कर उन्होंने सुभद्रा को लाल चूनर में सीधी-सादी ग्वालिन, एक ग्राम्या के रूप में जाकर ज्येष्ठा के चरण-स्पर्श करने की राय दी थी। किन्तु कैसी महास्नेहशील थी द्रुपदसुता! प्रथम दृष्टि पड़ते ही जैसे पांचाली का हृदय उस नवागता के लिए उमड़ आया, कैसे नेहभीगे आलिंगन में उसने सुभद्रा को बाँध लिया था!—"स्वागत अनुजे! ईश्वर तुम्हारे पति को दीर्घायु करे! मैं धन्य हुई माधव की अनुजा में अपने लिए एक सुन्दर, सुशील अनुजा पाकर!" उसके पश्चात् सदा ही वह सुभद्रा की न केवल अग्रजा-सी रही, बल्कि माता की भाँति उसने सुभद्रा को स्नेह दिया और प्रशिक्षित किया। और कितनी वह निर्भर भी रहती थी सुभद्रा पर! वनवास जाते समय पाँचों नन्हे-नन्हे पुत्र सुभद्रा को सौंपती हुई बोली थी, "मैं निश्चिन्त हूँ—अब।" उसे रोका वनवास जाने से सुभद्रा ने आँखों में आँसू भर-भरकर। किन्तु वह अपने निर्णय पर अडिग थी। उसे पाँचों पतियों की चिन्ता जो थी! वे धूर्त कुटिल कौरव इन पाँचों में परस्पर भेद न डाल दें! इनकी इहलीला ही न समाप्त कर दें! और उन पाँचों की रक्षा का भार द्रौपदी के सुकोमल कन्धों पर तो स्वयं माता कुन्ती ने डाला था। भोजपुत्री कुन्ती सदा पुत्रों से

अधिक पुत्रवधू पर विश्वास रखती आयी थीं। पांचाली को पाँचों पुत्रों के साथ वनगमन करते देख, डबडबाये नेत्रों को पोंछती आर्या पृथा भी बोल उठी थीं, ''मैं निश्चिन्त हूँ अब!'' एक शक्तिवान् प्रहरी जो उन्होंने पुत्रों के साथ कर दिया था।

अतीत में खोयी-सी सुभद्रा परीक्षित के शीश पर हाथ फेरती हुई बोली—

''अब तू बड़ा हो गया है न वत्स, इसलिए इस महान् पितामही का दीपशिखा या मन्द-मन्द आलोक बिखेरता देख रहा है...किन्तु एक समय यही पितामही प्रचण्ड ज्वाला-सी दहकी थी! ऐसी दावानल-सी जिसने दुष्टों के समूचे के समूचे वनों को भस्मीभूत कर डाला था!...जब भी कभी अश्वमेध यज्ञकुण्ड से विराट लपलपाती अग्निजिह्वाएँ देखना तो समझ लेना वत्स, कभी तेरी महिमामयी पितामही ऐसी ही यज्ञ-ज्वाला रही थी, जिसने पापियों को, समिधा-सामग्री की भाँति स्वाहा कह-कहकर भस्म कर डाला था!...''

''भारत-युद्ध की बात कर रही हैं पितामही?'' परीक्षित ने पूछा।

किन्तु तब तक सुभद्रा पुनः अतीत में खो गयी थी।

''हाँ पुत्र!'' उत्तरा ने उत्तर दिया।

''सुना न अम्ब!...कैसे पितृव्य भीमसेन ने दुर्योधन-वध किया था!...नहीं—वह प्रसंग—कि कैसे पितामही का चीर अनन्त होता गया था...होता गया था...कैसा चमत्कार रहा होगा न अम्ब!'' उसके विशाल विस्फारित नेत्रों में अपार कौतूहल आलोड़ित था।

''अम्ब!...देख अम्ब!...मेरे तन में कैसा स्फुरण हो रहा है...अम्ब, मेरा अंग-अंग कैसा रोमांचित हो रहा है!...जब भी मैं भारत-युद्ध गाथा सुनता हूँ, अथवा जरासन्ध या शिशुपाल-वध या पितामही के चीरहरण की गाथा, तो मेरा तन ऐसा ही रोमांचित हो उठता है।''

''तेरे परम वीर पिता का भी होता था वत्स'' द्रौपदी सन्ध्या समाप्त कर आकर वहीं खड़ी हो उनकी वार्ता सुनने लगी थी।

''सत्य पितामही?''

''सत्य वत्स!''

जिस वीर पिता को उसने देखा न था किन्तु जिसकी शौर्यगाथा वह सदा सुनता आया था—परीक्षित के मन में वह अनदेखा पिता एक विराट रहस्य-सा छाया रहता और जब अपने रहस्यमय स्वर्गीय पिता के बारे में कुछ न समझ पाता तो पितामही पांचाली के वक्ष से जा लगता। उसे प्रतीत होता, अवश्य ही उसका वीर पिता अभिमन्यु पितामही पांचाली जैसा ही महिमामय रहा होगा।

युवराज परीक्षित ने हाथ फैलाये और गद्गद पांचाली ने उसे लगा लिया अपने चिरतृषित अन्तर से।

महाभारत युद्ध हुए छत्तीस वर्ष पूर्ण हो रहे थे। समय इतिहास हुआ जा रहा था। स्मृतियाँ

धूमिल होने लगी थीं। छवियाँ धूमिल पड़ रही थीं। महाराज युधिष्ठिर वृद्धावस्था से शिथिल हो चले। राज्यकार्य किन्तु चारों अनुज दक्षता से सँभालते थे। युवराज परीक्षित अब एक अत्यन्त रूपवान्, सुन्दर, सुसंस्कृत युवक हो चुका था। शरद्वानपुत्र गुरुवर कृपाचार्य से ही उसने भी शिक्षा पायी थी एवं शस्त्रविद्या में स्वयं पितामह पाण्डुनन्दन अर्जुन ने उसे दीक्षित किया था। शस्त्र एवं शास्त्र दोनों विद्याओं से अलंकृत परीक्षित अपनी दोनों पितामही द्रौपदी, सुभद्रा तथा दुःख-व्याकुल माता उत्तरा का नयनतारक था। पाण्डवों का कुलदीपक था वह।

पांचाल-राजकुमारी द्रौपदी अब हस्तिनापुर में महाप्रतिष्ठित हो चुकी थी। महारानी द्रौपदी की प्रजावत्सलता प्रसिद्ध थी। आबालवृद्ध उसे अपार श्रद्धा से देखते। प्रजाजन सम्मान करते और चातुर्वर्ण्य उसे पूजा भाव से देखते।

आयु बढ़ती जा रही थी किन्तु कर्मयोगिनी का हृदय आज भी सबल था। आज भी वह तेजयुक्त महाशक्तिशालिनी महिला थी।

दिन-प्रतिदिन याज्ञसेनी का व्यक्तित्व दिव्य होता गया। वह अक्षतज्वाला थी। आपत्तियों की झंझाएँ उसे बुझा नहीं पायीं। यज्ञकुण्ड से जन्मी वह यज्ञज्वाला-सी पुनीत थी, प्रखर थी। आजीवन कठोर अग्निपरीक्षाओं एवं दुरूह तपश्चर्या से वह तपस्विनी और भी भव्य हो चली : महान् ! श्रेष्ठ! उत्तम! महिमामयी!

उसका व्यक्तित्व तो चन्दन सदृश था। जितना घिसा गया उतना ही पवित्र और दिव्य सुगन्धमय होता गया। अब उसमें काष्ठसम कुछ शेष नहीं रह गया, किंचित् मात्र भी कठोरता नहीं! भगवद्भाल पर अनुलेपयोग्य सुरक्षित-सुकोमल चन्दनी व्यक्तित्व था अब उसका! कोई क्षुद्रता नहीं! ईर्ष्या नहीं! स्वार्थ नहीं! तुच्छता नहीं! वास्तव में वह जीवन-सन्ध्या में, कार्तिकमाह में तुलसी-चौरे पर प्रज्वलित मद्धिम, स्निग्ध स्नेहपूर्ण आलोक बिखेरती कोमल दीपशिखा बन गयी थी! शान्त! दिव्य! स्नेहमयी! करुणामयी! भगवद्भक्ति की सात्त्विक दीपशिखा-सी!

दिन-पर-दिन वह अधिकाधिक अन्तर्मुखी होती गयी थी—योग एवं धर्मचर्चा में लिप्त। कर्मयोग की जीवन्त जाज्वल्यमान दृष्टान्त। धर्मक्षेत्र-कुरुक्षेत्र में श्रीनारायण वार्ष्णेय द्वारा उच्चरित गीता उसे पूर्णतः कण्ठस्थ थी और वह सम्पूर्ण मनोयोग से कर्मपथ पर अविचलित भाव से निरन्तर बढ़ती जा रही थी।

कभी-कभी एकान्त क्षणों में बैठकर विचार करती—कितना दुर्गम था जीवन-पथ! किन्तु कितनी प्रबल थी इच्छाशक्ति कि न्याय द्वार तक खींच ही लायी पाण्डव-रथ!

सुदूर बालपन की सुरम्य मनोहारी वीथिकाओं से निकलते ही फँस गयी थी सघन जीवन-अरण्य की कँटीली झाड़ियों में। भटक गयी थी कण्टकमय पगडण्डियों में। पीड़ाओं के ज्वालामुखियों में। संघर्ष के दुर्गम पर्वतों एवं विषमताओं की खाइयों में। किन्तु धन्य था उसका साहस! साधु-साधु! आपत्तियाँ सह-सहकर उसका व्यक्तित्व

तप-तपकर शुद्ध स्वर्ण-सा और निखर पड़ा था! और शुद्ध! और प्रखर! प्रतिबार नयी चुनौती! प्रतिबार नयी विषमता! किन्तु झुकी नहीं लौहनारी...बढ़ती ही गयी।

कितनी बार चरण शिथिल पड़े! कितनी बार धैर्यध्वजा हाथ से छूटने को हुई, किन्तु प्रतिबार वज्र-संकल्प ने साथ दिया। वह झुकेगी नहीं! टूटेगी नहीं! गिरेगी नहीं और मुड़ेगी नहीं पीछे!

महिमामयी राजमहिषी याज्ञसेनी के अक्षुण्ण साहस, औदार्य, सहनशक्ति, शौर्य, ओज एवं तेजस्विता से कौन नहीं था अभिभूत? कौन नहीं नतमस्तक हुआ उसके समक्ष? पाण्डव-पति स्वयं उससे चमत्कृत थे। लीलामय श्रीकृष्ण उस पर विमुग्ध थे। यही नहीं, वे भी उससे चमत्कृत रहे थे, जो उसके शत्रु थे, जिन्होंने उस लौहनारी को हर प्रकार तोड़ना चाहा था।

उसके कष्ट, पीड़ा, अपमान एवं त्याग की गाथाएँ आर्यावर्त में सुदूरतम अंचलों में उसके जीवनकाल में ही लोकप्रिय हो चली थीं। कितनों की वह प्रेरणास्रोत बन गयी थी, कितनों की शक्तिस्रोत।

वह प्रतीक बन गयी थी धर्म की। न्याय की। निरंकुशता के विरुद्ध, अन्याय के विरुद्ध, अनाचार एवं दुराचार के विरुद्ध, अधर्म एवं अनैतिकता के विरुद्ध, उस लौहनारी ने ही विद्रोह की घोषणा की थी।

अन्याय एवं अधर्म से पूरित भारत-भू पर उसी का एकाकी एवं स्वतन्त्र स्वर गूँजा था—न्याय की माँग के लिए। स्वर एकाकी था, किन्तु दुर्बल नहीं। सुदृढ़ था, ओजपूर्ण था, सशक्त था—क्योंकि वह क्रान्ति का स्वर था। विद्रोह का स्वर था। वह विद्रोह की प्रतीक बन गयी थी—अवैधानिकता के विरुद्ध! निरंकुश सम्राटों के विरुद्ध! अनैतिकता के विरुद्ध! दुराचार और द्यूतलिप्सा के विरुद्ध! चुनौती बनकर वह अग्नि ज्वाला-सी दहकी थी—सत्तालोलुपों के विरुद्ध!

वह अपराजेय थी! उसकी विजय हुई थी! धर्म की विजय हुई थी! सत्य की जय हुई थी!

उस दिन हस्तिनापुरी काँप उठी। राजप्रासाद डोल गया। भित्तियाँ आघात से चटक उठीं। पृथ्वी का मर्मस्थल विदीर्ण हो गया। आकाश के कन्धे झुक गये। नतमस्तक हो वह अश्रुपात कर उठा। शाखाओं ने शोकमग्न हो सिमटकर मुँह ढाँप लिये। वृक्षों से अश्रु झर उठे।

किन्तु—उस दिन हस्तिनापुर में कोई भूकम्प नहीं आया था!...चक्रवात भी नहीं आया था!...झंझा भी नहीं! प्रभंजन नहीं!...

दुःसंवाद आया था! द्वारकापुरी से!

वासुदेव श्रीकृष्ण ने देह त्याग दी!

वृष्णिशिरोमणि के रथसारथी दुःखविह्वल दारुक ने संवाद दिया।

और संवाद आकाश-सा फट पड़ा हस्तिनापुरी पर! सब स्तम्भित थे। मूर्तिवत्! सब एक साथ अनाथ! सब लुटे खड़े थे! निष्प्राण से! कहीं श्वास नहीं जैसे! कहीं स्पन्दन नहीं जैसे! गति नहीं! प्रस्तर-प्रतिमाएँ! छायाएँ! काली मूर्तियाँ!

उस दिन सबकी मुख-दीप्ति उड़ गयी थी। उस दिन स्वर्णाभूषण कालिमायुक्त पड़ गये। उस दिन मणियों की ज्योति बुझ गयी थी। विश्वज्योति बुझ गयी थी।

वयोवृद्ध-पाण्डवनरेश युधिष्ठिर मूर्च्छित पड़े थे। भीमसेन स्तम्भ का अवलम्ब लिये अचेत बैठे थे। अर्जुन पर्यंक पर काष्ठवत् बैठे रह गये थे। निर्जीव! शक्तिशून्य! जैसे पृथ्वी रिक्त हो गयी हो! सव्यसाची को लगा, उनके परमवीर गात्र की समस्त शक्ति जैसे किसी ने खींचकर निकाल ली हो। समस्त बल जैसे किसी ने निर्दयता से निचोड़ लिया हो।

और अनन्य सखी द्रौपदी स्तम्भ से चिपटकर रह गयी। सब कुछ चला गया! असहाय! अनाथ!

"महात्मन्! भारतयुद्ध में जो यदुवंशी कौरवों की ओर थे और जो पाण्डवों के पक्ष में थे, उन्हीं में परस्पर विवाद छिड़ गया। वे अत्यधिक मदिरापान किये थे अतः वह उग्र विवाद समस्त यदुवंशियों में दावानल-सा फैल गया और वे एक-दूसरे के रक्त-पिपासे हो उठे। महाराज! अभिशप्त मौसल के कारण ही समझिए, मदान्ध यदुवंशियों ने एक-दूसरे का वध कर डाला।...अब यदुवंश शेष नहीं..." दारुक अवरुद्ध कण्ठ से रुक- रुककर किसी भाँति बोल रहे थे।

"महात्मा अर्जुन!...द्वारकापुरी शीघ्र चलें। वृद्ध बलराम भी शरीर त्याग चुके हैं। अब वहाँ एकमात्र पुरुष वयोवृद्ध एवं दुःखविह्वल महात्मा वसुदेव बचे हैं—शेष सब स्त्रियाँ हैं। वासुदेव श्रीकृष्ण की महाराज्ञियाँ हैं। उनके पुत्रों एवं पौत्रों की रानियाँ हैं तथा वृष्णि एवं अन्धक परिवारों की भी महिलाएँ हैं। कुछ बालक एवं किशोर पुत्र भी हैं। द्वारकानाथ ने कहा था कि आर्य अर्जुन सबको हस्तिनापुर ले जाएँगे, अब द्वारकापुरी शेष नहीं रह पाएगी। वह मधुसूदन के प्रताप से ही अब तक अक्षुण्ण रही थी। अब उनका वह लीलाक्षेत्र समुद्र में विसर्जित होने वाला है...चलें तात! विलम्ब न करें! वयोवृद्ध श्रीकृष्णपितृ वसुदेव आकुल हो प्रतीक्षा कर रहे होंगे। वे असंख्य अनाथ स्त्रियाँ करुण विलाप कर रही हैं।..."

सुदीर्घ सन्नाटा इसके उपरान्त वहाँ टँगा रह गया। सन्नाटा!...सन्नाटा! श्वासरोध सन्नाटा!

सर्वप्रथम चेत आया कृष्णानुरागिनी कृष्णा को। कर्मयोगिनी महाभारती के अन्तर में दारुण शूल-सी पीड़ा टीस उठी, और उसका अश्रुसिंचित आर्द्रस्वर गूँज उठाः—

"देहिनोऽस्मिन् यथा देहे कौमारं यौवनं जरा।

तथा देहान्तर-प्राप्तिर्धीरस्तत्र न मुह्यति॥
नैनं छिन्दन्ति शस्त्राणि नैनं दहति पावकः।
न चैनं क्लेदयन्त्यापो न शोषयति मारुतः॥
अच्छेद्योऽयमदाह्योऽयमक्लेद्योऽशोष्य एव च
नित्यः सर्वगतः स्थाणुरचलोऽयं सनातनः॥...
यदा यदा हि धर्मस्य ग्लानिर्भवति भारत।
अभ्युत्थानमधर्मस्य तदाऽऽत्मानं सृजाम्यहम्॥
परित्राणाय साधूनां विनाशाय च दुष्कृताम्।
धर्मसंस्थापनार्थाय सम्भवामि युगे युगे ऽऽऽ..."

झंझा-मध्य घोर प्रकम्पित दीपशिखा-सा कँपकँपाता स्वर! हृदय दहलानेवाली कातर वाणी! वेदना भीगा आर्त-स्वर! सुनते-सुनते धीमे-धीमे लोगों को चेत आने लगा। हिचकियाँ बँधने लगीं। सामूहिक हिचकियों का स्वर राजमहल को कँपा दे रहा था।

दारुक अर्जुन को अवलम्ब देकर खड़ा कर रहे थे, किन्तु अर्जुन थे कि उठ ही नहीं पा रहे थे। हिल नहीं पा रहे थे। कुछ कह नहीं पा रहे थे। पांचाली भी काँपते हाथों से अर्जुन को खड़ा कर रही थी। दोनों के प्रयासों से अर्जुन को खड़ा किया गया। किन्तु वह दीर्घकाय पुरुषसिंह फिर खड़ा ही रह गया—लुटा-सा। अर्जुन हाथ ऊपर जोड़ कहना चाहते थे—

त्वमादिदेवः पुरुषः पुराणस्...
त्वमस्यविश्वस्य परं निधानम्...

किन्तु जिह्वा तालु से जैसे चिपक गयी थी। वे एक-एक पग उठा रहे थे जैसे स्वप्न में चल रहे हों। जैसे जल में प्रबल वेगवान प्रवाह के कारण चरण न उठ पा रहे हों। बोझिल! महाबोझिल पग!

दारुक ने द्वारकाधीश श्रीकृष्ण का रथ समक्ष किया। अर्जुन को चढ़ाया। श्वासरोधक निस्तब्धता में व्याकुल जनसमूह ने अर्जुन को मूक विदा दी। वे निष्प्राण-से रथ में बैठ गये, खोये हुए से।

"अहोऽऽऽऽ!...समेट भी लिया अपना लीलाजाल!...ओऽऽऽऽ लीलामय..." कातर हृदयस्पर्शी पुकार के साथ पांचाली वेग से क्रन्दन कर उठी।

हस्तिनापुर रो पड़ा। समूची पृथ्वी रो रही थी! समूची सृष्टि रो रही थी!

श्वेत हिमाच्छादित विराट पर्वत समूह। अनन्त विस्तार था शैलराज हिमालय का। अनन्त थी वह हिमपूरित शिखर-शृंखला। और चलते जा रहे थे उस पर पाँचों पाण्डुनन्दन एवं उनकी जीवनसंगिनी द्रुपदनन्दिनी।

सबसे आगे थे वयोवृद्ध कृशकाय धर्मराज युधिष्ठिर। उनके साथ-साथ चल रहा था उनका प्रिय स्वामिभक्त एवं धर्मप्राण श्वान। यह श्वान-कुटुम्ब कभी अपने को उऋण न अनुभव कर पाता, सुदूर अतीत में युधिष्ठिर द्वारा उस कुटुम्ब के एक पूर्वज के साथ किये गये उपकार से।

तब कुरुवंश के ज्येष्ठ राजपुत्र युधिष्ठिर मात्र किशोर ही थे। एक बार जब द्रोणाचार्य के समस्त शिष्य राजपुत्र वन में अस्त्र-शस्त्रों का अभ्यास कर रहे थे तो उनका एक आखेटक श्वान अनायास ही एक दिशा विशेष की ओर मुख उठाकर वेग से भूकने लगा। दिखा तो कुछ भी नहीं उस दिशा में। श्वान भूकता ही गया। अचानक सब चौंक पड़े। सर्र...की ध्वनि के साथ सात बाण एक साथ लगे आकर श्वान के खुले मुख में। निरीह प्राणी उछल पड़ा पीड़ा से—और छटपटाकर लोट गया भूमि पर। अन्य श्वानों ने कोलाहल मचा दिया भूक-भूककर। राजपुत्रों में असाधारण उत्तेजना, आश्चर्य एवं कौतूहल फैल गया। किसका है यह अद्‌भुत हस्तकौशल ? कौन है यह विलक्षण धनुर्धर जिसने ध्वनिवेध बाण मारे एक साथ सात ? कहाँ है सर्वाधिक योग्य धनुर्धर अर्जुन ? अर्जुन वहीं थे। स्वयं हतप्रभ-से खड़े। मुख का रंग जैसे उड़ गया था। उनसे अधिक कुशल धनुर्धर यह कौन ? उग्र कोलाहल करते, व्यग्र चरणों से शीघ्र ही राजपुत्रों की वह विशाल मण्डली उस स्थल पर पहुँच गयी जहाँ अत्यन्त दीन मलिन वेशभूषा में निषादपुत्र एकलव्य धनुर्विद्या का अभ्यास कर रहा था गुरु द्रोणाचार्य की मृत्तिका मूर्ति के समक्ष। निषादपुत्र एकलव्य की असाधारण लक्ष्यबेध प्रतिभा से समस्त राजकुमारों में भारी क्षोभ फैल गया। अर्जुन के क्षोभ का तो पार न था। गुरु द्रोणाचार्य ने सब सुनकर अर्जुन को आश्वस्त किया एवं एकलव्य से गुरु-दक्षिणा स्वरूप उसके दाहिने हाथ का अंगुष्ठ माँगकर उसकी अनूठी प्रतिभा छीन ली।

उत्तेजना, क्षोभ, आश्चर्य, उग्रता और कोलाहल ने समस्त राजपुत्रों को उद्वेलित कर दिया था—केवल एक को छोड़। वे थे युधिष्ठिर। युधिष्ठिर को किंचित् भी उत्सुकता न थी जानने की कि कौन है यह मेधावी धनुर्धर। हाँ, क्षोभ उनके मन में भी था, किन्तु किसी की वीरता से उत्पन्न ईर्ष्या-द्वेषवश यह क्षोभ न था। उनका मन क्षोभ से भर उठा था—निरीह श्वान के प्रति हुई भयंकर क्रूरता से। उन्होंने विचलित हो व्याकुलता से अंक में भर लिया उस श्वान को जो अकथनीय पीड़ा से भूमि पर छटपटा रहा था। भयंकर कोलाहल पूरित उस वातावरण से पूर्णत: विरक्त हो, भरे दृगों से उसके मुख का एक-एक बाण निकालकर युधिष्ठिर दत्तचित्त हो वन्य औषधियों का लेप उसके मुख में करते रहे। आहत श्वान के अन्य साथी-श्वान मनुष्य की निर्ममता से जहाँ उत्तेजित थे, वहीं मनुष्य की इस अपार करुणा से अभिभूत हो कृतज्ञता से चारों ओर खड़े रहे।

राजधानी लौटने हेतु सभी राजकुमार रथारूढ़ हुए तब युधिष्ठिर के रथ में वह मूर्च्छित श्वान भी था। वे भगवान् दत्तात्रेय से सुशोभित हो रहे थे जब उनके रथ के चारों

ओर अन्य श्वान भरे नेत्रों से चुपचाप चल रहे थे। उनकी दिन-रात की परिचर्या से गम्भीर रूप से आहत जब वह श्वान स्वस्थ हो गया तो एक पल भी उनसे विलग न होता था। इस परम्परा को वह श्वान कुटुम्ब आज भी निभाता आया था। इसीलिए इस महाप्रस्थान के दुर्गमतम एवं कठोरतम पथ पर भी वे एकाकी न थे। उनका श्वान, अन्तिम समय तक उनका सहयात्री बना रहा।

उनके पीछे थे भीमकाय भीमसेन, जो वृकोदर जैसे रोचक नाम से भी विख्यात थे। अतुलनीय शारीरिक शक्ति से वे इतने सम्पन्न थे कि उनका वह बल लगभग दानवीय बल लगने लगता था। निर्मम वध करने में उन्हें किंचित् भी संकोच न होता था। और अपने लक्ष्य को प्राप्त करने में यदि अधर्म का भी अवलम्ब लेना पड़ा तो उन्होंने सहर्ष लिया। इसलिए उनके द्वारा किये गये युद्ध एवं वधों में बीभत्सता का प्रदर्शन अवश्य होता था। जरासन्ध एवं कीचक का वध जिस प्रकार किया, उससे देखनेवालों के रोंगटे खड़े हो गये। दु:शासन के रक्त को जिस प्रकार अधरों से छुआकर रक्तपान का अभिनय किया, वह रोमहर्षक था। दुर्योधन की जंघा तोड़ना तत्पश्चात् उस पंगु पड़े हुए राजपुत्र के शीश में पादप्रहार करना उनके असंयम का प्रमाण था। किन्तु वे महावीर थे। निश्छल थे। भय उन्होंने कभी नहीं जाना एवं समस्त पाण्डव-बन्धुओं में सर्वाधिक स्वाभिमानी थे जो अन्याय का निर्भीकता से आजीवन विरोध करते रहे। अब वृद्धावस्था में वृकोदर की शारीरिक शक्ति क्षीण पड़ गयी थी किन्तु उनकी बृहत् काया में कोई विशेष अन्तर न आया था।

तदुपरान्त चल रहे थे सम्पूर्ण जम्बूद्वीप में अपने शौर्य की दुन्दुभी बजा देनेवाले वीरवर सव्यसाची, जो आजीवन समररत रहे, जो ललित कलाओं के विशारद एवं अत्यन्त भावुक हृदय व्यक्ति थे। उनकी भावुकता उनकी सबसे बड़ी दुर्बलता सिद्ध होती थी। अन्त तक युद्ध एवं संघर्ष करते-करते वे अत्यन्त दुर्बल हो चुके थे। उस अजेय योद्धा को अन्तिम युद्ध में पराजय का मुख देखना पड़ा था। द्वारकाधीश श्रीकृष्ण की देहत्याग के पश्चात् उन ही की आदेशपूर्ति के लिए अर्जुन यदुवंशी महिलाओं को वहाँ से लाने द्वारिकापुरी गये। लौटकर हस्तिनापुर आते समय पंचनद क्षेत्र में आभीरों के तुमुल आक्रमण का वे राजशार्दूल सामना न कर सके। श्रीकृष्ण के महावियोग से आतप्त, अनन्य सखा अर्जुन शस्त्र-मन्त्र तक विस्मृत कर गये। विचलित हृदय! शक्ति-शून्य तन! कैसे लड़ते? मन का उत्साह हार चुके थे। मन को हार चुके थे। चेत नहीं था। उनके देखते-देखते यदुकुल की आर्त्तनाद करती अधिकांश नारियों को वे दुर्धर्ष आभीर अपहरण कर ले गये। अर्जुन निरुपाय-असहाय खड़े रह गये। विकल हो, वे आते ही महामुनि वेदव्यास के चरणों में गिर पड़े अपनी पराजय की व्यथा सुनाने। तभी समझ लिया कि अब संसार त्यागने का समय आ गया है। युवराज परीक्षित को हस्तिनापुर के राजसिंहासन पर और वासुदेव के प्रपौत्र अनिरुद्ध-सुत युवराज वज्रनाभ को इन्द्रप्रस्थ के राजसिंहासन पर आरूढ़ कर उनका भलीभाँति राज्याभिषेक कर पाण्डवगण सांसारिक

दायित्वों से मुक्त हो गये। अर्जुन भग्नहृदय, अशक्त तन से धीमे-धीमे पग बढ़ाते चल रहे थे।

तत्पश्चात् थे नकुल, जो सदा अपने सौन्दर्य एवं सुकुमारता के लिए विख्यात रहे थे। वे सूर्य की प्रखर किरणों की तीक्ष्णता से व्याकुल हो बार-बार छायादार वृक्षों के तले कुछ पल विश्राम करते हुए चल रहे थे। यही स्थिति थी उनके अनुज सहदेव की, जिनका लालन-पोषण अत्यन्त स्नेह में हुआ था और जो माता कुन्ती एवं समस्त अग्रजों के विशेष स्नेह-भाजन रहे थे। वे पर्वतीय जल-स्रोतों से बार-बार जल लेकर मुख शीतल करते, आचमन करते, मस्तक पर जल डालते, तब कहीं आगे बढ़ पाते।

पाँचों महारथियों के पीछे थी मन्थर गति से चलती तेजमयी महिमामयी महादेवी द्रौपदी जो महाभारती का रूप पा चुकी थी, जिसने सुदीर्घ जीवन-यात्रा में भयंकर उत्थान एवं पतन देखे थे। जो दुर्गम से दुर्गम पथ पर चल चुकी थी बिना धीरज खोये—बिना साहस खोये। जो अपमानों का दंश सह चुकी थी। ताप सह चुकी थी। किन्तु भगवत्कृपा से अतुल साहस भी पाया था उसने।

वह प्रतापी महिला विराट जीवन-पर्वत की दुर्गम चढ़ाइयाँ चढ़ चुकी थी और पराजित नहीं हुई थी। धर्मपथ सदा दुर्गम होता है, यह वह जानती थी। उसने संकल्प लिया था कि धर्मध्वजा का निरादर करनेवालों को जब तक दण्डित न किया जाएगा वह शान्त नहीं बैठेगी। इसीलिए 'परित्राणाय साधूनां विनाशाय च दुष्कृताम्' की वह निमित्त बनी, अपने गुरुवत् सखा श्रीकृष्ण के लिए। वासुदेव द्वारा सम्पादित धर्म-संस्थापना एवं धर्म के अभ्युत्थान में वह सतत उनके साथ रही। उनके हाथ से हाथ मिलाकर, उनके साथ-साथ वह चली। इस पूरे धर्मोदय-अभियान में वही एकमात्र नारी थी, एकाकिनी, जिसने वासुदेव के पुण्य कार्य में हाथ बटाया था। वासुदेव इस तेजस्विनी नारी के प्रशंसक थे जो महायज्ञ में अपने पाँचों पुत्रों, पिता एवं भ्राताओं को होम कर गयी किन्तु मर्माहत होते हुए भी पथ-विचलित न हुई। वह युगपुरुष इस नारी के कष्टों, दुःखों से एवं न्याय के लिए उसकी दृढ़ पुकार से ही प्रेरित हो उसे महाभारती कह उठा था।

कष्ट-ज्वालाओं में तप-तपकर उसका मन-कंचन निखर पड़ा था। अब वह सर्वांग हिरण्यमयी थी। शुद्ध-मन, सात्त्विक विचारवाली भागवत महिला याज्ञसेनी कृष्णा! जब धर्मध्वजा पुनःस्थापित करनेवाले योग-योगेश्वर नारायण वासुदेव देह-त्यागकर गये, तब भी वही सर्वाधिक सचेत रही, कर्तव्य के प्रति। सबको सचेत करती भी रही कर्तव्यपालन हेतु।

अनोखे शिल्पकार थे माधव! अद्‌भुत मूर्तिकार! आघात कर-करके वे अपनी सखी कृष्णा की प्रतिमा गढ़ते रहे थे। काटते-छाँटते उस प्रतिमा को भव्य बनाने में व्यस्त रहे थे। अपनी छैनी-टाँकी से वह दक्ष मूर्तिकार मूर्ति गढ़ता रहा, अनुपम शिल्प-रचना करता रहा। वह स्वयं भी न समझ पायी कलाकार के उद्देश्य को। माधव ने उसे साधारण

नहीं, अपने शिल्प से असाधारण बनाया। नारी न रहने दिया, महारानी बनाया। एक ओर आघात देते, दूसरी ओर प्रेमबिन्दु बरसाते हुए वासुदेव ने अन्ततः उस प्रतिमा को भव्य रूप दे डाला। वासुदेव ने प्रथम उस भारती को गढ़ा, तत्पश्चात् उसे महाभारती के रूप में ढाला। और इस कार्य के लिए अन्तिम आघात करना था...बहुत सूक्ष्म किन्तु, ठीक मर्मस्थल पर! और...लीलामय ने देह त्याग दी!

प्रतिमा पूर्ण हो गयी।

अब सब हो चुका। लीलामय चले गये। समस्त लीला-नृत्य चले गये।

वृद्धावस्था में भी वह महानारी कितनी तेजयुक्त, दीप्तिवती एवं रूपवती थी! क्षीण शरीर से 'गोविन्द-गोविन्द' कहती वह एक-एक पग उठाती चल रही थी।

शक्ति क्षीण पड़ती जा रही थी। चढ़ाई विषम होती जा रही थी। निरन्तर कई दिवसों से आहार-निद्रा त्यागे यह महाप्रयाण चल रहा था। जीवन-गिरि न हारी, किन्तु हिमालय की भयावह विराटता से हार चली। चरण प्रकम्पित होते, किन्तु प्रबल इच्छा-शक्ति से सम्पन्न द्रुपदनन्दिनी एक-एक पग बढ़ाये जा रही थी। रुकती, श्वास लेती, पुनः बढ़ चलती। श्वास फूल रहा था। उस ऊँची शिला पर किसी प्रकार चढ़ पायी और वहीं खड़ी रह गयी—सुदूर क्षितिज को निहारती।

...अनुपम दृश्य था! अलौकिक! दिव्य! अस्ताचलगामी भगवान् भुवन-भास्कर मनोहर छटा बिखेर रहे थे। असंख्य श्वेत हिमकिरीटों की श्रृंखला के मध्य जगमगा रहा था उनका विलक्षण स्वर्ण-किरीट। पंक्तिबद्ध रजत हिम-शिखर प्रतीत हो रहे थे, जैसे असंख्य राजमराल बैठे हों अपनी धवल पाँखें समेटे! और वह स्वर्ण पुरुष उन रजत-ज्योतिर्लिंगों का जैसे केसर-कुंकुम से अभिषेक कर रहा था। देवदार के वृक्ष श्रेणीबद्ध खड़े थे जिनके मस्तक एवं याचनारत दोनों फैले हाथों पर वह महादानी जैसे स्वर्ण चूर्ण बिखेरता जा रहा था। सप्त तुरंगवाले सप्तरंगी राजरथ पर आरूढ़ भगवान आदित्य चले जा रहे थे स्वर्णिम मुस्कान बिखेरते—अनन्त की ओर! विश्राम हेतु! विश्राम!...

याज्ञसेनी खो गयी उस दिव्य-दृश्य के स्वर्गिक सौन्दर्य में! आत्मविस्मृत! आत्मलीन! भूल गयी कि वह कहाँ है। कैसी दिव्य निस्तब्धता थी! विराट शान्ति! महाशक्ति! वह विमुग्ध थी। अपलक! विमोहित! मुग्ध नयन उस दृश्य को जैसे अपने में भर लेना चाहते थे। बाँध लेना चाहते थे जैसे! और...नेत्र धीरे-धीरे मुँदने लगे। विश्राम! अनन्त विश्राम!...

"महाराज!...धर्मराज!...यह क्या?...रुकें तनिक!" सहदेव के कण्ठ से आर्त्त पुकार निकली।

चौंककर नकुल ने पीछे देखा।

चौंककर अर्जुन ने पीछे देखा।

चौंककर भीम ने पीछे देखा।

वे सब दौड़ पड़े व्याकुल हो। भीमसेन ने पांचाली को सँभाला, उसका शिर

अपनी गोद में रखा। सहदेव एवं नकुल दुकूलों से विजन करने लगे। अर्जुन बैठे रह गये निकट ही...निश्चल!

किन्तु युधिष्ठिर नहीं मुड़े। नहीं रुके। आगे बढ़ते जा रहे थे।

"क्या हो गया जो तुम लोग विचलित हो उठे?" वहीं से उन्होंने चलते-चलते पूछा।

भीम का कण्ठ अवरुद्ध था।

"महाराज! हमारी जीवनसंगिनी द्रुपदराजपुत्री देवी याज्ञसेनी, लगता है, अब आगे हमारा साथ न दे पाएगी।...ऐसा इस महिमामयी, त्यागमयी वीरांगना ने क्या किया होगा जो दैव उसे पथ में ही अनन्त निन्द्रा के लिए विवश कर रहे हैं!..."

"भीमसेन! याज्ञसेनी के लिए विचलित होने की आवश्यकता नहीं। छोड़ दो उसे! अपने पथ पर अग्रसर हो! ये सब अपने-अपने कर्मों के भोग हैं।...द्रुपदनन्दिनी पांचाली पातिव्रत धर्म का आजीवन उल्लंघन करती रही। पाँचों पतियों को समान सम्मान नहीं दे पायी। पांचाली सदा ही अर्जुन में विशेष अनुरक्त रही। सव्यसाची पर विशेष कृपालु रही। उसी पक्षपात के पाप का फल भोगने को आज पथमध्य ही गिर पड़ी है।" कठोर वेदनाशूनय स्वर में युधिष्ठिर बोले और निर्विकार-से आगे बढ़ गये। और इस प्रकार स्यात् स्वयं अपनी आजीवन संचित वेदना को अनायास प्रकट कर गये।

युधिष्ठिर के शब्द गूँज गये—पर्वतों, हिम-शिलाखण्डों, घाटियों और आकाश में। शब्द नहीं, वे कठोर हिम-पाषाण थे। ठण्डे! भावनाशून्य! निर्मम!

वह सचेत थी। उसने सुना : "पक्षपातो महानस्या विशेषेण धनंजये..." हा कष्ट! जीवनगाथा के सद्य:यौवन का वह पृष्ठ अचानक खुलकर फड़फड़ा उठा जिसे उसने वर्षों पूर्व अत्यन्त सावधानी से यत्नपूर्वक पलटकर दबा दिया था। अन्तर की उदास सुप्त नारी अकस्मात् आज पुन: विकल हो रो पड़ी। ईश्वर साक्षी है? किस प्रकार स्वयं से संघर्ष कर-करके उसने तन, मन से पाँचों पतियों की सेवा की है। किन्तु...अन्तर की नारी कहाँ जाती गोविन्द?

वायुमण्डल में वे शब्द जैसे ठहर गये थे। हिमखण्डों से प्रतिध्वनि आ रही थी। देवदारों से प्रतिध्वनि आ रही थी। पृथ्वी और आकाश दुहरा-दुहराकर वही कह रहे थे। वे शब्द उसके कर्ण-कुहरों में गूँज रहे थे। उनमें जैसे विराट पंख लग गये हों। भयावह पक्षी की भाँति वे शब्द उस पर चारों ओर से फड़फड़ाते और झपटते हुए मँडरा रहे थे...

"तस्यैतत् फलमद्यैषा भुङ्क्ते पुरुषोत्तम..."

...तो वह पापिनी थी! सती नहीं? सतीत्व की उसकी उच्च परिकल्पना, पतिपरायणता के उच्च आदर्श? हा कष्ट! हा कष्ट! यही तो एकमात्र भूल उससे हुई थी! अबोध मन की एक विवशताभरी भूल...कि वह अपने अन्तर की नारी नष्ट नहीं कर पायी! मन में बैठी उस समर्पिता साध्वी आराधिका को मिटा नहीं पायी!

अन्तर की कोमलमना नारी मर-मरकर जी उठती और हृदयद्रावक विलाप कर

उठती। यही एकमात्र अपराध। एक अपराध, जिसका दण्ड उसे पथ में गिराकर विधाता ने नहीं दिया, बल्कि जिसका दण्ड उसे आज जाते-जाते सार्वजनिक उद्घोषणा करके धर्मराज ने दे दिया!

'अहो! इस समय यह कहने की क्या आवश्यकता थी धर्मराज को?' भीमसेन का विद्रोही मन व्याकुल हो छटपटा उठा।

'कौन नहीं अवगत इस तथ्य से? किन्तु इस कुवेला में यह अप्रिय प्रसंग उठाकर विदा लेती पांचाली को कष्ट देने से क्या लाभ हुआ!' नकुल तर्जनी से अश्रु पोंछते हुए सोच रहे थे।

धन्य हो देवी! विधिवश पाँच पतियों की पत्नी होते हुए भी तुम एक को ही समर्पित रहीं अन्त तक। नश्वर शरीर पर ही अधिकार हो पाया अन्य पाण्डवों का किन्तु मन पर नहीं! मन एकाग्रचित्त रहा...अपने आराध्य के श्रीचरणों में ही!...यहीं तुम महासती हो देवी... !...सहदेव साश्रुनयन अपने अंगवस्त्र से द्रौपदी पर विजन करते हुए सोच रहे थे।

...तो अर्जुन अभियुक्त थे!...अर्जुन नतमस्तक बैठे थे—अभियुक्त बने। अपराधी से। घनी श्वेत भँवों के नीचे छिपे विशाल नेत्रों से अविरल अश्रु-प्रपात हो रहा था—विदा पांचाली!...विदा! विदा, देवी करुणामयी! हा कष्ट! हा पांचाली!

पांचाली ने गहन वेदनामयी दृष्टि डाली चारों पतियों पर। धर्मराज युधिष्ठिर के अन्तिम दर्शन चाहकर भी न कर पायी। क्षमा-याचना करना चाहती थी—न कर पायी। और...अन्त में उसकी सजल दृष्टि थम गयी अपने गौरव-पुरुष पर!

''पक्षपातो महानस्या विशेषेण धनंजये...''

अहो कष्ट! आजीवन अश्रु बहाने के उपरान्त भी कुछ अमूल्य...जो शेष थे...वे अश्रु भी जीवन की अन्तिम साँझ को बह निकले।

आजीवन वह सत्य की उपासिका रही। 'सत्यवादिनी' के नाम से विख्यात रही। 'सत्यवादिनी' के नाम से महापुरुषों द्वारा सम्बोधित हुई। तो अन्तिम क्षण में संकोच कैसा?...और उसने अपने क्षीण एवं दुर्बल हाथ से अर्जुन का हाथ थामा और हौले से उसे अपने मन्द-स्पन्दित हृदय पर रख लिया।

सब ने देखा।

भीम रो पड़े।

नकुल रो पड़े।

सहदेव रो पड़े।

व्यथित अर्जुन और झुक आये—आकाश की भाँति पांचाली पर। उनके शालस्कन्ध झुक आये थे। उन्होंने सुने अन्तिम शब्द—'...सम्भवामि युगे-युगे...' और अन्तिम सजल दृष्टि! अन्तिम श्वास! अन्तिम स्पन्दन...और उनका हाथ रह गया एक शीतल, निष्प्राण हाथ में बँधा!...उनका हाथ रखा हुआ था एक निस्पन्द हृदय पर!

उनके शालस्कन्ध सहसा वेग से हिलने लगे। पुरुषसिंह रो रहा था। बालक की भाँति अर्जुन रो रहे थे, हिचकियाँ ले लेकर। पुत्रशोक में रोये थे तब उन्हें सँभाला था इसी महानारी के हाथ ने, जो अब जीवनशून्य, निष्प्राण होकर भी उनका हाथ थामे थी। उन्हें धीरज बँधाया था इसी विशाल हृदय ने जो अब स्पन्दनहीन है, निश्चल है। पुरुषसिंह रो रहा था!...

आकाश झुका आ रहा था। अन्धकार झुका आ रहा था। सूर्य अस्त हो चुका था। दीर्घकाय देवदार शान्त खड़े थे—मौन श्रद्धांजलि अर्पित करते से। ज्योति बुझ गयी थी। जीवन की ऊष्मा तिरोहित हो चुकी थी और शेष था केवल शीत! कठोर शीत! हिमालय पर कँपकँपीवाला पाषाण-हृदय शीत उतर आया था।

''भीमसेन! तुम आओ! आगे बढ़ो! किसी के लिए भी पथ विचलित होना उचित नहीं है!'' धर्मराज युधिष्ठिर का धर्मपूरित, भावशून्य, कठोर आदेश सुदूर एक शिलाखण्ड से गूँजता आया।

भीमसेन ने पहली बार अवज्ञा की अपने अग्रज की। नकुल ने भी की। सहदेव ने भी की। वे अर्जुन को उस कातर अवस्था में कैसे छोड़ देते? अर्जुन ने धर्मराज के लिए क्या नहीं किया था?

''उठें तात! अन्धकार हो गया।'' नकुल ने व्याकुल स्वर से कहते हुए अर्जुन की पीठ पर धीमे से हाथ रखा।

अन्धकार!...हाँ अन्धकार!!...वास्तव में अन्धकार!

''पार्थ! हमें अभी आगे चलना है। त्यागमयी इस महाभारती ने हमारा संग छोड़ दिया है अब। किन्तु तुम उठो भारतश्रेष्ठ!'' भीमसेन ने अपनी बलिष्ठ भुजा से शिथिल-तन, विकल-मन अर्जुन को बलपूर्वक उठाया और ले चले सुदूर अनन्त की ओर!

अर्जुन के मुख से अस्फुट शब्द निकल पड़े—

> ''नैनं छिन्दन्ति शस्त्राणि...नैनं दहति पावकः
> न चैनं क्लेदयन्त्यापो न शोषयति मारुतः...''

कुछ समय पश्चात् वहाँ कोई भी न था।

केवल था भीषण, कठोर शीत में आवृत तिमिराच्छन्न...विराट, विहंगम अद्‌भुत हिमालय-प्रान्त!

> ब्रह्मण्याधाय कर्माणि संगं त्यक्त्वा करोति यः।
> लिप्यते न स पापेन पद्मपत्रमिवाम्भसा॥
> मनुष्याणां सहस्रेषु कश्चिद् यतति सिद्धये।
> यततामपि सिद्धानां कश्चिन्मां वेत्ति तत्त्वतः॥

□□